LAZARUS

LARS KEPLER BIJ UITGEVERIJ CARGO

Hypnose
Contract
Getuige
Slaap
Stalker
Playground
Jager

Lars Kepler

Lazarus

Vertaald door Edith Sybesma

CARGO

2018

AMSTERDAM

Cargo is een imprint van Uitgeverij De Bezige Bij, Amsterdam

Published in the Dutch language by arrangement with Storytellers Agency, Stockholm, Sweden
Oorspronkelijke titel *Lazarus*
Oorspronkelijke uitgever Albert Bonniers Förlag, Stockholm
Omslagontwerp Studio Jan de Boer
Omslagillustratie © Hummingbird Advertising and Design AB
Foto auteur Ewa-Marie Rundquist
Vormgeving binnenwerk Peter Verwey, Heemstede
Druk Bariet Ten Brink, Meppel
ISBN 978 94 031 3350 8
NUR 305

uitgeverijcargo.nl

PROLOOG

Het licht van de witte hemel legt de wereld in zijn naaktste wreedheid bloot, zoals die zich aan Lazarus voor de grot moet hebben voorgedaan.

De vloer van geribbeld staal trilt onder de voeten van de priester. Hij houdt zich met één hand aan de reling vast en pareert tegelijkertijd de deining met zijn stok.

De grijze zee beweegt slaperig als een opbollend tentdoek.

De veerpont wordt voortbewogen door middel van een windas en twee stalen kabels die tussen beide eilanden gespannen zijn. De kabels komen druipend omhoog uit het water en verdwijnen er achter de boot weer in.

De veerman remt, de boeggolven spatten in schuimende stoten omhoog en de valreep glijdt ratelend over de betonnen steiger.

De priester wankelt als het voorschip tegen de fenders komt; zware bonzen weergalmen door de romp.

Hij is hier om de gepensioneerde koster Erland Lind te bezoeken, aangezien die de telefoon niet opneemt en niet, zoals anders, naar de adventsmis in de kerk van Länna is gekomen.

Erland woont nog achter de kapel van Högmarsö, in het kostershuis van de kerkelijke gemeente. Hij is dement, maar wordt nog steeds betaald om het gras te maaien en om te strooien bij gladheid.

De priester loopt over de kronkelende grindweg en merkt dat zijn gezicht gevoelloos wordt in de koude lucht. Er is geen mens te zien, maar vlak voor de kapel is het gierende geluid te horen van een slijpmachine in het droogdok van de werf.

Nu kan hij zich niet meer herinneren welke Bijbelwoorden hij vanochtend heeft getwitterd, hij was van plan geweest er iets over tegen Erland te zeggen.

Tegen de sombere lapjes akkerland en de bosrand lijkt de witte kapel wel gebouwd van sneeuw.

Aangezien het godshuis in de winter gesloten is, loopt de priester meteen door naar de lage kosterswoning en klopt met de gebogen handgreep van zijn stok op de deur. Hij wacht even en stapt dan naar binnen.

'Erland?'

Er is niemand thuis. Hij stampt zijn schoenen af en kijkt om zich heen. De keuken is rommelig. De priester pakt de zak met kaneelbroodjes op en zet die op tafel naast een aluminium bakvorm met oude etensresten: gebarsten aardappelpuree, opgedroogde saus en twee grijze gehaktballen.

De slijpmachine beneden bij het water verstomt.

De priester loopt naar buiten, voelt aan de deur van de kapel en kijkt dan in de open garage.

Er ligt een schep met aarde eraan op de grond. Een zwarte emmer zit vol met roestige muizenvallen.

Met zijn stok tilt hij de plastic hoes van de sneeuwploeg, maar hij stopt wanneer hij in de verte geloei hoort.

Hij gaat weer naar buiten, naar de ruïne van het oude crematorium aan de bosrand. In het hoge onkruid staat de oven nog met zijn beroete schoorsteen.

De priester loopt om een stapel pallets heen en kan het niet laten om over zijn schouder te kijken.

Sinds hij op de veerpont is gestapt, heeft hij al een onheilspellend voorgevoel.

Er zit geen greintje vriendelijkheid in het licht vandaag.

Het eigenaardige geluid klinkt weer, dichterbij, als een kalf dat opgesloten zit in een metalen stal.

Hij blijft staan en maakt geen geluid.

Alles is stil, zijn adem komt dampend uit zijn mond.

De grond is modderig en aangestampt achter de composthoop. Tegen een boom staat een zak potgrond.

De priester wil naar de composthoop lopen, maar voor een metalen pijp blijft hij staan. Die steekt een halve meter boven de grond uit en markeert misschien de erfgrens.

Hij leunt op zijn stok, werpt een blik op het bos en ziet een pad bedekt met naalden en sparappels die uit de bomen gewaaid zijn.

De wind gaat door de sparrentoppen, in de verte is een kraai te horen.

De priester keert terug, hoort het eigenaardige geloei onder zich weer en begint sneller te lopen. Hij passeert de crematoriumoven en het woonhuis, kijkt nog eens over zijn schouder en voelt dat hij naar huis wil, naar de pastorie, om met een detectiveroman en een glas whisky voor de haard te gaan zitten.

1

Een vieze politieauto rijdt vanuit de centrale delen van Oslo naar de buitenste ring. Het onkruid onder de vangrail trilt in de wind en een plastic zak vol lucht rolt zwevend de berm in.

Karen Stange en Mats Lystad hebben op de oproep van de meldkamer gereageerd, ook al zat hun dienst er eigenlijk al op, en zijn op weg naar de wijk Tveita.

Een tiental flatbewoners heeft geklaagd over vreselijke stank. De beheerder was er al naartoe gegaan om de afvalcontainers te controleren, maar die waren schoon. De lucht bleek uit een appartement op de elfde verdieping te komen. In de woning klonk zacht gezang, maar de eigenaar, Vidar Hovland, weigerde de deur open te doen.

De politieauto rijdt langs lage industriegebouwen.

Achter het prikkeldraad zijn vuilcontainers te zien, vrachtauto's en zoutdepots voor de winter.

De flats in de Nåkkves vei zien eruit alsof een enorme betonnen trap op zijn kant is gevallen en in drie stukken is gebroken.

Voor een bestelwagen met de tekst MORTENS SLEUTELSERVICE BV staat een man in een grijze overall naar hen te zwaaien. Hun koplampen verlichten hem en de schaduw van zijn opgestoken hand reikt tot enkele verdiepingen hoog op de gevel achter hem.

Karen stuurt naar de kant van de weg, komt langzaam tot stilstand, trekt de handrem aan, schakelt de motor uit en verlaat de auto samen met Mats.

De hemel is al bezig zich te sluiten voor de nacht. De lucht is koud. Er hangt sneeuw in de lucht.

De beide agenten geven de slotenmaker een hand. Hij is gladgeschoren, maar zijn wangen zijn grijs, zijn borstkas is plat en hij beweegt zich trillend en nerveus.

'De Zweedse politie kreeg eens een noodoproep van het kerkhof – er lagen driehonderd lijken,' grapt hij bijna onhoorbaar en lacht dan met zijn gezicht naar de grond.

De forse beheerder zit nog in zijn pick-up te roken.

'Waarschijnlijk heeft die man een vuilniszak met visresten in de hal laten staan,' mompelt hij en hij zwaait het portier open.

'Dat zullen we hopen,' antwoordt Karen.

'Ik heb op de deur gebonsd en door de brievenbus geschreeuwd dat ik de politie zou bellen,' zegt hij en hij schiet zijn sigaret weg.

'Je hebt er goed aan gedaan met ons contact op te nemen,' zegt Mats.

In veertig jaar hebben ze hier twee keer een dode gevonden, een op het parkeerterrein en een in de flat.

De beide agenten en de slotenmaker lopen achter de beheerder aan de portiek in en de verstikkende lucht komt hun meteen tegemoet.

Ze proberen allemaal niet door hun neus te ademen als ze in de lift stappen.

'De elfde verdieping is favoriet,' mompelt de beheerder. 'We hadden een lastige uitzetting vorig jaar en in 2013 is er een appartement volledig uitgebrand.'

'Op Zweedse brandblussers staat dat ze drie dagen voor de brand moeten worden getest,' zegt de slotenmaker zacht.

Wanneer ze uit de lift stappen, komt er zo'n vreselijke stank op hen af dat ze allemaal een wanhopige blik in hun ogen krijgen.

De slotenmaker houdt zijn hand voor zijn neus en mond.

Karen houdt een oprisping tegen. Het is een soort voorschok voordat het middenrif in paniek raakt en de maaginhoud door de keel naar buiten duwt.

De beheerder trekt zijn trui over zijn mond en neus en wijst met zijn andere hand het appartement aan.

Karen loopt erheen, legt haar oor tegen de deur en luistert. Binnen is het stil. Ze belt aan.

De zachte melodie van de bel ebt weg.

Opeens klinkt er een zachte stem in het appartement. Het is een man die iets zingt of reciteert.

Karen bonst op de deur en de man zwijgt, maar begint dan opnieuw, heel voorzichtig.

'We gaan naar binnen,' zegt Mats.

De slotenmaker loopt naar de deur, zet zijn zware tas neer en trekt de rits open.

'Horen jullie dat?' vraagt hij.

'Ja,' antwoordt Karen.

De deur van een ander appartement wordt geopend door een klein meisje met licht, klitterig haar en wallen onder de ogen.

'Gauw weer naar binnen jij,' zegt Karen.

'Ik wil kijken,' zegt het meisje met een glimlach.

'Zijn je papa en mama thuis?'

'Dat weet ik niet,' zegt ze en ze doet snel de deur dicht.

De slotenmaker gebruikt geen slotpistool, maar boort het hele slot eruit. Glanzend metaalslijpsel valt dwarrelend op de grond. Hij haalt de verwarmde delen van de cilinder eruit en stopt ze in zijn tas, hij wurmt de slotkast eruit en doet dan een stap naar achteren.

'Wacht hier,' zegt Mats tegen de beheerder en de slotenmaker.

Karen trekt haar wapen, terwijl Mats de deur openzwaait en roept: 'Politie. We komen binnen!'

Karen kijkt naar het pistool in haar bleke hand. Een paar seconden lang is het zwarte metaal vreemd voor haar, de samengevoegde delen, de loop, het sluittoestel, de kolf.

'Karen?'

Ze kijkt Mats aan, gaat met haar gezicht naar de deur staan, brengt het pistool omhoog en loopt met haar hand voor haar mond naar binnen.

Ze ziet geen vuilniszakken in de hal.

De stank moet uit de badkamer komen, of uit de keuken.

Het enige wat ze hoort, is het geluid van haar schoenen over de kunststof vloerbedekking en haar eigen ademhaling.

Ze loopt langs een smalle halspiegel de woonkamer in, ze scant snel de hoeken en kijkt uit over de chaos. Het televisietoestel is op de grond gesmeten, bloempotten met varens zijn aan diggelen gevallen, de bedbank met grote dekens staat schuin, een van de zitkussens is opengesneden en de vloerlamp ligt op zijn kant.

Ze richt het wapen naar de gang, die naar de badkamer en de keuken leidt, laat Mats passeren en loopt dan achter hem aan.

Het kapotte glas knarst onder hun schoenen.

Er brandt een wandlamp, kleine stofdeeltjes zweven in het schijnsel.

Ze blijft staan en luistert.

Mats opent de deur van de badkamer en laat even later zijn pistool zakken. Karen probeert naar binnen te kijken, maar de deur houdt het licht tegen. Het enige wat ze kan onderscheiden is een smoezelig douchegordijn. Ze zet een stap, leunt naar voren en duwt tegen de deur, zodat er een streepje licht over het badkamerbehang glijdt.

De wastafel is bebloed.

Karen huivert en meteen daarna hoort ze een stem achter zich. Het is een oude man die gedempt spreekt. Ze wordt zo bang dat ze kreunt terwijl ze zich snel omdraait en het pistool door de gang richt.

Er is niemand.

Vol adrenaline keert ze terug naar de woonkamer, ze hoort een lach en richt het wapen op de bank.

Daar kan iemand zich gemakkelijk achter verstoppen.

Karen begrijpt dat Mats iets tegen haar probeert te zeggen, maar zijn woorden dringen niet tot haar door.

Haar hartslag dreunt door haar hoofd.

Ze loopt langzaam naar voren, houdt haar vinger op de trekker, voelt dat ze trilt en geeft steun met haar andere hand.

Wanneer de oude man begint te zingen, begrijpt ze dat de stem uit de muziekinstallatie komt.

Karen loopt om de bank heen, laat het wapen zakken en kijkt naar de stoffige snoeren en een lege chipszak.

'Oké,' fluistert ze tegen zichzelf.

Op de klep van de stereo ligt een cd-doosje van het Instituut voor Taal en Volksverhalen. Een korte sequentie is in een loop gevangen en wordt telkens afgespeeld. Een oude man vertelt iets in een moeilijk verstaanbaar dialect, schiet in de lach en zingt dan iets – *Het is brui-*

loft op onze boerderij, met lege borden en gebarsten schalen – waarna hij zwijgt.

Mats staat in de deuropening, hij wenkt dat ze moet komen, hij wil dat ze doorlopen naar de keuken.

Het is nu bijna donker buiten, de gordijnen trillen een beetje in de warmte van de radiator.

Karen loopt achter haar collega aan de gang op, wankelt, zet de hand met het pistool erin tegen de muur.

De lucht is een walm van latrine en kadaver, zo verzadigd dat ze er tranen van in haar ogen krijgt.

Ze hoort dat Mats in korte, oppervlakkige stootjes ademt en ze concentreert zich om niet door de misselijkheid te worden overweldigd.

Ze loopt achter hem aan de keuken in en blijft staan.

Op het linoleum ligt een naakte persoon met een te groot hoofd en een bolle buik.

Een zwangere vrouw met een opgezwollen, blauwgrijze penis.

De vloer schommelt onder haar voeten en haar gezichtsveld krimpt.

Mats jammert zachtjes en zoekt steun bij de vrieskist.

Karen herhaalt bij zichzelf dat het van de schok komt. Ze begrijpt dat de dode een man is, maar de bolle buik en de gespreide bovenbenen deden haar denken aan een barende vrouw.

Ze voelt dat haar handen trillen als ze het wapen in de holster steekt.

Het lichaam bevindt zich in een vergevorderd stadium van ontbinding, grote delen zien er los en vochtig uit.

Mats loopt de keuken door en geeft over in de gootsteen, zodat er braaksel op het koffiezetapparaat spat.

Het hoofd van de dode lijkt wel een zwart geworden pompoen die rechtstreeks op de schouders is vastgedrukt, de kaak hangt los en het slokdarmhoofd en de adamsappel zijn door gassen van binnenuit door de vervormde mond naar buiten geduwd.

Er is een vechtpartij geweest, denkt Karen. Hij is gewond geraakt, heeft zijn kaak gebroken, is met zijn hoofd op de vloer terechtgekomen en overleden.

Mats geeft nog eens over en spuugt slijm uit.

In de woonkamer begint het lied opnieuw.

Karens blik gaat weer naar de buik, de gespreide benen en het geslachtsorgaan van de man.

Mats' gezicht is wit en bezweet. Ze wil hem gaan helpen, maar dan pakt iemand haar bij de benen vast, ze gilt van schrik en tast naar haar pistool, als ze ziet dat het het meisje uit het buurappartement is, dat is binnengekomen.

'Kind, je mag hier niet komen,' zegt ze buiten adem.

'Dat vind ik leuk,' zegt het meisje en ze kijkt haar met donkere ogen aan.

Karen voelt haar benen trillen als ze met het kind door het appartement loopt, de deur uit en het trappenhuis weer in.

'Niemand mag hier naar binnen,' zegt ze tegen de beheerder.

'Ik heb alleen even een raam opengezet,' antwoordt hij.

Karen wil eigenlijk niet terug naar het appartement, ze weet al dat ze hiervan zal dromen, dat ze 's nachts wakker zal worden en de wijdbeens liggende man voor zich zal zien.

Zodra ze de keuken binnenkomt, draait Mats de kraan boven de gootsteen dicht en hij kijkt haar met glimmende ogen aan.

'Zijn we klaar?' vraagt ze.

'Ja, ik wil alleen nog even in de vrieskist kijken,' zegt hij en hij wijst naar de bloederige handafdrukken rond de beugel.

Hij veegt zijn mond af, opent het deksel en buigt naar voren.

Karen ziet zijn hoofd terugveren en zijn mond gaat open zonder geluid.

Hij wankelt naar achteren en het deksel valt met zo'n klap dicht dat een koffiekopje op de keukentafel ervan rinkelt.

'Wat is er?' vraagt ze en ze loopt dichter naar de vrieskist toe.

Mats houdt zich aan de rand van het aanrecht vast, stoot een plastic plantenspuit om en kijkt haar aan. Zijn vernauwde pupillen lijken kleine druppeltjes Oost-Indische inkt en zijn gezicht is eigenaardig wit.

'Niet kijken,' fluistert hij.

‘Ik moet weten wat er in de vrieskist zit,’ zegt ze en tegelijkertijd hoort ze de angst in haar eigen stem.

‘Godallemachtig, kijk toch niet…’

2

Valeria's kwekerij in Nacka bij Stockholm

De schemering komt langzaam en de duisternis wordt pas zichtbaar als de drie kassen beginnen op te lichten als lampions van rijstpapier.

Eigenlijk besef je dan pas dat het avond is geworden.

Valeria de Castro heeft haar krullen in een paardenstaart gebonden. Haar laarzen zijn modderig en het rode gewatteerde jack is vies en spant om haar schouders.

Haar adem dampt en de lucht heeft een knapperige vorstgeur gekregen.

Ze is klaar voor vandaag en trekt haar werkhandschoenen uit, terwijl ze doorloopt naar het huis.

Op de bovenverdieping laat ze een bad vollopen en ze stopt haar vuile kleren in de wasmand.

Wanneer ze zich naar de spiegel keert, ziet ze dat ze een grote vieze vlek op haar voorhoofd heeft en een schram op haar wang van de braamstruiken.

Ze bedenkt dat ze nog snel iets aan haar haar moet doen en glimlacht scheef om haar eigen vrolijke gezicht.

Ze trekt het douchegordijn zo ver mogelijk open, steunt met haar hand tegen de betegelde wand en stapt in de badkuip. Het water is zo heet dat ze even wacht voordat ze zich er helemaal in laat zakken.

Ze leunt met haar achterhoofd tegen de rand, sluit haar ogen en luistert naar de druppels die met tussenpozen van de kraan vallen.

Joona komt vanavond.

Ze hebben ruzie gehad, dat was stom, ze was beledigd, maar het was maar een misverstand en dat hebben ze als volwassen mensen uitgepraat.

Ze doet haar ogen open en ziet de weerspiegeling van het water tegen het plafond. De kringen van de druppels verspreiden zich in snelle cirkels.

Het douchegordijn is weer dicht gegleden, zodat ze de badkamerdeur en het slot niet meer kan zien.

Het water klotst zacht wanneer ze een voet op de rand legt.

Ze doet haar ogen dicht en denkt weer aan Joona, ze merkt dat ze bijna in slaap valt en gaat rechtop zitten.

Valeria heeft het zo warm gekregen dat ze uit bad moet. Ze staat op en laat het water van haar lichaam lopen, ze kijkt in de spiegel om de deur te zien, maar het glas is beslagen.

Voorzichtig stapt ze uit de badkuip op de gladde vloer, ze pakt een badlaken en droogt zich af.

Ze duwt de badkamerdeur open, wacht even en kijkt de gang in.

De schaduwen op het behang zijn rustig.

Het is doodstil.

Ze is niet bang aangelegd, maar de tijd in de gevangenis heeft haar in bepaalde situaties waakzaam gemaakt.

Ze verlaat de badkamer en loopt met een dampend lichaam de koele gang door en de slaapkamer in. Het is nog niet helemaal donker, er hangen nog stroken doorschenen wolken in de lucht.

Ze pakt een schone slip van het kastje en trekt die aan, ze opent de kleerkast, haalt haar gele jurk eruit en legt die op het bed.

Er rammelt iets beneden.

Valeria's bewegingen stoppen abrupt.

Ze houdt haar adem in en staat doodstil te luisteren.

Wat kan dat geweest zijn?

Joona komt al over een uur en ze heeft een kruidige lamsschotel met verse koriander voorbereid.

Valeria zet een stap naar het raam en wil het rolgordijn neerlaten, als ze iemand naast de kas ziet staan.

Ze deinst naar achteren en verliest de grip om het koord, zodat het rolgordijn met een klap omhoogschiet.

Het koord wordt met een ratelend geluid opgewonden.

Snel doet ze het bedlampje uit en gaat weer bij het raam staan.

Er is niemand.

Ze weet bijna zeker dat ze een man heel stil aan de donkere bosrand heeft zien staan.

Hij was zo dun als een skelet en keek haar kant op.

De ruiten van de kas glimmen van de condens. Er is daar niemand. Ze kan zichzelf niet toestaan bang te worden in het donker, dat gaat gewoon niet.

Als er echt iemand stond, was het vast een klant of een leverancier, die weg is gegaan toen hij haar naakt voor het raam zag staan, denkt Valeria.

Het komt wel vaker voor dat ze bezoek krijgt na sluitingstijd.

Ze reikt naar haar mobiel, maar ziet dat die leeg is.

Haastig slaat ze de lange rode ochtendjas om zich heen en loopt de trap af. Na een paar treden voelt ze een koude tocht om haar enkels. Ze loopt door naar beneden en ziet dat de voordeur wijd openstaat.

'Hallo?' roept ze zacht.

Oude herfstbladeren liggen op de deurmat, ze zijn helemaal tot aan de plankenvloer gewaaid. Valeria steekt haar blote voeten in de rubberlaarzen, pakt de grote zaklamp van de kapstok en gaat naar buiten.

Ze volgt het pad naar de kassen, voelt aan de deuren en schijnt met haar zaklamp tussen de rijen planten.

De donkere blaadjes worden lichtgroen in het schijnsel. De schaduwen en weerspiegelingen glijden over de glazen wanden.

Valeria loopt om de verste kas heen. De bosrand is zwart. Het koude gras ritselt onder haar gewicht terwijl ze loopt.

'Kan ik ergens mee helpen?' vraagt ze hardop en ze schijnt op de bomen.

In het licht worden de stammen bleek en grijs. Verderop tussen de bomen sluit het duister zich. Valeria loopt langs haar oude kruiwagen en ruikt de geur van roest. Ze verplaatst de lichtkegel van de zaklamp voorzichtig van de ene stam naar de andere.

Het halfhoge gras lijkt onaangeroerd. Ze blijft op de bomen schijnen. Dieper tussen de stammen ziet ze iets op de grond. Het lijkt wel een boomstam met een grijze deken eroverheen.

Het schijnsel van de zaklamp wordt zwakker, ze voelt haar hart harder slaan en de zaklamp trilt in haar hand.

Het lijkt wel of er een lichaam onder de deken ligt, een ineengedoken mens die een arm of misschien wel beide armen mist.

Ze moet de stof wegtrekken en kijken.

Het is doodstil in het bos.

Er knapt een dorre tak onder haar laars en opeens wordt het hele bos gevuld met wit licht. Het komt van achteren en beweegt zich zijwaarts, zodat de lange, smalle schaduwen van de bomen samen met de hare over de grond glijden.

3

Joona Linna laat de auto langzaam naar de verste broeikas rijden. De smalle, gebarsten asfaltweg wordt omzoomd door hoog gras en ruig bos.

Zijn ene hand rust op het stuur.

Hij heeft een peinzend gezicht en een eenzame blik, grijs als zee-ijs.

Joona laat zijn haar altijd kort knippen, aangezien zijn blonde haar alle kanten op gaat staan zodra hij daar te lang mee wacht.

Hij is lang en gespierd zoals je alleen kunt worden als je tientallen jaren hebt getraind en als alle spiergroepen, pezen en banden samenwerken.

Hij is gekleed in een donkergrijs jasje. Het witte overhemd is open aan de hals.

Een boeket rode rozen ligt ingepakt op de passagiersplaats naast hem.

Voordat Joona Linna op de politieacademie begon was hij militair, hij maakte deel uit van het Team Bijzondere Operaties en kwalificeerde zich voor een eliteopleiding in Nederland in onconventionele man-tegen-mangevechten, innovatieve wapens en stedelijke guerrillaoorlogvoering.

Sinds Joona als inspecteur in dienst kwam bij de rijksrecherche, heeft hij meer gecompliceerde moordzaken opgelost dan wie dan ook in Scandinavië.

Toen hij voor de arrondissementsrechtbank van Stockholm tot vier jaar gevangenisstraf werd veroordeeld, waren veel mensen van mening dat het geen eerlijk proces was geweest.

Joona tekende geen beroep aan. Hij had geweten wat hij riskeerde met zijn poging een vriend te redden.

Afgelopen herfst werd Joona's gevangenisstraf omgezet in een taakstraf, en in dat kader werkt hij als wijkagent bij bureau Norrmalm in Stockholm. Hij mag gebruikmaken van een overnachtingsappartement van de overheid in de Rörstrandsgatan, recht tegenover de Filadelfiakerk. Over een paar weken treedt hij weer in dienst als commissaris en krijgt hij zijn kamer op het hoofdbureau van politie terug.

Joona keert de auto en stopt, stapt uit en blijft in het donker in de koele lucht staan.

De lampen in Valeria's huisje branden en de voordeur staat wijd open.

Het licht van het keukenraam verspreidt zich over de naakte twijgen van de treurberken en over het berijpte gras.

Er kraakt iets in het bos en hij draait zich om. Er beweegt een zwak schijnsel tussen de stammen en er ritselen blaadjes onder naderende voetstappen.

Joona maakt met één hand voorzichtig de gesp van zijn holster los.

Hij doet een stap opzij als hij Valeria uit het bos ziet komen met een zaklamp in haar hand. Ze draagt een rode ochtendjas en rubberlaarzen. Haar wangen zijn bleek en haar haar is nat.

'Wat doe jij nou in het bos?' vraagt hij.

Ze werpt hem een eigenaardige blik toe, alsof ze ver weg is met haar gedachten.

'Ik kijk even bij de kassen,' zegt ze.

'In ochtendjas?'

'Je bent te vroeg,' protesteert ze.

'Dat weet ik, het is onbeleefd, ik heb geprobeerd langzaam te rijden,' zegt hij en hij gaat het boeket halen.

Ze bedankt hem, kijkt hem met haar grote, donkerbruine ogen aan en neemt hem mee naar het huis.

In de keuken ruikt het naar komijn en laurierblaadjes en Joona zegt dat hij trek heeft, maar bedenkt zich en probeert uit te leggen dat hij weet dat hij te vroeg is, dat ze wat hem betreft geen haast hoeven te maken met eten.

'Over een halfuur is het klaar,' zegt ze met een glimlach.

'Perfect.'

Valeria legt de bloemen op tafel en loopt naar de pan. Ze tilt het deksel eraf en roert erin, zet haar leesbril op en kijkt in het kookboek, waarna ze gehakte peterselie en koriander van de snijplank in de pan schuift.

'Je blijft toch slapen?' vraagt ze.

'Als het kan.'

'Ik bedoel, zodat je wijn kunt drinken,' zegt ze blozend.

'Dat begreep ik.'

'Dat begreep je,' zegt ze en doet met een schalkse glimlach zijn Finse accent na.

'Ja.'

Ze haalt twee glazen uit het bovenkastje, opent een fles wijn en schenkt in.

'Ik heb een bed opgemaakt in de logeerkamer en een handdoek en een tandenborstel klaargelegd.'

'Dank je wel,' zegt Joona en hij neemt het glas aan.

Ze proosten zwijgend, proeven van de wijn en kijken elkaar aan.

'In Kumla kon dit niet,' zegt hij.

Valeria kijkt hoe de rozen zijn afgesneden, zet ze in een vaas op tafel en wordt dan ernstig.

'Ik zeg het meteen maar,' begint ze en ze trekt de ceintuur van de oude ochtendjas aan. 'Sorry dat ik zo reageerde.'

'Je hebt al sorry gezegd,' antwoordt Joona.

'Ik wilde het persoonlijk tegen je zeggen... Ik heb me dom en onvolwassen gedragen toen ik begreep dat je nog steeds politieman was.'

'Je dacht dat ik had gelogen, maar ik...'

'Dat was het niet alleen,' valt ze hem in de rede en dan bloost ze.

'Iedereen houdt toch van de politie?'

'Ja,' antwoordt ze en ze houdt een glimlach in, zodat de punt van haar kin rimpelig wordt.

Ze roert weer in de pan, legt het deksel erop en zet de pit iets lager.

'Zeg het maar als ik iets kan doen.'

'Nee, ik had alleen nog iets aan mijn haar en make-up willen doen voordat je kwam, dus dat ga ik nu even in orde maken,' zegt ze.

'Oké.'

'Wil je hier wachten of ga je mee naar boven?'

'Ik ga mee,' zegt Joona. Hij glimlacht.

Ze nemen de wijnglazen mee naar boven en lopen de slaapkamer in. Er ligt een gele jurk op het opgemaakte bed.

'Ga jij maar in de stoel zitten,' mompelt Valeria.

'Dank je,' zegt hij en hij gaat zitten.

'Je hoeft nu niet te kijken.'

Hij wendt zijn blik af als ze haar ochtendjas uitdoet, de gele jurk aantrekt en de knoopjes vanaf de taille dicht begint te maken.

'Ik draag niet vaak een jurk, af en toe in de zomer als ik de stad in ga, dat is het wel zo'n beetje,' zegt ze tegen haar spiegelbeeld.

'Ongelooflijk mooi.'

'Stop met kijken,' zegt ze glimlachend, terwijl ze het laatste knoopje dichtmaakt over haar borsten.

'Dat kan ik niet,' antwoordt hij.

Ze gaat dichter bij de spiegel staan en begint het vochtige haar in haar nek met haarspelden vast te maken.

Joona kijkt naar haar lange hals, als ze naar voren leunt en lippenstift opdoet.

Ze gaat op het bed zitten en doet een paar oorhangers in, die op het nachtkastje liggen. Ze stopt als ze zijn blik ziet.

'Ik denk eigenlijk dat mijn reactie terug te voeren is op die keer in winkelcentrum Mörby... Ik schaam me er nog voor,' zegt ze zacht. 'Wat moet jij wel van me gedacht hebben? Ik moet er niet aan denken.'

'Het was een van de eerste invallen die ik had bij de ME,' antwoordt hij en hij slaat zijn ogen neer.

'Ik was verslaafd, een junk.'

'Ieder volgt zijn eigen weg, dat is gewoon zo,' antwoordt hij en hij kijkt haar in de ogen.

'Maar je was verdrietig,' zegt ze. 'Ik zag het... En ik weet nog dat ik er met een soort verachting op probeerde te reageren.'

'Weet je, ik had alleen je foto van de middelbare school... Je beantwoordde mijn brieven niet, ik ging in dienst en kwam in het buitenland terecht.'

'En ik in Hinseberg, de extra beveiligde vrouwengevangenis.'

'Valeria...'

'Nee, maar het is gewoon zo waardeloos, zo verdomd onvolwassen om alle slechte keuzes te maken die je maar kunt maken... En nu zat ik het weer voor ons te verpesten.'

'Je was er niet op voorbereid dat ik door zou kunnen gaan als politieman,' zegt hij kalm.

'Weet je wel waarom ik in de gevangenis zat?'

'Ik heb de uitspraak gelezen en je hebt geen ergere dingen gedaan dan ik.'

'Oké, als je maar weet dat ik geen braaf meisje ben.'

'Dat ben je wel,' protesteert hij.

Valeria blijft hem aankijken, alsof er meer te zien is, alsof er iets verborgen is wat binnenkort aan het licht zal komen.

'Joona,' zegt ze ernstig. 'Ik weet dat jij het gevoel hebt dat het gevaarlijk is om met jou om te gaan, dat je de mensen om wie je geeft in gevaar brengt.'

'Nee,' fluistert hij.

'Je hebt het heel lang heel moeilijk gehad, maar er staat niet in de sterren geschreven dat het altijd zo moet blijven.'

4

Joona eet een laatste portie, ook al heeft hij al genoeg gehad en Valeria strijkt met een stuk brood over haar bord. Ze zitten aan de keukentafel; de vaas met rozen hebben ze op het aanrecht gezet, zodat ze elkaar kunnen zien.

'Weet je nog die cursus kanovaren die we samen hebben gevolgd?' vraagt Valeria en ze schenkt de wijnfles leeg in Joona's glas.

'Ik denk er nog vaak aan terug.'

Het was hoogzomer en ze besloten met zijn tweeën te overnachten op een eilandje dat ze hadden gezien. Het lag in een baai en was niet veel groter dan een tweepersoonsbed, met zacht gras, een rots en vijf bomen.

Valeria veegt lippenstift van de rand van haar glas.

'Wie weet of onze levens niet heel anders waren gelopen als het niet was gaan onweren,' zegt ze zonder hem aan te kijken.

'Ik was ontzettend verliefd op jou op de middelbare school,' zegt hij en hij realiseert zich dat hij het opnieuw zwaar te pakken heeft.

'Bij mij is het nooit overgegaan,' zegt ze.

Hij legt zijn hand op de hare; ze kijkt hem met glinsterende ogen aan, waarna ze nog een stuk brood pakt.

Joona veegt zijn mond af met de servet en leunt achterover, zodat de rugleuning kraakt.

'Hoe is het met Lumi?' vraagt Valeria. 'Heeft ze het naar haar zin in Parijs?'

'We hebben elkaar afgelopen zaterdag gesproken, ze was vrolijk, ze zou naar een feest gaan bij Perottin, dat is een galerie die ik zou moeten kennen... en ik vroeg of het laat zou worden en hoe ze thuis zou komen.'

'Een bezorgde vader,' constateert Valeria geamuseerd.

'Ze zei dat ze waarschijnlijk een taxi zou nemen en toen zei ik dat ze recht achter de bestuurder moest gaan zitten en haar gordel moest gebruiken, en dat was misschien wat te veel van het goede.'

'Oké,' zegt Valeria. Ze glimlacht.

'Ik merkte dat ze het gesprek wilde beëindigen, maar ik kon het niet laten om tegen haar te zeggen dat ze me een foto moest sturen van de chauffeurskaart van de bestuurder enzovoort.'

'En dat heeft ze niet gedaan, zeker?'

'Nee,' zegt hij lachend.

'Jongeren vinden bezorgdheid prima, maar ze houden niet van argwaan en wantrouwen.'

'Dat weet ik ook wel, maar het gaat gewoon vanzelf. Ik denk als een politieman, daar kan ik niets aan veranderen.'

Ze zitten nog even na te tafelen, ze drinken hun glas leeg en praten over de kwekerij en Valeria's beide zonen.

De duisternis leunt loodzwaar tegen het keukenraam wanneer Joona bedankt voor het eten en begint af te ruimen.

'Zal ik je de logeerkamer wijzen?' vraagt ze verlegen.

Ze staan op en Joona stoot zijn hoofd tegen de lamp, zodat er een metalig geluid klinkt. Samen lopen ze de krakende trap op naar het smalle kamertje met de diepe vensternis.

'Mooi,' zegt hij en hij blijft vlak achter haar staan.

Ze draait zich om en komt onverwacht dicht bij hem terecht, ze stapt naar achteren en maakt een vreemd gebaar met haar hand naar de kleerkast.

'Er zijn extra kussens… en dekens voor als je het koud krijgt.'

'Dank je.'

'Maar je kunt natuurlijk in mijn bed slapen, als je dat wilt,' fluistert ze. Ze pakt zijn hand en trekt hem mee.

Op de drempel van haar slaapkamer draait ze zich om, ze gaat op haar tenen staan en zoent hem. Hij beantwoordt de zoen, slaat zijn armen om haar heen en tilt haar bijna van de vloer.

'Zullen we een tent maken van het dekbed?' vraagt hij fluisterend.

'Dat deden we altijd,' zegt ze. Ze glimlacht en voelt haar hart sneller slaan.

Ze maakt de knoopjes van zijn overhemd los en trekt het over zijn schouders, ze pakt zijn bovenarmen vast met haar handen en kijkt hem aan.

'Vreemd... Ik herinner me je lichaam, maar je was toen gewoon een lange jongen, zonder al die spieren en littekens.'

Hij knoopt haar jurk open, zoent haar op de mond en in de hals onder haar oor en kijkt haar weer aan.

Ze is slank en haar borsten zijn klein.

Hij herinnert zich haar donkere tepels.

Nu zijn beide schouders getatoeëerd en haar gespierde armen zitten onder de schrammen van stekelige struiken.

'Valeria... Hoe kun je zo mooi zijn?' zegt hij.

Ze schuift haar slip omlaag, laat hem op de grond vallen en stapt eruit. Haar schaamhaar is zwart en krullerig.

Met trillende handen begint ze zijn broek los te maken, maar ze snapt niet goed hoe de sluiting van de riem werkt en trekt hem alleen nog maar strakker aan.

'Sorry,' giechelt Valeria.

Ze bloost en dwingt zichzelf niet te veel te kijken wanneer hij zijn broek uittrekt.

Samen tillen ze het grote dekbed boven hun hoofd en gaan ermee op het bed zitten, ze lachen wat, kijken elkaar aan in het gedempte licht en beginnen weer te zoenen.

Ze rollen op hun zij, gooien het dekbed aan de kant en voelen zich tieners en toch ook niet. Ze zijn vreemden voor elkaar, maar tegelijkertijd eigenaardig bekend.

Ze zucht als hij haar hals en mond zoent, ze laat zich op haar rug zakken, kijkt in zijn felle, grijze ogen en voelt een sprong van wild geluk in haar hart.

Hij zoent haar borsten en zuigt voorzichtig aan een tepel. Ze trekt zijn hoofd tegen zich aan en hij hoort haar hart snel slaan.

'Kom,' fluistert ze, ze trekt hem omhoog en spreidt haar benen als hij op haar gaat liggen.

Joona kan zijn ogen niet van haar afhouden, van haar ernstige blik, de halfopen mond, het kuiltje van haar hals en de schaduw van het sleutelbeen.

Valeria trekt hem tegen zich aan en voelt hoe hard hij is als hij bij haar naar binnen glijdt.

Ze zakt weg in de matras onder zijn gewicht, ze voelt het trekken in haar liezen als haar benen uit elkaar worden geduwd.

Hij voelt haar knijpende, olieachtige warmte en hijgt als hij de beweging omkeert.

Ze doet haar ogen open en ziet de tederheid op zijn gezicht, zijn begeerte.

Ze beweegt golvend naar hem toe en het zachte licht stroomt over haar borsten, buik en heupen.

Ze gaat sneller ademhalen en tilt haar heupen op, ze houdt haar hoofd achterover en doet haar ogen dicht.

Het dekbed valt op de vloer.

Het water in het glas op het nachtkastje schommelt en stuurt keer op keer een weerspiegeling in een elliptische baan over het plafond.

5

Het is zondag en de vroege winterdag is zo donker dat het voelt alsof de zon al onder is. Joona is twee nachten blijven slapen, maar gaat maandag weer aan zijn gewone werk beginnen.

Valeria zit achter haar bureau in de slaapkamer boven en loopt een paar offertes na in haar laptop, wanneer ze een auto aan hoort komen.

Ze kijkt uit het raam en ziet dat Joona zijn schep in de kruiwagen legt en zwaait naar een witte Jaguar die over de grindweg komt aanrijden.

Joona probeert de Naald met gebaren duidelijk te maken dat hij moet stoppen, maar hij rijdt recht over een rijtje plastic potten met hyacinten heen. De potten gaan krakend kapot onder de banden en de vochtige aarde spat alle kanten op. De auto blijft met één wiel op de hoge stoeprand staan.

Valeria staat nog voor het raam en ziet een lange man met een pilotenbril uit de scheefstaande auto klimmen. Hij draagt een witte doktersjas onder zijn open duffel. Zijn smalle neus is gedeukt en zijn haar is grijs en kortgeknipt.

De Naald is professor in de forensische geneeskunde aan het Karolinska-instituut en een van de leidende experts van Europa op zijn vakgebied.

Joona geeft zijn oude vriend een hand en merkt op dat hij er bleker uitziet dan anders.

'Je moet een sjaal omdoen,' zegt Joona, die glimlachend probeert de kraag van de Naald te sluiten.

'Ik heb dit adres van Anja gekregen,' zegt de Naald zonder Joona's glimlach te beantwoorden. 'Ik moet...'

Hij zwijgt abrupt wanneer hij Valeria de trap af ziet komen.

'Wat is er gebeurd?' vraagt Joona.

'Ik moet je onder vier ogen spreken.'

Valeria loopt naar hen toe en geeft de lange man een hand.

'Dit is Valeria,' zegt Joona.

'Professor Nils Åhlén,' antwoordt de Naald formeel.

'Aangenaam,' zegt Valeria met een glimlach.

'Ik moet met de Naald praten,' verklaart Joona. 'Kunnen we in de keuken gaan zitten?'

'Natuurlijk,' zegt ze en ze loopt met hen mee naar het huis.

'Het spijt me dat ik op zondag kom storen,' zegt de Naald.

'Dat is helemaal niet erg, ik zit boven een beetje te werken,' zegt Valeria en ze loopt door naar de trap.

'Blijf maar boven, ik zeg het wel als we klaar zijn,' zegt Joona.

'Oké.'

Joona neemt de Naald mee naar de keuken en biedt hem een stoel aan. Het vuur knappert achter de deurtjes van het houtfornuis.

'Wil je koffie?'

'Nee, dank je... Doe voor mij geen...'

Hij zwijgt en laat zich op een stoel zakken.

'Hoe gaat het eigenlijk met je?'

'Met mij is er niks,' antwoordt de Naald gegeneerd.

'Maar wat is er gebeurd?'

De Naald strijkt met zijn hand over het tafelblad en kijkt hem niet aan.

'Ik heb nauw contact met mijn collega's in Noorwegen,' begint hij langzaam. 'En ik heb zojuist een telefoontje gekregen van het Instituut voor de Volksgezondheid, Folkehelseinstituttet... Hun afdeling voor Forensische Pathologie en Klinisch Forensische Geneeskunde zit daar tegenwoordig.'

'Dat weet ik.'

De Naald slikt moeizaam, zet zijn bril af, doet een halfslachtige poging om hem te poetsen en zet hem dan weer op.

'Joona, ik weet niet hoe ik het moet zeggen... Ik bedoel, zonder dat ik jou...'

'Zeg maar wat er gebeurd is.'

Joona vult een glas met water en zet het voor de Naald neer.

'Zoals ik het begrijp, heeft Kripos, de Noorse rijksrecherche, het vooronderzoek naar een geval van doodslag overgenomen van de politie van Oslo. Er is een dode man in een appartement gevonden. Alles wees op een gewone vechtpartij van dronkenlappen, maar toen de agenten de vrieskist van het slachtoffer openden, vonden ze lichaamsdelen van een groot aantal mensen... ingevroren in verschillende stadia van ontbinding. Ze werken vanuit de theorie dat de dode een tot nu toe onbekende grafschenner is... iemand die zich wellicht met necrofilie en kannibalisme heeft beziggehouden... In elk geval heeft hij als antiekhandelaar beurzen en veilingen afgereisd en van de gelegenheid gebruikgemaakt om ter plaatse graven te openen en trofeeën mee te nemen.'

De Naald drinkt een slok en veegt met een trillende vinger water van zijn bovenlip.

'Wat heeft dat met ons te maken?'

'Nu moet je niet van slag raken,' zegt de Naald en voor het eerst kijkt hij Joona in de ogen. 'Hij had Summa's schedel in zijn vriezer.'

'Mijn Summa?'

Joona zoekt steun bij het aanrecht en stoot per ongeluk de lege wijnfles om. Hij merkt niet eens dat die valt en met veel gerammel in de gootsteen vol glazen en borden valt. Het dreunt in zijn oren wanneer de beelden van zijn vrouw door zijn hoofd schieten.

'Weet je het zeker?' fluistert hij en hij kijkt door het raam naar de kassen.

De Naald zet zijn bril wat hoger op zijn neus en vertelt dat de politie heeft geprobeerd DNA van de lichamen in de vrieskist te matchen met de registers van Europol en van de politie van Finland en de andere Scandinavische landen.

'Ze hebben Summa's tandartskaart gevonden. En aangezien ik de verklaring van overlijden heb opgesteld, belden ze mij.'

'Ik begrijp het,' zegt Joona en hij gaat op de stoel tegenover zijn vriend zitten.

'Alle reisdocumenten lagen in de flat van de man. Half november is hij op een boerderijveiling in Gällivare geweest... Dat is niet ver van Summa's graf.'

'Weet je dit zeker?' vraagt Joona nog eens.

'Ja.'

'Mag ik de foto's zien?'

'Nee,' fluistert de Naald.

'Maak je geen zorgen,' zegt Joona en hij kijkt de Naald in de ogen.

'Doe het niet.'

Maar Joona heeft de tas van de Naald al opengemaakt en de map van Kripos eruit gehaald. Hij legt de ene foto na de andere op de keukentafel.

De eerste foto is van bovenaf gemaakt en laat de open vrieskist zien. Uit een berijpte klomp wit ijs steekt een grijze kindervoet. Naast een bebaard gezicht zijn vaag een geskeletteerde ruggengraat en een bloederige tong te zien.

Joona bladert langs foto's van de ontdooide lichaamsdelen op een stalen tafel. Een uitgesneden hart in een vergevorderd stadium van ontbinding, onderbenen die bij de knieschijf zijn afgehakt, een complete baby, drie schone schedels, tanden en een hele romp met borsten en armen.

Opeens komt Valeria de keuken binnen en zet twee oude koffiekopjes op het aanrecht.

'Verdomme,' schreeuwt Joona en hij probeert de foto's te verbergen, ook al begrijpt hij dat ze die al heeft gezien.

'Sorry,' mompelt ze en ze loopt snel weg.

Hij staat op, steunt met een hand tegen de muur, kijkt naar de kassen buiten en daarna weer naar de foto's.

De schedel van Summa.

Het is maar toeval, zegt hij tegen zichzelf. De grafschenner wist niet wie ze was. Dat staat niet op de grafsteen en in geen enkel register.

'Wat weten we van de dader?' vraagt hij en hij hoort Valeria de trap op lopen.

'Niets, ze hebben geen sporen.'

‘En van het slachtoffer?’

‘Alles wijst op huiselijk geweld, hij had een hoge dosis alcohol in zijn bloed toen hij overleed.’

‘Is het niet raar dat de politie geen sporen heeft van de tweede persoon?’

‘Wat denk jij? Joona, wat denk je nu?’ vraagt de Naald met gespannen stem.

6

Valeria zit boven achter de computer als Joona de trap op komt en op de deur klopt.

Ze draait zich naar hem om en het bleke licht door het roederaam geeft haar haar een kastanjerode glinstering.

'De Naald is weer vertrokken,' zegt Joona met gedempte stem. 'Sorry dat ik boos werd, ik wilde niet dat je dat zou zien.'

'Ik kan wel wat hebben,' antwoordt ze. 'Ik heb zo vaak dode mensen gezien, dat weet je.'

'Maar dit waren niet zomaar lichaamsdelen... Dit is persoonlijk,' zegt Joona en zwijgt dan.

Er is een familiegraf in Stockholm met de namen Summa Linna en Lumi Linna op de steen, maar in de urnen onder de grond zit geen as van hen. De dood van Joona's vrouw en dochter was gefingeerd en ze hebben jarenlang onder een nieuwe identiteit op een geheime plaats gewoond.

'We gaan naar de keuken en warmen de soep op,' zegt Valeria even later.

'Wat?'

Ze omhelst hem, hij slaat zijn armen om haar heen en laat zijn wang op haar hoofd rusten.

'We gaan wat eten,' zegt ze zacht.

Wanneer ze in de keuken komen, haalt ze de soep die ze eerder hebben klaargemaakt uit de koelkast. Ze zet de pan op het fornuis en zet de pit aan, maar als ze het lampje van de afzuigkap aanknipt, doet Joona het weer uit.

'Wat is er gebeurd?' vraagt Valeria.

'Summa's graf is geschonden en...'

Joona zwijgt, wendt zijn gezicht af en ze ziet dat hij tranen van zijn wangen veegt.

'Huilen mag,' zegt ze voorzichtig.

'Ik weet niet waarom ik hier zo door van streek raak... Iemand heeft haar graf opengemaakt en haar schedel meegenomen naar Oslo.'

'Mijn god,' fluistert ze.

Hij gaat naast het raam staan en kijkt naar de kassen en het bos. Valeria ziet dat hij de gordijnen in de woonkamer heeft gesloten en dat hij een keukenmes op het oude dressoir heeft gelegd.

'Je weet dat Jurek Walter dood is,' zegt ze ernstig.

'Ja,' fluistert Joona en hij trekt de gordijnen voor het keukenraam dicht.

'Wil je over hem praten?'

'Dat kan ik niet,' zegt hij met hese stem en hij draait zich naar haar om.

'Oké,' antwoordt ze beheerst. 'Maar je hoeft mij niet te ontzien, ik kan luisteren, dat verzeker ik je... Ik weet wat je hebt gedaan om Summa en Lumi te redden, dus ik begrijp dat hij een gruwelijk iemand was.'

'Hij was erger dan iemand zich kan voorstellen... Hij holt je vanbinnen uit en dan ben je leeg.'

'Maar dat is nu voorbij,' fluistert Valeria en ze probeert hem aan te raken. 'Je kunt je veilig voelen, hij is dood.'

Joona knikt.

'Het was gewoon de herinnering. Het leek wel of hij in mijn nek blies toen ik het te horen kreeg van Summa's graf.'

Joona gaat weer bij het raam staan en kijkt door de kier van het gordijn. Valeria kijkt in het donker van de keuken naar zijn rug.

Wanneer ze aan de keukentafel gaan zitten, vraagt ze hem verder te vertellen over Jurek Walter. Joona legt zijn handen op het tafelblad, zodat ze niet meer trillen en zegt zacht: 'Hij kreeg de diagnose ongedifferentieerde schizofrenie, chaotisch denken en acute psychotische episodes met bizarre en zeer gewelddadige elementen, maar dat betekent niets... Hij is nooit schizofreen geweest. De diagnose zegt alleen iets over de psychiater die de beoordeling heeft gemaakt, het laat alleen zien hoe bang hij was.'

'Was hij een grafschenner?'

'Nee,' zegt Joona.

'Nou dan,' zegt ze en ze probeert te glimlachen.

'Jurek Walter zou zich nooit druk maken om trofeeën,' zegt hij met zware stem. 'Hij was niet pervers... Maar het was zijn passie om mensen kapot te maken, niet om ze te doden of te martelen... Hij zou niet hebben geaarzeld, maar om ze te begrijpen moet je weten dat hij het innerlijk van zijn slachtoffers wilde vernietigen, dat hij hun levensvonk wilde doven.'

Joona probeert uit te leggen dat Jurek zijn slachtoffers alles wilde afpakken om vervolgens toe te kijken als ze verdergingen met leven – als ze naar hun werk gingen, aten, voor de tv zaten – tot aan het verschrikkelijke moment waarop ze beseften dat ze al dood waren.

Nu zitten ze in het donker, terwijl Joona over Jurek Walter vertelt. Ook al was hij de ergste Noord-Europese seriemoordenaar aller tijden, hij is bij het grote publiek onbekend, aangezien alle dossiers die op hem betrekking hebben geheim zijn.

Joona beschrijft hoe hij, samen met zijn collega Samuel Mendel, Jurek Walter op het spoor was gekomen.

Ze hielden 's nachts om de beurt de wacht voor de woning van een vrouw. Haar twee kinderen waren verdwenen onder omstandigheden die aan andere getuigenverklaringen deden denken.

Ze zeiden dat het wel leek alsof ze door de aarde verzwolgen waren.

Bij veel verdwijningen van de afgelopen jaren bleek het te gaan om personen van wie ook familieleden werden vermist.

Joona zwijgt en Valeria ziet dat hij zijn handen tegen elkaar legt in een poging ze stil te houden. Ze heeft thee gezet en in twee mokken geschonken. Ze zet de mokken op tafel en wacht totdat hij weer verder vertelt.

'Het dooide al een paar weken,' zegt hij. 'Maar overdag had het gesneeuwd. En nu lag er een nieuw sneeuwdek over het oude...'

Joona heeft nooit met iemand over deze laatste uren gesproken, toen Samuel hem was komen aflossen.

Een slanke man stond aan de donkere bosrand te staren naar het raam waarachter de moeder van de verdwenen kinderen lag te slapen.

Het kalme gezicht van de man was mager en rimpelig.

Joona dacht dat de aanblik van het huis de man een genotvolle rust schonk, alsof hij zijn slachtoffer al het bos in sleepte.

De tengere gestalte deed niets anders dan kijken, waarna hij zich afwendde en verdween.

'Je denkt aan de eerste keer dat je hem zag,' zegt Valeria en ze legt haar hand op de zijne.

Joona kijkt op en beseft dat hij is gestopt met praten, hij knikt en vertelt dat hij en Samuel de auto lieten staan en de verse voetsporen volgden.

'We renden over een oud treinspoor het Lill-Jansbos in...'

Maar in het donker tussen de sparren raakten ze het spoor van de man kwijt, het was er opeens niet meer en ze begonnen terug te lopen.

Toen ze de rails volgden, zagen ze dat de slanke man het spoor had verlaten en recht het bos in was gelopen.

Aangezien de grond vochtig was onder het nieuwe sneeuwdek, waren de sporen van zijn schoenen zwart geworden. Een halfuur geleden waren ze wit geweest en onmogelijk te ontdekken in het zwakke licht, maar nu waren ze donker als graniet.

Ze waren diep in het bos gekomen toen ze een kermend gejammer hoorden.

Het klonk als eenzaam huilen in de hel.

Tussen de boomstammen zagen ze de man die ze hadden achtervolgd. De bodem was zwart van opgeworpen aarde rond een ondiep graf. Een uitgemergelde, vervuilde vrouw deed herhaalde pogingen om uit haar kist te komen. Ze vocht huilend, maar telkens wanneer ze omhoogkwam, duwde de man haar weer naar beneden.

Ze trokken hun wapen en vlogen erheen, ze gooiden de man op zijn buik en namen zijn armen en voeten in een houdgreep.

Samuel huilde toen hij de alarmcentrale belde.

Joona hielp de vrouw uit de kist en sloeg zijn jack om haar heen. Hij hield haar vast en legde uit dat er hulp onderweg was, toen hij opeens een beweging tussen de bomen zag. Sparrentakken die schommelden en sneeuw die met een dof geluid op de grond viel.

'Iemand had daar naar ons staan kijken,' zegt hij zacht.

De negenenvijftigjarige vrouw leefde, ook al had ze bijna twee jaar in de kist gelegen. Jurek Walter was er af en toe naartoe gegaan, om het graf te openen en haar water en eten te geven. Ze was blind geworden en zwaar ondervoed geraakt, en ze had geen tanden meer in haar mond. Van haar spieren was niets meer over, ze was misvormd geraakt door de doorligwonden en had bevriezingsletsels aan handen en voeten.

Eerst dachten ze dat ze getraumatiseerd was, maar later bleek dat ze ernstig hersenletsel had opgelopen.

Die nacht werden grote delen van het bos afgezet. 's Ochtends gaf een speurhond een verwijzing opslechts tweehonderd meter van het graf van de vrouw. Ze groeven de stoffelijke resten op van een man en een jongen, die in een blauwe plastic ton waren gestopt. Later bleek dat ze vier jaar eerder waren begraven, maar niet veel uren in de ton hadden geleefd, ondanks de toevoer van lucht door een pijp.

Joona ziet dat Valeria overstuur is, alle kleur is uit haar gezicht verdwenen en ze houdt een hand voor haar mond.

Ze denkt aan Joona's beschrijving van de eerste keer dat hij Jurek Walter zag, die in de sneeuw onder het raam van zijn volgende slachtoffer stond. Het doet haar denken aan de man die ze afgelopen vrijdag aan de bosrand naast de kas heeft gezien. Waarschijnlijk zou ze het aan Joona moeten vertellen, maar ze wil hem niet op het idee brengen dat Jurek toch nog leeft.

7

Een officier van justitie nam de verantwoordelijkheid over voor het vooronderzoek nadat Jurek was gearresteerd, maar Joona en Samuel leidden de verhoren vanaf de inhechtenisneming tot aan de rechtszitting.

'Het is moeilijk te begrijpen, maar Jurek Walter ging in het hoofd zitten van iedereen die dicht genoeg bij hem kwam,' vertelt Joona en zijn ogen ontmoeten die van Valeria. 'Er was niets bovennatuurlijks aan, het was gewoon een soort ijskoude kennis van menselijke zwakte. Hij wrikte aan iets fundamenteels, wat ervoor zorgde dat de mensen het vermogen tot zelfbescherming kwijtraakten.'

Gedurende de hele periode van hechtenis legde Jurek Walter geen enkele bekentenis af. Hij beweerde ook niet dat hij onschuldig was, maar hield zich vooral bezig met een filosofische deconstructie van de begrippen misdaad en straf.

'Aan het eind van de zitting begreep ik eigenlijk pas wat Jurek van plan was. Hij wilde Samuel of mij laten zeggen dat de mogelijkheid bestond dat hij onschuldig was. Dat hij het graf toevallig had gevonden en dat hij de vrouw overeind had willen helpen toen hij door ons werd aangehouden.'

Toen Joona en Samuel op een avond samen aan het hardlopen waren, stelde Samuel de hypothetische vraag wat er gebeurd zou zijn als iemand anders dan Jurek bij het graf had gestaan toen zij daar aankwamen.

'Die gedachte laat me niet los,' zei Samuel. 'Dat ongeacht wie daar op dat moment had gestaan, hij voor die daad zou zijn aangeklaagd.'

Het klopte dat er geen concreet bewijs was en dat de aanklacht vooral op de omstandigheden ten tijde van de arrestatie en het totale gebrek aan getuigenissen gestoeld was.

Joona wist dat Jurek gevaarlijk was, maar had nog geen idee hoe gevaarlijk.

Samuel Mendel begon zich terug te trekken, hij kon het niet meer aan om in Jureks nabijheid te zijn, hij beweerde dat hij zich bezoedeld voelde, dat zijn ziel vergiftigd werd.

'Ook al wil ik het niet, ik zeg dingen die erop wijzen dat hij onschuldig zou kunnen zijn,' gaf Samuel toe.

'Hij is schuldig... Maar ik denk dat hij een medeplichtige heeft,' antwoordde Joona.

'Alles wijst op een eenzame gek die...'

'Hij was niet alleen bij het graf toen wij daar kwamen,' viel Joona hem in de rede.

'Jawel, hij was wel alleen. Het zijn gewoon zijn manipulaties, dat je denkt dat je misschien de echte dader het bos in hebt zien vluchten.'

Joona heeft vaak gedacht aan het laatste gesprek dat hij met Jurek voerde voordat hij zijn laatste getuigenis in de zaak aflegde.

Jurek Walter zat op een stoel in de zwaarbewaakte verhoorkamer, met zijn rimpelige gezicht naar de vloer.

'Mij maakt het niet uit of ik onschuldig word veroordeeld,' zei Jurek Walter. 'Ik ben nergens bang voor, niet voor pijn... niet voor eenzaamheid en verveling. Het hof zal de lijn van de officier van justitie volgen... en mijn schuld zal geacht worden boven elke redelijke twijfel vast te staan.'

'Je weigert je te verdedigen,' zei Joona.

'Ik weiger me bezig te houden met formaliteiten, aangezien het eigenlijk hetzelfde is om een graf te openen als om het dicht te maken.'

Joona begreep natuurlijk wel dat hij bewerkt werd, dat Jurek Walter hem aan zijn kant moest hebben om te worden vrijgesproken. Daarom probeerde hij een kiem van twijfel te zaaien. Joona wist waar Jurek mee bezig was, maar moest tegelijkertijd erkennen dat de aanklacht niet waterdicht was.

'Hij dacht dat hij jou in zijn kamp had weten te krijgen,' zegt Valeria met angst in haar stem.

'Ik denk dat hij het er veelbelovend uit vond zien.'

Tijdens de strafzitting werd Joona als getuige opgeroepen om over de arrestatie te vertellen.

'Is het mogelijk dat Jurek Walter de vrouw in het graf juist probeerde te redden?' vroeg de advocaat.

Een innerlijke drang om het met hem eens te zijn duwde Joona naar de rand. Logisch gezien bestond die mogelijkheid immers. Joona wilde knikken bij wijze van antwoord, maar hield zich in en dwong zichzelf terug te keren naar de exacte herinnering aan die vreselijke scène in het bos, waarbij Jurek Walter zonder een spoortje agressie de vrouw telkens weer in de kist duwde als ze overeind probeerde te krabbelen.

'Nee… Hij is degene die haar in het graf gevangen heeft gehouden en die ze allemaal heeft vermoord,' antwoordde Joona.

Na de beraadslaging deelde de president van het gerechtshof mee dat Jurek Walter werd veroordeeld tot terbeschikkingstelling met bevel tot dwangverpleging.

De uitkomst leek Jurek Walter niets te doen, ook al betekende die in de praktijk levenslange isolatie.

Maar voordat de zaal werd ontruimd, draaide Jurek Walter zich om naar Joona. Zijn hele gezicht was bedekt met rimpeltjes en zijn lichte ogen waren eigenaardig leeg.

'Nu zullen Samuel Mendels beide zonen verdwijnen,' zei Jurek rustig. 'En Samuels vrouw Rebecka zal verdwijnen. Maar… Nee, luister naar me, Joona Linna. De politie zal zoeken en wanneer de politie het opgeeft, zal Samuel doorgaan, maar als hij ten slotte begrijpt dat hij zijn vrouw en zonen niet zal weerzien, berooft hij zichzelf van het leven…'

Het zonlicht viel door het gebladerte buiten in het park en liet zijn tengere gestalte trillen van doorzichtige schaduwen.

'En jouw dochtertje,' ging Jurek Walter verder en hij keek naar zijn nagels.

'Pas op,' zei Joona.

'Lumi zal verdwijnen,' fluisterde Jurek. 'En Summa zal verdwijnen. En als het tot je is doorgedrongen dat je ze nooit zult vinden… dan hang je jezelf op.'

Hij sloeg zijn ogen op en keek Joona recht aan. Er zat een plotselinge rust in zijn gerimpelde gezicht, alsof zijn voorspelling al was uitgekomen.

'Ik maak je met de grond gelijk,' zei hij zacht.

Joona loopt naar de gordijnen, kijkt het donker in en ziet de hangende takken van de berken trillen in de wind.

'Je hebt heel weinig over je vriend Samuel verteld,' zegt Valeria.

'Ik heb het geprobeerd, maar...'

'Het was niet jouw schuld dat zijn gezin verdween.'

Joona gaat weer zitten en kijkt haar met glimmende ogen aan.

'Ik zat thuis aan de keukentafel met Summa en Lumi... We aten spaghetti met gehaktballetjes, toen Samuel belde. Hij was zo van streek dat het even duurde voordat ik begreep dat Rebecka en de kinderen niet in het huis op Dalarö waren waar ze slechts enkele uren daarvoor naartoe waren gegaan. Hij had al contact opgenomen met ziekenhuizen en de politie. Hij probeerde zich te beheersen, probeerde rustig adem te halen, maar zijn stem brak toch toen hij me vroeg om na te vragen of Jurek Walter niet was ontsnapt.'

'En dat was niet zo,' zegt Valeria ademloos.

'Nee, hij zat nog in zijn cel.'

Alle sporen van Rebecka en de kinderen eindigden op de grindweg vijf meter van de verlaten auto. De politiehonden pikten geen geur op. Twee maanden lang werden de bossen, de wegen, de huizen en de wateren doorzocht. Toen zowel de politie als de vrijwilligers het hadden opgegeven, gingen Samuel en Joona op eigen houtje door, zonder hun angst ook maar één keer te benoemen.

'Jurek Walter had een medeplichtige en die had ze meegenomen,' zegt Valeria.

'Ja.'

'En toen was jij aan de beurt.'

In die tijd bewaakte Joona zijn vrouw en dochter en ging overal met hen naartoe, maar hij besefte natuurlijk wel dat het op den duur niet genoeg zou zijn.

Samuel stopte met zoeken en kwam ongeveer een jaar na de verdwijning van zijn gezin weer in dienst, hij hield het drie weken van opgegeven hoop vol, daarna reed hij naar zijn zomerhuis, liep het strand op waar zijn zonen altijd zwommen en schoot zich met zijn dienstpistool door het hoofd.

Joona probeerde het met Summa over vluchten te hebben, over een nieuw leven beginnen, maar ze begreep niet hoe gevaarlijk Jurek Walter was.

Eerst probeerde hij uitwegen voor hen samen te vinden. Ze zouden een andere identiteit kunnen aannemen en in stilte kunnen leven in een ver land.

Hij belde zijn oude luitenant over een beveiligde lijn, maar eigenlijk wist hij dat niets genoeg zou zijn. Nieuwe en beschermde identiteiten geven geen veiligheid. Ze bieden je op hun best een voorsprong.

'Waarom zijn jullie niet samen gevlucht?' vraagt Valeria op fluistertoon.

'Ik had er alles voor overgehad om dat te kunnen doen, maar...'

Toen Joona had ingezien wat er moest gebeuren, werd het een obsessie. Hij begon een plan uit te werken dat hen alle drie zou redden.

Dat hij bij Summa en Lumi kon zijn, was niet het belangrijkste.

Hun leven was belangrijker.

Als hij er samen met hen tussenuit kneep of verdween, zou dat een regelrechte uitdaging zijn aan Jureks handlanger om naar hen op zoek te gaan.

En als je zoekt, vind je mensen die zich verstoppen altijd, dat wist Joona.

Ze mochten niet gaan zoeken, bedacht hij. Dat was de enige manier om niet te worden gevonden.

Er was maar één oplossing: Jurek Walter en zijn schaduw moesten denken dat Summa en Lumi dood waren. Hij zou een auto-ongeluk arrangeren waarbij ze zogenaamd om het leven kwamen.

'Maar jullie drieën,' roept Valeria uit. 'Jullie hadden kunnen doen alsof jij ook in die auto zat, dat zou ik hebben gedaan.'

'Dat had Jurek nooit geloofd... Het was mijn eenzaamheid waarmee ik hem om de tuin leidde, dat ik al die jaren alleen leefde... Iedereen zou zich na tien jaar veilig wanen en toegeven aan de verleiding zijn gezin te ontmoeten.'

'Maar jij dacht dat je al die tijd door de schim werd gadegeslagen?'

'Dat was ook zo,' zegt Joona dof.

'Dat weten we nu, maar jij had toch niemand gezien?'

'Nee.'

Nu het allemaal alweer jaren achter hem ligt, weet Joona dat hij juist heeft gehandeld. Ze hebben allemaal een hoge prijs betaald, maar het heeft Summa en Lumi het leven gered.

'Al die tijd heeft Jureks tweelingbroer Igor hem geholpen,' zegt Joona. 'Het was verschrikkelijk... Die man had geen eigen leven, zijn leven bestond uit gehoorzamen aan Jurek.'

Joona zwijgt en denkt aan Igors magere rug, die onder de littekens zat van jarenlange mishandeling met de scheerriem.

Toen Jurek na veertien jaar isolatie ontsnapte, ging hij verder met zijn plan alsof er niets was gebeurd.

Veel mensen verloren het leven in de vreselijke dagen dat Jurek Walter vrij was.

'Maar Jurek en zijn broer zijn nu allebei dood,' brengt Valeria hem in herinnering.

'Ja.'

Joona denkt aan de drie kogels die hij van dichtbij in het hart van Jureks broer heeft geschoten. Ze gingen dwars door het lichaam heen en Igor viel achterover in de grindgroeve. Ook al wist Joona dat de tweelingbroer dood was, hij liet zich toch de steile helling af glijden om het absoluut zeker te weten.

Saga Bauer had Jurek Walter doodgeschoten en gezien dat zijn lichaam door de stroom werd meegevoerd en in zee werd gespoeld.

Toen Joona eindelijk herenigd werd met zijn vrouw Summa, had ze kanker en was ze terminaal. Hij nam haar en hun dochter Lumi mee naar een huis in Nattavaara. Het kleine gezin kreeg een halfjaar samen. Toen Summa stierf, begroeven ze haar in de geboortegrond van haar oma in Purnu.

Maar pas een jaar later durfde Joona echt te geloven dat het voorbij was, toen Saga de resten van Jureks lichaam vond en de match van zowel vingerafdrukken als DNA honderd procent was.

Het was net of Joona weer vrijuit kon ademhalen.

Het verdriet en de wonden zullen altijd blijven en Saga Bauer is nooit meer de oude geworden sinds haar infiltratie bij Jurek Walter. Haar innerlijke duisternis is groter geworden en soms heeft Joona het idee dat Saga weg wil lopen voor haar lot.

8

Saga Bauer rent in hoog tempo de Skansbrug op, door de vochtige schaduwen van de hogere bruggen heen.

Zware auto's denderen langs haar heen.

Ze nadert het eind van de brug en verlengt haar passen.

Haar sportjack is aan de voorkant donker van het zweet.

Bijna elke dag rent ze na het werk naar Gamla Enskede om haar halfzus Pellerina uit school te halen.

Saga heeft het contact met haar vader weer opgepakt, na een breuk in haar puberteit. Hoewel de grote misverstanden zijn uitgepraat, vindt Saga het moeilijk om gewoon weer in de rol van dochter te glijden. Misschien zullen ze nooit echt nader tot elkaar komen.

Saga verhoogt het tempo door de galmende tunnel onder de Nynäsvägen en het spoor door.

Ze is gespierd als een balletdanseres en opvallend mooi. Ze heeft een heleboel vlechtjes in haar blonde haar met kleurige lintjes en haar ogen zijn onwerkelijk blauw.

Saga Bauer is operationeel commissaris bij de Zweedse veiligheidsdienst, maar van haar chef moest ze deze herfst rapporten schrijven en aan stijve vergaderingen deelnemen over een vruchtbare uitwisseling tussen de politiediensten van Zweden en de Verenigde Staten. Om een openlijk conflict en interne kritiek te voorkomen, besloot men de samenwerking als bijzonder geslaagd te beschrijven en Saga Bauer en *special agent* López werden ieder aan hun kant geprest om vrienden te worden op Facebook.

Saga passeert de sombere sporthal, loopt de oude tuinstad binnen en sprint het laatste stukje tot aan de Enskede-school.

Er wervelt stof op van de steentjes op het voetbalpleintje en het zweeft door het hoge hek.

Pellerina is twaalf, maar toch mag ze uit school niet alleen naar huis gaan. Ze moet op de naschoolse opvang blijven totdat ze wordt opgehaald.

Pellerina heeft het syndroom van Down en is geboren met de tetralogie van Fallot, een combinatie van vier verschillende hartaandoeningen. Een vernauwing van de longslagader zorgt ervoor dat het hart harder moet pompen om de longen van bloed te voorzien. Toen ze vier weken oud was, is er een shunt geplaatst en toen ze bijna één was, heeft ze een zware hartoperatie ondergaan.

Ze heeft leerproblemen, maar met de hulp van gespecialiseerde pedagogen kan ze naar een gewone school.

Sara's hartslag daalt en haar ademhaling wordt rustig als ze om het hoofdgebouw heen loopt en bij BSO Mellis komt. Ze ziet haar zusje door het raam op de begane grond. Pellerina kijkt vrolijk, ze springt en lacht samen met twee andere meisjes.

Saga trekt de voordeur open, loopt door een garderobe, trekt haar schoenen uit bij de getapete grens, loopt de recreatiezaal binnen, hoort muziek uit de dans- en yogaruimte en blijft in de deuropening staan.

Er hangt een roze sjaal over een lamp. Het basritme van de dansmuziek laat een raam met papieren sneeuwvlokken rinkelen.

Saga herkent Anna en Fredrika uit de klas van haar zus, ze zijn beiden een kop groter dan Pellerina.

Ze lopen alle drie op blote voeten. Hun sokken liggen opgerold in het stof onder een stoel. Ze staan op een rijtje midden in het lokaal, ze tellen, wiegen met hun heupen, doen een stap naar voren, klappen in hun handen en draaien een rondje.

Pellerina danst lachend en merkt niet dat er een snottebel uit haar neus hangt. Saga ziet dat ze het goed doet, ze heeft alle pasjes geleerd, maar ze is iets te enthousiast, ze draait meer met haar heupen dan de andere twee.

Anna zet de muziek uit. Ze is buiten adem, ze strijkt een lok achter haar oor en klapt in haar handen.

Saga staat nog in de kier van de deur en ziet dat de twee meisjes een blik van verstandhouding wisselen over Pellerina's hoofd. Fredrika trekt een debiel gezicht, zodat Anna in de lach schiet.

'Waar lachen jullie om?' vraagt Pellerina hijgend en ze zet haar dikke bril op.

'We lachen omdat je zo'n goede en knappe danseres bent,' zegt Fredrika en ze smoort een lach.

'Jullie zijn ook goede en knappe danseressen,' zegt Pellerina vriendelijk.

'Maar niet zo knap als jij,' zegt Anna.

'Echt wel,' zegt Pellerina en ze lacht.

'Je zou voor een solocarrière moeten gaan,' zegt Fredrika.

'Hoe bedoel je?' vraagt Pellerina en ze duwt haar bril omhoog.

'Dat het misschien beter is als jij alleen danst, dan filmen wij het...'

Fredrika zwijgt abrupt als Saga de danszaal in komt. Pellerina holt naar haar toe en knuffelt haar.

'Hebben jullie het gezellig?' vraagt Saga kalm.

'We zijn een dans aan het instuderen,' antwoordt Pellerina.

'Lukt het?'

'Heel goed!'

'Anna?' zegt Saga en ze kijkt het meisje aan. 'Lukt het?'

'Ja,' zegt ze en ze kijkt naar Fredrika.

'Fredrika?'

'Ja.'

'Ik zie dat jullie aardige meisjes zijn,' zegt ze. 'Hou dat zo.'

Saga wacht in de garderobe, terwijl Pellerina de orthopedagoog een paar keer knuffelt voordat ze zich in haar skipak wurmt en haar tekeningen in een tas stopt.

'Het zijn de coolste meisjes van de klas,' vertelt Pellerina wanneer ze hand in hand over het plein lopen.

'Maar als ze willen dat je rare dingen doet, moet je nee zeggen,' zegt Saga terwijl ze naar huis lopen.

'Ik ben een grote meid.'

'Je weet dat ik bezorgd ben aangelegd,' zegt Saga en ze krijgt een brok in haar keel.

Ze houdt Pellerina's hand vast en denkt aan de meisjes die lelijke gezichten trokken over het hoofd van haar zusje heen. Misschien wilden ze een filmpje maken waarin Pellerina zichzelf voor schut zette, en dat verspreiden.

Naderhand is het verhaal altijd dat het een onschuldig spelletje was dat uit de hand was gelopen, maar ze weten het allemaal wanneer ze verkeerd bezig zijn. Als de duistere elektriciteit de ruimte vult en ze willens en wetens doorgaan.

9

Pellerina en haar vader wonen in een lichtrood, gepleisterd stenen huis in de Björkvägen in Gamla Enskede.

De oude appelbomen en het grasveld glinsteren van kleine ijskristallen.

Terwijl Saga het poortje sluit, rent Pellerina naar de deur en belt aan.

Lars-Erik Bauer draagt een ribbroek en een gekreukt overhemd dat aan de hals open is. Hij had een maand geleden al naar de kapper gemoeten, maar zijn warrige, grijzende haar geeft hem een sympathiek excentrieke look. Telkens wanneer Saga haar vader ziet, valt het haar op hoe oud hij is geworden.

'Kom binnen,' zegt hij en hij helpt Pellerina uit haar skipak. 'Saga, het zou leuk zijn als je blijft eten.'

'Ik heb geen tijd,' antwoordt Saga automatisch.

Pellerina's dikke brillenglazen zijn wit van condens. Ze zet de bril af en stampt de trap op naar haar kamer.

'Ik maak een ovenschotel met macaroni, dat lust je toch zo graag?'

'Toen ik klein was lustte ik dat graag, ja.'

'Zeg maar wat je wilt hebben, dan ga ik het halen,' zegt haar vader.

'Hou op,' zegt ze glimlachend. 'Het maakt niet uit, ik eet alles. Macaroni is prima.'

Lars-Erik lijkt oprecht blij te zijn dat ze even wil blijven. Hij neemt haar jas aan en hangt hem op.

'Ik ben bang dat twee meisjes bij Mellis niet echt aardig zijn,' zegt Saga.

'Hoezo niet?' vraagt haar vader.

'Ik weet het niet, ik heb gewoon zo'n gevoel, ze trokken een lelijk gezicht.'

'Pellerina kan het meeste heel goed zelf regelen, maar ik zal met haar praten,' zegt hij. Dan lopen ze de trap op naar de kamer van haar zus.

Lars-Erik is cardioloog en hij heeft een professioneel ecg-apparaat gekocht om Pellerina's hart continu in de gaten te kunnen houden, aangezien haar hartaandoeningen weer de kop op kunnen steken.

Saga kijkt naar de nieuwe tekeningen van haar zus, terwijl haar vader de elektroden op haar bovenlichaam plakt. Het bleke litteken van de operatie loopt verticaal over het borstbeen.

'Ik begin met het eten,' zegt Lars-Erik en hij laat hen alleen.

'Ik heb een stom hart,' verzucht Pellerina en ze zet haar bril weer op.

'Je hebt het beste hart van de wereld,' zegt Saga.

'Ik ben een hartenkind,' zegt ze en ze glimlacht.

'Ja, dat ben je en je bent het mooiste zusje van de hele wereld.'

'Jij bent de mooiste, je bent net Elsa,' fluistert Pellerina en ze raakt Saga's lange haar aan.

Normaal gesproken zou het Saga storen om met een Disneyprinses vergeleken te worden, maar ze vindt het leuk dat Pellerina zichzelf en Saga ziet als de twee zusjes uit *Frozen*.

'Saga?' roept Lars-Erik van beneden. 'Kun je even komen?'

'Ik ben zo terug, Anna,' zegt ze en ze aait haar zus over de wang.

'Oké, Elsa.'

Lars-Erik staat bij het aanrecht prei te snijden wanneer Saga beneden komt. Op de keukentafel ligt een pakje. Het is verpakt in aluminiumfolie en er zit een papieren hartje op geplakt met de tekst VOOR MIJN LIEVE DOCHTER SAGA.

'Het cadeaupapier was op,' zegt hij verontschuldigend.

'Ik hoef geen cadeautjes, papa.'

'Het is niks, een aardigheidje.'

Saga trekt de folie eraf en maakt er een glimmende prop van, die ze naast de gebloemde doos legt.

'Maak maar open,' zegt Lars-Erik met een brede glimlach.

In de doos ligt, beschermd door houtwol, een ouderwetse porseleinen kabouter. Hij draagt bosgroene kleren, heeft vrij strenge ogen, blozende wangen en een tevreden mondje.

Hij houdt een grote papketel in zijn armen.

Het is haar kabouter.

Die werd elk jaar met kerst tevoorschijn gehaald en dan werd de ketel gevuld met roze en gele snoepjes.

'Ik heb er lang naar gezocht... echt heel lang,' vertelt Lars-Erik. 'En vandaag liep ik een antiekwinkel in Solna binnen en daar was hij.'

Saga herinnert zich dat haar moeder een keer boos was geweest op haar vader, de kabouter had gepakt en die op de grond aan diggelen had gesmeten.

'Dank je wel, papa,' zegt ze en ze zet de doos op tafel.

Wanneer ze weer bij Pellerina komt, ziet ze dat de hartfrequentie is gestegen, alsof haar zus zojuist heeft hardgelopen.

'Wat is er aan de hand?' vraagt Saga met bange stem.

'Niemand mag het zien, niemand mag het zien,' zegt haar zus en ze klemt de telefoon tegen haar borst.

'Papa,' roept Saga.

'Dat mag niet!'

'Het is niet erg, schat,' zegt Sara. 'Zeg gewoon waar je naar hebt gekeken.'

'Nee.'

Lars-Erik loopt haastig de trap op en komt de kamer binnen.

'Vertel het maar aan papa,' zegt Saga.

'Nee!' schreeuwt Pellerina.

'Wat is er, Pellerina? Ik ben met het eten bezig,' zegt hij streng.

'Het is iets op haar telefoon,' zegt Saga.

'Laat zien,' zegt Lars-Erik en hij steekt zijn hand uit.

'Dat mag niet,' zegt Pellerina huilend.

'Wie zegt dat?' vraagt hij.

'Dat staat in het mailtje.'

'Ik ben je vader en ik mag het zien.'

Ze geeft hem de telefoon, hij opent het mailtje en leest het met gefronste wenkbrauwen.

'Maar meisje,' zegt hij met een glimlach en hij laat de mobiel zakken. 'Dit is niet waar, dat snap je toch wel?'

'Ik moet het doorsturen, anders...'

'Nee, dat hoeft niet. In dit gezin versturen we geen nare mailtjes,' beslist Lars-Erik.

'Is het een kettingbrief?' vraagt Saga.

'Ja, een heel nare,' antwoordt hij en hij richt zich weer tot Pellerina. 'Ik ga hem nu verwijderen.'

'Nee, alsjeblieft niet,' smeekt ze, maar Lars-Erik heeft het bericht al gewist.

'Nu is het weg,' zegt hij en hij geeft haar de telefoon terug. 'Nu vergeten we het.'

'Ik heb ook kettingmail gekregen,' zegt Saga.

'En zijn ze bij jou gekomen?'

'Wie?'

'De clownsmeisjes,' fluistert ze en ze duwt haar bril omhoog over haar neus.

'Het is niet echt, het is een verzinsel,' zegt haar vader. 'Het is gewoon een kind dat alles heeft verzonnen om anderen bang te maken.'

Nadat Lars-Erik de elektroden heeft weggehaald en het ecg-apparaat heeft uitgeschakeld, draagt Saga haar zusje de trap af en legt haar op de bank voor de tv. Ze legt een plaid over haar heen en zet als gewoonlijk de film *Frozen* aan.

Buiten wordt het al donker. Saga gaat naar de keuken om haar vader met het eten te helpen. Hij heeft net room, eieren en geraspte kaas op de macaroni gedaan. Ze pakt een paar kleverige pannenlappen en zet de schotel in de oven.

'Wat stond er in de kettingbrief?' vraagt ze zacht.

'Om aan een vloek te ontkomen moet je het mailtje aan drie anderen doorsturen,' zegt hij zuchtend. 'Anders komen de clownsmeisjes terwijl je slaapt en steken je de ogen uit, zoiets.'

'Logisch dat ze bang werd,' zegt Saga.

Ze loopt de keuken uit en kijkt bij Pellerina, die in slaap is gevallen. Saga haalt de bril van Pellerina's neus en legt hem op de salontafel.

'Ze slaapt,' zegt Saga wanneer ze weer in de keuken komt.

'Ik maak haar wakker als we gaan eten. Het is altijd hetzelfde, ze wordt doodmoe op school.'

'Ik moet weg,' zegt ze.

'Heb je geen tijd om te blijven eten?' vraagt hij.

'Nee.'

Hij loopt met haar mee naar de hal en geeft haar haar jas.

'Vergeet de kabouter niet,' herinnert hij haar.

'Die mag hier blijven,' zegt Saga en ze opent de deur.

Lars-Erik blijft in de deuropening staan. Het licht valt over zijn gegroefde gezicht en zijn verwarde haren.

'Ik dacht dat je er blij mee zou zijn,' zegt hij zacht.

'Zo werkt het niet,' zegt ze en ze loopt weg.

10

Het is drie uur en de witte hemel wordt al donker.

Joona heeft nooit iets tegen buitendienst gehad, maar na het bezoek van de Naald voelt het alsof de wereld een gevaarlijker fase is binnengegaan.

Hij loopt langs het gietijzeren hek voor de Adolf Fredrikskerk en ziet een in het zwart gekleed gezelschap rond een open graf. De omringende grafstenen zijn vernield en beklad met hakenkruisen.

Wanneer Joona de Olof Palmes gata voorbij is, merkt hij dat iemand wenkt vanachter het glas in een Thais restaurant.

Een beschonken vrouw is van tafel opgestaan en staart hem aan.

Als hij dichter bij haar komt, spuugt ze in zijn richting tegen het raam.

Hij loopt door naar het Hötorget, waar de verkoop van groente en fruit in volle gang is. Zijn gedachten gaan aldoor naar de grafschenner in Oslo. Zodra hij Summa's schedel terugkrijgt uit Noorwegen, zal hij die bij de rest van haar stoffelijk overschot begraven. Hij weet nog niet of hij zijn dochter Lumi zal vertellen wat er is gebeurd. Ze zou vreselijk van streek raken.

Joona is het concertgebouw net gepasseerd als hij een man op agressieve, dronken toon hoort schreeuwen. Er valt een glazen fles kapot. Joona draait zich om en ziet groene splinters tussen de auto's door vliegen.

Een groep mensen loopt met een boog om een man heen, die onder invloed is van drugs. De man is ongeschoren en het blonde haar zit in een klit op zijn achterhoofd. Hij draagt een versleten leren jack en een spijkerbroek waarvan het kruis en de ene pijp donker zijn van de urine.

De man heeft geen schoenen of sokken aan, en Joona ziet dat hij gewond is aan zijn ene voet en dat hij een bloedspoor heeft achtergelaten op het trottoir.

De man vloekt tegen een vrouw die snel wegloopt. Daarna wijst hij met een hooghartig gezicht met zijn vinger naar de mensen om hem heen, alsof hij iets heel belangrijks aan het doen is.

'Eén, twee, drie, vier... vijf, zes, zeven...'

Joona komt dichterbij en ziet een klein meisje vlak achter de verwarde man staan. Haar vieze gezicht is gestrest en ze is bijna in tranen. Met haar roze trainingspak is ze niet gekleed op de kou.

'Kunnen we nu naar huis gaan?' vraagt ze en ze trekt de man voorzichtig aan zijn jas.

'Eén... twee... drie.'

Hij raakt de tel kwijt en grijpt zich vast aan een paal om niet te vallen. Zijn blik is gedrogeerd, zijn pupillen zijn piepklein en er loopt snot uit zijn smalle neus.

'Heb je hulp nodig?' vraagt Joona.

'Ja, alsjeblieft,' mompelt de man.

'Wat kan ik doen?'

'Schiet de mensen die ik aanwijs dood.'

'Ben je gewapend?'

'Ik wijs gewoon naar iedereen die...'

'Hou daarmee op,' valt Joona hem rustig in de rede.

'Oké, oké,' antwoordt de man.

'Ben je gewapend?'

De man wijst eerst naar een voorbijganger die is blijven staan en dan naar een vrouw met een kinderwagen die langsloopt.

'Papa,' smeekt het meisje.

'Nu niet schrikken,' zegt Joona tegen haar. 'Maar ik moet kijken of je vader een wapen heeft.'

'Hij moet alleen rusten,' fluistert ze.

Joona zegt tegen de man dat hij zijn handen achter zijn nek moet houden en dat doet hij. Maar wanneer de man de paal loslaat, verliest hij zijn evenwicht en wankelt achterover, de schaduw in naar de blauwe gevel.

'Wat voor drugs heb je gebruikt?'

'Alleen wat ketamine en speed.'

Joona gaat op zijn hurken bij het meisje zitten. Haar vader staat alweer stiekem naar verschillende mensen te wijzen.

'Hoe oud ben je?'

'Zesenhalf.'

'Denk je dat je voor een teddybeer zou kunnen zorgen?'

'Hoezo?'

Joona doet zijn tas open en haalt het knuffelbeest eruit. Voor kerst is de politie uitgerust met teddyberen die ze aan alle kinderen kunnen geven die iets erg overkomt of die getuige zijn van geweld. Vaak is dat het enige kerstcadeautje in het gezin van een verslaafde.

Het meisje staart naar de beer met het gestreepte truitje en een groot rood hart op de borst.

'Wil jij voor hem zorgen?' vraagt Joona glimlachend.

'Nee,' fluistert ze en ze kijkt hem verlegen aan.

'Je mag hem hebben als je dat wilt,' legt Joona uit.

'Krijg ik die?'

'Maar hij wil wel graag een naam hebben,' zegt Joona, terwijl hij haar de beer geeft.

'Sonja,' zegt het meisje en ze drukt de beer tegen haar hals.

'Wat mooi.'

'Zo heette mijn moeder,' vertelt ze.

'We moeten je vader naar het ziekenhuis brengen. Kun jij zolang bij iemand logeren?'

Het kind knikt en fluistert iets in het oor van de beer.

'Bij oma.'

Joona belt een ambulance en neemt dan contact op met een bekende bij het maatschappelijk werk en vraagt of ze het meisje wil komen halen en haar naar het aangegeven adres wil brengen.

Hij heeft het meisje net alles uitgelegd als er een politieauto arriveert. Het blauwe licht knippert boven het asfalt.

Twee geüniformeerde collega's stappen uit en knikken naar Joona.

'Joona Linna? Je chef heeft contact met mij opgenomen via radiosysteem Rakel,' zegt de ene.

'Carlos?'

'Hij vraagt of je de telefoon wilt opnemen.'

Joona pakt zijn telefoon. Hij hoort niets, maar ziet dat Carlos Eliasson, de chef van de Nationale Operationele Afdeling, belt.

Hij neemt op. 'Joona.'

'Het spijt me als ik je stoor in je werk, maar dit heeft de hoogste prioriteit,' zegt Carlos. 'Een Duitse inspecteur, Clara Fischer van het *Bundeskriminalamt*, wil zo snel mogelijk met je in contact komen.'

'Waarom?'

'Ik heb beloofd dat je ze gaat helpen met een vooronderzoek... De politie van Rostock heeft een sterfgeval op een camping, waarschijnlijk doodslag. Het slachtoffer heet Fabian Dissinger... Hij is een serieverkrachter die onlangs is vrijgelaten uit een beveiligde forensisch psychiatrische afdeling in Keulen.'

'Ik zit nog in mijn proeftijd en doe straatdienst totdat...'

Carlos laat hem niet uitspreken en zegt: 'Ze vroeg specifiek naar jou.'

11

In de stralende zon rijdt Joona langs bleekgroene akkers en grote stenen gebouwen met geasfalteerde opritten met fietsen en auto's.

Het vliegtuig vanuit Stockholm is een uur geleden geland op vliegveld Rostock-Laage, Joona heeft een BMW gehuurd en vervolgens Autobahn 19 in noordelijke richting genomen.

Hij weet nog niet waarom inspecteur Clara Fischer juist zijn hulp heeft ingeroepen. Ze hebben nooit eerder contact met elkaar gehad en de man die dood op de camping is gevonden komt in geen van Joona's vooronderzoeken voor.

Clara Fischer heeft niet nader aangegeven waar Joona's bijdrage uit zou kunnen bestaan, maar aangezien de politiediensten van Zweden en Duitsland vergaand samenwerken, heeft Carlos groen licht gegeven.

Tijdens de vlucht heeft Joona drie oude vooronderzoeken van het BKA gelezen over het slachtoffer van de moord.

Fabian Dissinger is veroordeeld voor drieëntwintig gewelddadige verkrachtingen van zowel mannen als vrouwen in Duitsland, Polen en Italië. Volgens het rapport van de forensisch psychiater had hij een antisociale persoonlijkheidsstoornis met sadistische neigingen en elementen van psychopathie.

Joona stuurt scherp naar links een stuk bos in. Er doemt een open plek met een modderige motorcrossbaan op aan de rechterkant en daarna is het weer een en al bos, totdat hij Ostseecamp Rostocker Heide bereikt.

Joona parkeert vlak voor de afzetting van de politie en loopt naar de groep Duitse collega's die op hem wachten.

De winterzon schittert in de schotelantennes op de daken van de caravans.

Clara Fischer is een lange vrouw met een trotse en lichtelijk gekwetste houding. De blik in haar donkerbruine ogen lijkt scherper te worden als ze Joona aan ziet komen. Haar korte, golvende haar is wit bij de slapen. Ze gaat gekleed in een zwartleren jack tot over haar heupen en ze draagt zwartleren laarzen die helemaal grijs zijn geworden van de modder op de natte grond.

Clara slaat Joona aarzelend gade, alsof de minste verandering op zijn gezicht van grote betekenis is.

'Fijn dat je zo snel kon komen,' zegt ze. Ze blijft hem aankijken terwijl ze hem een hand geeft.

'Ik ben dol op campings...'

'Mooi zo.'

'...maar toch vraag ik me af wat ik hier doe,' maakt hij zijn zin af.

'Niet omdat de dood van Fabian Dissinger een groot verlies is voor Duitsland,' antwoordt Clara Fischer en ze wijst naar een standplaats.

Ze nemen een van de geasfalteerde wegen die over de camping lopen. De winterlucht is koud en de witte stralen van de zon knipperen door kale boomkronen.

'Ik bedoel niet dat hij zijn verdiende loon heeft gekregen, maar als ik er iets over te zeggen had gehad, was hij eeuwig in zijn cel blijven zitten,' zegt ze rustig.

'Heel herkenbaar.'

Ze komen langs douchegebouwtjes en een kleine kiosk. Buiten de afzettingen staan een paar kampeerders die de plaats delict fotograferen met hun telefoon. De rood-witte plastic linten trillen in de wind.

'Heel herkenbaar,' herhaalt Clara en ze kijkt hem aan. 'Ik weet dat enkele collega's in Berlijn vorige week een zaak hebben geweigerd... van een bekende pedofiel die was verdronken in een sloot bij een school... Ik begrijp ze wel wanneer tegelijkertijd het vooronderzoek naar een roofmoord op een jonge vrouw in Spandau wordt neergelegd.'

Een leeg bierblikje rolt over een zanderig milieupark; gebroken glas glinstert in de zon en een groot stuk piepschuim ligt vastgeklemd tussen twee containers.

Joona en Clara lopen zwijgend tussen de groep oudere caravans door die alweer verlaten zijn.

Twee geüniformeerde agenten bewaken de binnenste afzetting. Ze groeten Clara met respectvolle gezichten.

'Een Cabby 58 uit 2005,' zegt ze en ze knikt naar de caravan. 'Dit is de allergoedkoopste caravan van de hele camping. Hij is twee maanden en vier dagen verhuurd geweest aan Dissinger.'

Joona kijkt naar de vierkante caravan die op lichte betonblokken staat. Van de kromme schotel op het dak is roodbruine roest langs de wand naar beneden gelopen.

Twee forensisch onderzoekers in witte pakken werken rond een campingtafel op een stuk grind en er zijn bordjes met cijfers in de grond gestoken om vindplaatsen te markeren. Een beroete aluminium pan zit vol met regenwater en dode vliegen.

'Ik neem aan dat je de processen-verbaal die we je hebben gestuurd nog niet hebt kunnen lezen.'

'Niet allemaal.'

Ze lacht vreugdeloos.

'Niet allemaal,' herhaalt ze. 'We hebben grote hoeveelheden gewelddadige porno in zijn computer gevonden. We mogen dus aannemen dat elf jaar psychiatrie zijn geest niet gezond heeft gemaakt. Hij heeft opgesloten gezeten, heeft medicijnen gekregen en heeft op de spaarstand gefunctioneerd... Maar hij heeft aldoor zitten wachten tot hij er weer mee door kon gaan.'

'Zo werkt het bij sommigen,' antwoordt Joona eenvoudig.

Een lange technicus in een witte overall verlaat de caravan om hun de ruimte te geven en zegt iets tegen Clara wat Joona niet verstaat.

Ze stappen het opstapje voor de open deur op.

Clara slaat hem de hele tijd ongegeneerd gade. Het lijkt wel of er een vraag op het puntje van haar tong ligt, maar die stelt ze niet.

Staptegels van half doorzichtig plastic liggen op de kurkkleurige matten. De vloer van de caravan kraakt onder hun gewicht.

Op een ronde bank met een lichtblauw, verbleekt motief ligt een bruin jasje met versleten revers en bloedvlekken op de mouwen.

'Iemand zou de vechtpartij moeten hebben gehoord,' zegt Clara met gedempte stem.

Glazen buisjes voor biologische proeven en zakken met veiliggestelde voorwerpen – koffiekopjes, bierglazen, bestek, tandenborstels en sigarettenpeuken – liggen op een rij langs de glazen achterwand van de keuken.

'Dissinger heeft hier iemand op bezoek gehad, waarschijnlijk wilde hij weer hetzelfde doen als altijd, maar de tijd had niet stilgestaan, hij was zwakker en ouder... de rollen werden omgedraaid en hij werd dodelijk mishandeld door de persoon die hij wilde verkrachten.'

Zonlicht stroomt naar binnen door het streperige raam met groezelige crèmekleurige gordijntjes ervoor. Resten van kapotte spinnenwebben trillen in de kozijnen op de tocht vanuit de open deur.

'Twee jongeren hebben hem gevonden... Een paar dagen eerder had hij kennelijk tegen een van hen gezegd dat hij maar eens een drankje moest komen halen.'

'Ik wil die jongeren graag spreken,' zegt Joona en hij kijkt naar het bloed op een afgeronde hoek van een kast.

'Ze zijn behoorlijk geschrokken, maar als ze niet zo laat waren gekomen voor dat drankje waren ze er waarschijnlijk heel wat slechter aan toe geweest dan nu.'

Het tweepersoonsbed is bebloed en het ene leeslampje aan het hoofdeinde zit los en hangt aan zijn draadjes. Iemand is van de kale matras getrokken, teruggeduwd, heeft geprobeerd te ontkomen en is langs de ene wand gegleden.

'Zijn familieleden staan niet direct in de rij om zijn begrafenis te regelen, dus ik heb hem laten hangen totdat jij er was,' besluit Clara met een gebaar naar de gesloten wc-deur.

'Dank je wel.'

12

Joona opent de schuifdeur naar de wc. Aan een bovenkast tussen het toilet en de wastafel hangt een forse man met een bloot bovenlijf. Zijn voeten raken de grond, maar beide benen zijn bij de knie gebroken en hebben hem geen steun kunnen geven.

Er zit een stuk staaldraad om zijn nek, dat vlak onder de adamsappel ten minste vijf centimeter diep in het vlees is gedrongen.

Over zijn harige borst en dikke buik is bloed naar zijn spijkerbroek gestroomd.

'Zijn jullie zeker van de identiteit?'

'Honderd procent,' zegt Clara en ze kijkt Joona opnieuw indringend aan.

Het gezicht van de man is verbrijzeld, van gelaatstrekken is bijna geen sprake meer.

De handen die langs zijn lichaam hangen zijn zwart van de lijkvlekken.

'Hij moet veel vijanden hebben overgehouden aan het proces,' zegt Joona peinzend. 'Hebben jullie...'

'Wraak is statistisch gezien een ongebruikelijk motief,' kapt Clara hem af.

Joona laat zijn blik over de wanden rond het lijk gaan. De dode heeft kennelijk lang gestreden om niet te stikken. Hij heeft heen en weer geschommeld in een poging het staaldraad los te maken en daarbij de wastafel gebroken. Ook al wordt dit gezien als een onvolledige ophanging, aangezien de voeten van de dode de vloer raakten, Joona weet zeker dat ze fracturen in het tongbeen en aan de bovenkant van het schildkraakbeen zullen vinden.

'Ik volg de hypothese dat hij een jongen hiernaartoe heeft gelokt die op het verkeerde pad is gekomen, jeugdzorg, overvallen, prostitutie, steroïden, Rohypnol,' gaat Clara verder en ze trekt een paar witte latex handschoenen aan.

'Het was geen gevecht,' zegt Joona.

'O nee?'

'Hij kon vast goed van zich af slaan, maar zijn knokkels zijn onbeschadigd,' zegt Joona.

'Je hebt het lijk gezien, dan brengen we het nu naar het forensisch laboratorium,' mompelt ze.

'Hij heeft geen afweerletsel,' gaat Joona verder.

'Natuurlijk wel,' zegt ze en ze draait aan de armen van de dode om te kijken.

'Hij heeft zich niet verweerd,' zegt Joona rustig.

Clara Fischer zucht, laat de armen los en kijkt Joona doordringend aan.

'Hoe weet je dat allemaal?'

'Wat doe ik hier?' vraagt Joona.

'Ik heb een vraag voor je,' zegt Clara. Ze haalt een plastic mapje uit haar tas en laat een oud model mobiel zien.

'Een telefoon,' zegt hij.

'Een telefoon, die we tussen de kussens van de bank hebben gevonden. Hij was van Fabian Dissinger,' zegt ze en ze schakelt de mobiel door het plastic heen in. 'Twee dagen voor zijn dood heeft hij dit nummer gebeld. Herken je het?'

'Dat is mijn nummer,' zegt Joona.

'Een van de laatste oproepen van zijn leven ging naar jouw privénummer.'

Joona pakt zijn mobiel en ziet dat hij die oproep heeft gemist.

'Vertel wat je weet,' zegt Clara.

'Nu weet ik waarom ik hier moest komen.'

'Je moet me vertellen waarom hij jou belde,' verduidelijkt ze ongeduldig.

Joona schudt zijn hoofd.

'Fabian Dissinger komt in geen enkel vooronderzoek van mij voor.'

'Vertel gewoon de waarheid,' zegt Clara geïrriteerd.

'Ik heb geen idee.'

Ze blaast een haar van haar mond.

'Je hebt geen idee, maar er moet een verband bestaan,' houdt ze vol.

'Ja,' zegt Joona en hij knikt, gaat dichter bij de opgehangen man staan en kijkt naar zijn ogen.

Het ene is verdwenen in een blauwgrijze zwelling en rood papperig vlees, maar het andere oog is open en op het bindvlies zijn duidelijk een aantal puntvormige bloedinkjes zichtbaar.

Hij begrijpt dat Clara Fischer de informatie niet van tevoren over de telefoon heeft gegeven omdat ze wilde zien of hij dermate uit zijn evenwicht zou raken dat hij een verband zou verraden dat hij anders zou ontkennen.

'Geef me iets,' zegt ze en ze staart hem aan.

Ondanks de koude lucht in de caravan staan er ronde zweetpareltjes op haar bovenlip.

'Ik wil graag bij de lijkschouwing zijn,' zegt Joona.

'Jij zegt dat er geen gevecht is geweest.'

'Het geweld is eenzijdig en bijna ongecontroleerd agressief, maar met elementen van militaire technieken.'

'Jij bent militair geweest, je hebt bij het Team Bijzondere Operaties gezeten voordat je politieman werd.'

Ze stappen weg bij het toilet als er twee technici binnenkomen, een lijkenzak open op de vloer leggen, papieren zakken om de handen van het slachtoffer doen en vervolgens samen de strop doorsnijden en het grote, onbuigzame lichaam naar beneden halen.

De technici zuchten onder het gewicht van de dode en geven elkaar korte aanwijzingen als ze hem met zijn voeten naar voren door de smalle wc-deur dragen. Als ze hem in de zak leggen, vangt Joona een glimp op van de brede rug en harige schouders van Fabian Dissinger.

'Wacht, draai hem eens om,' zegt Joona en hij loopt naar de technici toe.

'*Könnten Sie bitte die Leiche auf den Bauch drehen,*' zegt Clara op neutrale toon.

De technici staren hen aan, maar maken de zak weer open, draaien het lichaam om en laten Joona en Clara erbij.

Joona voelt zijn hart sneller slaan als hij naar de onderrug van het slachtoffer kijkt. Vanaf de onderkant van de schouderbladen tot de onderrug is de huid onnatuurlijk gestreept, alsof hij op een rieten matje heeft gelegen.

'Wat is er met zijn rug gebeurd?' fluistert Clara.

Joona neemt niet de moeite om beschermende handschoenen aan te trekken en gaat voorzichtig met zijn vingertoppen over de horizontale littekens, de honderden parallelle strepen van wonden die hebben gebloed en zich keer op keer hebben gesloten.

'Ik weet dat je een legendarische commissaris bent,' zegt Clara zacht. 'Maar je hebt ook een vonnis achter de rug, je hebt een voorwaardelijke celstraf gekregen en ik zal je arresteren en meenemen voor verhoor als je niet vertelt hoe…'

Joona staat op, wringt zich langs haar heen en gooit per ongeluk een paar gripzakken met glazen en asbakken op de grond wanneer hij met zijn hand steun zoekt bij het fornuis op weg naar de deur en naar buiten, de zon in.

'Ik heb je, Joona. Ja toch?' vraagt Clara en ze komt achter hem aan.

Hij antwoordt niet, loopt gewoon rechtdoor over het grind, duwt een technicus weg die met zijn telefoon bezig is en loopt het hek uit.

'Hou hem tegen,' zegt Clara krachteloos achter zijn rug.

Joona passeert twee geüniformeerde agenten en hij weet dat hij hun iets zal aandoen als ze proberen hem tegen te houden.

Kennelijk zien ze dat aan hem, want ze doen voorzichtig een stapje terug.

De dode in de caravan vertoont sporen van mishandeling.

De tweelingbroer van Jurek Walter had net zulke littekens op zijn rug. Jarenlang was hij met een scheerriem geslagen, een grove leren riem die wordt gebruikt voor het polijsten van een scheermes.

Joona weet nog niet wat deze overeenkomst betekent, maar het is zonder twijfel een mededeling aan hem.

Hij rent naar het parkeerterrein, stapt in zijn auto en keert die zo haastig dat de modder tegen het portier spat.

Terwijl hij de camping af rijdt, belt hij Kripos in Noorwegen. Hij moet weten hoe de rug van de dode grafschenner in Oslo eruitzag, van de man die Summa's schedel in zijn vrieskist had.

13

Joona heeft vanaf het vliegveld meteen een taxi genomen naar de afdeling forensische geneeskunde van het Karolinska-instituut in Stockholm.

Voor de ramen van het rode bakstenen gebouw staan elektrische adventskaarsen en aan de kale struiken hangen zwarte, berijpte rozenbottels.

Joona heeft zijn medicijnen vandaag niet ingenomen, aangezien hij het idee heeft dat hij er minder scherp van wordt.

Aan een ongeluk jaren geleden heeft Joona een soort clustermigraine overgehouden. Soms kan hij een paar minuten lang helemaal niets meer en soms trekt het gewoon over als een onweersbui. Het enige wat tot nu toe blijkt te helpen is het preventieve epilepsiegeneesmiddel topiramaat.

Joona loopt door de toegangsdeuren naar binnen, neemt de gang links en komt de oude schoonmaker tegen met zijn kar.

'Hoe is het met Cindy?' vraagt Joona.

'Het gaat nu veel beter met haar,' zegt de man glimlachend.

Joona weet niet hoe vaak hij tijdens zijn politiedienst in deze gang heeft staan wachten op uitslagen van de Naald.

Vandaag is het een beetje anders dan normaal, aangezien ze alleen een foto hebben van de lijken die geanalyseerd moeten worden.

De grafschenner van Oslo had niet dezelfde sporen van mishandeling op zijn rug als de seksuele delinquent van Rostock. Vlak voor zijn dood had hij vijf harde slagen gekregen met een broekriem of een scheerriem.

Fabian Dissinger was langdurig mishandeld, hij had stil op zijn buik gelegen en de klappen van opzij gekregen.

De wonden waren geheeld, door nieuwe slagen geopend en nogmaals geheeld.

De lampen in de grote sectiekamer branden.

Saga zit op haar hurken met haar rug tegen de betegelde wand en de Naald staat in zijn doktersjas zijn smalle handen te wringen.

'Kripos heeft de foto's gestuurd, ik kreeg ze toen ik in de taxi hierheen onderweg was en ik heb ze doorgestuurd naar jullie,' vertelt Joona.

'Dank je,' zegt de Naald.

'Wordt er niet geknuffeld?' vraagt Saga en ze staat op.

Haar blonde haar is ingevlochten en als gewoonlijk draagt ze een bleke spijkerbroek en een jack van de boksvereniging.

'Wat kijk je vrolijk,' zegt hij. Hij loopt naar haar toe en omhelst haar.

'Dat ben ik ook wel,' zegt ze.

Hij doet een stap naar achteren en kijkt haar in de ogen. Ze laat haar ene hand een poosje op zijn bovenarm liggen.

'Ook al date je met een politieman.'

'Met Randy, ja,' zegt ze lachend.

De Naald opent zijn computer, vindt de mailtjes en klikt de bijlagen aan. Ze gaan met zijn drieën bij het scherm staan, terwijl de Naald de foto's van beide plaatsen delict laat zien.

'Waar gaat dit over?' vraagt Saga ten slotte. 'Ze zijn allebei dodelijk mishandeld, er is sprake van bruut geweld, overmatig geweld. Ze hebben zich geen van beiden noemenswaard verzet. En ze hebben allebei zweepslagen op de rug gekregen.'

'Net als Jureks broer,' zegt Joona.

'Daar kun je over discussiëren,' zegt ze.

'Fabian Dissinger heeft absoluut hetzelfde soort littekens als de tweelingbroer van Jurek Walter. Die van Igor waren natuurlijk veel erger, veel ouder en...'

'Dan zijn ze niet hetzelfde,' kapt ze hem af.

'Beide slachtoffers staan rechtstreeks met mij in verband,' zegt Joona.

'Ja,' antwoordt ze.

'We weten dat iedereen zegt dat Jurek Walter dood is,' zegt Joona even later. 'Maar nu denk ik dat... dat misschien het tegendeel waar is.'

'Hou toch op,' zegt Saga met gespannen stem.

'Joona,' zegt de Naald en hij friemelt bezorgd aan zijn bril. 'We hebben een lichaam, we hebben een DNA-match die honderd procent zeker is...'

'Ik wil alleen de bewijzen nog eens nalopen,' valt Joona hem in de rede. 'Ik moet weten of er een theoretische mogelijkheid is dat hij nog leeft en...'

'Die is er niet,' zegt de Naald.

Saga schudt haar hoofd en loopt naar de deur.

'Wacht, dit gaat jou ook aan,' zegt Joona tegen haar rug.

'Ik haal het materiaal,' zegt de Naald en hij steekt zijn handen op. 'We doen het op jouw manier.'

'Jullie zijn gek, verdomme,' mompelt Saga en ze komt de zaal weer in.

De Naald ontsluit zijn archiefkast en haalt de ordner met verslagen en foto's met betrekking tot de dood van Jurek Walter eruit. Uit de koeling haalt hij een verzegelde pot met een vinger die in formaline drijft. Het glas vergroot de vinger enigszins. Er dwarrelen witte deeltjes rond de gezwollen vinger, die zo bleek is als ijs.

'Het enige bewijs dat we van Jureks dood hebben is een vinger,' zegt Joona.

'Het was een hele romp, verdomme,' antwoordt Saga met stemverheffing. 'Hart, longen, lever, nieren, darmen...'

'Saga, luister nou,' zegt Joona. 'Ik wil gewoon dat we dit samen doen, dat we samen nalopen wat we weten. Dat zal ons ofwel geruststellen, ofwel...'

Saga laat hem niet uitspreken. 'Ik heb hem neergeschoten, ik heb hem gedood. Hij had mij kunnen doden, ik zal nooit weten waarom hij dat niet heeft gedaan, maar ik heb hem in zijn hals, in zijn arm en in zijn borst geschoten...'

'Rustig maar,' zegt de Naald en hij trekt een bureaustoel voor haar aan.

Saga gaat zitten, houdt haar handen een poosje voor haar gezicht, laat ze dan zakken en hapt naar adem.

'Jurek Walter is die nacht gestorven,' gaat ze met gebarsten stem verder. 'Ik heb het in gedachten ik weet niet hoe vaak herbeleefd... Hoe zwaar het was om door de diepe sneeuw te rennen, de glinsterende weerschijn van de vuurpijl in de kleine kristallen... Ik zag hem duidelijk en ik heb hem met mijn Glock 17 doodgeschoten. Met het eerste schot heb ik zijn hals geraakt, met het tweede zijn arm... Ik ben doorgelopen en heb drie kogels in zijn borst gejaagd. Elke kogel was raak en ik zag het bloed uit de uitgangswonden over de sneeuw achter hem spatten.'

'Dat weet ik, maar...'

'Ik kon er toch niets aan doen dat hij in de stroomversnelling viel, maar ik schoot in het water en zag een wolk van bloed om hem heen, ik liep erachteraan en schoot en schoot totdat het lichaam met de stroom verdween.'

'Iedereen heeft gedaan wat hij moest doen, en meer,' zegt de Naald zacht. 'De politie heeft diezelfde dag nog duikers ingezet en vroeg in de ochtend hebben ze met honden de oever afgezocht tot meer dan tien kilometer verder stroomafwaarts.'

'Ze hadden het lijk moeten vinden,' antwoordt Joona met gedempte stem.

Hij weet dat Saga op eigen houtje is doorgegaan met zoeken. Waarschijnlijk legde ze op die manier de lange weg terug af, was het haar persoonlijke methode om de gebeurtenissen te verwerken. Ze heeft hem verteld dat ze de stroom heeft gevolgd tot aan de monding bij Hysingsvik, dat ze een sector op de kaart heeft getekend en de scherenkust systematisch heeft doorzocht volgens een ruitsysteem. Ze heeft de zeestromingen bestudeerd en is naar elk eilandje geweest over een honderd kilometer lange kuststrook, ze heeft met eilanders en zomergasten gesproken, met beroepsvissers, personeel van veerboten en oceanografen.

'Ik heb hem gevonden,' fluistert Saga en ze kijkt hem met rode ogen aan. 'Verdomme, Joona, ik heb hem gevonden.'

Hij heeft haar horen vertellen dat ze na een jaar zoeken een man tegen was gekomen op de onbegaanbare noordkant van het eiland Högmarsö. Hij was een gepensioneerde koster die drijfhout verzamelde op het strand. Ze sprak met hem en kreeg te horen dat hij vijf maanden eerder een dode man aan de waterkant had gevonden.

Saga was met hem meegelopen naar het bewoonde deel van het eiland. Achter een suikerwitte kapel stonden de kosterswoning en het oude crematorium.

'Jureks lichaam was door de diepe stromen meegevoerd en daar aangespoeld tijdens de stormen die we aan het eind van die winter hadden,' zegt Saga zonder haar ogen van Joona af te wenden.

'Dat klopt,' zegt de Naald. 'Begrijp je, Joona? Het klopt allemaal. Hij is dood.'

'Van Jurek Walter waren alleen de romp en de ene arm nog over,' gaat Saga verder. 'De koster vertelde dat hij het opgezwollen lichaam op de kruiwagen door het bos had vervoerd en het op de vloer van het gereedschapsschuurtje achter de kapel had gelegd. Maar zijn hond werd gek van de geur, dus hij moest het lichaam naar het oude crematorium brengen.'

'Waarom heeft hij de politie niet gebeld?' vraagt Joona.

'Dat weet ik niet, hij stookte drank en sjoemelde met toeslagen,' zegt ze. 'Misschien was hij al aan het dementeren... Maar hij heeft met zijn mobiel wel foto's gemaakt van het lijk, voor het geval de politie ernaar zou komen vragen. En hij heeft de vinger bewaard achter in zijn koelkast.'

De Naald haalt een uitgeprinte foto uit de ordner en geeft die aan Joona.

Joona pakt de foto aan en houdt hem zo dat het licht van de tl-buizen er niet in wordt weerkaatst.

Op de cementen vloer naast een rode grasmaaier ligt een opgezwollen bovenlichaam zonder hoofd. Onder de torso heeft zich een plas water verspreid. De losse laag van wit geworden huid is van de borst gezakt en er zijn drie grote inschotwonden te zien als modderige kraters.

‘Dat is Jurek, dat zijn mijn treffers,’ zegt Saga, die naast hem is komen staan om de foto te bekijken.

14

Met rustige bewegingen legt de Naald de kopieën van de gescande vingerafdruk, het vingerafdrukformulier van de arrestatie van Jurek Walter en de laboratoriumuitslag op tafel.

'De match is absoluut, aangezien we zowel DNA als een vingerafdruk hebben. Zelfs eeneiige tweelingen hebben niet dezelfde vingerafdrukken,' licht hij toe.

'Ik twijfel er niet aan dat dat de vinger van Jurek Walter is,' zegt Joona op gedempte toon.

'Hij is van een lichaam geknipt dat al dood was,' zegt de Naald met klem.

'Joona, hij is dood, hoor je wat hij zegt?' vraagt Saga en ze veegt de tranen van haar wangen.

'Of van een dood lichaamsdeel,' antwoordt Joona. 'De vinger kan van een afgehakte hand geknipt zijn, die even lang als het lichaam in brak water heeft gelegen.'

'Jezus christus,' kreunt ze.

'Puur theoretisch,' houdt Joona vol.

'Naald, leg jij hem eens uit dat het niet kan.'

De Naald zet zijn pilotenbril iets hoger op zijn neus en kijkt Joona aan.

'Je bedoelt dat hij zijn eigen hand heeft afgehakt om...'

Hij zwijgt en kijkt Joona aan.

'Stel dat Jurek onwaarschijnlijk veel geluk heeft, dat hij de schoten overleeft, met de stroom meezwemt en levend aan land komt,' zegt Joona ernstig.

'De schoten waren dodelijk,' protesteert Saga.

'Jurek is kindsoldaat geweest,' zegt Joona. 'Pijn doet hem niets; als het moest, zou hij zijn eigen arm amputeren en de wond dichtschroeien.'

'Joona, je ziet het onmogelijke daarvan toch zelf ook wel in?' zegt de Naald vermoeid.

'Het is alleen onmogelijk als het onmogelijk is.'

'We luisteren,' zegt Saga en laat zich weer op de stoel zakken.

Joona's gezicht is strak en bleek.

'Jurek vindt een man van ongeveer hetzelfde postuur en dezelfde leeftijd,' zegt hij. 'Hij schiet hem dood op de manier zoals jij hebt geschoten. Dan verwijdert hij het hoofd van de dode en legt de rest van het lichaam ergens aan de kust in het water. Misschien in een kooi of een viskaar.'

'Samen met zijn eigen hand,' zegt de Naald zacht.

'Dat zou voor hem niks raars zijn, hij heeft mensen in graven opgesloten en is af en toe bij ze gaan kijken.'

'In dat geval moet hij hebben samengewerkt met de koster die Saga heeft ontmoet.'

'Jurek kan mensen tot gehoorzaamheid dwingen.'

Uit een kraan vallen druppels glinsterend op het rooster van het afvoerputje.

Joona kijkt de Naald en Saga aan. Zijn lichtgrijze ogen zijn bijna zwart en de zweetdruppels parelen op zijn gezicht.

'Heb ik gelijk als ik zeg dat er een theoretische mogelijkheid bestaat dat Jurek nog leeft?' vraagt hij op fluistertoon.

'Joona,' zegt de Naald smekend, maar dan knikt hij bij wijze van antwoord.

'Het is allemaal onzin, het is niet goed genoeg, dit is niets, verdomme,' barst Saga uit en ze veegt de foto's en de rapporten op de grond.

'Ik zeg niet dat ik denk dat hij leeft,' probeert Joona.

'Mooi, Joona, want dat had ik vreemd gevonden,' zegt ze boos. 'Aangezien ik hem heb doodgeschoten en het lijk heb gevonden.'

'Feitelijk alleen een vinger.'

'Joona heeft in theorie gelijk,' zegt de Naald.

'Oké, verdomme,' zegt Saga en ze neemt op de bureaustoel plaats.

'Jullie hebben in theorie gelijk, maar hoe je het ook wendt of keert, er zit geen logica in het uitgangspunt. Wat voor reden zou Jurek kunnen hebben om twee perverse misdadigers uit Noorwegen en Duitsland te geselen en te vermoorden?'

'Dat klinkt niet als Jurek Walter,' beaamt de Naald.

Joona doet zijn ogen dicht en zijn oogleden trillen, terwijl hij zich concentreert om zijn redenering te kunnen vervolgen.

'Jurek had drie soorten slachtoffers,' begint hij en hij opent zijn ogen. 'De echte slachtoffers, de primaire, dat waren degenen die hij niet zelf heeft vermoord, zoals Samuel Mendel.'

'Daarom was het zo moeilijk om een patroon te vinden,' zegt de Naald.

'De tweede categorie bestond uit de personen die hij de primaire slachtoffers afnam, mensen die hun leven zin gaven.'

'Kinderen, echtgenotes, broers en zussen, ouders, vrienden.'

'Jurek wilde ze ook niet doden, als individuen hadden ze geen betekenis voor hem.'

'Daarom hield hij ze opgesloten of levend begraven in kisten en tonnen,' zegt de Naald met een bevestigend knikje.

'De derde categorie bestond uit personen die hem toevallig voor de voeten liepen. Die wilde hij eigenlijk ook niet doden, dat deed hij alleen uit praktische overwegingen, om een obstakel te verwijderen.'

'Dus eigenlijk was doden niet zijn doel?' vraagt Saga.

'Het doden op zich leverde hem niets op, het had geen seksueel aspect, het ging niet om dominantie, maar alleen om zijn persoonlijke rechtsproces. Zijn doel was om de eerste categorie, de primaire slachtoffers, te breken, zodat ze de dood zouden verkiezen boven het leven.'

Hij kijkt naar de foto's van de half vergane torso, de gegeselde ruggen en de laboratoriumverslagen.

'Nu hebben we twee slachtoffers die niet met elkaar in verband staan en die zijn mishandeld op een manier die mij althans aan Jureks broer doet denken. Een van de twee had de schedel van Summa in zijn vriezer, de ander heeft geprobeerd contact met mij op te nemen.'

'Dat kan geen toeval zijn,' zegt Saga zacht. 'Maar de moorden kloppen niet met de persoon van Jurek Walter.'

'Mee eens, helemaal mee eens, ik denk ook niet dat Jurek dit heeft gedaan. Maar misschien probeert iemand iets tegen me te zeggen en misschien staat die persoon met hem in verbinding,' zegt Joona.

'Stel je voor dat er meer slachtoffers zijn,' zegt Saga en ze kijkt hem aan.

15

Stellan Ragnarson is een lange, magere man met vriendelijke ogen en een ietwat onzekere, vragende glimlach. Sinds zijn haar zo dun is geworden dat het er niet meer jongensachtig uitziet, draagt hij het heel kort.

Vanavond is hij gekleed in zijn glimmende zwarte trainingsbroek en een lichtgrijze, verwassen hoody met het logo van de New York Rangers.

Hij haalt een pond biefstuk uit de koelkast, trekt het plastic eraf en laat het vlees in een grote roestvrijstalen voerbak vallen.

Marika zit aan de klaptafel met haar telefoon en een reep chocola.

Ze is vijf jaar jonger dan hij en werkt op het tankstation aan de E65, pal tegenover ICA Kvantum.

'Je verwent dat beest,' zegt ze en ze breekt drie blokjes chocola af.

'Ik ben een rijke stinkerd,' antwoordt hij en hij zet de bak op de vloer voor het keukenraam.

'Vandaag wel.'

Stellan glimlacht als de grote hond het vlees verorbert door met zijn kop naar achteren te bewegen. Rollof is een statige rottweiler, kalm en zelfverzekerd. Zijn staart is gecoupeerd toen hij een pup was, omdat die in een krul op zijn rug lag.

Stellan is werkloos, maar hij heeft gisteren wat verdiend met wedden op paardenraces en Marika verrast door een roos voor haar te kopen.

Ze gaan op de bank zitten, eten warme broodjes met gerookte ham en mosterd en kijken naar de tv-serie *Stranger Things.*

Ze zijn net klaar met eten als Marika's telefoon gaat. Ze kijkt op het scherm en zegt dat het haar zus weer is.

'Neem maar op,' zegt hij en hij staat op. 'Ik ga nog wat gamen voordat ik een blokje omga met Rollof.'

‘Ha, zus,’ zegt Marika glimlachend en ze schudt het kussen achter haar rug op.

Stellan haalt een blikje bier uit de koelkast en loopt de trap op naar zijn computer.

Een halfjaar geleden is hij naar het *deep web* gegaan, het onzichtbare internet dat vijfduizend keer groter heet te zijn dan het gewone.

De meeste mensen hoeven geen softwareprogrammering of internetprotocollen te bestuderen om te weten dat elke computer en telefoon een individueel IP-adres heeft op internet. Een cijfercombinatie aan de hand waarvan de gebruiker geïdentificeerd en geografisch getraceerd kan worden.

Stellan voelde zich aangetrokken tot het *dark net*, het deel van het diepe web waar de servers zonder IP-adressen zich bevinden. Daar vindt het grootste gedeelte van de echt gevaarlijke handel en uitwisseling plaats: wapens, drugs, verkrachtingen, moorden op bestelling, slavenhandel en orgaanroof.

Maar na wat er elf dagen geleden is gebeurd, is hij helemaal gestopt met het donkere net. Hij heeft alle contacten verbroken en getracht de software te verwijderen, maar dat is niet gelukt.

Het maakt niet uit, zegt hij tegen zichzelf.

Hij gaat toch niet meer naar het donkere web, hij gamet alleen online.

Hij is het spel *Battlefield* erg leuk gaan vinden.

Het is intensief, maar het is maar een spel.

Je zoekt een groep en samen moet je een militaire opdracht uitvoeren, je praat vooral over de opdracht, maar toch is het leuk om nieuwe mensen te leren kennen die zich overal ter wereld kunnen bevinden.

Stellan zet zijn blikje bier op het bureau en plakt een pleister over de kleine cameralens op het computerscherm, waarna hij zijn koptelefoon met microfoon opzet en begint.

Hun opdracht in het spel is een terroristische leider te liquideren in een vervallen residentie in Damascus.

Ze hebben satellietbeelden van het gebouw gekregen en zijn er vanaf de basis met een helikopter naartoe gevlogen.

Stellan laat de controller met één hand los en probeert het blikje te openen, maar dat lukt zo snel niet; hij moet alweer verder spelen.

Ze forceren een achterdeur en gaan er met twee gevechtsduo's naar binnen. Stellan en zijn back-up, die zich Straw noemt, rennen door een zuilengang langs een binnenplaats met een gebarsten marmeren vloer en roestige militaire uitrusting tussen verdorde palmen.

'Kalm aan nu,' zegt Stellan in de *voice chat*.

'Ik ga wel voorop als jij daar te bescheten voor bent,' antwoordt Straw en hij boert zachtjes.

'Je hebt de bewakers nog niet gezien, toch?' vraagt Stellan zacht.

De sigaretten van de bewakers zijn slechts vaag te zien in de donkere hoek. Als ze inhaleren verlicht de gloed hun automatische wapens.

Straw zucht in Stellans koptelefoon, loopt dan recht naar voren en schiet de bewakers van de terroristenleider neer. Het harde automatische vuur galmt door de zuilengang en daarbuiten tussen de muren.

'Fuck, dat kun je niet doen voordat we zicht hebben op de binnenplaats,' zegt Stellan en hij legt zijn hand weer op het blikje.

Hij probeert de ring omhoog te buigen als Straws avatar de binnenplaats op slentert. Zijn wapen bungelt naast zijn heup.

'Moet ik je helpen met het blikje?' vraagt hij.

Stellan rukt de koptelefoon van zijn hoofd en staat zo heftig op dat de stoel achter hem omvalt. Hij staart naar het scherm, ziet dat de pleister de cameralens afdekt en hoort dan een stem uit de koptelefoon, die naast de controller op het bureau ligt.

'Ga weer zitten,' roept Straw.

Stellan trekt de koptelefoon los, sluit de computer geforceerd af en trekt de stekker eruit. Terwijl hij met de laptop naar de kast loopt en de deur dichtdoet, probeert hij te begrijpen hoe iemand hem heeft kunnen zien.

Hij loopt naar het raam en kijkt naar de donkere straat. Er staat een auto met beslagen ruiten. Stellan laat de luxaflex met een klap neer, zet de stoel rechtop en gaat met bonzend hart zitten.

'Wat gebeurt er?' fluistert hij bij zichzelf.

Hij stopt de controller en de koptelefoon in de la van het bureau en voelt hoe erg zijn handen trillen.

Verdomme, verdomme...

Ook al heeft hij in de gevangenis twee jaar lang netwerkprotocollen bestudeerd, hij begrijpt nu hoe stom hij is geweest dat hij zich op het dark net heeft begeven. Daar bestaat geen veiligheid, er zijn altijd personen die het systeem te slim af zijn.

Maar voor de gebeurtenis van elf dagen geleden moest en zou hij daarnaartoe, het was een obsessie, de verleiding was onweerstaanbaar.

Hij was al veel te ver gegaan toen hij inzag dat het hem boven de pet ging, dat het om een heel andere divisie ging dan hij zich had kunnen voorstellen. Er zaten mensen op het dark net die geen grenzen kenden en levensgevaarlijk waren. Hij had in realtime gezien dat twee mannen een jongen doodschoten die achter zijn computer zat. Er spatte bloed op de *Star Wars*-poster en het uitgezakte Trumpmasker op de vloer.

Stellan las een heleboel over de risico's, dat wie de browser Vidalia inschakelt, meedoet aan alle activiteiten op het donkere net.

Maar de Tor-software is er om de gebruiker te beschermen, zodat je niet getraceerd kunt worden.

Het gaat om netwerkwatervallen.

Een relaissysteem zorgt ervoor dat je signalen via een sequentie van proxyservers in een random baan tussen computers over de hele wereld worden gestuurd.

Stellan begrijpt het niet helemaal, maar zoals hij de informatie interpreteerde, zou de software hem toegang geven tot de donkerste delen van het internet zonder dat hij zelf ontmaskerd of opgespoord kon worden.

16

Stellan staat op wankele benen op, trekt de luxaflex opzij en kijkt naar de straat. De auto is weg. Hij loopt naar beneden en trekt in de woonkamer de router eruit. Marika zit op de bank voor de tv en klopt met haar hand op de plek naast haar wanneer ze hem ziet.

'Ik moet Rollof uitlaten,' zegt hij toonloos.

Ze trekt een overdreven chagrijnig gezicht.

'Dat beest komt ook altijd op de eerste plaats.'

'Hij heeft beweging nodig, het is een grote hond.'

'Wat is er? Je ziet er beroerd uit,' zegt ze.

'Het is gewoon... We kunnen niet meer internetten.'

'Waarom niet?'

'We moeten een ander netwerk hebben, we hebben een virus binnengekregen dat alles kapotmaakt als we online gaan.'

'Maar ik moet nog wel op internet.'

'Nu?'

'Ja, ik moet rekeningen betalen en...'

'Ga naar je zus en gebruik haar computer,' valt hij haar in de rede.

Marika schudt haar hoofd.

'Ik vind het heel raar.'

'Ik bel de provider nadat ik Rollof heb uitgelaten.'

'Zo kan dat toch niet,' mompelt Marika.

Stellan loopt naar de hal en zodra hij de riem pakt en de zilveren schakels tegen elkaar tikken, komt Rollof aangesjokt.

Het is een stille, regenachtige winteravond in het zuiden van Zweden. De akkers liggen er bruin en kaal bij.

Stellan en Rollof lopen zoals gewoonlijk langs de E65. Af en toe komt er een zwaar voertuig langs met dreunende banden. Onwillekeurig kijkt Stellan met regelmatige tussenpozen over zijn schouder, maar hij is alleen.

Er hangt een dunne nevel over de volkstuintjes aan de andere kant van de grote weg. Rollof draaft regelmatig ademend naast hem.

Het is guur, donker en koud. Ze slaan rechts af op de Aulingatan en lopen over het gele grasveld met het grote industrieterrein aan hun linkerhand. Het enorme parkeerterrein is bijna leeg op dit tijdstip.

Stellan is zich ervan bewust dat hij niet helemaal helder denkt, dat hij zich misschien irrationeel gedraagt, maar hij heeft besloten de werkplaats in brand te steken. Als die in vlammen opgaat, kan hij wat geld van de verzekering krijgen, uit Ystad weggaan, van internetprovider wisselen en zijn hele elektronische uitrusting vervangen.

Er brandt licht in een van de oude kassen verderop. Rollof luistert, blaft en gromt naar de dichte struiken op een braakliggend terrein.

'Wat is er?' vraagt Stellan zacht.

De riem trekt strak rond de stevige nek van de hond en zijn ademhaling klinkt gesmoord. Rollof is betrouwbaar, maar hij kan lastig worden als hij een andere reu tegenkomt.

'Nu geen geklier, Rollof,' waarschuwt Stellan en hij trekt hem mee.

De andere hond blaft niet terug, maar voor de kas beginnen een paar takken te schommelen.

De rillingen lopen over Stellans rug. Hij had opeens het idee dat hij daar iemand zag staan.

Hij loopt het grote industrieterrein op. De straten zijn uitgestorven en het is pikdonker tussen de straatlantaarns. Zijn schaduw wordt lang en verdwijnt in het donker voordat hij bij de volgende lichtkring komt. Zijn voetstappen weergalmen tussen de gevels van baksteen en golfplaat.

Voor iemand met een crimineel verleden is het niet gemakkelijk om in Zweden een plaats te vinden op de arbeidsmarkt. Stellan is veroordeeld voor een dubbele moord toen hij twintig was.

Sinds hij is vrijgekomen heeft hij een paar losse baantjes gehad, hij heeft een heleboel cursussen gevolgd, hij heeft geprobeerd verder te studeren, maar hij heeft voornamelijk van een uitkering moeten rondkomen.

Het rusteloze struinen over het dark net, het stiekeme kijken naar de activiteiten van anderen, was uitgemond in een oude fantasie. In de gevangenis had hij al gepraat over het aanschaffen van meisjes die geld konden binnenbrengen. Hij had erover gelezen, erover nagedacht, de risico's geïnventariseerd en besloten de beste methode te zoeken om het plan ten uitvoer te brengen.

Dat idee had hem in zijn greep toen hij het donkere net op ging. Hij adverteerde op een paar sites dat hij drie meisjes wilde kopen, maar kreeg geen reacties.

Toen hij specifieker werd en uitlegde dat de meisjes in een kooi kwamen te zitten en dat hij ze wilde verkopen voor seks, kreeg hij opeens wel reacties. Veel ervan waren provocerend en andere dreigend. Een aantal was schijnbaar serieus, maar leek bij naspeuring gekoppeld aan de georganiseerde misdaad.

Stellan weet niet waarom hij steeds aan dat idee van die kooien bleef denken. Misschien omdat het daadwerkelijk gerealiseerd zou kunnen worden.

Tien jaar geleden had hij een oud industriepand geërfd, dat hij verschillende keren had geprobeerd te verhuren. In afwachting van meer reacties van de marktplaatsen op het donkere net metselde hij een extra stevige binnenmuur in het verste deel van het lange, smalle gebouw. Zonder de vloeroppervlakte te meten is het onmogelijk om de verborgen ruimte te ontdekken, ook al zitten er vijf kooien in met bedden, een douche, een wc en een keukentje met een koelkast.

Stellan was bijna klaar met de verbouwing toen hij contact kreeg met Andersson.

Hij had niet door hoe gevaarlijk hij was – godallemachtig.

Andersson interesseerde zich voor zijn activiteiten en was bereid vijf jonge vrouwen uit Roemenië te leveren.

Het aanbod was perfect tot in elk detail. Het was volmaakt, alsof Stellan een insidertip op de renbaan had gekregen.

Maar tegelijkertijd ging er een gecomprimeerde ernst uit van Andersson, die Stellan deed ineenkrimpen van angst.

Hij controleerde de Tor-software nog eens.

Als hij voorzichtig was, zou hij niet opgespoord kunnen worden, de informatie volgde een lange route langs een groot aantal relaisstations en bleef versleuteld totdat ze bij de geadresseerde aankwam.

De deal was iets te groot voor hem.

Maar als hij erin slaagde een klantenkring op te bouwen, zou hij bakken met geld verdienen.

Stellan was vol van het idee van de opgesloten meisjes. Toch wist hij eigenlijk niet wat hij met hen zou doen.

Hij wilde hen niet verkrachten of slaan. In zijn fantasie waren ze zo gebroken dat ze zonder tegenstribbelen overal in meegingen.

Andersson wist hem informatie over zijn achtergrond te ontlokken en stelde ingewikkelde vragen over loyaliteit.

Stellan voelde zich geprovoceerd en maakte een soort Trojaans paard in de vorm van een pdf-bijlage om overwicht te krijgen.

Toen Andersson de bijlage opende had hij daarmee zijn exacte positie verraden.

Nu wist Andersson dat hij het wist.

Stellan had zijn adres.

Don't fuck with me, had hij gedacht.

Anderssons reactie was even snel als onverwacht.

'Dat had je niet moeten doen,' schreef hij. 'De enige manier waarop je het vertrouwen kunt herstellen is jezelf filmen terwijl je allebei je hielpezen doorsnijdt.'

Dat was elf dagen geleden.

Stellan deed net of hij dacht dat het een grap was, maar hij begreep dat Andersson een gestoorde persoon was.

Zonder het te hoog te spelen probeerde hij van de overeenkomst af te komen, hij legde uit dat er problemen waren ontstaan en dat de zaak op de lange baan moest worden geschoven.

'Daar is het te laat voor,' antwoordde Andersson.

'Wat bedoel je?'

'Ik kom binnenkort bij je langs...'

'Andersson, het spijt me heel erg,' schreef Stellan. 'Het was niet de bedoeling om...'

Hij stopte toen de ventilator van zijn computer op volle toeren ging draaien.

'Je bent van mij,' antwoordde Andersson.

Meteen daarna ging Stellans scherm uit. Het werd donker in de kamer. De computer startte opnieuw op, de harddisk ratelde, het scherm knipperde, er was weer verbinding en opeens was Stellan op het scherm te zien.

Andersson bestuurde zijn computer op afstand; hij had de camera geactiveerd en zag hem achter zijn bureau zitten in zijn blote bast met een kop koffie naast het toetsenbord.

Met bonzend hart verliet Stellan het donkere net, hij ging naar de systeeminstellingen, sloot de netwerkaansluiting af en probeerde de Tor-software van zijn laptop te verwijderen.

Sinds die gebeurtenis is Stellan niet meer op het dark net geweest. Het verstikkende gevoel geobserveerd en geschaduwd te worden is met de dag sterker geworden.

De hekken van Herrestadsgatan 18 staan nog open. Rollof tilt zijn poot op en plast zoals gewoonlijk tegen de paal. Ze komen langs ingenieursbureau Jeppsson en het blauwe tentgebouw met een oude lijnbus.

Stellan en de hond verlaten de stenige oprit, lopen verder over het natte gras, langs een groot, zilverachtig gebouw naar een lang, smal industriegebouw van bleekgele baksteen met stalen trappen.

Het bord met YSTAD BANDEN- EN CONSTRUCTIEBEDRIJF zit er nog, ook al zijn de activiteiten gestaakt en is de firma uitgeschreven.

Stellan bindt de riem aan een betonnen sokkel voor provisorische verkeersborden, gaat op zijn knieën zitten, pakt de losse huid achter Rollofs oren met beide handen vast en zegt tegen de hond dat hij zo terugkomt.

Stellan knipt de tl-buizen aan het plafond aan, die flikkerend en tikkend hun witte licht verspreiden over vuile werkbanken met stevig beslag. De cementen vloer zit vol met olievlekken en boorgaten waar machines hebben gestaan. Overal zijn sporen van de ontmantelde werkplaats. Alles wat verkocht kon worden op de executieveiling die volgde op het faillissement was losgeschroefd en afgevoerd.

Hij is bijna bij de valse muur als hij Rollof buiten hoort grommen. Stellan maakt de deur van de schoonmaakkast open, trekt de industriele stofzuiger eruit, haalt de kalender met naakte politieagenten van de muur, stopt de lange sleutel in het slot en duwt de veiligheidsdeur open.

In de geheime kamer heeft hij drie complete kooien gebouwd, met dik kippengaas tegen een balkenframe dat met spijkerpluggen in de betonnen vloer is vastgemaakt.

In de kooien staan alleen bedden van Ikea en drie plastic po's.

Het licht van het plafond werpt een ruitvormig schaduwpatroon van het gaas op de matrassen.

De pantry bestaat uit een keukenblokje met een gootsteen en een kraan met uittrekbare sproeikop, een kookplaat, een magnetron en een kleine koelkast.

Hij is zich ervan bewust dat hij de kooien beter kan afbreken voordat hij de werkplaats in brand steekt, dat is wel zo veilig. Stellan loopt naar de verste kooi, slaat de koevoet tussen de bakstenen muur en een verticale balk en wrikt.

Als hij de kooien zo meteen heeft afgebroken, wil hij diesel uit de bus voor Jeppsson hevelen, alles ermee besprenkelen en de brand hier in de ene radiator laten beginnen.

Het pand is niet voor de volle waarde verzekerd, maar hij kan nu moeilijk bellen om de voorwaarden te veranderen.

Stellan breekt de balk los en duwt die van zich af als hij valt. Er klinkt een 'pling' van zijn telefoon, hij hangt de koevoet in het kippengaas en kijkt. Hij heeft een sms'je gekregen van een nummer dat hij niet herkent: *Overgiet jezelf met benzine en…*

Stellan leest niet verder, hij smijt de telefoon recht tegen de muur, hij snapt niet hoe Andersson zijn telefoonnummer heeft kunnen vinden.

'Wat gebeurt er?' fluistert hij en hij stampt de telefoon op de grond kapot.

Hij besluit de kooien niet af te breken. Ze verbranden toch samen met de rest, ze zullen hem niet verraden.

Opeens gaan de lampen uit. Er zal een stop zijn doorgeslagen. Stellan loopt op de tast terug en struikelt over de papieren zak met bewaarde schroeven, hoekijzers en ander beslag. De zware veiligheidsdeur is gesloten, maar hij trekt hem open, stapt de schoonmaakkast in en loopt door naar de werkplaats. Het is pikdonker. Er valt een grijs nachtlicht door de ramen die niet door multiplex zijn vervangen. Stellan ziet dat de deur van de meterkast met de oude porseleinen stoppen al openstaat.

Buiten begint Rollof te blaffen. De hond is van slag, hij trekt aan de riem, jankt en blaft nog eens.

Een schaduw passeert een van de ramen. Er sluipt iemand om het gebouw.

Stellans hart bonst zo hard dat hij er keelpijn van krijgt.

Hij kijkt naar de deur voor zich en weet niet wat hij moet doen.

De ketting van de kapotte lier achter hem schommelt heen en weer.

Stellan draait zich om maar ziet niemand.

Hij loopt naar de deur, hoort snelle voetstappen achter zich en dan knettert het in zijn hoofd.

Hij wankelt opzij en voelt een brandende pijn in zijn slaap.

Hij zakt door zijn benen, valt met een smak op de grond en hoort dat hij grommende keelgeluiden maakt.

Zijn rug buigt zich krampachtig, zijn lijf spant zich en begint vervolgens ongecontroleerd te schokken. Iemand sleept hem aan één been over de vloer.

'Het spijt me,' zegt hij hijgend en hij knippert bloed uit zijn ogen.

De man schreeuwt iets en stampt op zijn mond. Stellan voelt dat hij blijft stampen en verliest het bewustzijn.

Als hij bijkomt, is zijn gezicht helemaal nat en warm.

Hij ligt op zijn zij en wanneer hij zijn hoofd optilt, ziet hij dat de man het oude bureau omgooit en met een roestige zaag in zijn hand terugkomt. Dan schopt de man hem in zijn buik.

Stellan ademt rochelend met zijn mond naar de betonnen vloer.

Hij bedenkt dat hij naar buiten moet kruipen om Rollof los te maken.

De man stampt een paar keer tegen zijn stuitje en loopt dan om hem heen.

Stellan voelt dat hij zijn achterhoofd vastpakt, het puntige blad in zijn nek legt en begint te zagen.

Hij hoort het geluid veranderen en bedenkt in een flits dat de pijn volkomen ondraaglijk is. Dan verdwijnt alles.

17

Joona en de Naald staan zwijgend in de lift en kijken elkaar niet aan. De vloer is nat van gesmolten sneeuw. Het enige geluid is het ruisen van de kabels in de schacht terwijl ze omhooggaan naar de vergaderkamer op de achtste verdieping.

Nathan Pollock van de landelijke afdeling Moordzaken heeft hen al voor een eerste briefing opgeroepen. Binnen de Nationale Operationele Afdeling is hij belast met het zoeken naar slachtoffers die op de een of andere manier overeenkomen met het patroon van de eerdere twee.

Joona's gezicht is ernstig, geconcentreerd.

De kraag van zijn jas zit scheef en is half opgeslagen.

Aangezien ze het erover eens zijn dat er een theoretische mogelijkheid bestaat dat Jurek Walter de schoten van Sara heeft overleefd, moet Joona dit tot op de bodem uitzoeken.

De reden dat hij het alarmerende gevoel van rampspoed kan bedwingen, is dat de keuze van de slachtoffers niet klopt met Jureks gevoel voor balans.

De keuze en de werkwijze kloppen niet.

Jurek houdt zich niet bezig met een overmaat aan geweld, hij doet alleen wat nodig is om het beoogde resultaat te bereiken.

De doden in Duitsland en Noorwegen hebben beiden een concrete link met Joona, maar eigenlijk geen link met Jurek Walter.

Dat het slachtoffer op de camping in Rostock is gegeseld betekent feitelijk niets. Hij kan een masochist zijn en zichzelf hebben verwond, of mishandeld zijn door zijn medepatiënten op de forensisch psychiatrische afdeling.

Het staat niet eens vast dat er een scheerriem is gebruikt. Misschien zijn Joona's gedachten gewoon met hem op de loop gegaan.

Bovendien had de man in Oslo maar een paar striemen op zijn rug. Die kunnen zijn ontstaan tijdens de mishandeling waarbij hij om het leven is gekomen.

Joona dwingt zichzelf te luisteren wanneer de Naald vertelt dat zijn vrouw en zijn assistent Frippe tegenwoordig samen golfen.

Joona probeert te glimlachen. Zijn reactie was vermoedelijk overdreven, bedenkt hij.

Jurek is dood.

De man in Oslo en de man op de camping moeten door dezelfde persoon zijn gedood en in beide gevallen bestaat er een concreet verband met hemzelf.

Joona heeft geprobeerd te begrijpen hoe de dode seksuele delinquent aan zijn privételefoonnummer kan zijn gekomen.

Fabian Dissinger komt in geen enkel Zweeds onderzoek voor dat is gedaan sinds de tijd dat Joona bij de politie is begonnen.

Hetzelfde met de grafschenner in Oslo.

De lift mindert vaart en komt tot stilstand. De deuren glijden open.

Anja staat op hen te wachten. Zonder een woord te zeggen omhelst ze Joona stevig en zet dan een stap naar achteren.

Met een tevreden glimlach gaat Anja hun voor naar de vergaderkamer. Drie kleinere tafels zijn tegen elkaar geschoven. Op een ervan staat een opengeklapte laptop naast twee stapels blaadjes en mappen. Een adventskaars met een stoffig snoer ligt in de prullenmand.

Door de lage ramen kunnen ze de binnenplaats zien, platte daken met masten en schotelantennes, de luchtplaatsen van het huis van bewaring en de spits op het dak van het oude politiebureau.

'Jullie zijn snel,' zegt Nathan achter hen.

Hij heeft zijn grijze haar als gewoonlijk in een paardenstaart en draagt een zwart jasje, een strakke broek en schoenen met Cubaanse hakken.

'Hoe gaat het?' vraagt Joona en hij schudt zijn oude vriend de hand.

'Slecht, dank je,' antwoordt Nathan net als altijd.

Hij loopt naar de ene muur en trekt er een poster af van een sterrenzanger uit een Lucia-processie, met een korte vermaning van de politie dat ouders goed op hun pubers moeten letten.

'Nathan denkt dat kerst slecht is voor de feng shui van de kamer,' zegt Anja.

'Wat hebben jullie gevonden?' vraagt Joona en hij gaat op een van de stoelen zitten.

Nathan wipt met zijn hoofd zodat de paardenstaart goed komt te zitten, start de laptop op de tafel en vertelt over het contact met Europol.

'We hebben gevraagd naar slachtoffers van het afgelopen halfjaar die zwaar crimineel waren of psychisch gestoord. Geweldsdelicten, seksuele delicten.'

'Met bijzondere aandacht voor verwondingen ten gevolge van mishandeling en geseling,' voegt Anja eraan toe.

'We hebben ze gevraagd niet naar terrorisme, georganiseerde misdaad, drugshandel en economische misdrijven te kijken,' gaat Nathan verder.

'Het resultaat was dat er geen moorden van dit slag waren,' zegt Anja en ze schenkt water uit een karaf in vier glazen.

'Maar puur statistisch gezien moeten er altijd een paar zijn,' gaat Nathan verder. 'Dus hebben we contact opgenomen met de landelijke politieautoriteiten, we hebben verder gezocht, tot in de districten en afzonderlijke afdelingen.'

'Ik zal niet zeggen dat het lastig was, maar we hebben vijfenveertig staten in Europa, dat zijn een heleboel afdelingschefs,' legt Anja uit. 'Sommige zijn achterdochtig en willen geen details geven, maar het grootste probleem is nog wel...'

Ze zwijgt en zucht.

'Dat is een minder fraai aspect,' gaat ze verder. 'De politie begint over het algemeen geen groot vooronderzoek als criminelen elkaar vermoorden. Ze zijn alleen maar opgelucht als er een grote boef doodgaat. Dit is natuurlijk geen officieel standpunt, maar onvermijdelijk... Niemand trekt het zich persoonlijk aan als er een pedofiel overlijdt. Je belt niet naar andere districten of naar andere landen.'

'Ik heb een Hongaarse agent gesproken die zei dat hij niet wilde klinken als Duterte... Maar hoewel ze moord op geen enkele manier konden aanmoedigen, hadden ze er niets op tegen dat de straten werden schoongeveegd,' vertelt Nathan.

'En ik heb een Engelse inspecteur gesproken die beloofde dat hij onze moordenaar op de loonlijst zou zetten als hij naar Tottenham wilde verhuizen.'

Joona tilt zijn glas op, kijkt naar het deinende wateroppervlak en de ronde, doorschenen schaduw op de tafel en voelt zich voorzichtig opgelucht.

Jurek doet geen poging de wereld beter te maken, hij zou zich nooit geroepen voelen om misdadigers te straffen. Zo zit hij niet in elkaar.

'Ik wil maar zeggen, we zijn nog lang niet klaar met ons onderzoek,' zegt Nathan en hij pakt een appel van de schaal die midden op tafel staat. 'Maar we dachten dat je de drie resultaten wel zou willen zien die we tot nu toe hebben gekregen, die aan de criteria voldoen.'

Het dreunt door Joona's hoofd.

'Eraan voldoen?' herhaalt hij en hij legt zijn vingertoppen tegen zijn linkerslaap.

'Eens kijken,' zegt Nathan en hij klikt een bestand in de laptop aan. 'Na veel vijven en zessen kwam dit eruit. Eerst hadden ze helemaal geen moorden, maar uiteindelijk werd ik doorverbonden met een inspecteur in Gdańsk. Hij vertelde zonder omhaal dat ze net een man van middelbare leeftijd hadden gevonden in de afgesneden tak van de rivier de Wisła, de zogenaamde Dode Wisła. De man was niet verdronken maar dodelijk mishandeld, hij was in het gezicht gebeten en zijn hoofd was bijna losgerukt van het lichaam.'

'Hij had in de gevangenis gezeten voor drie moorden en lijkschennis,' zegt Anja.

'Wat hebben jullie nog meer?' vraagt Joona met droge mond.

'Ik heb vanochtend met Salvatore Giani gesproken. Je krijgt de groeten,' zegt Nathan en hij neemt een hap van de appel.

'Dank je,' fluistert Joona.

'Salvatore had een moord in Segrate, bij Milaan... Afgelopen donderdag werd Patrizia Tuttino met een gebroken nek aangetroffen in de kofferbak van haar eigen auto, die bij de afdeling voor reconstructieve chirurgie van het San Raffaele-ziekenhuis stond. Bij huiszoeking kwam aan het licht dat ze, voordat ze aan haar geslachtscorrectie begon, ten minste vijf moorden op bestelling had uitgevoerd.'

Met gefronste wenkbrauwen klikt Nathan op de computer, draait die naar Joona toe en laat een foto zien.

Een schaduw van de koepel van het ziekenhuisgebouw valt over de bestrating tot aan een rode Fiat Panda met een beschadigd voorspatbord. In de open kofferbak ligt een dode. De plastic zak over haar hoofd is vanbinnen besmeurd met lippenstift. Haar jurk en bontjas zijn zwart van de modder. Het betreft een lange vrouw met een volle boezem, brede dijen en stevige knieën.

'En het derde slachtoffer?' vraagt Joona.

Nathan wrijft over zijn voorhoofd.

'Bij Brest-Litovsk in het zuidwesten van Wit-Rusland ligt een populair nationaal park, Białowieża. Vorige week is er een dode man gevonden in de struiken achter een paar vuilnisbakken bij de nieuwe toeristische attractie met Ded Moroz, een soort Oost-Slavische kerstman... Het slachtoffer werkte er als parkwachter. Hij was vreselijk mishandeld, zijn beide armen waren gebroken en hij was in de nek geschoten... Hij heette Maksim Rios.'

'Ik begrijp het,' zegt Joona.

'Onze Wit-Russische collega vertelde dat de man het afgelopen jaar met een zweep was geslagen... als een arm weeskind in een tehuis, zei hij.'

'Ik moet nadenken,' zegt Joona.

'We wachten nog op foto's, we wachten op reacties van een heleboel landen. Maar het probleem is, net wat Anja zei, dat de meesten er niets op tegen hebben dat bepaalde misdadigers verdwijnen.'

Joona zit met zijn handen voor zijn gezicht en hoort Nathan praten over de ironische reacties van de politie van Marseille.

Zulke seriemoordenaars bestaan niet, denkt Joona.

Het is weleens voorgekomen dat seriemoordenaars hun drang om te moorden motiveren met het idee dat de maatschappij gezuiverd moet worden, maar in die gevallen waren de slachtoffers homoseksuelen of prostituees, of ze kwamen uit specifieke etnische of religieuze groeperingen.

Het kan Jurek niet zijn.

Die zou nooit iemand doden vanwege een gebrekkige of afwijkende moraal.

Dat interesseert hem totaal niet.

Tenzij hij er zijn voordeel mee kan doen, denkt Joona opeens en hij staat op van zijn stoel.

De moorden hebben niets met een zuivering te maken.

Het is een wedstrijd, het gaat om een wedstrijd, een selectieprocedure.

'Hij leeft nog,' fluistert Joona en hij schuift zijn stoel onder de tafel.

Jurek Walter leeft nog en is al geruime tijd bezig met het rekruteren en testen van geschikte handlangers.

Hij zoekt uitsluitend onder mensen die geen morele grenzen hebben.

Jurek heeft iemand nodig die de plaats van zijn broer kan innemen, iemand die door en door loyaal is, die volhardt ondanks de scheerriem waarmee hij er bij de kleinste vergissing van langs krijgt.

Hij onderzoekt wie zijn fixatie op mij kan delen, denkt Joona.

Jurek wilde niet dat de man in Oslo Summa's schedel zou meenemen, hij wilde niet dat de man op de camping mij zou bellen – dat waren slechts bijwerkingen van zijn indoctrinatie.

De oogst aan doden betekent dat de selectie is beëindigd.

De gevonden slachtoffers zijn de personen die er niet doorheen zijn gekomen.

Dat is het motief.

Het motief dat ontbrak.

Joona merkt dat Nathan iets tegen hem zegt, maar hij hoort het niet, er dringt niets tot hem door.

'Joona? Wat is er?'

Joona wendt zich af en loopt zwalkend naar de deur en doet die open. Hij controleert of zijn pistool in de holster onder zijn oksel zit en loopt naar de liften. Intussen pakt hij zijn telefoon en zoekt Lumi's contactgegevens.

Anja loopt snel achter hem aan door de gang.

'Wat is er aan de hand?' vraagt ze bezorgd.

'Ik moet weg,' zegt hij en hij steunt met zijn hand tegen de muur.

'Er is net een mailtje uit Ystad gekomen waar je naar moet kijken. De politie heeft een dode man gevonden op een industrieterrein. Zijn hele hoofd, gezicht en borst zijn verbrijzeld...'

Joona merkt niet dat hij de aankondiging van een bandytoernooi voor vrouwen van de muur trekt als hij doorloopt naar de liften.

'Het past in het patroon,' zegt Anja achter hem. 'Het slachtoffer heet Stellan Ragnarson. Hij heeft in de gevangenis gezeten omdat hij zijn vriendin en haar moeder de keel had doorgesneden.'

Joona versnelt zijn pas en houdt de telefoon tegen zijn oor. Hij drukt op het knopje van de lift, maar wanneer die niet komt begint hij de trappen af te rennen.

'Met Lumi,' klinkt het gedempt.

'Met papa,' zegt hij en hij blijft staan.

'Hoi, papa... Ik heb college en ik kan niet...'

'Lumi,' valt hij haar in de rede en hij probeert de paniek weg te duwen die op komt zetten. 'Luister naar me... Weet je nog, de zonsverduistering in Helsinki?'

Even is ze helemaal stil. Joona's voorhoofd en nek zijn vochtig van het koude angstzweet.

'Ja,' antwoordt ze en ze slikt hoorbaar.

'Ik moest er opeens aan denken, aan die dag, we kunnen het er straks over hebben... Ik hou van je.'

'Ik hou van jou, papa.'

18

Lumi laat haar iPhone in de rugzak vallen en slaat haar schrift met trillende handen dicht. Als professor Jean-Baptiste Blom het college niet had onderbroken vanwege problemen met de computer had ze de telefoon niet opgenomen.

Ze kan niet geloven dat dit echt gebeurt, dat haar vader belt en haar naar de zonsverduistering vraagt.

Het was nooit de bedoeling geweest dat dit echt zou gebeuren.

Het winterlicht stroomt door de grote ramen van de collegezaal naar binnen. De muren zijn vlekkerig en de vloer versleten.

De kunststudenten zitten nog op hun plaats en praten met gedempte stem of kijken op hun telefoon, terwijl de professor de computer aan de praat probeert te krijgen.

'Ik moet weg,' fluistert Lumi tegen Laurent, die zijn stoel naast de hare heeft gezet.

'Wie was dat?' vraagt hij, terwijl zijn warme hand over haar rug glijdt.

Lumi stopt het schrift en de pennen in haar rugzak, staat op, haalt de hand van haar vriend van haar billen en wringt zich tussen de stoelen door naar buiten.

'Lumi?'

Ze reageert niet, doet net of ze het niet hoort, maar begrijpt dat hij zijn spullen bij elkaar raapt en achter haar aan komt.

Lumi bereikt de gang tussen de zitplaatsen en ziet dat de professor met zijn gehavende gebit glimlacht als de eerste afbeelding op het grote filmdoek verschijnt. Het is de foto van een zwemmende man en een drijvende cello van Robert Doisneau.

Ze loopt stilletjes door naar de deur, terwijl de professor doorgaat met zijn betoog over de dramaturgie van de momentopname.

Lumi komt in de gang, trekt haar jack aan, werpt een blik in de richting van de toiletten, voelt dat ze zou kunnen overgeven, maar loopt naar de uitgang.

'Lumi?'

Laurent haalt haar in en pakt haar arm vast. Ze draait zich om en voelt dat de adrenaline door haar lichaam gepompt wordt.

'Wat is er aan de hand?' vraagt hij.

Ze ziet zijn bezorgde gezicht, de baardstoppels en het uitgegroeide jongenskapsel, slordig en charmant, alsof hij net uit bed komt.

'Ik moet even iets regelen,' zegt ze snel.

'Wie belde er daarnet?'

'Een vriend,' zegt ze en ze stapt naar achteren.

'Uit Zweden.'

'Ik moet nu weg.'

'Is hij in Parijs? Wil hij je ontmoeten?'

'Laurent,' zegt ze smekend.

'Je doet heel raar, snap je dat niet?'

'Het is gewoon privé, het heeft niets met...'

'Je weet toch dat ik bij je ingetrokken ben,' onderbreekt hij haar met een glimlach. 'Je weet toch wat we gisteravond en vanochtend hebben gedaan... en wat we vannacht gaan doen?'

'Hou op,' zegt ze en ze voelt dat ze elk moment kan gaan huilen.

Hij ziet haar gezicht en wordt ernstig.

'Oké,' zegt hij.

De secondewijzer van de grote klok aan de muur beweegt trillend in het rond. Een politieauto passeert in de omgeving. Ze laat hem haar ene hand met twee handen omvatten, maar kan hem niet in de ogen kijken.

'Je komt daarna toch wel naar het feest?' vraagt hij.

'Dat weet ik niet.'

'Dat weet je niet,' herhaalt hij zacht.

Lumi trekt zich los en haast zich naar de uitgang, ze loopt de glazen deuren door, volgt het trottoir aan de linkerkant en steekt de rue Fénelon over.

Voor de brede trap van de kerk blijft ze staan, ze trekt een speldje met het vredessymbool uit haar jas en gebruikt dat om de simkaart uit haar mobiel te peuteren.

Ze laat hem op de grond vallen, trapt hem kapot en loopt snel door.

Aan de overkant van de boulevard de Magenta gooit ze de telefoon in een afvalbak, loopt door naar Gare du Nord, en neemt dan de metro naar het enorme treinstation Gare de Lyon.

Ze heeft keelpijn van angst en moeite met ademhalen wanneer ze zich door een groep toeristen heen wringt.

De hal is vol met een massief lawaai van murmelende reizigers, ratelende vorkheftrucks en galmende reisinformatie.

De krioelende mensenmassa wordt in het hoge glazen plafond als één groot organisme weerspiegeld.

Lumi loopt snel langs bloemenstalletjes, krantenwinkeltjes en fastfoodrestaurants, ze gaat met de roltrap naar beneden onder de grote stationshal. Ze loopt door de poortjes en komt tussen de bagagekluizen terecht.

Heftig ademend blijft ze voor een van de kastjes staan, toetst de code in en haalt de tas eruit, ze gaat naar de dames-wc, sluit zich op in het verste hokje, zet de tas op de klep van de wc, trekt haar jack uit en hangt dat aan de haak. Ze opent de tas, haalt er een klein zakmes uit, klapt de schroevendraaier uit, gaat op haar hurken zitten en voelt onder de wastafel voorzichtig langs de wand. Vlak boven een overlooppijp, maar een paar centimeter boven de vloer, vindt ze de schroeven, waar overheen is geverfd. Ze zet de schroevendraaier in de gleuf en draait de schroeven los van het klepje voor de kogelkranen van de buizen. Ze steekt haar hand erin en haalt het pakje eruit, schroeft het klepje er weer op, staat op en bekijkt zichzelf in de spiegel.

Haar lippen zijn wit van de stress en haar ogen eigenaardig vochtig.

Lumi probeert zich te concentreren op wat ze moet doen, ook al kan ze eigenlijk niet geloven dat dit gebeurt.

Ze maakt het koordje los en wil net het papier van het pakje trekken als ze iemand het toilet hoort binnenkomen.

Het is een vrouw die onduidelijk praat over hoog presterende hoeren. Ze loopt langs de hokjes en slaat met haar handpalm tegen alle deuren.

Geruisloos haalt Lumi het papier van het pistool. Het is een kleine Glock 26 met nachtrichtkijker.

Ze duwt het ene magazijn erin en stopt het wapen in de tas.

De vrouw buiten blijft in zichzelf mopperen.

Met strakke bewegingen haalt Lumi de envelop met contanten uit de tas, deelt de stapel biljetten in tweeën, stopt de ene helft in haar portemonnee en de andere weer in de tas. Ze kiest een van de paspoorten, controleert de naam, spreekt die voor zichzelf uit en pakt dan een van de telefoons uit de tas.

De vrouw daarbuiten zwijgt, maar Lumi hoort haar zware ademhaling.

Er klettert iets op de tegelvloer.

Lumi zet de telefoon aan en toetst de pincode in.

Ze is bang dat haar vader iets is overkomen, dat is haar grote angst. Lumi heeft geen vragen gesteld, maar ze hoopt dat haar vader het mis heeft. Een deel van haar denkt dat hij misschien al zo lang op de catastrofe had gewacht dat hij er niet meer tegen kon, dat hij die zag komen ook al was hij er niet.

Maar nu heeft hij haar gebeld en gevraagd of ze zich de zonsverduistering in Helsinki nog kan herinneren.

Dat kan maar één ding betekenen: hun rampenplan is geactiveerd.

Ze heeft de vraag met 'ja' beantwoord.

Dat betekent dat ze denkt dat ze haar deel zal kunnen uitvoeren.

Lumi veegt de tranen van haar wangen, probeert rustig adem te halen, trekt het nieuwe jack aan, stopt het oude in de tas, zet de capuchon op, spoelt de wc door en verlaat het hokje.

Een grote vrouw staat voor de spiegel boven een van de wastafels. De vloer onder haar is doornat.

Lumi loopt snel naar buiten, naar de loketten in de vertrekhal, ze trekt een nummertje en wanneer ze aan de beurt is, koopt ze een retourticket voor de eerste de beste trein naar Marseille, betaalt contant en loopt dan naar het perron.

Er hangt een zware geur van warme treinremmen.

Lumi gaat met haar hoofd omlaag en met de tas tussen haar voeten staan wachten. Het bord bij het perron geeft aan dat de trein over iets meer dan twintig minuten zal komen.

Ze denkt aan de maanden in Nattavaara. Haar laatste tijd met haar moeder was haar eerste tijd met haar vader geworden. Ze kende hem niet meer, ze had maar weinig herinneringen en een paar verhalen.

Maar ze vond het geweldig om dicht bij hem te zijn, 's avonds aan tafel en 's ochtends vroeg.

Ze vond het geweldig dat hij haar trainde, onvermoeibaar en geduldig.

Ze kregen een hechte band door zich op het ergste voor te bereiden.

Lumi tilt haar kin op en luistert. Mededelingen over vertragingen in het treinverkeer worden door de luidsprekers omgeroepen.

Verder weg wordt op fluitjes geblazen.

Een slanke man in een loodgrijze jas loopt heen en weer over het tegenovergelegen perron, zoekt zich een weg tussen de wachtende reizigers door en rent dan naar de trappen.

Lumi slaat haar ogen neer en denkt aan de keer dat Saga Bauer hun kwam vertellen dat het lichaam van Jurek Walter gevonden was.

Het was als het openzetten van de tuindeuren op een zomerochtend. Ze kon een nieuwe wereld binnengaan, ze kon in Parijs gaan wonen.

Er komt een trein aan, die over een ratelende wissel naar spoor 18 rijdt en sissend tot stilstand komt. Lumi pakt haar tas op, stapt in en vindt haar plaats. Ze gaat met haar tas op schoot zitten, kijkt uit het raam en ziet opeens de man met de grijze jas naast de trein.

Ze laat zich snel op de vloer zakken, doet net of ze iets zoekt in haar tas en kijkt op haar horloge.

Ze zouden al vertrokken moeten zijn.

Ze antwoordt niet wanneer de vrouw op de plaats naast haar vraagt of ze ergens mee kan helpen.

Er klinkt een fluitsignaal en de trein zet zich in beweging. Ze wacht een hele poos voordat ze weer op haar plaats gaat zitten en zich verontschuldigt.

Lumi doet haar ogen dicht om niet te gaan huilen.

Ze denkt aan de student die zich beledigd had gevoeld toen ze aan het eind van het eerste semester zijn foto's seksistisch had genoemd. Op de tentoonstelling later die maand had hij boven zijn foto's 'Vijf seksistische foto's van een seksist' geschreven.

Daarna zijn ze een stel geworden en afgelopen zomer is hij op proef bij haar ingetrokken.

Ze doet haar ogen open, maar ziet hem nog voor zich. Laurent met zijn verwarde haren en zijn truien met pluisjes. Zijn doordringende bruine ogen. Laurent met zijn mooie glimlach, zijn Zuid-Franse dialect en zijn getuite lippen. Ze heeft zich van Laurent losgerukt en is als Assepoester weggerend, bedenkt ze.

Parijs en de grote voorsteden liggen allang achter haar.

Wanneer de trein twee uur later stopt in Lyon, verlaat ze haar plaats, zet de capuchon op en stapt het perron op.

De wind is hier warmer.

Lumi was helemaal niet van plan geweest om naar Marseille te reizen.

Ze volgt de stroom van mensen op het grote treinstation, ze gaat met de roltrap naar beneden en loopt door een betegelde gang naar de autoverhuurbalie van Hertz. Ze haalt haar valse paspoort tevoorschijn, ondertekent alle papieren, betaalt contant en krijgt de sleutel van een rode Toyota.

Als ze de A42 neemt is ze over twee uur al in Zwitserland.

19

Joona Linna rijdt zo hard mogelijk langs het Järlameer. De dichte sneeuwvlokken verdwijnen spoorloos zodra ze het donkere water bereiken. Hij doet weer een poging om Valeria te bereiken, maar ze neemt nog steeds niet op.

De paniek flitst door zijn gedachten. Het lijkt wel of Jurek Walter op de donkere achterbank van de auto zit en naar voren leunt.

'Ik maak je met de grond gelijk,' fluistert hij.

Joona bedenkt dat hij veel te traag is geweest, hij heeft Jureks systeem te laat doorzien.

Valeria neemt de telefoon niet op.

Als hij hier een auto tegenkomt, moet hij ervan uitgaan dat het Jurek of zijn handlanger is. Hij moet hem de doorgang versperren, dwars over de weg gaan staan en uit de auto springen. Hij moet in de berm gaan liggen, klaar om op te staan, erheen te lopen en de bestuurder door de voorruit neer te schieten.

Op de smalle weg na Hästhagen kan hij zijn snelheid nog verder verhogen. De sneeuwrook achter de auto krijgt een rode gloed in het schijnsel van de achterlichten.

Het bos gaat over in akkers met een laag pas gevallen sneeuw over de zwarte aarde.

Wanneer hij afslaat naar Valeria's kwekerij zijn de vlokken kleiner geworden en dwarrelen ze meer.

Verse wielsporen van een zwaar voertuig zijn op de weg en de keerzone te zien. De sporen zijn niet van Valeria's auto. Die staat waar hij altijd staat, met een dunne laag sneeuw op het dak, de voorruit en de motorkap.

Er brandt licht in de kassen, maar hij ziet geen mensen.

Joona maakt een scherpe draai over de rijbaan naar de diepe sloot, draait aan het stuur, rijdt achteruit en blijft zo staan dat hij alle andere voertuigen de weg verspert.

Hij pakt de tas van de passagiersstoel als hij de auto verlaat, stopt zijn hand in zijn jasje en haalt zijn Colt Combat tevoorschijn.

De ramen van Valeria's huis zijn donker. Het is doodstil. De sneeuw dwarrelt naar beneden, wit tegen de witte lucht.

Als hij dichter bij de eerste kas komt, ziet hij dat de grond aangestampt is.

Een emmer met kleikorrels is omgevallen.

Joona loopt langs de glazen wanden en kijkt naar binnen. Groene blaadjes drukken tegen ruiten waar condens op zit.

In de verte blaft een hond.

Wanneer hij bij de verste broeikas komt, ziet hij Valeria's rode gewatteerde jack naast een werktafel op de grond liggen.

Hij duwt de deur voorzichtig open, stapt de vochtige lucht binnen, luistert en loopt tussen de kweekbedden door, het wapen naar beneden gericht.

Hij loopt tussen dampende vegetatie door, terwijl de wereld buiten een winterslaap houdt.

Er rinkelt iets, als een schaar op een betonnen vloer.

Joona verplaatst zijn vinger van de beugel naar de trekker en duikt in elkaar onder de takken van een rij Japanse kersen. Verderop in de kas beweegt iemand. Snelle bewegingen door vochtig gebladerte.

Het is Valeria.

Ze staat met haar rug naar hem toe en houdt een mes in haar hand.

Joona gaat langzamer lopen, stopt het pistool in de holster en schuift een uitstekende tak opzij.

'Valeria?'

Ze draait zich om en glimlacht verbaasd. Ze is gekleed in een besmeurd T-SHIRT met de tekst GREENPEACE en ze heeft haar krullen in een staart gedaan. Er loopt een modderveeg over haar jukbeen.

Ze legt het mes op een krukje en trekt haar handschoenen uit.

Hij ziet dat ze bezig is met het enten van nieuwe takken op een appelboompje, ze heeft entband om de tak gewikkeld om de enten op hun plaats te houden en entwas aangebracht.

'Pas op, ik ben vies,' zegt ze en ze houdt een glimlach in, zodat er rimpels ontstaan in haar kin.

Ze leunt naar voren en zoent hem op zijn mond zonder hem aan te raken.

'Ik heb geprobeerd te bellen,' zegt Joona.

Valeria voelt aan de achterzakken van haar spijkerbroek.

'Mijn telefoon zit vast nog in mijn jack.'

Joona kijkt naar een donkere spar buiten, wanneer er een windvlaag door de takken gaat.

'Ik dacht dat we elkaar in restaurant Farang zouden zien.'

'We moeten praten, er zijn ontwikkelingen...'

Hij zwijgt en ademt diep in. Valeria slikt moeizaam en er verschijnt een gespannen trek om haar mond.

'Je denkt dat hij nog leeft,' fluistert ze. 'Maar het lijk is toch gevonden? Het was toch zijn lijk?'

'Ik heb alles samen met de Naald doorgenomen, maar het is niet overtuigend genoeg... Jurek Walter leeft nog, ik dacht eerst van niet, maar hij leeft nog.'

'Nee,' zegt ze met ontdane stem.

Joona werpt een blik over zijn schouder, maar kan de deur van de kas niet zien, er staan te veel planten en struiken voor.

'Je moet me vertrouwen,' zegt hij. 'Ik breng Lumi naar een veilige plaats in het buitenland en ik zal haar beschermen. En ik wil graag dat jij meegaat.'

Valeria's gezicht is grauw geworden, dat gebeurt altijd als ze ongerust wordt. De rimpels rond haar mond worden dieper en haar mimiek wordt minimaal.

'Maar je weet dat dat niet kan,' zegt ze zacht.

'Het is een moeilijk besluit.'

'O ja? Want ik begin me bijna af te vragen waar dit over gaat... Ik wil mijn eigen betekenis niet overdrijven, maar dit komt precies op het moment dat wij een echte relatie beginnen te krijgen. Ik heb nooit gewild dat je je ergens toe verplicht zou voelen, ik doe geen poging met Summa te concurreren, dat kan ik niet, dat weet ik.'

Joona doet een stap opzij om de kas achter haar te kunnen overzien.

'Ik hoor wat je zegt, maar...'

'Sorry, ik bedoelde het niet... Dat kwam er onaardig uit.'

'Ik begrijp je,' zegt hij. 'We kunnen alles bespreken, maar Jurek leeft nog... En hij heeft de afgelopen maand minstens vijf personen vermoord.'

Valeria krabt met vieze vingers over haar voorhoofd en krijgt twee zwarte plekken boven haar rechterwenkbrauw.

'Waarom heb ik daar dan niets over in de krant gelezen?' vraagt ze kritisch.

'Omdat de slachtoffers verspreid zijn over Europa, omdat de slachtoffers zelf moordenaars en verkrachters zijn... Jurek is op zoek geweest naar iemand om mee samen te werken, hij heeft verschillende kandidaten beoordeeld en degenen vermoord die niet aan zijn eisen voldeden.'

Hij kijkt op zijn horloge en dan naar haar donkere huis.

'Denk je echt dat het gevaarlijk is voor jou en mij om hier te blijven?'

'Ja,' zegt hij en hij kijkt haar aan. 'Je wordt hoogstwaarschijnlijk al in de gaten gehouden. Hij heeft al naar je gekeken en jou en je gewoonten leren kennen.'

'Het klinkt alleen zo overdreven.'

'Je moet met me meegaan,' dringt Joona aan.

'Wanneer wil je vertrekken?' vraagt ze ten slotte.

'Nu.'

Ze kijkt hem verbaasd aan en bevochtigt haar mond.

'Kan ik later komen?'

'Nee.'

'Bedoel je dat ik gewoon een tas moet inpakken en gaan?'

'Voor inpakken is geen tijd.'

'Hoelang moeten we ons verstoppen?'

'Twee weken, twee jaar... zo lang als het duurt.'

‘Dit zou allemaal kapotgaan, alles waar ik voor heb gevochten,’ zegt ze toonloos.

‘Valeria, je kunt weer opnieuw beginnen, ik help je.’

Ze blijft zwijgend staan, met neergeslagen ogen.

‘Joona,’ zegt ze en ze kijkt op. ‘Je hebt gedaan wat je kon, ik begrijp dat dit ernst kan zijn, maar ik heb geen keus. Ik kan hier niet weg, ik heb de kassen, een klantenkring… Dit is mijn thuis… en ik ga voor het eerst kerst vieren met mijn jongens. Je weet wat dat voor mij betekent.’

‘Misschien ben je met kerst alweer terug,’ zegt Joona en hij voelt een stijgende wanhoop. ‘Luister, Valeria, toen Jurek ontsnapte, woonde ik samen met een vrouw, Disa… Ik had nooit gedacht dat ik het zou durven.’

‘Disa? Waarom heb je het nooit over haar gehad?’

‘Ik wilde je niet bang maken,’ zegt hij ernstig.

Ze knippert met haar ogen als ze het begrijpt.

‘Hij heeft haar vermoord.’

‘Ja.’

Ze veegt met de achterkant van haar hand over haar mond.

‘Maar dat betekent niet dat hij mij zal vermoorden,’ zegt ze met bibberende stem.

‘Valeria,’ smeekt Joona en hij voelt zich hulpelozer dan ooit.

‘Ik kan het niet, het gaat niet,’ zegt ze. ‘Moet ik de jongens nog een keer verlaten?’

‘Alsjeblieft, je…’

‘Het gaat niet,’ onderbreekt ze hem.

‘Ik regel politiebescherming.’

‘Dat nooit,’ zegt ze met een verbaasde lach.

‘Je hoeft ze niet te zien.’

‘Joona, luister naar me, geen smerissen, geen smerissen op mijn grond… behalve jij.’

Hij blijft een paar seconden met gebogen hoofd staan, opent vervolgens de tas, haalt er een pistool in een schouderholster uit, trekt het eruit en geeft het aan haar.

'Dit is een Sig Sauer, hij is geladen, er zitten elf kogels in het magazijn… Draag hem continu, hou hem bij je, ook als je slaapt. Kijk, je hoeft alleen deze veiligheidspal om te zetten, hem met beide handen vast te houden, te richten en te schieten. Aarzel niet als je de kans krijgt, schiet meteen en schiet een paar keer.'

Ze schudt haar hoofd.

'Dat ga ik niet doen, Joona.'

Hij legt het wapen naast haar mes op het krukje en haalt diep adem.

'Ik moet je nog iets zeggen, en dat is een waarschuwing. Voortaan moet je alles wat ook maar enigszins afwijkt als een valstrik beschouwen. Het kan om onverwachte bezoekers gaan, een nieuwe klant, iemand die een andere auto heeft of op het verkeerde tijdstip komt… Wat dan ook. En dan bel je dit nummer.'

Joona laat haar een nummer in zijn telefoon zien en deelt het contact met haar.

'Sla het nummer op en zorg dat het altijd bovenaan staat als eerste keus wanneer je je telefoon opent. Het zal je op dat moment niet helpen, daar is Jurek te snel voor, maar het nummer is van een vriend van me, Nathan Pollock. Hij zal zien waar je je bevindt… Dat vergroot de kansen om je op te sporen en te redden.'

'Dit klinkt krankjorum,' zegt ze alleen en haar blik rust in de zijne.

'Ik zou bij je kunnen blijven als Lumi er niet was, maar ik moet voor haar zorgen,' legt hij uit.

'Dat is oké, ik begrijp het, Joona.'

'Ik moet nu gaan,' fluistert hij. 'Als je meegaat, dan ga je mee in de kleren die je aanhebt, op laarzen en met een modderige broek. Ik loop naar de auto en wacht twintig seconden.'

Ze antwoordt niet. Ze kijkt hem alleen aan en probeert haar tranen tegen te houden en de brok in haar keel weg te slikken.

Joona verlaat de kas, gaat in zijn auto zitten, rijdt achteruit naar de keerzone en stopt.

Hij kijkt op zijn horloge.

De sneeuwvlokken dwarrelen door het licht van de grote kassen.

De seconden verstrijken, hij had al weg moeten rijden.

Hij leunt achterover tegen de koude stoel en zet zijn rechterhand op de versnellingspook.

Alles is rustig en stil.

Hij start de motor en het licht van de koplampen vormt een wervelende tunnel tot aan de bosrand.

De auto warmt op, de ventilator ruist.

Joona staart voor zich uit, kijkt nog eens op zijn horloge, schakelt en rijdt langzaam de keerzone rond. Hij kijkt in de binnenspiegel naar de kassen terwijl hij wegrijdt van Valeria's kwekerij.

20

Erica Liljestrand zit in haar eentje aan de toog van de Pilgrim Bar, ze wacht op een vriendin van de bachelorstudie Biotechnologie.

Natte sneeuw stroomt over het raam aan de straatkant.

Ze legt de telefoon naast haar wijnglas en kijkt naar de plakkerige vingerafdrukken op het scherm als dat donker wordt.

Ze had hier om tien uur afgesproken met Liv om het oudejaarsfeest te plannen, maar nu is Liv al meer dan een uur te laat en ze neemt haar telefoon niet op.

Er zijn vanavond bijna geen gasten in de Pilgrim Bar. Waarschijnlijk is het hier zo stil omdat ze bezig zijn de gevel aan de Regeringsgatan te renoveren.

Steigers met vuilwit nylon doek verbergen de ingang.

De drie mannen aan het tafeltje achterin zitten haar kant op te gluren, maar ze blijft bij de barkeeper, praat wat met hem en kijkt op haar telefoon.

Gek dat een vrouw die in haar eentje in een bar zit, zich een prooidier moet voelen, bedenkt ze.

Erica weet dat ze niet direct knap is en op geen enkele manier uitdagend. Toch zijn alle ogen nu op haar gericht, alleen omdat ze hier zonder gezelschap zit.

De barkeeper, die zich Nick noemt, lijkt ervan uit te gaan dat hij onweerstaanbaar is. Hij is een gebruinde man van middelbare leeftijd, met blauwe ogen en een modern kapsel. Het overhemd met korte mouwen spant om zijn bovenarmspieren en bedekt de wazige tatoeage half.

Tot nu toe heeft Nick al diverse onderwerpen behandeld, zoals bergbeklimmen in Thailand, skiën in de Franse Alpen en de beweeglijke aandelenmarkt.

Erica kijkt stiekem naar het oudere echtpaar met rozige wangen dat aan een hoektafeltje zit te praten. Ze zien er vrolijk uit, hebben nacho's met salsa en guacamole gegeten en delen een fles wijn.

Ze belt Liv nog eens en laat de telefoon belachelijk lang overgaan.

Er druppelt vies water van de steiger buiten.

Ze legt de telefoon weer neer en gaat met haar nagel over een kras in het gelakte hout van de bar. Bij de voet van het wijnglas stopt ze en ze neemt een slok.

Er rinkelt een belletje als de buitendeur opengaat.

Het is Liv niet, maar een man zo groot als een beer. Hij neemt koude lucht mee van buiten, trekt zijn zwarte regenjas uit en propt die in een plastic tas.

De man draagt een donkerblauwe gebreide trui met leren elleboogstukken, een cargobroek en legerkisten.

Hij groet de barkeeper en gaat een meter van Erica af zitten, met een kruk ertussen, en hangt de tas aan een haak onder de bar.

'Het waait nogal,' zegt hij met zachte, volle stem.

'Ik dacht al zoiets,' antwoordt de barkeeper.

De grote man wrijft in zijn handen.

'Wat heb je voor wodka?'

'Dowrek, Stolichnaya, Smirnoff, Absolut, Koskenkorva, Nemiroff,' somt Nick op.

'Zwarte Smirnoff?'

'Ja.'

'Dan neem ik vijf shotjes Smirnoff.'

Nick fronst zijn wenkbrauwen.

'Wilt u vijf glazen wodka?'

'Op kamertemperatuur graag,' zegt de man en hij glimlacht.

Erica kijkt op de klok van haar telefoon en besluit nog tien minuten te wachten.

De barkeeper zet vijf borrelglaasjes voor de grote man neer en pakt een fles van de plank.

'En schenk haar glas nog eens vol, we hebben iets te vieren,' zegt hij en hij knikt naar Erica.

Erica heeft geen idee waar hij het over heeft. Misschien was het gewoon een mislukt grapje. Ze kijkt naar hem, maar hij kijkt haar niet aan. Hij heeft een droevig gezicht en zijn vlezige nek is geplooid, zijn haar kortgeknipt en in beide oorlellen zitten mooie oorbellen met parels.

'Wil je nog een glas wijn?' vraagt de barkeeper aan Erica.

'Waarom niet?' antwoordt ze en ze smoort een geeuw.

'Omdat we iets te vieren hebben,' zegt Nick, hij pakt een nieuw glas en schenkt wijn in.

De grote man heeft een mapje lucifers tevoorschijn gehaald, hij draait een lucifer los, brengt die naar zijn mond en kauwt erop.

'Ik heb een tijdje een bar gehad in Göteborg,' zegt hij en hij staat op.

Hij staat stil alsof hij niet meer begrijpt waar hij zich bevindt. Langzaam richt hij zijn blik op de barkeeper en kijkt daarna Erica aan. Zijn pupillen zijn wijd en de lucifer valt uit zijn mond. Hij vervolgt zijn draai, kijkt naar de oudere man aan het hoektafeltje en daarna naar een van de jongemannen, likt zijn lippen en gaat dan weer op zijn plaats zitten.

Hij kucht, drinkt het eerste glaasje wodka leeg en zet het op de bar.

Erica kijkt naar het lucifermapje dat naast de rij glaasjes ligt. Op de zwarte bovenkant is een klein wit skelet te zien.

'Breng je de kerstdagen in Stockholm door?' vraagt Nick en hij zet een schaal grote groene olijven voor Erica neer.

'Ik ga naar mijn ouders in Växjö,' antwoordt ze.

'Leuk, dat is een gezellige stad.'

'En jij?' vraagt ze beleefd.

'Thailand, zoals gewoonlijk.'

'Dat denk ik niet,' zegt de grote man.

'Wat zei u?' vraagt Nick verbaasd.

'Ik kan niet in de toekomst kijken, maar...'

'O nee?' valt de barkeeper hem in de rede. 'Gelukkig maar. Want ik schrok al bijna.'

De forse man heeft zijn ogen neergeslagen en kijkt naar zijn stompe vingertoppen. Het groepje jongemannen staat met veel lawaai op en gaat weg.

'Het is ingewikkeld,' zegt de forse man even later.

'Ja, hè?' zegt Nick scherp en hij glimlacht.

De man antwoordt niet, friemelt alleen aan zijn lucifermapje. De barkeeper staat een poosje naar hem te kijken, wacht totdat hij opkijkt en begint dan de bar af te vegen met een grijs doekje.

'Mooie oorbellen,' zegt Erica en ze hoort de barkeeper lachen.

'Dank je,' zegt de forse man met ernstige stem. 'Ik draag ze voor mijn zus. Mijn tweelingzus is overleden toen ik dertien was.'

'Wat verschrikkelijk,' fluistert ze.

'Ja,' zegt hij alleen en hij tilt zijn shotglaasje naar haar op. 'Proost... hoe je ook heet.'

'Erica,' zegt ze.

'Proost, Erica.'

'Proost.'

'Ze noemen mij de Bever.'

De barkeeper wendt zich af om een glimlach te verbergen.

'Vervelend dat je vriendin te laat is,' zegt de Bever even later.

'Hoe weet je dat?'

'Ik zou kunnen antwoorden dat het deductie is, redeneerkunst,' zegt hij. 'Ik observeer mensen, ik zag hoe je de telefoon aanraakte, je omdraaide naar de deur... Maar ik heb ook een zesde zintuig.'

'Een zesde zintuig, zoiets als telepathie?' vraagt ze en ze dwingt zichzelf niet te glimlachen.

Nick haalt haar eerste wijnglas weg en veegt de bar af.

'Het is moeilijk uit te leggen,' gaat de Bever verder. 'Maar in populaire termen kan ik het beschrijven als precognitie... samen met helderwetendheid, onverklaarbare kennis.'

'Klinkt geavanceerd,' zegt Erica. 'Je bent dus een soort medium?'

Ze heeft medelijden met hem. Hij schijnt totaal niet door te hebben hoe raar hij overkomt.

'Mijn gave is niet paranormaal... Er is een klinische verklaring voor.'

'Oké,' zegt de barkeeper sceptisch.

Ze wachten totdat hij verdergaat, maar in plaats daarvan drinkt hij het derde shotglaasje met pedante gebaren leeg en zet het vervolgens voorzichtig naast de andere glaasjes.

‘Als ik bij andere mensen ben, weet ik bijna altijd in welke volgorde ze zullen sterven,’ zegt hij. ‘Ik weet niet wanneer het zal gebeuren, over tien minuten of over vijftig jaar… Ik zie alleen de volgorde.’

Erica knikt en heeft er spijt van dat ze hem heeft aangemoedigd. Doordat Nick zich als een pestkop begon te gedragen, voelde ze zich geroepen een beetje vriendelijk te zijn. Zodra dat met goed fatsoen kan, zal ze weggaan, neemt ze zich voor. Ze heeft het nog niet gedacht of er klinkt een ‘pling’ uit haar telefoon.

21

Erica draait de telefoon om in de hoop op een excuus om de bar onmiddellijk te verlaten. Het is een sms'je van Liv. Ze verontschuldigt zich en vertelt dat ze een vriendin thuis moest brengen die te veel had gedronken.

Erica's duimen zijn eigenaardig gevoelloos als ze antwoordt dat ze het begrijpt en vraagt of ze dan morgen zullen afspreken.

'Ik moet weg,' zegt ze en ze schuift het bijna onaangeroerde glas wijn opzij.

'Ik wilde je niet bang maken,' zegt de forse man, die haar blijft aankijken.

'Nee, dat... Ik geloof dat alle mensen talenten hebben die ze niet gebruiken,' antwoordt ze vaag.

'Ik ben me ervan bewust dat het veel te dramatisch klonk wat ik zei, maar ik heb niet echt de juiste woorden om te beschrijven wat er aan de hand is.'

'Ik begrijp het,' zegt ze kortaf en ze kijkt naar het scherm.

'Soms kan ik het van maar een paar mensen zeggen, soms van iedereen in de kamer... Het is net alsof ik een grote wijzerplaat met Romeinse cijfers zie en als de wijzer zich beweegt en naar de één wijst, gaat mijn blik naar de persoon in de kamer die als eerste zal sterven, die wordt er gewoon naartoe gezogen, ik weet niet hoe dat in zijn werk gaat. Tiktak, de wijzer verplaatst zich naar de twee en ik kijk naar een nieuwe persoon... Vaak zie ik mijn eigen gezicht in een spiegel, waarna ik het contact verlies.'

'Mag ik betalen?' vraagt Erica aan de barkeeper.

'Ik heb je bang gemaakt,' zegt de Bever, die haar blik blijft zoeken.

'Kunt u de dame nu met rust laten?' zegt Nick.

'Erica, ik wil alleen zeggen dat jouw nummer niet het eerste was in deze ruimte.'

'Hou nou op,' zegt de barkeeper en hij leunt over de toog.

'Ik zal ook ophouden,' antwoordt de Bever rustig en hij stopt het lucifermapje in zijn zak. 'Tenzij je wilt weten wie nummer één is.'

'Excuseer,' fluistert Erica en ze loopt naar het damestoilet.

De barkeeper volgt haar met zijn blik, ziet dat ze wankelt en met haar hand steun zoekt bij de muur.

De Bever drinkt zijn vierde glaasje wodka leeg en zet het vervolgens geruisloos op de bar naast het laatste.

'Oké, wie gaat er als eerste dood?' vraagt de barkeeper.

'Jij... Wat niet erg verbazingwekkend is,' zegt de Bever.

'Waarom is dat niet verbazingwekkend?'

'Omdat ik hier ben om je de keel door te snijden,' antwoordt de Bever rustig.

'Moet ik de politie bellen?'

'Je hebt al Xyrem in haar glas gedaan, toch?' vraagt de Bever.

'Wat wil je, verdomme?' fluistert Nick.

'Weet je dat een van je meisjes in de ambulance is overleden?' vraagt de Bever en hij laat het laatste glaasje op de bar een hele slag draaien.

'Je bent gestoord,' zegt Nick. 'Misschien heb je het zelf niet door, maar...'

Hij zwijgt als Erica terugkomt naar haar plaats. Haar wangen zijn bleek en ze blijft een poosje met half gesloten ogen zitten.

'Ik weet vrij zeker dat het me zal lukken, aangezien jij nummer één bent en ik nummer vijf,' zegt de Bever zacht.

Het oudere echtpaar roept 'bedankt', ze trekken hun jas aan en gaan weg. Nu zitten er nog maar drie mensen in de bar.

'Ik moet maar eens gaan,' zegt Erica onduidelijk. 'Ik voel me niet goed...'

'Zal ik een taxi bellen?' vraagt Nick vriendelijk.

'Ja, graag,' brengt ze uit.

'Hij doet alleen alsof hij belt,' zegt de Bever. 'Dat is zijn manier om je hier te houden totdat de bar leeg is.'

'Drink je glas leeg en ga weg,' zegt de barkeeper.

'Toen mijn zus overleed, werd...'

'Hou gewoon je kop,' zegt de barkeeper en hij pakt zijn mobiel.

'Ik wil het horen,' zegt Erica en ze voelt een nieuwe golf van vermoeidheid door haar hele lichaam stromen.

'Als kind had ik altijd pijn in mijn buik,' vertelt de Bever. 'Die was zwaar en opgezet. Op mijn dertiende was het zo erg dat ik het niet kon verbergen. Ze gingen met me naar de dokter, die constateerde dat ik een tumor had... Maar het was geen gewone tumor, het was mijn tweelingzus. Dat noemen ze foetus in foetu.'

Hij trekt zijn gebreide trui en zijn witte shirt omhoog en laat een lang, verbleekt litteken zien langs de zijkant van zijn dikke, onbehaarde buik.

'Potverdorie,' mompelt Erica.

'Achter mijn buikvlies zat een soort kapsel van weefsel, vijfentwintig centimeter lang... Daar lag ze,' vertelt hij. 'Ik heb naderhand, toen ze dood was, de foto's gezien, de dunne armpjes met grote handen, de romp, draadjes van benen, een ruggengraat en een stukje van het gezicht... maar geen hersenen. Ze leefde alleen omdat ze bloed van mij kreeg.'

Erica voelt de misselijkheid tegen haar keel drukken, ze staat op en probeert haar jas aan te trekken, maar haar ene mouw zit binnenstebuiten, ze wankelt en grijpt zich op het laatste moment vast aan de bar.

'Ze hebben ook delen van haar in mijn hersenen gevonden,' gaat de Bever verder. 'Die konden niet worden verwijderd, dat was te moeilijk... Die mogen blijven zitten, zolang het geen metastasen worden... Ik voel haar bijna continu, het is niet goed te zien op een MRI-scan, maar ik denk dat haar kleine hersenen in de mijne zitten... en dat ik daarom een extra zintuig heb.'

Erica laat haar tas op de grond vallen, de brillenkoker en een oogpotlood rollen eruit en verdwijnen onder de barkruk. Ze heeft braakneigingen en bedenkt dat ze vast iets verkeerds heeft gegeten.

'Mijn god,' fluistert ze en ze voelt dat haar rug nat is van het zweet.

Ze laat zich op de grond zakken om de spullen weer in haar tas te stoppen, maar ze is zo moe dat ze op haar zij moet gaan liggen om even te rusten en genoeg energie op te doen om op te staan.

Ze voelt de koele vloer tegen haar wang en doet haar ogen dicht, maar schrikt dan van een geluid. Het is de barkeeper die zijn stem verheft tegen de Bever.

'Eruit!' brult hij.

Erica weet dat ze moet zien op te staan, ze moet naar huis. Ze doet met moeite haar ogen open en ziet dat de barkeeper zich met een knuppel in zijn hand naar achteren verplaatst.

'Sodemieter op,' roept hij.

De forse man die zich de Bever noemt, veegt een paar flessen van de bar en loopt dan snel naar Nick toe.

Erica hoort gebonk en gehijg.

De barkeeper wordt met enorme kracht tegen de grond gesmeten, hij gooit twee krukken om en tuimelt tegen de muur.

De Bever komt met grote stappen achter hem aan. Hij heeft Nick de knuppel afgepakt en slaat hem er drie keer mee op zijn benen, hij schreeuwt iets, zo hard dat zijn stem overslaat en beukt een tafeltje in elkaar. Hij gooit de gebroken knuppel naar Nick, stampt de resten van het tafeltje kapot en schopt tegen de splinters.

Erica probeert te gaan zitten en ziet dat de Bever Nick weer overeind trekt, hem een harde duw tegen zijn borst geeft en recht in zijn gezicht schreeuwt.

'Rustig,' zegt Nick hijgend.

Hij kan niet op zijn rechterbeen staan en er stroomt bloed van zijn ene wenkbrauw over zijn gezicht. De Bever pakt hem met één hand bij de keel en slaat hem met de andere in het gezicht. Hij duwt Nick tegen een tafeltje, waardoor de wijnglazen en het sfeerlichtje op de vloer vallen, hij duwt het tafeltje tegen de muur en gooit het om, zodat Nick op de grond valt.

Erica moet weer gaan liggen, ze ziet dat de Bever over de barkeeper heen gebogen staat en hem in het gezicht slaat.

Nick probeert de forse man te ontwijken. Het bloed spat uit zijn mond als hij hem hoestend vraagt om te stoppen. De Bever pakt zijn hand vast en breekt de arm bij de elleboog.

Nick schreeuwt wanhopig als de Bever aan zijn arm trekt en die nog eens probeert te breken.

De Bever hijgt zwaar, pakt Nicks nek met twee handen vast, knijpt zo hard dat zijn gezicht er wit van wordt, brult en beukt zijn achterhoofd tegen de vloer, laat opeens los en staat op, terwijl Nick hoest en vecht om lucht in zijn longen te krijgen.

De Bever stapt wankelend achteruit.

Als hij iets uit zijn zak haalt, valt het zwarte lucifermapje op de grond.

Hij laat een breed mes met een klik openspringen, loopt weer naar voren en schreeuwt. Zijn scheve tanden glimmen in het licht van een van de wandlampjes.

'Sorry als ik je heb beledigd, dat was niet de bedoeling,' kreunt Nick. 'Je hoeft me niet te vermoorden, ik beloof...'

Erica voelt aan haar wang de zware voetstappen over de vloer.

De Bever staat bij Nick, duwt diens opgestoken hand opzij en steekt hem met het mes.

Het lemmet dringt diep in zijn borstkas door.

Het bloed spat de Bever in het gezicht als hij het mes eruit trekt.

Hij schreeuwt in razernij en steekt nog eens.

Nick heeft het bewustzijn bijna verloren, hij jammert alleen zacht en hoog.

De Bever draait hem om, pakt zijn haar vast en begint hem te scalperen. Hij snijdt een groot stuk van de hoofdhuid los en gooit dat weg.

Het lijkt wel of hij de een of andere verschrikkelijke drug heeft ingenomen.

De Bever laat het mes vallen, brult en sleept het levenloze lichaam aan één been naar de voordeur.

Nick is waarschijnlijk al lang dood, maar de Bever blijft maar slaan en in zijn buik stampen. Hij rukt een ingelijste foto van John Lennon van de muur, slaat die kapot, zodat scherven en splinters door de lucht vliegen en smijt de resten van de lijst op het bebloede lichaam.

Hij gooit een tafeltje over Nick heen, doet hijgend een paar stappen achteruit, draait zich om en kijkt haar aan.

'Ik heb hier niets mee te maken,' zegt ze zacht.

Hij loopt naar haar toe en raapt het zakmes van de vloer. Een draad van slijmerig bloed bungelt aan het lemmet.

'Alsjeblieft niet...'

Erica is niet eens in staat haar hoofd van de vloer op te tillen als hij naar haar toe komt en haar haar vastpakt.

De pijn is eigenlijk niet overweldigend, als het lemmet door weefsels, pezen en bloedvaten gaat. Het vreselijke is de ijskoude stormwind in haar gezicht, samen met het gevoel van binnenuit verstikt te worden.

22

Als Saga wakker wordt, hoort ze Randy bezig in de keuken. Hij blijft vaak bij haar overnachten en soms slapen ze in het oude fotoatelier dat hij huurt. Randy komt binnen met een kop koffie en een croissantje met jam voor haar.

Hij is vijf jaar jonger dan Saga, heeft een kaalgeschoren hoofd, rustige ogen en een sceptische glimlach. Hij is rechercheur en maakt deel uit van het team dat internethaat in kaart brengt.

'Als ik bij mijn ouders in Örgryte ben, krijg ik van mijn moeder altijd ontbijt op bed,' zegt hij.

'Je bent verwend,' zegt Saga glimlachend en ze proeft van de koffie.

'Ik weet dat jouw moeder...'

'Ik wil niet over haar praten,' valt ze hem in de rede.

'Oké, sorry,' zegt hij en hij slaat zijn ogen neer.

'Ik kan er niet tegen, daarom heb ik die regel. Het is beter om het onderwerp helemaal te laten rusten, dat heb ik al gezegd.'

'Dat weet ik, maar...'

'Het gaat niet om jou.'

'Maar ik ben er voor je,' zegt hij zacht.

'Dank je wel,' antwoordt ze kortaf.

Als hij weg is, bedenkt ze dat ze misschien te afwijzend heeft geklonken. Randy kan niet weten wat zij heeft meegemaakt. Ze stuurt een sms'je waarin ze sorry zegt en hem bedankt voor het ontbijt.

Na haar werk haalt Saga haar halfzusje uit school en gaat met haar naar de kno-arts. Op weg naar huis vraagt ze haar naar de clownsmeisjes.

'Papa zei dat ze niet echt bestaan,' antwoordt Pellerina.

'Dat is ook zo,' zegt Saga.

'Toch wil ik niet dat ze me vinden.'

Als ze thuiskomen, is hun vader er niet. Saga hoopt dat hij gauw komt, ze wil met hem praten over het cadeau dat ze niet kon aannemen, omdat het haar te veel aan de ziekte van haar moeder deed denken.

Nu staat Pellerina bij het aanrecht met een gestippeld schort voor beslag te kloppen voor een cake, terwijl Saga de bakvorm invet.

De deurbel gaat en Pellerina schreeuwt dat het papa is.

Saga veegt haar handen af aan een stuk keukenpapier, loopt de hal in en doet de deur open.

Het is Joona Linna.

Zijn gezicht staat ernstig en zijn grijze ogen zijn ijzig koud.

'Kom binnen,' zegt ze.

Hij kijkt over zijn schouder, loopt de hal in en doet de deur achter zich dicht.

'Wie zijn er in huis?'

'Alleen Pellerina en ik,' antwoordt ze. 'Wat is er gebeurd?'

Hij kijkt naar de gebogen houten trap en naar de deur van de keuken.

'Joona, ik heb begrepen dat je echt denkt dat Jurek nog in leven is,' zegt ze.

'Eerst was het alleen een theoretische mogelijkheid... Maar nu heb ik het patroon gezien,' zegt hij en hij kijkt door het spionnetje.

'Wil je niet binnenkomen voor een kopje koffie?' vraagt ze.

'Daar heb ik geen tijd voor,' antwoordt hij en hij kijkt haar weer aan.

'Ik weet dat de gebeurtenissen van de laatste tijd een heleboel herinneringen hebben opgewekt,' zegt ze. 'Maar ik denk niet dat Jurek dit heeft gedaan. Kijk naar het geweld, zo agressief is Jurek nooit geweest... Wacht, ik weet het, je zult zeggen dat zijn handlanger dit heeft gedaan. Ik luister naar je, maar eerlijk gezegd zie ik het patroon niet zo duidelijk als jij.'

'Saga, ik kom alleen om te zeggen dat je moet onderduiken, dat je een veilig heenkomen moet zoeken voor jezelf en je familie... Maar dat ga je niet doen, begrijp ik.'

'Ik zou mijn vader en Pellerina nooit meekrijgen... Ik ga het niet eens proberen, ik wil ze niet bang maken.'

'Maar...'

Er slaat een deur in de keuken en Joona heeft zijn hand al om het pistool onder zijn jasje, maar laat dat los als hij Pellerina hoort lachen.

'Als Jurek leeft, is dat mijn schuld,' zegt Saga met gedempte stem. 'Dat weet je, door mij is hij vrijgekomen... Dus is het mijn taak om hem tegen te houden.'

'Dat is het niet waard,' zegt hij. 'Je bent als een zus voor me, ik wil niet dat je Jurek probeert tegen te houden, ik wil dat je je schuilhoudt.'

'Joona, van jouw kant gezien doe je het helemaal goed, je bent hiervan overtuigd en je moet Lumi beschermen,' zegt ze. 'Maar de juiste keus voor mij is om hier te blijven en te zoeken naar degene die echt achter de moorden zit... En ik sluit nog niets uit, zelfs Jurek Walter niet.'

'Werk dan met Nathan samen... Ik heb al het materiaal naar hem gestuurd.'

'Oké, ik ga met hem praten.'

'Saga!' roept Pellerina vanuit de keuken.

'Ik moet naar haar toe,' zegt ze.

'Denk niet dat Jurek zo is als andere mensen,' gaat Joona verder. 'Dat hij je anders heeft behandeld, is niet omdat je zo mooi bent...'

'Ik dacht dat je me überhaupt niet zag staan,' zegt ze met een glimlach.

'Ik zie je wel staan, Saga,' zegt hij. 'Maar jouw uiterlijk kan Jurek niets schelen, hij is geïnteresseerd in je hersenen, je ziel... je duisternis, datgene wat hij de catacomben noemt.'

'Je weet dat ik met Jurek Walter heb gesproken, meer dan jij zelfs,' brengt ze hem in herinnering.

'Maar toen was je zijn instrument, zijn paard van Troje...'

'Oké, goed,' zegt ze en ze steekt haar handen op om hem te laten stoppen.

'Saga, luister nou... Als je blijft, zul je hem tegenkomen.'

'Dat denk jij,' zegt ze.

'Je hoeft niet naar me te luisteren, maar ik kan niet weg als ik je niet eerst drie adviezen mag geven.'

'Kom maar op.'

Hij leunt tegen de deurpost en kruist zijn armen voor zijn borst.

'Eén: probeer niet met hem te praten, probeer hem niet te arresteren, trek je niets aan van ethische regels en of er getuigen zijn, je moet hem meteen doden en ervoor zorgen dat hij deze keer echt dood is.'

'Hij is echt dood.'

'Twee: bedenk dat hij niet alleen is en dat...'

'Als jouw theorie klopt,' valt ze hem in de rede.

'Jurek is gewend aan een broer die hem als een hond gehoorzaamt... De moorden betekenen dat hij een handlanger heeft gevonden, en dat betekent dat hij op meer plaatsen tegelijk kan zijn.'

'Joona, zo is het genoeg.'

'Drie,' gaat Joona verder. 'Als dat gebeurt, let dan op dat je geen afspraken met hem maakt, want die zullen nooit in jouw voordeel uitpakken... Hij laat niet los en met elke afspraak die je met hem maakt, kom jij dieper in de fuik te zitten. Jurek zal alles van je afpakken, maar het gaat hem om jou.'

'Je moet nu weggaan,' zegt ze en ze kijkt hem aan.

'Misschien is dat het beste.'

23

Joona is te lang bij Saga gebleven, dat beseft hij als hij de rotonde op rijdt. Het was bijna meteen duidelijk dat ze zijn adviezen in de wind zou slaan, maar misschien zal haar iets te binnen schieten van wat hij heeft gezegd als ze Jurek tegenkomt.

Een stoffige cementwagen staat in een wolk van uitlaatgassen bij het tankstation en een groep schoolkinderen nadert over de voetgangersbrug.

Wanneer Joona de Nynäsvägen in draait, vangt hij voor de tweede keer een glimp op van het witte bestelbusje.

Dat stond geparkeerd voor de kerk verderop in de straat toen hij snel over het trottoir liep na zijn gesprek met Saga.

De takken van de bomen werden weerspiegeld in de voorruit, maar ze bewogen niet alleen ritmisch in de wind, er ging ook af en toe een schok doorheen.

Er zat iemand in de auto.

Het hoeft niet te betekenen dat hij geschaduwd wordt, maar onder de huidige omstandigheden is dat wel waarschijnlijk.

Hij kan het zich niet veroorloven een afwijking als een toevalligheid af te doen.

Joona wisselt van rijstrook en rijdt de Johanneshovsbrug op, volgt de snelle stroom voertuigen en ziet het donkere water in de diepte glinsteren.

Twee politieauto's met sirene rijden in tegengestelde richting.

Midden op de rijbaan ligt een kapotte band.

In de binnenspiegel ziet hij dat het busje ook de brug op rijdt. Het volgt een paar honderd meter achter hem, maar heeft het contact niet verloren.

Joona zou het nooit als zekerheid beschouwen, maar hij denkt dat hij een gevecht van man tegen man met Jurek zou winnen. De reden dat hij vlucht is dat Jurek nooit in een gevecht van man tegen man terechtkomt met iemand die hij niet de baas kan.

Het is onmogelijk om van Jurek te winnen, omdat hij gebruikmaakt van het feit dat mensen van elkaar houden.

Joona haalt een beschadigde koeriersauto rechts in, gaat ervoor rijden en verhoogt zijn snelheid.

Er gaat een zucht door de glazen ruiten en het licht wordt gedempt als de auto de Söderledstunnel in rijdt.

Nu heeft hij precies 1520 meter om een oplossing te vinden.

De vuilgrijze wanden met groene nooduitgangen schieten voorbij en het licht van de tl-buizen pulseert in een gelijkmatig tempo door het interieur.

Hij geeft gas en klikt zijn autogordel los als hij de vertakking bij Medborgarplatsen passeert. Er klinkt een monotone dreun van de auto's om hem heen.

Joona gaat op de rechterbaan rijden en ziet de borden met afrit Nacka. Hij kijkt in de binnenspiegel en schuift nog iets verder op naar rechts, totdat hij midden op de onderbroken streep rijdt die beide banen van elkaar scheidt.

De afrit komt snel dichterbij. De auto's om hem heen toeteren en houden afstand.

De streep die tussen zijn voorwielen verdwijnt, wordt doorgetrokken. Hij zal recht tegen de scheidingswand botsen als hij nu geen keuze maakt.

Joona kijkt snel in de binnenspiegel en remt zo hard dat de banden over de ondergrond glijden, het verdrijvingsvlak op en over de geribbelde strepen die het hele chassis laten rammelen. Tien centimeter van de lage vangrail die de botsing met de betonnen muur tussen de tunnelbuizen moet dempen, komt de auto tot stilstand.

Aan beide kanten razen zware voertuigen voorbij.

Joona laat zich uit de auto glijden en rent ineengedoken een paar passen de afrit naar Nacka op.

Als hij zich in het donker achter de rij dikke pilaren verstopt, hoort hij op hetzelfde moment een auto afremmen en achter de zijne stoppen, op het verdrijvingsvlak tussen de afritten.

Een taxi die langsrijdt in de richting Nacka toetert geïrriteerd.

Afval en stof wervelen door de lucht.

Joona haalt zijn Colt Combat uit de holster onder zijn linkerarm, laat een patroon in de loop glijden, wacht en luistert.

Alleen het vervormde gebulder van de auto's in de tunnel is te horen en het geluid van de dreunende ventilatoren in het dak.

Loodkleurig stof bedekt de grond en de rommel die zich in de kleine ruimte achter de pilaren heeft opgehoopt.

Af en toe ritselen er oude plastic tassen achter hem.

Joona heeft zijn achtervolger in een onmogelijke positie gebracht door te stoppen op de plek waar de weg zich als een slangentong deelt.

Welke afrit de ander ook had gekozen, het was fout geweest.

De achtervolger moest het opgeven, of zich verraden.

Nu zit hij daar met draaiende motor en weet niet wat hij moet doen.

Waarschijnlijk voelt het als een val.

De achtervolger weet niet of Joona zich in zijn auto verstopt of dat hij te voet verder is gegaan en de tunnel misschien via de nooduitgang verderop heeft verlaten.

Joona verplaatst zich voorzichtig tussen de pilaren door naar voren. Zolang hij in het donker blijft, buiten het licht van de lampen, is hij onzichtbaar.

Telkens wanneer er een auto voorbijkomt, trekt hij zich een eindje terug om niet in het licht van de koplampen te worden gevangen.

Zwart stof beweegt traag in de slipstream.

Joona houdt het wapen omlaag en loopt verder op het moment dat er een motorfiets is gepasseerd.

Hij moet zien of het Jurek is die achter zijn auto is blijven staan.

Langzaam komt hij dichter bij het licht, hij ziet de vieze sos-telefoon aan de muur en de streperige schaduwen over het ruwe beton.

Hij kan de auto die is gestopt nog steeds niet zien.

Hij schuift voorzichtig een eindje naar opzij om een betere gezichtshoek te krijgen en ziet een stuk van het achterspatbord.

Geen twijfel mogelijk, het is de witte bestelbus die hij bij Saga in de straat heeft gezien.

Telkens wanneer er een voertuig passeert, wordt de wolk van uitlaatgassen verspreid.

Joona gaat zo ver mogelijk bij de kant weg en ziet dat de bestuurder nog achter het stuur zit, maar door de reflecties in het glas is het onmogelijk om zijn gezicht te onderscheiden.

Een vrachtauto rijdt voorbij door de tunnel in de richting van de binnenstad. De grond trilt onder het gewicht, het licht van de koplampen valt in het busje en Joona ziet het silhouet van een grote man met afhangende schouders.

Een papieren spar aan de binnenspiegel verborg het grootste deel van zijn gezicht, maar Joona weet zeker dat het Jurek Walter niet is. Misschien heeft hij een eerste glimp opgevangen van de man die Jurek heeft gerekruteerd. Wie zal het zeggen?

Joona laat zijn wapen zakken.

Als het Jurek was geweest, had hij hem kunnen doodschieten zodra er weer een groot voertuig langskomt, maar aangezien hij niet zeker weet of de man in de auto de handlanger is, kan hij dat niet doen – niet zolang de man passief blijft.

Het busje trilt als de man erin zich beweegt.

Joona staat stil te wachten met het pistool omlaag. De ratten ritselen tussen de tassen achter hem.

Het busje schommelt weer.

Een grote bus komt denderend naderbij.

Joona trekt zich terug.

Het licht van de koplampen vult de tunnel en dringt van opzij de cabine van de bestelwagen binnen.

De grote bestuurder zit niet meer achter het stuur.

Hij is weg.

De bus rijdt voorbij en de grond schudt.

Stof en afval wervelen in het rond en komen daarna weer tot rust.

Alleen het sombere gebrom van de grote ventilatoren in het dak is te horen.

Joona gaat op zijn hurken zitten en probeert onder het busje te kijken, maar het is te donker, hij kan niet zien of zijn achtervolger zich daar verstopt.

Hij wacht op het volgende voertuig en richt zijn pistool op het duister tussen voor- en achterwiel.

Het licht van een auto is ver weg in de tunnel te zien, het komt dichterbij, springt over de rijstrook, groeit aan en reikt tot onder het busje.

In een flits worden het modderige chassis, de cardanas en de banden verlicht.

Daar is niemand.

Joona laat zijn wapen weer zakken en komt behoedzaam overeind als het busje achteruitrijdt, blijft staan, de linkerafrit naar het centrum kiest en verdwijnt.

Hij hoort het geluid van de motor wegsterven.

Joona wacht een paar minuten, loopt met getrokken wapen verder, hurkt en kijkt onder zijn eigen auto, checkt of de kust veilig is en gaat dan achter het stuur zitten.

Hij steekt achteruit en zet koers naar het Centraal Station, rijdt door tot voor de hoofdingang en parkeert waar een stopverbod geldt.

Joona loopt om de auto heen, haalt zijn mobiel tevoorschijn en ziet dat Valeria hem heeft gebeld. Hij haalt de simkaart eruit, maakt hem kapot en opent de kofferbak.

In de ruimte voor het reservewiel liggen twee zwarte schoudertassen, een grote en een kleine. Hij haalt ze er allebei uit en gaat weer achter het stuur zitten. In de ene tas zit een vrij korte dolk voor gevechten van man tegen man. Hij plakt hem met tape aan zijn linkeronderarm vast, stopt het pistool in het dashboardkastje, sluit het af en verlaat de auto.

De auto zal binnenkort worden weggesleept door de Dienst voor het Wegverkeer en in een loods buiten de stad worden ondergebracht totdat hij hem weer komt halen.

Joona loopt door de hoofdingang naar binnen en werpt een snelle blik op het enorme bord waarop de vertrektijden van de treinen staan aangegeven. Hij beweegt zich door de trage mensenmassa en houdt zijn ogen neergeslagen.

Joona loopt op de etalage van de Pocket Shop af en kijkt intussen naar zijn eigen weerspiegeling en naar die van de mensen om hem heen.

Niemand loopt vlak achter hem aan.

Hij gaat naar de ticketbalie, koopt een kaartje naar Kopenhagen en betaalt contant.

De trein vertrekt over elf minuten en staat al gereed op spoor 12.

Hij loopt het perron op, passeert mededelingenborden en automaten. Een koude wind stroomt over alle sporen van het emplacement. Kraaien zeilen over de rijen donkere daken. Naast een afvalbak zit een bedelaarster met een groene doorgestikte deken om zich heen te slapen. Joona laat zijn telefoon in haar kartonnen bekertje vallen en stapt in de trein.

24

Joona zit aan het middenpad en leest de autobiografie van Keith Richards. Af en toe kijkt hij op om zijn medereizigers te observeren. De vrouw op de plaats naast hem zit met haar gezicht naar het raam en praat op één dreun in haar telefoon. Aan de andere kant van het pad zit een oudere man met vieze vlekken op zijn lichtbruine pantalon. Hij bladert in het gratis blad dat in het net op de stoel voor hem zit, waarna hij met zijn hoofd achteroverleunt en zijn ogen sluit.

Na de lange brug en de stop bij Södertälje Syd komt een grote man een paar plaatsen achter Joona zitten.

Een verzadigde geur van aftershave verspreidt zich door de coupé.

De conducteur loopt door de wagon en vraagt of er mensen bij gekomen zijn, zoekt steun bij het bagagerek als de trein slingert en loopt door naar de volgende wagon.

Het landschap is vorstig grijs.

De grote man moet al in Stockholm zijn ingestapt, aangezien de conducteur zijn kaartje niet hoefde te zien.

Hij had gewacht totdat ze Södertälje voorbij waren voordat hij op zijn plaats ging zitten.

Een dunne uitloper van de oude migraine brandt achter Joona's ene oog. Zijn blik verliest zijn scherpte en hij moet zijn ogen even sluiten voordat hij verder kan lezen.

Richards beschrijft met groot enthousiasme een worstrecept.

Na een poosje staat Joona op en kijkt achteruit de wagon door.

Het gezicht van de lange passagier is niet te zien. Hij zit naar het raam gekeerd en heeft een gebreide zwarte muts op.

Joona neemt de kleine tas mee, maar laat zijn jas aan de haak bij zijn stoel hangen, en de grote tas laat hij in het bagagerek liggen.

Hij loopt naar de restauratiewagon en koopt een broodje kaas en een bekertje koffie. Als hij terugkeert, ziet hij dat iemand hem vanuit het lawaaiige balkon gadeslaat. Hij kan niet zien wie er achter de glazen deur staat, maar zodra hij die kant op loopt, verdwijnt de gestalte.

Joona keert terug naar zijn wagon en ziet dat de lange man op zijn plaats zit, alsof hij zich niet heeft bewogen.

Ze passeren een wissel en het bonzen van de wielparen verdwijnt naar achteren.

Joona gaat zitten, blaast in de koffie en gaat door met lezen.

De trein nadert Norrköping.

Het is nog uren rijden naar Kopenhagen.

Het landschap wordt vlak.

De vrouw naast hem neemt een rapport van de centrale bank door op haar computer.

Joona legt het boek open op de stoel, laat de koffiebeker en het halve broodje achter op het tafeltje, pakt zijn kleine tas, gaat voor de wc staan en wacht totdat die vrijkomt.

De trein mindert vaart en slingert als die naar het spoor bij het perron wordt geleid. Op het moment dat de trein stopt op het station, loopt Joona door naar de volgende wagon.

Een groep passagiers staat met tassen en buggy's in het gangpad te wachten totdat ze uit kunnen stappen. De deuren gaan sissend open en Joona verlaat de trein onder dekking van de groep. Op het perron blijft hij achter een grote automaat staan, hij buigt door zijn knieën om niet te worden gezien, haalt zijn dolk tevoorschijn, verbergt hem tegen zijn lichaam en wacht.

Zijn grote tas ligt nog in het rek boven zijn plaats, zijn jas hangt aan de haak en de beker koffie staat op het tafeltje.

Het ruikt scherp naar de remmen van de trein. Op de grond liggen uitgetrapte peuken en uitgespuugde tabak.

De conducteur blaast op zijn fluitje en de deuren gaan sissend dicht. Zacht glijdt het treinstel weg van het perron, terwijl de hoogspanningsleidingen elektrisch zoemen.

Joona stopt de dolk in zijn tas, komt overeind en rent naar het stationsgebouw. Net wanneer er een bus bij de halte wegrijdt, slaat hij de hoek om. Bij de taxistandplaats wachten twee wagens en Joona opent het portier van de voorste, neemt plaats en legt de chauffeur gehaast uit dat hij snel naar vliegveld Skavsta moet.

De taxi rijdt de keerzone af en Joona ziet dat de lange trein snelheid heeft gemaakt.

Een oude vrouw met een rollator steekt over op een zebrapad.

Eksters wroeten in het afval voor een snackkraam.

De taxi is op de Norra Promenaden als de trein in de verte bij het enorme politiebureau blijft staan.

Iemand heeft aan de noodrem getrokken.

De taxi komt langs een paar grote gebouwen en Joona kan de trein niet meer zien. De chauffeur probeert een gesprek aan te knopen over reizen naar warme landen. Joona antwoordt kortaf en draait zich om.

Vlak voordat ze onder het spoorwegviaduct door rijden, ziet Joona de trein weer. Een man rent over het talud in de richting van het station.

Zesendertig minuten later stopt de taxi voor het grijze vliegveld van Skavsta. Joona zwaait zijn tas over zijn schouder, loopt de toegangsdeuren door, onder het vliegtuig door dat aan het plafond hangt, en vindt de klantenservice. Hij trekt een nummertje, gaat met zijn rug tegen de muur staan en houdt zijn hand om het heft van de dolk in de tas.

Mensen lopen in en uit. Telkens als de deuren openzwaaien, blinkt de lichte hemel in het glas.

Een vermoeide man wil een complete golfuitrusting meenemen naar de Canarische Eilanden en een stokoude vrouw wil haar zus bellen en heeft daar hulp bij nodig.

Als Joona aan de beurt is, loopt hij naar de vrouw achter de balie toe. Ze kijkt hem diep in de ogen wanneer hij vraagt om een kaartje naar Béziers in Zuid-Frankrijk.

'Frankrijk? Kun je niet hier in Nyköping blijven?' vraagt ze met een glimlach. Ze bloost.

'In een ander leven,' antwoordt hij.

'Je weet me te vinden.'

Nadat hij zijn boardingpass heeft gekregen, gaat hij naar een toilet, veegt zorgvuldig alle vingerafdrukken van de dolk, wikkelt hem in papieren servetten en gooit hem in de afvalbak.

Als de laatste oproep om aan boord te gaan klinkt, passeert hij de veiligheidscontrole en zorgt ervoor dat hij als laatste passagier aan boord gaat. De deur van het vliegtuig gaat achter hem dicht, het taxiën begint en de purser gaat in het middenpad staan en begint aan de veiligheidsinstructies.

Joona richt zijn blik op het raam, hij voelt dat de motoren van het vliegtuig voluit gaan draaien en hoort het gezoem als de vleugelkleppen worden uitgezet. Hij heeft zorgvuldige instructies aan Nathan Pollock gestuurd. Het eerste wat Nathan moet doen is ervoor zorgen dat Valeria de hoogste graad van politiebescherming krijgt.

Als Joona in Frankrijk is geland, zal hij een andere identiteit aannemen. Hij heeft een nieuw paspoort in zijn tas, een nieuw rijbewijs, contanten in verschillende valuta's, alles wat nodig is.

Als Jurek erachter komt dat Joona naar Frankrijk is gegaan, zal hij denken dat Joona Lumi in Marseille zal ontmoeten, maar als Joona een auto heeft gehuurd zal hij de tegengestelde kant op rijden om een tas op te halen in Bouloc, ten noorden van Toulouse.

Voordat je het eigenlijke dorp binnenkomt staat aan de rechterkant van de rue Jean Jaurès een kleine boerderij aan de rand van een akker.

Bij de mestvijver heeft Joona een aluminium koffer begraven.

Daar zitten twee pistolen, munitie, springstof en ontstekers in.

Als hij de tas heeft opgehaald, zal hij over binnenwegen verder rijden naar Genève, waar Lumi ook naartoe zal komen.

25

Saga's knieën rusten tegen de matzwarte benzinetank en ze voelt het trillen van de motor aan de binnenkant van haar bovenbenen. Ze rijdt in de zesde versnelling over de snelweg parallel aan het spoor, ze leunt soepel naar rechts, neemt de afslag naar Sollentuna, neemt gas terug, schakelt naar een lagere versnelling en gaat zo schuin door de bocht dat de ene knaldemper over het asfalt schraapt.

Ze is er nog niet helemaal aan gewend dat deze motor geen grotere hellingshoek toelaat.

Toen haar oude Triumph compleet af was, mocht ze de Indian Chief Dark Horse van haar vader lenen, aangezien hij die alleen bij prachtig zomerweer gebruikte.

Haar vader heeft sentimentele gevoelens ten aanzien van het merk. De oprichter van Indian, die de eerste motorfiets heeft gebouwd, kwam uit Småland. Lars-Erik heeft in zijn jeugd in San Francisco gewoond en reed toen op een roestige Indian uit 1950.

Als man van middelbare leeftijd kon hij zich een splinternieuwe veroorloven, maar toen was hij te veel op comfort gesteld geraakt om hem te gebruiken.

Ze remt op de steile helling naar de ingang van Nathan Pollocks garage en komt achter zijn SUV tot stilstand.

Ze hebben straks een vergadering met hun respectieve chefs op het hoofdkantoor van de veiligheidsdienst in Solna, maar eerst willen ze het materiaal doornemen dat Joona per koerier heeft gestuurd.

Het terrein waarop de zwarte villa staat, loopt glooiend af naar het donkere, gerimpelde water van Edsviken.

Saga zet haar helm af en loopt om de auto heen.

Dode planten ritselen tegen een afbladderend hek rond een terras met een tuinbank.

Saga loopt door naar het huis en ziet tien meter van de veranda een boodschappentas liggen. Een brood, een pak diepvrieserwten en drie pakjes biologische bacon zijn op het gele gras beland.

Ze blijft staan en luistert. In het huis klinken bonzen. Het klinkt als een deur die vijf keer wordt dichtgeslagen en daarna wordt het stil.

Saga loopt naar de veranda, maar blijft weer abrupt staan wanneer ze een vrouw in het huis boze woorden hoort schreeuwen.

Saga gaat op haar hurken zitten en haalt haar Glock uit de holster, ze brengt een patroon in de loop, richt op de grond en loopt om het huis heen.

Door het grote raam kijkt ze de woonkamer in. Een stoel met een hoge rug ligt op de grond.

Saga haalt de trekker langs de eerste weerstand, komt langs een appelboom en kan nu door het volgende raam naar binnen kijken. In de kier tussen de gordijnen ziet ze Nathans vrouw. Ze staat in de deuropening van de woonkamer de tranen van haar wangen te vegen.

Langzaam verplaatst Saga zich zijwaarts en ziet dat Nathan de kamer binnenkomt en een doos met kleurig ondergoed leegschudt op de vloer.

Zijn vrouw schreeuwt iets tegen hem. Hij antwoordt niet, maar verdwijnt met de lege doos uit de kamer.

Het is duidelijk dat ze midden in een ruzie zitten.

Saga stopt het pistool in de holster en loopt terug naar de voorkant. Ze wil net weer op de motor stappen en wegrijden als de voordeur opengaat en Veronica naar buiten komt met een pakje sigaretten en haar in het oog krijgt.

'Hoi,' zegt ze snel en ze steekt een sigaret op.

'Kom ik ongelegen?'

'Integendeel,' antwoordt Veronica zonder Saga aan te kijken.

Nathan staat achter haar in de hal.

'Ze wil scheiden,' zegt hij.

'Zal ik later terugkomen?'

'Nee, het is niet erg, ze draait wel bij.'

'Echt niet,' zegt Veronica verbeten en ze zuigt rook op in haar longen.

'Misschien niet, je zult wel gelijk hebben, waarom zou je bij me blijven?' vraagt hij en hij houdt de deur voor Saga open.

Veronica laat haar sigaret zakken en kijkt Saga met een uitgeputte blik aan.

'Let niet op de rommel,' zegt ze. 'Nathan legt wel uit waar het goed voor is, dat ondergoed op de vloer...'

'Nickie, ik vind alleen...'

'Noem me niet zo,' valt ze hem scherp in de rede. 'Dat vind ik vreselijk, dat heb ik altijd al vreselijk gevonden, in het begin deed ik alleen alsof ik het leuk vond.'

'Oké,' zegt hij met een glimlach en hij loopt met Saga mee de hal in, waar hij haar uit het leren jack helpt dat ze over haar trainingsjack met capuchon draagt.

'In Zweden heb je geen reden nodig om te scheiden, maar...'

'Ik heb duizend redenen,' roept Veronica van buiten.

'Maar als een van beiden het niet wil, wordt de procedure stopgezet; de rechtbank geeft het stel een halfjaar bedenktijd voordat de scheiding wordt uitgesproken,' gaat hij verder.

Saga weet niet hoe vaak hij getrouwd is geweest, maar ze herinnert zich zijn vorige echtgenote, een blonde vrouw van zijn eigen leeftijd. Daarvoor was hij getrouwd met een forensisch technicus, Kristina heette ze.

Ze lopen door de serre met rieten meubels en hangpotten met klimop. De roederuiten rinkelen als de voordeur opengaat en dichtslaat.

'Veronica is niet blij met het halfjaar bedenktijd, ik begrijp haar wel, de gemoederen lopen nogal hoog op,' gaat hij onbewogen verder.

'Doet het je verdriet, dit scheidingsgedoe?'

'Je weet het,' zegt hij glimlachend. 'Ik ben scheidingen gewend.'

'Ik ben ze niet gewend en mij doen ze wel verdriet,' zegt Veronica achter hen.

'Het was niet de bedoeling dat jij dat zou horen,' zegt Nathan over zijn schouder.

'Dat was wel de bedoeling,' zegt ze vermoeid.

'Ik vind alleen dat je er nog eens over na moet denken, daar is die wet voor,' antwoordt hij irritant kalm.

'Ik heb al nagedacht, dat weet je heel goed, dit is gewoon een machtsspelletje, verdomme.'

'Ze wil het huis verkopen en de spullen verdelen voordat we gescheiden zijn,' zegt Nathan tegen Saga.

'Wat maakt dat uit?' vraagt Veronica en ze veegt de tranen af die weer zijn gaan stromen. 'Het gaat toch gebeuren, wat jij ook doet.'

'Dan kun je zeker een halfjaar wachten, Nickie.'

'Moet ik je slaan?' vraagt ze recht op de man af.

'Ik heb een getuige,' zegt hij glimlachend en hij zwiept zijn lange, zilvergrijze paardenstaart over zijn schouder.

Veronica zucht, fluistert iets bij zichzelf, raapt een plaid van de vloer, legt die in een rieten stoel en pakt een beker thee van tafel.

'Trouw niet met hem,' zegt ze tegen Saga en ze verlaat de veranda.

Saga en Nathan lopen schuin door de woonkamer met de boekenkasten en de grote open haard met bruine tegeltjes.

'Haar ondergoed,' zegt hij met een gebaar naar de vloer. 'Mijn idee is dat ze dat het eerst kan verkopen, dan delen we het geld.'

'Doe niet zo vervelend, Nathan.'

'Ik doe niet vervelend,' antwoordt hij.

Hij ziet er moe uit met de diepe groeven en rimpels rond zijn ogen, maar zijn blik is ondoordringbaar als steen.

'Zullen we Joona's materiaal doornemen?' vraagt ze.

'Dat gaat wel wat tijd in beslag nemen.'

'We hoeven over veertig minuten pas weg.'

Hij neemt haar mee naar de keuken, waar tien verhuisdozen op de grond staan. Hij is begonnen met het uitpakken van een ervan en heeft kaarten van vindplaatsen, spoorwegnetten en foto's over de tafel uitgespreid.

'Joona heeft een paar punten opgeschreven,' zegt Nathan en hij laat een volgeschreven pagina van een schrijfblok zien.

'Oké,' zegt ze en ze kijkt naar een foto van een van de graven in het Lill-Jansbos.

'Het eerste wat hij van ons wil is dat we Valeria beveiliging geven.'

'Daar kan ik in komen,' zegt Saga.

'Daar zitten wel een paar haken en ogen aan,' gaat Nathan verder. 'Hij zegt dat het in het geheim moet gebeuren, aangezien ze geen bescherming wil.'

Hij laat Saga een schets van de kwekerij zien die Joona heeft getekend, met de beste posities voor tien agenten.

'Dat ziet er goed uit,' zegt Saga en ze knikt.

'Hij zegt er natuurlijk bij dat je je niet tegen Jurek kunt beschermen... maar dat je het web van de spin met een stokje kapot kunt trekken.'

'Jurek is dood,' mompelt Saga.

'Het tweede wat hij van ons wil, is dat we de koster verhoren die Jureks vinger in een glazen potje had.'

'Hij is dement, met hem valt niet te praten.'

'Daar is Joona zich van bewust, maar hij denkt toch dat we iets uit die man kunnen krijgen als we hem de tijd geven... Want Jureks plan had nooit gewerkt als de koster er niet bij betrokken was geweest.'

'Ik heb het lijk gezien, de vergane romp met de kogelgaten precies waar ik had geschoten.'

'Ik weet het,' zegt Nathan en hij trekt een brief tussen de papieren op tafel uit. 'Maar dit schrijft Joona: "De kapel op het eiland is de enige ingang naar Jureks wereld die we tot nu toe hebben gevonden. Het is de kier waardoor hij tevoorschijn is gekomen, en daar moeten jullie..."'

Boven klinkt een harde bons en er valt iets aan gruzelementen, splinters verspreiden zich over de vloer.

'Ik verzamel glaskunst,' zegt hij laconiek.

'Zullen we gaan?'

26

In het noordoosten van Huvudsta ligt het stadsdeel Ingenting. Een naam die afkomstig is van een achttiende-eeuws landgoed. Hier bevindt zich het nieuwe hoofdkantoor van de Zweedse veiligheidsdienst.

Aangezien de kernactiviteit van de Säpo het inwinnen van inlichtingen is, wordt de dienst zelf gekenmerkt door paranoia. De angst om te worden afgeluisterd zit zo diep, dat ze in de praktijk een gevangenis voor zichzelf hebben geconstrueerd met extreme veiligheidssystemen.

Hetzelfde bedrijf dat de beveiligde inrichtingen Kumla en Hall heeft gebouwd, heeft dit gesloten flatgebouw van zeven verdiepingen neergezet met een balustrade en een glazen entree.

Saga en Nathan verlaten de lift en lopen langs de grote ramen van de galerij. Saga heeft de capuchon van haar trainingsjack nog steeds op na de motorrit en de zilveren paardenstaart op Nathans rug zwaait mee met zijn passen.

De beide chefs zijn al in het vertrek als ze binnenkomen. Het lijkt wel of ze een korte voorbespreking hebben gehouden.

Verner Sandén zit op een van de stoelen aan de tafel in een kostuum met stropdas, zijn lange benen zijn over elkaar geslagen en zijn broekspijpen zijn zo ver omhooggeschoven dat zijn zwart gestreepte sokken te zien zijn.

Carlos Eliasson is gekleed in een bordeauxrode pullover en een wit overhemd. Hij zit met een clementine in zijn hand onderuitgezakt op zijn stoel.

De grote ramen van Verners kamer kijken uit op een bouwplaats, industriegebouwen en het Ingentingbos. De wereld buiten heeft onaangenaam vloeiende contouren vanwege het speciale veiligheidsglas.

'Wat is er voor lunch vandaag?' vraagt Saga en ze gaat aan de ovale tafel zitten.

'Dat is geheim,' antwoordt Verner zonder te glimlachen.

'Van de actuele moorden is er één in Zuid-Zweden gepleegd,' begint Carlos, terwijl hij de clementine pelt. 'En vijf buiten onze grenzen, waarvan twee...'

'Joona is van mening dat Valeria de Castro politiebescherming nodig heeft,' onderbreekt Saga hem.

'Dat heeft hij op mijn voicemail ingesproken... Natuurlijk krijgt ze bescherming, net als iedereen in dit land, als er een dreigingsbeeld tegen haar bestaat,' antwoordt Carlos rustig.

'Joona is van mening dat dat er is.'

'Maar degene van wie de dreiging uitgaat, is dood,' zegt Carlos en hij stopt drie partjes in zijn mond.

'In theorie bestaat er een microscopisch kleine kans dat Jurek Walter nog leeft,' zegt Saga.

'Dat geloven we natuurlijk niet,' komt Nathan tussenbeide.

'Maar Joona is ervan overtuigd dat Jurek leeft en achter de moorden op criminelen door heel Europa zit,' gaat Carlos verder.

'En als hij gelijk heeft, loopt Valeria extreem veel gevaar,' zegt Saga en ze legt de schets van de kwekerij en de posities van de agenten voor Verner op tafel.

'We kunnen zien dat Joona uit balans is gebracht doordat twee van de slachtoffers een link met hem hadden,' zegt Verner zonder naar de schets te kijken. 'We begrijpen hem, het is schokkend dat het graf van zijn vrouw is geschonden, dat is vreselijk, maar de man in Oslo had delen van zesendertig verschillende lijken verzameld.'

Carlos staat op van zijn stoel en gooit de schillen in een prullenbak.

'En wat het tweede slachtoffer betreft... De vraag waarom een Duitse seksuele delinquent vlak voor zijn dood heeft geprobeerd Joona te bellen valt verdraaid moeilijk te beantwoorden,' zegt Carlos.

'Waarom een Zweedse politieman?'

'Wie het weet, mag het zeggen. Maar het slachtoffer is dus jarenlang gedwongen opgenomen geweest in een psychiatrische inrichting, en op de beveiligde afdeling waar hij verbleef, zitten er… volgens de papieren die ik heb gekregen, minstens drie die in Zweden actief zijn geweest.'

'En Joona's mobiele nummer kun je op internet vinden als je een beetje goed kunt zoeken,' zegt Verner.

'We leggen dit niet naast ons neer, dat zeker niet,' zegt Carlos en hij gaat aan tafel zitten. 'Maar we kunnen er ook niet veel middelen voor inzetten.'

'Oké,' zegt Nathan zacht.

'Het was mooi geweest als Joona hier nu zelf was,' mompelt Verner en hij trekt aan het puntje van zijn neus.

'Ik krijg hem niet te pakken,' zegt Carlos en hij houdt zonder reden zijn mobiel omhoog.

'Hij is waarschijnlijk het land uit,' zegt Saga.

'Vanwege dit?' vraagt Carlos.

'Ik denk dat hij daar goed aan doet,' zegt Saga en ze kijkt hem in de ogen.

'Jij denkt dat…'

'Ho even,' valt ze hem in de rede. 'Ik weet zeker dat ik Jurek Walter heb gedood, maar ik vind toch dat Joona er goed aan doet, aangezien hij er voor zichzelf niet zeker van is dat Jurek dood is. En daarom ben ik blij dat hij zijn dochter beschermt en het vooronderzoek aan ons overlaat.'

Carlos schudt bezorgd zijn hoofd.

'Ik zal erop aandringen dat hij naar een psycholoog gaat wanneer hij terug is,' verzucht hij.

'De moordenaar is een persoon of een groep personen die de taak op zich hebben genomen om Europa te zuiveren,' zegt Verner.

'Maar dat past niet bij Jurek. Waarom zou hij de maatschappij willen zuiveren?' zegt Carlos.

'Joona denkt dat Jurek Walter een handlanger heeft gerekruteerd,' verklaart Saga. 'Dat hij jaren bezig is geweest met het testen van kandidaten… En nu doodt hij degenen die zijn afgevallen.'

Verner staat op en haalt een laptop van zijn bureau.

'Op Carlos' voicemail zei Joona dat Jurek Walter de man op de camping op dezelfde manier had gegeseld als vroeger zijn tweelingbroer,' zegt hij en hij steekt de stekker van de laptop in de verzonken stekkerdoos op tafel.

'Ja, dat weet ik,' zegt Saga en ze knikt.

'En toen Joona hoorde van een moord in Wit-Rusland, waarbij het slachtoffer soortgelijke plekken op zijn rug had, zag hij dat als bewijs dat Jurek degene is die door heel Europa criminelen doodt,' zegt Carlos.

'Maar nu hebben we een film gekregen van de Wit-Russische politie. Een beveiligingscamera heeft de dader gefilmd,' zegt Verner en hij klikt op zijn computer, zodat er een groot scherm aangaat dat aan de ene wand hangt.

'Is de moordenaar erop te zien?' vraagt Nathan.

'Het is bijna tien uur 's avonds, het Nationale Park is gesloten en de bewaker loopt zijn ronde,' zegt Verner cryptisch, hij doet het licht uit en start de weergave zonder geluid.

Er verschijnen drie woorden in cyrillische letters onder in het beeld, samen met een timer.

De beveiligingscamera is gericht op een charmant huis van donkerbruin hout met een overdaad aan houtsnijwerk. Aan de muren, veranda's, hekjes en pilaren hangt een netwerk van kerstverlichting, die niet brandt.

'Een snoeperig huisje,' mompelt Nathan.

'Daar schijnt hun kerstman, Ded Moroz, te wonen,' bromt Verner.

Het is donker in het winterse park. Het enige licht komt van een soort elektrische fakkels met spitse glazen kappen die de paden omzomen. Een bewaker in uniform met een bontmuts op controleert of de deur van het huis van de kerstman op slot zit en loopt de trap weer af. Zijn adem dampt in de koude lucht. Hij loopt verder langs de opgeworpen hoop sneeuw en een sierhek.

'De Wit-Russische autoriteiten hebben het niet toegegeven,' zegt Verner, 'maar we weten dat het slachtoffer eerder in dienst was bij de inlichtingendienst en als taak had tegenstanders van het regime te laten verdwijnen.'

De bewaker blijft staan, steekt een sigaret op en loopt naar de linkerkant van het beeld.

Een grote gestalte maakt zich los uit het duister tussen de sparren en volgt de bewaker.

'Nondeju,' fluistert Saga.

De zwart-witfilm heeft een lage resolutie en de bewegingen van de achtervolger hebben een soort vertraging, alsof een deel van zijn energie als een zwarte glinstering achter hem aan komt.

'Moet je kijken,' zegt Carlos zacht.

De enorme man heeft een pistool met een geluiddemper uit zijn tas gehaald en het is duidelijk dat hij geruisloos over de sneeuw beweegt, aangezien de bewaker niet reageert.

'Het is Jurek niet,' zegt Saga en ze staart naar de film.

Naast een plastic sneeuwpop haalt de man de bewaker in en hij schiet hem meteen in het achterhoofd. De gereduceerde mondingsvlam flikkert op. Bloed en botsplinters spatten als gruwelijk braaksel uit de mond van de bewaker. Zijn tanden en tong komen door de uitgangswond naar buiten en verspreiden zich over de sneeuw.

De sigaret hangt nog steeds tussen zijn vingers wanneer hij door zijn benen zakt. De grote man slaat hem met de kolf van het pistool op zijn hoofd.

Het dode lichaam zakt in elkaar tegen de berg sneeuw, maar de aanvaller stopt niet met slaan. Hij glijdt bijna uit, zet een stap opzij, stopt het pistool weg, komt terug en trapt woest tegen het lichaam.

'Wat doet hij? De bewaker is dood,' fluistert Nathan.

De man pakt de dode bij één arm vast en sleept hem mee naar achter het hek, waarbij hij een zwart bloedspoor door de sneeuw trekt. Schreeuwend beukt hij het hoofd van de bewaker tegen een steen.

'Mijn god,' zegt Carlos ademloos.

De man recht zijn rug, hij is duidelijk buiten adem, hij stampt keer op keer op de borst en in het gezicht van de bewaker en trekt het lichaam vervolgens aan één been mee, het beeld uit.

'Het lichaam is twintig meter verderop gevonden, achter een paar afvalbakken,' zegt Verner.

De lange man komt terug, het is nog steeds te donker om zijn gezicht te onderscheiden, hij veegt zijn mond af, draait zich om en loopt een eindje terug, schopt de glazen kap van een van de lantaarns die langs het pad staan kapot, schreeuwt en loopt dan weg.

De film flikkert en is afgelopen.

'Dit weerspreekt Joona's theorie voor honderd procent,' constateert Carlos.

'Het kan de handlanger zijn,' zegt Saga.

'De geheime handlanger die andere geheime handlangers vermoordt in het verre Wit-Rusland,' mompelt Verner.

'We snappen hoe het klinkt,' zegt Saga met een zucht.

'Er zit geen logica in,' zegt Carlos vriendelijk. 'Als Jurek nog leeft en een handlanger heeft, dan zou de handlanger toch doen wat Jurek wil en mensen levend begraven – en niet de maatschappij zuiveren.'

'We willen toch een vooronderzoek doen,' zegt Saga koppig.

'Dat dan over de moord in Zweden gaat,' reageert Carlos.

'Dit is een seriemoordenaar,' zegt ze.

'We kunnen niet over de landsgrenzen heen gaan, zolang niemand onze hulp inroept... En overal zijn ze blij dat ze van de ergsten van de ergsten af zijn.'

'Geef ons een maand,' vraagt Nathan.

'Jullie krijgen een week, alleen jullie tweeën, en dan zijn we genereus,' zegt Carlos en hij kijkt Verner aan.

27

Valeria heeft haar krullen in een dikke paardenstaart bijeengebonden en een schone spijkerbroek en een wit hemd aangetrokken. Op de keukentafel staat een kop thee naast een pocketuitgave van *De geniale vriendin* en haar goedkope leesbril.

Ze staat voor het raam te bellen met haar jongste zoon Linus, terwijl ze naar de donkere kassen kijkt.

Linus woont in Farsta en hij doet er maar twintig minuten over naar haar toe, als hij door Älta rijdt. Ze heeft hem een oud kastje beloofd dat al jaren op zolder staat.

'Ik kom het volgende week halen,' zegt Linus.

'Overleg even met Amanda of jullie hier willen blijven eten,' zegt ze.

'Is Joona er dan ook?'

'Hij is op reis.'

'Hoe gaat het eigenlijk met hem?' vraagt Linus. 'Je klinkt de laatste tijd zo blij.'

'Dat klopt ook wel,' zegt ze.

Ze beëindigen het gesprek, Valeria legt de telefoon op tafel en kijkt naar haar bril. Er was een schroefje uit gevallen en ze heeft de ene poot met een paperclip vastgemaakt.

Het oude houtfornuis straalt een zachte hitte uit. Een houtblok valt zuchtend in elkaar achter het ijzeren deurtje.

Ze is zo gewend aan alleen zijn. Door de jaren in de gevangenis is eenzaamheid een deel van haar geworden, maar wanneer Joona thuiskomt, zal ze vragen of hij op proef wil samenwonen. Hij kan zijn pied-à-terre houden, ze hoeven niets te overhaasten, maar ze verlangt ernaar meer tijd met hem door te brengen, gewone dagen.

Ze pakt een wijnglas uit het bovenkastje en vult het half uit de box op het aanrecht, loopt de woonkamer in, kijkt naar het donkere televisietoestel en de zwarte ramen en zet de plaat op die al op de draaitafel van de platenspeler ligt. Het knettert in de speakers voordat *Guilty* begint, de elpee van Barbra Streisand uit de jaren tachtig.

Valeria gaat op de armleuning van de bank zitten en bedenkt hoe eigenaardig het is dat ze Joona na al die jaren weer heeft ontmoet.

Ze denkt aan haar autoritten naar Kumla en het onbehagen dat ze voelde als de stalen poort zich achter haar sloot. Inwendig raakte ze altijd in paniek als ze de bewakers passeerde, deur 3 binnenging, haar legitimatiebewijs inleverde, een bezoekerspasje kreeg en haar jas en losse spullen in een kluisje borg. Zwijgend groette ze de overdreven zorgvuldig opgemaakte vrouwen die altijd rusteloze kinderen om zich heen hadden lopen. In de wachtkamer waren een wc, een paar zitmeubels, bezoekersinformatie en een hobbelpaard met een verveloos onderstel.

Je mocht geen beugelbeha dragen, geen maandverband of tampons. De schoenen werden op de rolband gezet voordat je door het detectiepoortje naar de visitatie ging.

Toch hield ze van de trieste bezoekersruimte. Ze hield van Joona's pogingen het gezellig te maken met servetten, koffie en koekjes.

En nu is hij vrij.

Hij heeft bij haar geslapen, ze hebben gevreeën en samen in de tuin gewerkt.

Valeria drinkt nog wat wijn en begint mee te zingen met het nummer 'Woman in Love'. Als ze zichzelf daarop betrapt, zwijgt ze beschaamd.

Ze loopt de hal in, blijft voor de spiegel staan en blaast een lok uit haar gezicht. Ze tilt haar kin op en bedenkt dat ze er inderdaad blij uitziet.

De tatoeages op haar schouders zijn in de loop der jaren vervaagd, haar armen zijn gespierd door het harde werk en geschramd door stekels van braamstruiken.

Ze loopt naar de keuken, zet het wijnglas op het aanrecht en knipt de lamp uit waar Joona altijd zijn hoofd tegen stoot.

De muziek in de woonkamer komt gedempt door de muren, alsof de buren in het appartement naast haar een feestje hebben.

Ze denkt aan de angst die ze in Joona's ogen zag, toen hij haar vroeg alles achter te laten en samen met hem te vluchten.

Ze schrok ervan dat hij echt dacht dat Jurek niet dood was.

Ze begrijpt dat hij dat idee kan hebben. Een trauma verdwijnt nooit helemaal, het verstopt zich alleen in de schaduwen en kan bliksemsnel terugkeren.

Het is goed dat hij naar Lumi toe is gegaan.

Valeria hoopt dat het hem goed zal doen om een paar dagen met haar in Parijs op te trekken, om te zien dat het goed met haar gaat.

De wind is aangewakkerd, het dreunt in de schoorsteen.

Valeria wil net haar boek pakken en haar bril opzetten als het licht van koplampen door het keukenraam valt. Het komt flikkerend tussen de boomstammen door als de lichtbeelden van een kinetoscoop.

Haar hartslag wordt iets sneller als ze een onbekende auto op de keerzone ziet stoppen. De koplampen schijnen recht de dichtstbijzijnde kas in. De planten tekenen zich met meervoudige schaduwen af in het licht.

Valeria loopt naar de hal, trekt haar regenjack aan, stapt in haar laarzen, reikt naar de zaklamp op de kapstok en opent de deur naar de koude avondlucht.

De onbekende auto staat stil op de keerzone. Een wolk van uitlaatgassen beweegt zich in het rode schijnsel van de achterlichten.

Ze denkt even aan het wapen dat in het laatje van het nachtkastje ligt.

Het grind knerpt onder haar laarzen.

Het portier aan de bestuurderskant staat open en de stoel is leeg.

Er bevindt zich iemand in de dichtstbijzijnde kas. Een donkere gestalte loopt tussen struiken en kweekrekken door.

Valeria knipt haar zaklamp aan wanneer ze dichterbij komt, maar het licht wordt bijna meteen zwakker; ze schudt aan de lamp en richt het dunne straaltje op de kas.

Het is Gustav Eriksson van Hasselfors Garden die daarbinnen staat. Zijn collega bevindt zich verderop tussen de kweekbedden.

Valeria zwaait naar de beide mannen, loopt naar de deur en trekt hem open.

Gustav is een forse zestiger met een bril en een peper-en-zoutsnor. Hij draagt altijd een slobberige spijkerbroek, een roze of geel overhemd en een jasje. Wanneer hij een zakelijk gesprek voert, rammelt hij altijd met muntjes in zijn zak.

Valeria koopt al meer dan tien jaar mest bij Hasselfors.

Hij was vast in de buurt, denkt Valeria, en wilde even checken of ze voor het voorjaar aarde en mest bij hem zal bestellen.

'Gustav?'

'Straks is het weer voorjaar,' zegt hij en hij rammelt met de muntjes in zijn zak.

Zijn lange collega tilt een plastic pot met een tomatenplant op. Er valt wat droge aarde uit het gat in de bodem.

'Ik ben nog aan het rekenen,' zegt ze. 'Maar ik heb deze keer nogal veel nodig.'

Hij lacht zacht en gegeneerd.

'Sorry dat ik zo laat nog langskom, ik wilde al keren maar toen ik zag dat je hier al een klant had, dacht ik dat het wel kon en...'

Er klinkt een harde bons en Gustav zwijgt midden in zijn zin. Dan klinkt er een tweede, vochtiger bons en Gustav zakt in elkaar tegen de kast tegenover haar.

Ze begrijpt het niet.

Zijn benen schokken spastisch, maar zijn gezicht is slap, ook al heeft hij zijn ogen wijd open.

Valeria kijkt naar de grote man naast hem, bedenkt dat ze hem moet vragen een ambulance te bellen als ze de hamer in zijn hand ontdekt.

Er breidt zich een donkere bloedplas onder Gustav uit.

De man met de hamer is bijna twee meter lang, hij heeft een stevige nek en ronde schouders. Zijn neusgaten zijn opengesperd en zijn gezicht is gespannen. Hij ademt snel en de pareltjes in zijn oren schommelen onrustig heen en weer.

Het lijkt wel een droom.

Ze probeert zich achterwaarts te verplaatsen, weg van hem, maar haar benen zijn merkwaardig gevoelloos, het lijkt wel of ze door water waadt.

De man gooit de hamer weg alsof hij niet meer begrijpt wat hij in zijn hand heeft en keert zich verbaasd naar haar om.

'Niet weggaan,' mompelt hij.

'Ik kom terug,' fluistert ze en ze draait zich langzaam om naar de deur.

'Niet weggaan,' schreeuwt de man en hij komt achter haar aan.

Valeria rent weg en gooit de tafel met braamstruiken achter zich om, ze hoort dat hij erover struikelt en brult als een beest. Ze vliegt tussen de rekken door en springt over een zak aarde.

Ze begrijpt dat hij vlak achter haar zit, ze passeert het felle licht van de auto en stoot met haar schouder tegen een rek, zodat er twee aardewerken bloempotten op de grond vallen.

Valeria komt bij de deur en net wanneer ze de kruk vastpakt, haalt de man haar in.

Ze draait zich snel om, haalt uit met de zaklamp en raakt hem hard op zijn wang. Hij wankelt zijwaarts en ze geeft hem een trap tussen de benen. Ze ziet hem naar voren klappen en op zijn knieën zakken.

Ze draait zich weer om naar de deur.

De oude kruk zit vast. Ze slaat met haar knokkels tegen de roestige beugel en trekt aan de deur.

Weerspiegeld in het trillende glas ziet ze de man, die aan komt kruipen.

Valeria draait aan de kruk en hoort zichzelf jammeren als hij haar ene been vastgrijpt. Met één enkele ruk trekt hij haar omver. Ze valt voorover en vangt zich op met haar handen, ze rolt op haar zij en probeert hem te schoppen.

Hij trekt haar hard naar achteren.

Haar regenjack glijdt omhoog en ze schramt haar buik en haar kin.

Voordat ze op kan staan, zit hij boven op haar en slaat haar op de rug. Ze heeft geen adem meer, hoest en zuigt lucht in haar longen, en dan slaat hij opnieuw.

Hij loopt grommend achteruit bij haar weg en trapt op de scherven van de kapotte bloempotten.

Hijgend gaat ze op handen en voeten zitten en ziet dat de man planten van de tafels gooit, terwijl hij teruggaat naar Gustav. Hij begint tegen het levenloze lichaam te schoppen en schreeuwt van woede.

Ze komt overeind en zoekt met één hand steun bij de glazen wand als hij weer naar haar toe komt.

'Blijf van me af,' roept ze en ze probeert hem met één hand af te weren.

Hij pakt haar arm vast en geeft een dreun tegen haar linkerwang, zodat ze naar rechts valt. Ze komt met haar hoofd tegen de glazen wand en valt in een regen van splinters op de grond.

Hij stampt op haar borstkas, schreeuwt dat ze dood moet, dat hij haar naar de slacht zal brengen, hij hoest en brult, gaat schrijlings op haar zitten, pakt haar met twee handen bij de keel en knijpt.

Ze krijgt geen lucht, ze vecht om hem van zich af te gooien, maar hij is te sterk, ze draait opzij, probeert bij zijn gezicht te komen.

Hij begint haar hoofd tegen de vloer te beuken. Wanneer haar achterhoofd voor de derde keer ontvlamt, verliest ze het bewustzijn.

Ze droomt dat ze in een lift pijlsnel de grond in gaat en wordt hijgend wakker van een vreselijke pijn in haar been. De man bijt door de spijkerbroek heen in haar bovenbeen, staat brullend op en schopt tegen haar voeten.

Er stroomt warm bloed uit de beet.

Half bij kennis ziet ze dat hij planten van de kweekbedden gooit en bukt om een entmes van de grond op te rapen.

De grote man loopt weer naar Gustav en snijdt met een diepe snee zijn keel door en maakt dan een nieuwe snee van de navel tot aan het sleutelbeen. Hij slingert Gustav over zijn schouder en loopt naar de deur. Er gaan schokjes door het lichaam en er loopt bloed over de rug van de man.

Hij passeert Valeria en trapt de deur van de kas open. Die komt los van de scharnieren en de ruiten versplinteren tegen de grond.

Valeria staat op en moet overgeven van de pijn. Er stroomt bloed van haar achterhoofd haar regenjack in. Ze waggelt, zoekt tastend naar houvast en hinkt door de deuropening naar buiten.

Er klinkt een doffe knal als de auto op de keerzone in brand vliegt. Roetige benzinevlammen schieten zijwaarts op in de wind. De enorme man slaat de ruiten in met een spade, doet een stap opzij als de brand uitslaat en houdt zijn blik op Valeria gericht.

Ze draait zich om en rent naar het bos. Ze hijgt van de pijn in haar bovenbeen. Jammerend wringt ze zich door sparrentakken heen, ze struikelt maar hervindt haar evenwicht.

Zijn zware, hijgende ademhaling is vlak achter haar. Ze trapt in een diepe kuil vol water en probeert haar gezicht tegen neerhangende takken te beschermen, als hij haar met de spade op het achterhoofd slaat.

Verdoofd valt ze voorover, door droge takken heen in een berijpte vossenbessenstruik. Brullend slaat hij nog eens, maar hij mist haar hoofd en laat de spade vallen.

Ze komt bij en begrijpt dat de man haar aan haar ene been door het bos trekt. Valeria is haar laarzen kwijt en haar regenjack sleept achter haar aan. Ze probeert zich aan een dunne berk vast te houden, maar is niet sterk genoeg.

28

Volgens zijn paspoort en zijn creditcard is Joona Linna nu een Finse landschapsarchitect genaamd Paavo Niskanen. Behalve zijn lichaam is er niets meer dat gekoppeld kan worden aan zijn ware identiteit en aan zijn leven in Stockholm.

Geen documenten, geen elektronica, geen kledingstuk.

Hij heeft de reserveband opengemaakt, er springstof en ontstekers in gedaan en het rubber weer dichtgelast.

De afstanden in West-Europa zijn kort vergeleken met Zweden.

Van Béziers in Zuid-Frankrijk naar Genève in Zwitserland is over de A9 maar vijfhonderd kilometer, maar aangezien hij kleinere wegen kiest, duurt de reis zeven uur.

Joona houdt zichzelf voor dat het allemaal goed zal gaan. Hij weet dat Nathan voor beveiliging van Valeria heeft gezorgd. Het was beter geweest als ze met hem mee was gegaan, maar ze zal beveiligd worden totdat de politie erin slaagt Jurek op te sporen.

Hij passeert de smalle verlenging van de rivierarm La Laire Rau en de onbewaakte grens met Zwitserland, rijdt de Chemin du Moulin-de-la-Grave op en nadert Genève onder een zware regenlucht.

Joona parkeert op de rue de Lausanne en hangt zijn tas over zijn schouder. Hij loopt de extravagante ingang van het treinstation door, het café in en haalt de envelop met het pasje van Lumi op bij de kassa.

Het betekent dat ze hier is.

Het is haar gelukt uit Parijs weg te vluchten.

Voordat Joona de met marmer beklede receptie van hotel Warwick Geneva binnengaat, zet hij zijn capuchon op.

In de lift naar de tweede verdieping houdt hij zijn hoofd omlaag om niet gevangen te worden door de beveiligingscamera's in de lift.

De vloerbedekking in de gang maakt zijn voetstappen onhoorbaar. Hij blijft voor kamer 208 staan en belt aan.

Het kijkgaatje wordt donker.

Hij weet dat Lumi ernaast staat en iets voor de lens houdt – een kussen van de bank misschien – voor het geval iemand klaarstaat om door de deur heen te schieten zodra ze erdoorheen kijkt.

De gang is nog steeds leeg, maar er klinkt zachte muziek tussen de verdiepingen.

Het kijkgaatje wordt licht en dan weer donker.

Joona knikt en Lumi doet open, hij gaat snel naar binnen, doet de deur achter zich op slot en zet zijn tas op de vloer.

Ze omhelzen elkaar, hij drukt een zoen op haar hoofd, ademt de geur van haar haar in en houdt haar stevig vast.

'Papa,' fluistert ze tegen zijn borst.

Hij glimlacht wanneer hij naar haar kijkt, ze heeft haar lichtbruine haar in een geborstelde paardenstaart, ze is dunner geworden, haar jukbeenderen komen duidelijk uit en haar grijze ogen zijn donker.

'Je ziet er goed uit,' zegt hij.

'Dank je,' zegt ze en ze slaat haar ogen neer.

Hij loopt de tweepersoonskamer binnen, doet het licht uit, trekt de gordijnen dicht en draait zich weer naar haar om.

'Weet je het heel zeker?' vraagt ze ernstig.

'Ja.'

Hij ziet dat ze een opmerking inslikt. Ze knikt alleen, loopt de zitkamer in en gaat in een fauteuil zitten.

'Heb je alles weggedaan?' vraagt hij en hij haalt zijn tas uit de hal.

'Ik heb gedaan wat we hadden afgesproken,' antwoordt ze met een langzame zwaarte in haar stem.

'Is het goed gegaan?'

Ze haalt haar schouders op en slaat haar ogen neer.

'Het spijt me heel erg dat jij erbij betrokken wordt,' zegt Joona en hij haalt een zak uit zijn tas. 'Trek deze kleren aan… Ze zijn je waarschijnlijk te groot, maar we kopen onderweg wel nieuwe.'

'Oké,' mompelt ze en ze staat op.

‘Vervang alles, ondergoed, haarspeldjes...’

‘Ik weet het,’ onderbreekt ze hem en ze loopt de badkamer in met de bungelende zak in haar hand.

Joona haalt de pistolen uit de tas. Hij hangt het ene in een schouderholster onder zijn linkerarm en tapet het andere aan zijn rechterscheenbeen.

Hij richt zich op wanneer Lumi terugkomt in een slobbertrui en een broek die los om haar heupen zit.

‘Waar heb je het wapen?’ vraagt hij.

‘Onder het kussen op het bed.’

‘Heb je de slagpen en de veren gecontroleerd?’

‘Dat heb jij toch gedaan voordat ik het kreeg?’ vraagt ze en ze kruist haar armen voor haar borst.

‘Dat kun je niet weten.’

‘Jawel,’ houdt ze vol.

‘Doe het zelf, dat is de enige manier om het zeker te weten.’

Zonder iets te zeggen loopt ze naar het bed, haalt haar Glock 26 tevoorschijn, trekt het magazijn eruit, haalt de patroon uit de loop en demonteert het wapen, legt de onderdelen op het dekbed en kijkt als eerste naar de terugslagveer.

‘Verdwijnen begint routine te worden voor me,’ zegt Joona en hij probeert te glimlachen. ‘En ik weet dat dit misschien allemaal wat overdreven lijkt.’

Lumi antwoordt niet, ze zet het wapen weer in elkaar, test het mechaniek een paar keer en klikt dan het magazijn er weer in.

Joona gaat naar de badkamer en ziet dat haar oude kleren in de badkuip liggen. Hij stopt ze in een vuilniszak en gaat terug naar de kamer, raapt de rest van haar spullen bij elkaar, pakt de schoenen die voor de deur staan en verlaat het hotel weer.

De lucht is koel en de hemel staalgrijs. Donkere streepwolken hangen boven het enorme station. De winkelstraten zijn versierd met glinsterende kerstbomen en lichtsnoeren. De trottoirs zijn vol met mensen en het verkeer is nog steeds druk. Joona loopt met gebogen hoofd, hij slaat links af over de place de Cornavin, loopt langs een eenvoudige hamburgertent en een brasserie. Bij de grote voetgangerstunnel naar het station begint hij Lumi's spullen in verschillende afvalbakken te gooien.

Op de terugweg loopt hij een Chinees restaurant binnen en geeft een bestelling op. Terwijl hij in de donkere bar op het eten wacht, denkt hij aan de tijd met Lumi in Nattavaara, waar ze elkaar opnieuw leerden kennen. Ze vertelden over alles wat ze in de voorbije jaren hadden meegemaakt.

Als ze hem binnenlaat in de kamer, lijkt het wel of Lumi heeft gehuild. Hij loopt achter haar aan naar de zitkamer en zet de tas met eten op de tafel bij de bank.

'Drink je wijn?' vraagt hij.

'Ik woon in Frankrijk,' antwoordt ze met gedempte stem.

Hij haalt de bakjes eten uit de tas, zet glazen en borden neer en legt er eetstokjes bij.

'Hoe gaat het op school? Hoe gaat het met je?' vraagt hij en hij haalt een fles rode wijn uit de minibar.

'Het bevalt me goed... Ik heb het nogal druk nu.'

'Zo hoort het ook, denk ik.'

'En met jou? Hoe is het met jou, papa?' vraagt Lumi en ze maakt de bakjes open.

Onder het eten vertelt hij over de tijd sinds hij uit de gevangenis is gekomen, over het werk als wijkagent en over Valeria en haar kwekerij.

'Ga je met haar samenwonen?'

'Ik weet het niet, ik zou het graag willen, maar ze heeft haar eigen leven, dus... We moeten maar zien.'

Ze legt haar eetstokjes neer en wendt haar gezicht af.

'Wat is er, Lumi?'

'Het is gewoon... je weet niks van mij,' zegt ze.

'Ik wilde je niet lastigvallen, je hebt een nieuw leven... waar ik graag deel van zou willen uitmaken, ook al begrijp ik dat een politieman niet veel voorstelt tussen alle kunstenaars en schrijvers.'

'Denk je dat ik me voor je schaam?'

'Dat niet, maar... Ik bedoel alleen dat ik er niet goed tussen pas.'

Haar stem doet hem zo aan die van Summa denken. Hij zou het willen zeggen, maar doet dat niet. Ze eten in stilte verder en drinken de laatste wijn op.

'We gaan vroeg weg,' zegt hij en hij begint af te ruimen.

'Waarheen?'

'Dat kan ik niet zeggen.'

'Nee,' fluistert ze en ze wendt zich af.

'Lumi,' zegt hij, 'ik begrijp dat je je niet wilt verschuilen, dat dit niet in je huidige leven past.'

'Heb je mij horen klagen?' vraagt ze met dikke stem.

'Dat hoeft ook niet.'

Ze zucht en veegt snel met haar hand langs haar ogen.

'Heb je Jurek Walter gezien?'

'Nee, maar zijn handlanger is me gevolgd en...'

'Wat voor handlanger?' valt ze hem in de rede.

'Jurek heeft je geobserveerd,' gaat Joona verder. 'Hij heeft je leven in kaart gebracht, hij kent je gewoonten en weet met wie je omgaat.'

'Maar waarom zou Jurek een handlanger nemen?'

'Om wraak te kunnen nemen zoals hij dat wil, heeft hij een handlanger nodig die even loyaal is als zijn broer altijd was,' legt Joona uit. 'Hij wist dat ik alles uit mijn handen zou laten vallen en jou zou proberen te beschermen, zodra ik doorhad dat hij nog leefde. Zijn strategie was jou grijpen voordat ik in Parijs was, terwijl zijn handlanger Valeria in Stockholm zou pakken. Dat moest tegelijkertijd gebeuren, wilde het werken. Hij denkt als een tweeling.'

'Waarom is die handlanger dan achter jou aan gekomen?'

Joona stopt de lege bakjes in de papieren tas, voelt een pijnscheut achter zijn oog en houdt zich aan het bureau vast om zijn evenwicht niet te verliezen.

'Omdat ik vlak voordat hij zijn plan ten uitvoer zou brengen, besefte dat Jurek niet dood was,' antwoordt hij en hij draait zich naar haar om. 'Ik heb jou gebeld, je hebt exact gedaan wat je moest doen en bent erin geslaagd uit Parijs weg te komen... Zijn handlanger achter mij aan sturen was een noodsprong, een poging om het enige spoor naar jou niet kwijt te raken... We zijn snel geweest en hebben een kleine voorsprong, maar dat is ook alles.'

'Daar zit een zekere logica in, papa... alleen is er geen enkele aanwijzing dat Jurek nog leeft. Niemand heeft hem gezien, zelfs jij niet. Ik bedoel, waarom zou degene die jou achtervolgde in verband staan met Jurek?'

'Ik weet dat Jurek leeft.'

'Oké, daar gaan we van uit, daarom zitten we hier.'

'Ik heb zijn tweelingbroer vermoord, maar hem niet,' houdt Joona vol.

'Wie ben ik in dit geheel?'

'Mijn dochter.'

'Ik begin me een soort gijzelaar te voelen,' zegt ze en ze steekt haar handen op in een moedeloos gebaar. 'Dat was te sterk uitgedrukt, sorry... Maar dit beïnvloedt mijn leven op alle mogelijke manieren en ik zou te horen moeten krijgen waar we mee bezig zijn.'

'Wat wil je weten?' vraagt Joona en hij gaat op de bank zitten.

'Waar gaan we morgen heen, wat is het plan?'

'Het plan is overleven totdat de politie Jurek heeft gegrepen... Ik heb ze van een heleboel materiaal voorzien en ze hebben een kans om Jurek op te sporen als ze snel zijn.'

'Hoe moeten we overleven?' vraagt Lumi iets vriendelijker.

'We rijden door Duitsland en België naar Nederland. In de provincie Limburg, niet ver van Weert, staan een paar vervallen huizen, omgeven door akkers.'

'Gaan we ons daar schuilhouden?'

'Ja.'

'Hoelang?'

Hij antwoordt niet, er is geen antwoord.

'Zul je je daar geruster voelen?' vraagt Lumi en ze gaat in de andere fauteuil zitten.

'Heb ik je ooit verteld over mijn vriend Rinus?'

Ze knikt en zegt: 'Je hebt zijn naam weleens genoemd toen we gevechten van man tegen man oefenden in Nattavaara.'

Na zijn tijd als parachutist werd Joona gerekruteerd voor een geheime eliteopleiding in Nederland, waar hij werd getraind door luitenant Rinus Advocaat.

'Rinus is altijd een beetje paranoïde geweest en hij heeft iets gebouwd... dichter bij een safehouse kun je niet komen. Aan de buitenkant lijken het vervallen schuren, maar...'

'Laat maar,' zucht ze.

Joona wil iets zeggen, als hij een nieuwe, nog ergere steek krijgt van zijn migraine. Een felle pijn achter zijn linkeroog wordt gevolgd door het afmattende gevoel dat zijn gehoorgangen vollopen met water.

'Papa? Wat is er?'

Hij drukt met zijn hand tegen zijn linkeroog, terwijl de storm overtrekt en de pijn minder wordt.

'Het is een lange dag geweest,' legt hij uit. Hij staat op om zijn tanden te gaan poetsen.

Als hij in de slaapkamer komt, zit Lumi met een horloge in haar hand op de rand van het bed.

'Wat is dat voor horloge?' vraagt hij.

'Een cadeautje,' antwoordt ze.

'Je moet het achterlaten.'

'Er is niks mis met dit horloge,' antwoordt ze stijf en ze trekt het over haar hand.

'Waarschijnlijk niet, maar de enige regel die werkt is alles achterlaten.'

'Oké, maar mijn horloge niet. Je mag het controleren, het is maar een horloge,' zegt ze en ze geeft het aan hem.

Hij neemt het horloge in ontvangst, knipt het bedlampje aan om het beter te kunnen zien, draait het horloge om in het licht, loopt elke schakel van de band na en onderzoekt of de piepkleine schroefjes aan de achterkant bekrast zijn.

'Geen geheime microfoontjes of zendertjes?' vraagt ze. Haar stem klinkt sarcastisch.

Hij geeft het horloge weer terug zonder te antwoorden en ze schuift het zwijgend om haar linkerpols. Ze pakken in stilte hun tassen in, kleden zich aan alsof ze gaan vertrekken, en gaan dan met schoenen aan en met de schouderholster met het pistool om ieder op zijn eigen helft van het bed liggen.

29

Saga Bauer en Nathan Pollock zitten al veertien uur met hun telefoons en computers op het kantoor van de NOA.

Door de drie ramen kunnen ze de binnenplaats zien onder het glazen oppervlak, de omsloten luchtplaats van het huis van bewaring en de daken met ventilatiekokers en schotelantennes.

De wanden van het vertrek hangen vol met plattegronden, satellietbeelden, foto's en lijsten met de namen en telefoonnummers van verschillende contactpersonen her en der in Europa.

Op tafel liggen schrijfblokken vol met aantekeningen en omcirkelde ideeën. Een verfrommeld servet in een koffiebeker is donker geworden en op de lege broodjesschaal liggen alleen nog een paar korrels suiker en oude kauwgumpjes.

'Het is Jurek niet, maar het is wel een seriemoordenaar... En we hebben een week om hem te vinden,' zegt Saga en ze doet haar brandende ogen een paar tellen dicht.

'Wat is de volgende stap? De beelden uit Wit-Rusland zijn te slecht... Je ziet niet eens of hij een gezicht heeft.'

'Zes slachtoffers in zes verschillende landen en het is overal hetzelfde, het is niet normaal, verdomme,' zegt ze. 'Geen getuigen, geen foto's, geen matches in DNA-registers.'

'Ik zal Ystad nog eens bellen. Er moeten toch beveiligingscamera's zijn op een industrieterrein,' zegt Nathan.

De vermoeidheid heeft de rimpels in zijn magere gezicht dieper gemaakt dan ooit en zijn scherpe ogen zijn bloeddoorlopen.

'Doe dat,' zegt ze met een zucht. 'Maar ze zeggen alleen dat het technisch onderzoek loopt en dat ze geen hulp van Stockholm nodig hebben.'

'We gaan er toch heen,' zegt hij.

'Dat heeft geen zin.'

'Als we ook maar één min of meer scherpe foto hadden, één getuige, een naam of wat dan ook, zouden we hem vinden.'

Saga kijkt weer op de plattegrond van het industrieterrein van Ystad.

Een veroordeelde tweevoudig moordenaar is dodelijk mishandeld in een bedrijfsruimte waarvan hij zelf de eigenaar was.

Zijn hoofd is met een hamer tot pulp geslagen en van het lichaam gescheiden, dat vervolgens aan een dwarsbalk omhoog is getakeld.

Zijn hond is doodgeslagen en buiten op een paal van het hek gespietst.

Een aantal ramen van het gebouw ertegenover is ingeslagen en een motorfiets op een aangrenzend perceel is vernield.

Misschien heeft de dader een verstoord serotoninegehalte in de prefrontale cortex en een toegenomen activiteit in de amygdala, bedenkt Saga.

'Hij is extreem gewelddadig... En tegelijkertijd heeft hij een andere kant,' zegt ze. 'Aangezien de slachtoffers zo speciaal zijn, moet hij veel zoekwerk hebben verricht, hij moet toegang hebben gehad tot een heleboel registers of die hebben gehackt. Hij heeft de slachtoffers in kaart gebracht en waarschijnlijk in een vroeg stadium contact met ze gelegd.'

Nathans telefoon op het bureau rinkelt en Saga ziet een foto van zijn vrouw op het scherm voordat hij de oproep weigert en voor de lange lijst met landen, districten en namen van onderzoekers en politiemensen gaat staan.

Ze hebben tot nu toe meer dan vierhonderd personen en acht landen doorgestreept.

Saga opent een pdf-document van een rapport van Europol en denkt aan alles wat Joona in de loop der jaren heeft opgeofferd. Hij heeft afstand gedaan van zijn gezin en jaren van het leven van zijn dochter gemist. Zijn hele leven is ingericht om aan de wraak van Jurek Walter te ontkomen.

Het is duidelijk een fixatie geworden.

Dat de grafschenner in Oslo Summa's schedel in de vriezer had, was te veel voor hem.

Joona's paranoia heeft een scenario gecreëerd waarin de moorden her en der in Europa zijn gepleegd door Jurek Walter, die zich ontdeed van kandidaten die niet aan de eisen voldeden.

Maar Jurek Walter is dood en deze moordenaar heeft niets met hem te maken.

Nathan kijkt op van zijn laptop en stipt weer het punt aan van wat alle slachtoffers gemeen hebben, namelijk dat ze ernstige seksuele en geweldsdelicten hebben gepleegd.

'Zonder ons daarop vast te pinnen... de conclusie ligt voor de hand dat de dader een soort verwrongen morele drijfveer heeft,' zegt Nathan. 'Hij denkt dat het zijn taak is om de maatschappij te zuiveren, misschien om van de wereld een betere en veiliger plek te maken.'

'Een superheld... of een dienaar Gods.'

Nathan en Saga beginnen op internet te zoeken naar mensen die voor zwaardere straffen en zuiveringen pleiten, maar de eerste vangst is meteen al veel te groot, onhanteerbaar.

Misschien sprak dat vanzelf.

Er zijn honderdduizenden mensen die openlijk zeggen dat iemand het tuig van de straat zou moeten halen.

Tussen de resultaten zitten niet in de laatste plaats politiemensen. Collega's die klagen over de regels, de rechtbanken, politiek correcte collega's en consideratie met de rechten van misdadigers.

De telefoon gaat en Saga pakt hem op, ziet dat het een buitenlands nummer is en neemt het gesprek aan. Het is inspecteur Salvatore Giani uit Milaan. Hij vertelt dat het onderzoek naar de moord op Patrizia Tuttino bij het San Raffaele-ziekenhuis tot zijn spijt op niets is uitgelopen.

'We hebben de opnames van alle beveiligingscamera's bekeken, we hebben met het voltallige ziekenhuispersoneel gesproken... Er zijn geen sporen, geen getuigen, niets,' zegt hij.

'En het technisch onderzoek?'

'Het spijt me, maar dit vooronderzoek krijgt geen prioriteit meer,' vertelt Salvatore.

'Ik begrijp het,' zegt Saga. 'Bedankt voor het bellen.'

Ze legt het toestel neer, zucht en kijkt in Nathans vermoeide ogen.

'Ik probeer het nog eens met Volgograd,' zegt hij en wanneer hij zijn telefoon wil pakken, belt Veronica weer.

'Neem op,' zegt Saga.

'Ze wil alleen zeggen dat ik een idioot bent die haar negeert.'

'Doe dat dan ook niet.'

Hij drinkt wat koude koffie, gooit het plastic bekertje in de afvalbak en pakt zijn telefoon.

Hij neemt op met: 'Hoi, schat.'

Saga hoort aan Veronica's stem dat ze boos is.

'Ik trek me wel iets van jou aan,' zegt Nathan. 'Maar ik zit op mijn werk en... Oké, Nickie, daar zijn we het niet over eens... Goed, maar afgezien daarvan, wilde je nog iets bespreken of...'

Hij zwijgt en legt de telefoon op het bureau.

'Nu zijn we weer vrienden,' zegt hij ironisch.

Saga staat op en loopt naar de muur met de wazige afdrukken van de film en de foto's van het toegetakelde lichaam.

'Dit gaat niet vanzelf over... Deze superheld stopt pas wanneer hij gearresteerd wordt,' zegt ze.

'Mee eens,' zegt Nathan.

'Als de kwaliteit van de film uit Wit-Rusland niet zo slecht was geweest, hadden we de persoon al kunnen laten opsporen,' zegt ze. 'Ik bedoel... Hij gaat fouten maken, als hij dat niet al heeft gedaan.'

Saga pakt haar telefoon van tafel en houdt hem in haar hand. Hij is warm en het donkere scherm weerspiegelt de lampen aan het plafond. Ze kijkt naar de aantekeningen in het schrijfblok voor zich en besluit de contactpersonen bij de Nationale Operationele Politie van Polen te bellen.

Nathan heeft al drieëntwintig gesprekken met verschillende Russische instanties gevoerd, met de FSB en de SVR en met politiecommandanten in alle federale districten.

'Ik voel me net een telemarketeer,' mompelt Nathan en hij belt de Russische narcoticapolitie Gosnarkokontrol.

Na een paar misverstanden wordt hij doorverbonden met een oudere inspecteur genaamd Jakov Kramnik en hij vertelt snel waar hij voor belt.

'Ja, precies, wij hebben uw verzoek gekregen via Europol,' antwoordt de Russische inspecteur. 'Mijn excuses dat ik niet heb teruggekoppeld, maar op sommige vlakken hebben we nog iets behouden van onze oude bureaucratie.'

'Geen probleem,' zegt Nathan en hij wrijft over zijn voorhoofd.

'Bedankt voor uw begrip, dat doet me goed,' zegt hij. 'Het is hartverwarmend. Want we hebben feitelijk een moord die overeenstemt met een aantal van uw criteria. Afgelopen maandag is een zekere Igor Sokolov met doorgesneden keel gevonden in een loods aan de rand van Sint-Petersburg. Hij heeft eerder negentien jaar in Kresty gezeten voor drugsmisdrijven, maar hij werd ook van vier moorden verdacht... Dit was een executie. Zijn ene knie was gebroken en de binnenste halsslagader was doorgesneden. Het leek op een actie van onze speciale eenheden... Maar die zouden nooit proberen de ruggengraat te verwijderen.'

'De ruggengraat?'

'Sokolov is lang na zijn dood aan een heleboel geweld blootgesteld. Ik kan het proces-verbaal sturen als u dat wilt.'

'Hebt u een idee wie de dader is?' vraagt Nathan en op hetzelfde moment hoort hij Saga's telefoon overgaan.

'Igor Sokolov heeft in Afghanistan gevochten voor ons land, hij is afgezakt naar een heroïneverslaving en zware misdaad... Maar hij heeft zijn straf uitgezeten en was zijn leven weer aan het opbouwen, daar heb ik respect voor... We hebben geen spoor van de dader, maar volgen de lijn dat een oude vijand uit de onderwereld wraak op hem heeft genomen.'

In de weerspiegeling van het raam ziet Nathan dat Saga zo heftig opstaat dat de bureaustoel achteruitrijdt en tegen de muur knalt.

'Hebt u de beveiligingscamera's rond de loods gecontroleerd?' vraagt hij.

'Dat heeft niets opgeleverd,' antwoordt de Russische inspecteur.

Nathan beëindigt het gesprek na wederzijdse bedankjes en de hoop op toekomstige samenwerking.

Hij legt de telefoon op tafel, ziet hem een rondje draaien en keert zich om naar Saga.

Ze staat met haar telefoon tegen haar oor, leunt naar voren en maakt een notitie in het blok voor zich.

'We komen eraan, we komen meteen,' zegt ze.

30

Twee politieauto's blokkeren de ene kant van de Regeringsgatan en het hele trottoir is afgezet met blauw-witte plastic linten die trillend in de wind om de steigers en de bouwkeet met getraliede ramen heen lopen.

'Ik weet het niet... Maar het klonk heel erg als onze dader,' zegt Saga.

'We bellen in heel Europa stad en land af en krijgen niet eens te horen wat er in onze eigen fucking achtertuin gebeurt,' zegt Nathan en hij zet de auto langs de kant.

'Omdat ze er rotsvast van overtuigd zijn dat het om beschermingspraktijken gaat,' zegt Saga. 'Deze bar heeft kennelijk eerder met chantagepogingen te maken gehad.'

'Iedereen schermt zijn eigen terrein af, het zijn net inhalige kinderen die niet met hun broertjes en zusjes willen delen.'

'We zijn moe, maar nu zijn we hier en we winden ons niet op. Ik bedoel, dit is misschien waar we op hebben gewacht. En voor mijn part denken ze dat de Black Cobra erachter zit, als ze ons maar binnenlaten.'

Een oudere man met een paraplu staat op het trottoir te wachten. Het is Arne Rosander, hoofdofficier van justitie van de afdeling City.

Hij heeft dun haar en een verzorgde baard, hij draagt een zilverige bril en een loden jas over een geruite blazer.

'Ik heb over je gehoord, Saga Bauer, maar ik dacht dat ze overdreven,' zegt hij en hij houdt de paraplu boven haar.

'Zijn de slachtoffers geïdentificeerd?' vraagt ze.

'Erica Liljestrand... alleenstaande vrouw, achtentwintig jaar. Ze volgde een bacheloropleiding Biotechnologie aan de Technische Hogeschool... en Niklas Dahlberg, ook alleenstaand, barkeeper hier in de Pilgrim Bar.'

De afzetlinten trillen en het vuilwitte nylon doek voor de steigers bolt als een zeil.

'We hebben geen verband gevonden tussen de slachtoffers,' gaat de officier van justitie verder en hij loopt met hen naar de plaats delict. 'Alles wijst erop dat de vrouw de laatste gast in de bar was.'

'Alleen?' vraagt Nathan.

'Ze had geen date, maar ze had met een vriendin afgesproken,' vertelt Arne Rosander. 'Waarschijnlijk is ze per ongeluk in de vuurlijn terechtgekomen.'

Ze lopen de passage onder de steiger in. De regent sijpelt door het dak van multiplex heen. De forensisch onderzoekers hebben een sluis gebouwd voor de ingang van de Pilgrim Bar, waar ze beschermende kleding aantrekken en hun naam op een lijst schrijven voordat ze de plaats delict mogen betreden.

Arne stapt geroutineerd in de overall en wacht vervolgens geduldig terwijl Saga en Nathan de lijst tekenen.

'Wat denk jij dat er gebeurd is, Arne?' vraagt Nathan en hij stopt zijn paardenstaart bij zijn kleren in, waarna hij de blauwe plastic capuchon opzet.

De vriendelijke ogen van de hoofdofficier krijgen iets mistroostigs.

'Het is de Black Cobra, jullie zullen de mate van gewelddadigheid wel zien… Maar het moeilijke is natuurlijk het indienen van een aanklacht. We moeten de dader koppelen aan de organisatie en bewijzen dat er een achterliggende opdracht is.'

Ze lopen het verblindende licht van de werklampen in. Een tiental technici werkt in stilte in de ruimte.

'De lijken zijn naar Forensische Geneeskunde gebracht,' zegt Arne zacht, 'maar verder heb ik de plaats delict zo veel mogelijk intact gelaten.'

Saga kijkt naar de gemarkeerde vindplaatsen van de lichamen. Alles wijst op een gruwelijk gewelddadig verloop. Er is bloed uitgevloeid over de vloer, er is met lichamen gesleept tussen de meubels door, op twee plaatsen is iemand met het verminken van een lichaam begonnen.

Er hangt een sterke lucht van alcohol en zure wijn in de lucht, die komt van de kapotte flessen in de bar. Overal liggen glasscherven tussen kapotgeslagen meubels en versplinterd hout. Als al het bloed er niet was geweest, zou je kunnen denken dat er een tornado door het vertrek is geraasd.

Ze lopen verder de zaal in en blijven naast het verbogen metalen frame van een tafeltje staan, dat naast een gebroken en bebloede knuppel ligt.

Saga kijkt door het vertrek en probeert het verloop te reconstrueren. De barkeeper lijkt het primaire slachtoffer te zijn geweest of in elk geval het mikpunt van de agressie van de dader. De keel van de vrouw is doorgesneden en de dader lijkt haar vervolgens een paar meter verder de zaal in te hebben gesleept, waar ze is blijven liggen.

'Wat zeg jij ervan?' vraagt Nathan gedempt.

Saga draait zich langzaam om en bekijkt de vernielde bar. Het moet met een vechtpartij zijn begonnen, denkt ze, met slaan en schoppen, wat is overgegaan in pure mishandeling met een honkbalknuppel.

Ze kijkt naar een grote plas bloed bij de tegenoverliggende muur en ziet dat de druk nog steeds hoog was, het bloed is tot aan de roze kap van het wandlampje gespat.

Hier is het scherpe geweld begonnen.

De technici hebben het mes waarschijnlijk ter plekke gevonden.

Het ging om een aantal steken in hart en longen.

Daarna is het lichaam naar de voordeur gesleept.

Ze volgt het langgerekte bloedspoor en de voetafdrukken met haar blik.

Het slachtoffer was nog in leven; een bebloede hand heeft geprobeerd zich aan een pilaar vast te grijpen.

'Hij is het,' zegt ze.

'Daar lijkt het op,' zegt Nathan en hij knikt.

'Is er iets wat op seksueel geweld wijst?' vraagt Saga.

'Nee,' antwoordt de hoofdofficier.

'Hebben jullie alle beveiligingscamera's in de buurt gecontroleerd?' vraagt Nathan.

'De enige relevante zit helaas achter de steigers... Maar die had waarschijnlijk toch niets opgeleverd, aangezien het donker was en slecht weer.'

'Ik begrijp het.'

'Maar we hebben drie getuigen die een grote man op straat hebben gezien hier... Agressief en schreeuwend.'

'Ik wil de verslagen van de getuigenverhoren graag lezen,' zegt Saga.

'Een van hen kon een heel goed signalement geven,' zegt Arne en hij zoekt een geluidsbestand in zijn iPad.

Ze gaan dichter bij hem staan, hij drukt op play en dan horen ze een oudere vrouw spreken met een mooie stem met een rauw randje.

'Eerst hoorde ik alleen geschreeuw, een man die stond te brullen... Dat was natuurlijk onprettig... Maar toen zag ik hem onder de steiger. Een grote man van in de vijftig, ongeveer twee meter lang, brede schouders... Hij droeg een zwarte regenjas, van plastic... geen nylon. Hij bewoog schokkerig en toen hij bij restaurant Nalen kwam, viel het licht op hem en toen zag ik dat hij bloed op zijn gezicht had. Hij gedroeg zich extreem agressief, hij schreeuwde en trapte tegen geparkeerde auto's, pakte een steen en gooide ermee naar een groep jongeren aan de overkant van de straat. Daarna verdween hij.'

'Kunt u zijn gezicht beschrijven?' vraagt de agent.

'Ik weet het niet, ik lette vooral op het bloed, ik dacht dat hij gewond was geraakt... Maar hij had een groot hoofd en een dikke nek... Ik weet het niet, het is lastig... Ik vond hem een typische Russische hooligan, voor zover dat type bestaat.'

*

De afdeling Forensische Geneeskunde van het Karolinska-instituut zit in een laag gebouw van rode baksteen aan de noordkant van Stockholm. Het bleke licht van kerststerren en elektrische kandelaars voor de ramen schijnt achter de luxaflex.

Rommel uit de overvolle afvalbakken is onder de kale rozenstruiken gewaaid.

Saga en Nathan rijden het parkeerterrein op en stappen uit de auto.

Schuin voor de ingang staat een witte Jaguar en als ze zich daarlangs wurmen ziet Saga een zwarte aktetas op het dak van de auto liggen.

Ze neemt de tas mee en loopt achter Nathan aan naar binnen.

De vloer van de lege gang is versleten door zware transporten. Deurposten en plinten zijn beschadigd.

Op een lage tafel staat een kerststukje met kerststerren, wit mos en kleine vliegenzwammen.

De deur van de kamer van de professor staat open.

De Naald zit in zijn doktersjas achter de computer. Zijn magere gezicht is gladgeschoren en zijn grijze haar is kortgeknipt.

Iemand heeft met spuitsneeuw *Twisted Christmas* op zijn raam geschreven.

Saga klopt aan en zet een voet in de kamer.

'Zo een heb ik ook,' zegt de Naald wanneer hij de tas ziet.

'Die heb ik op het dak van jouw auto gevonden,' zegt Saga en ze legt de aktetas op zijn bureau.

'Daar mag hij niet liggen,' antwoordt hij en hij logt uit.

'We komen uit de Pilgrim Bar, we hebben zojuist met Arne Rosander gesproken, die zegt dat jij met de lijken bezig bent.'

'Hebben jullie het idee van Jurek Walter losgelaten?' vraagt de Naald.

'Hij heeft het niet gedaan, we hebben getuigen en een wazige beveiligingsfilm,' antwoordt Nathan.

'Als we de echte dader vinden, zullen de moorden stoppen… en zodra Joona dat hoort, kan hij thuiskomen,' zegt Saga.

De Naald knikt en zijn smalle lippen vormen een sombere glimlach. Hij legt beide handen op het bureau en duwt zichzelf omhoog.

'Zullen we maar?' zegt hij en hij verlaat het vertrek.

Saga en Nathan lopen achter hem aan naar de sectieruimte die het dichtst bij het kantoor ligt. De automatische deuropener zoemt en de deuren zwaaien open. De witte tegels op de muren glimmen in het licht van de tl-buizen.

Saga loopt naar de dode vrouw op de sectietafel. Ze heeft haar ogen open en haar lippen zijn ingevallen. Het naakte lichaam is grauwbleek en de diepe snee door de keel is donkerrood. Het plastic op de met spoelbakken en afvoergoten uitgeruste tafel is bebloed.

'Wie heeft haar geïdentificeerd?' vraagt ze.

'De zus van Erica Liljestrand. Ook al zei ze eerst dat er sprake moest zijn van een misverstand, maar toen begreep ik dat het door de kleur van de ogen kwam dat ze haar zus niet meteen herkende.'

'Wat is daarmee?' vraagt Nathan en hij leunt naar voren.

'Iedereen krijgt bruine ogen vanwege de hemolyse... ongeacht de eerdere kleur... en daar kunnen familieleden door in verwarring raken.'

'Wat kun je over haar zeggen?' vraagt Saga ongeduldig.

De Naald tilt een arm van de dode op.

'Nou, je ziet dat de lijkvlekken vaag zijn... Je ziet ze eigenlijk alleen waar het lichaam direct op de ondergrond heeft gedrukt.'

'Dus ze heeft heel veel bloed verloren.'

'Ik ben nog lang niet klaar met het onderzoek, maar waarschijnlijk ligt de doodsoorzaak in het grensgebied tussen verbloeding en bloedaspiratie. Haar keel was doorgesneden en haar ruggengraat gebroken.'

'De officier van justitie is ervan overtuigd dat een criminele groepering een voorbeeld wil stellen.'

'Dat zou kunnen kloppen,' antwoordt de Naald en hij duwt zijn pilotenbril hoger op zijn neus.

'Als het niet fout was,' zegt Saga snel.

'Je klinkt net als Joona,' zegt hij.

'Nee, maar ik weet dat de officier het mis heeft, want dit is dezelfde moordenaar als in Ystad... Ik heb gevraagd of ze jou het sectieverslag willen sturen.'

'Dat is nog niet gekomen.'

'Maar het is in elk geval dezelfde dader,' zegt ze. 'En we hebben zijn DNA nodig, ik bedoel, de slachtoffers hebben weerstand geboden, dat moet te vinden zijn.'

'Ja, maar de analyse kost tijd,' zegt hij.

Saga's gezicht is bleek en verbeten, haar ogen glimmen van slaapgebrek.

'We zijn ons ervan bewust dat je nog niet klaar bent,' zegt Nathan. 'Maar we moeten weten of jij denkt dat de man het primaire slachtoffer was.'

De Naald trekt het mondkapje omlaag tot onder zijn kin en kijkt hen allebei aan.

'Aangezien de man en de vrouw in principe gelijktijdig om het leven zijn gebracht, valt – op grond van de temperatuur en de afbraak – niet vast te stellen wie als eerste is overleden, maar dat vragen jullie natuurlijk ook niet.'

Saga kreunt luid.

'We willen weten of de dader eigenlijk maar een van hen wilde doden,' zegt Nathan.

'Zoals jullie weten is de man veel erger toegetakeld, maar dat houdt niet automatisch in dat hij het primaire slachtoffer is.'

'Hoezo niet?' vraagt Nathan en hij ziet dat Saga zich naar de tegelwand heeft omgedraaid.

'Als de dader bijvoorbeeld door jaloezie wordt gedreven, zoekt hij misschien de vrouw op om haar iets aan te doen, maar als hij een man in haar gezelschap ziet, wordt hij door een vreselijke woede jegens hem gegrepen.'

'Dan is zij primair, ook al wordt er tegen hem meer geweld gebruikt,' zegt Nathan.

'Maar als het ging om het stellen van een voorbeeld door een criminele organisatie... dan is het natuurlijk veel waarschijnlijker dat de man het doelwit was en de vrouw slechts een getuige die het zwijgen is opgelegd,' gaat de Naald verder.

'Ja,' antwoordt Saga met haar gezicht naar de muur.

'Aan de andere kant was zij gedrogeerd, wat de spotlights weer op haar richt... Ik heb de toxicologische laboratoriumuitslagen net binnengekregen, die aantonen dat ze gamma-hydroxyboterzuur in haar bloed had.'

Saga draait zich om en kijkt de Naald aan.

'GHB... Was ze wel bij bewustzijn toen ze werd vermoord?'

'Ze moet ontzettend moe zijn geweest, maar ik weet zeker dat ze wakker was, aangezien ze een voorwerp heel stevig vasthield... Anders zou ze dat hebben losgelaten.'

'Wat voor voorwerp?'

De Naald loopt naar een kast en komt bij Saga terug met een plastic zakje met een lucifermapje erin. Het mapje bevat een aantal lucifers die aan elkaar vastzitten en een strijkvlak om de losgemaakte lucifer aan af te strijken.

Saga houdt het zakje omhoog naar het licht, in een schuine hoek om glinsteringen te vermijden.

Het lucifermapje is een reclameproduct. Op de zwarte voorkant is een skelet zonder hoofd te zien, dat in elke hand een schedel houdt.

Alsof hij niet kan beslissen welke van hem is, denkt Saga. Als een Hamlet met een nieuw probleem.

Er ontbreken drie lucifers.

Op de achterkant staat alleen HEAD in witte letters. Misschien is dit de vergissing waar ze op hebben gewacht.

31

Na de bespreking met de Naald zijn Saga en Nathan op zoek gegaan naar de zwarte club Head, die ze al snel vonden in een kelderruimte op Ringvägen 151, bij het Lilla Blecktornspark. De half illegale hardrockclub is op vrijdag en zaterdag geopend van twaalf uur 's nachts tot zes uur 's ochtends.

Ze kunnen niet weten of het lucifermapje van de dader is, maar Erica's vrienden waren er in ieder geval van overtuigd dat zij niet naar hardrockclubs ging.

Nathan is naar huis gegaan om het uit te praten met Veronica. Hij neemt morgen het gesprek met de officier van justitie voor zijn rekening en heeft Saga een uitslaapochtend aangeboden als zij het bezoek aan de club wilde doen.

Het idee is dat ze er vannacht naartoe zal gaan om de uitsmijters te verhoren en om uit te zoeken of er ledenlijsten en beveiligingscamera's zijn.

Saga is naar huis gegaan en heeft drie uur geslapen om vannacht fit genoeg te zijn.

Nu heeft ze gedoucht en zich omgekleed.

Over een uur heeft ze een afspraak met Randy.

Ze pakt de telefoon en belt Pellerina. Het duurt een hele poos, dan neemt haar vader op en zegt dat Pellerina chocoladedeeg aan haar handen heeft.

'Is alles goed met haar?'

'Gewoon, net als altijd,' antwoordt hij.

'Je klinkt bedrukt.'

Ze hoort hem de keuken uit lopen.

'Nee, alleen... Ik ben begonnen met internetdaten... Daar heb je apps voor,' vertelt hij.

‘Wat zegt Pellerina daarvan?’

‘Ik heb het nog niet verteld, ik vind het een beetje gênant.’

‘Iedereen is bezig met internetdaten.’

‘Maar ik vraag me af wat je doet als je in het echt met elkaar afspreekt.’

‘Dat weet ik niet,’ antwoordt ze en ze drinkt wat water uit het glas op het nachtkastje.

‘Ik heb namelijk al veel gemaild met een onderzoeker in het Academisch Ziekenhuis in Uppsala en ik dacht dat ik haar misschien mee uit eten kon vragen.’

‘Moet je doen,’ antwoordt ze.

‘Zou jij Pellerina maandag gezelschap willen houden?’ vraagt hij met een glimlach in zijn stem.

‘Aanstaande maandag?’

‘Ja, ’s avonds.’

‘Dan kan ik niet, ik werk over,’ antwoordt ze en ze hoort haar zus op de achtergrond roepen dat ze haar handen heeft gewassen.

‘Ik ben niet direct wanhopig, maar het zou leuk kunnen zijn,’ zegt haar vader.

‘Mag ik met Pellerina praten?’

‘Maar vind jij het oké dat ik date?’

‘Hou op, wat denk je nou?’ vraagt Saga ongeduldig.

‘Pellerina Bauer,’ zegt haar zus, die de telefoon overneemt.

‘Hoi, met Saga.’

‘Ik heb nu mijn handen gewassen.’

‘Ben je aan het bakken?’

‘Ik maak een chocoladetaart.’

‘Lekker.’

‘Ja,’ antwoordt Pellerina zacht.

‘Waar denk je aan?’

‘Papa’s mogen ook huilen.’

‘Natuurlijk, maar waarom zeg je dat? Is papa verdrietig geweest?’

‘Ja.’

‘Weet je waarom?’

'Hij wil er niet over praten.'

'Hij wordt vast weer blij als hij van de chocoladetaart mag proeven.'

'Ja.'

*

Na een scheiding huurt Randy een ruimte van een oude vriend die tijdelijk met zijn reclamebureau is gestopt. Veel van de apparatuur staat er nog of zit in dozen die hoog opgestapeld tegen een van de muren staan. De studio zit in een industrieel gebouw van vuilgele baksteen in Västberga, waar ateliers naast plaatslagerijen, tandartsen, gynaecologen, meubelmakers, investeringsbedrijven en bandenspecialisten zitten.

Saga gaat in de enorme goederenlift naar de bovenste verdieping en loopt de gang door naar de oude fotostudio.

'Ben je de pizzabezorger nog tegengekomen?' vraagt Randy en hij omhelst haar.

'Nee.'

Randy werkt bij de politie, maar is ook een gepassioneerd fotograaf. Hij fotografeert haar elke keer dat ze elkaar zien.

Twaalf foto's, halfkleinbeeld.

Het enige meubelstuk dat Randy hierheen heeft meegenomen is een tweepersoonsbed. Het staat midden in het atelier met camerastatieven, studioflitsers, reflectoren en decorwanden.

Het is donker achter de grote ramen.

Ze gaan op het bed pizza zitten eten bij het licht van een staande lamp en drinken wijn uit koffiemokken.

Randy reikt naar een wijnbox die op een zwarte kist met stroomsets staat en vult hun mokken bij.

'Ik kan tot twaalf uur blijven,' zegt ze en ze voert hem pizza.

Randy is geadopteerd uit China, maar heeft nog wel contact met zijn biologische moeder in Yuxi in Yunnan, hij is opgegroeid in Lidingö en heeft vijf jaar geleden zijn opleiding aan de politieacademie afgerond.

Aan de muren hangt al een aantal foto's van Saga, zo intiem dat je de haartjes op haar lichaam kunt zien oplichten.

Naast het bed liggen potloodschetsen van zijn nieuwe idee voor een foto, waarbij ze in een groot heptagram van kersen moet liggen en recht van boven wordt gefotografeerd.

Saga pakt een van de blaadjes op en kijkt naar de schets.

De lamp schijnt door het papier heen. Randy heeft haar gezicht getekend als een ovaal met een kruis en de kersen zijn kleine stippen die een ster met zeven punten vormen.

'Het is een oud symbool voor de schepping, de zeven dagen,' zegt hij. 'God schiep de man en de vrouw op de zesde dag… en maakte ze beiden tot heersers over alle dieren van de wereld.'

'Gelijke rechten vanaf het begin,' zegt ze.

'We hoeven niet precies deze foto te maken… Je kunt je middelvinger opsteken naar het hele scheppingsverhaal, bij wijze van groet aan Ai Weiwei.'

'Nee,' zegt ze en ze glimlacht.

'Of we eten alle kersen gewoon op.'

'Nee, hou op, we doen het nu, dat is leuk.'

Randy legt de kersen op de vloer en begint dan de camera, reflectieschermen en lichtvormers op te stellen.

Saga staat op van het bed, trekt haar spijkerbroek uit en hangt die over een belichtingsstatief. Ze trekt de rits van het oude Adidas-jack naar beneden en loopt naar de passpiegel die schuin tegen de wand is gezet.

Zonder te merken dat Randy is gestopt met zijn bezigheden laat ze het jack op de grond vallen en trekt ze het versleten T-shirt uit. Hij staart onwillekeurig, terwijl ze in alleen een slip kersenrode lippenstift aanbrengt op haar lippen en tepels.

Er valt iets en ze kijkt op. Randy heeft een zware klem van een statief op de grond laten vallen, hij zegt sorry en raapt hem op.

'Heb je het koud?' vraagt hij hees.

'Nog niet.'

'Je krijgt het zo warm onder de lampen.'

Ze draait de lippenstift in de houder, trekt haar slip uit en gaat volgens zijn aanwijzingen midden in de ster liggen, zodat de rode tepels op één lijn komen te liggen met de kersen op de vloer.

Vorig weekend heeft zij hem gefotografeerd terwijl hij naakt op de grond zat met engelenvleugels op zijn rug en een fles calvados in zijn hand.

Randy heeft de camera op een pantograaf gemonteerd, die over een rail aan het plafond verplaatst kan worden, om haar zo van bovenaf te fotograferen. Hij klimt op een ladder, kijkt naar haar, komt weer naar beneden en verplaatst de ladder.

'Ben je klaar voor de eerste foto?'

'Moet ik gewoon zo liggen?'

'Je bent zo ongelooflijk mooi, het is waanzinnig,' zegt hij en hij knijpt in de zwarte rubberbal van de luchtdrukontspanner.

Hij klimt weer omhoog en draait het filmpje door, komt weer naar beneden, schuift de ladder opzij en draait aan een van de studiolampen en aan een zilverkleurig scherm.

'Mooi,' mompelt hij. 'Dit wordt echt heel mooi...'

Saga trekt haar ene knie nog wat verder op.

'Mooi, supermooi, hou dat zo.'

'Ga je met Sint-Lucia mee naar mijn vader en Pellerina?'

'Dat heb ik al gezegd, heel graag,' antwoordt Randy en hij gaat door met foto's maken.

Zijn blik is naar binnen gericht, hij ziet de ontwikkelde foto al voor zich, haar witte huid en lichtgevende schoonheid binnen de puntige ster van kersen. Haar ribben gaan omhoog onder haar huid, het lijkt wel een ribbelig strand, en haar blonde schaamhaar vertoont kleurschakeringen van messing tot glas.

Na de laatste foto staat Saga op en eet een paar overgebleven kersen uit de schaal. Ze heeft rode plekken op haar rug gekregen van de harde ondergrond.

'Zijn we bijna klaar met het voorspel?' vraagt ze.

'Misschien,' antwoordt hij.

Saga draait de staande lamp weg en gaat op haar zij op bed liggen wachten totdat hij de laatste snoeren eruit heeft getrokken. Ze heeft nog een paar uur voordat ze naar de hardrockclub toe moet. Randy gaat op de rand van het bed zitten en trekt zijn T-shirt uit. Ze gaat op haar rug liggen en hij zoent haar in haar hals en op haar borsten.

Ze spreidt haar benen een beetje en doet haar ogen dicht, maar voelt zijn blik toch branden op haar huid. Randy zoent haar buik en de binnenkant van haar dijen, ze voelt zijn vochtige adem voordat hij haar zacht en ritmisch begint te likken.

Ze verdwijnt in de zachte warmte van zijn mond.

Het tikt in de hete stalen kappen van de lampen.

Ze legt haar ene hand op zijn stroeve haar en hoort hem sneller ademhalen. De pulserende warmte verspreidt zich door haar hele lichaam.

'Langzamer,' fluistert ze.

Hij gaat vederlicht verder, schuift een eindje opzij en merkt niet dat hij de vloerlamp omstoot met zijn voet. Ze ziet de lamp vallen en voelt dat er een schok door hem heen gaat als het ding op de grond valt en uitgaat.

'Shit, ik schrok me een ongeluk,' zegt hij met een glimlach.

'Dat voelde ik.' Ze lacht.

'Was het lekker?'

Ze knikt glimlachend, helpt hem zijn broek uit te trekken en duwt hem op zijn rug. Ze kijkt naar zijn naakte lichaam, zijn spieren, de smalle heupen, het rechte zwarte schaamhaar en de half stijve penis.

Saga haalt een condoom uit het doosje dat op zijn iPad naast het bed ligt, opent de verpakking en kijkt hem aan. Ze neemt hem voorzichtig in haar mond totdat hij stijf is, houdt de erectie met één hand in stand en rolt het condoom eromheen.

Ze buigt zich over hem heen en doet haar mond open. Ze ruikt de geur van rubber en voelt het gespannen, plasticachtige oppervlak tegen haar lippen en haar tong.

'Kom,' fluistert hij.

Ze gaat schrijlings op hem zitten en laat hem helemaal naar binnen glijden, ze knijpt hard samen en begint haar heupen te bewegen.

Ze leunt naar voren, steunt op zijn borstkas en glijdt keer op keer zuchtend terug. Hij ademt sneller, houdt haar billen met beide handen vast, buigt zijn hoofd achterover en spuit kreunend.

Saga had nog geen orgasme gehad, het leek er niet op, het ging veel te snel, maar ze heeft geleerd dat het zo werkt, dat ze straks verdergaan en dat ze de tweede en de derde keer meer tijd krijgt.

Randy stroopt het condoom af en knoopt het dicht. Ze liggen stil naast elkaar. Zijn ademhaling is nog snel. Even later buigt hij zich over haar heen en zuigt voorzichtig aan haar tepel.

Saga streelt zijn vochtige nek als haar telefoon rinkelt in de berg kleren op de grond. Ze staat op, vindt haar jas en haalt de telefoon tevoorschijn.

'Bauer,' zegt ze.

'Het is laat op de avond, maar ik voer tot mijn verdediging aan dat je hebt gezegd dat ik het moet laten weten als ik ook maar het kleinste feitje heb dat zou kunnen bijdragen aan het beeld van de dader,' zegt hoofdofficier Arne Rosander.

'Zeker,' zegt Saga beheerst.

Ze loopt een paar stappen verder weg van het bed. Haar hele lichaam siddert nog na. Door het raam ziet ze dat een ruimte in het gebouw aan de overkant van de straat wordt geschilderd, ze hebben het licht laten branden en er staat een trapladder opgesteld.

'Het is misschien niets,' gaat Arne Rosander verder. 'Maar ik heb zojuist met onze verhoorexpert gesproken... Vandaag heeft ze een gesprek gehad met een andere vrouw die de dader voor de bar op straat heeft gezien. Deze vrouw had eerder geen enkel signalement kunnen geven, dat heb je soms, maar afgelopen nacht had ze over hem gedroomd.'

'Ik luister.'

Saga draait zich weer om naar het atelier. Randy, die naakt op het bed ligt, kijkt haar met glanzende ogen aan.

'Een grote man met een stevige nek, kortgeknipt haar en een bebloed gezicht... En, moet je horen, nu wordt het interessant, hij droeg pareloorbellen.'

‘Herinnerde ze zich dat hij die in het echt had gedragen?’

‘Nee, dat was alleen in de droom, maar het haar en het bloed kloppen met onze andere getuigen.’

Saga bedankt hem voor het telefoontje en gaat terug naar Randy. Ze gaat op zijn arm liggen en voelt dat zijn hand tussen haar benen glipt.

32

Een eindje van de ingang van club Head blijft Saga staan. Het is weer kouder geworden. Kleine knisperende sneeuwvlokken zweven in het licht van de kale gloeilamp die de anonieme deur van de club verlicht.

Een lange uitsmijter met een kogelwerend vest en een blonde paardenstaart kijkt naar een paar jongemannen in zwarte kleren, die achter een afvalcontainer staan te roken. De blote hals van de uitsmijter is blauwgrijs van de tatoeages.

Grote nylonzakken met puin van een verbouwing zijn naar de rand van het trottoir gesleept.

Het is halfvijf 's ochtends, maar er komt dreunende muziek uit de kelderruimte.

Saga was na de tweede vrijpartij met Randy in slaap gevallen en pas om kwart voor vier wakker geworden. Voordat ze vertrok, had ze haar pistool en haar politielegitimatie in zijn wapenkast opgeborgen. Ze weet dat ze van haar chef nooit toestemming zou krijgen om als Säpo-agent een illegale club te bezoeken. Haar reis naar Chicago tijdens haar jacht op de Konijnenjager had voor genoeg heisa gezorgd.

Saga nadert de ingang als een zwarte taxi voor haar neus blijft staan. Drie jongeren in lange zwarte jassen stappen uit en wisselen een paar woorden met de uitsmijter, waarna ze naar binnen mogen en langs een trap naar beneden verdwijnen.

De uitsmijter stapt opzij om niet in het licht van de lamp te staan als Saga naar hem toe loopt.

'Weet je zeker dat je hier goed bent, prinses?' vraagt hij en het web van rimpels vult zijn gezicht wanneer hij glimlacht.

'Ja.'

'Zoals je wilt,' zegt hij en hij opent de deur zodat de muziek harder klinkt.

'Hebben jullie beveiligingscamera's?' vraagt ze.

'Nee, waarom wil je dat weten?'

'Nergens in het pand?'

'Daar hebben we geen vergunning voor.'

Saga moet onwillekeurig glimlachen om een illegale club die zich druk maakt om vergunningen. Ze loopt een steile betonnen trap af, terwijl de uitsmijter de deur achter haar rug sluit.

Van beneden klinkt een soort gebrul door het snelle basritme heen.

Aan de voet van de trap is een veiligheidscontrole, waar je doorheen moet voordat je de club in mag. Voor Saga schrijven de drie jongeren hun naam op een ledenlijst, ze betalen entreegeld en lopen door een detectiepoortje.

De muziek is zo hard dat de ingelijste foto's van bekende bezoekers aan de betonnen muren ervan trillen.

De beveiligster is een grote vrouw met een onderkin, een kaalgeschoren hoofd, een ronde bril en een zwarte leren broek.

De jongens lachen wanneer ze door haar worden gefouilleerd.

Terwijl Saga zich inschrijft en betaalt, kijkt ze naar de lijst, waar alleen maar voornamen en mailadressen op staan. Ze loopt door het poortje en vraagt zich af of de lijst er alleen maar is voor het geval er een inval wordt gedaan – omdat er dan een beroep kan worden gedaan op de maas in de wet rond alcohol en particuliere bijeenkomsten – en na sluitingstijd wordt weggegooid.

Het T-shirt met de tekst TRIBE 8 spant om de buik van de beveiligster. Op haar dikke, bleke armen staan fraaie bloemenguirlandes getatoeëerd.

De drie jongens in lange jassen schreeuwen naar elkaar om zich verstaanbaar te maken door het dreunen van de muziek heen en een van hen wringt zich naar de toiletten.

Saga loopt naar de beveiligster toe, gaat met haar armen wijd staan en wordt snel door haar gefouilleerd.

'Ik heb mijn naam op de lijst gezet, maar...'

'Wat?' zegt de beveiligster.

'Ik heb mijn naam op de lijst gezet,' zegt Saga iets luider. 'Maar ik weet niet of ik in het ledenbestand zit.'

De beveiligster haalt haar schouders op en gebaart dat ze aan de kant moet gaan. Er komen meer gasten de trap af.

'Loop maar door.'

'Is er een ledenbestand waar...'

Het gezicht van de beveiligster glimt van het zweet en haar ogen priemen achter de ronde bril.

'Waar heb je het in godsnaam over?'

Saga wendt haar ogen af, loopt door naar de garderobe en kijkt om zich heen. De deur van de dames-wc gaat open en er komt een jonge vrouw met donkere lippenstift uit.

Saga kan een glimp opvangen van het gedrang voor de spiegels, voordat de wc-deur dichtslaat. Er zit een man op de grond met zijn telefoon tegen zijn oor. Ze stapt over zijn benen heen en loopt naar de ruimte met het muziekpodium.

Wanneer ze twee zware deuren door is met rubberstrips aan de onderkant, is het opeens zo donker dat ze moet blijven staan.

Het geluidsniveau is enorm.

Een band speelt op het podium en de snelle bas vibreert in haar lichaam. De mensen in het publiek dringen naar voren, springen en steken hun handen in de lucht.

De zaal is bomvol.

Ze kan geen kant op.

Een golf die door het publiek gaat, duwt haar opzij en drukt haar tegen de muur. Bij een nieuwe beweging komt ze struikelend terug in de plotselinge leegte.

Het publiek duwt, springt, danst en zingt mee.

Rails met trossen armaturen en luidsprekers zijn tegen het plafond gemonteerd.

Een gesprek voeren is hier volstrekt onmogelijk. Voordat ze een van de organisatoren vindt, kan ze niets anders doen dan zoeken naar een grote vijftiger.

Als hij hier is, zou hij makkelijk te ontdekken moeten zijn; het publiek bestaat bijna uitsluitend uit jongemannen met lang haar en zwarte kleren.

Saga probeert langs de muur te lopen, zo ver mogelijk weg van de chaos voor het podium.

De bas en de bass drum met dubbel pedaal houden een extreem hoog tempo aan en de ritmegitaar speelt snelle, repetitieve kwintakkoorden.

De zanger draagt een zwarte spijkerbroek en een T-shirt met de naam ENTOMBED in krullerige letters.

Er klinkt een schreeuw uit de luidsprekers, en dan begint de zanger te grunten, een soort diepe, brullende keelzang.

Het publiek beweegt achteruit en duwt Saga weer tegen de muur. Ze doet haar best om tegenwicht te bieden en duwt de lichamen met beide armen weg.

Net als de golf van richting verandert, voelt ze een hand tussen haar benen. Ze draait zich om, maar kan niet zien wie aan haar heeft gezeten, het is te donker en iedereen tuimelt alweer naar voren.

Een baardige man met een glimmend hoofd danst en schopt in de lucht. Hij verliest zijn evenwicht, valt op de grond en rolt een paar meter door.

Saga probeert de bar te bereiken. Ze dringt zich langs de muur naar voren.

Het publiek springt en verdringt zich voor de rand van het podium, schreeuwt met schorre stem en opgestoken handen.

De muziek hamert in Saga's borst en keel.

Een vrouw met een korte zwarte lakrok morst bier als ze uit een plastic bekertje probeert te drinken. Achter haar staat een man met piekhaar in haar borsten te knijpen. Ze stribbelt een beetje tegen, maar blijft uit het bekertje drinken.

Saga wringt zich naar voren, duwt iemand aan de kant die haar de weg verspert en krijgt een harde klap tegen haar schouder, maar dat negeert ze.

Ze komt bij een verhoogde mengtafel met bekraste plexiglazen wanden, waar kabels op de vloer zijn getapet.

De lucht is warm en verzadigd van zweet, bier en de droge geur van de rookmachine.

Het licht op het podium zwiept over het publiek.

Bij de bar ziet Saga vaag het silhouet van een man die meer dan dertig centimeter langer is dan de omgeving.

Ze weet bijna zeker dat hij een kaalgeschoren hoofd heeft.

Saga probeert om de mengtafel heen te komen, maar wordt door het publiek teruggeduwd.

De muziek wordt langzamer en gaat zweven. De bass drum zwijgt en de cymbals brengen een teer gerinkel voort.

De zanger trekt zijn T-shirt over zijn buik omlaag, gaat op de rand van het podium staan, steekt zijn rechterarm op en maakt vervolgens een langzame, hakkende beweging naar voren.

Het publiek wijkt uiteen, waardoor er in het midden een breed pad ontstaat.

Er liggen lege plastic bekers, ander afval en een spijkerjack op de grond.

De twee helften van het publiek staan naar elkaar toe gekeerd, hijgend, gereed.

Opeens wordt de muziek weer razendsnel en alle mannen aan beide kanten van het lege oppervlak rennen schreeuwend op elkaar af, botsen en vallen. Een blonde jongen knalt tegen de grond en een paar mannen struikelen over hem. Een ander wankelt opzij met zijn hand voor zijn mond; het bloed stroomt tussen zijn vingers door.

Het ritme dreunt in haar oren en het stroboscooplicht flikkert over het podium.

Saga perst zich om het hokje heen en krijgt een elleboog tegen haar wang van een man die op de schouders van zijn vriend probeert te klimmen.

Het zweet loopt over haar rug wanneer ze ten slotte het gedrang bij de bar bereikt. Ze zoekt met haar blik door het donker naar de grote man. Er hangen mensen over de toog, die grote plastic bekers bier doorgeven.

Een jongeman met lang golvend haar dat over zijn wangen hangt, kijkt Saga in de ogen en zegt met een schuine glimlach iets onverstaanbaars.

De zanger verdeelt het publiek weer.

Saga nadert een man met een getatoeëerd hoofd die zich tussen de bar en de mensenzee bevindt. Ze dringt zich naar hem toe en vraagt of hij een oudere man met een kaalgeschoren hoofd heeft gezien. Ze moet recht in zijn oor roepen om zich verstaanbaar te maken. Hij kijkt haar met een beschonken blik aan, vraagt iets en loopt zwalkend weg.

Dan pas dringt het tot haar door wat hij vroeg: of hij eruitziet als een politievriend.

De muziek dreunt langzaam; een naderende onweersbui.

Nevelig licht zwaait over het publiek en Saga ontdekt de lange man met het kaalgeschoren hoofd. Hij staat in een nis naast de deur van de personeelsruimte. Het licht ging er even langs en daarna werd het weer donker.

Het tempo stijgt explosief en het geschreeuw op het podium overstemt alles als de jongeren nogmaals op elkaar af rennen.

Ze botsen en vallen.

Een meisje wordt over de vloer gesleept.

Twee jongens vechten en trappen elkaar, maar worden door anderen uit elkaar gehaald.

Saga slaagt erin zich langs de bar te wurmen en komt bij de nis. De lange man is niet ouder dan twintig. Hij staat tegen de muur geleund en zijn dunne, getatoeëerde armen hangen langs zijn lijf.

Ze loopt door, kijkt in de volgende nis en bestudeert alle gezichten in het zwakke licht.

Het publiek springt en duwt.

Basgitaar en ritmegitaar spelen haastige chromatische akkoordenreeksen. De zanger houdt de microfoon met beide handen vast en grunt.

Op een zilverkleurige verhoging naast het podium danst een jonge vrouw in ondergoed bij een metalen paal, ze loopt een rondje, haakt een been om de paal, hangt aan haar knieholte en glijdt al draaiend naar beneden.

Saga ziet dat de man met het getatoeëerde hoofd zich door het publiek naar de ingang wringt.

Ze gaat achter hem aan, krijgt een duw tegen haar rug en valt struikelend tegen iemand aan, die haar helpt haar evenwicht te hervinden.

33

Saga probeert de man met het getatoeëerde hoofd niet uit het oog te verliezen.

Het publiek duwt naar achteren en ze wordt meegetrokken met de beweging, dreigt te vallen, er spat bier in haar gezicht, ze botst tegen het hokje en stoot haar hoofd tegen het plexiglas.

Ze duwt zich achter de laatste rij langs, stapt op een verloren sportschoen, gaat aan de kant voor een man die om zich heen slaat, bereikt de deuren en loopt naar de garderobe.

Er komt koelere lucht vanuit de entree naar beneden, de muziek davert door de muren heen, maar toch is het hier rustiger.

Gasten die buiten hebben gerookt komen de trap af. Ze laten hun stempels aan de beveiligster zien.

In een sigarettenautomaat liggen lucifermapjes met de afbeelding van een skelet op een rij.

De man met het getatoeëerde hoofd verdwijnt met zijn telefoon tegen zijn oor in het herentoilet.

Saga loopt achter hem aan en een hevige stank van urine en wc-blokjes komt haar tegemoet. De hele vloer is nat, er liggen donker geworden papieren handdoeken, bierglazen en uitgespuugde tabak.

Ze ziet dronken jongemannen op een rij staan bij de urinoirs. Een van hen leunt met een hand tegen de muur en richt zijn penis met de andere. De urine spoelt om de zakjes snus in de pot heen, raakt de rand en spat tegen de muur en op de vloer.

De man met het getatoeëerde hoofd komt uit een hokje. De bril ligt naast de pot op de natte vloer.

'Ik verstond je antwoord op mijn vraag niet,' zegt Saga en ze gaat voor hem staan.

'Wat?' mompelt hij en hij kijkt haar aan.

'Ik zoek een man van in de vijftig, die…'

'Ze wil gewoon neuken,' zegt iemand anders.

'Ik snap niet waar je het over hebt,' zegt de man met het getatoeëerde hoofd.

'Volgens mij wel.'

'Laat me met rust,' zegt hij en hij geeft een duw tegen haar borst.

Ze loopt achter hem aan door de deur naar de garderobe en hoort de mannen achter haar fluiten en applaudisseren.

Dit gaat zo niet, bedenkt ze en ze blijft staan. Het lucifermapje hoeft niet van de moordenaar te zijn geweest en ook als dat wel zo is, dan houdt dat nog niet in dat hij hier vaak komt.

En tegelijkertijd is dit alles wat ze op dit moment hebben.

Een mogelijke link tussen de moordenaar en een rockclub.

Ze hoeft niet te hopen dat ze hem in het gedrang in het oog zal krijgen.

Maar de club sluit bijna en dan kan ze de mensen die hier werken er gemakkelijker uit pikken.

Iemand moet iets weten.

Saga keert terug naar de grote zaal. Het publiek staat met geheven vuisten voor het podium te springen, waar de gitarist snel speelt met beide handen op de snaar.

De muziek volgt een fanfareachtig ritme, de akkoordwisselingen worden zwaarder en trager.

Het hele optreden eindigt in één enkele schreeuw.

Het is halfzes.

De band verlaat het podium en de technici beginnen meteen de apparatuur los te koppelen.

Haar oren suizen, de lichten aan het plafond gaan aan.

Saga probeert van iedereen die naar buiten stroomt het gezicht te zien. De beveiligers lopen rond en maken mannen wakker die tegen de muur liggen te slapen en helpen de zwaarste gevallen overeind.

De zaal loopt leeg, hier en daar blijft een kledingstuk liggen samen met plastic bekers en ander afval.

Het podium waarvan de zwarte verf is afgeschaafd ligt er al verlaten bij.

Een paar dronken jongens klimmen brallend en schreeuwend de trap op naar de ingang.

Een rode kast met een brandblusser is losgeraakt van de muur en staat op de grond.

Saga beweegt zich door de steeds dunner wordende stroom van bezoekers en loopt naar het personeel dat nog bij de bar staat. De vrouw die danste heeft een badjas aangetrokken en de geluidstechnicus met de grijze baardstoppels staat te praten met de beveiligster met de ronde bril.

De barkeeper schenkt bier en fris in.

Saga gaat op een van de barkrukken zitten die aan de vloer vastgeschroefd zijn en spreekt de man achter de bar aan.

'Ik zou graag jullie nieuwsbrieven willen hebben,' zegt ze.

'Die hebben we niet,' zegt hij kortaf, terwijl hij de vaat afdroogt.

'Hoe geven jullie dan informatie door aan de leden? Via Facebook of...'

'Nee,' valt hij haar in de rede en hij kijkt haar aan.

'Waarom vraag je zo verrekte veel?' vraagt de beveiligster.

'Ik zoek iemand die hier regelmatig komt,' zegt Saga zo hard dat iedereen het kan horen.

'En wie ben jij?' vraagt de barkeeper en hij krabt aan zijn oor.

'Een vriendin.'

'Van wie?' vraagt hij en hij trommelt op de toog.

'We gaan nu sluiten,' zegt de beveiligster.

'Ik zoek een man van een jaar of vijftig die hier is geweest,' gaat Saga verder. 'Hij is groot, heeft een dikke nek en stekeltjeshaar.'

'Er komen hier allerlei soorten mensen,' antwoordt de barkeeper.

'Die geen jongemannen met zwarte kleren zijn?' vraagt Saga.

'Hij wilde alleen maar helpen,' zegt de beveiligster scherp.

'Ik bedoel alleen dat degene die ik zoek op zou moeten vallen,' legt Saga uit.

'Een vijftiger, stekeltjeshaar, dikke nek,' zegt de barkeeper en hij wijst naar een foto achter zich.

De zanger Udo Dirkschneider is gefotografeerd tijdens zijn bezoek aan de club. Hij is een pafferige man met blonde stekeltjes, een leren jack en een plastic beker bier in zijn hand.

'De man die ik zoek wordt soms heel boos en dan slaat hij dingen kapot,' zegt Saga.

De barkeeper haalt zijn schouders op en de beveiligster kijkt op de klok van haar mobiel. Een podiumtechnicus die kabels heeft staan oprollen komt naar de bar en krijgt een glas water.

'Wat is er aan de hand?' vraagt hij en hij kijkt Saga aan.

'Hoe vaak wordt er hier gevochten?' vraagt ze.

'Je denkt aan het publiek, dat... Maar dat is geen vechten, dat is de *Wall of Death*, dat vindt iedereen oké, dat verzeker ik je, je krijgt er een ongelooflijke kick van,' zegt hij. Hij drinkt zijn glas leeg en loopt naar de uitgang.

'Er wordt hier nooit gevochten,' zegt de beveiligster.

'Het is mogelijk dat hij pareloorhangers draagt,' gaat Saga verder en ze ziet vanuit haar ooghoek dat de danseres zich afwendt.

'Je moet maar ergens anders naar je pappie gaan zoeken,' zegt de barkeeper en hij sleept een biervat weg.

De beveiligster lacht en herhaalt de opmerking van de barkeeper. Saga ziet de danseres in de richting van de personeelsruimte lopen.

Er was iets met haar gezicht toen ze zich afwendde.

Alsof ze zich betrapt voelde.

Saga loopt achter haar aan. De vrouw versnelt haar pas, komt bij de deur en duwt de kruk naar beneden.

'Wacht even,' zegt Saga met kalme stem.

De danseres verdwijnt de personeelsruimte in. Saga rent de laatste passen en houdt de deur tegen voordat die in het slot valt.

'Je mag daar niet komen,' roept de beveiligster haar na.

'Weet ik,' antwoordt Saga bijna geluidloos als ze naar binnen gaat.

De personeelsruimte is een raamloos vertrek met een rij metalen kasten, een doorgezakt bankstel met een bekraste tafel, en een keukentje.

De danseres loopt snel het toilet in en doet de deur achter zich op slot. De beveiligster komt de personeelsruimte binnen, terwijl Saga op de deur van de wc klopt.

'Kom eruit, ik moet met je praten,' zegt Saga en ze bonst op de deur.

'Je mag hier niet komen,' zegt de beveiligster achter haar.

'Dat snap ik,' antwoordt Saga. 'Maar ik denk dat ze iets weet over de man die ik zoek.'

'Ga met mij mee, dan kunnen we het erover hebben.'

'Straks,' zegt Saga en ze klopt nog eens op de deur.

'Nu breng je me in de problemen,' gaat de beveiligster verder. 'Ik moet mijn werk doen, de club is gesloten en ik kan jou hier niet toelaten.'

'Ik hoor je wel, maar ik moet met...'

'Ben je zo traag van begrip?' valt de beveiligster haar in de rede.

Saga strijkt een lok uit haar gezicht en kijkt haar even aan.

'Dit is belangrijk voor me,' zegt ze. 'Dat heb je misschien wel door en ik zou je heel dankbaar zijn als je mij tien minuten kon geven.'

Ze draait zich weer om naar de wc-deur en wanneer de beveiligster haar bij de arm pakt, trekt ze zich los en kijkt haar in de ogen.

'Blijf van me af,' zegt Saga beheerst.

'Ik heb je vriendelijk uitgelegd dat je weg moet gaan – maar wat moet ik als jij niet luistert?'

'Doe nu open,' roept Saga en ze bonst op de deur.

De beveiligster pakt haar weer bij de bovenarm. Saga draait zich om en geeft haar met haar handpalm een duw tegen de borst, zodat ze een stap achteruit moet doen om haar evenwicht te bewaren.

De beveiligster maakt de telescopische wapenstok los van haar riem en trekt hem tot de volle lengte uit.

'Ik neem je mee en...'

'Hou je kop,' onderbreekt Saga haar. 'Het is laat en ik begin verdraaid moe te worden, maar als je niet uit de buurt blijft, dan...'

Saga ziet de stok van opzij aankomen en zet soepel een paar passen naar rechts.

Ze doet al jaren niet meer aan wedstrijden mee, maar traint nog wel altijd vier keer in de week op de boksclub.

De beveiligster loopt achter Saga aan en probeert haar op de schouder te slaan. De stok komt met grote kracht schuin van boven.

Saga glipt weg en vangt de onderarm van de beveiligster met haar elleboog op. De vrouw slaakt een zucht; de stok draait door de lucht en knalt tegen een van de metalen kasten.

De beveiligster beweegt als een kickbokser en deelt een linkerhoek uit.

In plaats van de slag ruim te ontwijken gaat Saga een klein stukje naar achteren met haar hoofd om haar ertoe te verleiden de volgende keer te hard te slaan.

Een soort Ali-shuffle.

De beveiligster doet een stap naar voren en slaat nog eens.

Saga stoot met haar linkerhand om de exacte afstand te vinden en verplaatst zich tegelijkertijd zijwaarts, buiten de *centerline* van de tegenstander.

'Een kleine bokser,' zegt de beveiligster. Ze lacht en probeert haar te vangen.

Saga plant een perfecte rechterhoek in haar gezicht. Het zweet spat in het rond en haar bril vliegt door de lucht.

De blik van de beveiligster is verward, haar ene knie knikt en ze wankelt naar opzij door de kracht.

Saga beantwoordt haar ongecontroleerde beweging met een lage linkerhoek op de ribben.

De beveiligster jammert, gaat op één knie zitten, zoekt steun bij een doos met wc-reiniger en hijgt met bloed tussen haar lippen.

Saga staat al bij haar en slaat een rechtse directe, schuin van beneden, recht op haar neus.

Het is een bijzonder harde klap.

Haar hoofd schiet naar achteren alsof de nekspieren niet functioneren. Het lichaam wordt meegetrokken in die beweging, de beveiligster valt pardoes achterover en trekt in haar val een mop en een emmer mee.

Zonder de beveiligster een blik waardig te keuren keert Saga terug naar de wc-deur, klopt erop en roept tegen de danseres dat ze de deur moet opendoen.

‘Godsamme,’ hijgt de beveiligster. Het bloed stroomt uit haar neus als ze probeert rechtop te gaan zitten.

‘Blijf liggen,’ zegt Saga en ze trapt de wc-deur in.

Het slot breekt met een knal en metalen onderdelen van het beslag en het mechanisme vallen rinkelend op de grond.

‘Niet slaan,’ smeekt de danseres en ze laat zich naast de wastafel op de grond zakken.

‘Ik wil alleen maar praten,’ zegt Saga en ze trekt haar de wc uit.

34

Het wordt al licht als Saga twee bekers koffie op het tafeltje zet. De McDonald's op Götgatan 91 is net opengegaan. Voordat ze de club verlieten, had Saga het identiteitsbewijs uit de portemonnee van de danseres gehaald, er een foto van gemaakt en haar adres en telefoonnummer geverifieerd.

Ze heet Anna Sjölin, is tweeëntwintig jaar oud en woont in Vårby.

Nu is ze gekleed in een spijkerbroek en een rood gewatteerd jack. Haar wanten en de gebreide muts liggen op het tafeltje voor haar en haar lange, bruine haar is opgestoken.

'Drink wat koffie,' zegt Saga en ze gaat tegenover haar zitten.

Anna knikt en houdt het bekertje met beide handen vast, alsof ze zich eraan wil warmen. Haar smalle gezicht is bleek en ze antwoordt aarzelend op Saga's vragen.

'Hoelang werk je al op de club?'

'Een jaar ongeveer,' zegt Anna en ze proeft van de koffie.

Saga masseert de pijnlijke knokkels van haar rechterhand en observeert het gesloten gezicht van de jonge vrouw en haar trage bewegingen.

'Paaldansen is een sport,' zegt Anna zonder haar ogen op te slaan.

'Dat weet ik,' zegt Saga.

'Maar hier niet, hier doe ik alleen simpele dingen om niet te moe te worden, ik dans tenslotte de hele nacht.'

'Wat doe je tussen de optredens door?'

Anna krabt aan haar neus en kijkt Saga aan. Ze heeft wallen onder de ogen van te weinig slaap en er lopen fijne lijntjes over haar voorhoofd.

'Kun je vertellen waarom we hier zitten?' vraagt ze en schuift het bekertje opzij.

‘Ik werk voor de veiligheidsdienst.’

‘De veiligheidsdienst,’ zegt ze met een glimlach. ‘Natuurlijk. Mag ik je legitimatie zien?’

‘Nee,’ zegt Saga.

‘Hoe moet ik dan...’

‘Vertel over de man met de pareloorhangers,’ kapt Saga haar af.

Anna slaat haar ogen neer, haar wimpers trillen.

‘Wat heeft hij gedaan?’ vraagt ze.

‘Daar kan ik niets over zeggen.’

Anna kijkt naar buiten op het moment dat de straatverlichting langs de trottoirs uitgaat. Een dakloze vrouw met een propvol winkelwagentje blijft voor het raam naar hen staan kijken.

‘Jij hebt een grote man met pareloorhangers gezien in de club,’ zegt Saga om Anna op weg te helpen.

‘Ja.’

‘Komt hij daar vaak?’

‘Ik heb hem een keer of vijf gezien.’

‘Wat doet hij?’

‘Hij zit er gewoon in zijn eentje, hij doet niet mee, hij danst niet... Hij blijft een paar uur, drinkt wodkashotjes en eet borrelnootjes.’

Ze pakt het bekertje weer op, wil de suiker pakken maar bedenkt zich.

‘Heb je met hem gepraat?’ vraagt Saga.

‘Eén keer, toen een paar jongens bier over hem heen hadden gegoten... Hij ziet er een beetje apart uit, net een groot kind... met zijn oorhangers en ik weet niet...’

Ze zwijgt weer en krijgt een diepe rimpel tussen haar wenkbrauwen. Saga bedenkt dat ze Anna ertoe moet bewegen meer te vertellen, ze moet haar iets geven wat haar verder helpt.

‘Werd hij boos toen ze bier over hem heen goten?’

‘Nee, hij probeerde het alleen uit te leggen van de pareloorhangers. Ze luisterden niet... Maar ik hoorde wat hij zei. Het was een eerbetoon aan zijn zus die was overleden toen hij dertien was, het waren haar oorhangers en hij zei dat hij zich er niets van aantrok als de mensen hem uitlachten. Hij liet de shit die hij ervoor kreeg over zich heen komen.'

'Hoe heet hij?'

'Hij noemt zich de Bever,' zegt Anna met een vermoeide glimlach. 'Hij is niet bepaald lief voor zichzelf.'

Ze drinkt een slok koffie en veegt haar lippen af met haar hand.

'Jullie zaten te praten,' herinnert Saga haar.

Anna haalt haar schouders op.

'Een beetje.'

'Waarover?'

'Verschillende dingen,' zegt ze en ze verzinkt even in gedachten. 'Ik zeg niet dat ik erin geloof, maar hij vertelde dat hij een zesde zintuig heeft. Als hij een kamer binnenkomt, weet hij altijd wie er als eerste zal sterven.'

'Hoe bedoel je?' vraagt Saga.

'Dat vertelde hij alsof het de gewoonste zaak van de wereld was en hij wees naar Jamal, een jongen die... Hij kon niet weten dat ik hem kende... Drie dagen later hoorde ik dat Jamal dood was, er was een ader gesprongen in zijn hersenen, een aangeboren aandoening... Niemand wist het, Jamal zelf ook niet.'

Anna zet het bekertje neer, pakt haar muts en haar wanten en staat op.

'We zijn bijna klaar,' zegt Saga.

Anna gaat weer zitten.

'Weet je hoe de Bever echt heet?'

'Nee.'

'Heb je hem weleens met iemand samen gezien?'

'Nee.'

'Probeerde hij je te versieren?'

'Hij had het erover dat hij een eigen club wilde beginnen en vroeg of ik geïnteresseerd was in een andere baan.'

'Wat zei je?'

'Dat ik erover na zou denken.'

'Waar woonde hij?'

Anna zucht en leunt achterover.

'Hij leek enorm rusteloos, hij had geen vast adres, hij verhuisde telkens, zo begreep ik het.'

'Heeft hij überhaupt een adres genoemd? Zei hij waar hij op dat moment woonde? Had hij het over een vriend of iets?'

'Nee.'

Anna smoort een geeuw tegen haar knokkels.

'Oké, we lopen het hele gesprek nog eens door, stukje voor stukje,' zegt Saga. 'Hij moet iets hebben gezegd... Iets waardoor ik hem kan vinden.'

'Maar ik moet slapen, ik werk door de week bij Filippa K. En hij heeft niet gezegd waar hij woonde.'

'Hoe moest je contact met hem opnemen over die baan?'

'Dat weet ik niet, het was te vroeg, hij had nog geen club,' antwoordt ze.

'Dus dat was maar kletspraat.'

'Ik weet het niet, hij zei dat hij ondernemer was, een renaissancemens... Hij was met een heleboel eigenaardige dingen bezig, ik snapte niet alles, hij had het over de aankoop van een verlaten onderzoekscentrum in Bulgarije, een staatslaboratorium dat na de val van het communisme zomaar was verlaten, verder weet ik het niet.'

'Komt hij uit Bulgarije?'

'Volgens mij niet, hij had geen accent... Ik ben zo moe, ik kan niet meer denken,' fluistert ze.

'Morgen neemt een verhoorexpert contact met je op. Zij kan je helpen om je wat meer te herinneren,' zegt Saga en ze staat op.

35

Het is zondagavond kwart over acht en Saga en Nathan Pollock moeten er voor die dag een punt achter zetten.

Aan de ene lange muur hangt een kaart van Europa naast kleinere, gedetailleerde plattegronden van de vindplaatsen van de slachtoffers, en aan de andere muur hangt een rij uitgeprinte beelden van de Wit-Russische beveiligingsfilm. De film is in het donker opgenomen en de beeldkwaliteit is slecht, maar de man die zich de Bever noemt is toch te zien. Zijn lengte, zijn lichaamsbouw en de sterke, afhangende schouders komen duidelijk naar voren. Iets van de brede nek, de kaaklijn en de vorm van de schedel tekent zich in verschillende hoeken tegen de achtergrond af.

Het licht van de bureaulamp wordt opgevangen door Nathans bekraste leesbril, die naast de laptop ligt. De weerspiegeling trilt tegen het verkleurde plafond als hij opstaat en tegen de rand van het bureau stoot.

Hij schudt met zijn hoofd, zodat zijn grijze paardenstaart over zijn rug valt.

De getuigen voor de Pilgrim Bar hadden een agressieve man beschreven, die op de man uit de Wit-Russische beveiligingsfilm leek.

De Zweedse politie heeft huiszoeking gedaan bij de vermoorde barkeeper en een heleboel films gevonden van vrouwen die werden gedrogeerd en verkracht. Hij is door de rechtbank twee keer vrijgesproken van een aanklacht voor verkrachting.

Anna Sjölin, de danseres, heeft verteld over haar gesprek met een man die voldoet aan de beschrijving van de dader.

De Bever draagt pareloorhangers, beschouwt zichzelf als ondernemer en wil een oud laboratorium in Bulgarije kopen.

Om de een of andere reden lijkt hij te geloven dat hij over bijzondere gaven beschikt. Het klinkt alsof hij een opgeblazen zelfbeeld heeft, een meerderwaardigheidsgevoel, wat zou kunnen kloppen met een moordenaar die zichzelf ziet als een superheld met de taak de maatschappij te zuiveren van daders die door het rechtssysteem niet genoeg zijn gestraft.

Toen Saga twee uur geleden met psychologe en verhoorexpert Jeanette Fleming belde, zat deze aan de keukentafel bij Anna thuis in Vårby. Het was te vroeg om het gesprek met de Bever aan te roeren, maar Jeanette zei dat ze samen haar herinneringen structureerden in een steeds fijnmaziger net.

Nathan begint zijn tas in te pakken en vertelt dat hij naar huis moet om Veronica te vertellen hoe de rechtbank tegen scheidingen aan kijkt. Een paar grijze haren van zijn paardenstaart zijn aan zijn jasje blijven hangen.

'Je zou de papieren gewoon moeten ondertekenen,' zegt Saga.

'Ik heb geen haast.'

Saga heeft besloten naar huis te gaan, ze wil tien kilometer hardlopen en daarna een bad nemen en Randy bellen. Eigenlijk zou ze ook met haar vader moeten praten, maar daar heeft ze geen puf voor. Tijdens hun laatste gesprek wilde hij haar mening over wat gepast gedrag was bij een internetdate, alsof zij daar ervaring mee had. Het hele gesprek maakte haar ongeduldig, het leek wel of haar vader net deed alsof alles goed was, alsof ze een ontspannen en volwassen band hadden.

Saga gaat bij de beste afbeelding staan die ze van het gezicht van de Bever hebben. Het vet van het kleefkussentje op de hoek is door het papier heen gegaan.

Hij is in beeld gevangen op het moment vlak voordat hij een tuinlamp kapottrapt waarvan het glas de vorm van een vlam heeft.

Het licht schijnt schuin van onderen in zijn ietwat naar achteren gekantelde gezicht.

Ondanks de slechte resolutie kun je vaag zijn ronde wangen zien, zijn voorhoofd en de glinstering in wat een oorhanger zou kunnen zijn.

'Nu weten we dat de Bever in staat is een rustig gesprek te voeren,' zegt ze. 'Het lukt hem zelfs om niet boos te worden, terwijl hij stevig wordt gepest... En tegelijkertijd hebben we zijn waanzin gezien.'

'Wat weten we nog meer?' vraagt Nathan zacht.

Saga kijkt in zijn vermoeide ogen.

'Hij noemt zichzelf de Bever, is een grote man van in de vijftig, heeft kortgeknipt haar, draagt oorhangers, twee parels die van zijn overleden zusje zijn geweest,' zegt Saga.

'Hij beweert dat hij een zesde zintuig heeft en zuivert Europa,' zegt Nathan.

'Hij spreek accentloos Zweeds, heeft waarschijnlijk geen vaste verblijfplaats, zegt dat hij een club wil beginnen en dat hij een oud onderzoekscentrum in Bulgarije wil kopen... Hij wil overkomen als een ondernemer, maar dat zijn misschien maar praatjes... Ik heb geen laboratoria kunnen vinden die te koop staan.'

Het wordt weer stil in het vertrek. Het hele gebouw is stil, op dit tijdstip bevinden zich niet veel mensen in het hoofdkantoor van de Nationale Operationele Politie.

Er zitten vieze strepen op de ramen van Nathans kamer. De telecommunicatiemast en de torenspits op het oude politiebureau tekenen zich tegen de donkere hemel af. In het midden van een van de ramen zit een afdruk van een voorhoofd. Snippers van lichtbruine blaadjes liggen rond een potplant op de vensterbank.

'Hoelang heeft Jeanette met de danseres gepraat?' vraagt Nathan. Hij vouwt een servet op en gooit het in de prullenbak.

'Ik wil ze niet storen, Jeanette belt als ze klaar is.'

Ze verlaten het vertrek en lopen door de gang, zetten de koffiemokken en de koekjesschaal in de keuken en doen het licht achter zich uit. Op weg naar de lift komen ze langs Joona Linna's lege kamer.

'We moeten Joona op de een of andere manier laten weten dat iemand anders de maatschappij aan het zuiveren is en niet Jurek,' zegt Nathan.

36

De straten zijn bijna leeg wanneer Saga naar huis rijdt. Er wervelen sneeuwvlokken rond lantaarns en lichtreclames. Eerst is de koude wind in haar gezicht pijnlijk, daarna komt er een verdoofd gevoel en een soort innerlijke warmte. Ze raakt al gewend aan de motor van haar vader, ze heeft het lage zwaartepunt leren waarderen in het stadsverkeer.

Saga bedenkt dat Joona zich toch een keer zal moeten melden om naar het onderzoek te vragen. Anders zal hij zich eeuwig schuilhouden, anders komt hij er nooit achter dat ze een heel andere seriemoordenaar op het spoor zijn.

Ze slaat de Tavastgatan in, stopt en dekt de motorfiets af met de hoes.

De dunne zilveren stof ritselt in de avondwind.

In haar appartement bergt Saga haar pistool op in de wapenkast, ze neemt de post door, drinkt sinaasappelsap direct uit het pak en trekt haar trainingskleren aan.

Net als ze in de hal haar hardloopschoenen heeft aangetrokken, gaat haar telefoon. Ze zoekt in de tas op de vloer, vindt de telefoon, ziet dat het Pellerina is en neemt op.

'Wat doe je?' vraagt haar halfzusje bijna onhoorbaar.

'Ik ga sporten, je weet wel, buiten hardlopen.'

'Oké,' antwoordt Pellerina en ze blaast in de telefoon.

'Waarom slaap je niet? Het is al laat,' zegt Saga voorzichtig.

'Het is ontzettend donker,' fluistert ze.

'Doe de hartjeslamp dan aan.'

'Het licht moet altijd uit,' antwoordt haar zus.

'Je mag het aandoen, echt waar,' zegt Saga. 'Kun je naar papa toe gaan en de telefoon aan hem geven?'

‘Nee.’

‘Waarom wil je niet naar papa toe gaan?’ vraagt ze.

‘Dat kan niet.’

‘Is hij in de keuken?’

‘Hij is niet thuis.’

‘Ben je alleen?’

‘Misschien.’

‘Vertel eens wat er is gebeurd… Je tekenles was om acht uur afgelopen en toen ben je net als anders met Miriams moeder meegereden naar huis. Papa heeft dan altijd het eten klaar.’

‘Hij was niet thuis,’ antwoordt haar zus. ‘Ik denk dat hij boos op me is.’

‘Misschien moest papa naar het ziekenhuis. Je weet dat hij mensen helpt die problemen hebben met hun hart.’

Saga hoort haar zus in de telefoon ademen.

‘Ik hoorde gegiechel buiten,’ fluistert Pellerina bijna onhoorbaar. ‘Ik dacht dat het de clownsmeisjes waren.’

‘Die bestaan niet echt, dat weet je toch wel?’

Saga moet onwillekeurig denken aan de nare meisjes op school, die de kettingmail misschien hebben gestuurd.

‘Heb je het licht al aangedaan?’ vraagt ze.

‘Nee.’

Opeens is Saga bang dat de meisjes naar binnen zullen sluipen en Pellerina echt kwaad zullen doen, dat ze haar vast zullen houden en haar ogen met een schroevendraaier zullen uitsteken. Ze weet dat het maar fantasie is, maar tegelijkertijd moeten kinderen de grenzen opzoeken en dat kan gemakkelijk te ver gaan, dat gebeurt overal.

‘Doc nu het licht aan.’

‘Oké.’

‘Ik kom zo snel mogelijk naar je toe, is dat goed?’ vraagt Saga.

Ze hangen op en Saga belt haar vader, terwijl ze het witte leren pak over haar trainingskleren heen aantrekt. Ze krijgt geen gehoor en doet nog een poging, terwijl ze snel de trappen af loopt. Ze spreekt een bericht in op de voicemail en vraagt of hij zo snel mogelijk wil bellen.

Ze zoekt het nummer op van de Thorax Intensive Care van het Karolinska-ziekenhuis, maar Lars-Erik Bauer werkt vanavond niet.

Saga trekt de hoes weer van de motor, zet haar helm op en start de motor.

Terwijl ze naar Gamla Enskede rijdt, loopt ze in gedachten het laatste gesprek met haar vader na. Ze snapt niet hoe hij haar verkeerd zou hebben kunnen begrijpen. Hij wilde de onderzoeker die hij had ontmoet op een datingsite mee uit eten nemen en vroeg of Saga kon oppassen.

Misschien had ze niet begrepen welke dag hij bedoelde. Misschien was ze er met haar gedachten niet bij geweest en had ze ja gezegd zonder zich daar bewust van te zijn.

Voor alle villa's staan auto's met witte voorruiten en de gazons glinsteren van de nachtvorst.

Saga stopt en opent de gietijzeren poort, rijdt de zware motorfiets de oprit op, schakelt de motor uit, klapt de standaard uit en loopt terug om de poort dicht te doen.

Ze zet haar helm af en kijkt omhoog naar het huis.

Alle ramen zijn donker.

Het licht van een straatlantaarn iets verderop in de straat valt in de tuin. De kale takken van de appelbomen werpen een netwerk van schaduwen over de bestrating.

Pellerina's roze fiets met franje aan de handvatten ligt met twee lekke banden in het gras.

Saga loopt met het zwakke licht in haar rug naar het huis. Ze ziet haar schaduw bleker en langer worden.

Ze kijkt naar de gebogen afrit naar de garage in de kelder. Tegen de deur ligt een plastic voetbal.

Voor de voordeur blijft ze staan. Ze luistert. Er klinkt een zacht bonkend geluid, alsof iemand op een loopband rent.

Voorzichtig duwt ze de kruk naar beneden en trekt eraan.

De voordeur zit niet op slot.

De bonzen verdwijnen zodra ze de deur opendoet.

Ze kijkt de donkere hal in.

Het is doodstil.

De mat ligt een beetje scheef.

Saga legt haar helm op het krukje, trekt haar schoenen uit en loopt naar binnen. Het versleten parket is ijskoud onder haar voeten. Ze doet de lamp aan en het gele schijnsel verspreidt zich over de wanden.

'Hallo! Pellerina?' roept Saga.

Het is zo koud in huis dat er een dampwolk ontstaat voor haar mond. Ze passeert de gang met de deur naar de kelder en ziet de jas van haar vader over de rug van een stoel in de keuken hangen.

'Papa?'

Saga doet het licht in de keuken aan en roept Pellerina.

Er klinkt een doffe dreun van de ketel in de kelder en daarna wordt het weer stil.

Saga kijkt naar het vochtige glas van de kleine broeikas die het licht van de keuken weerkaatst. Ze ziet zichzelf als een zwart silhouet in de deuropening staan.

De kale struiken tegen de schutting van de buren bewegen in de wind. De schommel aan het rek piept zacht.

Saga kijkt de tuin in, naar het donker tussen de bomen en doet de deur dan dicht.

In de kettingmail stond dat de clownsmeisjes 's nachts komen, je vasthouden en een lachende mond op je tekenen, zodat je superblij kijkt als ze je ogen uitsteken.

Ze keert terug naar de gang en blijft bij de kelderdeur staan. Pellerina wil daar nooit naar binnen gaan. Beneden zijn alleen de ketel, de wasmachine en de mangel, een garage met tuingereedschap en terrasmeubels.

Maar Pellerina is bang voor de ketel en in koude nachten beukt die soms zo hard dat het door het hele huis te horen is.

Saga loopt naar de trap en ziet dat iemand met vieze schoenen naar boven is gelopen.

'Pellerina?' roept ze zacht naar de eerste verdieping.

Saga sluipt de trap op en als haar gezicht ter hoogte van de vloer van de bovenverdieping is gekomen, blijft ze staan en laat ze haar blik parallel met de stevige vloerplanken lopen. Ze ziet de adering van het hout, de franje aan de randen van het kleed en de kier onder de deur van de badkamer.

Er klinkt heel zwak een hoog stemmetje. Ze kan niet vaststellen waar het geluid vandaan komt. Het klinkt als eentonig gezang.

Saga draait zich snel om en kijkt naar beneden, ze legt haar hand op een van de treden, zakt door haar knieën en ziet dat de deur naar de kelder dichtzit.

Ze gaat zachtjes verder naar boven, loopt in het donker naar Pellerina's kamer, luistert en opent voorzichtig de deur.

In de schemering ziet ze vaag de grijze plastic hoes over het ecg-apparaat, de roze balletschoenen en de gesloten kastdeur.

Saga gaat naar binnen en ziet dat het onopgemaakte bed leeg is. Er komt een krakend geluid van zolder. De losse kabel van de schotelantenne bungelt voor het raam.

'Pellerina,' zegt Saga zacht.

Ze knipt de lamp met de hartvormige kap aan en het roze schijnsel verspreidt zich over de muur achter het kastje en tegen het plafond.

Saga kijkt onder het bed en ziet snoeppapiertjes, een stoffig verlengsnoer en een plastic skelet met rode ogen.

Ze staat op, loopt naar de kast en legt haar hand op de bronskleurige kruk.

'Pellerina, ik ben het,' zegt ze en ze opent de deur.

De scharnieren piepen en Saga vangt een glimp op van hangende kledingstukken, terwijl er in een grote beweging iets op haar afkomt. Ze werpt haar hoofd in de nek en haar hand zoekt automatisch naar het pistool wanneer de enorme teddybeer op de vloer landt en op zijn achterste voor haar blijft zitten.

'Ik had je wel wat aan kunnen doen,' zegt Saga.

Ze doet de kast dicht en hoort het lied weer. De stem is heel zwak, bijna onhoorbaar. Ze draait zich langzaam om, luistert en heeft het idee dat het geluid uit de logeerkamer komt.

Saga loopt de kamer uit, passeert de donkere trap en duwt dan de deur open van de kamer waar zij altijd slaapt. Iemand heeft het dekbed op de grond getrokken en zit eronder, naast het bed.

'Niet hier, niet hier, niet hier,' dreunt Pellerina met een hoog stemmetje op.

'Pellerina?'

'Niet hier, niet hier...'

Wanneer Saga het dekbed optilt, schreeuwt haar zus het uit van angst. Ze houdt haar handen voor haar oren en ziet er doodsbang uit.

'Ik ben het,' zegt Saga en ze neemt haar in de armen.

Het hart van haar zus slaat snel en het kleine lijfje is bezweet.

'Ik ben het maar, rustig, ik ben het maar.'

Pellerina knuffelt haar heel stevig en fluistert keer op keer haar naam.

'Saga, Saga, Saga, Saga...'

37

Ze zitten met de armen om elkaar heen op het bed, totdat Pellerina is gekalmeerd en gaan dan naar de keuken. Pellerina blijft de hele tijd dicht bij Saga en doet alle lampen aan die ze passeren.

Saga trekt de koelkast open en ziet de restjes staan van de vorige dag, gekookte aardappelen en tartaar.

'Je moet meteen na het eten naar bed,' zegt Saga en ze haalt een pakje kookroom uit de koelkast.

'Papa was chagrijnig en heeft niets aan het eten gedaan,' fluistert Pellerina.

'Waarom zeg je steeds dat hij chagrijnig was?'

'Ik heb een foto van mijn eerste schilderij gestuurd.'

'Van de tekenles?'

'Ja, en hij belde om te zeggen dat het een prachtige hond was, dat hij hem in de keuken zou ophangen, maar toen ik zei dat het een paard was, werd hij chagrijnig en hing op.'

'Hè? Wat zei hij dan?' vraagt ze.

Pellerina duwt haar bril omhoog.

'Hij hing gewoon op,' zegt ze.

'Er ging vast iets mis, soms is de batterij leeg, hij is echt niet chagrijnig geworden,' zegt Saga met een glimlach en ze begint het eten op te warmen op het fornuis.

'Waarom wil hij dan niet thuiskomen?'

'Dat is misschien mijn schuld, ik was vergeten dat papa een afspraak had met een vriendin.'

'Goh, heeft papa een date,' zegt Pellerina en ze glimlacht.

'Zoals Randy nu mijn vriend is, dat weet je toch?'

'Ja, hij is heel lief.'

'Ja, dat is zo.'

Terwijl het eten warm wordt, maakt Saga een saus in een pannetje. Ze lost een bouillonblokje op in de room, maalt er wat piment boven en doet er een theelepel sojasaus bij.

'Maar hoe heet papa's vriendin dan?' vraagt Pellerina.

'Dat weet ik niet meer, Annabella of zo,' verzint Saga.

'Annabella,' herhaalt haar zus lachend.

'Met grote bruine ogen, donkere krullen en vuurrode lippenstift.'

'En een gouden jurk met glitter.'

'Precies.'

Saga zet twee borden en twee glazen, veenbessenjam, keukenpapier en een kan water op tafel.

'Hij zal zijn mobiel wel op stil hebben staan als hij met Annabella zoent,' gaat ze verder.

Pellerina lacht hard en haar gezicht heeft weer kleur gekregen. Ze gaan zitten, Saga let erop dat Pellerina haar hartmedicijnen inneemt en dan beginnen ze te eten.

'Heeft papa je niet verteld van zijn date?' vraagt ze even later.

'Nee,' zegt Pellerina en ze drinkt wat water.

'Maar heeft hij wel gezegd dat ik vanavond zou komen?'

'Ik weet niet,' zegt Pellerina en ze eet wat tartaar. 'Ik geloof het niet.'

Wanneer ze klaar zijn met eten helpt Saga Pellerina met tanden poetsen en loopt met haar mee naar de slaapkamer.

'Ik was bang en toen heb ik me verstopt,' zegt Pellerina en ze trekt haar nachthemd aan.

'Als ik je een tip mag geven,' zegt Saga en ze strijkt een lok uit het gezicht van haar zus. 'Als je je echt moet verstoppen, moet je stil zijn. Je moet niet zeggen "niet hier, niet hier", want dan weten ze dat je daar bent.'

'Oké,' zegt haar zus, ze knikt en gaat in bed liggen.

'En verstop je niet onder een dekbed,' gaat Saga verder. 'Ga achter de gordijnen staan of achter een open deur en blijf gewoon stilstaan totdat ik je vind.'

'Want jij bent politie.'

'Moet de lamp aanblijven?'

'Ja.'

'Maar er is niets om bang voor te zijn; dat weet je toch?' vraagt Saga en ze gaat naast haar zitten.

'Ben jij nooit bang?' vraagt Pellerina.

'Nee,' antwoordt Saga, ze haalt de bril van Pellerina's neus en legt die op het nachtkastje.

'Welterusten, Saga.'

'Welterusten, zusje,' zegt ze. Exact op dat moment rinkelt de telefoon in haar zak.

'Nu is papa misschien moe van het zoenen,' zegt Pellerina en ze glimlacht.

Saga pakt de telefoon en ziet dat het Jeanette Fleming is.

'Het is papa niet,' zegt ze. 'Het is van mijn werk, ik moet opnemen, maar ik kom zo nog even bij je kijken.'

Saga laat de deur op een kier staan en neemt op terwijl ze de trap af loopt naar beneden.

'Sorry dat ik zo laat nog bel, maar je zei dat je terugkoppeling wilde na elk verhoor,' zegt Jeanette.

'Hoe is het gegaan?'

'Ik denk dat ik nog twee avonden nodig heb.'

'Kunnen we niet gewoon tegen haar zeggen dat ze vrij moet nemen van haar werk?'

'Je krijgt betere resultaten als je inschikkelijk bent en late avonden vind ik niet erg.'

'Als je het maar niet te gek maakt,' zegt Saga.

'De baby vindt het fijn als ik werk, hij wordt helemaal rustig en zwaar.'

Jeanette is gescheiden, maar eindelijk zwanger nadat ze jaren naar een kind heeft verlangd. Saga denkt dat ze naar Denemarken is gegaan voor de inseminatie waar ze het over heeft gehad, maar ze doet eigenaardig geheimzinnig over de toedracht.

'Wat heeft ze gezegd?'

'Je kunt beter zelf luisteren, ik kan je een bestand sturen. Het gaat maar om een paar minuten waarin ze zich nieuwe dingen herinnert, de rest is allemaal voorbereiding en structuur.'

'Graag, dank je.'

Saga hangt op en krijgt het bestand toegestuurd, opent het, gaat aan de keukentafel zitten en kijkt naar de oude appelbomen in de weerspiegeling van de ramen wanneer de opname begint, midden in een gesprek.

'En die ook. Nee, die is niet van mij, die is...'

Anna stoot per ongeluk iets om en vloekt. 'Verdorie.'

'Maakt niet uit, ik veeg het wel op,' zegt Jeanette en ze staat op.

De stoelpoten schrapen over de grond, er klinken voetstappen en er loopt een keukenkraan. Jeanette bevindt zich ver van de microfoon en haar stem klinkt zwak.

'Zullen we terugkomen op wat je eerder zei, dat hij een onderzoekscentrum in Bulgarije wilde kopen?'

'Hij zei zoveel,' antwoordt Anna en ze haalt zwaar adem.

'Maar van dat oude laboratorium in Bulgarije, dat weet je nog, toch? Begreep je wat hij daarmee wilde?'

'Geen idee, hij leek geïnteresseerd in chemische industrie, onbegrijpelijk genoeg, hij had het ook over een bedrijf in Norrtälje, waar ze dat spul maakten... hoe heet het, waar je auto's mee laat glimmen.'

'Polijstmiddel,' oppert Jeanette en ze komt weer aan tafel zitten.

'Nee, ik bedoel wax.'

'Autowax?'

'Ja. Ze produceerden iets wat in autowax zit... Hij had het erover dat je een meerderheidsbelang in die firma zou moeten kopen.'

'Werkte hij daar?'

'Nee, maar hij zat daar toen in de buurt.'

'In Norrtälje?'

'Hij nam de veerboot vanaf Solö,' antwoordt ze.

'Waarheen?'

'Dat weet ik niet.'

'Maar hij ging met de veerboot naar huis?'

'Zo begreep ik het, maar hij...'

Anna zwijgt als er wordt aangebeld, mompelt dat het Fredrika is en verlaat de keuken.

Wanneer het fragment afgelopen is, blijft Saga nog even zitten voordat ze opstaat en begint af te ruimen. Ze spoelt de borden en het bestek af, zet de vaatwasser aan en gaat naar boven om bij haar zus te kijken.

Saga loopt een rondje door het huis en controleert of de deuren op slot zitten en de ramen dicht, ze doet de lichten uit en gaat naar de logeerkamer.

Ze raapt het dekbed van de vloer, legt het op het bed en doet nog een poging haar vader te bereiken.

Ze vindt het vreemd dat hij niets van zich laat horen, ook al heeft hij een date.

Zijn telefoon zal wel kapot zijn of hij is hem kwijt.

Als hij een ongeluk had gehad, zou er wel iemand contact met haar hebben opgenomen.

Saga doet het nachtlampje uit, ze sluit haar ogen maar moet weer kijken als ze door haar oogleden heen een beweging meent te zien. Ze kijkt in het donker naar het plafond, naar de lamp die bijna onmerkbaar heen en weer schommelt.

De wilde wingerd die tegen de gevel op klimt, is om het raam van de logeerkamer heen gegroeid en de dorre takken schrapen traag over de vensterbank.

Ze denkt aan het werk van die dag, de gesprekken met Nathan, het korte geluidsbestand van Jeanette, de belangstelling van de Bever voor de chemische industrie en de veerhaven bij Norrtälje.

In de kelder begint de ketel te bonken. Het klinkt als iemand met kramp in een lege badkuip.

Ze zou moeten slapen, maar nu ze de gedachte heeft toegelaten kan ze niet anders dan het nachtlampje aandoen, haar mobiel pakken en op internet zoeken naar de veerboot vanaf Solö.

Ze vindt bijna meteen een dienstregeling, leest de namen van de verschillende aanlegplaatsen en ziet dat de boot langs Högmarsö komt.

Het is maar een van al de eilanden die hij aandoet.

Toch gaat Saga's hart sneller slaan.

Het lichaam van Jurek Walter is op Högmarsö aangespoeld en daar heeft zij de koster gesproken en de afgeknipte vinger gekregen. En daar moesten Nathan en zij naar Joona's mening beginnen met zoeken.

Hij wilde dat ze daarheen zouden gaan, aangezien hij het als een ingang naar Jureks wereld zag.

Saga merkt dat haar handen trillen als ze het telefoonnummer van Anna Sjölin zoekt en haar belt.

'Fuck,' zegt een hese stem. 'Ik lag te slapen. Alsjeblieft, wat is er aan de hand? Dit is...'

'Zei de Bever dat hij op Högmarsö woonde?' valt Saga haar in de rede.

'Wat?'

'Woonde hij op een eiland in de archipel, genaamd Högmarsö?'

'Ik weet het niet,' zegt ze. 'Volgens mij niet.'

'Maar hij nam de veerboot vanaf Solö?'

'Dat dacht ik, dat hij dat zei. Ik moet nu gaan slapen...'

'Nog één ding,' zegt Saga.

'Wat dan?' zegt Anna met een zucht.

'Luister je?'

'Ja-ha.'

'Had de Bever het over een koster?'

'Dat weet ik niet... of, o ja, hij zei dat hij in een kerk sliep.'

38

Joona en Lumi naderen het grensstadje Waldfeucht over een smalle weg die Brabanter Straße heet.

Het gecultiveerde landschap is vlak en uitgestrekt als een mosgroene zee. Witte windmolens tekenen zich af tegen de lage winterhemel.

Een zwerm kauwen vliegt op uit een zwarte boom wanneer ze erlangs rijden.

Gisterochtend hebben ze het hotel verlaten en zijn ze in noordelijke richting door Zwitserland en Duitsland gereden.

Ze zijn op de kleine wegen gebleven naast Autobahn 5 naar Karlsruhe, ze hebben urenlang gereden en zijn in een grijze regen langs steden als Trier en Düren gekomen.

Joona zit met een hand op het stuur en neemt strategische punten door met Lumi, de keuze van een vluchtroute en de verschillende ontmoetingspunten.

Hij legt haar uit hoe ze zich moet oriënteren in het landschap als het donker is, met behulp van de telecommunicatiemasten die te zien zijn en eenvoudige trigonometrie.

Na de bespreking zitten ze zwijgend naast elkaar, in gedachten verzonken. De positie van de zon achter de witte hemel valt niet vast te stellen.

Lumi's gezicht is afgewend. Het landschap verglijdt snel langs haar grijze ogen.

'Papa,' zegt ze ten slotte en ze ademt diep in. 'Ik doe dit omdat ik het heb beloofd... Maar het is niet iets wat ik wil.'

'Dat begrijp ik.'

'Nee, ik denk niet dat je het begrijpt,' zegt ze en ze kijkt hem van opzij aan. 'Je hebt hierop zitten wachten, het lijkt bijna alsof je ernaar hebt uitgekeken... Ik bedoel, alle voorbereidingen, alle offers die je hebt moeten brengen zijn opeens ergens goed voor geweest.'

Ze rijden dwars door het Duitse grensstadje heen. Dat kost maar een paar minuten. Huizen van roodbruine baksteen en een mooie kerk verdwijnen achter hen.

In de verte rijdt een gele tractor over een akker. De hemel wordt weerspiegeld in een graansilo.

Er is geen grenscontrole tussen de landen. De smalle weg leidt alleen langs een informatiebord en zo Nederland in.

'Eén ding begrijp ik niet, papa... dat je alles zomaar hebt achtergelaten, ik bedoel, jij bent de expert wat Jurek betreft, op-en-top, je weet alles van hem, maar nu je denkt dat hij terug is, verdwijn je en laat je het aan je collega's over om hem te zoeken.'

'Ook als ik was gebleven, zou ik niet aan het vooronderzoek mee mogen doen,' legt Joona uit. 'Maar ik heb aanwijzingen en materiaal achtergelaten voor Nathan Pollock en hij gaat samen met Saga Bauer een groot team samenstellen.'

'Terwijl jij je schuilhoudt,' zegt ze zacht.

'Ik doe alles om jou niet te verliezen,' zegt hij eerlijk.

'En Valeria?'

'Het was beter geweest als ze was meegegaan, maar ze krijgt beveiliging en dat is het belangrijkste, tien zwaarbewapende agenten,' zegt hij.

'Hoe kun je leven met die angst de hele tijd?'

'Ik weet het, Lumi, jij hebt mijn angst gezien, toen in Nattavaara,' zegt Joona en hij kijkt haar even glimlachend aan. 'Maar echt, ik ben maar heel zelden bang.'

Ze rijden door een rechte laan met kale bomen, passeren hier en daar een huis van donkere baksteen en vangen in de verte een glimp op van landbouwbedrijven.

'Mama zei dat jij de moedigste man ter wereld was,' zegt Lumi even later.

'Dat ben ik niet, maar ik ben vrij goed in wat ik doe,' antwoordt Joona.

Terwijl ze door de zuidelijke provincie Limburg rijden, begint het weer te regenen.

Het mechanische geluid van de ruitenwissers vult de auto.

Rijen grote, in plastic verpakte hooibalen liggen als glanzende witte vruchten op de bijna zwarte akkers.

'Heb je iets met Saga Bauer gehad?' vraagt Lumi.

'Nee,' zegt hij met een glimlach. 'Ze is altijd als een zus voor me geweest.'

Lumi bekijkt zichzelf in het spiegeltje van de zonneklep.

'Ik heb haar maar één keer ontmoet, toen ze bij ons kwam om te vertellen dat ze Jureks lichaam had gevonden... Maar, ik weet niet, ze is me bijgebleven, ze was ongelooflijk mooi, perfect.'

'Jij bent perfect,' zegt Joona.

Lumi kijkt uit het zijraam en ziet een groot kruisbeeld langs de kant van de weg, omgeven door een ijzeren hek.

'Ik snap niet waarom ze rechercheur is geworden terwijl ze supermodel of weet ik wat had kunnen worden.'

'Net als ik,' grapt hij.

'Er is niks mis mee als je bij de politie wilt, je weet dat ik het zo niet bedoel, maar het is niet voor iedereen.'

'Ik heb begrepen dat Saga een moeilijke jeugd heeft gehad, haar moeder was psychisch ziek. Ze praat er nooit over, maar ik geloof dat haar moeder zelfmoord heeft gepleegd... Ik heb geprobeerd het ter sprake te brengen, maar Saga wil er niet over praten, dat is haar stelregel, zegt ze, omdat ze er niet beter van wordt om aan haar moeder te denken. Daar houdt ze strikt aan vast.'

Ze rijden langs een tankstation met een neonrode rand langs het platte dak boven de pompen.

'Hoe was het toen jouw vader overleed?' vroeg Lumi.

'Mijn vader,' zegt Joona zacht.

'Ik weet dat je nog maar elf was,' zegt ze. 'Heb je nog herinneringen aan hem? Ik bedoel, echte?'

'Ik ben wel bang geweest dat ik hem zou vergeten... Toen ik jonger was, raakte ik soms in paniek als ik dacht dat ik me zijn gezicht of zijn stem niet kon herinneren... Maar het geheugen werkt anders, heb ik gemerkt. Ik droom nog vaak van hem en dan is hij volkomen duidelijk.'

De ruitenwissers zwiepen over de voorruit en vegen de regendruppels weg.

'Droom jij van mama?' vraagt Joona even later.

'Ontzettend vaak,' antwoordt Lumi. 'Ik mis haar heel erg, elke dag.'

'Ik mis haar ook,' zegt Joona.

Lumi buigt haar hoofd en veegt snel de tranen weg met de rug van haar hand.

Joona mindert vaart bij een kruispunt vlak voor Weert. Het rode verkeerslicht glimt in het natte asfalt. Een kraai landt zwaar in de top van een kale boom.

'Ik weet nog een keer toen mama en ik in Turku waren... We hadden naar een grote brand gekeken,' zegt Lumi. 'De loods op het rangeerterrein stond in brand... Ik geloof in elk geval dat het dezelfde dag was dat we een ijsje zaten te eten op de trap van de Domkerk en zij me vertelde over mijn fantastische vader die er niet meer was.'

Het licht springt op groen en ze rijden weer door.

'Herinner je je nog iets uit de tijd in Zweden?' vraagt Joona.

'Mama heeft verteld dat ik een fornuisje had,' zegt Lumi. 'En dat je altijd met me speelde als je thuiskwam.'

'Ik was je kind of een vervelende hond en ik moest op de grond liggen en gevoerd worden... Je was altijd heel geduldig. Na een tijdje viel ik altijd in slaap en dan zette je een heleboel borden en bestek op me.'

'Waarom?' vraagt ze en ze glimlacht.

'Dat weet ik niet, misschien was ik de tafel.'

Ze halen een vrachtwagen met een vies dekzeil in. Er spat water tegen de ruit en de auto slingert door de aanzuigende wind.

'Misschien heb ik het gedroomd,' zegt Lumi langzaam. 'Maar ik denk dat het een echte herinnering is, dat we welterusten zeiden tegen een grijze kat.'

'Dat is echt zo,' zegt hij. 'Als ik thuis was, las ik je elke avond een verhaaltje voor… En voordat je ging slapen, zwaaiden we altijd naar de kat van de buren.'

39

Het regent niet meer wanneer ze vaart minderen op de Rijksweg die dicht langs de E25 loopt. Ze zijn niet ver van het industrieterrein aan de rand van Maarheeze.

In een wei staan een stuk of dertig schapen, allemaal met hun kop dezelfde kant op vanwege de wind. Aan de overkant van de snelweg is het grijze oppervlak van een groot meer te zien.

Ze slaan een smalle geasfalteerde weg in met gebutste borden die hen eraan herinneren dat dit een doodlopende weg is over privéterrein.

Hoog gras strijkt ritselend langs de zijkanten van de auto.

Joona remt voorzichtig af voor een roestige slagboom, stapt de kou in en trekt de bout eruit die als een pin door de ogen zit, in plaats van een hangslot.

Aan het eind van de weg staat een verzameling vervallen gebouwen met ruim zicht in alle richtingen.

De plaats is perfect, zorgvuldig uitgekozen.

Niemand kan dichterbij komen zonder al van veraf te worden gezien en het is maar zeven kilometer naar de Belgische grens.

Ze rijden tussen de boerderijgebouwen door en Joona parkeert de auto achter het oude woonhuis. Er zitten multiplexplaten voor de ramen en de deur is dichtgespijkerd.

Een grindweg met kuilen vol water maakt een lange omweg om een weiland, naar de oude werkplaats. Het is een vrij groot gebouw met wanden van wit metaal. Een deel van de gevel lijkt los te hangen en schommelt langzaam in de wind.

Ze nemen de kortere route door het weiland en stappen over een vervallen elektrisch hek. Er zit geen schrikdraad meer op en enkele paaltjes liggen met hun porseleinen isolator in een plas water.

'Liggen er geen mijnen?' vraagt Lumi.

'Nee.'

'Want dat zou onze schuilplaats kunnen verraden,' zegt ze bij zichzelf.

Ze volgen een diep tractorspoor door uitgebloeid zevenblad en komen op een stuk grind. In het onkruid naast de werkplaats liggen oude onderdelen van een combine.

Joona haalt zijn pistool tevoorschijn en houdt het tegen zich aan als ze om de werkplaats heen lopen. De ramen op de bovenverdieping zijn dichtgemaakt. Van de klinknagels is bruinrode roest over het vuilwitte metaal van de gevel gelopen. Die bestaat uit twee deuren die zo groot zijn dat er een shovel door naar binnen kan. De ene deur hangt scheef en beweegt heen en weer in de wind.

Het ziet ernaar uit dat de werkplaats al jaren niet meer wordt gebruikt.

Een plastic fles waar motorolie in heeft gezeten rolt in de wind onder het laadplatform van gebarsten beton.

Joona blijft staan en kijkt snel om naar de wei, de smalle weg en de auto die achter het donkere woonhuis staat.

Hij opent de deur, kijkt de schemerige werkplaats in en ziet een stuk van een betonnen vloer met oude olievlekken, een doos met plaatschroeven en een paar rollen industrieel plastic.

De verf is van een frame dicht bij de deur geschraapt, een mechanische slijtage die doorloopt tot aan het dak.

'Volgens mij heeft hij een verrassing voor ons,' zegt Joona en hij loopt naar binnen.

Lumi volgt hem met een kriebelende ongerustheid in haar buik. Droge herfstbladeren zijn naar binnen gewaaid.

Instinctief blijft ze dicht bij haar vader.

De grote ruimte is bijna helemaal leeg.

De wind tilt de deur achter hen even op en als die zich daarna knarsend sluit, wordt het bijna helemaal donker.

Het geluid van hun voetstappen weergalmt tussen de muren.

'Dit voelt niet goed,' fluistert ze.

Wanneer de deur weer openzwaait in de wind, komt er wat licht van buiten naar binnen. Het bleke schijnsel beweegt als een branding over de vloer en stopt bij een binnenmuur, waarna het zich terugtrekt.

De ruimte is groot, maar niet zo groot dat die het hele oppervlak van het gebouw beslaat.

Lumi probeert Joona mee te trekken naar de uitgang. Er klinkt een vreemd zuchtend geluid en meteen daarna komt er achter hen een hydraulische stalen deur naar beneden.

Die slaat met een klap op de grond en sluit zich ratelend. Hun terugtocht is van vloer tot dak afgesneden.

'Papa,' zegt Lumi met bange stem.

'Niks aan de hand,' antwoordt hij.

De lampen aan het plafond gaan aan en ze zien dat de gladde wanden van dik staal zijn gemaakt en dat de binnenhoeken gelast zijn.

Op vier meter hoogte zijn beveiligingscamera's en schietgaten te zien.

Ze kunnen zich nergens achter verstoppen, er is niets om op te klimmen.

Ze zien zichzelf als twee grijze schaduwen weerspiegeld in de gepantserde wand voor hen.

Lumi ademt snel en Joona legt een hand op haar onderarm om te voorkomen dat ze haar pistool trekt.

Er gaat een stalen deur open in de wand, waardoor een vrij kleine man met kortgeknipt wit haar in een zwarte trainingsbroek en een zwarte gebreide trui naar binnen komt. Hij loopt mank, heeft diepe littekens in zijn gezicht en houdt een pistool in zijn hand.

'Ik ben erg slecht over je te spreken,' zegt hij in zwaarmoedig Engels en hij wijst naar Joona met het pistool.

'Het spijt me dat te...'

'Heb je me gehoord?' valt de man hem met stemverheffing in de rede.

'Ja, luitenant.'

De man loopt om Joona heen, inspecteert hem en geeft hem een duw in de rug, zodat hij een stap naar voren moet doen om zijn evenwicht te bewaren.

'Hoe voelt het om op de grond te liggen in je eigen bloed?'

'Ik lig niet op de grond.'

'Maar ik had je neer kunnen schieten, of niet?'

'Al zal niemand hier naar binnen gaan als je het stalen frame niet verft.'

'Het stalen frame?'

'Langs de zijkant is de verf afgesleten en als je omhoogkijkt naar het dak, zie je de hele constructie,' antwoordt Joona.

De man verbijt een tevreden lachje en richt zich voor het eerst tot Lumi.

'Ik ben Rinus,' zegt hij en hij geeft haar een hand.

'Bedankt dat we hier mogen zijn,' zegt ze.

'Ik heb vroeger mijn best gedaan iets van je vader te maken,' legt hij uit.

'Dat heeft hij verteld,' zegt Lumi.

'Wat heeft hij gezegd?'

'Dat het net vakantie was,' antwoordt ze met een glimlach.

'Ik wist wel dat ik te aardig was,' zegt hij lachend.

*

Rinus vertelt dat hij het landgoed dertig jaar geleden al heeft gekocht met de bedoeling zelf te gaan boeren, maar dat is er nooit van gekomen. Toen hij uit het leger ging, werd hij gerekruteerd door de Algemene Inlichtingen- en Veiligheidsdienst.

Ook al viel de AIVD rechtstreeks onder het ministerie van Binnenlandse Zaken, Rinus begreep dat er een situatie zou kunnen ontstaan waarin hij zich langere tijd zou moeten verschuilen.

'Enerzijds zijn de safehouses van de geheime dienst nooit veilig genoeg en anderzijds kun je niet altijd op je eigen kamp vertrouwen,' zegt hij alsof dat vanzelf spreekt. 'Ik was bezig met een extreem geheim onderzoek dat recht onze eigen organisatie in wees en toen voelde ik dat het tijd werd om voorbereidingen te treffen.'

Het perceel bedraagt vier hectare en ligt dicht bij België, Duitsland, Luxemburg en Frankrijk. In geval van nood kan hij Nederland snel verlaten en in het buitenland amnestie aanvragen.

Het woonhuis is slechts een façade voor nieuwsgierigen, een verlaten en afgesloten huis waar hij nooit komt.

De echte woning zit verstopt in de oude werkplaats.

Rinus neemt hen mee langs de keuken op de bovenverdieping, naar een gang met deuren naar vier slaapkamers met elk twee stapelbedden.

De gang eindigt in een dichtgemaakte nooduitgang. Rinus heeft STAIRWAY TO HEAVEN op de deur geschreven, aangezien hij de brandladder heeft afgezaagd en naar de vuilstort gebracht.

De enige ingang is door de werkplaats, maar er is een ondergrondse vluchtweg van tweehonderd meter naar een stukje bos op het land achter het huis.

*

Joona warmt diepvries lasagne op in de magnetron en zet drie borden op tafel. Hij schenkt water in de glazen en vertelt Lumi over de training onder Rinus' commando. Een keer werd hij vijf kilometer uit de kust in zee gegooid met zijn benen aan elkaar vastgebonden en zijn armen geboeid op zijn rug.

'Vakantie aan zee,' zegt Rinus, die de keuken binnenkomt nadat hij hun auto in de verborgen garage heeft gezet.

Hij glimlacht, gaat zitten en vertelt aan Lumi dat hij al jaren in Amsterdam woont, ook al komt hij van oorsprong uit Sint Geertruid, dat verder naar het zuiden ligt, dicht bij Maastricht.

'Hier zijn de mensen katholiek en veel religieuzer dan boven de grote rivieren,' vertelt hij.

Joona zet de lasagne op tafel en ze scheppen op.

'Wat zegt Patrik ervan dat je zomaar ineens weg bent?' vraagt Joona.

'Ik hoop dat hij me mist, maar waarschijnlijk vindt hij het alleen maar prettig om een poosje van me af te zijn.'

‘Ik dacht dat hij elke ochtend ontbijt op bed kreeg,’ zegt Joona met een glimlach.

‘Ik ben tóch op,’ zegt Rinus schouderophalend.

Hij kijkt naar Lumi, die op een vork vol dampende lasagne blaast. ‘Wordt het de politieacademie na de kunststudie?’

‘Nooit,’ antwoordt ze met een korte lach.

‘Je vader is ook kunstzinnig,’ zegt hij en hij werpt Joona een blik toe.

‘Nee hoor,’ protesteert Joona.

‘Die tekening die je een keer hebt gemaakt van…’

‘Ander onderwerp,’ kapt Joona hem af.

Rinus lacht geluidloos in zichzelf met zijn gezicht naar het bord. De diepe littekens op zijn wangen en langs zijn mondhoek zijn zo bleek als krijtstrepen.

Na het eten lopen ze met Rinus mee naar een gordijn achter de trap, waardoor ze in een schemerige ruimte komen met luiken voor de ramen.

Tegen een van de wanden staan houten kratten met wapens: pistolen, aanvals- en scherpschuttersgeweren.

Rinus neemt de tactiek en de bevelstructuur bij een aanval door en laat de monitor en het alarmsysteem zien. Hij heeft de omgeving in een aantal bewakingsgebieden verdeeld aan de hand van de plaats van de ramen en ze hebben een rooster gemaakt voor de verschillende taken.

Joona staat met een kijker naar de oprit en de slagboom over de weg te kijken, terwijl Rinus Lumi uitlegt hoe de Russische ontstekingsbuizen werken, aangezien ze misschien bommen moeten leggen in de werkplaats.

‘Elektrische zijn beter, maar mechanische zijn betrouwbaar… Ook als ze dertig jaar in een doos hebben gelegen,’ zegt hij en hij legt de buis voor haar op tafel neer.

De ontsteker lijkt op een ballpoint met een veiligheidspal en bovenaan een pin.

‘Ik neem aan dat je daar de lijn aan vastmaakt,’ zegt ze en ze wijst naar de grote ring.

'Ja, maar eerst duw je de punt zo'n vijf centimeter in de explosieve massa, je bevestigt een lijn aan de pin, zoals je zei… en haalt de beveiliging los.'

'En als iemand tegen de lijn loopt wordt de pin eruit getrokken.'

'De slagpin komt tegen het slaghoedje en de detonator wordt geactiveerd,' zegt Rinus. 'Het knalhoedje knalt niet harder dan een klappertjespistool, het stelt niets voor, maar als de detonator explodeert, verlies je je hand en als de kneedbom uiteenspat ben je natuurlijk dood.'

40

Saga en Nathan nemen niet de veerboot vanaf Solö, zoals de Bever had gedaan, maar rijden zo ver als de bruggen tussen de eilanden hen leiden, om de kabelpont vanaf Svartnö te nemen, een regelmatige veerdienst.

Haar vader was nog niet thuisgekomen toen ze Pellerina naar school bracht. Eigenlijk was de school gesloten, aangezien de leraren een studiedag hadden, maar de naschoolse opvang was open en Pellerina's orthopedagoog werkte wel.

Saga heeft geprobeerd haar ongerustheid te bedwingen. Misschien was de telefoon van haar vader kapot en was hij de ochtend na zijn date rechtstreeks naar zijn werk gegaan.

Maar toen ze contact opnam met het Karolinska-ziekenhuis, was hij daar niet.

Nu heeft ze alle ziekenhuizen in Stockholm gebeld en met de politie gesproken.

Ze voelt zich net de ouder van een tiener.

Ze kan alleen maar hopen dat hij zo verliefd is geworden dat hij nergens anders meer aan dacht.

Het zou niets voor hem zijn, maar ze zou opgelucht zijn en ontzettend boos.

Nathan mindert vaart, verlaat weg 278 en slaat rechts af, een grindweg door het sparrenbos in.

Ze willen naar Högmarsö om met de gepensioneerde koster te praten, die hun misschien kan vertellen of de Bever echt een tijdje in de kapel heeft gewoond.

Als ze geluk hebben, weten ze binnenkort wat de echte naam van de Bever is. Misschien stuurt de koster zijn post door naar een nieuw adres, misschien heeft hij zijn contactgegevens achtergelaten.

Maar Saga begrijpt tegelijkertijd dat het niet gemakkelijk zal worden.

Erland Lind is al een paar jaar dement en tot nu toe is alle communicatie met hem zinloos geweest.

Ze stoppen voor de slagboom die de weg naar de kade blokkeert. Hier moet je in de rij staan totdat het tijd is om de veerboot op te rijden.

Maar de weg is leeg.

Niemand anders wacht op de overtocht.

Saga kijkt naar het donkere eiland aan de andere kant van het water en naar de naderende kabelpont.

Op verbijsterende wijze valt hun jacht op de grote man die zich de Bever noemt samen met het laatste hoofdstuk van Jurek Walter, met de exacte plaats waar zijn stoffelijk overschot was gevonden.

Er klinkt een schrapend geluid als de veerboot aanlegt.

Het water is helemaal stil.

Wanneer de slagboom omhooggaat, rijden ze naar de kade en worden aan boord gewenkt door een man in regenkleding. Het dreunt als de oprijplaat door het gewicht van de auto tegen de kade wordt gedrukt.

De vloer is zwart en nat en de metalen reling en de stuurhut van de schipper zijn mosterdgeel geverfd.

Nathan en Saga blijven zwijgend op hun plaats zitten. De auto trilt en de pont komt in beweging. De trillingen stijgen door haar benen, onderlichaam en buik omhoog.

Onder het wateroppervlak lopen twee dikke parallelle staalkabels tussen de beide eilanden. Ze worden uit het water getild, lopen langs de krachtige lier van de pont en verdwijnen weer onder water.

Saga draait zich om en ziet dat de boeggolven het bevroren gele riet aan beide kanten van de kade heen en weer laten zwaaien.

Joona is ervan overtuigd dat Jurek Walter leeft en dat hij zich heeft beziggehouden met het rekruteren van een vervanger voor zijn broer.

Saga is er aldoor van overtuigd geweest dat ze Jurek had gedood.

Dat ze een jaar lang heeft gezocht naar diens lijk was om Joona gerust te stellen.

Het was haar schuld dat Jurek was ontsnapt en daarom voelde ze zich verplicht om, als dat mogelijk was, aan Joona te bewijzen dat Jurek dood was.

Ze herinnert zich haar ontmoeting met de koster op Högmarsö nog goed. Hij jutte drijfhout tussen de rotsen en vertelde dat hij vijf maanden eerder een dode man had gevonden.

Hij had het lichaam in zijn gereedschapsschuurtje gelegd, maar toen de stank te erg werd, had hij het in het oude crematorium verbrand.

Hij had een wijsvinger afgeknipt en die in een potje met alcohol in zijn koelkast bewaard.

Saga en de Naald hadden de foto's bestudeerd die hij van de opgezwollen romp met de kogelgaten had gemaakt.

Het was Jurek, elk detail klopte.

En toen de match van het DNA en de vingerafdruk honderd procent was, waren ze overtuigd.

Had Joona maar even gewacht met verdwijnen, bedenkt Saga, had hij de film van de Wit-Russische beveiligingscamera maar gezien.

Ze zal de uitdrukking op zijn gezicht toen hij haar kwam waarschuwen nooit vergeten.

Ze herkende hem bijna niet, de diefstal van de schedel van zijn vrouw had hem paranoïde gemaakt.

Opeens was hij ervan overtuigd dat Jurek nog leefde, dat hij een man van vergelijkbare leeftijd en lichaamsbouw had gevonden en die op dezelfde manier had neergeschoten als Saga hem, dat hij vervolgens zijn eigen hand of een deel daarvan had geamputeerd en de lichaamsdelen een halfjaar in zeewater had laten weken.

Joona's conclusie was dat Jurek hulp had gekregen van Erland Lind. Dat hij de koster zover had weten te krijgen dat hij de romp van de man had gefotografeerd en vervolgens gecremeerd, dat hij de vinger van Jureks rottende hand had geknipt en bewaard, en het resterende deel ervan eveneens had verbrand.

Saga herinnert zich het verlopen gezicht van Erland Lind, zijn zwijgzaamheid en zijn versleten kleding. Ze heeft na die eerste ontmoeting een aantal pogingen gedaan om hem te verhoren, maar zijn dementie was zo snel voortgeschreden dat dit eigenlijk zinloos was.

Het water is deze ochtend bijna zwart, het waait niet en het water is rimpelloos. Er hangt een dunne mist tussen de eilanden verderop.

Langzaam nadert de veerboot Högmarsö.

Kale loofbomen staan roerloos achter de lege kade.

De veerboot loopt met een dof geluid over de staalkabels onder het water en de oprijplaat schraapt over de betonnen steiger, waarna hij tot stilstand komt.

De boeggolven slaan schuimend op de stenige oever.

Nathan kijkt Saga aan en start de auto. Ze rijden het land op, schuin omhoog de heuvel op en passeren een paar vakantiewoningen die voor het seizoen gesloten zijn.

In een paar minuten zijn ze bij de werf. Het gestreste schijnsel van een lasapparaat schiet tussen de bedrijfsgebouwen door. Op het rommelige en stoffige terrein liggen afgedekte boten.

Nathan slaat links af, langs een paar kleine akkers en een stuk bos. Tussen de zwarte boomstammen licht de kapel suikerwit op.

Ze minderen vaart, rijden een heuvel op en stoppen. Op het gele grasveld staat een groot anker.

De koude lucht brengt een geur van zee mee. In de verte klinkt het gekrijs van meeuwen bij de haven.

Saga loopt het grindpad op en voelt aan de deur van de kapel. Die zit op slot, maar de sleutel hangt aan een spijker onder de trapleuning.

Ze draait de sleutel om en duwt de kruk naar beneden. Nathan loopt achter haar aan over de krakende plankenvloer. De banken zijn groen geverfd en er hangen votiefschepen aan de muren. De crèmekleurige lambrisering weerspiegelt het winterlicht dat door de spitse ramen valt. Ze lopen naar het eenvoudige altaar, gaan langs de banken terug en blijven staan voor een modderige deken die op de grond ligt.

Op het wagentje met psalmboeken staan een paar potten bonen en vlees in dillesaus.

Nathan en Saga gaan weer naar buiten, sluiten de kapel af en lopen naar de kosterswoning. De klokkenstoel staat somber als een jachttoren tussen de bomen.

Wanneer ze aankloppen breekt net op dat moment de zon door. Ze wachten een paar seconden en gaan dan naar binnen.

De woning bestaat uit een keuken met een slaapalkoof en een badkamer.

De oude etensresten op tafel zijn verschrompeld en uitgedroogd. Bij het koffiezetapparaat staat een plastic zak met beschimmelde kaneelbroodjes. Op het smalle bed in de alkoof liggen geen lakens. Iemand heeft op de kale matras geslapen met een deken over zich heen. Op een krukje naast het bed ligt een horloge met bekrast glas.

Het huis is verlaten.

Saga herinnert zich de baklucht en de geur van vochtige lompen die hier tijdens haar eerste bezoek hing. Toen was Erland Lind dronken geweest, maar helder van geest.

De keer daarna was hij in zichzelf gekeerd en verward.

Hij was heel snel achteruitgegaan.

Hij zal wel acuut in een zorginstelling zijn opgenomen, bedenkt Saga. En waarschijnlijk heeft nog niemand van de familie de energie gehad om naar zijn nalatenschap te kijken.

'Hier had hij die vinger in een oude jampot,' zegt ze en ze doet de koelkast open.

Op de smerige plankjes staan flessen zonder etiket en pakken met een zure en rotte inhoud. Ze kijkt naar de datumstempels van een pakje koffieroom en van vacuümverpakte bacon.

'Hij is hier al vier maanden niet meer geweest,' zegt ze tegen Nathan en ze doet de koelkast weer dicht.

Ze verlaten het huis en gaan naar de garage.

Er ligt een modderige schep met een roestig blad op de grond, omgeven door droge aarde. Achter de afgedekte sneeuwfrees zijn delen te zien van Erlands stooktoestel.

'Hier lag Jurek, het vocht liep van zijn lichaam in het afvoerputje,' zegt ze en wijst.

Ze lopen naar buiten en kijken om naar de auto en de kapel.

'Zullen we de buren vragen of zij weten waar hij is?' vraagt Nathan zacht.

'Ik bel de kerkgemeente,' zegt Saga en ze draait zich om naar de andere kant.

De resten van het stenen fundament van het crematorium verdwijnen in het hoge onkruid, maar de gemetselde schoorsteenpijp steekt vier meter boven de grond uit.

'Daar heeft hij Jureks lijk verbrand,' zegt Nathan.

'Ja.'

Ze lopen door het gras en blijven voor de beroete oven staan. Saga loopt langzaam de bosrand in, kijkt naar de mestvork die in de composthoop gestoken is en loopt dan door naar de zanderige, aangestampte grond tussen de bomen.

Wanneer ze een metalen pijp uit de grond ziet steken, heeft ze het gevoel dat de zuurstof opraakt.

Ze moet zich met één hand vasthouden aan een boom om niet te vallen.

Met bonzend hart loopt ze erheen en ze voelt haar hielen wegzakken in de losse aarde. De gedachten stormen door haar hoofd. Ze gaat op één knie zitten, leunt naar voren en ruikt aan de pijp, staat op, loopt hoestend achteruit en spuugt op de grond.

Verrot vlees.

De bosrand vliegt opzij als ze zich zoekend omdraait. Ze zet een paar stappen en kijkt naar het crematorium en de kosterswoning.

'Wat is er?' vraagt Nathan bezorgd.

Ze is niet in staat antwoord te geven en rent naar de garage, komt terug met de schep en begint in de zachte aarde te spitten, die ze in het hoge onkruid schept.

Het zweet staat op haar rug.

Er komt een jammerend geluid uit haar keel als ze het blad met haar voet in de grond duwt en aarde aan de kant gooit.

Ze graaft hijgend, maakt de kuil breder, stapt erin en graaft verder.

Op zeventig centimeter diepte stoot de schep tegen een kist. Ze veegt losse aarde opzij met haar hand. De pijp gaat door het deksel heen en de opening is met ducttape afgedicht.

'Wat is dit?' vraagt Nathan.

Ze maakt de bovenkant van de kist helemaal vrij, steekt het blad van de schep onder het deksel en breekt het open. Ze gooit de schep aan de kant, trekt met beide handen aan het deksel, wrikt eraan en haalt de laatste spijkers eruit.

Nathan pakt het deksel aan en legt het naast het ondiepe graf.

Ze staren beiden naar de resten van de koster.

Het lichaam van Erland Lind is opgezet en scheidt vocht uit, sommige delen zijn vrijwel opgelost, terwijl andere, zoals handen en voeten, intact lijken. Het gezicht is uitgemergeld, de ogen zwart en de vingertoppen kapot.

'Dit heeft Jurek gedaan,' fluistert Saga.

Ze stapt uit het graf, loopt snel terug naar de kapel en struikelt bijna over een van de hoekstenen van het crematorium.

'Wacht,' zegt Nathan en hij komt achter haar aan.

'Hij heeft mijn vader ontvoerd,' schreeuwt ze en ze rent naar de auto.

41

De agenten Karin Hagman en Andrej Ekberg zitten in surveillancewagen 30-901 in de Palmfeltsvägen, dicht bij Globen Arena.

Het is een rustige ochtend. Het spitsverkeer naar het centrum is geluwd, de files op de Nynäsvägen zijn opgelost en op een aanrijding zonder persoonlijke ongevallen na, rond een uur of acht, is er weinig te doen geweest.

Karin en Andrej hadden een rondje gereden over het Slachthuisterrein en waren blijven staan achter een geparkeerd busje met een grote pornografische afbeelding over de hele deurpartij. Karin had gecheckt of het kenteken voorkwam in het straf- of verdachtenregister, in de hoop te kunnen optreden tegen meer dan slechte smaak alleen.

Nu rijden ze langzaam over de schaduwrijke weg langs het metrospoor, onder verlaten voetgangersbruggen door en langs donkere, lege bakstenen gebouwen. Het terrein is nog rommelig na het concert van gisteravond.

'Het leven is te lang om het altijd leuk te kunnen hebben,' verzucht Karin.

'Je zei dat je tegen Joakim zou zeggen hoe je erover denkt,' zegt Andrej.

'Het maakt niet uit… Hij wil niets meer, het maakt hem niet uit.'

'Je moet bij hem weg.'

'Dat weet ik,' fluistert Karin en ze trommelt met haar hand op het stuur.

Ze rijden langs een blikjesverzamelaar met een vieze legerjas en een bontmuts, die in de berm loopt en een vuilniszak achter zich aan trekt.

Karin wil net vertellen dat Joakim er alles aan doet om geen seks te hoeven hebben, als er een oproep binnenkomt van de meldkamer van de regiopolitie.

Ze reageert op de oproep en hoort dat de stem van de meldkamercentralist ongebruikelijk gestrest is als hij vertelt dat ze een melding met prioriteit één hebben gekregen van een collega.

In het bleke schijnsel van het scherm van het Polman-systeem is haar hand wit als sneeuw als ze die op de versnellingspook legt.

De melding betreft een ontvoering bij de Enskede-school, op de buitenschoolse opvang Mellis, die een ingang heeft aan de Mittelvägen.

De centralist probeert rustig te praten en beheerst op hun vragen te antwoorden, maar het is duidelijk dat iets in deze situatie hem bang maakt.

Zoals Karin het begrijpt, gaat het om een gewelddadige ontvoering van een twaalfjarig meisje met het syndroom van Down. De ontvoerder wordt als zeer gevaarlijk beschouwd en is mogelijk gewapend.

Het adres verschijnt op het scherm.

Het is vlakbij.

Karin schakelt het zwaailicht op de dakbeugel in, keert de auto en ziet het blauwe licht pulseren langs een bruine bakstenen muur met kapotte zonneschermen.

De centralist vertelt dat het een gecoördineerde actie wordt, samen met het Söderziekenhuis en de ME.

'Maar jullie zijn het dichtst in de buurt, jullie zijn er het eerst,' zegt hij.

Karin zet de tweetonige sirene aan, geeft gas en voelt de acceleratie van de auto als een harde duw in haar rug. Ze ziet verderop aan de rechterkant een fietser en een bestelbusje dat uit de tegengestelde richting komt.

In de binnenspiegel ziet ze dat de blikjesraper stil in de berm naar hen staat te kijken.

Op het grote kruispunt gaat ze iets langzamer rijden en ze verzekert zich ervan dat iedereen hun voor laat gaan voordat ze de snelheid weer opvoert.

Andrej vraagt aan de centralist of hij weet hoeveel kinderen zich in de buitenschoolse opvang bevinden. Het antwoord luidt dat het er waarschijnlijk minder zijn dan anders, omdat de school gesloten is.

In Karins oren klinkt het als een uit de hand gelopen voogdijtwist, een beledigde ex-man die zich onheus behandeld voelt.

Ze komen langs de gele gevel van de katholieke school, nemen de eerste afslag rechts op de rotonde en verhogen hun snelheid langs het grote sportveld.

Er flikkeren zilverige hekken voorbij voor de rij voetbalvelden.

Terwijl Karin rijdt, houdt Andrej contact met de centralist. Bij de meldkamer zijn geen meldingen binnengekomen van burgers over ruzies of schietpartijen.

Ze komt met iets te veel snelheid op de volgende rotonde af en de banden verliezen hun grip wanneer ze links afslaat.

Ze glijden over de losse steentjes op het asfalt, schieten een voetpad op en schuren langs de zijkant van het bord dat de richting naar de Enskede-kerk aanwijst.

'Rustig aan,' mompelt Andrej.

Karin reageert niet, ze verhoogt alleen opnieuw de snelheid als ze langs het Margaretapark rijden.

Een zwerm vogels stijgt op van een afvalbak.

Het wintergras in het park is bruinachtig en de kale bomen beschaduwen het netwerk van voetpaden.

Als ze het pannendak van de school boven de omringende bebouwing van villa's en rijtjeshuizen zien, schakelt Karin de sirene uit. Ze maakt een scherpe bocht naar rechts, de Mittelvägen in, mindert snelheid en stopt vlak voor de ingang.

Ze stappen uit en controleren hun wapens en kogelwerende vesten. Karin probeert rustig adem te halen.

Het ritselt tussen de bruine blaadjes die zich rond een spiraalvormige brandtrap hebben verzameld.

Andrej geeft aan de meldkamer door dat ze er zijn. Karin ziet hem luisteren en knikken, waarna hij de communicatie beëindigt.

'De centralist zei dat we voorzichtig moesten zijn,' zegt hij en hij kijkt haar aan.

'Voorzichtig? Die heb ik nog niet eerder gehoord,' antwoordt ze. Erbij glimlachen lukt haar niet.

'Dat kwam van de collega die de melding had gedaan.'

'Voorzichtig,' herhaalt ze zacht.

Ze kijkt naar het lage gebouw van de buitenschoolse opvang, dat aan twee kanten tussen veel hogere schoolgebouwen staat ingeklemd. De bakstenen muren zijn okergeel geverfd, op de rode dakpannen zit mos.

Er brandt licht achter de gordijnen, maar er is geen mens te zien.

Alles is stil.

'We gaan binnen kijken,' zegt Andrej.

Met getrokken wapen rennen ze over het brede trottoir en volgen de gevel naar de donkerrode voordeur.

Andrej opent de deur en Karin loopt een paar passen de garderobe in.

Er staat een grote plastic bak met gevonden kledingstukken op de grond. Voor een droogkast liggen laarzen en sportschoenen.

Het ruikt naar zand en vieze kleren. Op een prullenbak met oude schoenbeschermers ligt een geplastificeerde mededeling met de huisregels van Mellis.

Andrej loopt langs Karin heen, maakt een gebaar naar de volgende deur en ze loopt achter hem aan een grote ruimte in met her en der tafeltjes, waaraan je kunt schaken of backgammon spelen.

Alle gordijnen zijn dicht.

Er is geen geluid te horen, alleen het geritsel van hun uniformen en het piepen van hun schoenen op de kunststof vloer als ze langs de tafeltjes lopen.

Achter in het lokaal is een wc-deur. Die is dicht.

Ze blijven staan.

Er klinkt een klokkend, murmelend geluid.

Karin wisselt een blik met Andrej en hij doet meteen een stap opzij. Ze loopt naar de wc-deur, terwijl de merkwaardige aansporing om voorzichtig te zijn door haar hoofd schiet, en voelt dat haar hand trilt als ze die uitsteekt en de kruk naar beneden duwt.

42

Karin rukt de deur open, stapt naar achteren en richt het pistool het donker in, maar het blad van de deur veert terug voordat ze iets kan zien.

Ze reikt naar voren en doet de deur weer open.

Er is niemand.

De kraan staat open en een gelijkmatige straal water verdwijnt met een murmelend geluid door het zeefje van de wastafel.

'Waar is iedereen?' fluistert Andrej achter haar.

Ze lopen samen de kantine in. In het midden staan drie ronde tafels. Op een ervan staan een glas chocolademelk en een bord met een half broodje.

Tussen de tafels en stoelen door vangt Karin een glimp op van een slof, die vlak bij de half gesloten deur naar de keuken ligt.

Andrej loopt naar het raam, trekt het gordijn open en kijkt naar buiten. Er is geen ME te zien, maar aan het eind van het blok is een witte bestelbus blijven staan.

'Verderop in de straat staat een bestelbus,' zegt hij zacht.

Karin kijkt naar het pistool in haar hand, schuift een stoel opzij en loopt naar hem toe.

Ze kijkt nog eens om naar de keuken en blijft staan.

Tussen de tafeltjes door ziet ze een blote voet.

'Andrej,' zegt ze met gespannen stem.

Ze loopt snel de kantine door, met razende hartslag.

In de deuropening ligt een forse vrouw doodstil op haar buik. De schuifdeur is half gesloten, zodat alleen de onderste helft van het lichaam te zien is.

Ze is beide sloffen kwijt.

Haar hielen zijn roze en de gerimpelde voetzolen bijna wit.

Karin ziet de gebleekte spijkerbroek met gerafelde achterzakken op het dikke achterwerk.

Een T-shirt van Marimekko met breedtestrepen spant om de rug van de vrouw.

Karin richt het wapen op de keuken en schuift met haar andere hand langzaam de deur open.

Ze hapt naar adem als ze in plaats van het haar en het achterhoofd van de vrouw haar gezicht ziet.

Het is helemaal naar achteren gedraaid.

De nek is zo bruut gebroken dat de banden zijn afgescheurd en de zachte verbinding tussen de eerste en tweede halswervel het heeft begeven.

'Wat is er in godsnaam gebeurd?' fluistert Andrej.

'Kijk jij hiernaast,' zegt ze onnodig hard.

Het gezicht van de vrouw is wit, haar lippen zijn op elkaar geperst, haar ogen zijn opengesperd en er is bloed uit haar neus gelopen.

Karin houdt het pistool nog steeds de keuken in gericht als ze op haar hurken gaat zitten om de pols van de vrouw te voelen.

Ze voelt koud aan, ze is vast al een paar uur dood.

De gedachten vliegen door Karins hoofd. Ze hebben de melding veel te laat gekregen, wegversperringen aanbrengen heeft geen zin, ze hebben geen ondersteuning nodig van de ME.

Ze staat op en loopt naar binnen om het keukentje te overzien als ze hoort dat Andrej haar roept. Karin draait zich om, passeert de dode vrouw en loopt recht tegen een stoel aan, zodat de rugleuning tegen het tafelblad knalt.

Andrej staat in de schemerige dans- en yogazaal. De gordijnen zijn half gesloten en het roze licht van een schemerlampje glinstert in een gitaar die aan de muur hangt.

Aan het plafond draait een discobal, die schitteringen over de muren laat glijden.

Karin volgt Andrejs blik naar de verste hoek.

Een man met een zwarte baard en zware wenkbrauwen zit op een yogamatje, tegen het wandrek geleund. Hij heeft een diepe slagwond in zijn hoofd. Het voorhoofdsbeen is minstens vijf centimeter ingedeukt en donker bloed bedekt zijn gezicht en borstkas.

Andrej mompelt dat ze te laat zijn en verlaat de zaal.

Karin blijft staan, ze hoort haar snelle hartslag kloppen in haar oren.

Hoewel ze begrijpt dat de man dood is, gaat ze naar hem toe en voelt aan zijn hals.

Ze veegt haar hand af aan haar broek en loopt naar de garderobe.

Wanneer ze in de koude lucht voor de buitenschoolse opvang komt, zit Andrej op een bankje achter een donkere houten tafel.

De sirene van een hulpdienst is in de verte te horen. Een getatoeëerde man trekt een dikke slang uit het bestelbusje verderop in de straat.

'Hij heeft het personeel gedood en het meisje meegenomen,' zegt Andrej zonder haar aan te kijken.

'Daar lijkt het op,' antwoordt ze. 'Heb je dat gerapporteerd?'

'Dat ga ik nu doen.'

Terwijl Andrej met hun directe leidinggevende praat, loopt Karin naar de auto om de rol afzettape te halen. Ze bindt het uiteinde van de tape aan de brandtrap, leidt die om het schuurtje en de bomen heen en vervolgens om het hele gebouw, waarna ze haar actielijst begint in te vullen.

Het gele licht van de straatlantaarn valt over de bladeren op het asfalt. In deze tijd van het jaar brandt de straatverlichting bijna dag en nacht.

De eerste ambulance komt de Mittelvägen in, rijdt over het trottoir om hun politiewagen te kunnen passeren en blijft voor de afzetting staan.

Karin loopt erheen en vertelt aan de ambulancemedewerkers wat de stand van zaken is. Ze lopen met haar mee de buitenschoolse opvang in en controleren het eerste lichaam.

Gezamenlijk lopen ze door naar het schemerige dans- en yogalokaal.

Karin blijft midden in het lokaal staan en kijkt naar de ambulanceverpleegkundigen die op hun hurken bij de dode man gaan zitten. De reflecties van de discobal glijden over het bebloede gezicht en de baard.

‘We gaan de brancard halen,’ zegt de verpleegkundige met zware stem.

Karin loopt naar de ramen en schuift het ene gordijn opzij om wat licht van de straatlantaarn binnen te laten.

Wanneer ze het volgende gordijn opentrekt, schrikt ze zo dat ze een dreun in haar hoofd voelt van de adrenaline.

Haar hartslag davert tegen haar trommelvliezen.

Er staat een meisje achter het gordijn, doodstil, met haar hand voor haar mond en haar ogen gesloten achter dikke brillenglazen.

‘Lieve schat,’ zegt Karin.

Het meisje moet uren achter het gordijn verscholen hebben gestaan. Als Karin voorzichtig op haar schouder tikt, doet ze haar ogen open en wankelt.

‘Niet bang zijn, hij is nu weg,’ zegt Karin.

Het meisje heeft witte lippen en is volkomen uitgeput. Ze kan opeens niet meer op haar benen staan en zakt op de grond. Karin gaat op haar knieën zitten en houdt het kind vast, ze voelt het gespannen, trillende lichaam.

‘Mag ik je dragen?’

Voorzichtig tilt ze het meisje op en loopt met haar het danslokaal uit. Onderweg zorgt ze ervoor dat het kind de dode man bij het wandrek en de vrouw in de deuropening van de keuken niet ziet.

‘Wie is hier geweest?’ vraagt ze, terwijl ze tussen de tafeltjes door bewegen.

Het meisje antwoordt niet. Karin voelt haar warme, vochtige adem tegen haar schouder en fluistert dat ze niet bang hoeft te zijn.

Ze besluiten dat Andrej op de technici en de recherche zal wachten, terwijl Karin met het kind meegaat in de ambulance. Ze gaat naast het meisje zitten, pakt haar hand vast en vraagt nog eens voor wie ze zich heeft verstopt. Het meisje antwoordt niet en houdt alleen haar hand stevig vast. Haar oogleden zijn half gesloten, alsof ze bijna in slaap valt.

43

Lars-Erik Bauer wordt met een rampzalig gevoel in zijn lijf wakker. Er is iets helemaal fout, maar zijn trage hersenen kunnen de plotselinge indrukken niet combineren.

Het is koud, hij ligt en de grond onder hem lijkt te trillen.

De seconde voordat hij in staat is zijn ogen te openen, denkt hij aan het eigenaardige telefoontje van Kristina.

Ze klonk anders.

Er was iets gebeurd.

Hij had nooit eerder zo'n eenzame stem gehoord. Ze bood zeker tien keer haar excuses aan en legde uit dat haar accu leeg was.

Ze had haar zoon naar de Barkarby Vliegclub gebracht, ten zuiden van het Järvafältet. Op de terugweg, midden op de bosweg, stopte haar auto ermee.

Ze had verschillende bergingsbedrijven gebeld, maar nergens gehoor gekregen en uiteindelijk was ze maar in de auto gaan zitten met de deuren op slot, ze durfde het bos niet in te gaan.

Als hij er meteen heen ging met de startkabels, zou hij op tijd terug zijn om eten te koken voor Pellerina.

Eigenlijk zou hun eerste ontmoeting pas volgende week zijn, hij had al een tafeltje gereserveerd bij Wedholms visrestaurant.

Lars-Erik kreunt als hij een harde duw in zijn rug krijgt.

Hij doet zijn ogen open, knippert en ziet de volle maan op de voorbijschietende boomtoppen schijnen.

Het lijkt wel een droom.

Zijn kaken klappen op elkaar door een slag tegen zijn achterhoofd.

Wat er gebeurt valt niet te begrijpen. Hij wordt op een dekzeil over een pad door een sparrenbos gesleept. Keer op keer stoot hij zijn achterhoofd en zijn rug tegen stenen en wortels.

Hij kan zijn armen en benen niet bewegen en hij begrijpt dat hij gedrogeerd is. Zijn mond is droog en hij heeft geen idee hoelang hij heeft geslapen.

Zijn ogen vallen weer dicht, het lukt hem niet ze open te houden.

Hij denkt aan de inhalatiedampen die vroeger werden gebruikt, zoals halothaan in combinatie met opioïden en hoge doses spierverslappers die in het wervelkanaal werden geïnjecteerd.

Onmiddellijke anesthesie en aanhoudende verlamming.

Het moet een val zijn geweest.

Kristina heeft hem erin geluisd, ze heeft zijn belangstelling gewekt en hem het bos in gelokt.

Het laatste wat hij zich herinnert is dat hij zijn auto tot stilstand bracht op de donkere bosweg.

De koplampen verlichtten Kristina's auto op de grindweg. De omringende loofbomen en de jonge scheuten in de berm leken wel grijze decorstukken.

Net op dat moment stuurde Pellerina een foto van haar tekening – een bruine homp op vier poten – en hij belde haar om te zeggen dat het een prachtige hond was.

Hij zag in de zijspiegel dat iemand de auto van achteren naderde, terwijl Pellerina zei dat het geen hond was maar een paard dat Silver heette.

Een persoon in een zwarte regenponcho kwam heel snel naar de auto toe en kreeg de kleur van bloed in het schijnsel van de achterlichten.

Lars-Erik opende het portier, maar wat er daarna gebeurde weet hij niet meer.

Hij herinnert zich dat het hoge gras dat naast de grindweg stond, zich boog onder het portier toen hij dat openzwaaide.

Een parkeerbonnetje gleed op de tocht langs de voorruit.

Er klonk een zacht gerinkel van glas tegen glas.

Hij valt weer in slaap en wordt pas wakker wanneer de persoon die hem door het bos sleept blijft staan en het dekzeil loslaat.

Lars-Eriks hoofd zakt zwaar op de grond.

Hij kijkt omhoog naar de maan en de zwarte sparrentoppen die de open plek omgeven.

Het is koud en stil.

Hij doet zijn mond open om iets te zeggen, maar heeft geen stem, hij kan alleen op zijn rug liggen en de geur van mos en vochtige aarde opzuigen.

Zijn tenen prikken en steken. Hij wil zich bewegen, maar zijn lichaam gehoorzaamt hem niet. Hij kan alleen zijn hoofd een klein eindje opzij draaien.

Er naderen voetstappen over de zachte grond.

Hij zoekt met zijn blik tussen de sparren.

Er breekt een tak en dan ziet hij een slanke man aankomen over het pad.

Lars-Erik probeert om hulp te roepen, maar er komt geen geluid uit hem.

De gestalte loopt langs een omgevallen boom en wordt dan zichtbaar in het maanlicht.

Het magere gezicht is bedekt met een netwerk van rimpels.

De man loopt vlak langs Lars-Erik heen, zonder naar hem te kijken. Ergens vlak buiten zijn gezichtsveld blijft hij staan en komt dan terug.

Hij rolt een grote plastic ton voort.

Lars-Erik probeert hem te vragen of hij hulp wil halen. Maar het geluid dat uit zijn mond komt, is minder dan een fluistering.

De man tilt zonder plichtplegingen zijn voeten in de opening van de ton en trekt die over zijn benen, tot aan zijn heupen.

Lars-Erik kan zich nog steeds niet bewegen, hij kan alleen zijn zware hoofd de andere kant op kantelen, naar de dofzwarte sparren.

De oude man zegt niets en kijkt hem niet in de ogen, het is duidelijk dat hij gewoon een taak uitvoert. Met bruuske bewegingen weet hij Lars-Erik tot aan zijn middel in de ton te krijgen.

Hij springt met Lars-Erik om alsof die een afgemaakt dier, een kadaver is.

Met een harde ruk zet hij de ton overeind en Lars-Eriks knieën knikken. Hij zakt tot zijn oksels in de ton. Zijn shirt glijdt omhoog en hij schramt zijn buik aan de scherpe plastic rand.

Hij kan nog steeds niet begrijpen wat er gebeurt.

De oude man probeert hem in de ton te duwen.

Hij is onverwacht sterk, maar het is onmogelijk, zijn armen hangen ernaast en zijn halve bovenlichaam bevindt zich nog boven de rand.

De man loopt een paar stappen en komt terug met een schep.

Nu ziet Lars-Erik een diepe kuil in de grond naast de ton. Op het gras naast het gat liggen een rol plastic en een kunststof jerrycan met een witte vloeistof erin.

De slanke man loopt op hem af, tilt het blad van de schep op en slaat hem hard op zijn schouder.

Lars-Erik kreunt van de pijn als zijn linkersleutelbeen wordt gebroken. Hij ademt heftig door zijn neus en de tranen lopen over zijn wangen.

De man gooit de schep op de grond en buigt zich over hem heen.

Wanneer de man Lars-Eriks schouder in elkaar drukt en hem onder de rand van de ton duwt, doet dat zoveel pijn dat het zwart wordt voor Lars-Eriks ogen. Zijn rechterarm wijst recht omhoog, maar de man vouwt hem om zijn nek, duwt zijn hoofd naar beneden en doet dan een deksel op de ton.

De oude man schommelt een paar keer met de ton totdat die omvalt en laat hem dan in de grote kuil rollen.

Door de klap verliest Lars-Erik het bewustzijn. Hij wordt wakker van een kletterend geluid, als van een harde regenbui.

Een paar tellen later begrijpt hij dat de man de ton rechtop heeft gezet op de bodem van de kuil en dat hij bezig is het gat dicht te gooien. Het kletterende geluid klinkt steeds verder weg en stopt dan helemaal.

De vochtige lucht in de ton ruikt naar plastic en bevat niet voldoende zuurstof.

Zijn lichaam is nog steeds verlamd, hij probeert in paniek zijn hoofd te draaien en ziet een stipje licht in de zijkant van de ton.

Lars-Erik staart naar het lichtpuntje en beseft dat iets van het maanlicht door een pijp in het deksel naar binnen valt.

De pijn bonst in zijn gedraaide schouder en zijn gebroken sleutelbeen. Zijn vingers zijn ijskoud, ze worden niet doorbloed.

Lars-Erik begrijpt dat hij levend begraven is.

44

Saga rijdt langs de geopende ambulance-ingang van het Söderziekenhuis, draait het trottoir op, stapt uit en laat het portier van Nathans auto openstaan. Ze rent langs brancards en achtergelaten buggy's, recht langs een metershoge groene plastic kikker bij de kinder-SEH.

De wachtkamer zit vol, ze ziet krijsende baby's en bleke jongeren. Er liggen informatiefolders verspreid over de vloer. Een man staat opgewonden te bellen met iemand.

Jurek heeft vanmorgen vroeg toegeslagen, slechts dertig minuten nadat Saga Pellerina op de opvang had afgezet en op weg was gegaan naar de veerboot van Högmarsö.

Hij had er alle tijd voor.

Hij vermoordde de medewerkers die zich in de opvang bevonden: de directeur en de orthopedagoog.

De collega's van de politie die als eersten ter plaatse waren hadden Pellerina achter het gordijn gevonden.

Als Saga haar niet had geleerd dat ze zich moest verstoppen en zich doodstil moest houden, had Jurek Walter haar vanmorgen gegrepen en dan had ze haar zus nooit meer gezien.

Saga negeert het nummertjessysteem, loopt rechtstreeks naar de man achter de balie, laat haar legitimatie zien en vraagt verbeten naar Pellerina Bauer.

Haar zus bevindt zich in een van de kamers van de SEH.

Saga rent de gang door en duwt een schoonmaakkarretje aan de kant om erlangs te kunnen.

De mop valt om en ze hoort de steel met een klap op de grond neerkomen.

Rolstoelen, infuusstandaarden en bedden met blauwe plastic matrassen staan tegen de ene wand.

Een verpleegkundige trekt een traumakar achter zich aan.

Saga gaat langzamer lopen wanneer ze de geüniformeerde agent nadert die bij de laatste deur voor lift B staat.

'Sta je hier alleen?' vraagt ze en ze legitimeert zich nog eens.

'Ja,' antwoordt de man en hij kijkt haar strak aan.

'Shit,' zucht ze en ze loopt naar binnen.

De verlichting is gedempt in het kamertje zonder ramen. Pellerina zit in bed met een gele deken om haar schouders.

Op het nachtkastje naast haar staan een glas limonade en een papieren bordje met een broodje kaas.

Saga loopt meteen naar haar toe en slaat haar armen om haar heen. Terwijl ze haar zus omhelst, laat ze de opluchting voor het eerst toe. Ze duwt haar gezicht tegen Pellerina's verwarde haardos.

'Ik ben zo snel mogelijk gekomen,' zegt ze.

Ze knuffelen elkaar een hele poos, dan kijkt Saga Pellerina aan, dwingt zichzelf tot een glimlach en aait over haar wang.

'Hoe gaat het met je?'

'Goed,' antwoordt het meisje ernstig.

'Echt?' fluistert Saga en ze doet haar best om haar tranen in te houden.

'Kunnen we nu niet naar huis, naar papa?'

Saga slikt moeizaam. Ze moet haar gedachten aldoor een halt toeroepen, geen voorstellingen in haar hoofd toelaten van wat er met haar vader is gebeurd.

'Was je bang?'

Pellerina knikt en slaat haar ogen neer, zet haar bril af en wrijft in haar ooghoek. Haar lichte wimpers werpen schaduwen over haar ronde wangen.

'Dat snap ik,' zegt Saga en ze strijkt wat haar van Pellerina's voorhoofd.

'Ik heb me achter een gordijn verstopt en ben zo stil geweest als een muisje,' zegt ze met een glimlach en ze zet haar bril weer op.

'Dat heb je heel goed gedaan,' zegt Saga. 'Heb je hem gezien?'

'Even, voordat ik mijn ogen dichtdeed... Het was een oude man, maar hij was heel snel.'

Saga voelt dat haar hart sneller gaat slaan en ze kijkt naar de deur.
'We moeten nu weg,' zegt ze. 'Is de dokter al bij je geweest?'
'Die komt zo.'
'Hoelang zit je al te wachten?'
'Dat weet ik niet.'
Saga drukt op de alarmknop en even later komt er een verzorger binnen, een man van middelbare leeftijd met een buikje en een bril.
'Ze moet worden onderzocht voordat we weggaan,' zegt Saga.
'Dokter Sami komt zo snel mogelijk,' antwoordt de man, wiens geduld nu al opraakt.
'Pellerina is nog maar twaalf en ik weet niet hoelang jullie haar al laten wachten.'
'Ik snap dat het vervelend is, maar we moeten voorrang geven aan de meest acute gevallen, dat zult u vast wel begrijpen als u...'
'Luister,' valt Saga hem scherp in de rede. 'Jullie zijn niet in staat om te beoordelen hoeveel haast er in dit geval is.'
Ze laat de man haar legitimatiebewijs zien, hij pakt het aan, kijkt er goed naar en geeft het vervolgens aan haar terug.
'Dit kind krijgt voorrang,' zegt Saga.
'Ik kan vragen of de triage-arts langs wil komen voor een nieuwe beoordeling van...'
'Daar is geen tijd voor,' kapt ze hem af. 'Haal verdomme de eerste de beste gekwalificeerde arts.'
De man antwoordt niet, verlaat alleen met een gestreste blik het vertrek.
'Waarom ben je zo boos?' vraagt Pellerina.
'Ik ben niet boos, echt niet. Je weet dat ik soms boos klink als ik gestrest ben.'
'Je vloekte.'
'Dat weet ik en dat moet ik niet doen, dat was heel stom van me.'
Even later klinken er stemmen achter de deur en dan komt er een arts de kamer in, een kleine vrouw met lichtbruine ogen.
'Ik hoorde dat jullie me willen spreken,' zegt ze afwachtend.
'Onderzoek haar gewoon,' zegt Saga ongeduldig.

'Ik begrijp het niet,' zegt de dokter en ze glimlacht.

'We kunnen hier niet blijven, we moeten snel weg, maar ik wil toch zeker weten dat het goed met haar gaat.'

'Ik zal jullie hier niet vasthouden als jij kunt aantonen dat je de verzorger bent.'

'Doe gewoon wat ik zeg!'

De agent komt binnen met zijn hand op de holster.

'Wat is er aan de hand?'

'Bewaak de deur,' brult Saga. 'Je mag niet bij de deur weg en doe verdomme je kogelwerende vest dicht.'

De agent blijft in de deuropening staan.

'Wat is het dreigingsbeeld?'

'Ik heb geen tijd om het uit te leggen... en dat maakt ook niet uit, je hebt geen schijn van kans,' zegt ze en ze probeert te kalmeren.

Ze vangt de blik van de dokter op en zet een paar stappen in haar richting, ze probeert zacht te praten, zodat Pellerina het niet kan horen.

'Luister, ik ben operationeel commissaris bij de Säpo en ik moet dit meisje in veiligheid brengen... Ze is mogelijk getuige geweest van een dubbele moord en naar alle waarschijnlijkheid zal de moordenaar achter haar aan komen... Jullie willen ons niet langer in het ziekenhuis houden dan nodig is, neem dat van me aan. We gaan weg zodra je klaar bent. Als klein kind is ze aan een hartafwijking geopereerd, de tetralogie van Fallot... Luister, ik ga ervan uit dat jullie een ecg hebben gemaakt, maar ik wil zeker weten dat er geen tekenen zijn van ernstige shock.'

'Ik begrijp het,' zegt de arts. Haar ogen zijn donker geworden van de stress.

Terwijl de arts met Pellerina praat, gaat Saga de kamer uit, ze controleert de gang, werpt een blik op de entree beneden en slaat de wachtende mensen gade achter de glazen ruiten die hen van de receptie scheiden.

Ze moet aan de koster denken. Volgens haar eigen schatting is hij nu twee weken dood, maar de data op de oude levensmiddelen in de koelkast wijzen erop dat hij meer dan vier maanden geleden in het graf is gelegd.

De Bever is de handlanger die Jurek heeft uitgekozen. Die gedachte is eerder ook door haar hoofd geschoten, maar toen zag ze die als onlogisch.

Nu weet ze dat Joona aldoor gelijk heeft gehad.

De Bever heeft in de kapel gewoond en het graf bewaakt, hij heeft de koster in leven gehouden.

Vier maanden in een graf, bedenkt ze.

En nu heeft Jurek haar vader ontvoerd.

Ze probeert nog eens te bellen, maar Lars-Eriks telefoon staat nog steeds uit.

Saga laat een opsporingsverzoek voor de auto van haar vader uitgaan en vraagt dan bij haar eigen dienst of een technicus zijn telefoon kan traceren.

Terwijl ze praat, ziet ze een slanke man de deur in komen. Ze breekt het gesprek af en trekt behoedzaam haar pistool. Als ze ziet dat het Jurek niet is, stopt ze het wapen weer in de holster.

Ze werpt een blik naar het andere uiteinde van de gang, pakt haar telefoon weer en belt het rechtstreekse nummer van Carlos Eliasson van de NOA.

'Jurek Walter is terug,' zegt ze kortaf.

'Ik heb van de gebeurtenissen op de opvang van je zus gehoord.'

'Ze heeft meteen een schuiladres nodig,' zegt Saga en ze kijkt weer naar de toegangsdeur.

'Dat kunnen we niet bieden, zo werkt het niet. De eenheid voor persoonsbeveiliging moet een onderzoek doen, ongerust zijn is niet voldoende, dat weet je, voor iedereen gelden dezelfde regels.'

'Dan neem ik verlof, ik moet nu een schuilplaats vinden.'

'Saga, nu klink je als een zekere commissaris van Finse...'

'Valeria,' valt ze hem met luide stem in de rede. 'Heeft zij beveiliging gekregen? Zeg dat ze beveiliging heeft gekregen!'

'Er is geen dreigingsbeeld,' zegt Carlos geduldig.

'Ze moet beveiliging krijgen! Dat is jouw verantwoordelijkheid, verdomme... Nee, hou je mond. Jurek is terug, dat is een feit.'

'Saga, hij is dood. Jij hebt hem doodgeschoten en zijn lijk...'

'Zorg dat Valeria beveiliging krijgt,' snauwt Saga en beëindigt dan het gesprek.

Ze kijkt weer om zich heen in de gang, terwijl de gedachten branden in haar hoofd. Joona heeft al die tijd gelijk gehad en Nathan en zij hebben een heleboel kostbare tijd verspild met zijsporen. Joona heeft de dreiging serieus genomen, hij had zijn vlucht al voorbereid en heeft zichzelf en zijn dochter gered.

De agent die de wacht houdt bij de deur kijkt haar verbaasd aan als ze de patiëntenkamer weer binnengaat.

De arts geeft Pellerina net op dat moment een hand en loopt dan naar Saga toe.

'Ze is een geweldig lieve en slimme meid.'

'Zeker weten,' zegt Saga met een zwaar gevoel in haar borst.

'Er zijn geen problemen met haar hart,' vervolgt de arts. 'Maar Pellerina is heel bang geweest, ook al denk ik niet dat ze het geweld heeft gezien, kennelijk heeft ze aldoor haar ogen dichtgehouden... Daar komen we niet echt achter, maar ze vertoont geen tekenen van dissociatie of desoriëntatie en ze heeft geen psychomotorische problemen.'

'Mooi.'

'Ik zou graag willen dat ze naar een psycholoog gaat, want ze zal moeten praten over wat er is gebeurd.'

'Natuurlijk.'

'En als ze angstig is of niet kan slapen, komen jullie maar terug. Soms kunnen...'

'Mooi.' Saga laat haar niet uitspreken en gaat naar Pellerina toe.

Snel slaat ze de gele deken om haar zus heen en tilt haar op, ze loopt langs de dokter, komt in de gang en zegt tegen de agent dat hij met hen mee moet lopen naar de auto.

Ze zet Pellerina op de achterbank, doet haar gordel om en bedankt de agent.

Saga rijdt het ziekenhuisterrein af. Ze is van plan naar het noorden te rijden, naar een plaats waar ze geen enkele band mee heeft. Ze zal een afgelegen zomerhuisje zoeken, het openbreken en zich daar met haar zus verstoppen. Daar zullen ze dan blijven totdat de politie haar werk doet. Maar eerst moet ze een andere telefoon hebben, zodat ze niet kan worden getraceerd. Bij Skanstull zet Saga de auto aan de kant van de weg en begint op internet te zoeken naar winkels die gebruikte telefoons verkopen. Dan belt Carlos.

'Saga,' zegt hij met onvaste stem. 'Ik heb een wagen die toch in de buurt was naar Valeria gestuurd en... Ik heb hier geen woorden voor, maar ze is weg, ontvoerd... We hebben de stoffelijke resten van een man in een uitgebrande auto gevonden, overal zit bloed, de kassen zijn vernield...'

'Hebben jullie wegversperringen opgericht?' vraagt ze bijna fluisterend.

'Daar is het te laat voor, het is dagen geleden gebeurd... We hadden dit anders moeten aanpakken.'

'Ja.'

'Ik heb een veilig onderkomen geregeld voor je halfzus,' besluit Carlos.

45

Valeria probeert op haar zij te draaien om de druk van haar pijnlijke hielen en geschaafde schouderbladen te halen.

Haar schouder zit haar als gewoonlijk in de weg als die tegen de bovenkant van de kist komt.

Ze moet weer op haar rug gaan liggen.

Het is pikdonker en ze is het besef van tijd allang kwijt.

De pijn in haar bovenbeen van de beet was in het begin heftig en bonzend.

Ze heeft twee keer in haar broek geplast, maar die is nu bijna opgedroogd.

Ze denkt niet aan de honger, maar ze heeft enorme dorst, haar mond is kurk- en kurkdroog.

Af en toe slaapt ze even, misschien een uur, misschien minder. Ze kan het nergens aan afmeten. Eén keer heeft ze bonzende geluiden gehoord en de schreeuw van een vrouw in de verte.

Het is zo koud als in een koelkast, misschien nog kouder. Haar vingers kan ze warmen, maar haar tenen zijn verdoofd.

Door de zoete houtgeur van de kist heen ruikt ze een muffe geur van aarde.

Ze was al vrij gauw gestopt met roepen om hulp toen ze begreep dat Jurek Walter dit had gedaan, net zoals Joona had voorspeld.

Ze is levend begraven.

Dit is het werk van Jurek; de grote man die naar haar kas is gekomen is zijn nieuwe handlanger.

Hij was verschrikkelijk sterk en agressief.

Ze had haar rubberlaarzen al verloren toen hij haar ene kuit vastpakte en haar het bos in trok. Haar regenjack schoof omhoog en sleepte achter haar aan als een cape. Toen hij aan een tak bleef haken rukte de man de jas van haar lijf.

Hij smeet haar in de kofferbak van een auto en reed over een hobbelige weg.

Valeria probeerde het slot van de kofferbak open te krijgen met haar trillende handen, maar verloor haar evenwicht toen de auto een scherpe bocht maakte.

Er kwam bloed uit de beet in haar dij.

Ze probeerde het nog eens, maar het was niet te doen.

Opeens herinnerde ze zich wat Joona over dit soort situaties had gezegd. Soms vertelde hij haar dingen die hij zijn dochter had geleerd in het noordelijke Nattavaara.

De krik, bedacht ze.

Er ligt bijna altijd een krik in de kofferbak van een auto.

In het donker streek Valeria met één hand over de vloer, ze vond de beide haken van het kunststof luik, maakte ze los, schoof een eindje opzij en slaagde erin de ruimte te openen. Ze zocht naast het reservewiel, tastte met haar vingers over een kruissleutel en een gevarendriehoek en vond toen de nylon zak met de krik.

Ze zette hem zo dicht mogelijk bij het slot, draaide de schroef aan met haar vingers totdat de krik tegen de klep kwam en zette toen de slinger op zijn plaats.

De auto maakte een bocht en ze viel op haar schouder, maar ze slaagde erin de kruk op zijn plaats te houden en begon te draaien.

De ruimte was zo krap dat ze bij elke slag haar knokkels stootte.

De klep ging knarsend omhoog, toen de auto abrupt tot stilstand kwam.

Ze bleef zo snel mogelijk draaien, maar gaf het op toen het geluid van de motor verstomde en het portier van de bestuurdersplaats openging.

Ze tastte naar een slagwapen. Toen de klep openging had ze net de kruissleutel te pakken gekregen en ze haalde uit. Maar hij was voorbereid, trok het werktuig naar zich toe, gooide het weg, pakte haar haar aan de zijkant van haar hoofd vast en duwde een ijskoude lap tegen haar mond en neus.

Toen ze wakker werd, bevond ze zich in deze duisternis. Ze heeft om hulp geroepen, met klopsignalen sos geseind, ze heeft naar iets gezocht om de kist mee te openen, ze heeft uit alle macht met haar handen en knieën tegen de bovenkant en de zijkanten geduwd en daarbij het hout hooguit zachtjes horen kraken.

Ze verwarmt haar vingers onder haar bovenbenen en valt in slaap, maar wordt wakker van de pijn van de doorligwonden op haar hielen en probeert haar voeten in een andere hoek te leggen.

Opeens klinken er bonzen boven haar en daarna zware, schrapende geluiden. Haar hart begint sneller te slaan als ze stemmen hoort. Ze kan geen woorden onderscheiden, maar het zijn een man en een vrouw die ruziemaken.

Valeria denkt dat ze gevonden is en begint om hulp te roepen, als iemand luid op het deksel van haar kist stampt.

'Maar ze moet water hebben, anders gaat ze vandaag of morgen dood, verdomme,' zegt de man.

'Dat is te gevaarlijk,' antwoordt de vrouw met bange stem. 'Dat is veel te...'

'Dat komt wel goed,' valt de man haar in de rede.

'Ik sla haar als ze eruit komt,' zegt de vrouw. 'Ik sla haar schedel in.'

Het plotselinge licht brandt in Valeria's ogen als het luik opengaat. Ze knijpt haar ogen tot spleetjes en ziet een man en een vrouw boven zich.

Valeria ligt onder de vloer van een hobbykamer met afbeeldingen van stierengevechten aan de muur.

Er is een gat in de vloer gezaagd, door de planken en het isolatiemateriaal heen.

De man houdt een jachtgeweer op Valeria gericht en de vrouw heeft een bijl in haar hand. Ze zien er heel gewoon uit, als buren of mensen die je in de supermarkt tegenkomt. De man heeft een blonde snor en gestreste ogen, de vrouw heeft een hoge staart in haar haar en draagt een bril met een roze montuur.

'Help me, alsjeblieft,' zegt Valeria hijgend en ze pakt zich met beide handen aan de rand van de kist vast.

'Blijf liggen!' commandeert de man.

De lijkkist staat in een kruipruimte onder het huis. Valeria is zwak, maar probeert overeind te komen. De man stoot met de loop van het geweer in haar gezicht. Haar hoofd schiet naar achteren, maar ze laat de rand van de kist niet los.

'Blijf liggen, kreng,' schreeuwt de man. 'Ik schiet, snap je dat? Ik schiet.'

'Waarom doen jullie dit?' vraagt ze huilend.

'Ga liggen!'

Er stroomt warm bloed over haar wang. Valeria steekt een hand omhoog naar de vloer. De vrouw slaat met de bijl, maar Valeria is haar grip al kwijt als het blad in de planken hakt.

De man duwt met de geweerloop tegen haar borst, zodat ze weer achterover in de kist valt en met haar hoofd op de bodem klapt.

Ze heeft de spanbanden op de grond naast de kist gezien. Ze gebruikt dat soort banden zelf ook in haar kwekerij en ze weet dat de spanratels een sjorkracht van tien ton hebben.

'Geef haar het water,' zegt de vrouw met gespannen stem.

Valeria haalt hijgend adem, ze weet dat ze moet proberen contact met hen te krijgen, ze mag niet hysterisch worden.

'Maar ik snap het niet...'

'Stil!'

Er komt een tienermeisje met een houten stok in haar hand dichterbij. Ze gooit een plastic fles met water voor Valeria naar beneden en duwt dan het deksel dicht met haar voet.

46

Pellerina werd onmiddellijk in het getuigenbeschermingsprogramma, de meest vergaande beveiligingsmaatregel van het land, opgenomen.

Saga had twee gebruikte prepaid telefoons gekocht, en voerde de nieuwe nummers in, zodat Pellerina en zij met elkaar konden praten.

Ze lette erop dat ze niet werd geschaduwd en reed een rondje om Stora Essingen, voordat ze naar Kungsholmen reed, de garage onder het Rådhuspark in draaide en naast een zwarte bestelbus met geblindeerde ramen parkeerde.

De lenzen van alle beveiligingscamera's waren al afgeplakt.

Saga stapte uit, liep om de auto heen en maakte kennis met de lange, blonde lijfwacht, die zich als Sabrina voorstelde.

'Het dreigingsbeeld is extreem ernstig,' zei Saga. 'Vertrouw niemand, verraad het adres aan niemand, wie het ook vraagt.'

Saga haalde Pellerina, nam snel afscheid, beloofde dat ze zo snel mogelijk zou komen, opende de zijdeur van het busje en maakte de gordel van haar zus vast.

'Ik wil mijn eigen telefoon,' zei Pellerina toen Saga haar de gebruikte mobiel gaf.

'Die neem ik mee als ik kom. Hij is kapot en ik moet hem laten repareren,' loog Saga.

Pellerina keek haar hulpeloos aan vanachter de dikke bril en begon te huilen.

'Ik ben er heel voorzichtig mee geweest.'

'Het is niet jouw schuld,' zei Saga en ze veegde de tranen van de wangen van haar zus.

Aangezien Saga eerder te maken heeft gehad met persoonsbeveiliging, weet ze dat de woning die Pellerina toegewezen heeft gekregen op

P.O. Hallmansgata 17 zit en een geavanceerd beveiligingssysteem heeft, met een gepantserde deur en ramen van thermoplast.

Saga stapt in Nathans auto en ziet het busje achteruitrijden en door de vouwdeuren en over de hellingbaan omhoog verdwijnen.

Toen ze van Högmarsö naar het Söderziekenhuis reed, had ze drie keer met de computer- en telecommunicatieafdeling van de Säpo gebeld. Ze proberen de mobiel van haar vader te traceren, maar het is niet mogelijk die van een afstand te activeren en hij stuurt geen ping uit. Hij heeft het toestel voor het laatst gebruikt toen hij met Pellerina praatte, die tekenles had, en toen werd zijn signaal door een basisstation in Kista opgevangen.

Ze weet dat ze op dit moment informatie van andere stations proberen te krijgen om de gegevens te combineren en de plaats van het telefoongesprek nauwkeuriger te bepalen.

Hoewel Saga weet dat het zinloos is, blijft ze proberen haar vader te bellen. De telefoon die eindeloos overgaat zonder dat iemand opneemt, is een donkere herinnering aan de nacht dat haar moeder stierf.

De voicemail start en ze hangt op voordat ze de formele stem van haar vader hoort en belt dan Nathan Pollock.

Hij is nog steeds op Högmarsö met de technici. Het ritselt en dreunt om hem heen in de harde wind.

'Hoe is het met Pellerina?' vraagt hij.

'Het komt wel goed met haar, ze is in veiligheid,' antwoordt Saga en ze slikt moeizaam om de brok uit haar keel te krijgen.

'Mooi zo.'

'Ze heeft geluk gehad.'

'Ik weet het, het is ongelooflijk,' zegt Nathan.

'Maar Jurek heeft mijn vader ontvoerd,' fluistert ze.

'Laten we hopen dat dat niet waar is,' zegt Nathan voorzichtig.

'Ik weet dat hij Valeria en mijn vader heeft ontvoerd.'

Ze hapt naar adem, schraapt haar keel en duwt haar hand tegen haar ogen. De tranen branden achter haar oogleden.

'Sorry,' zegt ze zacht. 'Het is gewoon zo moeilijk te accepteren, ook al gebeurt dit, ook al was ik gewaarschuwd.'

'We gaan dit oplossen,' zegt Nathan. 'We moeten ons nu concentreren op…'

'Ik moet mijn vader zoeken,' valt ze hem in de rede. 'Dat is mijn verantwoordelijkheid, dat is het enige waaraan ik kan denken. Waarschijnlijk leeft hij nog en ik moet hem vinden.'

'We zullen hem vinden, dat beloof ik,' zegt Nathan. 'We hebben hier veel mensen en we hebben de hele kosterswoning en de garage al doorzocht, maar er is niets wat met Jurek of de Bever in verband kan worden gebracht… Erland Lind had geen computer, maar we hebben zijn telefoon onder zijn bed gevonden.'

'Misschien komt daar iets uit,' fluistert Saga.

'De honden hebben het hele bos doorzocht, maar het ziet er niet naar uit dat hier meer graven zijn.'

Het dreunt in Nathans telefoon en op de achtergrond wordt geroepen.

Saga leunt met haar hoofd tegen de neksteun en strijkt met haar vinger over het ruwe leer van het stuur.

'Ik kom graag, zal ik dat doen?' vraagt ze. 'We moeten met Carlos praten over een landelijk opsporingsbericht of…'

'Wacht even,' zegt Nathan.

Saga zit met de telefoon tegen haar oor en hoort hem met iemand praten. De wind buldert in de microfoon en de stemmen verdwijnen.

Een vrouw stapt in een auto, start en rijdt naar de hellingbaan en wacht totdat de deuren zich openvouwen.

'Ben je er nog?' vraagt Nathan.

'Uiteraard.'

'Moet je dit horen, de technici hebben iets aan de binnenkant van het deksel van de kist gevonden,' zegt hij. 'Ze hebben het in strijklicht gefotografeerd en nu hebben ze twee woorden tevoorschijn gebracht… De koster moet de letters er met zijn nagels in hebben gekrast voordat hij stierf, de woorden zijn bijna onzichtbaar.'

'Wat staat er?' vraagt ze.

'Er staat "Red Cornelia".'

'Red Cornelia?'

'We hebben geen idee of...'

'De zus van de koster heet Cornelia,' onderbreekt Saga hem en ze start de auto. 'Ze had geen contact met haar broer. Ze woont in de buurt van Norrtälje, nog geen twintig kilometer van het water waar ik Jurek heb neergeschoten.'

47

Saga rijdt naar Svartnö, keert de auto en zet hem aan de kant. Via de achteruitkijkspiegel kan ze de kade en het donkergrijze water in de gaten houden.

Wanneer ze de veerboot aan ziet komen, stapt ze uit en ze loopt de helling af.

Nathan staat eenzaam op het dek met beide handen op de reling.

De kabels snijden ruisend door het water.

De oprijplaat wordt neergelaten en schraapt over de kade.

Nathan zwaait naar de schipper in de stuurhut en gaat aan land, Saga geeft hem zijn autosleutels en gaat op de passagiersplaats zitten.

Nathan stapt in, zet de stoel goed en start.

Cornelia woont aan de rand van Paris, een buurtschap ten oosten van Norrtälje.

'Meer stond er niet in het deksel van de kist,' zegt Nathan.

'Waarschijnlijk dreigde Jurek dat hij Cornelia zou vermoorden als de koster niet meewerkte,' zegt Saga en ze controleert of het geluid van haar telefoon niet uitstaat.

'Dus wat dacht hij, toen hij in de kist lag?' gaat Nathan verder. 'Hij moet hebben begrepen dat hij dood zou gaan, daarom schreef hij dat bericht, hij hoopte dat iemand het graf zou vinden en zijn zus zou redden.'

'Jurek moet hem vreselijk bang hebben gemaakt om er zeker van te zijn dat hij niets aan de politie zou vertellen... Misschien had hij al kennisgemaakt met het graf, misschien had hij zijn zus in een graf gezien... Zijn dementie ontwikkelde zich tamelijk snel nadat ik daar was geweest.'

Ze komen langs weilanden omzoomd door naaldbos en rijden onder de E18 door.

Nathans linkerhand rust op het laagste punt van het stuur. Ook al ligt hij in scheiding, hij draagt zijn dunne rood gouden trouwring nog steeds.

Saga zou Nathan willen vragen de hondengeleider te bellen dat ze moet opschieten, maar ze houdt zich in.

Volgens het navigatiesysteem van de auto is het geen vijf kilometer meer.

Onderweg krijgen ze informatie binnen op de mobiele terminal: Cornelia neemt de telefoon niet op en de afgelopen maand is er een aantal rekeningen doorgestuurd naar de deurwaarder.

Voordat ze met pensioen ging, werkte ze als verpleegkundige in het Norrtälje-ziekenhuis.

Cornelia is tweeënzeventig en alleenstaand.

Op het scherm is een breedgeschouderde vrouw te zien met kort, wit haar en een leesbril aan een koordje op haar borst.

'Wie heeft haar verhoord?' vraagt Nathan.

'Niemand,' antwoordt Saga. 'De koster vond het lichaam een halfjaar nadat ik Jurek had neergeschoten. Er was helemaal geen verband met hem en zijn zus.'

'Maar ze woont nog geen twintig kilometer van de plaats waar hij is verdwenen.'

'Dat weet ik, maar we wisten dat Jurek het niet lang meer zou maken – hoe ver zou hij kunnen komen? We hebben met iedereen binnen een straal van tien kilometer vanaf die watergang gesproken... Dat waren zevenhonderd verhoren.'

Er was indertijd over gesproken om het zoekgebied tot een straal van twintig kilometer uit te breiden, maar dan was de plaats Norrtälje erbinnen gevallen en was het aantal verhoren met meer dan tweeduizend procent gestegen.

'Maar ik bedoel later, toen het lichaam was gevonden en de koster dement werd,' zegt Nathan en hij kijkt haar even aan.

'Ik heb haar telefonisch gesproken,' zegt Saga. 'Ze had al tien jaar geen contact meer met haar broer en kon niets zeggen.'

Ze rijden een smalle grindweg op met een strookje berijpt geel gras in het midden, die recht het dichte bos in leidt.

Saga kijkt naar de voorbijschietende donkere stammen.

Misschien houdt Jurek Valeria en haar vader hier vast, op Cornelia's grond.

Ze krijgt een droge mond en reikt naar de plastic fles mineraalwater.

Het is niet onmogelijk, hij heeft eerder graven in groepjes bij elkaar gehad.

Ze heeft zich altijd afgevraagd hoe hij alle ongemarkeerde graven kon onthouden.

'Waar denk je aan?' vraagt Nathan, die haar van opzij aankijkt.

'Nergens aan. Hoezo?'

'Je trilt.'

Ze kijkt naar de fles in haar hand, drinkt nog wat, zet hem in de houder in de middenconsole en stopt haar handen onder haar bovenbenen.

'Ik maak me heel veel zorgen om mijn vader,' zegt ze.

'Dat begrijp ik,' antwoordt Nathan.

Saga richt haar blik op de zwartgroene sparren, de her en der verspreide heideplanten en bosbessenstruiken.

Het is ondraaglijk dat ze haar vader hieraan heeft blootgesteld; het is allemaal haar schuld, zij heeft de verantwoordelijkheid en ze moet hem redden.

Ze bevinden zich een aantal kilometers van de andere vakantiewoningen wanneer het donkere sparrenbos plaatsmaakt voor een open plek. Nathan mindert vaart en een rood huis met witte accenten wordt zichtbaar.

'De hondengeleider had toch wel door dat er haast bij was?' vraagt ze.

'Ze is meteen in de auto gestapt,' zegt Nathan.

'Zijn er dichterbij geen honden, in Norrtälje misschien?'

'Amanda is de beste,' antwoordt hij geduldig.

Ze rijden langzaam naar het kleine huisje. Onder een carport met een dak van zeildoek staat een modderige Jeep Wrangler uit de jaren tachtig tegen een muur van opgestapelde houtblokken.

Saga maakt haar Glock los uit de schouderholster en brengt een kogel in de loop.

Ze blijven staan op een stenig grasveld, dat omhoogloopt naar het huis. Saga verlaat de auto zonder een woord te zeggen, houdt het wapen naast haar lichaam en richt het naar de grond, terwijl ze met grote stappen op weg gaat.

Achter zich hoort ze Nathan het portier sluiten.

Ze weet tamelijk zeker dat Jurek hier niet is, dat zou niet kloppen met zijn manier van denken; hij zou zich niet zo makkelijk laten opsporen.

Ze loopt naar de zijkant en zoekt naar kale aarde en sporen van pas gedolven graven. Haar blik gaat speurend naar de grenzen van het perceel, achter de carport en terug naar de kale struiken die tegen het huis aan gedrukt staan.

Zonder op Nathan te wachten loopt ze om het huis heen, naar de beschaduwde achterkant. De grond is hier droger en ligt bezaaid met ronde sparappels.

Op het grasveld tussen het huis en de donkere bosrand staan een paar enorme sparren met zware, kronkelige takken.

In het gras achter de grootste spar ligt een ladder.

Saga loopt langs een kruiwagen vol met water en kijkt in een kleine broeikas met dode planten. Ze ziet geen sporen van kennelijke graven, geen aardappelland of omgespitte hoekjes van de tuin.

'Saga? Wat is er?' vraagt Nathan en hij komt de hoek om.

'Misschien zijn ze in het bos begraven,' zegt Saga.

'Ik begrijp hoe jij erin staat, maar we doen dit in de juiste volgorde. We gaan eerst met Cornelia praten.'

Nathan loopt terug naar de voorkant, maar Saga blijft nog even staan met haar blik tussen de stammen.

Net als ze zich omdraait om achter hem aan te gaan, knapt er iets in de bosrand. Saga draait zich bliksemsnel om en heft het wapen, haalt de trekker langs de eerste weerstand, concentreert haar blik en zoekt naar bewegingen.

Ze ziet alleen de stammen van de bomen.

Langzaam verplaatst ze zich zijwaarts als ze het ritselende geluid weer hoort. Het zal wel een dier zijn, een egel misschien, denkt ze, en ze loopt voorzichtig verder naar de bosrand.

Ze blijft even doodstil staan en gaat met haar blik langs boomstammen, scheuten en struiken met takken die alle kanten op gaan.

Saga draait zich om en loopt om het huis heen, blijft staan, kijkt nog eens om naar de bomen waar het geluid vandaan kwam en loopt dan door naar de voorkant.

Nathan belt aan en doet een stap naar achteren.

Saga gaat naast hem staan en ziet op een bordje VERPLEEGKUNDIGE staan.

Cornelia heeft een verpleegkundig spreekuur aan huis gehouden, concludeert ze.

Nathan drukt nog eens op de bel. Die is door de muur heen duidelijk te horen. Hij wacht even en voelt dan aan de deur.

Die zit niet op slot, maar zwaait geluidloos open aan zijn drie scharnieren.

'Doe dat pistool weg,' zegt hij.

Saga veegt het zweet van haar hand af aan haar spijkerbroek, maar houdt het wapen in haar hand als ze achter hem aan een wachtkamer binnenloopt met een tv, twee harde banken en een standaard met tijdschriften.

Ze lopen over de lichtgrijze kunststof vloerbedekking, werpen een blik in de gasten-wc en lopen de deur naar een spreekkamer door.

Voor het raam staan twee grote waaiers die inkijk vanaf de carport verhinderen. Het zonlicht komt net over de boomtoppen heen. De ramen zijn vies en op de vensterbank liggen dode vliegen.

Tegen de ene muur staat een met dik papier beklede onderzoektafel en tegen de andere een bureau met een computer, een telefoon en een laserprinter.

Schuin achter het bureau is een deur met een matglazen raam op ooghoogte.

Er brandt geen licht in de kamer achter het raam.

Saga ziet zichzelf als een nevelige schaduw weerspiegeld wanneer ze erheen loopt om de deur open te doen. Het enige wat ze ziet in het donker is een metaalachtig streepje avondlicht.

Ze steekt haar hand om de hoek, tast langs de muur en even flitst het door haar heen dat daarbinnen misschien iemand naar haar staat te kijken. Haar vingertoppen vinden het knopje, ze knipt het licht aan en brengt haar pistool omhoog.

Langzaam loopt ze naar binnen en de rillingen lopen over haar rug als ze om zich heen kijkt.

Cornelia's woonkamer met open haard is omgebouwd tot operatiekamer. De gordijnen zijn dicht en met knijpers aan elkaar vastgemaakt.

Er glinsteren zwevende stofjes in het licht van de plafondlamp.

Nathan blijft naast Saga staan en kijkt naar de gebruikte inrichting.

De operatietafel is misschien maar tien jaar oud, maar het ecg-apparaat is niet eens digitaal, maar print curves op een strook ruitjespapier.

Een ronde operatielamp op een statief staat naast een infuusstandaard en een roestvrijstalen instrumentenwagen. Op de wagen liggen een capnograaf en cilinders met ademgas, medische kooldioxide en technische lucht.

'Dit is wel erg geavanceerd voor een verpleegkundige,' zegt Nathan naast haar.

'Ik begin te begrijpen waar we terecht zijn gekomen,' antwoordt Saga.

48

Saga loopt met getrokken wapen de operatiekamer door en duwt de deur van een slaapkamertje open. Het bed is opgemaakt; er ligt een gehaakte sprei overheen. Een doseerdoosje met medicijnen ligt naast een bijbel op het nachtkastje.

Ze lopen de keuken in, die ingericht is met een grenen tafel en vier rechte stoelen met rode kussens eraan geknoopt. Boven het aanrecht hangt een voorraadrekje met glazen houders voor meel, suiker en havermout. Een kopje met opgedroogde koffie en een schaal met koekkruimels staan in de gootsteen.

'Hij heeft haar meegenomen,' zegt ze.

'Amanda is over een uur hier met de honden,' zegt Nathan.

Saga laat het wapen zakken, aarzelt enkele seconden en stopt het dan in de holster. Ze loopt langzaam naar het raam en kijkt uit over het perceel met de enorme spar en de ladder die in het gras ligt.

Het is geen groot bos, misschien niet meer dan duizend hectare, maar het wordt al donker en het zoeken zal tijd vergen.

Ze keren terug naar de woonkamer en blijven voor het stuk plastic staan dat over de vaste vloerbedekking onder de operatietafel is uitgespreid.

'Zullen we de technici bellen?' vraagt Nathan.

'Ja,' zegt ze met een zucht.

Saga kijkt naar de gesloten gordijnen. Het streepje licht is bijna verdwenen. Nu al zou er iemand buiten voor het raam naar hen kunnen staan kijken zonder dat ze het doorhadden.

'Hier is Jurek dus terechtgekomen nadat jij hem had neergeschoten,' zegt Nathan.

Saga knikt en gaat voor een smalle, hoge kast met een glazen deur staan. Ze kijkt naar de rijen zagen, scalpels, haakvormige hechtnaalden en klemmen. Op de bovenste plank ligt een ouderwets, gebonden patiëntenjournaal.

Ze ruikt de scherpe geur van desinfecteermiddel als ze de kast opendoet en het boek eruit haalt.

In de kolom onder 'opnamedag' heeft Cornelia de datum opgeschreven waarop Saga meende Jurek Walter te hebben gedood en in de kolom voor 'naam en adres' staat 'Andersson'.

Dat is de meest voorkomende achternaam van Zweden.

Daarna komt een vijftien bladzijden tellende, handgeschreven epicrisis, die de eerste vier maanden beslaat, gevolgd door drie bladzijden met sporadische beschrijvingen van de behandelingen tot aan de zomer.

Saga en Nathan staan naast elkaar te lezen over wat zich in dit vertrek heeft afgespeeld. Ze verbazen zich steeds meer over de juistheid van Joona's gissingen.

Cornelia had op een parkeerterrein in het natuurreservaat bij het Bergameer staan roken, toen haar hond een geur had opgevangen. Een lichaam was door de stroom meegevoerd en blijven liggen op de ondiepe grindbank in de watergang, voordat die een grote bocht maakt.

Ze reed de jeep achteruit de vlakke oever af, het water in. Toen ze de man op de laadbak tilde, zag ze dat hij niet dood was, zoals ze had gedacht, maar bij bewustzijn.

Hij was onderkoeld en had ernstige schotwonden, maar op de een of andere manier had hij haar zover weten te krijgen dat ze hem niet naar een ziekenhuis bracht.

Ze moest hebben begrepen dat hij door de politie werd gezocht, maar waarschijnlijk had ze het als haar plicht gezien zijn leven te redden.

Ze had hem verteld dat ze verpleegkundige was en dat ze hem kon verbinden, zodat hij vervoerd kon worden naar een arts die hij vertrouwde, maar toen ze eenmaal bij haar thuis waren, vroeg hij of zij de noodzakelijke operaties zelf wilde uitvoeren.

Er staat niet hoe ze aan de apparatuur was gekomen, maar misschien had ze sleutels van de surplusvoorraad van het ziekenhuis.

In het journaal houdt ze de vitale parameters van de patiënt nauwgezet bij.

Hij had drie ernstige trauma's en een aantal kleinere.

Alle treffers die Saga had gemeld staan erin.

Twee of drie hogesnelheidsprojectielen hadden de voorste linkerlongkwab gescheurd en het linkerschouderblad gebroken.

Cornelia legde uit dat ze geen verstand had van narcose, maar de patiënt bleek zelfs geen eenvoudige pijnstilling te accepteren.

Tijdens de operaties die volgden, verloor hij een aantal malen het bewustzijn.

Ze beschrijft de toestand van de patiënt als kritiek, totdat ze zijn long heeft gered en de bloeding in zijn bovenarm heeft gestelpt.

'Ze geeft hem haar eigen bloed... Omdat ze bloedgroep O heeft, weet ze dat ze hem bloed kan geven, ongeacht zijn bloedgroep,' zegt Saga.

'Niet te geloven,' fluistert Nathan.

In de loop van de nacht begon ze zijn kapotgeschoten hand te opereren. Grote delen ervan waren verscheurd, afgerukt.

Traumatisch arterieel letsel, volledige ruptuur. De hand was niet te redden.

'Ze amputeert de hand,' fluistert Saga.

Cornelia beschrijft stap voor stap hoe ze de pols doorzaagt met een Giglizaag, de uitsteeksels van de fractuur bijvijlt, bloedvaten en zenuwen isoleert, dubbele zuigdrains plaatst en de stomp vormt door de fascie en de huid te sluiten.

'Waarom heeft Jurek het journaal niet vernietigd en het huis niet afgebrand of wat dan ook?' vraagt Nathan als ze klaar zijn met lezen.

'Omdat hij weet dat niets hiervan naar hem zal leiden voordat hij zijn plan heeft uitgevoerd,' antwoordt Saga. 'Jurek is niet bang voor gevangenissen en gesloten inrichtingen, dat is niet de reden van zijn vlucht.'

Ze loopt het huis uit en kijkt uit over de weg door het bos.

In de verte krast een kraai.

Ze kijkt in de jeep onder de carport en loopt dan een rondje om het huis. Ze blijft voor de dichte gordijnen van de operatiekamer staan en stelt zich het verloop voor.

Vrij snel na de operatie moet Jurek zijn zoektocht zijn begonnen naar een man van zijn eigen leeftijd en met dezelfde lichaamsbouw als hij.

Waarschijnlijk heeft hij lang voordat hij hersteld was in Cornelia's jeep rondgereden en onder daklozen en bedelaars gezocht.

Toen hij de juiste persoon had gevonden, schoot hij hem op dezelfde manier neer als waarop hij zelf was neergeschoten en liet hem vervolgens doodgaan.

Misschien had hij dit meteen in het begin al bedacht, misschien bedacht hij het plan pas toen zijn hand geamputeerd moest worden.

Ondanks de grote hoeveelheden antibiotica kreeg Jurek na de amputatie een secundaire infectie, die leidde tot stinkend gangreen.

Cornelia vocht zo lang mogelijk tegen de infectie, maar besloot ten slotte een nieuwe amputatie uit te voeren boven de elleboog. Intussen had Jurek zijn hand en de romp van de onbekende waarschijnlijk al in een viskaar in zee gelegd.

In het voorjaar, na de nieuwe amputatie, ging Jurek met de geweekte lichaamsdelen naar Cornelia's broer, koster Erland Lind. Hij moest de romp fotograferen, de vinger van de hand knippen, die in alcohol leggen en alle resten verbranden.

Het was waarschijnlijk de bedoeling dat de koster contact zou opnemen met de politie over het gevonden lichaam, maar voordat hij dat had kunnen doen kwam hij Saga tegen op het strand.

De wind gaat door de bomen en er vallen sparappels op de grond.

Saga staat stil in de tuin.

Het water in de kruiwagen is pikzwart geworden.

De aarde is weer een stukje verder om zijn as gedraaid en het laatste beetje avondzon schijnt vanuit een andere hoek op de grote spar – en nu ziet Saga de nieuwe schaduw op het gras.

Die verraadt wat zich aan de achterkant van de boom bevindt.

Aan een hoge tak hangt een lichaam.

Daarom ligt de ladder daar.

Saga loopt om de boom heen en kijkt naar de dode vrouw met het touw om haar nek.

Cornelia heeft zich opgehangen.

Haar rubberlaarzen zijn onder haar op de grond gevallen.

Er zit gedroogd bloed op haar vingertoppen en op haar trui tussen de borsten.

Ze moet dit een week of drie geleden hebben gedaan, ze heeft de ladder weggeschopt en daarna instinctief hard gevochten om los te komen.

Waarschijnlijk was ze al dood voordat de koster zijn noodkreet in het deksel van de kist had gekrast.

Jurek had Erland waarschijnlijk gegijzeld om Cornelia tot gehoorzaamheid te dwingen – en niet andersom.

Toen Cornelia zich van het leven had beroofd, gaf Jurek haar broer geen eten en water meer.

Hij had haar nodig, niet de koster.

De laatste aantekeningen in Cornelia's journaal gaan over de pogingen een prothese te ontwikkelen die werd aangestuurd door een externe krachtbron, met grijpfunctie in de hand via een trekkoord.

Misschien begreep ze toen dat hij van plan was meer mensen te doden en dat ze het leven had gered van een vreselijke seriemoordenaar.

49

Zeven uur later zet de hondengeleider Saga af in de Timmermansgatan. Ze rent het laatste blok tot aan haar portiek in de Tavastgatan, loopt snel de trappen op, gaat haar appartement binnen, doet de deur op slot, controleert of hij dichtzit en trekt dan de gordijnen voor alle ramen dicht.

Boven de daken van de huizen is de lucht zwart.

Ze gaat naar de keuken en begint de collega's af te bellen die betrokken zijn bij het zoeken naar haar vader. Niemand heeft nog resultaat, maar een van hen zegt dat hij de volgende dag reacties zal krijgen van acht basisstations.

Saga verzet zich tegen de impuls om hem de huid vol te schelden.

Ze legt alleen beheerst uit dat haar vader levend begraven is, dat hij de nacht misschien niet levend doorkomt.

'Alsjeblieft, probeer er wat druk achter te zetten,' vraagt ze. 'Ik heb vanavond nog resultaten nodig, het kan van levensbelang zijn.'

Ze hangt op, veegt de tranen van haar wangen, trekt haar vieze kleren uit, gooit ze in de wasmand en neemt een snelle douche om de wonden aan haar benen en armen schoon te maken voordat ze ontsteken.

Ze heeft zich flink geschramd in het kreupelbos achter Cornelia's huis.

Het was al donker toen de hondengeleider arriveerde.

Saga stond op de veranda en zag haar de open plek op rijden in een oude stationcar. Ze stopte achter de jeep onder de carport, stapte uit, zette een rugzak op de grond en opende de achterklep.

Amanda was een vrij lange vrouw van in de dertig. Ze had een zwarte schippersmuts over haar korenblonde haar, ze droeg zwarte outdoorkleding en stevige veterschoenen met ondersteuning voor de enkels.

Zodra ze de beide speurhonden water had gegeven na de autorit, liep Saga naar haar toe.

'Je hebt het gevonden,' zei ze en ze stak haar hand uit.

Amanda had een verlegen blik, ze sloeg haar ogen iets te snel neer en stelde toen haar honden voor, een Belgische herdershond en een zwarte retriever.

Billie was gespecialiseerd in het zoeken naar doden, in het oppikken van de geur van lijken en oud bloed. Haar kop was zwart, maar de krachtige manen bijna roodblond.

Ella daarentegen was getraind in het zoeken naar overlevenden en was na de laatste aardbeving naar Italië gevlogen.

Saga ging op haar knieën bij Ella zitten, sloeg haar handen om haar nek, aaide haar achter de oren en zei dat ze haar vader levend moest vinden.

Ella stond stil, luisterde en kwispelde met haar staart.

Ook al was Saga er niet op gekleed, ze besloot met Amanda en de honden mee te gaan het bos in. Ze moest zeker weten dat ze zich er niet te gemakkelijk van af zouden maken als ze moe werden en dat ze geen spoor zouden missen. De zaklampen hadden ze alleen om te kunnen zien waar ze liepen, ze vertrouwden op de reukzin van de honden.

Ze deden bijna zes uur over het doorzoeken van het dichte bos. Saga scheurde haar spijkerbroek en bleef met haar haar achter uitstekende takken hangen.

Amanda had een ruitsysteem over een gps-kaart gelegd, waar ze elke doorzochte sectie op kon aangeven.

Ze kwamen bij Björknäs zonder dat ze een spoor van Saga's vader of Valeria hadden gevonden.

Saga kreeg het koud toen ze bleven staan. Ze aaide de honden, die moe begonnen te worden. Ella had wit schuim in haar zwarte mondhoeken gekregen en zwaaide met haar staart. Billie werd nerveus, zette de spitse oren naar voren en jankte.

Saga draait de douche dicht en droogt zich af, plakt een pleister op de diepste wonden, trekt een schone onderbroek, een slobberige veloursbroek en een verwassen T-shirt aan en gespt dan de schouderholster met het pistool weer om.

Ze haalt het kogelwerende vest en stopt dat samen met een mes en een paar doosjes munitie in een stoffen tas. Haar helm, motorpak en laarzen legt ze klaar bij de voordeur.

Ze moet voorbereid zijn als haar vader wordt gevonden. Ze moet meteen weg kunnen als ze een tip binnenkrijgen, als iemand de Bever of Jurek heeft gezien.

Ze opent de wapenkast, haalt er een kleine Sig Sauer P290 uit, laadt hem, brengt een patroon in de loop, laadt door en maakt hem met ducttape vast onder de eettafel in de keuken.

Als ze de rol ducttape heeft weggelegd, blijft ze doodstil staan.

Ze gedraagt zich al net zo als Joona.

Iemand die haar nu zag, zou denken dat ze paranoïde was geworden.

Ze moet haar kop erbij houden en helder denken.

Pellerina is in veiligheid.

Dat herhaalt ze een paar keer in zichzelf.

Pellerina is in veiligheid en zelf zal ze niet rusten voordat ze haar vader heeft gevonden.

Het is een bijzonder nare situatie, maar ze kan het aan.

Op een dag zullen dit herinneringen zijn, zegt ze tegen zichzelf. Pijnlijke herinneringen, die elk jaar bleker worden.

Ze haalt een box rode wijn uit de voorraadkast, schenkt een glas in, ziet het donkere oppervlak trillen en neemt een slok.

Saga gaat aan de keukentafel zitten, drinkt nog wat, pakt de gebruikte telefoon met de prepaidkaart en belt Pellerina, ook al hebben ze vandaag al twee keer eerder met elkaar gebeld. Ze heeft haar zus niet verteld dat ze het te gevaarlijk vindt om bij haar op bezoek te komen. Ze wil Pellerina niet bang maken, maar weet dat één enkel bezoek het geheime adres zou kunnen verraden.

Ze mist haar zus, ze wil met haar knuffelen en grapjes met haar maken, maar daar zal ze niet aan toegeven.

'Sabrina is heel aardig,' zegt Pellerina ietwat kortademig.

'Denk je dat je daar kunt slapen als ze op je past?'

'Waarom kun jij niet op me passen?'

'Ik moet werken.'

'Als het nacht is?'

'Gaat het lukken?'

'Ik ben twaalf.'

'Ik weet het, je bent al groot.'

'We kunnen nu welterusten zeggen als je moet werken,' zegt haar zus.

'Ik kan nog wel even praten.'

'Dat hoeft niet.'

'Welterusten, Pellerina, ik hou van je,' zegt ze.

'Saga?'

'Ja.'

'Wat ik me afvraag,' zegt ze en zwijgt dan weer.

'Wat vraag je je af?'

'Moet ik hier zijn, zodat de clownsmeisjes me niet kunnen pakken?'

50

Saga controleert of haar voordeur op slot zit en legt dan de holster met het pistool onder het andere kussen op het tweepersoonsbed.

Het duurde bijna een uur voordat Pellerina weer zo kalm was geworden dat ze welterusten konden zeggen.

Eerst hadden ze het erover dat de clownsmeisjes maar een verzinsel waren, daarna bracht Saga het gesprek op de film *Frozen*, maar toen ze welterusten wilde zeggen, vroeg Pellerina of Saga haar alsjeblieft wilde komen halen.

Ze hoorde dat haar zus nog steeds huilde toen ze het gesprek beëindigden.

Saga knipt het licht uit, gaat op haar zij liggen en legt haar hoofd op het kussen.

Ze voelt de vermoeidheid door haar lichaam schieten en ze sluit haar ogen, maar dan komen de gedachten aan haar vader en ze hoort haar hartslag versnellen in het oor dat op het kussen ligt.

Dit is zijn tweede nacht in een graf.

De temperatuur zakt tot onder het vriespunt, de grond wordt hard en het gras begint te glinsteren van de rijp.

Ze moet haar vader vinden.

En daarna moet ze Jurek opsporen en hem vermoorden. Hij houdt zich ergens schuil. Ze zal hem uit zijn hol sleuren en ze zal afmaken waar ze ooit aan is begonnen.

Saga is net in een fase van diepe slaap, als ze droomt dat een ruwe hand over haar wang aait.

Het is haar moeder die oud is geworden. Als Saga begrijpt dat ze nog leeft, wordt ze vervuld van diepe dankbaarheid.

Ze probeert te zeggen hoe blij ze is.

Haar moeder staart haar aan, schudt haar hoofd, loopt achteruit door de kamer, stoot haar rug tegen het raam met het neergelaten rolgordijn en raakt met haar hals verstrikt in het ophaalkoord.

Saga schrikt wakker uit de droom en opent haar ogen. Het is donker in de slaapkamer. Ze heeft maar een uur geslapen.

Ze knippert met haar ogen en vraagt zich af waar ze wakker van is geworden. De telefoon zit in het stopcontact om op te laden en het scherm is zwart.

Ze zegt tegen zichzelf dat ze weer in slaap moet zien te komen, wanneer ze de slanke gestalte ziet die in de leunstoel naast het raam zit.

Ze denkt even dat het haar vader is die terug is gekomen, als de angst toeslaat en adrenaline haar zenuwstelsel in geschoten wordt.

Ze begrijpt wie het is.

Haar hart bonst en ze steekt voorzichtig haar hand onder het andere kussen, maar daar ligt haar pistool niet meer.

'Kleine sirene, altijd levensgevaarlijk,' zegt de man op de stoel.

Het is een stem die ze nooit zal vergeten, een stem die ze vaak in haar nachtmerries heeft gehoord.

De stoel kraakt als hij zijwaarts reikt, de vloerlamp aanknipt en haar aankijkt.

'En nog altijd even mooi,' gaat hij verder.

De lichte ogen en het gerimpelde gezicht van Jurek Walter zijn naar haar toe gekeerd.

Hij zit met rechte rug met haar pistool en holster op schoot. Er loopt een diep litteken over zijn ene wang en delen van het oor zijn weg. Hij draagt een geruit overhemd en de glimmende hand van de prothese lijkt een poppenhandje vergeleken met zijn grove rechterhand.

Saga gaat voorzichtig rechtop zitten. Haar hart slaat zo snel dat haar ademhaling schokkerig wordt. Ze weet dat ze rustig moet worden, ze weet dat ze het spelletje mee moet spelen, totdat ze bij het pistool in de keuken kan komen.

'Ik dacht dat ik je die keer had gedood,' zegt hij. 'Ik had haast en was slordig.'

'Ik dacht dat ik jou had gedood,' antwoordt ze en ze slikt moeizaam.

'Het had weinig gescheeld.'

'Ja, ik heb gelezen wat Cornelia heeft gedaan,' zegt Saga en ze ademt door haar neus. 'Maar ik snap niet waarom je dat allemaal hebt doorstaan. Je had naar een ziekenhuis kunnen gaan voor professionele zorg, dan had je die pijn niet hoeven hebben.'

'Voor pijn ben ik niet bang, die hoort bij het leven,' zegt hij rustig.

'Maar wanneer ben je klaar, wanneer is het eigenlijk afgelopen?' vraagt ze en de rillingen lopen over haar rug als hij zijn lichte ogen weer op haar richt.

'Wanneer het afgelopen is?' vraagt hij. 'Ik leef om de orde te herstellen... en daarin ben ik onvermoeibaar. Ik ben bestolen en dat heeft een gat gecreëerd dat moet worden gevuld.'

'Ik begrijp het,' antwoordt ze bijna geluidloos.

'Ik moest overleven... Joona heeft mijn broer van me afgenomen en ik zal hem alles ontnemen wat hij heeft, ik neem aan dat je dat begrijpt.'

Het lijkt wel of hij een paar seconden glimlacht bij die gedachte. Het ruitpatroon van rimpels wordt dieper, alsof er een net over zijn gezicht is gespannen.

Ze denkt na over zijn opmerking dat hij dacht dat hij haar die keer had gedood. Het is waar dat hij haar heel hard had geslagen, zo hard dat ze bewusteloos was geraakt, maar ze weet zeker dat hij niet had gedacht dat ze dood was.

Om de een of andere reden had hij haar laten leven.

En om de een of andere reden wil hij haar laten geloven dat het een vergissing was.

Ze moet zichzelf eraan herinneren dat Jurek continu liegt. Of je zijn leugens nu gelooft of ze doorziet, je zit in de val.

Het enige waarop ze zich moet concentreren is de keuken binnen zien te komen met een voorsprong die groot genoeg is om het pistool te kunnen pakken.

'Je gaat nog steeds met je vinger langs je linkerwenkbrauw als je nadenkt,' zegt hij.

'Dat heb je goed onthouden,' zegt Saga en ze laat haar hand zakken.

'Weet je, ik merkte dat je me door je oogleden heen zag toen ik de slaapkamer binnenkwam... Was je toen maar wakker geworden, dan had je je Glock in je hand gehad en...'

Jurek maakt zijn zin niet af en loopt met rustige bewegingen naar de wapenkast, waar hij het pistool in opbergt.

'Wat zijn dunne oogleden toch een fascinerend detail in de evolutie van de mensheid,' gaat hij verder en hij draait zich weer naar haar om. 'Met onze ogen dicht zien we lichtnuances, bewegingen, silhouetten... Onze hersenen registreren visuele indrukken in de slaap.'

Saga wendt haar gezicht af om niet te laten zien dat ze van haar stuk is gebracht. Ze mag nu haar kalmte niet verliezen, ze moet rustig blijven, maar ze begrijpt niet hoe hij haar geheimen kan kennen.

Toen ze klein was, kon ze vaak niet in slaap komen, omdat ze lag te luisteren en elke verandering door haar oogleden heen registreerde.

Zodra ze iets meende te zien, moest ze haar ogen opendoen en de kamer controleren.

Ze heeft nooit met vriendjes over die dwanggedachte gesproken of erover geschreven in een dagboek.

Bijna alle kinderen hebben dwanggedachten, maar wat de herinnering aan deze gedachte zo pijnlijk maakt, is dat ze later was gaan inzien dat die verband hield met overleven. Wanneer haar moeder haar manische aanvallen had, beeldde ze zich een boel dingen in, ze zag overal vijanden en werd agressief.

Saga moest wakker worden als haar moeder 's nachts haar kamer binnensloop, zodat ze haar gerust kon stellen.

Saga weet dat Jurek haar uit de tent probeert te lokken. Ze moet haar hoofd erbij houden en doorgaan met het gesprek, en zich er niet in laten luizen.

Hij wil haar laten geloven dat hij recht in haar ziel kan kijken.

Maar dat kan hij natuurlijk niet.

Ze moet nadenken.

Misschien heeft ze hem dat van die oogleden verteld in de beveiligde eenheid, toen ze gedrogeerd was. Ze had Trilafon en Cipramil gekregen, Stesolid intraveneus en Haloperidol intramusculair. Door de sterke medicijnen was ze waarschijnlijk niet meer in staat geweest de situatie juist te beoordelen en had ze lacunes in haar geheugen gekregen.

Het is de enige logische verklaring en die is goed genoeg, bedenkt ze en ze kijkt hem weer aan. Zijn lichte ogen slaan haar gade alsof hij probeert af te lezen welke uitwerking zijn woorden op haar hebben.

'Je zus stond achter het gordijn verstopt,' zegt hij. 'Dat begreep ik achteraf... Heel goed, jij hebt haar getraind.'

'Wat kom je eigenlijk doen?' vraagt ze.

'Wil je dat weten?'

51

Saga slaat het dekbed opzij, zet haar voeten op de vloer en staat op. Ze hoeft zich niet aan zijn regels te houden.

'Ga zitten,' zegt hij.

Ze moet in de keuken zien te komen, het pistool onder de tafel vandaan halen en in zijn beide bovenbenen schieten, daar moet ze zich op concentreren.

En als hij is gevallen en op de grond ligt, zal ze in zijn gezonde arm schieten.

Dan is hij bijna ongevaarlijk.

Ze zal hem in de badkuip laten liggen bloeden, totdat hij haar geeft wat ze wil hebben. Hij zal praten en zodra ze weet waar haar vader is, zal ze hem doden.

'Even wat water halen,' mompelt ze en ze draait zich om naar de deur.

Ze weet wat Joona heeft gezegd: niet wachten, maar Jurek doden zodra ze de kans krijgt. En vooral niet naar hem luisteren, want daarmee verkleint ze haar kansen, ook als ze in het voordeel is. Als ze door de slaapkamer loopt, staat Jurek op uit de fauteuil. Ze voelt dat hij haar volgt met zijn blik, dat zijn ogen langzaam langs haar gezicht, haar hals en de pleisters op haar onderarmen gaan.

'Blijf hier,' zegt hij.

Ze keert zich naar hem om, krabt aan haar buik en kijkt hem in de ogen.

'Ik probeer niet te vluchten, hoor,' zegt ze glimlachend en ze loopt ongehaast door naar de hal.

Ze hoort dat hij achter haar aan komt, maar kan niet vaststellen hoe groot haar voorsprong is. Het licht van de vloerlamp laat haar schaduw over de muur glijden, op de voet gevolgd door die van hem.

Ze blijft niet staan, maar duwt de slaapkamerdeur met een zacht duwtje open en loopt door de opening.

Als ze in de hal komt, begrijpt ze dat Jurek vlak achter haar zit. Hij is niet van plan haar in haar eentje naar de keuken te laten gaan.

Ze kijkt naar de gesloten voordeur en de kleren en de helm op de deurmat.

Misschien kan ze snel wegrennen en het wapen pakken.

Ze aarzelt, omdat de deur naar de keuken dichtzit, en dan is het moment voorbij. Als ze het kastje met de sleutels en de geurkaars passeert, hoort ze zijn ademhaling achter zich.

Ongehaast opent ze de deur naar de keuken, ze doet de lamp aan het plafond aan en kijkt niet naar de keukentafel als ze doorloopt naar het aanrecht.

Jurek houdt haar in de gaten terwijl ze de kraan laat lopen totdat het water koud is. Ze vult het glas, draait zich naar hem om en drinkt.

Het geruite flanellen overhemd hangt over de smalle handrug van de prothese, terwijl de rechtermouw tot aan de elleboog is opgestroopt. Zijn tijd als soldaat en het werken als monteur hebben hem gehard, bedenkt ze, en ze kijkt naar de merkwaardig grove hand, de spieren en de dikke aderen onder de gerimpelde huid van zijn onderarm.

Als ze een snelle blik op de tafel werpt, ziet ze dat een van de stoelen wat ongelukkig staat. Ze zal hem opzij moeten duwen om bij het wapen te komen.

Saga drinkt nog een slok en maakt dan een gebaar naar de tafel met het glas in haar hand.

'Zullen we niet liever hier gaan zitten?'

'Nee.'

Het pistool weegt zo weinig dat ze maar één stukje tape over de kolf hoefde te spannen om het vast te maken. Daarmee bespaart ze belangrijke seconden. Want ook als ze de dikke tape mee zou trekken, zal die het mechanisme niet in de weg zitten als ze schiet.

Jurek loopt naar het aanrecht en haalt een glas uit het bovenkastje.

Ze schuift een stukje opzij, een paar stappen dichter naar de tafel toe.

Wanneer ze de kraan hoort lopen, stapt ze meteen snel en geruisloos naar het verborgen wapen. Ze zet het glas neer, schuift de stoel met één hand opzij en reikt met de andere onder de tafel. Ze heeft het wapen net met haar vingertoppen gevoeld als hij haar met enorme kracht naar voren duwt.

Ze wordt over twee stoelen gegooid en knalt met haar schouderblad en haar achterhoofd tegen de muur, ze zakt op één knie, probeert overeind te komen en zoekt tastend over de tafel naar houvast.

De glazen pot met ontbijtvlokken valt aan gruzelementen op de grond.

Hij trekt haar aan haar haren terug, ramt zo hard met de prothese tegen haar oor dat ze haar evenwicht verliest, een stoel omgooit en een paar wankele stappen zet om niet te vallen.

De klap dreunt door haar hele hoofd.

Hij slaat nog eens, Saga draait haar hoofd weg en raakt hem met een rechterhoek in het gezicht.

Zijn hand grijpt om haar nek en knijpt haar keel dicht. Hij trekt haar naar zich toe en slaat met de harde prothese op haar wang en in haar hals, zodat het zwart wordt voor haar ogen.

Hij doet het zonder enige woede, maar verschrikkelijk efficiënt.

Er loopt bloed van haar wenkbrauw over haar wang.

Hij trekt haar aan haar nek opzij en slaat nog eens, ze probeert zich met haar hand te beschermen en voelt haar knieën knikken.

Ze wordt op haar hoofd geraakt, valt en komt met haar slaap op de plankenvloer.

Er gaat een suizende leegte door haar heen.

Haar tenen prikken.

Ze knippert met haar ogen maar ziet niets.

Op de een of andere manier begrijpt ze dat hij haar aan haar haren terugsleept naar de slaapkamer.

Jurek zet haar in de leunstoel, doet zijn riem af, wikkelt die om haar hals en bindt hem om de spijlen achter het rugkussen.

Ze krijgt geen lucht.

Ze vermoedt dat Jurek voor haar staat en zwijgend naar haar kijkt. De prothese is door het geweld losgeraakt en hangt uit de mouw.

Saga probeert haar vingers onder de riem te krijgen om de lus groter te maken. Ze vecht om lucht in haar longen te krijgen, ze schopt met haar benen, probeert de leunstoel om te gooien maar stoot alleen tegen de muur.

Haar gezichtsveld vernauwt zich en ze ziet een paar flikkerende beelden van Pellerina tegen een witte hemel, voordat hij de riem om haar hals losmaakt.

Ze hoest en hijgt, hangt naar voren boven haar knieën en spuugt bloederig slijm op de grond.

'Rechtop zitten,' zegt hij met gedempte stem.

Ze recht haar rug en hoest nog eens. Ze voelt een bonzende pijn in haar gezicht en haar hals. Jurek staat bij haar boekenkast en trekt met zijn tanden het ducttape van het kleine pistool.

Alles trilt voor haar ogen.

In drie grote stappen is hij bij haar, drukt bruusk haar wangen in, duwt de korte loop in haar mond en haalt de trekker over.

Het wapen ratelt, maar is niet geladen, hij heeft de patronen eruit gehaald.

Ze ademt heftig en voelt het zweet tussen haar borsten lopen.

'Ik weet niet waar Joona is,' stamelt ze.

'Dat begrijp ik,' zegt Jurek. 'Je weet niet eens in welk werelddeel hij zich op dit moment ophoudt, ik ken hem, hij vertelt niemand iets, dat is de enige manier... Als ik dacht dat er ook maar de geringste kans bestond dat jij iets over Joona wist, zou ik niet aarzelen om je gezicht stukje bij beetje weg te snijden.'

'Waarom heb je mijn vader dan ontvoerd?'

'Ik bedoel er niks verkeerds mee,' zegt hij. 'Ik ben bijna klaar met jou, je hebt mij de beveiligde eenheid uit geholpen, dat was je enige functie.'

Ze veegt met de achterkant van haar hand bloed van haar mond. Haar lichaam trilt helemaal van de schok.

'Wat doe je hier dan?' vraagt ze.

'Mijn broer heeft geen graf of iets,' zegt hij. 'Maar ik wil weten waar hij is.'

'Misschien is zijn as over een strooiveld verspreid,' oppert Saga met hese stem.

'Ik heb geprobeerd daarachter te komen.'

'Ik heb geen flauw idee; in bepaalde gevallen houden ze de plaats geheim om te voorkomen dat het een bedevaartsoord wordt, maar in dit...'

'Dat zal allemaal wel, maar ik wil weten waar hij is,' zegt Jurek. 'Het moet ergens gedocumenteerd zijn... Ik geloof uiteraard niet in God, maar ik had mijn broer willen begraven omwille van mijn ouders... Igor heeft een moeilijk leven gehad, de jaren in het kindertehuis in Kusminki hebben hem gebroken. En het Serbski-instituut heeft hem gemaakt tot wie hij was...'

'Ik vind het heel erg voor jullie,' fluistert Saga.

'Jij kunt bijna alles inzien, bij zowel de Säpo als de NOA,' zegt hij langzaam. 'Ik geef je jouw vader voor mijn broer.'

'Ik wil mijn vader levend.'

De rimpels in Jureks gezicht verdiepen zich bij iets wat misschien een glimlach is.

'En ik wil mijn broer levend... Maar het is voldoende als je voor documentatie zorgt die aangeeft waar hij is begraven.'

Saga knikt. Ze denkt na over Jureks reactie in de keuken. Als hij tijdens het vullen van het glas ook maar een moment naar de waterstraal had gekeken, had hij nooit zo snel kunnen reageren. Het was een val geweest om het verborgen wapen te vinden.

'Je gaat dit voor me doen,' vervolgt Jurek. 'Ook al moet je geheim materiaal overdragen, ook al moet je voorschriften overtreden.'

'Ja,' fluistert ze.

'Morgen zien we elkaar rond deze tijd op een andere plaats.'

'Hoe kom ik te weten waar?'

'Ik stuur een sms'je.'

52

Zodra Jurek weg is, doet Saga de deur op slot, hinkt naar de wapenkast, checkt of haar Glock geladen is en gespt de holster om. Ze controleert de deur en de ramen nog een keer, kijkt in de kast en onder het bed, en gaat dan naar de badkamer om haar verwondingen te onderzoeken.

Ze wast haar gezicht, spoelt haar mond en droogt zich af, gooit de bebloede handdoek in de badkuip, gaat op bed zitten met alle lampen aan en begint de database van de Säpo te doorzoeken.

Na drie uur geeft ze het op.

Het is ochtend.

Ze kan geen informatie vinden over waar Jurek Walters dode tweelingbroer is.

Saga voelt hoe erg de pijn in haar lichaam is als ze uit bed stapt en een spijkerbroek en een zachte trui aantrekt.

Voordat ze het appartement verlaat doet ze een poging de blauwe plekken in haar gezicht en rond haar hals met make-up weg te werken.

*

Het is leeg in de grote recherchekamer van de NOA. Saga loopt langs de kaart van Europa die bijna een hele wand beslaat en blijft staan voor de wazige beelden van de Bever uit de Wit-Russische bewakingsfilm.

Elk detail dat ze hebben waargenomen heeft een heel nieuwe betekenis gekregen nu ze weten dat Jurek overal achter zit.

Ze dachten dat ze jacht maakten op een moordenaar die de maatschappij zuiverde, die zichzelf als een soort superheld zag. Maar de Bever is feitelijk een slaaf, een getemde slachter.

Nu hoort Saga stemmen op de gang. Het is Nathan die een paar woorden wisselt met een collega, terwijl hij bij de koffieautomaat op zijn espresso wacht.

Het vooronderzoek is opeens het grootste van het land geworden en ze hebben zo meteen een vergadering met de korpsleiding. Ze hebben bijna onbeperkte middelen, maar Saga weet dat dat haar vader niet zal redden.

Ze moet het stoffelijk overschot van Jureks tweelingbroer vinden.

Nathan komt binnen, laat zijn zware tas op de vloer ploffen en kijkt haar aan.

'Wat is er met jou gebeurd?' vraagt hij en hij zet zijn bekertje op tafel.

'Ik ben met Amanda en de honden door het bos gelopen… ik had helemaal de verkeerde kleren aan.'

'Je ziet eruit alsof je aan een bokswedstrijd hebt meegedaan.'

'Zo voelt het ook bijna,' zegt ze en ze wendt haar gezicht af.

Nathan drinkt van de koffie en gaat zitten.

'Ik ben bij Forensische Geneeskunde langs geweest en heb twee rapporten meegekregen.'

'Heb je ze al gelezen?' vraagt Saga hees.

'Alleen doorgebladerd, maar ze lijken er vrij zeker van dat ze de oorzaak van Cornelia's dood kunnen bevestigen.'

'Ze heeft zichzelf opgehangen?'

Hij pakt een ordner met een brede rug van blauwe stof uit zijn grote tas, slaat hem open en haalt er twee voorlopige sectieverslagen van de forensisch patholoog uit. Hij zet zijn leesbril op, bladert door het ene verslag en gaat met zijn wijsvinger langs de regels.

'Even kijken,' mompelt hij. 'Ja, precies, hier staat het… "Volledige afsluiting van de arteriële bloedvoorziening van de hersenen."'

'Mag ik eens zien?'

Saga gaat op de rand van de tafel zitten en begint het materiaal door te nemen. Ze stopt als ze leest dat Cornelia's broer minstens drie maanden in zijn graf achter de kosterswoning op Högmarsö heeft gelegen, maar een week na Cornelia's zelfmoord aan uitdroging is overleden.

'Broer en zus Lind hebben Jurek op hun eigen manier geholpen en nu zijn ze allebei dood,' zegt ze en ze laat zich van de tafel glijden.

Ze denkt aan alle afspraken die Cornelia en Erland met Jurek moeten hebben gemaakt. Dat ze hem ter wille waren in een poging om zichzelf en elkaar te redden, heeft misschien wel tot hun dood geleid.

Ze hadden geen idee hoe gevaarlijk hij was.

Joona heeft gezegd dat met elke afspraak die je met Jurek maakt, je alleen maar dieper in de fuik komt te zitten.

Saga ziet een ouderwets visnet voor zich in ondiep water, waarvan de grote houten ringen een doodlopende tunnel vormen. Elke passage is zo gevormd dat de vis er gemakkelijk in kan zwemmen, maar er uiterst moeilijk weer uit.

Saga's telefoon laat een 'pling' horen. Het is een herinnering dat de politie een nationaal alarm heeft uitgevaardigd en dat Interpol is ingeschakeld.

'Nationaal alarm,' zegt ze gedempt.

'Ik heb het gehoord.'

'Hebben ze de Bever nog steeds niet geïdentificeerd?'

'Nee.'

Saga gaat bij de plattegrond van het Lill-Jansbos en het industrieterrein Albano staan. Ze kijkt naar de loop van het treinspoor en naar de gemarkeerde vindplaatsen. Ooit hield Jurek daar een groot aantal slachtoffers levend begraven.

Ze staart naar de markeringen op de kaart en probeert te begrijpen hoe Jurek het overzicht over al die graven hield, die over drie vierkante kilometer verspreid waren.

En dat was nog maar één van zijn grafvelden.

Hij moet ergens kaarten hebben gehad, of lijsten met coördinaten.

Ze hebben er jaren naar gezocht, maar nooit iets van dien aard gevonden.

Ze hebben zijn echte woonplaats niet eens gevonden.

Het appartement in Södertälje waar hij stond ingeschreven was naar alle waarschijnlijkheid slechts een façade.

Ook in de oude arbeidersbarak, waar Jureks broer zich verstopte, vonden ze evenmin sporen van Jurek. Technici en een hondenteam doorzochten de hele grindgroeve en de gebouwen en schuilkelders in de omgeving, maar het leek wel of Jurek daar nooit was geweest.

'Nathan, wat is er eigenlijk met Jureks tweelingbroer gebeurd?' vraagt ze. 'Ik bedoel met het lijk, waar is dat nu?'

'Geen idee,' antwoordt hij en hij legt foto's op tafel.

'Als het lichaam er nog is, zou ik ernaar willen kijken,' zegt Saga, als ze zeker weet dat ze haar stem rustig kan houden. 'Naar de verwondingen, bedoel ik, de oude verwondingen op zijn rug.'

Nathan haalt zijn schouders op.

'Er is een volledig rapport van het Karolinska-instituut en er zitten zo'n duizend foto's in het archief,' zegt hij.

'Dat weet ik, ik had het alleen graag met eigen ogen willen zien, maar het maakt niet uit... Wie was verantwoordelijk voor de sectie?'

'Dat weet ik niet meer, het zal de Naald wel geweest zijn.'

'Ja.'

Nathan rijdt een stoel naar de vaste computer en logt in, blijft even zwijgend zitten, typt iets in en klikt met de muis.

'Ja, de Naald,' bevestigt hij.

'Mag ik het zien?' vraagt ze en ze gaat achter hem staan.

Hij maakt een gebaar naar de computer en maakt plaats voor haar. Ze trekt een stoel bij en begint te zoeken naar informatie over het lichaam, of het om de een of andere reden is bewaard, maar vindt niets. Alleen tabellen van elke verwonding, het gewicht en de status van elk orgaan.

Ze bedenkt dat ze de Naald zal bellen zodra ze wat tijd voor zichzelf heeft. Misschien kan ze naar de wc gaan en nu meteen bellen?

Ze ziet van opzij dat Nathan de foto's van Jurek Walters signalement aan de muur hangt.

De politiefoto's zijn recht van voren en van opzij gemaakt.

Hij is ouder geworden, heeft meer littekens en mist zijn linkerarm.

Maar de rust op het gerimpelde gezicht en in de lichte ogen is onveranderd.

'De vergadering begint nu,' zegt Nathan.

Ze zet de computer uit en net op dat moment gaat haar telefoon.

Ze neemt op. 'Bauer.'

'We hebben de auto van je vader gevonden,' zegt een vrouwelijke collega en ademt dan uit alsof ze de boodschap rennend heeft gebracht.

*

De Barkarby Vliegclub, de weg en het terrein rondom Lars-Eriks auto zijn afgezet. De politie heeft geen zichtbare sporen van geweld gezien, maar de kapotte telefoon lag in de bevroren modder tien meter van het voertuig.

De onderzoekers van de plaats delict hebben de schuur met mechanische uitrusting, de groene hangars met sportvliegtuigjes, het clubhuis en de overwoekerde landingsbaan uitgekamd.

De zoekactie naar Lars-Erik Bauer begint op de grindweg achter de trillende afzetlinten.

Het wintergras is hard van de kou. Boven de toppen van de bomen rijzen gele en rode bakstenen gebouwen op, als sombere toeschouwers van de actie.

Saga heeft de Naald niet te pakken kunnen krijgen. Hij zit in het vliegtuig op weg naar huis van een conferentie in Melbourne en landt past om acht uur vanavond. Het idee dat de Naald misschien iets weet over Jureks broer is het enige wat haar voor een paniekaanval behoedt.

Agenten met speurhonden en vrijwilligers van Missing People vormen lange kettingen. Ze hebben allemaal de instructie gekregen dat ze moeten letten op pijpen die uit de grond steken of op aarde waar onlangs in is gegraven.

Negentig mensen met gele hesjes beginnen over grasland en door bos te lopen, ze prikken met stokken in dichte struiken, zoeken naast wegen en langs paden.

Als ze over de zanderige heuvels van de nabijgelegen motorcrossbaan zijn gekomen en even blijven staan, gaat Saga wat afzijdig staan om Randy te bellen. Hij neemt niet op en een drukkend gevoel van eenzaamheid welt op in haar hart.

'Ze hebben papa's auto gevonden en ik doe mee zolang de zoekactie duurt... Bel alsjeblieft als je dit hoort,' spreekt ze in op zijn voicemail en keert vervolgens terug naar haar plaats in de ketting en loopt samen met de anderen over het Järvafältet.

*

Het is acht uur 's avonds wanneer het eten klaar is in de Falafelbar. Saga stapt van de hoge kruk en pakt de tas over de balie heen aan.

De zoektocht is om halfzeven afgeblazen zonder dat ze een spoor van haar vader hebben gevonden.

Om haar vader terug te krijgen moet ze zien te achterhalen waar het stoffelijk overschot van Jureks broer is, dat weet Saga.

Terug in haar appartement doet ze de deur op slot, ze zet de tas met eten op de keukentafel, controleert alle ramen en kasten, kijkt onder het bed en achter de binnendeuren, trekt de gordijnen dicht, doet alle lampen uit en belt dan de Naald.

'Ik zet mijn telefoon net aan,' zegt de Naald met zijn nasale stem. 'Het vliegtuig is aan het taxiën.'

'Ik moet je iets vragen.'

'Morgen zijn we klaar met de secties of anders...'

'Luister,' valt Saga hem in de rede. 'Ik bel aangezien jij sectie hebt verricht op Jurek Walters tweelingbroer.'

'Igor.'

'Wat is er met zijn stoffelijk overschot gebeurd?'

'Dat weet ik niet meer,' mompelt de Naald. 'Maar ik ga ervan uit dat we het protocol hebben gevolgd.'

'Kun je dat nagaan?'

'Iemand heeft het lichaam uit de koelruimte gestolen,' zegt hij met gedempte stem.

'Gestolen?' vraagt ze en ze strijkt gestrest over haar mond.

'Toen we net klaar waren met de sectie.'

'Waarom zou iemand zijn lichaam meenemen?' fluistert ze.

'Dat weet ik niet.'

Saga doet een paar zinloze stappen naar voren, gaat met haar rug naar het raam toe staan en voelt door het glas heen de kou op haar bezwete rug.

'Kan het toeval zijn?' vraagt ze. 'Een ontgroening van geneeskundestudenten? Iemand die gewoon een lijk wilde hebben?'

'Waarom niet?' luidt zijn wedervraag.

'Nils, zeg gewoon wat je weet, dit is ontzettend belangrijk voor me.'

'Ik weet niets,' zegt hij langzaam. 'En dat is de waarheid... Maar ik heb over de diefstal verteld aan de enige persoon die ervan moest weten... Ik dacht dat hij van streek zou raken, maar hij nam het kalm op.'

Ze staart voor zich uit, ze begrijpt dat hij op Joona doelt, dat hij degene is die om de een of andere reden het lichaam heeft ontvreemd.

'Heb je enig idee waar het lichaam nu kan zijn?'

'Ik heb geen poging gedaan daarachter te komen, aangezien het in de praktijk niet van belang was,' zegt de Naald eerlijk.

Ze beëindigen het gesprek en Saga blijft een paar seconden in de stilte staan.

Het lijk is weg.

Ze was er stellig van overtuigd geweest dat de Naald haar zou kunnen helpen, dat hij een logisch verhaal zou kunnen vertellen over waar het lichaam was gebleven.

Haar vader is levend begraven en ze heeft niets waartegen ze hem kan uitwisselen.

Ze haalt het plastic bakje met falafel uit de tas, pakt bestek en gaat aan de keukentafel zitten.

Saga kijkt naar haar mobiel. Ze heeft Pellerina vandaag niet gebeld, omdat ze niet nog eens tegen haar kan liegen; ze moet eerst hun vader redden.

53

De duisternis valt snel in boven akkers en weiden; de kleuren van het landschap zijn al dun en waterig geworden.

De wind komt als gewoonlijk uit het zuidwesten en de kale ranken van de treurwilg bewegen golvend.

Ze bevinden zich in de controlekamer, het grootste vertrek van het huis. Ze hebben hun lege koffiekoppen op een munitiekist gezet.

Het ingekaderde bestaan en de monotone taken zorgen ervoor dat de dagen in het beveiligde huis in elkaar overlopen.

'Zone 2,' zegt Lumi en ze schuift het stalen luik weer voor de opening.

Ze zet de kijker op het eenvoudige houten bureau met vilten inleg, wrijft in haar ogen en kijkt op haar horloge.

Bewakingszone 2 omvat de akkers in de richting van Eindhoven en een afgelegen broeikas.

Alle zones overlappen elkaar en zijn aangepast aan de complexiteit van het landschap.

Het is onmogelijk om elk moment de hele omgeving te overzien, maar zolang ze het plan volgen, wordt het gevaar dat iemand de werkplaats ongezien nadert geminimaliseerd.

'Zone 3,' zegt Joona en hij kijkt zijn dochter aan.

Ze is op de stoel gaan zitten en kijkt naar de vloer.

'Over negentig minuten maken we Rinus wakker,' gaat Joona verder.

'Ik ben niet moe,' mompelt ze.

'Toch moet je wat slapen.'

Lumi gaat er niet op in, ze staat op en loopt langs de tafel waarop Joona's telefoon aan de oplader ligt.

In het licht van de grote monitor blijft ze staan. In verschillende secties ziet ze de buitenkant van de werkplaats en de binnenkant van de garage.

De gladde gepantserde wanden vloeien samen in de duisternis.

Rinus heeft het stalen frame dat kaal geschuurd was door de hydraulische deur opnieuw geverfd.

De oude deur, die scheef hangt, schommelt in de wind.

Lumi loopt terug, passeert de rij luiken voor de schietgaten aan de kant van de garage en gaat weer op haar stoel zitten zonder haar vader aan te kijken.

'Hoelang moeten we ons verschuilen, wat is je plan?' vraagt ze ten slotte.

Joona kijkt met zijn kijker door een van de ramen en stopt bij dichte struiken voor een sloot.

'Het wordt een beetje hetzelfde verhaal als in Nattavaara,' gaat Lumi verder. 'Ik bedoel, als Saga ons niet had gevonden, zaten we daar nu nog – of niet?'

Joona laat de kijker zakken en draait zich naar haar om.

'Wat moet ik zeggen?' vraagt hij.

'Dan was ik nooit naar Parijs gegaan.'

Joona tilt de kijker op en zoekt het volgende deel van de sector af, de akker met de ploegvoren en het stukje bos waar de onderaardse gang in uitkomt.

'Stel je voor dat de korpsleiding niet naar Nathan heeft geluisterd,' vervolgt Lumi tegen zijn rug. 'Stel je voor dat ze je niet geloven. Ik bedoel, dan heeft Valeria geen beveiliging gekregen... Hoe heeft ze zich er dan doorheen geslagen?'

'Niet,' zegt Joona.

'Maar daar zit je niet mee... Ik snap het niet.'

'Ik kon niet blijven, ik moest weg om...'

'Om mij te redden, ik weet het,' zegt ze.

'Jij hebt zone 4.'

'Papa,' zegt Lumi, terwijl ze opstaat. 'Ik ga hiermee akkoord omdat ik het heb beloofd, omdat het belangrijk voor je is, maar het kan niet eindeloos zo doorgaan... Ik loop al achter met school, ik heb een sociaal leven, dit is vet waardeloos, in alle opzichten.'

'Ik kan jouw zones nemen,' zegt hij.

'Waarom zou je dat doen?'

'Als jij wilt tekenen, lezen, eten...'

'Zeg ik dat?' kapt ze hem af. 'Dat ik wil zitten tekenen in plaats van mijn taken uit te voeren?'

'Mij maakt het niet uit,' zegt hij.

'Maar mij wel,' zegt Lumi en ze pakt haar kijker van tafel.

Ze loopt langs Joona heen, blijft staan bij het raam naast de archiefkast en schuift het luik opzij.

Naast de ingezakte aanbouw van de werkplaats steekt de regenpijp als een reusachtig rietje omhoog.

Een oude tractorband ligt aan de rand van de wei. Het licht van auto's op een kleine weg komt knipperend tussen de boomstammen door.

Alles is stil.

Lumi sluit haar luik en zet de kijker neer. Ze heeft geen puf om het cijfer te noemen van de zone die ze zojuist heeft afgespeurd, ze loopt het vertrek door, trekt het gordijn opzij en verdwijnt naar buiten.

Joona gaat door naar zone 5, tuurt door de kijker en houdt halt bij de buren, een boerderij een eind verderop, waar een lijnbus op het erf geparkeerd staat.

Joona had Nathan Pollock de instructie gegeven informatie naar de boulevardbladen te lekken zodra Jurek Walter dood is en zijn identiteit door de Naald met zekerheid is vastgesteld.

Minstens één keer per dag leest Joona elk bericht in de online versies van de kranten, maar er heeft nog niets in gestaan; Jurek leeft nog.

Joona weet waar Jurek toe in staat is.

Hij kan hem elk moment horen fluisteren dat hij Joona's dochter en vrouw zal pakken, dat hij hem met de grond gelijk zal maken.

Maar tegelijkertijd begrijpt Joona zijn dochter. De afgelopen twee jaar heeft ze in Parijs een leven geleid waar ze voordien alleen van kon dromen.

Voor haar is Jurek geen reële dreiging.

Hij was niet dood, zoals ze dachten toen ze hun schuilplek in Nattavaara verlieten en toch is haar niets overkomen.

Ze heeft geleefd als welke jonge, vrije vrouw dan ook.

Joona kijkt nog eens naar de verderop gelegen boerderij met de bus, waarna hij het luik sluit en de kijker neerzet.

Hij gaat naar de keuken om een kop koffie te halen, passeert het gordijn, loopt langs de trap naar beneden, opent de deur en knippert met zijn ogen tegen het felle licht.

Lumi staat bij het aanrecht met zijn telefoon tegen haar oor. Ze heeft rode wangen en kijkt hem opstandig aan. Hij loopt recht op haar af, grist de telefoon uit haar hand en verbreekt de verbinding.

'Ik moet mijn vriend spreken, en jij kunt niet...'

Joona gooit de telefoon op de grond en trapt hem kapot.

'Je bent niet goed bij je hoofd,' schreeuwt ze. 'Wat mankeert je? Je bent zo koelbloedig de hele tijd, maar eigenlijk ben je een bang mannetje dat zich met een heleboel wapens en conservenblikken in een bunker verschanst om een oorlog te overleven die er niet is.'

'Sorry dat ik je hierin heb verwikkeld, maar ik had geen keus,' zegt Joona met stille ernst en hij schenkt het laatste beetje koffie dat nog in de kan zit in een kopje.

Lumi verbergt haar gezicht in haar handen en schudt haar hoofd.

'Voor jou is alles wat ik doe gevaarlijk,' mompelt ze.

'Ik wil alleen goed op je passen.'

Ze ademt diep en bibberig in.

'Het was niet mijn bedoeling om te schreeuwen, maar ik raak zo geïrriteerd, want dit werkt niet, het is zo ontzettend claustrofobisch,' zegt ze zacht en ze gaat aan de keukentafel zitten.

'We hebben geen keus,' zegt Joona en hij drinkt van de bittere koffie.

'Ik heb je nog niet van Laurent verteld,' gaat ze op kalmere toon verder. 'Ik heb een relatie met hem en hij is belangrijk voor me.'

'Is hij ook kunstenaar?'

'Hij houdt zich bezig met videokunst.'

'Zoals Bill Viola.'

'Bravo, papa,' zegt ze op gedempte toon. 'Zoals Viola, maar dan moderner.'

Joona loopt naar het aanrecht en spoelt zijn kopje om.

'Wat jij daarnet deed kan niet,' zegt hij.

'Ik wil niet dat hij in paniek raakt. Ik bedoel, wat moet hij ervan denken als ik zomaar verdwijn?'

Lumi's paardenstaart is losgeraakt en het puntje van haar neus is rood.

'Als jij Laurent belt, zal Jurek hem vermoorden en voordat hij doodgaat zal hij verraden vanaf welk nummer jij hebt gebeld.'

'Je bent niet goed bij je hoofd,' zegt ze en ze slikt moeizaam.

Joona reageert niet, maar gaat terug naar de grote kamer. Hij pakt de kijker, opent het luik van zone 1 en begint opnieuw.

54

Het is al zo donker dat het bijna tijd wordt om de kijker te verruilen voor het nachtvizier van het geweer om het uitgestrekte landschap rond de werkplaats in de gaten te houden.

Joona kijkt naar het dichtgetimmerde woonhuis en de overwoekerde tuinmeubelen.

Hij hoort Lumi de kamer binnenkomen en kijkt haar even aan. Ze is vlak achter het gordijn blijven staan en laat haar hand op een aantal opgestapelde stoelen rusten.

Joona keert terug naar de kijker en zoekt de smalle weg met de slagboom af, die naar de grote weg leidt.

'Gaat het goed met je? Weet je zeker dat het goed met je gaat, papa?' vraagt Lumi en ze veegt de tranen van haar wangen. 'Je hebt jaren in de gevangenis gezeten… Het enige wat je hebt gezegd is dat je genoodzaakt was een vriend te helpen, maar mijn gok is dat het eigenlijk om Jurek ging.'

'Nee,' antwoordt hij en hij gaat door naar zone 2.

Hij speurt de naaste omgeving af met de kijker. Eerst kijkt hij naar de donkere struiken langs de sloot, vervolgens brengt hij de kijker omhoog en inspecteert de broeikas in de verte.

'Het heeft altijd met hem te maken als je situaties niet meer goed kunt inschatten,' gaat Lumi verder. 'Ik weet wat er met Samuel Mendel is gebeurd, wat voor impact dat op je heeft gehad, dat je dacht dat je ons moest opofferen om…'

'Sst,' zegt Joona met gespannen stem.

Er knipperde een licht aan de bovenkant van de lenzen van de kijker. Het leek wel een blauwe regenboog. Een seconde maar. Hij kijkt naast de kijker uit het raam en ziet nog net een mobiele telefoon uitgaan in een grote hand.

'Maak Rinus wakker, we hebben bezoek,' zegt hij zacht. Hij ziet vaag twee gestalten in het donker.

Lumi verlaat snel de kamer en trekt tegelijkertijd haar pistool.

Joona ziet de ronding van het hoofd van de langste man tegen de iets lichtere achtergrond. De gestalte beweegt zich in de richting van de werkplaats en verdwijnt dan ergens achter.

Hij hoort Lumi terugkomen samen met Rinus.

'Ik zie ze niet meer, maar ze zijn dicht bij ons,' zegt Joona.

'Hoeveel?' vraagt Rinus.

'Twee.'

Met snelle bewegingen haalt Lumi een aanvalsgeweer uit een houten kist, drukt er een vol magazijn in en legt het wapen op tafel, ze pakt nog een geweer, schuift daar ook een magazijn in en legt het naast het eerste.

'Ik denk niet dat het Jurek is,' zegt Joona en hij kijkt Rinus aan.

Lumi loopt naar de monitor, terwijl ze de inhoud van haar vluchttas controleert: paspoort, contanten, water, vuurpijlen en een pistool.

Joona pakt de kijker weer op, zoekt haastig de hele sector af en gaat dan door naar de volgende zone.

De zwakke weerschijn van de monitor valt over Lumi's gestreste gezicht. Ze richt haar aandacht op de externe camera's die de naaste omgeving rond de werkplaats en de garage weergeven.

Het beperkte licht maakt het beeld vlekkerig grijs.

Opeens glijden er twee personen uit de duisternis tevoorschijn.

Hun bleke contouren zweven om hen heen als ze langs de lange kant van de werkplaats lopen en over iets heen stappen wat op de grond ligt.

'Ik zie ze,' zegt Lumi.

Rinus gaat naast haar staan, terwijl hij zijn kogelwerende vest dichtknoopt.

Op het beeld dat door dioden vanuit infrarode warmtestraling wordt samengesteld, lijkt het alsof de twee indringers door een sneeuwstorm ploeteren.

Licht stof komt van hen af en vliegt weg.

Ze blijven voor de grote garagedeuren staan.

Via de camera's aan de binnenkant kan Lumi een glimp van een van hen opvangen als het losse deurpaneel heen en weer zwaait in de wind.

Joona gaat van de ene zone naar de andere, opdat ze niet verrast zullen worden door meer bezoekers.

Wat de twee mannen voor de garage doen is niet duidelijk.

Op de monitor ziet Lumi dat een van hen de deur vasthoudt en de ander binnenlaat.

'Ze komen naar binnen,' zegt ze zacht.

Joona en Rinus gaan naast haar staan en kijken naar het scherm.

De beide indringers draaien zich om en de monitor wordt helemaal wit als een van hen een camera omhooghoudt en een foto maakt.

Rinus activeert de gepantserde deur.

Die sluit zich bliksemsnel achter de bezoekers en het mechanische geluid weerkaatst tegen de muren.

De beide mannen schreeuwen, zoeken tastend de weg terug en rukken in paniek aan de gepantserde deur.

Rinus zet de schijnwerper aan en Lumi en Joona zien dat ze twee jongeren hebben gevangen. De ene timmert met zijn handen tegen de deur en raakt zijn gebreide muts kwijt. Hij heeft een rode baard en een spijkerbroek met gaten op de knieën. De tweede haalt adem met open mond. Hij is klein en donkerharig en draagt een spijkerjack met een pluizige voering.

Ze draaien zich met een angstig gezicht om in de gesloten kamer en proberen te begrijpen wat er gebeurt.

Wanneer Rinus een van de schietgaten opent, zijn de bange stemmen van de jongens duidelijker te horen.

Hij roept iets in het Nederlands en de twee blijven meteen staan en steken hun handen omhoog.

'Maak ze niet bang,' zegt Joona.

De jongens volgen de serie korte commando's van Rinus op. Ze gaan op hun knieën voor een van de muren zitten, houden beide handen achter hun rug en leunen vervolgens naar voren met hun wang en borst tegen de muur.

Dit is een van de beste manieren om een vijand onder controle te houden – een dergelijke positie vertraagt alle soorten tegenaanvallen.

Joona begrijpt dat de twee jongens niet in verband staan met Jurek, maar aangezien ze desondanks gevaarlijk en gewapend kunnen zijn, richt hij het aanvalsgeweer op hen, terwijl Rinus naar hen toe loopt.

De ene jongen krijgt het zo benauwd dat hij bijna zijn evenwicht verliest als de metalen deur opengaat.

Rinus loopt naar binnen, laat het wapen zakken, stopt het in de holster, loopt door en fouilleert hen.

'Wat doen jullie hier?'

'We zoeken een goede locatie voor een feest,' antwoordt de baardige met verstikte stem.

'Ga staan.'

Ze komen allebei voorzichtig omhoog en ademen sneller als ze de littekens op Rinus' gezicht zien.

'Een feest?' vraagt hij.

'*Factory Dive*, één nacht, één podium, drie acts,' fluistert de kleinste met het spijkerjack.

'Sorry,' roept de baardige uit. 'We dachten dat dit pand leegstond, we wonen in Eindhoven, we zijn hier al heel vaak langsgereden.'

'Er staat EIGEN TERREIN op de borden.'

'Er staat altijd EIGEN TERREIN en VERBODEN TOEGANG op de borden,' zegt de kleinste.

55

Saga legt de telefoon en het pistool op haar keukentafel. Het is laat op de avond. De wind duwt tegen het raam, zodat het kraakt. De streep zwart glas glinstert tussen de gordijnen.

Na het telefoongesprek met de Naald voelt ze alleen nog een merkwaardige leegte.

Ze heeft niets meer om mee te onderhandelen en moet haar strategie aanpassen.

Ze vraagt zich af waarom Joona het lijk heeft ontvreemd.

Joona heeft Jurek altijd met onverwachte hardheid bejegend en heeft dingen gedaan die geen enkele andere politieman zou doen.

Jurek is een gestructureerde denker, die alleen vergissingen begaat als hij een moment uit zijn evenwicht is.

Waarschijnlijk heeft Joona het lijk weggehaald om zo'n moment tot stand te brengen.

Hij heeft het ergens begraven, misschien ingevroren.

Joona kon niet voorzien dat zij het nodig zou hebben.

Liet hij maar iets van zich horen, denkt Saga, en ze neemt een hap van het koude eten.

Ze bedenkt dat ze de Naald nog maar eens moet bellen om te vragen naar de vriezers op het Karolinska-instituut, wanneer haar telefoon begint te zoemen tegen het tafelblad.

Ze schrikt ervan, maar glimlacht opgelucht als ze ziet dat het Randy is.

Ze steekt haar hand uit, duwt het plastic bakje met koud eten opzij en pakt de telefoon.

'Randy?' zegt ze.

'Ik heb zojuist je bericht beluisterd, ik zat in de doka. Hoe gaat het met je?'

'Vrij goed, toch nog,' mompelt ze.

'Zal ik naar je toe komen?'

'Nee, ik...'

'Want dat doe ik graag.'

'Ik moet werken,' zegt ze.

'Het is na elven,' zegt Randy zacht.

'Ja.'

'Mag ik weten wat er aan de hand is?'

Na het gesprek met Randy sleept Saga de fauteuil uit de woonkamer naar de hal, zet het volume van het belsignaal van haar telefoon op maximaal, legt het toestel op het kastje, maakt een vierdubbele espresso, trekt haar schoenen en haar jas aan en gaat dan in de fauteuil zitten met haar blik op de deur gericht en het pistool in haar hand.

Randy had tegen Saga gezegd dat ze hem altijd kon bellen, of ze nu gewoon even wilde praten of hem wilde vragen bij haar op de bank te komen slapen.

Maar Saga realiseert zich dat ze dit helemaal alleen moet doen.

Anders krijgt ze haar vader niet terug.

Ze hebben met honden gezocht in het bos rond Cornelia's huis, ze hebben in lange rijen over het Järvafältet gelopen.

Het is bijna niet uit te houden.

Misschien ligt hij in een kist, net als de koster, en moet hij vechten om genoeg zuurstof te krijgen door de smalle pijp.

De sterke koffie is al koud als Saga hem opdrinkt. Ze zet haar kopje neer, kijkt even over haar schouder en gaat weer goed zitten, met haar blik op de voordeur.

Ze weet dat ze uitgeput zou moeten zijn na de inspanningen van het afgelopen etmaal, maar het lijkt wel of haar hersenen niet tot rust kunnen komen.

Als Jurek vannacht contact opneemt, zal ze zeggen dat ze morgen bericht verwacht over het stoffelijk overschot van zijn broer.

Ze kan niet vertellen dat Joona het lichaam heeft meegenomen.

Ze zal niet onderhandelen met Jurek Walter, maar hem toch duidelijk maken dat hij nooit zal weten waar zijn broer is, als haar vader sterft.

Om een uur of twee 's nachts, als ze bijna in slaap is gevallen, klinkt er een 'pling' van haar telefoon: een sms'je.

Haar handen beginnen te trillen als ze haar mobiel van het kastje pakt en probeert te zien wat er staat. Haar pupillen trekken zich samen in het felle licht van het scherm. De letters verglijden wanneer ze leest: *Hasselgården, ingang C1, afdeling 4, 02.30 uur.*

Met het gevoel dat het allemaal te langzaam gaat, haalt ze snel een vel papier uit de laserprinter, noteert het adres en het tijdstip en laat het blaadje op de keukentafel liggen.

Als ze niet terugkomt en niets van zich laat horen, zal iemand het blaadje vinden.

Ze neemt haar pistool en twee doosjes munitie mee.

Terwijl ze de trappen af rent, googelt ze 'Hasselgården' en ziet dat het een tehuis is voor mensen met dementie, dat wordt gerund door een beursgenoteerd bedrijf dat op zijn website ouderenzorg een groeimarkt noemt.

Saga trekt de hoes van haar motor, start hem en rijdt in de koude winternacht Södermalm uit.

Op de rechte Bergslagsvägen schakelt ze door naar de vijfde versnelling en haar hoofd schiet naar achteren als de motor snelheid maakt.

De lantaarns aan de hoge palen in de middenberm knipperen voorbij.

De naam Hasselgården doet haar denken aan een rood houten gebouw uit de vorige eeuw, met krakende vloerplanken en gemetselde open haarden, maar wanneer Saga bij het tehuis aankomt, ziet ze dat het een vieze flat is met zalmroze pleisterwerk en bruine kozijnen.

Ze stopt, keert de motor op het voetpad vijftien meter van ingang C1, legt het pistool in de motortas en haar helm op het stuur.

De deur naar de hoofdingang zit niet op slot.

Ze kijkt snel op het bord met de plattegrond en het evacuatieschema en neemt dan de lift naar de vierde etage.

De machinerie komt met een suizend geluid op gang.

Saga bedenkt dat ze Jurek heeft onderschat, hij was sterker en sneller dan ze ooit had kunnen denken.

De enige reden dat ze nog leeft, is dat hij iets van haar wil.

Misschien gaat het hem alleen om het stoffelijk overschot van zijn broer, maar ze moet er rekening mee houden dat hij meer wil.

Ze zal naar hem luisteren en met hem praten – ze moet hem laten geloven dat hij diep in haar ziel kijkt en afdaalt in haar duisternis.

Maar zodra ze weet waar haar vader is, zal ze er een reddingsteam naartoe sturen en daarna zal ze alles doen om Jurek tegen te houden.

Ze weet dat ze zich geen vergissingen meer kan permitteren, de volgende keer dat ze haar hand uitsteekt naar een wapen moet ze zeker weten dat ze hem zal doden.

Hij is extreem gevaarlijk, maar niet voor haar, niet op dit moment.

Ze zal gebruikmaken van het feit dat hij belang bij haar heeft.

Dit is niet het sprookje van Belle en het Beest.

Hij is niet verliefd op haar, maar ze voelt dat ze op de een of andere manier bijzonder is in zijn ogen.

Daar had Joona het over, dat Jurek geïnteresseerd was in haar innerlijk, de catacomben.

Daar moet ze gebruik van maken.

Saga herhaalt bij zichzelf dat ze zich niet uit de tent moet laten lokken of provoceren, maar ze zal hem wel een eindje tegemoet moeten komen, anders zal hij niets prijsgeven.

Misschien is dat gevaarlijk, maar ze heeft geen keus.

De vorige keer is ze daarin geslaagd en dat wil ze nu weer bereiken.

Ze zal bij de waarheid blijven en duisternis tegen duisternis ruilen.

Ze ziet zichzelf in de liftspiegel. Haar gezicht is bont en blauw geslagen en vreemd. Haar ogen hebben een donkere glans.

56

De liftdeuren glijden open en Saga stapt uit op de vierde verdieping. Drie meter voor haar bevindt zich een glazen deur met het opschrift AFDELING 4. Ze ziet de verlichte lift en haar eigen silhouet erin weerspiegeld, maar van wat er achter de deur is, ziet ze niet veel.

Door de muren heen klinkt de schreeuw van een vrouw.

Achter Saga's rug gaan de liftdeuren dicht. Het licht trekt zich samen tot een streep en verdwijnt dan helemaal.

Opeens is de donkere afdeling door de deur heen te zien.

Een oude man staat met zijn neus tegen het glas naar haar te kijken. Als ze hem aankijkt, keert hij haar de rug toe en loopt snel weg.

Ze doet de deur voorzichtig open en let op dat die zich zachtjes achter haar sluit.

De oude man sleept een slang achter zich aan over de vloer.

De gedempte nachtverlichting glinstert in de grijze kunststof vloerbedekking. Langs de ene muur loopt een zwarte leuning.

Een van de deuren aan de linkerkant staat op een kier.

Saga loopt er langzaam naartoe en probeert te zien of er iemand achter de deur staat.

De rijen sprinklers aan het plafond creëren schaduwen die op stekelige bloemen lijken.

Ze nadert de openstaande deur, maar net voordat ze er is, wordt die met een klap dichtgetrokken.

Een man praat met een onnatuurlijke stem en het klinkt alsof hij meubels verplaatst.

De volgende deur staat ook open.

Ze komt voorzichtig dichterbij, ziet met elke stap iets meer van de hal, de badkamerdeur en het bloemetjesbehang.

In een rolstoel midden in de kamer zit een magere vrouw met wit haar te slapen. Op de rug van haar hand zit een blauwzwarte vlek van een katheter.

Verderop in de gang giechelt iemand.

Ze loopt langzaam door, kijkt waar de nooduitgang is en merkt op dat de deur naar buiten toe opengaat.

Saga weet dat Jurek veel sterker is dan zij.

Ze heeft talloze uren doorgebracht in sportscholen en op schietbanen.

Jureks training heeft uitsluitend plaatsgevonden in kritieke situaties, waarin hij moest moorden om te overleven.

Ze stapt over een elleboogkruk die op de grond ligt en loopt door.

Er zitten roodbruine spatten op de bekraste plint en op het geweven behang.

De lift achter haar komt in beweging.

Met zachte stappen komt ze bij een personeelsruimte, waar geen licht brandt. Er klinkt een piepend signaal, een soort alarm.

'Hallo?' zegt Saga voorzichtig en ze stapt door de deuropening.

Zacht licht van opzij valt over een eettafel met een kerstloper en een schaal sinaasappels.

Ze voelt de kou van de adrenaline in haar lichaam als ze ziet dat iemand kleverig bloed op de kunststof vloerbedekking aan zijn schoenen heeft meegenomen naar het keukentje om de hoek.

De koelkast staat open, daar komt het alarm vandaan.

Een langgerekte bloedplas leidt naar de zijkant.

Saga kijkt naar haar eigen weerspiegeling in de donkere ruit en naar de lege deuropening naar de gang.

Ze loopt de hoek om en ziet een vrouw van middelbare leeftijd op de grond liggen, achter een omgegooide stoel.

Het licht van de koelkast bereikt het gezicht van de vrouw niet, maar valt op haar donkerblauwe broek en donkerblauwe T-shirt.

Het geplastificeerde naamkaartje glimt op haar borst.

Saga loopt naar haar toe en ziet dat haar ene broekspijp omhoog is gegleden. Het scheenbeen van de vrouw is in tweeën gebroken, een splinterig bot steekt door het bebloede nylon van haar pantykousje heen.

Haar hoofd ligt in het donker, maar wanneer Saga dichterbij komt, ziet ze dat haar neus en het hele middengedeelte van het hoofd ingedrukt zijn.

De vloerbedekking onder haar is bedekt met bloed.

De twee vergroeide delen van de aangezichtsschedel die samen de bovenkaak vormen, en waar de neusholte in zit, zijn ingedrukt, waardoor de onderste rij tanden is komen bloot te liggen.

Saga draait zich om en voelt dat haar benen trillen als ze weer in de gang komt.

Ze opent het kastje aan de muur en pakt de zware brandblusser om iets van een slagwapen te hebben.

Achter een gesloten deur klinkt een geluid als van een huilend kind, maar het zal wel een patiënt zijn, een demente vrouw met een hoge stem.

Saga komt in de woonkamer, waar een elektrische adventskaars voor het raam staat. Op de bank zit een grote man met zijn gezicht naar het uitgeschakelde televisietoestel.

'Blijf daar maar staan en doe je handen omhoog,' zegt hij zacht.

Ze zet de brandblusser op de vloer, ziet hem opstaan en zich naar haar omdraaien.

Ze twijfelt geen moment: dit is de man die de Bever genoemd wordt.

Hij is groot, groter dan ze had gedacht. Misschien wel twee meter lang. Hij houdt een zaag in zijn ene hand, een gewone handzaag met een roestig blad.

De Bever is gekleed in een gekreukte zwarte regenjas en zijn pareloorhangers bungelen aan zijn oorlellen.

'Saga Bauer?' vraagt de Bever.

Hij blaast zijn wangen bol, laat de zaag op de grond vallen en loopt op haar af. De blik in zijn smalle ogen is bedroefd en ernstig.

'Ik ga je nu fouilleren en ik wil dat je heel stil blijft staan,' zegt hij met donkere stem.

'Ik ging ervan uit dat ik ongewapend moest komen,' antwoordt Saga.

Hij gaat achter haar staan en begint te zoeken met zijn grote handen rond haar hals, nek, onder haar armen, over haar borsten, buik en onderrug.

'Dit is een intieme situatie en ik voel me er ook niet gemakkelijk bij,' legt hij uit en begint tussen haar benen en billen te tasten.

'Misschien kun je het hierbij laten,' zegt ze.

Zonder te reageren gaat hij langs haar dijen en schenen, komt dan overeind en zoekt in haar haar, zegt dat ze haar mond moet opendoen en schijnt met het lampje van de telefoon.

'Jurek zei dat ik me om de andere lichaamsopeningen niet druk hoefde te maken,' legt hij uit.

'Ik ben ongewapend,' herhaalt ze.

'En deze zul je niet nodig hebben,' zegt hij en hij pakt de brandblusser met één hand op.

Hij loopt de gang in en zij gaat achter hem aan. Wanneer hij bukt om de brandblusser tegen de muur te zetten, ziet Saga dat hij een dikke portemonnee in zijn achterzak heeft.

Verderop loopt een oude vrouw met haar rollator. Ze blijft bij elke deur staan, rammelt aan de deurkruk en roept dat ze alle kinderen een pak slaag zal geven.

De Bever laat Saga een donkere kamer binnengaan, waar het naar pijptabak en desinfecterende zeep ruikt.

'Jurek komt zo,' zegt hij en hij knipt het licht aan.

'Is hij je baas?' vraagt Saga.

'Hij is als een strenge grote broer, ik zal alles doen wat hij me vraagt.'

Saga loopt langs het keukentje en ziet dat er een oude man op het bed zit te huilen. Hij heeft grijs haar, dunne armen en een verbleekt nachthemd. Er hangt een grote pleister los aan zijn wang.

'Waar is iedereen?' vraagt hij huilend. 'Ik zit maar te wachten, waar blijven Louise en de jongens toch, ik ben zo alleen…'

'Hou op met dat gejammer, Einar,' valt de Bever hem in de rede.

'Ja, ja, ja,' antwoordt de oude man en hij klemt zijn lippen op elkaar.

De Bever trekt zijn zwarte regenjas uit, maakt er een prop van en duwt die achter de radiator.

Ze denkt aan de filmopname waarop hij een man doodschoot in Wit-Rusland en aan de sporen van uitzinnige woede in de bar in de Regeringsgatan.

'Ik weet hoe ik eruitzie, maar ik ben bovengemiddeld intelligent, ik heb een IQ van 170 op de schaal van Wechsler.'

'Iedereen is anders,' antwoordt Saga met gedempte stem.

De Bever kijkt haar met samengeknepen ogen aan en glimlacht, zodat zijn scheve tanden zichtbaar worden.

'Maar ik ben uniek,' verklaart hij.

'Kun je daar meer over vertellen?'

'Als je denkt dat je het kunt volgen.'

'Probeer maar.'

'Ik heb een allel, een bepaalde variant van een gen, waardoor incorporatie van specifieke mutaties mogelijk is, zoiets als IVF, maar dan natuurlijk... Ik ben met een soort zesde zintuig geboren.'

'Wat voor zintuig?'

'Enigszins vereenvoudigd kun je zeggen dat het binnen het spectrum van de precognitie valt... De meeste mensen geloven me niet wanneer ik dit zeg, dat maakt ook niet uit, maar de waarheid is dat ik een gave heb; bijna altijd als ik een kamer binnenkom, weet ik wie als eerste zal sterven.'

'Jij weet wie als eerste zal sterven?'

'Ja,' antwoordt hij ernstig.

57

De Bever houdt zijn mond dicht en sluit zijn ogen, alsof hij in de toekomst probeert te kijken om erachter te komen wie van de aanwezigen als eerste zal sterven. Na enkele seconden doet hij zijn ogen weer open en knikt somber.

'Einar,' antwoordt hij en hij leunt met zijn hoofd achterover in een geluidloze lach.

Wanneer de oude man zijn naam hoort, begint hij catatonisch heen en weer te wiegen met zijn bovenlichaam en jammert: 'Waar zijn jullie? Louise? Ik zit maar te wachten en te wachten...'

De Bever zucht, loopt naar de oude man toe en knijpt zijn mond zo stevig dicht dat er bloed over zijn kin stroomt en geeft hem dan zo'n harde klap in het gezicht dat zijn hoofd tegen de muur klapt.

'Hij is gewoon dement,' zegt Saga.

De Bever veegt zijn hand af aan zijn broek als hij terugloopt naar Saga. Einar snikt stilletjes in zijn bed en vraagt verward naar Louise en de jongens.

'Kun je raden waarom ik mijn parels draag?' vraagt hij.

'Als een eerbetoon aan een belangrijke persoon in je leven,' antwoordt ze.

'Wie?'

'Als ik het goed raad, vertel je dan waar mijn vader is?'

De deur gaat open en Jurek Walter komt binnen in zijn geruite overhemd, zijn werkbroek en zijn stevige schoenen.

Zonder hun een blik waardig te keuren loopt hij naar het keukentje en pakt een glas water. De prothese slaat met een doffe klap tegen het aanrecht als hij de kraan dichtdraait.

'Is deze plaats geen onnodig risico?' vraagt Saga. 'Waarom slapen jullie niet in jouw huis?'

Jurek drinkt het water op en spoelt dan het glas om.

'Ik heb geen huis,' zegt hij.

'Ik denk dat je wel een huis hebt,' gaat Saga verder. 'Vermoedelijk ligt het niet al te afgelegen, aangezien je het riskant lijkt te vinden om de Bever daar mee naartoe te nemen.'

'Een huis?' herhaalt Jurek zacht en hij richt zijn lichte ogen op haar.

'Je vroege jeugd speelde zich in Leninsk af,' zegt ze. 'Bij het kosmodroom, je heette Roman en je woonde in een huis samen met je broer Igor en je vader.'

'Ja, natuurlijk, bravo,' zegt Jurek droog. 'Ik dacht al dat Joona Linna de grindgroeve had gevonden door mijn vader op te sporen.'

Hij richt zijn blik op de vloer en trekt aan de riemen van zijn prothese.

'Maar hier in Zweden... Waarom woonde je broer niet bij jou?' vraagt Saga verder.

'Hij wilde in de grindgroeve wonen, met de spullen van mijn vader, de vertrouwde meubels binnen handbereik. Ik stel me voor dat sommige plaatsen een soort magnetische aantrekkingskracht op mensen hebben.'

De Bever gaat achter Jurek staan en probeert de riemen onder zijn overhemd recht te trekken. Die zijn kennelijk gedraaid en hij probeert ze iets losser te maken.

'Doe hem maar gewoon af,' zegt Jurek kortaf.

Met een rustige glimlach begint de Bever de riemen op Jureks rug los te maken.

'Een prothese doet nooit wat jij wilt,' zegt de Bever tegen Saga. 'De omgekeerde machtsverhouding lijkt bijna van toepassing, als jij je gaat aanpassen aan de beperkingen van je prothese.'

De Bever stroopt Jureks mouw op, maakt de prothesekoker voorzichtig los van de stomp en trekt hem er met riemen en al uit.

Voordat de mouw terugvalt, vangt Saga een glimp op van het uiteinde van de armstomp. Het is een tamelijk hoge amputatie geweest, een decimeter onder de schouder. Cornelia heeft de huid om de stomp heen getrokken en de hechtingen aan de binnenkant van de arm aangebracht.

De Bever legt de prothese in de gootsteen en maakt dan een knoop in Jureks losse overhemdsmouw.

'Je weet dat er modernere protheses bestaan?' vraagt Saga.

'Ik mis mijn arm toch niet,' antwoordt Jurek. 'Het is een puur cosmetische kwestie, een poging om niet op te vallen.'

Saga kijkt naar de bebloede kunststof hand die boven de rand uitsteekt en naar het zand dat uit de koker van de prothese loopt, in het zeefje.

'Waarom had je Cornelia's broer in een graf?' vraagt ze.

'Cornelia dreigde met zelfmoord en toen heb ik haar meegenomen naar het eiland, zodat ze zag dat ik hem begroef.'

'Dat heeft niet gewerkt,' zegt Saga.

Jurek spreidt zijn hand in een berustend gebaar en pakt dan de knoop in de losse mouw vast.

'Ik had haar graag willen houden,' zegt hij. 'Maar toen ze begreep dat ik haar dochter had opgespoord die in Fort Lauderdale woont, hing ze zichzelf op... Ze dacht dat ze daarmee haar dochter zou redden, maar dat is natuurlijk niet zo.'

'Maar het gaat je eigenlijk niet om het doden,' zegt Saga hees.

De lichte ogen keren naar haar terug en ze kijkt hem aan zonder met haar ogen te knipperen.

'Dat heb je goed gezien,' zegt Jurek.

De Bever zet een pan op de kookplaat van het keukenblok en pakt eieren, kaas en bacon uit Einars koelkast.

'Ik geloof niet eens dat je mij die keer wilde doden, zoals je laatst zei,' zegt Saga met het gevoel een riskante sprong te nemen.

'Misschien niet,' antwoordt hij. 'Misschien is dat zo bij sirenen, en wil je niet dat ze doodgaan. Dat maakt ze nou juist zo gevaarlijk. Je weet dat ze alles kapot zullen maken, maar tegelijkertijd is het idee dat ze zouden verdwijnen ondraaglijk.'

De Bever zet de afzuigkap boven het keukenblok aan en doet een klont boter in de koekenpan.

'We gaan naar de woonkamer,' zegt Jurek.

Ze laten de Bever bij de kookplaat achter en lopen de gang in. Zonder haast verplaatst Jurek een rolstoel.

'Ik weet nog dat je het had over de eerste keren dat je mensen had gedood,' zegt Saga terwijl ze verder lopen.

'Is dat zo?'

'Je zei dat het vreemd was... Net als het eten van iets waarvan je niet had gedacht dat het eetbaar was.'

'Ja.'

'Maar hoe kijk je er nu tegenaan?'

'Als lichamelijk werk.'

'Het heeft je nooit een goed gevoel bezorgd?'

'Jawel.'

Achter een deur schreeuwt een vrouw zo hard dat haar stem overslaat.

'Dat kan ik me moeilijk voorstellen,' zegt Saga.

'Goed is misschien niet het juiste woord, maar toen ik de eerste had gedood na de zelfmoord van mijn vader... Dat gaf rust, het soort rust dat je krijgt als je een ingewikkeld raadsel hebt opgelost. Ik hing hem aan een haak en vertelde waarom het gebeurde.'

'Dus toen je hem dat vertelde, was dat het moment waarop je het zelf allemaal begreep... Hoe je orde op zaken kon stellen, of hoe je dat noemt,' zegt Saga als ze de brandblusser op de vloer passeren.

Jurek geeft geen antwoord.

Ze komen weer in de woonkamer waar de Bever op haar zat te wachten toen ze kwam.

Aan de andere kant van de bank is een oude vrouw met haar stok in de weer, ze duwt ermee op de grond, mompelt iets en stoot er nog eens voorzichtig mee.

Jurek maakt een gebaar naar een tafel waar een kleine laptop ligt. Ze lopen om het donkere aquarium heen en gaan tegenover elkaar zitten. De lege mouw is op de tafel terechtgekomen en hij veegt hem weg met zijn rechterhand.

Saga richt haar blik op de oude vrouw achter de bank en slikt moeizaam. Vanuit deze hoek kan ze zien waar ze met haar stok in prikt: een afgezaagd hoofd. De vrouw, die kennelijk niet doorheeft wat er voor haar voeten ligt, is angstig. Het lijkt wel alsof ze begrijpt dat er iets niet klopt, maar er de vinger niet op kan leggen, en denkt dat ze het onbekende probleem kan oplossen met haar stok.

Het hoofd van een dertiger met een dichte, zwarte baard rolt langzaam heen en weer. Zijn bril is afgevallen en ligt in een plas bloed.

58

Saga wendt haar ogen af van de demente vrouw en hoort haar eigen ademhaling. Ze kijkt naar het donkere aquarium en bedenkt dat ze deze bespreking goed zal doorstaan, dat ze haar kalmte moet bewaren.

'Heb jij er nooit een goed gevoel over gehad?' vraagt Jurek.

'Eén keer maar – toen ik jou neerschoot,' antwoordt ze en ze kijkt hem recht in de ogen.

'Dat doet me plezier,' zegt Jurek.

'Omdat jij me had wijsgemaakt dat ik mijn eigen moeder had gedood,' gaat ze verder en ze heeft meteen spijt.

Ze wil niet over haar moeder praten.

Ze wil nooit met iemand over haar moeder praten, daar wordt ze naar van.

De oude vrouw haakt met haar stok achter de bril, stapt naar achteren en trekt er een smal bloedspoor mee over de kunststof vloerbedekking. Ze blijft staan en kijkt naar de deur, ze mompelt in zichzelf, lijkt de bril te vergeten en loopt naar de gang.

'Ik nam aan dat je het met opzet had gedaan,' zegt Jurek en hij leunt tegen de rug van de stoel. 'Dat was volkomen logisch geweest, maar ik had ongelijk.'

'Ja.'

'Ik weet dat je nog maar acht jaar oud was,' gaat hij verder. 'En in puur juridische zin was je niet verantwoordelijk voor haar, maar natuurlijk had je haar kunnen redden, dat kan altijd.'

'Je weet niet waar je het over hebt,' zegt Saga en ze voelt het gewicht van elke ademhaling.

'Ik weet niets van je, dat beweer ik ook niet, maar waarschijnlijk ging je naar school, net als alle andere Zweedse kinderen.'

'Ja.'

'Wil je zeggen dat niemand iets heeft gezien? Dat niemand merkte dat je soms nachten niet had geslapen, dat je met blauwe plekken in je gezicht op school kwam en...'

'Mijn moeder heeft me nooit geslagen,' valt Saga hem fel in de rede en knijpt dan haar mond dicht.

'Maar was ze niet tamelijk hardhandig? Je hebt verteld dat je je jas niet wilde uittrekken omdat je je schaamde voor al je blauwe plekken.'

Saga probeert vermoeid te glimlachen om haar verontwaardiging niet te tonen. Ze bedenkt dat Jurek zich voedt met andermans duisternis.

Hij denkt dat hij haar kan choqueren, dat hij haar uit haar evenwicht kan brengen met zijn wreedheid, maar deze dingen heeft ze al bedacht, daarom houdt ze de deur dicht.

'Mijn moeder heeft me nooit geslagen,' zegt ze iets rustiger.

'Dat heb ik ook niet gezegd, je bent er goed doorheen gekomen, dat was geen probleem, maar het gaf jou een mogelijkheid om haar te redden,' gaat hij verder en hij veegt met zijn hand over de voorkant van het geruite overhemd.

'Ik begrijp wat je aan het doen bent,' zegt Saga en ze knikt.

'Om haar te redden had je haar alleen maar hoeven vertellen hoe het met jou ging,' zegt Jurek langzaam. 'Maar om de een of andere reden dacht je dat dat niet loyaal was. En dat heeft de dood van je moeder betekend.'

'Je weet er niets van,' zegt Saga.

Haar lippen zijn droog en wanneer ze die bevochtigt, voelt ze dat haar mond trilt.

Hij kan daar niets van weten, maar ze herinnert zich de ochtend nadat ze drie nachten wakker was geweest. Het ging beter met haar moeder en ze bakte pannenkoeken voor het ontbijt. Voordat Saga naar school ging, liet haar moeder haar beloven dat ze niet zou vertellen wat er die nacht was gebeurd.

Het was lang geleden en Saga weet niet meer wat er gebeurd was, ze weet alleen dat haar moeder zei dat Saga in een kindertehuis zou komen als ze het vertelde.

Ze staat langzaam op van haar stoel en wendt zich af.

Misschien was het iets onbenulligs, maar waarom zei ze dan dat ze uit de ouderlijke macht zou worden gezet als Saga het vertelde?

'Ik beweer niet dat je haar wilde doden,' gaat Jurek verder tegen haar rug. 'Maar je hebt haar niet gered en dat is volkomen begrijpelijk als je bedenkt wat ze jou heeft aangedaan.'

Saga weet dat ze Jurek binnengelaten heeft in haar hoofd.

Ze kijkt op, staart naar het eenvoudige patroon van bloemranken op de muur en probeert te kalmeren.

Het maakt niet uit, zegt ze tegen zichzelf. Dit was een deel van haar plan, ze kan ermee omgaan.

Ze weet dat zijn speciale manier om waarheden met leugens te vermengen de kelderdeuren naar de catacomben kan ontsluiten. Maar als ze hem hier tegenhoudt, is het geen probleem, hij komt nu niet dieper.

Ze begrijpt dat hij helemaal gelijk heeft dat iemand op school gezien moet hebben dat het niet goed ging met haar. Ze weet nog dat ze blauwe plekken in haar hals en op haar bovenarmen had en dat ze vreselijk moe was. Natuurlijk hebben ze geprobeerd met haar te praten, hebben ze haar naar de schoolzuster of de maatschappelijk werker gestuurd.

Ze draait zich weer om naar Jurek, kucht voorzichtig en kijkt hem dan aan.

'Mijn moeder was bipolair en ik hield van haar, hoe moeilijk dat soms ook was,' verklaart ze rustig.

Jurek strijkt met zijn grote hand over de glimmende, zilverkleurige klep van de laptop.

'Dat is geen erfelijke ziekte,' zegt hij.

'Nee.'

'Maar er zijn genetische kwetsbaarheden die het risico dat een kind dezelfde ziekte krijgt vertienvoudigen.'

'Genetische kwetsbaarheden?' vraagt ze met een ongelovige glimlach.

'Afwijkingen in de configuratie van de klokgenen zijn erfelijk; klokgenen horen te zorgen voor een 24-uursritme, maar als ze dat niet doen, wordt de kans op een bipolaire stoornis groter.'

'Ik slaap goed.'

'Maar ik weet dat je perioden hebt van hypomanie... Wanneer je extreem gefocust bent, snel denkt en prikkelbaar bent.'

'Wil je zeggen dat ik gek ben?'

Jurek kijkt haar met een vaste blik aan.

'Je hebt een duisternis die aan de mijne doet denken.'

'Hoe ziet jouw duisternis eruit?'

'Duister,' zegt hij met een minimale glimlach.

'Maar ben je gezond of ben je gek?'

'Dat hangt ervan af aan wie je het vraagt.'

Jurek staat op en loopt naar een deur en luistert, kijkt in de gang en komt dan weer bij Saga terug. De lege mouw onder de stomp bungelt heen en weer als hij beweegt.

'Is de ziekte van je broer dan niet erfelijk?' vraagt Saga als hij is gaan zitten.

'Igor was gewoon gebroken.'

'Waarom heb je niet voor hem gezorgd?'

'Dat héb ik gedaan.'

'Ik ben in de grindgroeve geweest met de technici, ik heb in de barakken gekeken, ben in de oude schuilkelder geweest en heb alles gezien.'

'Die technici zien ook alles,' verzucht Jurek en hij leunt achterover.

'Je broer leefde in totale misère,' zegt Saga. 'Ben jij daar ooit geweest, heb je hem warm eten gegeven, heb je onder hetzelfde dak geslapen?'

'Ja.'

'Je behandelde hem als een hond.'

'Hij was de beste hond die ik ooit heb gehad.'

'En nu wil je hem als een mens begraven?'

Hij lacht haar vreugdeloos toe.

'Ik heb alle documenten over je broer opgevraagd,' gaat ze verder. 'Maar mijn aanvraag moet worden geautoriseerd en dat duurt een paar dagen.'

'Ik ben niet degene die haast heeft, of wel?'

'Je krijgt de informatie alleen als ik mijn vader terugkrijg,' zegt ze en ze voelt dat haar kin begint te trillen. 'Ik begrijp hoe het klinkt, maar het zou het beste zijn als je hem meteen vrijlaat.'

'Denk je dat?'

'Ik beloof dat je alle informatie krijgt die er over het lichaam van je broer bestaat, maar als mijn vader sterft, krijg je niets.'

'Laat hem dan maar niet doodgaan,' zegt Jurek eenvoudig.

Hij klapt de glimmende zilveren laptop open en draait het beeld naar haar toe.

Een programma voor IP-telefonie met webcamera is al geopend. Via peer-to-peer-techniek is de laptop gekoppeld aan een andere computer ergens op de wereld. Het scherm van de ene computer laat zien wat er in realtime achter de andere gebeurt.

Saga ziet dat de camera van de andere computer een krappe kamer met ruwe betonnen muren registreert in het schijnsel van een kaal peertje aan het plafond.

'Wat moet dit voorstellen?' vraagt Saga, ook al heeft ze een idee wat het antwoord is.

Zwakke schaduwen bewegen over de betonnen muur, alsof ze reageren op haar stem, en het volgende moment is er schuin achter de computer een gestalte te zien.

Het is haar vader.

Hij heeft een witte baard gekregen, draagt geen bril en tuurt in het felle licht van de gloeilamp. Zijn bruine ribfluwelen jasje is vies en zanderig. Hij schrikt ergens van en duikt ineen alsof hij klappen verwacht.

'Papa,' roept Saga. 'Ik ben het, Saga.'

Wanneer hij haar stem hoort, begint hij te huilen. Ze ziet zijn mond bewegen, maar hoort niets. Hij lijkt niet ernstig gewond, maar er zit wat gedroogd bloed op zijn gezicht en op zijn witte overhemd.

'Toe, niet verdrietig zijn,' zegt ze tegen het beeld.

Haar vader komt dichter naar de computer toe, ze ziet het licht van het scherm op zijn gezicht schijnen. Trillend steekt hij zijn vieze hand uit. Hij probeert iets te zeggen, maar het geluid bereikt haar niet.

'Papa, luister,' roept ze. 'Ik zal je komen halen, ik beloof dat...'

Jurek verbreekt de verbinding, sluit de computer af en neemt haar dan onderzoekend op, alsof ze deel uitmaakt van een experiment. Met geduldige nieuwsgierigheid laat hij zijn lichte ogen op haar gezicht rusten.

'Nu sluit het duister zich weer om hem heen,' zegt hij dan heel rustig.

59

Saga trekt de sleutel uit de binnenkant van de deur en hangt die om haar nek, plakt het sleutelgat en de brievenbus af met ducttape en draait zich om.

Het licht van de badkamerlamp valt schuin over haar geconcentreerde gezicht. Er loopt een scherpe, rechte rimpel tussen haar wenkbrauwen en de huid van haar gezicht is bijna transparant geworden door gebrek aan slaap.

Het T-shirt onder de jas die ze los aanheeft, is aan de hals donker geworden van het zweet.

Ze heeft haar hele appartement al doorzocht, meteen toen ze thuiskwam.

Nu wringt ze zich langs de fauteuil, loopt de keuken in en trekt de keukenla open. Het blaadje met het adres van de Hasselgården beweegt op de tocht die haar lichaam veroorzaakt.

Ze pakt twee koksmessen met een stijf lemmet, loopt naar de slaapkamer en plakt het ene mes met tape vast aan de binnenkant van de open deur.

Jurek en zij hebben elkaar nu twee keer ontmoet. Misschien had ze hem de eerste keer kunnen doden, als ze het wapen beter had verstopt, als ze hem had zien binnenkomen.

Misschien had ze zijn aanwezigheid zelfs waargenomen in haar slaap, door haar oogleden heen, maar had ze de waarschuwing naast zich neergelegd. Ze heeft te vaak samen met Randy geslapen, ze is haar waakzaamheid kwijt.

Saga tapet het tweede mes naast de wc-pot vast, doet een stap naar achteren, constateert dat het niet te zien is en doet het licht in de badkamer uit.

De telefoon ligt met een donker scherm op het kastje in de hal. Ze heeft geen nieuwe berichten ontvangen.

Saga's ogen branden van vermoeidheid wanneer ze teruggaat naar de woonkamer om de vloerlamp te halen. Over de hele plankenvloer zijn vieze afdrukken van haar eigen schoenen te zien. Ze zet de lamp in de hal, doet hem aan en richt hem recht op de deur, zodat hij een indringer zal verblinden.

De gedachten tollen door haar hoofd, de beelden schieten op haar af.

De doden in het tehuis voor demente bejaarden en het bange gezicht van haar vader.

Het linkeroog was gewond en hing een beetje.

Hij bewoog zich alsof hij op sterven na dood was.

Saga slikt iets weg en verbiedt zichzelf om te gaan huilen, dat zou totaal zinloos zijn. Als ze niet kan slapen, moet ze die tijd gebruiken, zich concentreren, nadenken.

Ze gaat met het pistool in haar hand in de fauteuil zitten, de tas met munitie voor haar voeten.

Saga kijkt weer naar de telefoon, maar het scherm is nog steeds donker. Ze legt het pistool op de armleuning van de fauteuil en veegt haar bezwete handpalm af aan haar broek.

Eigenlijk zou ze moeten proberen te slapen, misschien een van de morfinetabletten nemen die ze heeft bewaard.

Daar zou ze kalm van worden.

Jurek zal vannacht geen contact meer met haar opnemen. Hij denkt dat ze morgen op zijn vroegst informatie krijgt over het stoffelijk overschot van zijn broer.

Ze pakt het pistool weer op en staart naar de voordeur.

Er zitten luchtbelletjes gevangen onder de zilvergrijze ducttape.

Langzaam sluit ze haar ogen, leunt met haar hoofd achterover en ziet het licht van de vloerlamp door haar oogleden heen.

Ze merkt een verandering in het licht en doet meteen haar ogen weer open.

Het was niets.

Saga bedenkt dat ze het nachtpersoneel niet hadden hoeven doden, ze hadden hen kunnen vastbinden en opsluiten. Dat moet het werk van de Bever geweest zijn. Jurek geniet niet van moorden, het doet hem niets.

Als Jurek het wel heeft gedaan, dan was het om haar bang te maken, om haar eraan te herinneren hoe gevaarlijk hij is, dat hij het meent als hij zegt dat ze haar vader zonder de informatie over het lijk van zijn broer niet terugkrijgt.

Ze merkt dat haar handen trillen als ze nogmaals controleert of de telefoon opgeladen is en of het geluid aanstaat.

Het is halfzes.

Joona zou niet te spreken zijn geweest over haar aanpak. Hij zou hebben gezegd dat ze Jurek meteen moest proberen te doden, ook als dat haar vader het leven zou kosten.

Maar dat is onmogelijk voor haar.

Joona zou zeggen dat zolang Jurek leeft de prijs met elke seconde hoger wordt. Hij stopt niet voordat je alles kwijt bent.

Misschien heeft ze het mis, maar ze heeft het gevoel dat Jurek en zij weer achter het schaakbord zitten.

Ze probeerde hem naar zich toe te lokken met een opening in haar verdediging.

Zo had ze het in elk geval bedacht.

Maar wat heeft ze ervoor teruggekregen?

Het moet altijd iets zijn, want je kunt geen stuk verplaatsen zonder een gat achter te laten.

Ze heeft het gevoel dat ze een belangrijk detail over het hoofd heeft gezien, iets wat aan haar aandacht is ontsnapt en wat ze met iets anders in verband zou kunnen brengen.

Opeens is haar vermoeidheid verdwenen.

Jurek was erin geslaagd het gesprek op haar moeder te brengen, ook al had ze daar een scherpe grens gesteld.

Het was opmerkelijk hoe gemakkelijk dat was gegaan.

In haar beleving had ze controle over de situatie en had ze alleen onware beweringen over haar moeder geblokkeerd, maar daarna had ze er wel uit geflapt dat haar moeder bipolair was.

Het is misschien niet erg, maar het was niet nodig geweest.

De ene keer voelde ze zich net een vlinder die hij probeerde te vangen, de andere keer alsof hij haar al in een glazen potje had.

Jurek Walter is gewiekst.

Hij voerde haar met een serie valse aannames, voordat hij beweerde dat haar moeder haar pijn had gedaan.

Hij raadde er maar naar, maar nu weet hij het.

Elk gesprek met Jurek is een gevaarlijke evenwichtsoefening.

Ze wrijft met haar hand hard over haar gezicht.

Ze moet nadenken.

Alle herinneringen aan het gesprek worden met de minuut zwakker.

Jurek was gedistantieerd toen hij zijn tweelingbroer een hond noemde, dat hoorde bij zijn strategie, hij wilde zien hoe ze op zijn hardheid reageerde, daar is ze van overtuigd. Maar toen hij het over woningen had, was dat waarschijnlijk echt. Hij zei dat bepaalde plaatsen een soort magnetisch krachtveld hebben, dat je er telkens weer naartoe trekt.

'Godsamme,' mompelt ze en ze staat op uit de fauteuil.

Er was iets wat ze wilde onthouden.

Maar het lijkt wel of de aanblik van de lijken haar strategisch denken heeft uitgewist.

Saga voelt aan de deur en loopt dan de keuken in, legt het pistool op het aanrecht en opent de koelkast.

Ze had Jurek juist over de bipolaire stoornis van haar moeder laten vertellen toen ze hem naar zijn broer vroeg.

Wat had ze ervoor teruggekregen?

Hij moest haar toch iets geven.

Saga trekt een kerstomaatje van een tak, stopt het in haar mond, bijt en voelt de zurige explosie.

Ze probeerde hem uit zijn tent te lokken door te zeggen dat hij niet voor zijn zieke broer had gezorgd, dat ze de misère had gezien waarin hij leefde toen ze de oude gastarbeiderswoningen in de grindgroeve doorzochten.

Toen gebeurde het.

Jurek had onwillekeurig een verachtelijke toon gekregen toen hij het had over de technici van de politie die alle hoeken en gaten van de grindgroeve hadden doorzocht.

'Die technici zien ook alles,' had hij gezegd en hij leek te bedoelen dat ze het belangrijkste juist over het hoofd hadden gezien.

Saga trekt het plasticfolie van een bord met een restje pasta en begint met haar vingers te eten, terwijl ze het hele gesprek in gedachten nog eens doorneemt.

Jurek begreep dat Joona erin was geslaagd zijn broer te vinden via hun vlucht uit het kosmodroom in Leninsk en het werk van hun vader in de grindgroeve.

Ze stopt een paar stukjes gebakken kip in haar mond en proeft de smaak van citroen en knoflook.

De Bever stond achter Jurek en hielp hem de riemen los te maken. Hij had het over protheses, dat je je na verloop van tijd aan hun beperkingen aanpast.

Een zinloze verachting voor zwakheid, denkt Saga en opeens ziet ze voor haar geestesoog dat de Bever de prothese in de gootsteen legt en dat er zand uit de koker loopt.

Ze zag het, maar het drong niet tot haar door.

Jurek woont op de zandafgraving, in de grindgroeve.

Daar woont hij de hele tijd al, beseft ze.

Met trillende vingers zet ze het lege bord in de gootsteen en haalt het bakje falafel van gisteren uit de koelkast. Ze eet snel en bijt de punt van een chilipepertje.

De grindgroeve is het magnetisch krachtveld, bedenkt ze. Daar begon en eindigde alles, daar overleed hun vader, daar is Jureks tweelingbroer gestorven.

Toen hij zei 'dic tcchnici zien ook alles', bedoelde hij het tegenovergestelde.

Er moet een schuilruimte zijn die ze nog niet hebben gevonden. Misschien ligt die dieper, onder de ruimtes die de technici hebben onderzocht.

Saga kan een brede glimlach niet onderdrukken.

Dit zou kunnen kloppen.

Ze loopt het gesprek nog eens door. Intussen eet ze hard geworden hummus en reepjes sla, drinkt ze sinaasappelsap zo uit het pak en veegt ze haar kleverige handen af aan haar spijkerbroek. Ze loopt naar de tafel, draait het blaadje om en begint aandachtspunten op te schrijven, om te beginnen het zand dat uit de prothese liep.

Jurek heeft zich niet versproken, maar al met al is het mogelijk dat hij toch iets heeft verraden.

Hij beweerde dat hij bij zijn broer woonde, maar er waren absoluut geen sporen van hem in het huis of in de schuilkelder.

Dit is de perfecte schuilplaats. Jurek wist dat de politie de geheime kamer niet zou vinden, aangezien ze al een poging hadden gedaan met alle beschikbare middelen.

De betonnen muur die ze achter haar vader zag kan heel goed die van een schuilkelder uit de Koude Oorlog zijn.

En toen het contact met haar vader was verbroken, zei Jurek: 'Nu sluit het duister zich weer om hem heen.'

Hij zei niets over een graf of over begraven.

Saga weet bijna zeker dat haar vader in de grindgroeve van Rotebro is. Ze loopt snel terug naar de hal en pakt de telefoon van het kastje.

60

Nadat ze het gesprek met haar chef Verner Sandén heeft beëindigd, gaat Saga met de telefoon in haar hand in de fauteuil zitten. Ze verkeert in een soort beangstigende roes. Hij heeft aandachtig geluisterd naar haar verhaal, heeft haar maar één keer 'meisje' genoemd en was het op bijna elk punt eens met haar analyse.

Toen ze haar plan uit de doeken had gedaan, zweeg hij een paar seconden en gaf haar toen groen licht voor het samenstellen van een klein team. Ze kreeg de beschikking over een ondersteuningseenheid van de ME en een ervaren scherpschutter.

'Ik ben van slag en nogal moe... Maar misschien kunnen we het allemaal afsluiten, misschien kunnen we mijn vader redden, misschien Valeria,' had Saga gezegd.

Ze staat op en loopt naar de keuken.

De hemel is licht geworden achter de gesloten gordijnen.

Toen de politie bij het bejaardentehuis arriveerde, hadden Jurek en de Bever het gebouw allang verlaten.

Het is niet zeker dat de actie van vanavond zal slagen, ze kan het mis hebben, daar moet ze rekening mee houden, maar op dit moment is het een enorme opluchting voor haar dat ze een plan heeft.

Ze zal een hinderlaag voorbereiden die kan worden afgeblazen en die binnen enkele seconden als een nevel kan verdwijnen als de omstandigheden veranderen.

Maar met een beetje geluk zal ze Jurek eventjes een stap voor zijn, en in dat geval zullen het de laatste momenten van zijn leven worden.

Het plan houdt in dat ze al ter plaatse zal zijn in de grindgroeve met de scherpschutter en de ME'ers als Jurek contact met haar opneemt om de plaats van de volgende ontmoeting door te geven.

Ze zal antwoorden dat ze ernaartoe gaat, en als hij zich laat zien, zal hij onschadelijk worden gemaakt.

Saga opent de laptop weer en bestudeert de satelliet- en droneopnames. Het is een groot gebied met enorme hoogteverschillen.

Ze kijkt naar de grijze rij gastarbeiderswoningen, die op een smalle strook tussen het bos en de steile helling boven de zandafgraving staan.

Daaronder zitten de schuilkelders.

Ze belt haar chef opnieuw om te zeggen dat ze nog twee scherpschutters nodig heeft.

Verner antwoordt dat ze het hele team op tijd tot haar beschikking zal hebben.

Sara stopt de laptop en het met goud geborduurde sierkussen van de bank in een blauwe nylon Ikea-tas, haalt de porseleinen beker van *Game of Thrones* uit de keuken en trekt de stekker van de vloerlamp uit het stopcontact.

*

Het is nacht als Nathan Pollock en Saga de afgesproken plaats op de smalle weg ten westen van Rotebro naderen.

Er klinkt een 'pling' van Nathans telefoon als er een sms'je van Veronica binnenkomt. Ze heeft hem een rood hartje gestuurd.

'Ik heb alle papieren ondertekend,' zegt hij.

'Mooi.'

'Ik weet niet eens waarom ik zo moeilijk deed.'

De twaalfde-eeuwse kerk van Ed licht als een wit sieraad op in het donker, met de slapende akkers en het zwarte meer ernaast.

Het team is er al.

Van een afstand glinsteren de zwarte auto's als druppels Oost-Indische inkt.

Nathan slaat een hobbelige weg in, volgt de muur van het kerkhof en rijdt langs de waarschuwingsborden met MILITAIRE OEFENING.

Het is even na middernacht en als Jureks patroon van de vorige nachten wordt herhaald, hebben ze ruim genoeg tijd om hun posities in te nemen.

Enkele straatlantaarns verlichten het verlaten parkeerterrein.

Nathan blijft in de auto zitten, terwijl Saga uitstapt om kennis te maken met het team. Ze geeft de zes mannen van de ME, de commandanten en de technici van de Säpo een hand. Daarna loopt ze naar de drie scherpschutters, twee mannen en een vrouw, die zich afzijdig houden van de anderen.

De mannen, dertigers, komen van de dienst Speciale Interventies uit Karlsborg. Ze zijn beiden in burger. Linus is lang en blond en kijkt Saga te lang aan bij het voorstellen, terwijl Raul diepe littekens op zijn wangen heeft en zijn linkerhand voor zijn mond houdt als hij lacht.

Achter hen staat Jennifer Larsen van de politie van Stockholm. Ze draagt zwarte kleding, heeft haar bruine, glanzende haar in een dikke vlecht gedaan en sporttape om haar rechterhand gewikkeld.

'Lopen jullie even mee?' vraagt Saga.

'Met jou altijd,' zegt Linus glimlachend.

'Mooi,' zegt Saga zonder zijn glimlach te beantwoorden.

'Wijs maar aan wie we moeten neerschieten,' zegt Raul.

'Ik heb wat tijd nodig voor uitrusting en ballistiek,' zegt Jennifer.

'Hoeveel tijd?'

'In elk geval twintig minuten.'

'Na mijn briefing heb je nog meer dan een halfuur.'

'Perfect.'

De drie scherpschutters lopen met Saga mee naar de rest van de groep. Het hele terrein rondom de middeleeuwse kerk is stil.

Een halve maan trilt in het dunne ijs van het meer.

Waarschijnlijk komt Jurek straks weer met een nieuw voorstel voor een ontmoetingsplaats, om hinderlagen te voorkomen. Maar als Saga gelijk heeft en Jurek zich in de grindgroeve verstopt, kan het plan slagen.

Wanneer Jurek contact met haar opneemt, zal ze beweren dat ze weet waar het stoffelijk overschot van zijn broer is, maar dat ze voorafgaand aan de uitwisseling een bewijs wil hebben dat haar vader leeft.

Dat is volkomen logisch.

Wat Jurek niet weet, is dat er al scherpschutters voor zijn schuilplaats staan. Zodra hij zich laat zien, zal een van hen genoeg tijd hebben om hem onschadelijk te maken.

Het enige wat er kan gebeuren als ze het mis heeft wat betreft zijn schuilplaats, is dat de actie wordt afgeblazen.

Het gevaarlijkste scenario is als de schutters misschieten of Jurek alleen maar aanschieten, zodat hij kan ontkomen.

In dat geval zal het ondersteuningsteam het gebouw bestormen.

Maar als Jurek ontsnapt en haar vader daar niet is, komt ze er waarschijnlijk nooit achter waar hij zit.

Dan is al het vertrouwen weg.

Als Jurek hen ontdekt, als hij een alarmsysteem heeft of bewaking door middel van een verborgen camera, geldt hetzelfde.

Maar dit is haar enige kans.

Ze had deze hinderlaag niet doorgezet als de omstandigheden niet zo gunstig waren geweest.

Saga verzamelt het team in een kring, deelt plattegronden uit van de grindgroeve en neemt de positionering van de scherpschutters nauwkeurig door. Jurek Walter zal een van de oude arbeidershuisjes niet kunnen verlaten zonder in een perfecte vuurlijn te komen. Ze wijst de route aan waarlangs het ondersteuningsteam zal oprukken, hun verzamelplaats, de inrit voor eventuele ambulances en de plaats waar een helikopter zou kunnen landen.

Terwijl ze vertelt over de operationele tactiek, denkt ze aan wat Joona Linna heeft gezegd over geen consideratie tonen en alle regels aan je laars lappen zolang het om Jurek Walter gaat. Hem doden, dat is het enige wat telt. Dat weegt op tegen alle verliezen en consequenties die je je maar kunt voorstellen.

'Moeten we die andere, die lange, niet neerschieten?' vraagt Linus.

'Niet voordat het primaire doelwit onschadelijk is gemaakt.'

'Je zegt "onschadelijk gemaakt"?'

'Je moet dit als een gijzelingssituatie zien,' legt Saga uit en ze hoort zelf hoe koortsachtig haar toon is. 'Jullie mogen niet aarzelen, niet misschieten, jullie krijgen maar één kans.'

'Oké,' zegt Linus en hij steekt zijn handen omhoog.

'Luister, allemaal... Om twijfel in een acute situatie te voorkomen, wil ik duidelijk stellen dat de opdracht "onschadelijk maken" inhoudt dat het schot dodelijk moet zijn.'

Het wordt doodstil in de kring om haar heen. Er komt een koude wind van het kerkhof, die de berijpte blaadjes optilt van de grond.

'Dit is in wezen geen gecompliceerde actie,' gaat Saga op iets zachtere toon verder. 'De momenten zijn duidelijk, jullie hebben allemaal voorbereidende orders gekregen en we stoppen als er iets misgaat... Ik ga met scherpschutter één mee, dat ben jij Jennifer, en we nemen strikte radiostilte in acht tot aan het definitieve commando.'

61

De scherpschutters keren terug naar hun auto's en beginnen wapens, helmen en camouflagenetten tevoorschijn te halen.

Bij het licht van twee bagageruimtes trekken ze warme en waterdichte kleding aan.

Saga ziet dat Raul een heupwiegend dansje doet met zijn handen in zijn nek, nadat hij zijn onderpak heeft aangetrokken.

Ze loopt naar de groep van de ME om een principiële tactiek af te spreken voor het forceren van gepantserde deuren.

Deze mannen zijn speciaal getraind voor gijzelingssituaties, waarbij binnendringen en bestormen de enige optie is.

'Het is mogelijk dat de gijzelaars er slecht aan toe zijn, een drukgolf zou ze ernstige schade kunnen toebrengen,' zegt ze.

'We gebruiken in eerste instantie snijbranders voor scharnieren en grendels,' antwoordt de groepsleider.

Saga begint over *breachen* met een ladingdrager als uiterste optie, maar onderbreekt zichzelf als ze hoort dat de scherpschutters staan te ruziën.

'Wat doe je, verdomme?' vraagt Jennifer boos.

Linus draait zich grijnzend om naar zijn vriend en schudt zijn hoofd.

'Wat deed je daarnet?' vraagt ze nog eens.

'Niets,' antwoordt hij.

Saga ziet dat hij zijn camouflagebroek met rustige bewegingen dichtknoopt. Hij is breedgeschouderd en minstens een kop groter dan Jennifer.

'Ik ben zesendertig en ik heb twee kinderen,' zegt Jennifer. 'Ik werk nu acht jaar bij de politie en ik weet dat niemand per ongeluk in een tepel knijpt. Dat is een manier om vrouwen in bepaalde situaties buiten te sluiten en eronder te houden.'

'Bij ons telt alleen hoe goed je bent als schutter,' zegt Linus ijskoud.

'Luister,' zegt Saga en ze gaat voor hen staan. 'Dat was verdomd onnodig en verdomd onprofessioneel... Nee, kop houden. Jennifer heeft gelijk, alle vrouwen hebben dat meegemaakt, niemand is ervan gediend, dus doe dat nooit meer.'

Linus heeft rode vlekken op zijn wangen gekregen.

'Bel dan meteen mijn chef maar, zodat ik ontslagen word. Ik ben dan wel een van de besten, maar nu de dames samenspannen...'

'Dit bespreken we na afloop.'

Met een ondoorgrondelijk gezicht gaan de mannen door met het controleren van hun uitrusting. Saga loopt naar Jennifers auto en ziet dat ze een nachtvizier op het geweer heeft gemonteerd en dat ze vier magazijnen met camouflagetape heeft omwikkeld en ze op een rijtje in de bagageruimte heeft gelegd.

'Ik heb drie scherpschutters nodig,' legt Saga uit. 'Er is geen tijd om een vervanger voor hem te zoeken.'

'Geen probleem,' zegt Jennifer en ze trekt een paar haren los die in haar mondhoek zijn blijven hangen.

Ze bevestigt een mes aan de riem op haar rechterheup, trekt het kogelwerende vest aan en trekt de riemen aan de zijkant strak.

'Je ligt straks iets meer dan vierhonderd meter van het doelgebied,' zegt Saga.

'Dan moet ik ietsjes bijstellen,' constateert Jennifer.

'Je bent goed omgegaan met die idioten,' zegt Saga met zachtere stem.

'Vroeger liet ik het gewoon gaan,' antwoordt Jennifer vermoeid. 'Dan schaamde ik me ervoor, weet je... Maar ik heb nu zoveel ellende in mijn leven, ik hoef er echt niet meer bij. Mijn moeder heeft alzheimer, mijn broers en zussen maken al ruzie over de erfenis.'

'Wat naar,' zegt Saga.

'Maar het ergste is op dit moment nog wel dat mijn man bezeten is van het idee de marathon van Stockholm te lopen.'

'Mannen hebben zo hun projecten,' zegt Saga. 'Ik bedoel, mijn vriend heeft het idee gekregen dat hij fotograaf is.'

‘Geen naaktfoto’s toch?’ vraagt Jennifer. Haar mondhoeken gaan omhoog.

‘Maar wel heel artistieke,’ zegt Saga met een glimlach.

‘Mijn man heeft die fase ook doorlopen... Maar de marathon is veel erger, ik hoop dat je dat niet hoeft mee te maken.’

Saga wil net iets terugzeggen als er met een ‘pling’ een sms’je binnenkomt op haar telefoon. Ze leest het korte bericht van Jurek: *Lidingö golfclub 02.00 uur.*

Ze loopt een paar passen bij Jennifer weg, concentreert zich, bedenkt nog eens wat ze besloten heeft te antwoorden en toetst met trillende vingers in: ‘Nu weet ik waar het lijk van je broer is. Voordat we ruilen moet ik zien dat mijn vader het goed maakt.’

Ze leest haar antwoord twee keer door, haalt diep adem en verzendt het. Nu is er geen weg terug, bedenkt ze. Ze heeft net tegen Jurek Walter gelogen en het zal moeilijk zijn in die leugen te volharden als er iets misgaat.

Terwijl ze op zijn reactie wacht, laat ze haar blik over de velden gaan.

Het bos achter de kerk is donker. In de amberkleurige gevelverlichting glinstert het godshuis als gesmolten glas.

Stel je voor dat ze alles nu recht kan zetten.

Er komt nog een sms’je binnen. Saga draait het scherm naar zich toe en huivert als ze leest: ‘Zorg voor een laptop met internetverbinding.’

Ze loopt met bonzend hart het parkeerterrein op en zegt zo hard dat iedereen haar kan horen: ‘Luister, we hebben contact met de gijzelnemers, de situatie is acuut, jullie weten wat jullie moeten doen, neem je positie in, zorg dat je niet wordt gezien en wacht op het definitieve commando.’

62

Saga bevindt zich in de commandobus, die op een bosweg op de kam van de Stockholmsåsen geparkeerd staat, ongeveer een kilometer van de steile helling boven de grote zandafgraving waar Jurek zich naar haar inschatting verschuilt.

Ze zit hier nu veertig minuten.

Voor alle zekerheid hebben de technici en de commandanten haar alleen gelaten.

Ze hebben de tussenwand weggehaald en een witgeschilderd decor neergezet. Saga zit tegen het decor geleund op haar sierkussen met de laptop op schoot en de souvenirbeker met thee naast zich. Het enige licht komt van het scherm van de laptop en van de vloerlamp uit haar woonkamer.

Als ze de laptop niet verplaatst, zal het lijken alsof ze thuis in haar appartement zit als hun computers verbinding met elkaar maken en de camera's worden geactiveerd.

Ze denkt na over wat ze moet zeggen als Jurek haar vraagt om naar een bepaalde kamer in haar appartement te gaan met de laptop. Hopelijk is het genoeg als ze antwoordt dat de batterij aan het opladen is, dat ze het contact zullen verliezen als ze zich verplaatst.

De auto's die langsrijden over de weg zijn bijna niet te horen, maar de sirene van een ambulance beneden op de snelweg dringt tot in de commandobus door.

De scherpschutters hebben als het goed is hun positie ingenomen rond de oude gastarbeiderswoningen en het ondersteuningsteam heeft zich in drie gevechtsduo's verdeeld in het bos erboven.

Saga neemt het komende gesprek voor zichzelf nog een keer door. Ze zal een onmiddellijke uitwisseling voorstellen, maar niet te veel haast hebben. Jurek leeft op van hun gesprek, bij het idee dat hij haar ziel ontleedt.

Ze ademt in, voelt de langzame, golvende beweging van haar buik en ademt langzaam uit.

Wanneer het bubbelende signaal voor een binnenkomend IP-gesprek klinkt, komt er een merkwaardige rust over Saga, alsof de kracht van een opioïde zich door haar lichaam verspreidt.

Ze beweegt haar koude vingers over de touchpad, verplaatst de cursor naar het groene symbool en accepteert het gesprek.

Opeens verschijnt Jureks gezicht op haar scherm. Hij is angstwekkend dichtbij. Ze ziet het netwerk van rimpels en de talloze littekens op zijn voorhoofd, kin en ene wang.

Jureks ogen nemen haar rustig en onderzoekend op.

Hij is gekleed in een zwart, open windjack met capuchon over hetzelfde geruite overhemd dat hij laatst ook aanhad. Hij draagt geen prothese. De mouw van het windjack hangt los en leeg. De contouren van de stomp vlak onder de schouder zijn vaag te zien onder de stof.

'Je zult de auto van je vader intussen wel hebben gevonden,' zegt hij.

'Ik wist dat het nergens toe zou leiden, maar ik heb toch meegedaan aan de zoekactie, omdat dat van mij werd verwacht,' antwoordt ze eerlijk.

Ergens achter Jurek klinkt vermoeid gehoest. Hij reageert niet op het geluid, zijn lichte ogen laten de hare niet los.

'Ik heb erover nagedacht hoe dat ging toen jullie mijn broer vonden,' zegt hij.

'Je had een nogal hoge dosis Cisordinol gekregen en liet je per ongeluk de naam Leninsk ontvallen,' zegt Saga.

'Nee, dat... Je kunt niet hebben gehoord wat ik zei.'

Saga zou niet kunnen zeggen of zijn verbazing gespeeld is of dat hij dit echt niet wist.

'Zo hebben we jullie gevonden.'

Jurek ademt in en buigt zich dichter naar het scherm. Saga dwingt zichzelf niet weg te kijken.

'Weet je dat Joona mijn broer heeft geëxecuteerd?'

'Hoe bedoel je?' vraagt ze zacht.

'Volgens het sectierapport heeft hij Igor van zo dichtbij in zijn hart geschoten dat de kruitdampen uit de loop onder zijn huid waren gekomen.'

Saga heeft het sectierapport ook gelezen en weet dat Jurek in puur technische zin gelijk heeft. Er waren geen getuigen toen Igor stierf en Joona weigerde vragen te beantwoorden bij de verplichte follow-up die standaard plaatsvindt als iemand zijn wapen heeft afgevuurd.

'Ik weet dat het Joona's bedoeling was om je broer te arresteren,' zegt ze met vaste stem. 'Er moet iets zijn gebeurd, anders had hij niet geschoten.'

'Waarom niet? Mensen stellen het zo mooi voor als ze beweren dat er een soort code bestaat voor menselijk gedrag... Maar in wezen is iedereen jaloers, laf, van haat vervuld... gebonden aan zijn habitat en bereid zijn territorium met verschrikkelijke agressiviteit te beschermen... alle anderen uit te roeien... Want uiteindelijk, als je leeft en met je familie zit te eten, dan betekent het lijden van anderen niets.'

'Ik wil zien dat het goed gaat met mijn vader,' fluistert Saga.

'Ik wil zien dat het goed gaat met mijn broer,' zegt hij en hij draait zijn laptop om.

Kale betonnen muren fladderen voorbij aan de bovenkant van het scherm en stoppen vervolgens bij Saga's vader.

Hij ligt ineengedoken op de betonnen vloer naast een blauwe plastic ton. Zijn blote voeten zijn zanderig en zijn ribfluwelen jasje is vies.

'Lars-Erik, ga rechtop zitten,' zegt Jurek.

Saga ziet dat haar vader in elkaar kruipt, maar hij blijft liggen.

'Ga nu rechtop zitten,' zegt Jurek en hij schopt hem zacht tegen de schouder.

'Sorry, sorry,' jammert haar vader en hij gaat trillend tegen de muur zitten.

Hij knijpt zijn ogen dicht tegen het licht, kiept bijna om, maar zoekt steun bij de vloer met zijn hand. Er is bloed uit zijn neusgaten gelopen, over zijn gesprongen lippen en in zijn witte stoppelbaard.

Haar vader kijkt verward naar Jurek, die hem de rug toekeert en terugloopt naar de laptop.

'Geef je hem wel water?' vraagt Saga.

Jurek gaat weer achter het scherm zitten. Zijn lichte ogen observeren haar gezicht.

'Waarom maak je je nu zo druk om je vader?' vraagt hij. 'Een paar jaar geleden wist je niet eens of hij nog wel leefde.'

'Ik heb me altijd druk gemaakt om mijn vader,' zegt ze en ze slikt moeizaam. 'En ik moet zeker weten dat je hem laat gaan als ik jou geef wat je wilt hebben.'

'De Bever brengt Lars-Erik met de auto naar een tankstation en daar krijgt hij een telefoon, zodat hij jou kan bellen.'

'Oké,' fluistert Saga.

Jurek buigt zich naar het scherm en slaat haar nauwlettend gade.

'Hoe ben je erachter gekomen waar het stoffelijk overschot van mijn broer is?' vraagt hij even later.

'Die vraag kan ik niet beantwoorden,' zegt ze en ze merkt dat haar laptop is gaan trillen op haar schoot.

De stilte groeit weer tussen hen. Jurek beweegt zijn hoofd heel langzaam naar één kant, zonder zijn ogen van haar af te wenden.

'Hoe weet ik dat je me niet bedriegt?' vraagt hij kalm.

'Als je dat dacht, zou je die vraag niet stellen.'

Jurek glimlacht vaag.

Als ze het mis heeft, als Jurek en haar vader niet in de grindgroeve zijn, bedenkt Saga, dan zal ze de uitwisseling toch laten plaatsvinden. Ze liegt dat ze weet waar het lichaam van Jureks broer is, zegt dat het in een geheime vriezer op het Karolinska-instituut wordt bewaard.

Jurek staat op en neemt zijn laptop mee als hij het vertrek verlaat waarin haar vader ligt. Saga vangt een glimp op van een kleine ruimte met ruwe betonnen muren, voordat hij een dikke stalen deur dichtdoet en afsluit en een donkere gang in loopt.

'We zijn bijna klaar met elkaar,' zegt hij tegen de laptop. 'Maar ik moet je nog één keer ontmoeten om te horen waarom iemand er met Igors lichaam vandoor is gegaan.'

'Je krijgt je antwoorden, dat beloof ik,' zegt ze. 'Zal ik dan nu naar de Lidingö golfclub gaan?'

'Je krijgt een nieuw adres,' antwoordt hij en verbreekt dan de verbinding.

63

Saga trekt snel camouflagekleding en een kogelwerend vest aan, spant de holster met haar pistool om haar heupen en doet haar rugzak om. Ze bepaalt de kompasrichting en begint door het bos te rennen.

Het gedempte licht van haar zaklamp maakt een grijs pad over de zwarte grond. In het trillende schijnsel wijkt ze uit voor bomen en springt ze over enorme wortels.

Over vierhonderd meter moet ze de lamp uitdoen en dan zal het heel donker zijn.

Ze telt haar passen en draait zich om, kijkt naar beneden en duwt zich achterwaarts door dichte struiken heen en rent dan weer door.

Ze mindert snelheid als het nog maar honderd meter is naar Jennifers positie, ze ademt door haar neus, controleert de kompasrichting, doet de lamp uit en bukt voor een zware sparrentak.

Voorzichtig loopt ze verder, ze steekt een hand uit, stuurt om een boom heen en glijdt bijna uit over een steen.

Aan haar linkerhand ziet ze licht van een schijnwerper in de grindgroeve, maar die staat te ver weg om er iets aan te hebben.

Haar telefoon zoemt, ze blijft staan, zuigt koude lucht op in haar longen, opent haar zak, haalt het toestel eruit en leest het sms'je: *Järfälla ijshal 03.00 uur.*

Ze loopt door en bedenkt dat ze met een auto in een kwartier bij de ijshal is. Als ze ongelijk heeft of als ze Jurek op de een of andere manier mislopen, dan rijdt ze daar alleen naartoe en zet ze het spel voort alsof er niets is gebeurd.

Wanneer de bodem begint te glooien, gaat ze nog langzamer lopen, voorzichtig, om niet te worden gehoord, om geen tak te breken of stenen aan het rollen te brengen.

Ook al weet Saga waar Jennifer zich bevindt, ze kan haar moeilijk ontdekken. Ze heeft takken afgesneden en een schuttersstelling gemaakt, ze heeft camouflagekleding aan en een net op haar helm, ze ligt op haar buik met haar benen gespreid en de loop van het scherpschuttersgeweer in een pol uitgebloeide heide.

Saga komt hurkend dichterbij en merkt dat Jennifer haar hoort zonder haar oog ook maar een seconde van het nachtvizier te halen.

In het donker zijn de gastarbeidershuisjes in de grindgroeve vierhonderd meter verderop niet te zien, zelfs de contouren ervan niet.

Alles is zwart.

Saga weet dat er een hek staat voor de steile helling naar de bodem van de enorme schacht vijftig meter onder het oorspronkelijke grondniveau.

Zo'n twee kilometer verderop is een schijnwerper te zien aan een mast, die is niet meer dan een witte stip aan de zwarte hemel.

Er heerst radiostilte tot aan het definitieve commando om te schieten of af te breken.

Saga gaat een eindje van Jennifer af op haar buik liggen, ze ruikt de geur van naalden en vochtige aarde, schuift een tak weg van haar gezicht en haalt snel de beeldversterker uit haar tas.

Hij lijkt op een moderne verrekijker, maar benut het weinige licht dat er is, ook als het menselijk oog alleen duisternis registreert. Een microkanaalplaat verveelvoudigt de elektronen die losgemaakt worden door de invallende fotonen en geeft een afleesbaar fosforbeeld weer.

Saga kijkt recht het donker in en ziet een stralende, smaragdgroene wereld. Het grootste deel van het licht dat de beeldversterker opvangt, lijkt van de schijnwerper aan de mast verderop te komen. In het licht daarvan komen het rijtje huizen en de gebarsten asfaltvlakte naar voren.

Hier is langgeleden begonnen met het afgraven van zand op industriële schaal, hier kwam Jureks vader terecht toen hij naar Zweden was gevlucht.

De oude gastarbeidershuisjes zijn al jaren onbewoond. Sommige lijken bijna intact, terwijl andere bouwvallen zijn, nauwelijks meer dan een fundament. Bijna alle ramen zijn ingeslagen, daken zijn ingestort en de stapels bakstenen zijn overwoekerd.

In de verte krast een kraai.

Saga zoekt het doelgebied af, volgt de gevel van het huizenrijtje, kijkt naar het hoge onkruid en de stapels rommel en puin.

Alles is lichtgevend groen en eigenaardig plastisch.

Door de schaduwen lijkt de bodem te bewegen als het wateroppervlak in een havenbassin.

In het bos recht tegenover haar vermoedt ze een van de andere schutters, de lichte cirkel dicht bij de grond moet de lens van zijn vizier zijn, dat klopt met Linus' positie.

Jurek is nog niet naar buiten gekomen, maar dat zal niet lang meer duren.

Er staan geen geparkeerde auto's in de buurt, misschien heeft hij zijn auto op het industrieterrein bij de snelweg staan, misschien in Rotebro, maar hij zal hoe dan ook bijna weg moeten als hij op tijd bij de ijshal wil zijn.

Saga voelt of haar pistool nog in de holster zit, kijkt even naar Jennifer en ziet een stukje van haar wang en ene wenkbrauw in het kleine beetje licht dat van het nachtvizier komt.

Saga zoekt het huizenrijtje weer af met de beeldversterker. Ze bekijkt onderdeel voor onderdeel, deuren, ingevallen muren en stapels bakstenen. De groene wereld is eigenaardig levenloos.

Ze houdt in.

Het lijkt wel of er een kaars brandt achter een raam.

Ze wil de stilte bijna verbreken, wanneer ze begrijpt wat ze ziet. Het licht van de schijnwerper wordt weerspiegeld in een glasscherf die in het verder lege raamkozijn is achtergebleven.

Ze moet haar hoofd erbij houden.

Er is geen ruimte voor vergissingen.

Geconcentreerd speurt ze de laatste woning van het rijtje af – die bijna met de grond gelijk is gemaakt – waarna ze opnieuw begint.

Het is zo stil dat ze Jennifer hoort slikken.

Saga weet niet hoe de nachtkijkers van de schutters op Jureks matzwarte windjack reageren, of hij door de schaduwen zal worden opgeslokt ten gevolge van de scherpe contrasten.

Dat zal het veel moeilijker maken om raak te schieten.

Hij is slank en kan zich met verbluffende snelheid bewegen.

Ze zullen maar een paar seconden hebben om het dradenkruis op zijn borst te richten en de trekker over te halen.

Er kraakt iets in het bos, alsof er een tak breekt.

Saga kijkt achterom, het donker in, en vraag zich ineens bezorgd af of er geen tunnel of verborgen ingang is, waardoor Jurek de grindgroeve zou kunnen verlaten.

Misschien heeft ze een grote vergissing begaan. Stel je voor dat ze de kans op een uitwisseling heeft verpest door te veel te willen.

Haar vader is door pijn en uitdroging verzwakt.

Valeria is er waarschijnlijk nog slechter aan toe – als ze nog leeft.

Bij knooppunt Bredden staan ambulances te wachten.

Er zijn twee helikopters in de lucht boven Kallhäll. Je kunt ze hier niet horen, maar ze kunnen in anderhalve minuut naar de grindgroeve vliegen.

Het mos ritselt zacht onder haar als ze haar elleboog opzijschuift.

Saga observeert het huizenrijtje nog eens, gaat van de ene deur naar de andere, maakt dan een snelle draai en kijkt naar de inrit aan de Älvsundavägen. Er is afval gedumpt tegen de helling. De half overwoekerde grindweg leidt naar een bouwhek dat indringers van het gevaarlijke terrein moet weren. Een bord met de naam van het beveiligingsbedrijf is losgeraakt en ligt in het gras. Verderop zijn de verroeste resten te zien van een auto, er zijn jonge scheuten door het chassis heen gegroeid.

Saga richt de kijker weer op de gastarbeiderswoningen. Alles is bevroren in pistache- en zeewiergroene tinten.

In de grindafgraving staan zeefmachines en reusachtige vergruizingsinstallaties met stilstaande transportbanden en nog verder weg is de inrit vanaf de Norrvikenleden te zien, met het kantoortje en de gigantische weegbrug voor vrachtwagens.

Jurek moet hier zijn, bedenkt ze. Hij had de enorme stalen deur achter haar vader op slot gedaan. Het zag eruit als een oude schuilkelder met een zanderige betonnen vloer.

Maar er zijn meer dan vijfenzestigduizend schuilkelders in Zweden.

Hij kan overal zijn.

Stel je voor dat ze onjuiste conclusies heeft verbonden aan haar waarnemingen, dat ze doordraaft. Dat mag niet waar zijn. Ze heeft haar lijstje honderden keren doorgenomen en zowel Verner als Nathan was het met haar eens dat de actie gerechtvaardigd was.

Saga moet om de een of andere reden denken aan afgelopen zomer, toen Pellerina en zij een dode zwaluw vonden in de tuin in Enskede. Pellerina vulde het ondiepe graf met bloemen en wilde aardbeien, waarna ze de vogel er voorzichtig in legde.

Een kapot stuk plastic schommelt heen en weer in een deuropening.

De wind lijkt aan te wakkeren, gaat ruisend door het bos achter hen.

Opeens wordt het hele landschap overbelicht, het lijkt wel het schijnsel van een geluidloze explosie.

64

Saga laat de beeldversterker zakken en ziet een auto die van de grote weg is afgeslagen en naar de afrastering rijdt. Het licht van de koplampen gaat over blikken verf, vieze lege flessen, resten van autobanden en een wit fornuis met een open deurtje.

De vrouw op de passagiersplaats maakt haar gordel los.

De jongeman zegt iets.

Saga begrijpt niet wat ze doen, het lijkt wel of de vrouw over de benen van de man heen probeert te klimmen. Piekerig blond haar hangt over haar gezicht. Ze houdt zich met één hand vast aan het stuur en draait zich om, tilt haar jurk omhoog over een wit achterwerk en gaat schrijlings op de man zitten.

Dit geloof je toch niet? denkt Saga.

Ze kunnen de hele operatie verpesten.

Saga scant de huizen opnieuw, ziet vanuit haar ooghoek een springend schijnsel, kijkt snel naar de auto en begrijpt dat de man de wip filmt met zijn telefoon.

De deur van de derde woning is opengegaan, misschien komt dat door de aanwakkerende wind.

Jennifer ademt langzaam.

Straks moet de operatie worden afgeblazen.

Het felle licht vult het landschap opnieuw en maakt het stralend wit. De auto rijdt achteruit, ze zijn al klaar, de voorruit is beslagen.

Het is niet bepaald een avondvullende voorstelling geworden, bedenkt Saga, terwijl ze naar het raam kijkt van de woning waarin Jureks vader zich heeft opgehangen.

De tijd begint te dringen. Ze hadden Jurek inmiddels moeten zien.

Saga hoort Jennifer sneller ademhalen, ze zoekt weer haastig het hele doelgebied af, maar alles lijkt rustig.

Een oud ledikant en natte dozen.

Een plat stuk beton ligt op de geasfalteerde vlakte. Het is doormidden gebroken en in de barst zijn roestige wapeningstaven te zien.

Het waait inmiddels zo hard dat Jennifer de windcorrectie van haar vizier met twee klikken naar rechts bijstelt.

Saga kijkt op haar horloge.

Ze kan nog vier minuten blijven, dan moet ze op weg gaan naar de ijshal.

De waarschijnlijkheid dat Jurek zich hier bevindt is drastisch kleiner geworden.

Een grote vogel beweegt zich tussen de takken boven hen.

Ze probeert iets te zien in de diepgroene duisternis achter het huizenrijtje, het beeld glijdt in langzame krampen om het gebouw heen.

Als ze op tijd op de afgesproken plaats wil zijn, moet ze nu nodig weggaan, dat weet ze, maar toch speurt ze het terrein nog eens af, even gestructureerd als eerder.

Segment voor segment bekijkt ze de oude woning van Jureks vader, ze ziet het smoezelige gordijn trillen op de tocht van het raam. Ze wil zich net op de volgende woning richten, als haar aandacht wordt getrokken door iets achteraan in het rijtje. Ze beweegt naar het huis dat volledig is ingestort.

Het donkergroene licht stroomt zijwaarts over de fundering, de resten van een dragende muur, omgevallen bakstenen en een liggende dakbalk.

Saga houdt haar adem in.

Het beeld glijdt weer naar binnen en al voordat het gestabiliseerd is, ziet ze de beweging vlak boven de grond.

'Het achterste huis,' zegt Saga en ze hoort dat Jennifer de loop van het geweer door de heide verplaatst.

Een slanke persoon komt uit de onderwereld omhoog, stap voor stap voor stap.

Er moet daar een trap zijn.

'Ik zie hem,' antwoordt Jennifer zacht.

De man richt zich op, wordt een smal silhouet tegen het lichtgroene schijnsel van de verre schijnwerper.

Pas wanneer hij verder loopt, weet Saga zeker dat hij het is. Er glijden mosgroene nuances rond zijn contouren, maar dan ziet ze het zwarte windjack en de lege, fladderende mouw duidelijk.

'Vuur,' zegt Saga over de radio en ze staart naar het trillende beeld.

Hij is onderweg naar de bosrand en zal straks achter het volgende huis verdwijnen.

Ze hebben minder dan drie seconden.

Hij heeft de capuchon opgezet, maar zijn jas hangt nog open. Het geruite overhemd wordt zichtbaar als de wind de losse mouw grijpt.

'Vuur,' herhaalt ze en op hetzelfde moment vuurt Jennifer het geweer af.

Saga ziet de treffer, vrij hoog op de romp, ze weet bijna zeker dat de volledig gemantelde kogel dwars door het lichaam heen is gegaan.

Jurek doet een stapje opzij en loopt door.

Het geluid van het schot wordt weerkaatst door de gevel recht voor hen.

Saga kan niet ademhalen, ze laat de verrekijker bijna vallen, kijkt naar het huizenrijtje, maar alles is donker, er is niets te zien.

Met trillende handen pakt ze de beeldversterker weer op. Linus vuurt zijn wapen vanaf de andere kant af.

Bloed spat achter Jurek naar buiten.

Hij blijft staan.

Ze ziet het duidelijk.

Jennifer schiet nog eens en raakt hem precies midden in zijn borst. Hij valt op zijn zij als een afgemaakt dier en blijft dan stil liggen.

'Doelwit één geraakt, doelwit één geraakt,' rapporteert Saga aan de commandopost, terwijl ze overeind komt.

Ze laat de beeldversterker op de grond vallen en rent het bos uit, de helling af.

Stenen komen los en rollen met haar mee.

Ze trekt zich niets aan van de risico's, of van de Bever.

Al rennend trekt ze haar pistool.

Ze kan hem niet meer zien, maar herhaalt bij zichzelf dat hij dood moet zijn, hij moet dood zijn.

Ineengedoken rent ze langs de gevel, ze haakt de zaklamp van haar riem, stapt over een oud ladeblok en ziet dan het lichaam in het trillende schijnsel.

Hij ligt er nog.

Ze duikt onder een ingezakte dakstoel door, struikelt, zoekt met haar hand houvast bij de gevel en stapt over een natte matras heen.

Het ondersteuningsteam komt achter haar aan rennen. Saga hoort het geritsel van hun uitrusting, het stampen van de schoenen, maar wendt haar blik niet van het lichaam af.

Hij ligt half op zijn buik gedraaid tegen de funderingsmuur, er is bloed op de stapel bakstenen gespat.

Ze heeft opeens het idee dat hij zijn hoofd optilt, dat zijn nek zich spant en dat zijn achterhoofd omhooggaat, een seconde maar.

Haar hart slaat veel te heftig.

De kolf is glad in haar bezwete hand.

Joona's opmerking over Jurek, die kindsoldaat is geweest, flitst door haar hoofd. Hij negeert de pijn en doet wat nodig is om te overleven.

Ze loopt door en stelt zich voor hoe hij weer wegkruipt in zijn hol.

Een stuk plastic waait naar voren en belemmert het zicht.

Ze blijft staan, houdt de zaklamp naast het pistool, probeert een vuurlijn te vinden, ziet hoe het licht wordt gevangen door het plastic, ziet hem op de grond liggen en lost drie schoten.

Ze ziet het lichaam schokken bij de treffers en in haar rechterschouder dreunen de klappen van de terugslag na.

Ze loopt door, duwt het plastic met één hand opzij en probeert de verblinding weg te knipperen die door de mondingsvlam is veroorzaakt.

De verdoving door de knallen sist als badschuim in haar oren.

Er breekt een ruit onder haar rechterschoen.

Met haar pistool nog steeds in de aanslag komt ze bij het levenloze lichaam aan, ze geeft er een schop tegen zodat het op de rug draait en ziet het gezicht van haar vader.

Ze begrijpt het niet.

Het is Jurek niet, het is haar vader die daar ligt, ze hebben haar vader doodgeschoten.

Hij is dood, zij heeft hem gedood.

De grond schudt en ze valt op haar knieën.

Alles om haar heen stort in.

Saga steekt haar hand uit en als haar vingertoppen de ongeschoren wang bereiken, wordt het zwart voor haar ogen.

65

Saga zit doodstil op een stoel in een behandelkamer van de Spoedeisende Hulp van het Karolinska-ziekenhuis. Ze heeft de deken van de ambulance nog om haar schouders.

Nathan Pollock staat naast haar met een plastic bekertje water, waar hij haar uit wil laten drinken.

Haar kogelwerende vest en rugzak zijn in de grindgroeve achtergebleven, maar ze heeft haar camouflagekleding nog aan.

Het pistool in de holster op haar heup zit verscholen onder de deken.

Ze is bleek en het koude zweet breekt haar uit. Haar voorhoofd is vies en op haar wangen zitten strepen van tranen. Haar lippen zijn zo licht als aluminium en haar pupillen eigenaardig vergroot.

Ze antwoordt niet op de vragen van de arts en lijkt niet eens te merken dat hij voorzichtig haar arm onder de deken vandaan haalt en haar pols opneemt.

Haar hand is slap en onder haar nagels is bruin bloed te zien.

Het ziekenhuis werkt nauw samen met het Kenniscentrum voor Rampenpsychiatrie en het Crisis- en Traumacentrum.

De arts richt zich op, pakt zijn telefoon en belt een van de dienstdoende psychiaters.

Saga hoort wat hij zegt over dissociatie en amnesie, maar is niet in staat te protesteren, dat heeft geen zin.

Ze moet gewoon even tot zichzelf komen, dan kan ze weer verder.

De arts laat hen alleen en doet de deur achter zich dicht.

Nathan gaat op zijn knieën voor Saga zitten en probeert te glimlachen naar haar verstarde gezicht.

'Je hebt de dokter gehoord, je bent een slachtoffer en schuldgevoelens zijn heel gewoon als je iets dergelijks hebt overleefd...'

'Wat?' mompelt ze.

'Het is niet jouw schuld, je bent een slachtoffer, je kon er niets aan doen.'

Saga kijkt naar de vloer, naar de krassen en sporen van rubberwielen, en herinnert zich vaag dat ze had geschreeuwd dat het haar schuld was toen ze haar de ambulance in duwden. Ze huilde en bleef herhalen dat Jurek gelijk had, dat het haar niet had uitgemaakt of haar vader leefde of niet.

'Het was een val,' zegt Nathan zacht en hij probeert haar naar binnen gerichte blik te vangen.

Jurek had de locatie niet per ongeluk verraden. Het was allemaal tot in detail gepland. Hij had ervoor gezorgd dat ze het zand zag dat uit de prothese liep.

Vermoedelijk had hij zijn besluit genomen op het moment dat ze in haar keuken bij het verborgen pistool probeerde te komen. Toen wist hij zeker dat ze hem wilde doden.

Het spel veranderde van doel en richting.

Jurek wist precies hoe ze dacht.

Hij wist hoe de hinderlaag eruit moest zien en hoe hij haar in zijn vreselijke val moest lokken.

Het was in wezen maar een goocheltruc, een illusie – het geruite overhemd onder het windjack.

Het sleutelbeen en schoudergewricht van haar vader waren gebroken en zijn arm was stevig vastgeplakt op zijn rug, zodat de mouw loshing.

Jurek had haar vader de trap op geleid en hem vrijgelaten, waarna hij zelf de plaats had verlaten door een gang naar het tankstation aan de bosrand. Hij had de doorgang uitgegraven onder puin en verkrotte gebouwen.

Met behulp van speurhonden kon de politie Jureks vluchtroute reconstrueren; die liep langs het bos aan de rand van de grindgroeve naar de volkstuintjes bij Smedby.

Saga zat op haar knieën bij haar dode vader. De tijd breidde zich uit tot een groot, gapend gat. Ze merkte niet dat het ondersteuningsteam de woningen van het rijtje bestormde en inspecteerde. De teamleden liepen de trappen af, doorzochten de gangen en forceerden de stalen deuren naar de schuilkelder.

Daar was niemand.

Geen spoor van Jurek, de Bever of Valeria.

Meer schuilkamers waren er niet, de technici hadden geen ruimte over het hoofd gezien.

Het team had zelfs in de vloer van gewapend beton geboord, maar onder de schuilkelder zat alleen zand.

Om Saga te misleiden had Jurek haar vader in dezelfde schuilkelder gezet die zijn broer voor de eerdere slachtoffers had gebruikt.

Waar Jureks echte schuilplaats is, weten ze nog steeds niet.

Het licht van de tl-buizen aan het plafond valt bijna recht van boven op Saga's gezicht. In haar haar zitten droge dennennaalden. Zweetparels vloeien samen en lopen over haar wang.

Er komt een verpleegkundige binnen die zich voorstelt, aan Nathan vraagt of hij hen alleen wil laten en tegen Saga zegt dat ze iets kalmerends krijgt, zodat ze even kan slapen.

Nathan staat op en geeft haar voorzichtig een kneepje in de schouder voordat hij weggaat.

Terwijl de verpleegkundige een injectie met Stesolid Novum klaarmaakt, begint Saga weer over oogleden na te denken, dat ze doorzichtig zijn, dat je nooit je waakzaamheid mag verliezen.

'Ik moet…'

Ze zwijgt en staat langzaam op uit haar stoel, ze houdt de verpleegkundige met haar hand tegen en loopt de kamer uit.

Met de deken om haar schouders verlaat ze de Spoedeisende Hulp. Ze loopt in de koude ochtendlucht tussen de enorme gebouwen door en verlaat het ziekenhuisterrein.

Saga weet wat ze moet doen, wat ze langgeleden al had moeten doen.

Ze moet Pellerina halen, het land verlaten en zich ergens schuilhouden.

Vanaf de brug over het spoor ziet ze het witte Karlbergpaleis oplichten in de ochtendnevel. Voor de brede paleistrap valt de deken van haar af, maar dat merkt ze niet.

Haar grijsgevlekte camouflagekleren zijn op de mouwen en de borst donker van het bloed.

Ze heeft haar vader in haar armen gehouden en zijn hoofd tegen haar hart gedrukt en zo is ze blijven zitten totdat het ambulancepersoneel arriveerde.

Over de kleine Ekelundsbrug komt ze in Stadshagen en loopt dan langs Kungsholmsstrand naar de P.O. Hallmans gata.

Saga drukt op de bel van de intercom, maar krijgt geen reactie. Ze wil nog eens aanbellen, maar bedenkt zich dan.

Ze begrijpt niet meer wat ze hier doet.

Pellerina is in dit appartement veiliger dan erbuiten.

Ze loopt geen gevaar.

Eigenlijk wil Saga haar alleen knuffelen, haar verstandige woorden horen en haar liefde voelen.

Ze houdt haar tranen tegen en trekt haar pistool, controleert het magazijn en het mechanisme.

Dan loopt ze naar het politiebureau.

Ze heeft maar één taak die niet kan wachten. Ze moet een nieuwe hardheid in zichzelf vinden, Jurek opsporen en hem doden.

66

Joona legt het nachtvizier op tafel en kijkt uit over de velden. Het is donker in de boerderij verderop, maar heel in de verte licht een stuk van de hemel bleek op. De nevel in de lucht vangt het licht op van de stad.

Het lijkt wel of heel Weert in brand staat.

Aan de andere kant van het schemerige vertrek wisselt Rinus van bewakingszone, trekt een stoel naar het raam en opent het luik.

Lumi staat voor de monitor.

Ze heeft al twee dagen niet met Joona gesproken, ze kijkt hem niet aan en antwoordt kortaf op directe vragen.

Joona beweegt het vizier langzaam langs het gras onder de oude bus, passeert de voorwielen, gaat langs de koplampen en de voorruit omhoog en over het platte dak.

De sterrenhemel is slechts vaag te zien, alsof er een lap stof voor hangt.

Joona denkt aan de tijd in Nattavaara, de vorige keer dat ze zich voor Jurek schuilhielden. Hij trainde zijn dochter om haar zo goed mogelijk op het ergste voor te bereiden.

Ze kregen een hechte band.

Hij herinnert zich de glasheldere zwarte hemel toen hij haar leerde navigeren op de sterren.

Op het noordelijk halfrond kun je altijd je positie bepalen aan de hand van de Poolster, die dicht bij de Noordpool staat en altijd op dezelfde plaats te vinden is.

'Kun je de Poolster nog vinden?'

Ze reageert niet.

'Lumi?'

'Ja.'

'Hij zit aan het uiterste puntje van de staart van de Kleine Beer, je volgt gewoon...'

'Kan me niet schelen,' valt ze hem in de rede.

'Nee,' zegt Joona.

Hij pakt het vizier van het geweer weer op en speurt de sector stukje bij beetje af. Ze mogen niet slordig worden, niet denken dat er niets kan gebeuren.

Gisteren heeft hij in een van de kranten over een grote politieactie ten zuiden van Stockholm gelezen, maar waar het om ging was niet duidelijk.

Hij heeft al ontelbare keren gezocht naar een boodschap van Nathan, naar een bericht in een van de boulevardbladen dat er volgens een onbevestigd gerucht een tot dan toe onbekende seriemoordenaar is gedood tijdens de actie.

Maar aangezien niemand dat schrijft, moet Joona ervan uitgaan dat Jurek Walter nog leeft.

Hij moet Lumi beschermen, maar als de Zweedse politie er niet snel in slaagt Jurek tegen te houden, zullen ze de beveiliging van Valeria terugschroeven.

Dit is op den duur niet houdbaar.

Joona denkt aan al het materiaal over Jurek dat hij in de loop der jaren heeft doorgenomen. Hij heeft zelfs alle brieven laten vertalen die Jureks vader vanuit Leninsk aan zijn gezin in Novosibirsk heeft gestuurd.

Vadim Levanov was raketingenieur en erg geïnteresseerd in ruimteonderzoek. Joona herinnert zich een brief die ging over de ontdekking van de Medusanevel door de Amerikaan George O. Abell. Die maakt deel uit van het sterrenbeeld Tweelingen.

In die tijd dacht men dat het een rest van een supernova was, maar in werkelijkheid is het een planetaire nevel – gas dat door een rode reus in zijn laatste levensfase wordt weggeslingerd.

De fascinatie dampte uit de brieven van Vadim Levanov toen hij uitlegde dat het sterrenbeeld Tweelingen spoedig zou veranderen, aangezien een dergelijke nevel maar een korte levensduur heeft – slechts één miljoen jaar.

Joona gaat naar zone 3, opent het luik en laat zijn blik heen en weer gaan tussen de telecommunicatiemast en het stukje bos.

'Papa, waarschijnlijk heb je er de vorige keer goed aan gedaan,' zegt Lumi en ze haalt diep adem. 'Jurek had een handlanger... Daarom verdween het gezin van Samuel Mendel, ook al was Jurek geïsoleerd. We weten nu dat dat zo was. En ik begrijp dat... dat je waarschijnlijk mama en mij het leven hebt gered door alle banden met ons te verbreken.'

Joona geeft haar tijd, terwijl hij het stukje bos observeert waar het verborgen luik van de vluchtroute zit. Er is een plastic zak naartoe gewaaid, die in de struiken is blijven hangen.

'Maar toch was het een hoge prijs,' gaat Lumi verder. 'Mama wende eraan, ze werd een rouwend mens... Haar leven werd in de pauzestand gezet. Ik was een kind, ik paste me aan en vergat je.'

Joona zoekt de rand van het stukje bos af. Er ligt een bak op de grond van een grote shovel. Daar kijkt hij altijd goed naar, aangezien het een goede plaats is voor een scherpschutter.

'Luister je wel?' vraagt ze.

'Ja,' antwoordt hij en hij legt de richtkijker neer.

Hij doet het luik dicht, draait zich om en kijkt haar aan; haar ogen glimmen in de schemerige ruimte. Als het bruine haar over haar voorhoofd hangt, is ze Summa's evenbeeld.

'Soms werd ik gepest omdat ik geen vader had,' zegt ze. 'Het klinkt ouderwets, maar ze waren daar nog geen alleenstaande moeders gewend... En we hadden geen enkele foto van jou, hoe zou ik dat kunnen uitleggen?'

'Het kon niet anders,' antwoordt Joona.

'Volgens jou,' vult ze aan.

'Ja.'

'Kun je niet proberen te begrijpen hoe het er van mijn kant uitziet? Je belt en eist dat ik alles laat vallen en... Ach, laat ook maar, ik moet er niet over zeuren,' zegt ze. 'Maar dit hele gedoe, omdat jij het idee hebt dat Jurek toch niet dood is. Misschien heb je deze keer weer gelijk – dat weten we niet – maar nu zijn de omstandigheden anders, omdat ik volwassen ben en mijn eigen beslissingen neem.'

'Dat klopt,' zegt hij zacht.

Ze verlaat de monitor en loopt naar hem toe. Ze staat met haar armen om zich heen geslagen, ademt diep in en praat dan verder.

'Ik bedoel, het leven bestaat niet alleen uit overleven. Ook al heb ik een heleboel dingen gezegd in mijn boosheid, ik weet dat je op me past, dat je dit voor mij doet en ik ben niet ondankbaar, echt niet, ook al ben ik er minder van overtuigd dan jij dat Jurek is teruggekeerd van de doden.'

'Maar dat is wel zo,' zegt Joona.

'Oké, maar afgezien daarvan... Ooit moet ik een besluit nemen – hoe verhoud ik me tot de angst?'

'Maar als je doodgaat? Als hij je pakt?'

'Dan is dat zo,' zegt ze en ze kijkt hem in de ogen.

'Dat kan ik niet accepteren.'

Ze zucht en loopt terug naar de monitor.

Rinus zit helemaal stil, zijn kijker gericht op zijn bewakingszone. Hij spreekt geen Zweeds, maar begrijpt dat hij zich hier niet in moet mengen.

Joona opent het luik van zone 2 en kijkt uit over de akkers in de richting van Eindhoven. De broeikas staat zo ver weg dat die slechts als een lichte speldenprik te zien is. Hij pakt de nachtzichtkijker van het geweer en kijkt erdoor. Een lichtgevende goudbaar. Ook al is de brandpuntsafstand maximaal, hij kan niet zien of de donkere formaties achter het glas gewoon planten zijn of dat er iemand staat.

Hij weet dat hij Lumi niet kan dwingen hier te blijven. Hij kan proberen haar over te halen, maar uiteindelijk is het haar beslissing.

Ze zal binnenkort teruggaan naar Parijs, wat hij ook zegt. Voor die tijd moet iemand Jurek Walter tegenhouden.

Als kind was Joona eens op het eiland Oxkangar voor de Finse kust, het was avond en het water van de baai was spiegelglad. Hij liep als gewoonlijk over het strand op zoek naar flessenpost.

Een meter of twintig van het land zwom een zeevogel, het was een wilde eend, een bruin vrouwtje met vijf kuikens zenuwachtig op een rijtje.

Hij weet niet waarom hij dit nooit heeft kunnen vergeten.

Een van de kuikens was achterop geraakt en werd aangevallen door een meeuw. De moeder keerde terug naar het eenzame kuiken en joeg de grote vogel weg. Maar toen viel een andere meeuw de rest van de pullen aan.

Joona schreeuwde en probeerde de meeuwen weg te jagen.

De moeder keerde snaterend terug naar de vier kuikens, maar toen was de eerste meeuw al bij het eenzame jong en greep hem met zijn snavel.

Het vrouwtje vloog terug en de meeuw liet het jong vallen. Het bloedde uit zijn nek en piepte met zijn hoge stemmetje.

Joona zocht stenen en gooide ermee naar de meeuwen, maar ze kwamen niet ver genoeg.

De moeder was wanhopig. De tweede meeuw viel meteen de vier kuikens weer aan, pikte ze met zijn snavel en probeerde een ervan mee te nemen. De moeder moest het opgeven. Ze liet het eenzame kuiken alleen om de vier andere te redden. De eerste meeuw maakte een steile draai in de lucht, dook op het gewonde kuiken, pikte erin, kreeg het ene vleugeltje te pakken en vloog met hem weg.

Zo doet Jurek het ook.

Joona wisselt van plaats, opent het luik van zone 1 en kijkt uit op het oude woonhuis en de smalle inrit. Hij heeft de richtkijker nog niet kunnen pakken, wanneer hij een wiegend licht ontdekt.

'Een auto,' zegt hij.

Rinus begint de andere zones systematisch af te speuren, terwijl Lumi zonder een woord te zeggen vijf patronen in een scherpschuttersgeweer stopt en dat aan Joona geeft.

Hij zet snel de kijker erop, legt het geweer voor het raam en houdt de auto in de gaten die over de smalle weg dichterbij komt. De koplampen gaan op en neer met de kuilen in het asfalt. Hij kan ten minste twee personen zien achter de voorruit.

'Twee personen,' zegt hij. 'Ze blijven voor de slagboom staan.'

De koplampen verlichten de weg bijna tot aan het woonhuis. Het ene portier gaat open en een vrouw stapt uit. Ze kijkt om zich heen, stapt over de sloot en loopt een paar stappen het weiland in, knoopt haar spijkerbroek open, duwt hem samen met haar onderbroek op haar enkels en gaat wijdbeens op haar hurken zitten.

'Het is maar een sanitaire stop,' zegt Joona. Hij laat het geweer zakken en haalt de kijker los zonder zijn ogen van de twee personen af te wenden.

De tweede persoon zit nog in de auto. Het licht van het dashboard schijnt van onderaf op zijn neus en zijn wenkbrauwen.

De vrouw staat op en doet haar spijkerbroek dicht, loopt terug naar de auto en laat een stuk wc-papier achter op de grond.

Lumi mompelt iets en loopt naar de keuken, terwijl Joona de achteruitrijdende auto volgt door zijn kijker.

Wanneer de lichten verdwenen zijn, haalt hij de patronen uit het geweer en legt het wapen terug.

Joona loopt door het vertrek, trekt het gordijn opzij, passeert de trap, opent de deur en loopt de keuken in. Lumi staat voor de zoemende magnetron. Hij laat een 'pling' horen en is dan stil. Ze opent het deurtje, haalt er een plastic bakje met dampende kant-en-klaarnoedels uit en zet het op tafel neer.

'Je hebt gelijk,' zegt Joona. 'Ik ben bang voor Jurek, ik ben bang om jou te verliezen en van die angst maakt hij gebruik... Ik was er altijd van overtuigd dat er maar één manier was om jou te beschermen, namelijk door te verdwijnen, weg te kruipen... Je weet wel, dit allemaal.'

'Papa, ik bedoel alleen dat het op den duur niet zal werken,' zegt ze en ze gaat aan tafel zitten.

'Dat weet ik, dat begrijp ik, natuurlijk, maar als je ermee akkoord gaat hier nog even te blijven, ga ik terug naar Zweden om de confrontatie met Jurek aan te gaan.'

'Waarom zeg je dat?' vraagt ze en ze probeert haar tranen weg te slikken.

'Dit heeft verkeerd uitgepakt, dat moet ik toegeven, ik had verwacht dat Saga en Nathan er vrij snel in zouden slagen Jurek op te sporen... Ik bedoel, hij zit in een actieve fase en ze hebben al het materiaal, een heleboel middelen... Ik heb geen idee waarom het niet is gegaan zoals ik had gehoopt.'

'Wat ben je van plan?'

'Ik weet het niet, het is me alleen duidelijk geworden dat ik niet voor deze opdracht kan weglopen, het is mijn taak om Jurek tegen te houden.'

'Nee.'

Hij kijkt even naar haar gezicht, haar neergeslagen ogen, de verdrietige mond, de hand om het dampende bakje noedels, de eetstokjes op de tafel.

'Het komt goed,' zegt hij bijna geluidloos en loopt door het gordijn terug naar de controlekamer.

Rinus heeft zijn stoel naar zone 3 verplaatst. Hij laat de kijker zakken en hoort Joona's nieuwe plannen rustig aan.

'Ik heb je getraind en je zult het er goed van afbrengen,' zegt Rinus op zijn sombere manier.

'Als ik na alles nog steeds welkom ben, kom ik komend voorjaar graag bij jou en Patrik op bezoek.'

'Als je er dan maar tegen kunt dat hij jou Tom of Finland noemt,' zegt Rinus en voor het eerst in dagen is er op zijn getekende gezicht een zweem van een glimlach te zien.

*

Het wordt al licht wanneer Lumi met Joona meeloopt naar de auto. De slagboom is aan de kant gedraaid en de smalle geasfalteerde weg ligt als een zilveren draad recht over het vochtige weiland.

Ze kijkt naar de grote weg in de verte.

Er hangen dunne zeilen van mist boven de akkers.

Om zo snel mogelijk in Stockholm te komen zonder hun schuilplaats te verraden wil Joona weer naar Zuid-Frankrijk rijden om daar de eerste beschikbare vlucht naar Zweden te nemen.

Ze weten allebei dat het de hoogste tijd voor hem wordt om te vertrekken. Lumi's wangen zijn bleek en het puntje van haar neus is rood.

'Het spijt me, papa, dat ik me zo heb misdragen,' zegt ze.

'Dat heb je niet,' zegt hij met een glimlach.

'Jawel.'

'Je had gelijk, het was goed dat je het niet accepteerde,' zegt hij.

'Maar het was niet mijn bedoeling dat je nu al weg zou gaan, we kunnen hier nog best even blijven, geen probleem,' zegt ze en ze slikt moeizaam.

Hij veegt de tranen van haar wangen.

'Niet verdrietig zijn, het komt goed.'

'Nee, het komt niet goed.'

'Lumi.'

'We blijven, alsjeblieft papa, we...'

Haar stem breekt en haar woorden gaan over in een intens verdrietig huilen. Joona omhelst haar en ze houdt hem stevig vast.

'Ik kan dit niet,' zegt ze tussen de snikken door.

'Lumi,' fluistert hij met zijn mond naar haar hoofd. 'Ik hou van jou boven alles, ik ben trots op wie je bent, ik wil niets liever dan deel uitmaken van jouw leven, maar nu moet ik dit doen.'

Hij houdt haar rustig vast totdat ze is uitgehuild en rustiger gaat ademhalen.

'Ik hou van je, papa,' zegt Lumi.

Wanneer ze elkaar uiteindelijk loslaten, keren de onverbiddelijke werkelijkheid, de smalle weg en de wachtende auto terug.

Lumi snuit haar neus en stopt de zakdoek in haar zak. Ze glimlacht en probeert zich te beheersen. Hun adem is goed zichtbaar in de koude lucht.

'Onthoud goed dat jij geen schuld hebt, geen enkele schuld, als dit fout gaat,' zegt Joona. 'Het is niet jouw verantwoordelijkheid, het is mijn keus en ik doe dit omdat ik denk dat dit het beste is.'

Ze knikt. Hij loopt naar de bestuurderskant van de auto en opent het portier.

'Kom veilig terug,' zegt ze zacht.

Hij kijkt haar in de ogen en stapt dan in.

De motor slaat aan en de weg onder haar voeten wordt door de achterlichten rood gekleurd.

Lumi staat hem met haar hand voor haar mond na te kijken.

De auto verdwijnt in de verte.

Als ze hem niet meer kan zien, sluit ze de slagboom, duwt de roestige bout die als pen dienstdoet naar beneden en loopt terug naar de werkplaats.

67

Sabrina Sjöwall verstaat haar vak en is van de situatie op de hoogte, maar heeft geen inzage gekregen in de details rond de beveiliging van Pellerina Bauer en weet niet waarom de eenheid persoonsbeveiliging de dreiging jegens het meisje als zo ernstig inschat dat andere veiligheidsmaatregelen ontoereikend zijn.

Het met afstand belangrijkste aspect bij getuigenbescherming is het geheimhouden van het adres.

De plaatsing van het meisje staat in geen enkel bestand of rapport. Alleen de direct betrokkenen bij de politie kennen het adres.

De woning op de negende verdieping telt vijf kamers en een keuken. Dat is natuurlijk onnodig groot voor één kind, maar soms worden hier hele gezinnen opgevangen.

De voordeur lijkt op alle andere in het trappenhuis, maar deze zou in de praktijk een bazooka weerstaan.

De woning moet zo gewoon mogelijk aandoen. De inrichting is eenvoudig maar gezellig met bruine leren banken en plaids, een houten vloer en zachte kleden.

Het ziet er allemaal normaal uit, ook al krijgt de buitenwereld een moeilijk te vangen zachtheid achter de ramen van thermoplast.

Sabrina is in burger, maar draagt een SIG Sauer P226 Legion op haar heup en heeft de Rakel-portofoon over de linkerschouder van haar jas hangen.

Ze heeft blauwe ogen en donkerbruin haar in een vlecht op haar rug. Ze gaat elke ochtend hardlopen, ook al heeft ze last van haar knieën, ze gaat naar de sportschool en traint dynamisch pistoolschieten.

Ze is één meter tachtig lang, heeft stevige heupen en een zware boezem. Ze heeft altijd getobd met haar gewicht en sinds ze na de zomer is gestopt met snoepen is ze vier kilo afgevallen. Ze probeert op de calorieën te letten, maar kan er niet tegen om met een hongergevoel rond te lopen, ze voelt zich slap en is ongeconcentreerd.

Sabrina Sjöwall werkt nu zes jaar bij de eenheid persoonsbeveiliging van Stockholm en heeft een stuk of twintig van dit soort opdrachten gedaan, maar dit is haar eerste keer in deze woning.

Lijfwacht zijn van iemand die in het getuigenbeschermingsprogramma is opgenomen eist extreem veel van je. De sociale component is even belangrijk als de technische. Je bent de eerst verantwoordelijke voor de mentale balans van het te beschermen object.

Sabrina roept Pellerina voor het avondeten.

Ze heeft rijst, vissticks, doperwten en crème fraîche met saffraan en tomaat op hun borden geschept.

Pellerina komt aangerend op haar pluizige sloffen en trapt voorzichtig op de drempel van de keuken om die te horen piepen. Misschien komt het door de spijkertjes van messing of door het hout dat aan de rand gebarsten is, maar om de een of andere reden maakt de drempel een hoog geluid als je je voet erop zet.

Sabrina heeft nooit eerder met iemand met het syndroom van Down te maken gehad, ze is er eigenlijk altijd een beetje bang voor geweest en weet nooit wat ze moet zeggen.

Maar Pellerina is fantastisch.

Het is duidelijk dat het meisje haar best doet om haar ongerustheid over haar vader en grote zus Saga te verbergen, maar af en toe vertelt ze opeens dingen over hen. Dat haar vader cardioloog is en soms 's nachts moet werken, en dat ze vroeger vaak op de nachtcrèche sliep, maar dat Saga tegenwoordig bij haar komt logeren.

Pellerina denkt veel na over haar verdwenen vader, ze is bang dat hij met de fiets is gevallen en zijn been heeft gebroken, ze denkt dat hij haar daarom niet heeft kunnen halen.

Pellerina eet vier vissticks, maar laat de doperwten staan, die legt ze in een halve cirkel langs de rand van het bord.

'Mijn vader is een kip en ik geef hem vaak erwten en mais,' vertelt ze.

Als Sabrina de keuken aan kant heeft, is het tijd voor *Idols* in de woonkamer. Pellerina zet haar bril af en trekt het voetenbankje van de fauteuil aan voor Sabrina. Zij is jurylid en moet erop zitten, terwijl Pellerina playbackt en danst op nummers van Ariana Grande.

Een uur later gaat Pellerina naar bed, nadat ze haar tanden heeft gepoetst en naar de wc is geweest.

Sabrina trekt de gordijnen in de slaapkamer dicht. Ze bewegen lichtjes heen en weer en de gordijnhaakjes rinkelen tegen de rail aan het plafond.

'Je kunt best bang in het donker zijn als je twaalf bent,' zegt Pellerina zacht.

'Natuurlijk kan dat,' zegt Sabrina en ze gaat op de rand van Pellerina's bed zitten. 'Ik ben tweeëndertig en ben nog steeds af en toe bang in het donker.'

'Ik ook,' fluistert Pellerina en ze frunnikt aan Sabrina's zilveren kruis.

Pellerina vertelt dat ze een kettingbrief heeft gekregen waar ze van is geschrokken. Als je die niet doorstuurt komen de clownsmeisjes je 's nachts pijn doen. Sabrina stelt haar gerust en krijgt haar uiteindelijk aan het lachen. Ze wensen elkaar welterusten en spreken af dat de deur op een kiertje open mag staan en dat de lamp in de badkamer aan blijft.

Sabrina loopt over het zachte tapijt in de woonkamer naar de hal en controleert of de voordeur op slot zit, ook al weet ze eigenlijk wel dat dat het geval was.

Ze begrijpt niet waarom ze de hele dag al met een onbehaaglijk gevoel rondloopt, een wriemelend voorgevoel in haar buik.

Ze haalt een glas en een grote plastic fles Coca-Cola light uit de keuken, keert terug naar de woonkamer, gaat op de bank zitten en kijkt naar het laatste stuk van *Boer zoekt vrouw*.

Het is zo zot dat ze er een warm hoofd van krijgt en haar jas moet uitdoen.

Ze waaiert zich glimlachend koelte toe met haar hand en leunt dan achterover.

Het bleke licht van de tv strijkt schokkerig over haar ietwat sombere gezicht. De schaduw van haar schouders en hoofd op de muur achter haar wisselt in sterkte.

Ze loopt naar de keuken en eet een boterham aan de grenen tafel, doet het nodige op Facebook en Instagram en gaat dan haar tanden poetsen.

Misschien komt het onbehaaglijke gevoel in haar buik doordat haar eigen eenzaamheid altijd op haar afkomt als ze zo'n soort opdracht heeft.

Ze is een vrij verlegen type.

Haar zus raadt haar aan te gaan internetdaten.

Niemand wil alleen zijn, maar tegelijkertijd heeft Sabrina daar behoefte aan.

Het valt niet uit te leggen.

Vaak wordt ze door sociale uitputting getroffen.

Zoals toen haar buurman opeens vroeg of ze bij hem wilde komen eten.

Daar had ze onderuit weten te komen zonder een al te rare indruk te maken. Ze had gezegd dat ze haar moeder had beloofd te helpen met de kerstversiering.

De gedachte aan het gesprek met de buurman houdt haar al weken bezig, nu durft ze bijna haar deur niet meer uit te komen.

Misschien houdt haar verlegenheid verband met haar werk, misschien heeft ze het echt nodig om in haar vrije tijd alleen te zijn, om in haar eigen bed te slapen zonder met iemand anders rekening te houden.

Haar moeder neemt ook veel tijd in beslag, ook al is ze naar een serviceflat verhuisd. Ze heeft een eigen appartement waar ze de maaltijden geserveerd kan krijgen en toegang heeft tot een trefpunt met activiteiten.

Haar moeder heeft altijd newagebewegingen opgezocht. Daar werd ze blij van, ze bloeide ervan op. Maar toen ze naar de serviceflat verhuisde, sloot ze zich aan bij een groep spiritisten.

Sabrina weet niet wat ze ervan moet denken. Haar moeder heeft verteld dat ze in contact is gekomen met haar overleden vader en dat hij heel boos is.

Hij scheldt op iedereen en noemt haar slet en sloerie.

Sabrina heeft het grote zilveren kruis van haar opa geërfd. Ze is eigenlijk geen christen, maar ze draagt het altijd, misschien als een soort beschermende talisman.

Sabrina heeft geprobeerd haar moeder uit te horen over de spiritisten en gevraagd wie hun medium is, maar heeft alleen te horen gekregen dat het een van de dames uit de flat is.

Mediums bieden gewoonlijk troost en verzoening.

Dit klinkt als een machtsspelletje, een aanval.

Sabrina vindt het naar voor haar moeder dat ze zich laat wijsmaken dat haar eigen vader boos op haar is. Het is triest.

Drie weken geleden heeft Sabrina's opa tegen haar moeder gezegd dat ze zich moest verhangen.

Toen was voor Sabrina de maat vol, ze zei dat ze het medium en de serviceflat zou aangeven bij de politie en dat ze niet meer bij haar moeder op bezoek komt als ze niet bij de spiritisten weggaat.

Afgelopen zondag was ze toch gegaan.

Haar moeder had een nieuwe pruik aangeschaft met lichtbruine krulletjes tot op haar schouders. Die lijkt in geen enkel opzicht op het haar dat ze ooit had.

Haar moeder trakteerde op een 'high tea' en had de etagère met drie plateaus klaargezet.

Ze bekeken oude fotoalbums van toen Sabrina klein was, ze gingen terug in de tijd, naar de bruiloft van haar moeder en Sabrina's examenfeest.

Maar toen ze bij een zwart-witfoto van opa kwamen, wilde haar moeder niet verder bladeren.

Ze hield het album vast en zei niets.

Sabrina had de foto nooit eerder gezien.

Haar opa stond met een boze rimpel in zijn voorhoofd onder een ladder die tegen een huis was gezet. Hij was gekleed in een vreemde jas met smalle schouders, waar het zilveren kruis overheen hing, en hij hield zijn hoed in zijn hand.

Sabrina probeerde haar moeder verder te laten bladeren, maar dat wilde ze niet. Ze zat daar maar met haar lelijke pruik op naar de foto te staren.

Voordat Sabrina gaat slapen, loopt ze een rondje door het appartement, ze kijkt bij het meisje en controleert alle ramen, loopt de hal in en zet de monitor aan, zodat ze de deur en het trappenhuis vlak achter de gepantserde deur kan zien.

Aan de andere kant van de lift staat een kinderwagen.

Gisternacht is er beneden op straat bij de intercom aangebeld, maar er was niemand, waarschijnlijk had iemand zich in de bel vergist.

Sabrina schakelt de monitor uit, gaat haar slaapkamer binnen, stopt de telefoonoplader in het stopcontact, gaat met haar kleren aan op bed liggen met het pistool in de holster en doet dan het bedlampje uit.

Het scherm van de telefoon blijft nog even oplichten en gaat dan uit. Ze staart naar het plafond, sluit haar ogen en bedenkt dat ze morgen wordt afgelost.

68

Sabrina Sjöwall schrikt en doet haar ogen open in het donker. De adrenaline giert door haar lichaam.

Er wordt hard op de voordeur gebonsd.

Ze stapt uit bed, wankelt en zoekt met haar hand steun bij de muur.

'Hoe laat is het in godsnaam?'

Ze trekt het kruis om haar hals recht en passeert Pellerina's kamer, loopt de donkere woonkamer in en botst met een doffe klap tegen het voetenbankje aan.

Haar jas ligt nog op de bank.

Er wordt weer op de deur gebonsd.

Sabrina krabt aan haar buik en legt haar hand op de holster met het pistool als ze de hal in loopt.

Ze doet de plafondlamp aan om de knoppen te kunnen zien en activeert de monitor aan de muur naast de intercom.

Het zwart-witbeeld flikkert en wordt scherp.

Het is haar moeder.

Haar moeder staat in het trappenhuis op de deur te bonzen.

Ze heeft de krulletjespruik op en staart in de camera.

Haar gezicht is in het licht van de knoppen van de intercom te zien, maar het trappenhuis achter haar is volkomen donker.

Wat doet haar moeder hier in vredesnaam?

Op de een of andere manier is ze het pand binnengekomen, ze is met de lift naar boven gegaan en staat nu voor de deur van het appartement.

Sabrina slikt moeizaam en drukt op de knop van de microfoon.

'Mama, wat doe jij hier?'

Haar moeder kijkt om zich heen, ze begrijpt niet waar de stem van haar dochter vandaan komt en bonst dan weer op de deur.

'Hoe heb je me gevonden?'

Haar moeder laat een briefje zien waar ze het adres op heeft geschreven en stopt het dan weer in haar tas.

Sabrina probeert te begrijpen hoe het in zijn werk is gegaan. Ze was op bezoek bij haar moeder toen ze de opdracht kreeg. Ze heeft het adres waarschijnlijk hardop herhaald aan de telefoon en haar moeder moet hebben gedacht dat ze het tegen haar had.

Wanneer haar moeder een stap naar achteren doet, wordt ze bijna door de duisternis in het trappenhuis opgeslokt. Haar gezicht wordt een grijze schaduw.

'Mama, je moet naar huis gaan,' zegt Sabrina.

'Ik heb me bezeerd, ik...'

Ze buigt weer naar voren in het licht, raakt haar hoofd aan onder de pruik en laat haar bebloede vingers zien.

'Mijn hemel, wat is er gebeurd?' vraagt Sabrina en ze haalt het slot van de deur.

Ze duwt de kruk omlaag, kijkt naar haar moeder op de monitor en ziet een slanke man heel snel uit de duisternis dichterbij komen.

Ze heeft de deur nog maar tien centimeter geopend en begint hem weer dicht te trekken, terwijl ze voelt dat iemand de kruk aan de buitenkant vastpakt.

'Niet doodgaan,' schreeuwt haar moeder. 'Hij heeft beloofd dat...'

Sabrina zet zich met één hand schrap tegen de deurpost en trekt uit alle macht. Ze begrijpt niet wat er gebeurt. De andere persoon is te sterk, de opening wordt langzaam groter.

Ze kan dit niet volhouden, ze kreunt, de kruk glijdt bijna uit haar bezwete hand.

Sabrina probeert de deur nog één keer met een ruk dicht te trekken.

Het is onmogelijk.

Ze laat los en rent het appartement in, struikelt over Pellerina's pluizige sloffen en botst met haar schouder tegen de muur, zodat een ingelijste poster op de vloer valt.

Sabrina rent dwars door de donkere woonkamer heen, Pellerina's kamer in, ze trekt het dekbed opzij, tilt het warme meisje op, zegt 'sst' en draagt haar snel de gang door, langs haar eigen slaapkamer, de badkamer in.

Geruisloos sluit ze de deur, doet hem op slot en knipt het licht uit.

'Pellerina, je moet nu muisstil zijn, kun je dat?'

Ze voelt dat het meisje trilt.

'Ja,' fluistert ze.

'Je moet in de badkuip blijven liggen en niet kijken – we spelen dat het een bed is waar je in slaapt,' zegt Sabrina.

Ze legt een paar grote handdoeken in de badkuip, tilt het meisje dan over de rand en legt haar in de kuip.

'Zijn het de meisjes?' vraagt Pellerina in het donker.

'Niets aan de hand, ik regel het, probeer gewoon stil te zijn.'

Pellerina had verteld dat het nichtje van een vriendin blind was geworden, de spijkers zaten nog in haar ogen, dat had in de krant gestaan, maar de politie had de clownsmeisjes niet gevonden, want ze verstopten zich in het bos.

Sabrina had haar gerustgesteld en gezegd dat het maar een verzinsel was. Mensen doen alsof het echt is, maar dat is het niet, dat soort verhalen waren er ook toen zij klein was.

Ze gaf een grappig voorbeeld, waar Pellerina om moest lachen en daarna zeiden ze welterusten.

Sabrina gaat bij de deur weg, klikt haar holster open en trekt haar dienstpistool, brengt een patroon in de loop en haalt de veiligheidspal over.

'Gaat het, Pellerina? Lig je goed?'

'Ja,' fluistert het meisje.

Sabrina realiseert zich dat haar Rakel-portofoon in haar jas zit, die ze gisteren op de bank heeft laten liggen. Die moet ze eigenlijk altijd bij zich hebben om meteen in contact te kunnen komen met het commandocentrum.

Dit had niet mogen gebeuren.

Ze is slordig geweest.

Haar telefoon ligt open en bloot op het nachtkastje. Als de man daar naar binnen is gegaan, heeft hij die waarschijnlijk meegenomen.

Ze kan niet begrijpen dat ze erin is getrapt. Ze heeft de deur opengedaan omdat ze dacht dat haar moeder was gevallen en hulp nodig had.

Maar iemand moet het beveiligde appartement hebben verraden, haar naar binnen hebben zien gaan, haar moeder hebben opgespoord en haar uit de serviceflat hebben gehaald.

Er klinkt een dof geluid uit de badkuip wanneer Pellerina zich beweegt.

'Je moet stil blijven liggen,' fluistert Sabrina.

Sabrina denkt aan de slanke man die uit het donker tevoorschijn kwam en aan de deurkruk die uit haar hand gleed.

Langzaam raken haar ogen aan het donker gewend. Er komt een heel klein beetje licht van de plafondlamp in de hal bij hen naar binnen.

Het licht is als een waterig streepje onder de badkamerdeur te zien. Genoeg om te verraden of er iemand voor staat.

69

Sabrina staat volkomen stil in de donkere badkamer te staren naar het licht onder de deur.

Ze ademt zo kalm mogelijk en voelt het zweet over haar rug lopen.

In het appartement klinkt metaalachtig gerinkel.

De man moet in Pellerina's slaapkamer zijn. Ze hoort de haakjes langs de metalen rail aan het plafond schuren als hij het gordijn opzij trekt.

Sabrina legt haar oor tegen de badkamerdeur.

Hij doorzoekt Pellerina's kamer. Het magneetslot van de kast klikt als de deur wordt geopend, lege hangertjes rammelen tegen elkaar.

Dan klinken er weer voetstappen, maar welke kant ze op gaan kan ze er niet aan horen.

Sabrina richt het pistool op de deur en stapt opzij. Ze kijkt naar het ononderbroken streepje licht bij de vloer.

Haar hart slaat snel.

De man doorzoekt het appartement systematisch en zal hen binnen enkele minuten vinden. Ze moet haar portofoon uit haar jas op de bank halen, terugkeren naar de badkamer en een alarm uitzenden.

Als hij geen vuurwapen heeft, kan ze hem waarschijnlijk op afstand houden totdat ze assistentie krijgt.

Ze begrijpt dat hij nu door de woonkamer loopt. De voetstappen verdwijnen als hij het tapijt passeert en zijn daarna weer te horen.

Hij is op weg naar de hal, naar de andere slaapkamers en misschien de keuken.

'Wacht hier,' fluistert ze Pellerina toe.

Sabrina aarzelt een seconde, draait het slot om, pakt de deurkruk vast en duwt de deur voorzichtig open.

De loop van het pistool wijst naar de deuropening, haar vinger ligt op de trekker, terwijl haar andere hand de deur opzij duwt.

Sabrina stapt naar buiten en beweegt het wapen heen en weer door de gang.

Het grote zilveren kruis bungelt tussen haar borsten.

Ze doet de badkamerdeur dicht en kijkt door de donkere gang naar de deuren van beide slaapkamers en de doorgang naar de woonkamer.

Alles is stil.

Sabrina passeert de eerste deur en ziet dat haar telefoon weg is. Ze loopt door en gaat met haar blik steeds heen en weer tussen de woonkamer en de deur die op een kier staat.

Ze staart naar de zwarte kier van Pellerina's kamer en huivert wanneer ze die passeert.

Langzaam nadert ze de woonkamer.

De houten vloer kraakt achter haar.

Elke deuropening is een gevaarlijke passage.

Ze loopt vlak langs de ene muur van de gang. Haar pistool wijst naar voren en nu ziet ze het zachte tapijt in de woonkamer en iets van de bank waar haar jas zou moeten liggen.

Sabrina kijkt om en heeft het idee dat ze de kruk van de badkamerdeur een paar centimeter naar beneden ziet gaan.

Ze loopt door. Er is geen andere optie. Ze moet de woonkamer in gaan, ook al staat de man misschien achter de deuropening op haar te wachten.

Er is geen geluid te horen.

Sabrina buigt haar armen, houdt het wapen dichter bij haar gezicht en probeert haar adem onder controle te houden.

De drempel van de keuken piept.

De man moet erop hebben getrapt.

Ze reageert meteen, zet snel de laatste stappen door de gang en schiet de donkere woonkamer in.

Ze richt haar pistool eerst op de dichtstbijzijnde muren, gaat op een knie zitten en gaat met het wapen van rechts naar links door de kamer.

Het licht van de lamp in de hal valt op de vloer en reikt tot aan de halfopen deur van de keuken.

Bloederige schoenafdrukken op het parket gaan in beide richtingen.

Sabrina staat op, loopt om de grote bank heen en ziet dat de Rakelportofoon nog aan de linkerschouder van haar jas zit.

Net wanneer ze hem wil pakken, hoort ze een stoel tegen de eettafel kletteren.

De keukendeur gaat open en Sabrina laat zich achter de bank zakken.

Zijn voetstappen komen dichterbij.

Ze kijkt naar het pistool in haar rechterhand. De loop rust op het zachte tapijt.

Haar ademhaling is veel te snel.

Nu is hij in de woonkamer, zijn voetstappen vertragen over de houten vloer en worden onhoorbaar als hij over het tapijt loopt.

Hij is maar drie meter van haar verwijderd.

Sabrina probeert geruisloos opzij te schuiven, zodat hij haar niet ziet als hij rechtdoor blijft lopen, naar de badkamer waar Pellerina zich bevindt.

Haar hartslag dreunt in haar oren en maakt het moeilijk om te horen wat hij doet.

Het klinkt alsof hij tegen het voetenbankje aan loopt.

Dan nadert hij de bank, hij komt recht op haar af.

Ze begrijpt dat ze snel zal worden ontmaskerd. Hij hoeft nog maar een paar stappen te zetten, dan zal hij haar op de grond zien liggen.

Nu moet het gebeuren.

Ze staat snel op en houdt het pistool met beide handen vast.

Maar er is niemand, ze zwaait rond met het wapen.

Hij is weg.

Ze moet het verkeerd hebben gehoord.

Met trillende handen haakt ze haar portofoon van haar jas en wil naar Pellerina toe lopen.

Het scheelt maar een paar seconden, maar toch is het te laat als het tot haar doordringt dat hij zich aan de andere kant van de bank heeft laten zakken.

Hij is alweer opgestaan, vlak achter haar.

Ze zwaait rond met het pistool, maar haar hand wordt abrupt tegengehouden en er wordt een lemmet recht in haar oksel gestoken.

Het pistool valt op het tapijt, buitelt rond en glijdt de houten vloer op.

De pijn in haar oksel is zo hevig dat Sabrina niet in staat is weerstand te bieden als de man haar opzij trekt en in dezelfde beweging haar benen onder haar vandaan schopt.

Ze valt pardoes, landt schuin over de salontafel en komt met haar rug op de rand. Het brandt als een klap met een honkbalknuppel.

De fruitschaal breekt.

Ze tuimelt op de grond, probeert zich met haar hand op te vangen, maar klapt met haar achterhoofd op de vloer.

Er ploffen sinaasappels op het tapijt.

Ze hijgt en probeert overeind te komen.

Er gutst warm bloed uit haar oksel.

Ze hoort een geluid als van de zee, alsof ze op het strand staat, maar ze begrijpt dat het haar eigen ademhaling is en dat ze in shock begint te raken.

De man gaat zwaar op haar schouder staan en kijkt naar haar. Zijn gerimpelde gezicht is volkomen kalm.

Hij bukt en schuift het zware zilveren kruis opzij om het lemmet van het mes niet te beschadigen, houdt haar stil en ramt vervolgens het lemmet tussen haar borsten, door het borstbeen, recht in haar hart.

Er komt een grote golf aangerold, waarvan de kam sissend breekt.

De man staat op.

Sabrina ziet alleen een wazige gedaante, een slanke gestalte.

Hij had een mes uit de keuken gehaald, hij had niet eens een wapen bij zich gehad.

Ze denkt aan de foto van haar opa die onder de ladder stond. Dan slaat de golf over haar heen en alles wordt koud en zwart.

70

Bij het aanvliegen boven Stockholm ziet Joona dat het land onder een deken van sneeuw ligt, maar dat de grote meren nog zwart en open zijn. In zware loodkleuren lossen bos en akkers elkaar af.

Nadat Joona de paspoortcontrole is gepasseerd, gaat hij naar een kluis, toetst de code in en haalt de tas met zijn identiteitspapieren en de sleutels van zijn pied-à-terre in de Rörstrandsgatan eruit. Hij gaat weer terug naar zijn echte identiteit en neemt een taxi naar het Lunda industrieterrein, om daar zijn auto op te halen.

Nadat hij de kosten voor de opslag heeft betaald stapt hij in en opent het dashboardkastje.

Het pistool ligt er nog.

De schemering valt al in wanneer Joona bij het Instituut voor Forensische Geneeskunde aankomt. Een hangende straatlantaarn schommelt in de wind en het licht beweegt heen en weer over het vrijwel lege parkeerterrein.

Joona stapt uit en knoopt zijn jasje dicht over de schouderholster, terwijl hij met grote passen naar binnen loopt.

De Naald heeft zijn wegwerphandschoenen net uitgetrokken als Joona de grote sectiezaal binnenkomt.

'Ga je mee?' vraagt Joona.

'Weet je wat er is gebeurd, Joona?' vraagt de Naald op zijn beurt, en hij laat zijn handschoenen in een afvalbak vallen.

'Ik weet alleen dat Jurek nog leeft. Vertel het me maar in de auto.'

'Ga zitten,' zegt de Naald met zijn hese stem en hij wijst naar een metalen stoel.

'Ik wil meteen weg,' zegt Joona ongeduldig, maar hij zwijgt als hij de uitdrukking op het gezicht van de professor ziet.

De Naald kijkt hem met verdrietige ogen aan, haalt diep adem en begint te vertellen wat er sinds Joona's vertrek is gebeurd.

Joona staat stil en hoort de Naald vertellen dat niemand wilde geloven dat Jurek Walter achter de moorden zat, vanwege de film uit Wit-Rusland waarop de man die zich de Bever noemt een bewaker vermoordde.

Wanneer de Naald zijn bril afzet en zegt dat Valeria nooit enige beveiliging heeft gekregen, laat Joona zich zwaar op de stoel ploffen en slaat beide handen voor zijn gezicht.

De Naald probeert uit te leggen dat ze Joona's theorie van de hand hadden gewezen omdat alles ertegen leek te spreken. Foto's, de werkwijze en getuigenverklaringen wezen erop dat de Bever de enige dader was.

Pas toen de koster in een graf werd gevonden, dook Jureks naam opnieuw op. Nu weten ze dat de zus van de koster Jureks wonden heeft verzorgd en zijn arm heeft afgezet.

Joona's gezicht verraadt niets en zijn lichtgrijze ogen glinsteren als glas als hij zijn handen laat zakken en in de vermoeide ogen van de Naald kijkt.

'Ik moet gaan,' zegt hij zacht, maar hij blijft zitten.

De Naald vertelt verder over de gebeurtenissen in de kas en op de buitenschoolse opvang. Joona knikt langzaam, terwijl hij luistert naar de omstandigheden rond de dood van Saga's vader.

Wanneer de Naald vertelt dat Pellerina is verdwenen en dat haar lijfwacht is vermoord, staat Joona op, hij verlaat de zaal en loopt snel naar de uitgang.

Op het parkeerterrein haalt de Naald hem in en als hij op de bijrijdersstoel plaatsneemt, heeft Joona de motor al gestart.

De winteravond is somber en vreemd, alsof iemand de werkelijkheid heeft verscheurd en haar door een eenzame, verlaten wereld heeft vervangen.

Ze rijden door vochtige, donkere straten, langs parken waar klimrekken leeg in de kou staan.

Tijdens de korte rit naar het politiebureau geeft de Naald het weinige weer dat Saga over haar ontmoetingen met Jurek Walter heeft verteld.

'Ze wil niet praten, ze schrijft niet eens een proces-verbaal,' vertelt de Naald zwaarmoedig. 'Het lijkt wel of ze de schuld voor al het gebeurde op zich neemt.'

Een aantal jaren geleden maakte Jurek gebruik van haar om uit de beveiligde forensisch psychiatrische eenheid te vluchten, maar daar stond tegenover dat ze informatie van hem wist los te krijgen die tot de dood van zijn tweelingbroer leidde.

Er valt natte sneeuw boven het water naast de Klarastrandsleden. Het licht van de auto's wordt in olieachtige strepen uitgerekt.

Nu is Jurek weergekeerd van de doden en heeft hij de mensen die haar het dierbaarst zijn meegenomen, zoals zijn gewoonte is – en tegelijkertijd is hij van zijn patroon afgeweken, bedenkt Joona terwijl hij naar de Naald luistert.

Hij luisde haar erin, zodat ze haar eigen vader vermoordde.

Dat is onvoorstelbaar wreed.

Maar Jurek Walter is geen sadist.

Eerst denkt Joona dat Jureks afwijkende gedrag voortkomt uit het feit dat Saga's schoonheid en duisternis hem fascineren.

Misschien deed het extra zeer dat uitgerekend zij hem probeerde te bedriegen? Was zijn wraak daarom zo bruut?

'Nee,' fluistert Joona.

Dit gaat verder, Jurek heeft een dramaturgie gecreëerd om haar uit balans te brengen.

Niemand kan zich tegen Jurek verweren, hijzelf niet en ook niemand anders.

Ze rijden over de Sankt Eriksbrug en naderen het Kronobergspark met het oude Joodse kerkhof, waar Samuel Mendel en zijn gezin begraven liggen.

Over de weg waait de sneeuw recht op hen af. Hoewel ze vaart minderen, lijkt het alsof ze met grote snelheid voortbewegen.

Joona parkeert de auto voor het politiebureau en loopt samen met de Naald door de glazen toegangsdeur naar binnen.

Ze gaan met de lift naar boven, lopen Joona's kamer voorbij, kloppen op de deur van de vergaderkamer en gaan naar binnen.

Saga Bauer reageert nauwelijks als ze hem ziet. Ze kijkt alleen even op, waarna ze doorgaat met het opschrijven van een aantal namen op het whiteboard.

'Saga, gecondoleerd, ik heb het gehoord van...'

'Ik wil er niet over praten,' kapt ze hem af.

Nathan komt achter de computer vandaan en geeft de Naald en Joona een hand. Hij kijkt gepijnigd en het lijkt wel of hij in tranen zal uitbarsten. Hij probeert iets te zeggen, maar zwijgt en verbergt zijn mond achter zijn hand.

Joona draait zich weer om naar Saga en ziet dat ze de namen opschrijft van alle mensen die in graven zijn gevonden, op volgorde van de datum waarop er van hun vermissing melding is gemaakt.

'Wat verwacht je daarmee te bereiken?' vraagt hij.

'Niks,' fluistert ze.

'We hebben hier nu een heleboel mensen op zitten,' vertelt Nathan. 'De hoofden doen mee, de hele landelijke afdeling Moordzaken, technici, het speurwerk wordt groots aangepakt, het bruist van...'

'Terwijl wij in dozen zitten te zoeken,' zegt Saga zonder hen aan te kijken.

'Ik hoor wat je zegt,' antwoordt Joona. 'Maar nu zijn wij hier bij elkaar, de vier personen die van iedereen op de hele wereld het meest van Jurek Walter weten.'

Saga laat haar marker zakken en kijkt hem met bloeddoorlopen ogen aan. Haar lippen zijn gesprongen, haar ene wang en haar hals zijn bedekt met geel geworden blauwe plekken.

'Het is te laat,' zegt ze dof. 'Je bent te laat teruggekomen.'

'Niet als we je zus en Valeria kunnen redden,' antwoordt hij.

71

Nathan heeft salades besteld en ze eten terwijl ze werken. De Naald zit te bellen met een collega in Odense, terwijl hij een blad sla aan zijn plastic vork prikt.

De bureaulamp is naar voren getrokken en schijnt op de inhoud van een van Joona's dozen: door vocht aangetaste briefjes, wazige foto's, uittreksels uit het bevolkingsregister, met een zacht potlood geschreven brieven in cyrillisch schrift.

Natte sneeuw valt ritselend tegen de kleine ramen en zakt op de vieze vensterbank.

Saga raakt het eten niet aan, maar drinkt wat mineraalwater, terwijl ze een formeel verzoek aan de politie in Sint-Petersburg stuurt om toegang tot hun processen-verbaal.

Joona ruimt af, zet Saga's salade in de koelkast in het keukentje en gaat dan verder met het doornemen van elk detail van het nieuwe vooronderzoek.

Hij beweegt zich langs de muur met de foto's van de nieuwe plaatsen delict en blijft voor de beelden van het park in Wit-Rusland staan.

'Jurek doet niets toevallig, ook al lijkt dat soms zo,' zegt Joona. 'Maar hij is een mens en hij maakt vergissingen... Sommige vergissingen zijn vallen, andere zijn deuren... Maar ik weet dat hij in de details zit, hij denkt in patronen.'

Nathan gaat door met het invoeren van nieuw materiaal in de database. Na een poosje werpt hij de vraag op of het niet tijd wordt om de publiciteit te zoeken en Jurek te smeken Pellerina niets aan te doen.

Niemand heeft de puf om hem tegen te spreken, ook al weten ze allemaal dat dat zinloos zou zijn.

Saga gaat voor het raam staan en kijkt naar buiten.

'We hebben geen tijd om verdrietig te zijn, dat komt later wel,' zegt Joona.

'Oké,' zegt ze zuchtend.

'Ik begrijp dat het vreselijk moeilijk is, maar we hebben je nu nodig,' verklaart hij.

'Wat zou ik kunnen doen?'

'Jij hebt hem drie keer gesproken en misschien...'

'Maar dat leidt nergens toe,' roept ze uit. 'We komen geen donder verder. Ik dacht dat ik een kans had, maar dat was niet zo, hij was me ver de baas.'

'Dat gevoel kun je krijgen.'

'Hij laat je in leugens geloven, hij berooft je van je houvast,' gaat ze verder en ze wrijft stevig over haar ene wenkbrauw. 'Ik vind mezelf best slim, maar ik heb alle fouten gemaakt die je maar kunt maken.'

'Hij maakt ook fouten,' zegt Joona. 'Je kunt zijn persoonlijkheid lezen...'

'Nee, dat is niet zo.'

Nathan staat op van zijn stoel, trekt zijn stropdas los en doet de bovenste knoopjes van zijn overhemd open.

'Joona wil dat we proberen te achterhalen hoe Jurek denkt,' zegt hij. 'Alle mensen hebben regels en systemen... Hij heeft een heleboel graven verzameld in het Lill-Jansbos, ik bedoel, waarom uitgerekend daar, dat is eigenlijk niet praktisch, hoe wist hij waar alle kisten en tonnen waren?'

Saga veegt een stapel rapporten van een van de tafels.

'Dit is gewoon stom,' zegt ze met sidderende stem. 'Wij maken de regels niet, waarom doen jullie alsof dat wel zo is? We hebben verloren en we moeten doen wat hij zegt.'

'Wat zegt hij dan?' vraagt Joona. 'Je hebt niet verteld wat hij...'

'Hou op,' kapt ze hem af. 'Ik hoef alleen maar te weten wat jij met Igors lichaam hebt gedaan, dat wil hij hebben... Voor de rest maakt het mij niet uit. Ik moet Pellerina terugkrijgen, ze is bang in het donker, snap je, ze is...'

'Saga,' zegt Joona. 'Dit gaat niet om Igors lichaam, dat is een van zijn leugens, het maakt deel uit van zijn manipulatie.'

'Nee, het is belangrijk voor hem,' zegt ze huilend.

'Dat is het niet, hij is niet sentimenteel of religieus, hij maakt zich niet druk om een stoffelijk overschot.'

Joona denkt dat Jurek al wist dat hij het lichaam van zijn broer had meegenomen en dat hij zijn belangstelling ervoor overdreef. Hij zei dat hij bereid was Saga's vader tegen zijn broer te ruilen, omdat Saga dan naar het lichaam zou gaan zoeken en zou ontdekken dat Joona het had ontvreemd. Om haar vader terug te krijgen zou ze contact moeten opnemen met Joona en zodoende zijn schuilplaats verraden.

Het was handig en wreed gespeeld.

Het was een genadeloos plan en het zou waarschijnlijk hebben gewerkt als Saga ook maar het flauwste idee had gehad waar Joona zich schuilhield.

Ze was weer gereduceerd tot een werktuig.

Joona kijkt naar Saga's gestreste gezicht en denkt: Jurek is op mij gefixeerd en hij had behoefte aan een handlanger die zijn fixatie kon delen. Daarom stond mijn nummer in de telefoon van de Duitse pedofiel, daarom nam de grafschenner Summa's schedel mee. De Bever is door Jurek geselecteerd – er zijn geen grenzen aan wat hij bereid is te doen.

'Ik heb met Jurek gesproken,' gaat Saga met gespannen stem verder. 'Hij wil dat Igor een graf krijgt en als hij weer belt, moet ik hem kunnen vertellen waar het lichaam is.'

'Hij belt niet weer. Dat was een leugen van hem.'

'Goed, dan waren het allemaal maar leugens,' zegt ze zacht. Ze veegt haar tranen weg en gaat weer zitten.

'Niet allemaal, daarom moet je over jullie gesprekken vertellen.'

'Dat is zinloos, ik heb een verdomd goed geheugen, maar Jurek zit op een ander niveau. Hij onthoudt werkelijk alles wat ik tegen hem heb gezegd, vanaf het eerste woord in de isoleerafdeling. Het is niet normaal, verdomme, elke toonval, elk gebaar… We hebben geen schijn van kans, we zijn geen millimeter verder gekomen.'

'De vorige keer liet hij zich de naam Leninsk ontvallen, dat was genoeg, we hebben hem tegengehouden,' zegt Joona.

'Dat was puur geluk.'

'Nee, dat kwam door jou, jij kreeg hem aan het praten, hij wilde de catacomben in en gaf jou per ongeluk iets wat hij niet had gepland.'

'Dat dacht ik toen ook,' zegt ze zacht. 'Maar hij luisde me erin, het waren allemaal valstrikken.'

'Heb je jullie gesprekken uitgeschreven?'

Ze ontwijkt zijn blik.

'Dat wilde ik niet,' fluistert ze.

'Maar je herinnert ze je nog wel?'

'Hou op,' mompelt ze. Ze bijt in haar lip en begint te trillen.

'Als je je best doet om het je te herinneren, weet je alles weer. Daar ben ik van overtuigd.'

'Het is nu mooi geweest,' zegt ze iets harder en er verschijnen rode stipjes op haar voorhoofd.

'Vertel waar hij woont,' zegt Joona op scherpe toon.

'Wie?'

'Jurek.'

'Als ik dat wist, zou ik...'

'Maar wat denk je?' valt hij haar in de rede. 'Je hebt met hem gesproken en je zou moeten...'

'Ik weet het niet,' schreeuwt Saga.

'Misschien toch wel,' houdt Joona vol.

'Hou op!'

'Zeg gewoon wat je denkt, als...'

'Ik wil het niet, ik wil het niet,' huilt ze.

'Saga, ik ga vragen stellen en jij probeert antwoord te geven.'

'Ik kan er nu echt niet meer bij hebben.'

'O, jawel.'

'Wees lief voor haar,' zegt Nathan.

'Hou je snavel,' zegt Joona en hij gaat voor Saga staan. 'Jij hebt met Jurek gesproken en ik wil weten waar hij zich schuilhoudt.'

'Wij gaan zolang naar buiten,' zegt de Naald.

'Jullie blijven hier,' zegt Joona snel.

Saga staart hem met wijd opengesperde ogen aan. Haar ademhaling is zwaar, alsof ze lang heeft hardgelopen en uitgeput is.

'Ik wil niet aan hem denken, dat trek ik niet, snap je?' zegt ze. 'Ik ben vernederd, ik kan mezelf niet uitstaan…'

'Denk toch maar aan hem,' prest Joona haar.

Saga ademt diep in en kijkt naar de grond.

'Oké, het maakt niet uit,' zegt ze. 'Ik had het idee dat hij in een huis woonde, aangezien hij anders reageerde toen ik dat zei, maar dat was vast ook een val.'

'Wat zei je precies?'

Ze slaat haar vermoeide, blauwe ogen op en kijkt hem aan.

'Dat ik dacht dat hij een huis had en dat het vermoedelijk niet erg afgelegen stond, aangezien hij het te riskant vond om de Bever daar te laten logeren.'

'Wat zei hij toen?'

'Hij maakte gewoon gebruik van wat ik had gezegd, draaide het om en liet me geloven dat hij zich in de grindgroeve schuilhield. Dat leek logisch, want hij heeft iets met de plaatsen waar hij heeft gewoond.'

'Ja, dat is waar,' zegt Joona.

Joona loopt langs de verschillende kaarten, buigt zich over een van de dozen en haalt er een ordner uit met uittreksels uit registers, huurcontracten en definitieve belastingaanslagen.

'Misschien omdat hij uit Leninsk was gevlucht, in Zweden was uitgewezen, in het verkeerde land was terechtgekomen en moest zorgen dat hij terugkwam,' zegt Nathan zacht.

'Jurek heeft nooit in het appartement in Södertälje gewoond,' zegt Joona, terwijl hij in de ordner bladert. 'Er waren daar geen persoonlijke bezittingen, geen sporen van hem… Waarschijnlijk raapte hij er alleen de post van de deurmat.'

'En hij woonde ook niet in de grindgroeve, dat was maar een leugen,' gaat Nathan verder. 'We zijn er met een graafmachine naar binnen gegaan… De gastarbeidershuisjes zijn afgebroken en het hele gebied is omgespit, er zijn geen andere schuilkelders.'

'Maar als kind heeft hij daar gewoond, dat weten we,' zegt Joona peinzend.

'Ja,' fluistert Saga.

'En tijdens zijn herstel woonde hij bij de zus van de koster,' brengt Nathan hun in herinnering.

'Jurek was bijna dood toen Cornelia hem vond... Het staat allemaal in haar journaal, elk detail van de operaties,' vertelt de Naald.

'Ingeschreven onder de naam Andersson... de meest voorkomende achternaam van Zweden, gewoon om ons te plagen.'

'Hij plaagt niet,' zegt Joona.

'Maar we kunnen niet alle Anderssons naar een alibi vragen,' zegt de Naald.

72

De uren verstrijken en ze gaan in stilte verder met het op verschillende manieren structureren van het materiaal.

Joona blaast in zijn koffie en kijkt naar de kaart van Europa en de gemarkeerde vind- en moordplaatsen van de afgewezen handlangers.

Het licht in de kamer knippert als na een korte stroomstoring.

Hij richt zich op de plattegrond van Norra Djurgården en kijkt naar de spelden die elk individueel graf in het Lill-Jansbos en op het industrieterrein markeren.

'Hoe kon Jurek de graven in het donker vinden?' vraagt Joona.

Nathan zoekt tussen de papieren op tafel naar zijn leesbril, maar die zit als gewoonlijk op zijn voorhoofd.

'We hebben het geprobeerd met coördinaten en priemgetallen, we hebben het door onze beste programma's gehaald, geometrie, trigonometrie enzovoort.'

'Hij is geen wiskundige,' zegt Joona en hij kijkt naar het patroon van graven.

'Er zit geen systeem in, verdorie,' verzucht Saga.

'Wacht,' zegt Joona snel, zonder zijn ogen van de plattegrond af te wenden.

'Kunnen we dat niet gewoon toegeven?' vraagt ze fluisterend.

'Nee.'

'Met koppigheid alleen ben je er niet,' zegt Saga. 'Het is tijd om een stap terug te doen, we moeten de hulp van burgers inroepen.'

Joona loopt langs de muur, kijkt naar de foto's van de grindgroeve, van Cornelia's huis en van het appartement in Södertälje.

'Soms begrijp ik zijn manier van denken,' zegt hij zacht. Hij heeft het gevoel dat hij de onderstromen bijna kan interpreteren, dat hij vlak bij de antwoorden is.

Hij keert terug naar de plattegrond van het Lill-Jansbos, volgt het oude treinspoor met zijn wijsvinger en kijkt naar de spelden die de graven markeren.

'Liggen ze gewoon willekeurig?' vraagt de Naald.

'Tweelingen, dat is het,' zegt Joona en hij begint de spelden eruit te trekken.

'Wat? Wat zeg je?'

'Het sterrenbeeld,' zegt Joona en hij trekt er nog meer spelden uit. 'Zo kan hij onthouden waar de graven liggen.'

Joona trekt de laatste speld eruit, haalt de plattegrond van de muur en houdt hem tegen de lamp, zo dat het licht door de gaatjes in het papier valt.

'Weet je nog, de brief van Jureks vader over de Medusanevel?' vraagt Joona.

'Ja,' antwoordt Nathan.

'Die hoort bij het sterrenbeeld Tweelingen.'

Joona legt de plattegrond op tafel en tekent de lijnen tussen de gaatjes: de afbeelding lijkt een grotschildering van twee mensen die elkaar een hand geven.

'Het sterrenbeeld Tweelingen,' zegt de Naald langzaam.

Saga gaat achter Nathan staan om mee te kijken als hij een foto van het sterrenbeeld opzoekt op de computer, het iets groter maakt, de kaart tegen het scherm houdt en het beeld nog iets verder vergroot. De gaatjes in de plattegrond waar de graven waren, liggen nu precies boven op de sterren.

'Dit is krankzinnig,' zegt Nathan met een glimlach en hij kijkt de anderen aan.

'We hebben zijn loper geslagen,' mompelt Saga.

Ze ploft neer op een stoel en strijkt langzaam met haar hand over de tafel.

'Saga... Jullie zijn nog steeds samen in de catacomben,' zegt Joona. 'En jij bent weer aan zet, jij bent aan zet.'

'Nu weten we dat het mogelijk is hem te doorzien,' zegt de Naald hees. 'Hij heeft een patroon gevolgd...'

‘Een ordening,’ zegt Saga zacht.

‘Hè?’ zegt Nathan.

Ze slikt en sluit haar ogen om de juiste woorden te vinden.

‘Moraal heeft geen enkele betekenis voor hem, dat weten we, het is niets,’ zegt ze en ze kijkt Joona aan. ‘Maar orde zegt hem wel iets.’

‘Waar denk je aan?’ vraagt Joona.

Ze wrijft stevig over haar voorhoofd.

‘Ik weet niet waarom ik dat zei,’ zegt ze en ze zucht.

‘Maar ga eens terug, ga terug,’ zegt hij snel. ‘Wat dacht je toen je het woord orde gebruikte? Het is niet zomaar een woord. Op wat voor soort ordening doelde je?’

Ze schudt haar hoofd, slaat haar armen om zich heen, richt haar blik op de grond en blijft een hele poos zwijgend zitten voordat ze iets zegt.

‘Toen we in de beveiligde eenheid zaten, praatten Jurek en ik met elkaar... Hij vertelde hoe het was toen hij voor het eerst iemand doodde,’ begint ze en ze slaat haar ogen op.

‘Hij zei dat het te vergelijken was met het eten van iets waarvan hij niet had gedacht dat het eetbaar was,’ zegt Joona.

‘Ja, maar toen ik hem in het bejaardentehuis sprak, vergeleek hij het doden met lichamelijke arbeid... Hij is geen lustmoordenaar, maar ik vroeg hem of het moorden hem nooit een goed gevoel had gegeven.’

Ze is weer stil.

‘En dat was niet zo,’ zegt Joona.

Saga kijkt hem in de ogen.

‘Nee, maar de eerste, de allereerste moord die hij in Zweden pleegde na de zelfmoord van zijn vader... Hij zei dat hij daar rustig van was geworden, alsof hij een raadsel had opgelost... Een raadsel over hoe hij de orde zou kunnen herstellen, dacht ik... Want toen begreep hij dat hij de schuldigen niet alleen moest doden, maar hun alles moest afnemen.’

‘Weten we wie hij in Zweden als eerste heeft vermoord?’ vraagt Nathan.

‘Nee,’ antwoordt de Naald. ‘We hebben nog steeds veel te weinig lijken gevonden.’

‘Zou... Zou het eerste slachtoffer misschien Andersson hebben geheten?' vraagt Saga en ze veegt met haar hand over haar mond.

'Jurek zei tegen Cornelia dat hij Andersson heette,' zegt Joona. 'En jij denkt dat hij de naam van zijn eerste slachtoffer gebruikte.'

'Net zoals hij ooit de naam Jurek Walter heeft aangenomen, voordat hij terugging naar Zweden.'

'Goed geredeneerd, Saga,' zegt Joona. 'Heel goed.'

Ze knikt met koortsige blik en kijkt naar Nathan, die naar de naam begint te zoeken in Jureks gigantische dossier.

'Geen Andersson te vinden,' fluistert Nathan achter de computer.

'Dan is het een onbekend slachtoffer,' zegt Joona.

'Kom op, we moeten nadenken,' zegt Saga en ze hapt trillend naar adem. 'Als Jurek na jaren terugkeert naar Zweden en zijn vader dood aantreft, als hij begrijpt dat die zich in zijn eenzaamheid heeft opgehangen... Aan wie denkt hij dan het eerst? Wie wil hij kapotmaken?'

'De personen achter het besluit om Jurek en zijn broer bij hun vader weg te halen, de ambtenaren van de Commissie voor Vreemdelingenzaken,' oppert de Naald.

'Die zijn het allemaal niet, die hebben zich een aantal jaren later van het leven beroofd en staan op de lijst,' zegt Joona.

'Dus wie doodt hij als eerste?' vraagt de Naald.

'Misschien de voorman in de grindgroeve, dat zou ik hebben gedaan. Trek hem eens na... de man die Jurek en zijn broer heeft meegenomen,' zegt Saga en ze veegt met de rug van haar hand over haar mond. 'Ik bedoel, daar begon alles mee; hij had gewoon tegen hun vader kunnen zeggen dat hij zijn kinderen in het gareel moest houden. Dat doe je dan toch, daar had hij het bij kunnen laten.'

'Kunnen we zijn naam achterhalen?' vraagt Nathan en hij klikt met zijn muis.

'Dat moet mogelijk zijn,' zegt Saga.

De Naald begint de oude rapporten in zijn zilverachtige laptop te doorzoeken.

'Ik weet dat ik die aantekeningen ergens heb,' zegt Joona en hij tilt een stapel schrijfblokken uit een doos.

'Jan Andersson,' zegt de Naald en hij kijkt op van de laptop.

'Heette die voorman zo?' vraagt Saga ademloos.

'Ja, maar het klopt niet,' zegt de Naald. 'Hij was niet het eerste slachtoffer...'

'Hè?'

'Want hij leeft nog,' zegt de Naald en hij leest verder. 'Jan Andersson leeft nog en zijn gezin ook, daarom is hij uit het onderzoek geschrapt.'

'Zou Jurek niet hebben geweten wie hun gezin bij de politie had aangegeven?' vraagt Nathan sceptisch.

'Jan Andersson is nu in elk geval gepensioneerd, zijn dochter woont in Trelleborg,' gaat de Naald verder. 'Zijn vrouw is overleden, maar zijn broer leeft nog en heeft een groot gezin in Lerum.'

'Ik denk dat Jan Andersson al jaren dood is,' zegt Joona langzaam.

'Wat zeg je nou?' vraagt de Naald.

'Jurek heeft niet alleen zijn naam geleend, maar zijn hele identiteit,' zegt Joona. 'Daarom lijkt het alsof hij nog leeft.'

'Je bedoelt dat Jurek zijn pensioen in ontvangst neemt, zijn rekeningen betaalt...'

'Ja.'

'In dat geval woont hij waarschijnlijk in het huis van Andersson in Stigtorp,' zegt de Naald en hij draait zijn laptop naar hen toe.

73

Valeria heeft het continu koud, ze heeft geen gevoel meer in haar voeten. In het donker en de stilte onder de vloer van de hobbyruimte is ze haar gevoel van tijd kwijtgeraakt. Ze wordt telkens wakker van de drukwonden op haar rug.

Ze is zuinig met het water en wacht steeds totdat de dorst ondraaglijk wordt voordat ze drinkt. Het vergroot haar kans om te worden gevonden, maar heeft haar ook verzwakt.

Het kan niet anders of iemand heeft intussen het bloed en het lijk in de auto gezien en begrepen wat er in haar kas is gebeurd. Haar zonen staan vast in contact met de politie en waarschijnlijk zijn ze haar nu allemaal aan het zoeken.

Valeria luistert of ze mensen hoort, doezelt in en droomt van een roeiboot vol water, wanneer ze vlakbij een meisjesstem hoort.

'Papa? Papa?'

Valeria drinkt een slok water om haar stem weer terug te krijgen.

'Papa? Saga?'

'Hallo?' zegt Valeria en ze schraapt voorzichtig haar keel. 'Hoor je mij?'

Het meisje is meteen stil.

'Ik heet Valeria en ik ben ook opgesloten… vlak naast je.'

'Ik heb het koud,' zegt het meisje.

'Ik ook, ik heb het ook koud, maar we zullen zorgen dat we hier weg komen… Hoe heet je?'

'Pellerina Bauer.'

'Je riep Saga, ken je Saga Bauer?'

'Saga is mijn zus,' zegt het meisje. 'Ze komt me redden, want ze is bij de politie.'

'Wie heeft jou meegenomen, Pellerina? Weet je dat?'

'Nee.'

'Heb je hem gezien?'

'Hij is oud, maar supersnel... Sabrina paste op me toen hij kwam, ik had me in de badkuip verstopt en was zo stil als een muisje, maar hij heeft me toch gevonden.'

'Wat gebeurde er?'

'Dat weet ik niet, ik werd wakker en toen was het helemaal donker... Ik ben al twaalf, maar nog wel een beetje bang in het donker.'

'Ik was ook bang in het donker toen ik twaalf was, maar je hoeft nu niet bang te zijn. Ik ben aldoor hier en je kunt zoveel met me praten als je wilt, denk daar maar aan.'

Valeria is tot de conclusie gekomen dat de man en de vrouw die haar het water hebben gegeven denken dat ze gevaarlijk is. Jurek heeft hun vast iets op de mouw gespeld en hen bang gemaakt. Ze denken dat ze veilig zijn zolang ze hun opdracht uitvoeren, zolang ze haar bewaken en haar in de kist laten zitten. Maar Pellerina is nog maar een kind. Dat ze haar zo behandelen is onbegrijpelijk en ze vraagt zich af wat Jurek heeft gezegd om hen zover te krijgen.

*

De tijd verstrijkt in het donker onder het huis. De lange uren vloeien in elkaar over. Valeria heeft koorts en hoofdpijn, Pellerina heeft last van de kou en ze heeft vreselijke dorst.

Het enige wat ze kunnen doen, is volhouden en wachten op redding.

Om Pellerina te kalmeren heeft Valeria eerst over haar broeikassen verteld, ze heeft de verschillende planten beschreven, de fruitbomen en de frambozenstruiken. Nu verzint ze een lang verhaal over een meisje, Daisy, en haar hondje.

Het hondje is in een gat gevallen en Daisy zoekt hem overal. Pellerina praat tegen de hond, probeert hem te troosten en uit te leggen dat het meisje hem snel zal vinden.

Valeria heeft begrepen dat Pellerina in een beveiligde woning verbleef toen Jurek kwam. Dat houdt in dat haar verdwijning niet onopgemerkt is gebleven. De politie weet wat er is gebeurd en waarschijnlijk wordt er intensief naar het meisje gezocht.

De tijd begint te dringen. Valeria merkt dat haar algehele conditie snel achteruitgaat en een kind redt het niet lang zonder drinken.

Ze vertelt dat Daisy op de ene plek na de andere zoekt en allerlei sporen vindt: een speeltje, een bot en de halsband van de hond.

Valeria valt midden in het verhaal in slaap en wordt wakker als iemand over de vloer van de hobbyruimte boven hen loopt.

Er klinkt een schrapend geluid als het vloerdeel wordt opgetild.

'Let op, ik doe hem nu open,' zegt de vrouw met de scherpe stem.

'Ik let op,' zegt de man.

'Schiet als ze eruit komt.'

Valeria's gedachten razen door haar hoofd, wanneer ze hoort dat ze de spanbanden om de andere kist losmaken. Ze zijn ook bang voor Pellerina. Wat heeft Jurek eigenlijk gezegd?

'Maak nu maar open,' zegt de man.

Ze wrikken het deksel open.

'Zorg dat ze erin blijft,' schreeuwt de vrouw.

'Dat probeer ik, dat probeer ik,' antwoordt de dochter.

'Laat me eruit,' zegt Pellerina snikkend.

'Sla haar!' roept de moeder. 'Geef haar een klap in het gezicht!'

Er klinkt een harde klap en Pellerina jammert van de pijn.

'Stil blijven liggen,' brult de man.

'Hallo,' roept Valeria. 'Waar zijn jullie mee bezig?'

'Geef haar nu de fles water.'

Er klinken nieuwe bonzen en Pellerina huilt luid.

'Rustig aan, Anna-Lena,' zegt de man.

'Zij heeft hem gebrand, godsamme, dat heeft zij gedaan...'

'Ik wil hier niet zijn,' huilt Pellerina.

'Drink maar,' sist de vrouw.

'Ik wil niet, ik wil niet,' huilt Pellerina. 'Ik wil naar huis, ik wil naar...'

Pellerina krijgt een harde klap, slaakt een zucht en hoest.

'Ze bloedt,' fluistert de dochter.

'Horen jullie mij?' roept Valeria. 'Waarom doen jullie een kind pijn?'

'Jij moet gewoon je mond houden,' schreeuwt de vrouw.

'Wat moeten jullie hier met een klein meisje, kunnen jullie me dat vertellen?' vraagt Valeria. 'Ze heet Pellerina en...'

'Niet naar haar luisteren,' onderbreekt de vrouw haar.

Valeria probeert de voors en tegens af te wegen voordat ze verdergaat, maar er is geen tijd om na te denken en ze besluit het erop te wagen.

'Pellerina heeft hier niets mee te maken, haar vader heeft een overdosis genomen en ze is alleen bij me totdat hij uit het behandelcentrum komt.'

'We weten alles,' zegt de man.

'Mooi, want ik ga de schuld niet op iemand anders schuiven,' zegt Valeria snel. 'Ik ben drugsverslaafd... en ik was totaal wanhopig toen dit gebeurde.'

'Wat zegt ze?' vraagt de dochter.

'Het spijt me zo wat ik heb gedaan, echt waar...'

'Stil jij,' schreeuwt de vrouw.

Ze sluiten het deksel van Pellerina's kist weer en Valeria hoort dat ze de spanbanden aantrekken.

'De man die jullie hebben ontmoet, Jurek heet hij... Die wil gewoon zijn geld, ik weet niet wat hij met mij gaat doen, maar dat is mijn eigen schuld. Ik heb een heleboel geleend voor smack en ik ben er gewoon tussenuit geknepen... Ik snap dat jullie mij kwaad willen doen, maar als jullie Pellerina dood laten gaan, zijn jullie echt geen haar beter dan ik.'

'Hij zei dat we niet naar ze mogen luisteren,' fluistert het tienermeisje.

'Als de ontwenning begint, raak je in paniek, dan heb je jezelf niet meer in de hand, je doet alles voor een halve gram... Ik heb hem gebrand om geld te krijgen, zijn telefoon... Pellerina weet daar niets van.'

‘Hij zei dat zij het had gedaan, dat monster, dat zij de letters in Axels gezicht had gebrand,’ zegt het tienermeisje.

‘Nee, dat was ik, zij kan niet eens schrijven… Ik heb de letters erin gebrand, zodat hij geld zou opnemen bij een pinautomaat.’

‘Schiet haar dood, schiet haar dood door het deksel heen,’ zegt de vrouw huilend.

‘Rustig aan,’ zegt de man. ‘Dat kan niet, je weet wat we moeten doen.’

‘Geef mij het geweer,’ zegt de vrouw. ‘Ik maak haar af.’

‘Zo is het genoeg,’ brult de man.

De vrouw huilt en haar voetstappen verwijderen zich over de vloer.

‘Het is hier koud, we bevriezen hier,’ zegt Valeria. ‘Ik denk niet dat Jurek wil dat we doodgaan, want dan kan ik al het geld niet terugbetalen dat ik hem schuldig ben.’

‘Wat moeten we in vredesnaam doen?’ vraagt de man met gedempte stem.

Ze hoort dat ze het stuk vloer weer over het gat in de kruipruimte willen schuiven.

‘Pellerina is nog maar een kind, haar ouders zijn verslaafd,’ gaat Valeria met luidere stem verder. ‘Ik snap niet waarom jullie zo gemeen tegen haar zijn. Als ze er niet uit mag, moeten jullie haar warme kleren en eten geven.’

De tranen beginnen te stromen als de voetstappen verdwijnen over de vloer van de hobbyruimte en alles weer stil wordt.

‘Drink wat water, ook al zijn ze gemeen tegen je geweest,’ zegt ze door het donker heen.

Pellerina reageert niet.

‘Hebben ze je met de stok geslagen, Pellerina? Waren ze gemeen? Hoor je me? Je snapt toch wel dat ik zat te liegen toen ik zei dat ik een jongen had gebrand. Ze dachten dat jij dat had gedaan, maar ik weet dat dat niet waar is. Het is niet goed om te liegen, dat hoort niet, maar ik deed het om ervoor te zorgen dat ze jou eruit laten. Soms moet je rare dingen zeggen. Maar ik heb echt nog nooit iemand iets aangedaan… Jij wel?’

'Nee,' fluistert het meisje.
'Maar zij denken van wel, daarom laten ze ons er niet uit.'

74

Na een snelle briefing verlaten de ME'ers hun basiskamp in Solna.

Twee zwarte busjes en een witte commandobus rijden met hoge snelheid achter een zwarte Volvo aan langs Rinkeby en Tensta.

De Naald is naar huis gegaan, maar Nathan Pollock zit in de witte bus, samen met de operationele leiding van het team.

Joona Linna bestuurt de eerste auto van de colonne en Saga Bauer zit met haar ogen dicht naast hem. Ze hebben beiden het directe bevel gekregen op de achtergrond te blijven en niet aan de actie deel te nemen.

'Saga, hoe gaat het eigenlijk met je?' vraagt Joona.

'Goed,' antwoordt ze kortaf.

'Je weet dat je dit aan mij kunt overdragen?'

'Ik weet alleen dat ik mijn zus moet vinden,' antwoordt ze gedempt.

Saga en Joona geloven geen van beiden dat ze Jurek in het huis zullen aantreffen, maar toch hebben ze het prikkelende gevoel dat ze een soort voordeel hebben, dat het toch niet onmogelijk is om van Jurek te winnen.

Joona heeft een essentieel deel van Jureks systeem ontraadseld.

Waar hij een chaotische of vreselijk ingewikkelde methode leek te gebruiken, volgde hij gewoon een eenvoudig patroon: de onderlinge verhoudingen van de sterren in een sterrenbeeld waarmee Jurek en zijn tweelingbroer zich verbonden voelden.

Het is in alle opzichten perfect.

De sterren die de hoofden van de tweelingen van het sterrenbeeld vormen, heten Castor en Pollux. Volgens de Griekse mythe waren Castor en Pollux tweelingbroers die door de goden waren opgevoed.

In één opzicht verschilden ze van elkaar.

Pollux was onsterfelijk en Castor niet.

Toen Castor sneuvelde in een oorlog, vroeg Pollux aan Zeus of hij de dood met zijn broer mocht delen en of Castor op zijn beurt de onsterfelijkheid met hem zou mogen delen.

Daarom verblijven de tweelingen om de dag bij Hades in de onderwereld.

Het stoffige onkruid bij de vangrail trilt in de wind en een chipszak komt los van de grond.

De colonne rijdt bij Stäket over de brug, passeert een sportpark en neemt de afslag bij Kungsängen.

Op Saga's schoot ligt een kaart waarop twee huizen met rood zijn omcirkeld.

Ook al heeft ze de schaakpartij tegen Jurek verloren, ze is erin geslaagd de waarheden op te vangen waarop de leugens waren gestoeld.

Ze begreep dat Jureks eerste moord een speciale positie innam in zijn psyche. Die deed hem het idee aan de hand dat er een manier was om de gerechtigheid te herstellen.

Saga slaagde erin de eerste moord in verband te brengen met de nietszeggende naam Andersson.

Joona zag in dat hij misschien de hele identiteit van zijn eerste slachtoffer had overgenomen.

Nathan spoorde Jan Anderssons dochter Karin op, die bij het makelaarsbedrijf Bjurfors in Trelleborg werkte. Toen hij contact met haar opnam, vertelde ze dat ze haar vader al twintig jaar niet meer had gesproken. Hij was altijd al een aan drank verslaafde eenling geweest, maar hij stuurde haar elk jaar een kerstkaart. En nog steeds. Dat is het enige teken van leven. Vroeger heeft ze wel pogingen gedaan om hem te bellen, maar hij nam niet op en belde nooit terug. Ze schreef brieven en nodigde hem uit voor doopplechtigheden en rivierkreeftenfeesten, maar kreeg geen antwoord en gaf het uiteindelijk op.

Drie van de auto's slaan af bij het plaatsje Brunna, terwijl de vierde doorrijdt naar het militaire complex bij paleis Granhammar.

De gepensioneerde voorman Jan Andersson bezit twee kleine huizen in Stigtorp bij Kungsängen. De panden liggen wat afzijdig, maar niet geïsoleerd.

Jaren geleden heeft Jurek hem vermoord en zijn identiteit en zijn woning gestolen. Hij strijkt zijn pensioen op en betaalt zijn rekeningen. Deze identiteit gebruikt hij wanneer hij zijn legitimatie moet laten zien of naar het buitenland moet reizen.

De bevroren grond loopt af naar het water. Op de steilste delen zijn de rotsen kaal, maar verder is het sparrenbos dicht en donker.

De voertuigen komen tot stilstand op een bosweg even ten noorden van Stigtorp. Saga blijft zitten, terwijl Joona uitstapt om met het ondersteuningsteam te praten dat het huis zal bestormen.

Een meter of twintig het bos in bevindt zich een glooiing van waaruit je het kleine dorpje kunt overzien, elf huizen die in vier groepjes bij elkaar staan.

Een wit busje staat op het grind voor de drie gebouwen die bij Hultströms Transportbedrijf horen.

De twee huizen die het eigendom zijn van Jan Andersson staan tegen de donkere bosrand aan gedrukt.

Het ondersteuningsteam kan in minder dan vijf minuten in Stigtorp zijn.

De ME'ers uit het tweede busje hebben zich al verdeeld. De ene groep wacht in een RIB-boot in de Garnsviken-baai en de andere nadert de twee huizen te voet door het bos.

Als Joona bij het ondersteuningsteam komt, zitten de ME'ers in hun zware, kogelwerende vesten op de grond te praten. Ze hebben allemaal hun aanvalsgeweer op schoot, de meest compacte variant van de Heckler & Koch G36-serie.

Een van hen gaat op zijn rug liggen en doet zijn ogen dicht alsof hij probeert te slapen, een ander eet gedroogd fruit en biedt zijn buurman ook iets aan.

De mannen moeten snel kunnen schakelen tussen extreem veeleisende situaties en rust, een adrenalinekick en ontspanning.

De groepsleider, die Thor wordt genoemd vanwege zijn grote baard, heeft een opmerkelijk zachtaardige manier van doen. Joona hoort hem met een gedempte slaapkamerstem opdrachten uitdelen aan de ME'ers.

'Was ik de enige die de wedstrijd zat te kijken toen het alarm ging?' vraagt een van hen.

'Altijd hetzelfde liedje,' zegt een ander met een glimlach. 'Zodra je de barbecue aansteekt of een flesje bier uit de koelkast haalt.'

'Voor mij is dit feest,' zegt een ME'er met rood haar.

'Absoluut, alleen een slapjanus blijft thuis op de bank zitten,' zegt de eerste.

'Onderschat de opdracht niet,' zegt Joona.

'Je snapt misschien niet dat we hier jaren op hebben getraind, ergens een inval doen en een gijzelnemer onschadelijk maken,' antwoordt de man met het rode haar en hij kijkt naar Thor.

'Ik hoop dat het zo zal gaan, maar ik denk het niet,' zegt Joona eerlijk.

'Loop even mee,' zegt Thor tegen hem.

Ze gaan wat afzijdig staan achter het zwarte busje. De verkeersgeluiden van de snelweg worden hiernaartoe gedreven door de wind.

'Waar ben je mee bezig?' vraagt Thor vriendelijk.

'Jurek Walter is gevaarlijk,' antwoordt Joona.

'Dat is ons verteld.'

'Mooi,' zegt Joona.

Hij ziet zichzelf weerspiegeld in de zwarte lak van de auto, gekleed in een grijs kostuum, naast de politieman met zijn zware uitrusting.

'Was er verder nog iets?' vraagt Thor.

'Ik respecteer jullie groep, alles wat jullie hebben gezien, jullie zijn goed... maar Jurek is veel gevaarlijker dan jullie denken.'

'Ik zal het met de groep bespreken.'

'En mochten jullie dat willen, ik ben bereid om mee te gaan.'

'Bedankt, maar we redden het wel,' zegt Thor en hij klopt Joona lachend op de schouder. 'Ik bedoel, we hebben het over één, hooguit twee daders, toch?'

Joona kijkt naar een van de ME'ers, die op zijn knieën een politiehond zit aan te halen.

'Jurek is nu een oude man,' zegt Joona langzaam. 'Maar hij heeft een gevechtservaring waar niemand van jullie aan kan tippen... Hij is jarenlang soldaat geweest, heeft honderden mensen gedood... En daarvoor was hij kindsoldaat, hij kent niets anders.'

'Oké,' fluistert Thor.

'Als hij zich in dit huis bevindt, zullen de meesten van jullie het niet overleven,' zegt Joona en hij kijkt hem in de ogen.

'Dat hoop ik niet,' antwoordt Thor, zonder zijn ogen af te wenden. 'Maar we hebben al afscheid genomen van onze gezinnen.'

'Dat weet ik.'

Alle leden van het team hebben een film opgenomen voor hun naasten voor het geval ze omkomen. De films staan op usb-sticks die worden bewaard in verzegelde enveloppen in een kluis op het hoofdkwartier.

Thor opent de achterdeuren van het busje en laadt een kist uit met afleidingsgranaten en reageert dan op een oproep van de leider van de operatie.

Het andere team is ter plaatse.

De ME'ers staan zwijgend op en zetten hun bivakmuts en hun helm op. De aanvalswapens bungelen geruisloos aan de leren riemen.

75

Thor en zijn groep lopen de steile weg af naar het water. Ze houden een onderlinge afstand van ongeveer vier meter aan.

De weg is bedekt met naalden en sparappels. Het water in de sloot is bevroren, de temperatuur is in een etmaal minstens tien graden gezakt.

Thor is met zijn gedachten nog bij de lange commissaris met het Finse accent en de ernstige stem.

De meeste mensen die met de ME in contact komen, zijn onder de indruk, maar Joona Linna zag alleen hun zwakheid en leek zich zorgen te maken om hen.

Dat was een provocatie voor Thor.

Normaal gesproken laat hij zich niet provoceren.

In een kinderlijke poging moedig of volwassen over te komen had hij geantwoord dat ze al afscheid hadden genomen van hun gezin.

Hij weet heel goed dat hijzelf noch iemand anders uit zijn groep op sterven is voorbereid.

Ze houden de gedachte aan de dood allemaal op afstand en vertellen zichzelf dat ze deze risico's lopen om de wereld veiliger te maken.

Thor denkt aan de film met het korte afscheid. Ze hadden voorbeelden gekregen om hen op weg te helpen, zodat ze zich konden voorbereiden op de opname. De situatie was verre van natuurlijk en waarschijnlijk had hij geklonken alsof het hem niets deed toen hij afscheid nam van zijn moeder en zijn vrouw Liza.

Hij weet dat hij in de camera keek toen hij zich tot Liza richtte. Hij sprak langzaam, zoals het moest, herhaalde een paar keer dat hij van haar hield en zei dat het hem speet dat hij haar had teleurgesteld.

Pas toen hij zich tot zijn dochter richtte, waren de tranen gekomen. Volkomen onverwacht ging er een afgrond open. Tindra is te klein om het te begrijpen. Hij kon haar alleen proberen te vertellen wie hij is, zodat ze als ze groot is nog iets van hem heeft.

De groep nadert een T-splitsing en slaat rechts af, precies op de plek waar de grond vlak wordt. Na slechts driehonderd meter opent het bos zich en zien ze de open plek met de verspreid staande huizen.

Stukken grind en vergeeld gras dalen glooiend af naar het onrustige water.

Thor laat zijn vinger op de beugel van het aanvalswapen rusten.

Hij geeft de groep een teken dat ze zich naar de zijkanten moeten verspreiden en loopt vlak langs een roestige dieseltank op blokken van cellenbeton.

In een van de gebouwen die door Hultströms Transportbedrijf worden gebruikt blaft een hond, maar de politiehond reageert niet, beweegt zijn oren niet eens en blijft dicht naast Thor lopen.

Het hoge garagegebouw van golfplaat beneemt hun het uitzicht wanneer ze langs de ene gevel lopen. Thor steekt zijn wapen snel om de hoek en ziet de achterkant van een gele kiepwagen. Een paar honderd meter verderop staat een villa pal aan het water. De woelige golven slaan schuimend over een natte steiger.

De groep loopt door. Het grind knerpt onder hun zware schoenen, de uitrusting rammelt gedempt als ze zich bewegen.

De beide huizen die Jurek Walter heeft overgenomen staan achteraan op de open plek. Het voorste gebouw onttrekt het tweede bijna helemaal aan het zicht. Thor kan voorlopig alleen het pannendak en de schotelantenne zien.

Het raam van het dichtstbijzijnde huis is donker en weerspiegelt de bewolkte hemel.

Thors groep maakt geen geheim van hun nadering.

Het maakt niet uit of ze ontdekt worden, aangezien alle vluchtwegen zijn afgesneden. Het terrein is bijna overal steil met kale rotsen en afgronden. Het bos langs het strand is de enige mogelijke vluchtroute, maar daar zit het andere ondersteuningsteam.

Thors opdracht is de huizen te bestormen, de gijzelaars te redden en de dader onschadelijk te maken.

Hij loopt recht naar voren met het wapen geheven, terwijl hij het voorste huis observeert.

De kalk is van de gevel gevallen en heeft de baksteen blootgelegd. Een smoezelig kanten gordijn hangt voor het enige raam.

De hond begint gestrest te hijgen en steekt zijn neus in de lucht.

'Wat is er mis?' vraagt Thor fluisterend en hij verplaatst zich voorzichtig zijwaarts over het erf, zodat hij het andere huis zal kunnen zien.

Hij kijkt weer naar het smoezelige gordijn.

Had hij daarachter een beweging gezien?

Zijn hart slaat iets harder.

Hij blijft staan en richt het wapen naar het raam.

Het was niets.

Hij wil net verder lopen, wanneer hij een schaduw achter het gordijn ziet, een snelle verplaatsing in de kleine kamer.

Haastig gebaart hij naar de groep dat ze een mogelijke vijand tegenover zich hebben.

Thor loopt langzaam naar voren en ziet vanuit zijn ooghoek hoe een van de ME'ers zich naar links verplaatst en een tweede op een knie gaat zitten.

Thors dradenkruis schommelt langs het raam met de verveloze roeden.

Een schaduw wordt zichtbaar tegen het gordijn en daarna een hoofd.

Hij wil de trekker overhalen, wanneer hij begrijpt dat het een ree is die in de kamer staat.

Door het kanten gordijn ziet hij dat de gespitste oren van het dier onrustig schuin gaan staan. Zijn adem staat als een wolk rond zijn zwarte snuit.

Hij strekt zijn arm zijwaarts uit met gebalde vuist en meteen maakt de groep zich breed, deelt zich op en loopt aan beide kanten om het huis heen.

Opeens klapperen de hoeven als de ree zich bliksemsnel omdraait, naar buiten springt en in het bos verdwijnt.

Thor komt de hoek om en ziet dat de ene gevel van het huisje ontbreekt. Er zijn massa's bladeren naar binnen gewaaid en op de open vloer groeien onkruid en jonge scheuten.

Hij richt het wapen op het volgende gebouw.

Een rood huisje met een glazen serre ligt half verscholen tussen de bomen, alsof het langzaam opgeslokt wordt door het bos.

Het huis is oud, maar lijkt intact.

De verf op het witte lijstwerk bladdert af en het kale, vochtige hout wordt al groen van het mos.

Donkerblauwe rolgordijnen bedekken alle ramen.

Het terras is een kaal stuk beton in de luwte aan de zijkant van het huis.

Het regenwater is tot ijs bevroren in een bolbarbecue die voor de buitendeur staat naast een kunststof stoel die omver is gewaaid.

Ze weten allemaal wat er van hen wordt verwacht.

Wanneer de deur geforceerd is, zal Thor met nog twee mannen naar binnen gaan.

Hij drukt zich naast de deur tegen de muur.

Twee van zijn mannen richten hun aanvalswapen op het huis, terwijl hij zijn gasmasker opzet en de wapenlamp monteert.

Op het moment dat de teamleider het commando geeft om het gebouw te bestormen worden de ramen gebroken door traangasgranaten.

De ontploffingen slaken bijna gelijktijdig een zucht.

Glasscherven vallen op de grond.

De bleke rook is tussen de rolgordijnen en het glas van de serre te zien.

Thor heeft het zweet al op zijn gezicht staan.

Een van de ME'ers zaagt met een enorme slijptol de buitendeur open.

Afleidingsgranaten exploderen met harde knallen en een verblindend licht.

De deur wordt eruit getild en Thor gaat naar binnen.

De wapenlamp opent een met rook gevulde tunnel door de hal, de keuken in.

Twee ME'ers volgen hem om de zijkanten met hun wapen te scannen.

Hij voelt het traangas al branden op de naakte huid in de kier van zijn masker.

In de verte klinkt hondengeblaf.

Thor denkt aan de mooie politievrouw die in de auto zat te wachten. Hij moest gewoon naar haar kijken.

De voorruit weerspiegelde de boomtoppen tegen de witte hemel. Achter de hemel was haar bedroefde gezicht te zien, als in een droom.

Ze was net een olieverfschilderij dat herinnert aan de dood en de vergankelijkheid van het leven.

Nadat hij heeft geconstateerd dat de keuken en de badkamer veilig zijn, nadert Thor de gesloten deur van de slaapkamer. De vloerplanken kraken onder zijn gewicht. Hij gebaart naar een van de ME'ers, die meteen naar voren loopt en tegen de muur gaat staan.

De wapenlamp trilt boven de deurkruk en het slotplaatje van messing.

Thor gaat sneller ademhalen, hij heeft het gevoel dat hij niet genoeg zuurstof krijgt.

Hij telt af vanaf drie, legt zijn vinger op de trekker, loopt dan naar voren en trapt de deur open. Een grijze wolk golft over hem heen en hij ziet secondelang niets.

76

Als Joona en Saga bij het huis van Jan Andersson aankomen, is de actie afgelopen. De ME is nog bezig de rest van het terrein met de hond te doorzoeken.

Iedereen wist dat het niet erg waarschijnlijk was dat ze Jurek konden verrassen en onschadelijk maken, maar aangezien hun primaire doel het redden van Pellerina en Valeria was, moesten ze de actie meteen uitvoeren.

Joona kijkt door de ingezakte gevel van het eerste huis naar binnen als hij erlangs loopt. Zakken graszaad en potaarde staan op de grond, barbecuegereedschap hangt aan een spijker in de muur, een roestige voederautomaat bungelt aan de lamphaak aan het plafond.

Thor staat voor de voordeur van het grotere huis met zijn gasmasker in zijn hand. Hij heeft rode vlekken in zijn hals en zijn ogen tranen.

'We leven allemaal nog,' zegt hij met hese stem als hij Joona ziet.

'Daar ben ik blij om.'

'Jullie moeten hier maar een observatieteam neerzetten en ons inseinen als hij terugkomt.'

'Hij komt hier niet meer,' antwoordt Joona.

'Jij bent niet binnen geweest. Weet je wel zeker dat dit zijn huis is? We hebben geen wapens of iets gevonden.'

Joona loopt naar de bolbarbecue en schopt hem omver. Het ijs versplintert en het zwarte water spat eruit en stroomt weg. Bij de natte roetvlokken in het gras ligt een vacuümverpakt pistool.

Thors bleekblauwe ogen staren naar het wapen.

'Hoe wist je dat?'

'Jurek barbecuet niet,' antwoordt Joona en hij haalt zijn Colt Combat tevoorschijn en maakt hem schietklaar.

Het was een goede plek om een reservewapen te verstoppen, gemakkelijk bereikbaar bij een haastige aftocht. Jurek had de barbecue buiten gezet, maar de bakspatels en tangen in het vervallen huis laten hangen. De wind komt van het water en niemand zou voor de deur gaan staan barbecueën, terwijl het terras in de luwte ligt.

Saga maakt haar Glock los uit de schouderholster en loopt achter Joona aan het huis in.

De vloer kraakt in de schemerige hal. Een eenzame legerjas hangt aan een haak en op een rooster staat een paar modderlaarzen.

Ze lopen de keuken in. Het rolgordijn is uit zijn houder getrokken en de traangaspatroon ligt tussen de glassplinters op de versleten linoleumvloer.

Op het vieze fornuis staat een koekenpan met een dikke laag vet, grijsbleek als stearine. Een koffiemok, een vork en een bord dat is schoongeveegd, staan nog op de tafel in de serre.

Onder alle ramen liggen dode vliegen en wespen.

Joona opent de koelkast en vindt boter en verse eieren. Saga haalt een zak brood uit de voorraadkast, houdt hem voor het raam en kijkt naar de datumstempel.

'Dit is gisteren gebakken,' zegt ze snel.

Joona loopt de hal weer in. Met de loop van zijn pistool duwt hij de badkamerdeur voorzichtig open. Op de rand van de wastafel liggen een paar oranje wegwerpscheermesjes. Een tandenborstel staat in een streperig glas naast de kraan.

Saga loopt de slaapkamer in.

Op een kastje van donker hout staat een rijtje foto's.

Daarop is het gezin van Jan Andersson te zien, zijn dochter en zijn vrouw.

Joona komt achter haar aan, stopt zijn pistool in de holster en ziet dat de traangaspatroon midden op het onopgemaakte bed ligt.

'Hij heeft hier al die jaren gewoond, maar niets veranderd, geen enkel detail,' zegt Saga en ze opent de kast. 'Hij heeft in het bed geslapen, toch? Hij heeft de koelkast gevuld en zijn kleren in de kast gehangen, naast die van Jan Andersson.'

Ze doorzoeken de kamer, ook al weten ze in hun hart al dat het niets zal opleveren.

In het laatje van het nachtkastje liggen een bijbel, een leesbril en een doosje acetylsalicylzuur. Joona voelt onder het laatje en bladert in de bijbel.

Twee uur lang zoeken ze naar plattegronden, adressen of wat ook maar naar Valeria en Pellerina zou kunnen leiden.

Het prikkelende gevoel dat ze hadden dat ze Jurek op de hielen zaten, vervaagt langzaam.

Wanneer Joona en Saga weer naar buiten komen, is de ME verdwenen. Alle voorwerpen en gereedschappen die in het huisje waren, liggen nu op een rij op het terras. Nathan heeft de kunststof stoel verplaatst en zit tussen zakken en emmers, beschut tegen de koude wind.

'De ME is in alle huizen geweest en heeft met de buren die thuis waren gesproken,' zegt hij. 'Jurek lijkt nogal op zichzelf te zijn geweest, ze hebben hem in alle jaren maar een paar keer van een afstand gezien.'

Saga loopt langzaam langs een grasmaaier, blikken verf en dozen met oude digitale ontvangers.

'Als er iets is wat ons verder kan helpen, dan had het hier moeten zijn,' zegt Saga. 'Dit is zijn plek, het huis, het is zo duidelijk als wat dat we zijn plek hebben gevonden.'

'En daarom zijn er geen graven in dit gebied… Zoals er ook geen graven waren in de grindgroeve,' zegt Joona.

'De woningen en de grafvelden worden gescheiden gehouden,' zegt Nathan en hij knikt.

'Ja,' zegt Saga en ze zucht.

'Er zijn collega's bezig met het napluizen van Jan Anderssons bankrekening om te kijken of ze inkopen aan plaatsen kunnen koppelen,' zegt Nathan.

'Dat zal niets opleveren,' zegt Joona en hij kijkt naar het dichte bos achter hen.

'Maar kom op, Pellerina en Valeria zijn ergens. Het moet mogelijk zijn ze te vinden,' zegt Saga.

'We weten dat hij gebruik heeft gemaakt van een sterrenbeeld om overzicht te houden over de kisten in het Lill-Jansbos,' denkt Nathan hardop. 'Dat houdt in dat hij systemen gebruikt, en dat we die kunnen ontraadselen.'

'We kennen hem, we komen dichterbij,' gaat Joona verder. 'Hij heeft de identiteit van de voorman aangenomen, is zich Andersson gaan noemen…'

'Want exact hier keerde het tij voor hem,' zegt Saga.

'Maar waar is de rest van de graven?' vraagt Nathan.

Saga pakt de kaart en vouwt hem uit. Het grote stuk papier ritselt in de koude wind. Ze kijken naar de huizen op de open plek, de weg door het bos, het dorpje dichter bij Kungsängen.

Joona kijkt naar de rode cirkel rond de beide huizen, het smalle stuk open water, de brug en de weg naar Jakobsberg en Rotebro.

'Hij heeft het nog eens gebruikt,' zegt hij gedempt.

'Wat?' vraagt Saga.

'Het sterrenbeeld Tweelingen, alleen op een andere schaal. Ditmaal is het vele malen groter,' antwoordt Joona en hij wijst naar de rode cirkel op de kaart. 'Hier zijn wij, hier heeft Jurek al die jaren gewoond, hier is hij naar teruggekeerd, deze plaats is Pollux, het hoofd van de ene tweeling…'

'Langzamer,' verzoekt Nathan hem.

'Kijk dan,' zegt Joona en hij omcirkelt de arbeidershuisjes in de grindgroeve van Rotebro. 'Dit is Castor, het hoofd van de andere tweeling. Daar woonde Jureks broer. Het is weer hetzelfde, hij gebruikt steeds hetzelfde sterrenbeeld, dezelfde innerlijke voorstelling.'

'Als een geheugenpaleis,' zegt Nathan.

Uit de vrije hand tekent Joona de andere sterren die het sterrenbeeld vormen en verbindt ze vervolgens met strepen, zodat de constellatie zichtbaar wordt: de tweelingjongens leunen bijna met hun hoofd tegen elkaar en houden elkaars hand vast.

'Deze ster, in de grindgroeve, is het hoofd van Igor,' herhaalt Joona. 'En op deze schaal ligt zijn linkerhand in het Lill-Jansbos in Stockholm.'

‘Omdat hij de graven bewaakte,’ fluistert Saga.

‘Dit zijn de coördinaten waarnaar we hebben gezocht,’ zegt Joona en hij wijst naar de kaart. ‘We hebben zeventien exacte plaatsen en drie ervan hebben we al onderzocht. Ik weet zeker dat Pellerina en Valeria zich op een van de resterende plaatsen bevinden.’

77

Emilia draagt een zwarte kimono en heeft haar rode haar losjes opgestoken na het douchen. Onder de dunne zijden stof is haar huid dampend warm. In haar ene hand houdt ze een beduimeld schoolboek met de titel *Wiskunde 3*, dat ze op de keukentafel heeft gevonden.

Haar stiefzoon Dorian, die dit jaar eindexamen doet, zit in zijn kamer huiswerk te maken samen met een klasgenoot.

Het uit een hotel gestolen bordje met de woorden DO NOT DISTURB is van de kruk van zijn deur gevallen.

Emilia doet de deur open, gaat een nauwe passage binnen met een paar bokshandschoenen aan de muur, ze stapt over de jassen op de vloer en loopt de hoek om naar de eigenlijke kamer.

Het zachte geluid van klotsende golven en ritmisch zuchten is te horen.

Dorian en zijn vriend zitten op de grond met hun rug naar haar toe, ze hebben niet door dat ze de kamer in is gekomen.

Ze blijft staan wanneer ze ziet dat ze porno kijken op een laptop; op het scherm is een blonde vrouw te zien die seks heeft met twee mannen tegelijk.

Emilia kan het niet laten om de jongens stiekem te observeren. Ze kijkt schuin van achteren naar hun ernstige gezichten. Hun ogen zijn groot en hun broek zit strak over hun kruis.

De vrouw in de film wordt door de ene man van achteren genomen en neemt de tweede in haar mond.

Emilia staart naar de jongemannen achter de laptop, trekt zich langzaam terug en stoot per ongeluk met haar voet tegen een skateboard.

Dorian klapt snel de laptop dicht.

Ze draait zich weer naar hen om, doet net of ze niets heeft gezien, zegt dat ze het wiskundeboek in de keuken hebben laten liggen en loopt naar hen toe.

Ze zijn allebei gegeneerd en leunen naar voren om hun kruis te verbergen, bedanken voor het boek en zeggen dat ze nu verder zullen gaan met leren.

'Dorian? Wat doen jullie?' vraagt ze vriendelijk.

'Niks,' antwoordt hij snel.

'Ik zie dat je iets verbergt.'

'Nee.'

'Haal je handen weg,' zegt ze met enige strengheid in haar stem.

Dorian bloost, maar doet wat ze zegt. Zijn spijkerbroek zit zo strak van zijn erectie, dat het belegstuk van de gulp opzij wordt geduwd en de rits zichtbaar wordt. Emilia gaat met een komisch bezorgde uitdrukking op haar gezicht op haar hurken zitten, net voordat de ernst van de zaak tot haar doordringt.

'Wat is dit?' vraagt ze en ze slikt hoorbaar.

Ze legt haar hand voorzichtig op het kruis van haar stiefzoon en probeert haar versnelde ademhaling te kalmeren als ze in het stijve lichaamsdeel knijpt. De blonde vriend staart hen aan. Hij begrijpt niet wat er gebeurt.

'Mag ik eens kijken?' vraagt ze fluisterend en ze gaat met twee vingers over de gespannen spijkerstof.

Dorian slaat zijn ogen neer, maakt de bovenste knoop los en begint de rits open te trekken als het beeld stilstaat.

De regisseur stopt de ruw gemonteerde inleiding van de film en sluit het computerprogramma. Hij is een eerste versie in elkaar aan het flansen, aangezien de producent vandaag langskomt om te zien hoe ver ze zijn.

Emilia komt in een dikke badstof ochtendjas vanuit de kleedkamer terug naar de studio. Haar mascara heeft een rij zwarte puntjes achtergelaten onder haar ene wenkbrauw.

Ze ziet dat de regisseur zijn leesbril naast de computer legt en iets tegen Ralf, de cameraman, zegt.

Ze lopen achter op het opnameschema, maar Ralf maakt geen gestreste indruk. Emilia heeft vaker met hem te maken gehad. Hij is in de zestig en al meer dan twintig jaar getrouwd met dezelfde vrouw. Hij heeft een gebruind, pafferig gezicht. Het T-shirt met de tekst THE SMITHS spant om zijn buik en hij draagt een gebleekte spijkerbroek met een bruine leren riem, kniebeschermers en zwarte crocs aan zijn voeten.

Emilia heeft niet eerder met deze regisseur gewerkt. Hij is wel gestrest en heeft kennelijk vooral commercials gedaan. Hij heeft een grote zwarte baard en een kaalgeschoren hoofd, is gekleed in een witte Adidasbroek en een blauw overhemd met donkere zweetvlekken onder de armen.

Swedeep Pictures is een pas gestart productiebedrijf, dat nog op zoek is naar een eigen ruimte.

Dit is geen echte studio, maar een oude bedrijfsruimte met een geslepen betonvloer. Misschien heeft die eerder dienstgedaan als magazijn voor een groothandel. Naast de voordeur hangt een vies reclamebord met een foto van een rokende dokter.

Het is geen ideale plaats om op te nemen, maar de gehuurde camera's zijn van goede kwaliteit en de decors in de opnameruimte zien er goed uit. Waarschijnlijk komen ze van een echte tv-productie en zijn ze geleend of uit een loods gestolen.

De opnamesessies duren bij de seksscènes tussen de dertig en de zestig seconden en daarna is het tien minuten pauze.

Anders zou het niet te doen zijn.

Emilia heeft de nicotinekauwgum uitgespuugd en wat mineraalwater gedronken.

De lange afzuigscènes zijn klaar.

Volgens het script pijpt ze eerst de stiefzoon en daarna de vriend, terwijl de stiefzoon haar beft.

Nu staat er vaginale penetratie op het programma, daarna anale penetratie en pijpen en ten slotte dubbele penetratie met ter afsluiting spuiten in haar gezicht.

'Origineel,' had ze gemompeld bij de doorloop.

De regisseur en Ralf waren de hele ochtend bezig geweest met het opzetten van de spullen en toen zij om elf uur kwam, namen ze de scènes van de dag met haar door. Er worden geen hoge eisen gesteld aan het acteerwerk, maar toch wordt ze geregisseerd.

'Kijk naar de deur', 'kijk hem aan', 'strek je enkels'.

'Glimlach als je zegt dat zijn vader naar zijn werk is.'

Net als in de sprookjes is het weer de stiefmoeder die het gevaar belichaamt.

Ze filmen vaak met drie camera's, behalve wanneer ze extreme close-ups maken. Dan gebruikt Ralf maar één camera en een stabilisator.

De nieuwe jongen noemt zich Dorian. Hij is nog maar twintig, heeft kort, donker haar, lichtgroene ogen en getatoeëerde armen.

Ze heeft zijn gezondheidsverklaring gecontroleerd, die is afgelopen maandag opgesteld door dezelfde arts bij wie zij ook komt.

Dorian was erbij gekomen nadat de andere jongen op de eerste dag was ontslagen. De producent was kwaad geworden en had hem aan zijn haren naar buiten gesleept, omdat hij in de spullen in de berging naast de kleedkamers zat te snuffelen.

De producent was er de eerste opnamedag bij geweest en had verteld dat ze de ruimte van een vriend van hem mochten gebruiken en dat ze daar respectvol mee om moesten gaan.

De vriend heeft nog wat spullen in de berging naast de dameskleedkamer staan. Er zit geen slot op de deur, maar niemand mag daar naar binnen gaan, dat is een kwestie van vertrouwen.

Emilia had bedacht dat de vriend waarschijnlijk niet wist dat hij zijn ruimte beschikbaar stelde.

De producent ging om de beurt voor ieder van hen staan, keek hen in de ogen en zei dat het absoluut verboden was om de berging binnen te gaan.

Emilia geeft de voorkeur aan professionele tegenspelers, die gewoon hun werk doen.

Het vervelende met beginners is dat ze soms denken dat het om seks gaat en dat ze hun best doen om haar opgewonden te maken.

Ze heeft gewerkt met mannen die dachten dat ze een orgasme kon krijgen tijdens een opname.

Die kans is niet erg groot.

In het begin had het een paar keer weinig gescheeld, toen haar exman haar tegenspeler was. Door hem is ze in deze branche terechtgekomen. Voordat ze hem ontmoette, had ze geen zelfvertrouwen, ze had een zelfmoordpoging gedaan en haar maag was leeggepompt.

Natuurlijk voelt ze wel wat er gebeurt, natuurlijk worden de zenuwen gestimuleerd bij vaginale coïtus, maar er is absoluut geen opwinding of toegenomen doorbloeding en ze wordt niet nat.

Het gaat alleen om geld.

En in tegenstelling tot de mannen wordt zij in elk geval goed betaald. Waarom ze het doen, heeft ze nooit begrepen. Meespelen in een pornofilm staat doorgaans niet bepaald goed op je cv.

Persoonlijk kijkt ze liever niet naar de films, ze voelt zich dan alleen vervreemd van zichzelf. Ze weet nog dat ze voor het eerst bij de montage stond en een enorme, glanzende penis in haar eigen lichaam zag verdwijnen.

Het is telkens hetzelfde.

Emilia heeft onlangs een artikel gelezen dat haar is bijgebleven, over twee vrouwelijke regisseurs die feministische pornofilms maakten. Het maakte haar nieuwsgierig en ze overwoog contact met hen op te nemen, maar durfde dat vervolgens niet, omdat ze bang was dat ze op haar zouden neerkijken.

Emilia hangt haar ochtendjas op en gaat weer op het bed liggen. De voetbalposter is van de decormuur gevallen, maar dat maakt niet uit aangezien ze nu met close-ups verdergaan.

Ze pakt de plastic tube en spuit nieuw glijmiddel in haar vagina. De grimeuse komt naar haar toe, veegt weg wat ernaast is gekomen en poedert haar nog eens.

Dorian staat naast het bed te masturberen om zijn erectie terug te krijgen, zijn gezicht is gesloten en zijn rug gekromd.

De hitte van de lampen doet haar huiveren voordat ze warm wordt.

Terwijl ze wacht totdat Dorian zover is, laat ze haar blik langs de decors, de lampen, de reflectieschermen en de softboxen glijden.

Ze kijkt naar de rij kleine ramen tegen het plafond en ziet een zilverglinsterend stukje kerstboomversiering heen en weer zwaaien aan een klein rooster in de muur.

De regisseur en Ralf wachten zwijgend. Ze hoeven niets te zeggen, iedereen weet wat hij moet doen.

Dorian zweet terwijl hij masturbeert; de grimeuse veegt zijn wangen en borstkas af en doet er nieuw poeder op.

Geen fluffers meer, denkt Emilia. Jammer voor de mannen, ze moeten het zelf doen, een heleboel Viagra slikken en rukken.

Het spuiten is gemakkelijk te faken, maar de erectie moeten ze kunnen.

Emilia zorgt ervoor dat het probleem van de mannen niet haar probleem wordt, ze bemoeit zich niet met hen en doet haar best om haar ergernis en ongeduld te verbergen als het te lang duurt.

Dorian is lief en wil zo graag presteren.

Eerder vandaag had hij het ook al moeilijk, hij had koude handen, trilde en mompelde in zichzelf.

'Kom maar,' zegt ze vriendelijk.

'Dit werkt niet,' antwoordt hij en hij kijkt haar smekend aan.

'Sukkel,' zegt de regisseur.

Ralf trekt zuchtend zijn ene kniebeschermer recht.

'Kom maar, het is oké,' zegt ze. 'We doen net of wij hier samen zijn...'

Dorian loopt om het bed heen en gaat op haar liggen, ze helpt hem naar binnen en houdt zijn halfslappe penis daar.

'Je hebt echt een prachtige piemel,' fluistert ze.

'Dit wordt niks,' zegt Ralf en hij begint de camera van de stabilisator te halen.

Dorian ligt zwaar op haar met zijn stoppels tegen haar wang. Hij beweegt voorzichtig met zijn heupen.

'Nu zijn wij hier samen,' fluistert Emilia.

Ze voelt zijn toegenomen hartslag en omklemt hem, ook al is dat tegen haar regels. Ze ontspant zich altijd maximaal om niet moe te worden, om verwondingen te voorkomen.

'Nu niet stoppen.'

Emilia kreunt in zijn oor en voelt dat hij groeit en stijf wordt.

'God, wat lekker,' liegt ze en ze vangt Ralfs blik op.

'Oké, de camera loopt,' zegt de regisseur.

'Ga op je zij liggen,' zegt Ralf en hij gaat op zijn knieën voor het bed zitten met de camera.

'Ga door, ga door, ik kom bijna klaar,' fluistert ze.

'Op je zij,' herhaalt de regisseur.

Dorian kreunt jammerend en ze voelt hem spuiten, drie harde uitbarstingen, en dan is zijn rug door en door bezweet onder haar hand. Zijn lichaam ontspant, hij wordt zwaar, rolt op zijn zij en fluistert 'sorry'.

'Het is toch verdomme niet waar,' zegt de regisseur vermoeid.

Emilia laat zich op haar rug zakken en moet ondanks alles lachen, maar is stil als ze ontdekt dat de lange producent de studio is binnengekomen.

Hij staat vlak voor de deur in een zwarte regenjas. Er ligt een dun laagje sneeuw op zijn stevige schouders.

Haar lichaam wordt helemaal koud als ze denkt aan wat ze gisteren heeft gedaan. Zonder de kant van de producent op te kijken verlaat ze het bed en pakt de ochtendjas van de haak. Dorians kwakje loopt langs de binnenkant van haar dij.

Emilia weet niet waarom de woorden over de verboden berging het omgekeerde effect op haar hadden. Misschien is het simpelweg dat ze het niet kan uitstaan om als een kind te worden behandeld.

Toen Ralf een wat langere pauze nodig had om een back-up te maken van zijn geheugenkaart, liep ze de gang in, haar kleedkamer voorbij, en bleef ze voor de metalen deur staan.

Waar de cilinder van het slot zou moeten zitten, was alleen een gat. Ze dacht dat ze zou bukken om erdoorheen te kijken, maar in plaats daarvan bewoog ze de kruk naar beneden en duwde ze de deur open.

Ze kon het niet laten, ondanks wat er met haar eerste tegenspeler was gebeurd.

Het magazijn was donker, maar links achterin ontwaarde ze vaag iets.

Er hing een stoffige geur van pas gezaagd hout in de lucht.

Ze deed de zaklamp van haar telefoon aan en het krijtwitte schijnsel bewoog trillend over de kale betonnen muren.

Helemaal achterin lag een donkerblauw zeil over voorwerpen die meubels of kisten konden zijn.

Emilia hoorde dat de regisseur nog met de beide mannen in hun kleedkamer zat te praten, aarzelde even en sloop toen de berging in.

Ze pakte een punt van het dekzeil vast, maar dat was veel te zwaar om het met één hand op te tillen.

Ze legde haar mobiel op de grond. Het koude licht scheen recht omhoog naar het plafond.

Toen ze beide handen gebruikte, lukte het haar om de ene hoek van het dekzeil op te lichten en het opzij te slaan.

Ze pakte snel haar telefoon en richtte het licht.

Op twee zaagbokken stond een lijkkist van onbehandeld multiplex.

Op de vloer eronder stonden een cirkelzaag en grijze dozen met spijkers en hoekijzers, grendels en bundels grove fineervellen.

Ze bukte en scheen met het licht verder onder het dekzeil. Naast een rij grote blauwe plastic tonnen lag een kinderkist die nog niet af was.

78

De temperatuur is gedaald naar min zestien. Joona krijgt verhitte wangen van de warmte binnenshuis als hij zich door de gang haast. Het pistool slingert tegen de ribben onder zijn jasje. Een aankondiging van de jaarlijkse kerstcollecte valt van het prikbord en dwarrelt op de grond als hij erlangs loopt.

Carlos staat bij het aquarium en heeft net zijn dikke goudvissen gevoerd als Joona de deur opendoet.

'Nee, jullie moeten delen,' zegt Carlos en hij tikt tegen het glas van het aquarium.

Joona heeft hem vanuit de auto gebeld en verteld dat ze Jureks code hebben gekraakt en daarmee een kans hebben om Pellerina en Valeria te redden.

Hij had om een onmiddellijk, gecoördineerd optreden gevraagd van de politie van Stockholm, de ME en het Speciale Interventieteam voor de veertien resterende sterren.

Carlos had geluisterd en gezegd dat hij het begreep, maar aangezien het de grootste politie-inzet uit de Zweedse geschiedenis zou worden, moest hij ermee langs de leiding van de rijkspolitie om zo toestemming te krijgen van het ministerie van Justitie.

'Heb je nu met ze gesproken?' vraagt Joona.

Carlos wendt zijn blik af van de vissen, gaat op zijn stoel zitten en zucht.

'Ik heb gezegd dat jullie veertien adressen hebben waar Jurek Walter zou kunnen zijn... Ik heb het niet over het sterrenbeeld gehad, ik denk niet dat dat had geholpen.'

'Waarschijnlijk niet.'

'Ik heb het echt geprobeerd,' gaat Carlos bezwaard verder. 'Ik heb nadrukkelijk op de ernst van de situatie gewezen, enzovoort, maar de minister van Justitie was heel stellig. Hij geeft geen steun aan verdere acties... Wacht, Joona, ik weet hoe jij erover denkt... Maar probeer het eens van zijn kant te bekijken, dit gaat over ontvoering en niet over terrorisme.'

'Maar wij...'

'Er is geen dreigingsbeeld, de burgers lopen geen gevaar,' onderbreekt Carlos hem.

'Bel dan en zeg dat ik denk dat we de actie naar acht plaatsen terug kunnen brengen.'

Carlos schudt zijn hoofd.

'Er komen helemaal geen acties meer, pas wanneer onomstotelijk vaststaat waar Jurek of zijn slachtoffers zich bevinden.'

Joona kijkt uit het raam achter Carlos, naar de donkere boomkronen van het park en het berijpte gras van de heuvels.

'Dat is niet best,' zegt Joona met gedempte stem.

'Jullie hebben de ME deze week al twee keer ingeschakeld,' brengt Carlos hem in herinnering. 'Zonder enig resultaat.'

'Dat weet ik.'

'Je moet dit begrijpen.'

'Nee,' zegt Joona en hij kijkt hem strak aan.

Carlos slaat zijn ogen neer, strijkt met zijn hand over het bureaublad en kijkt dan weer op.

'Je kunt weer in dienst komen als je dat wilt,' zegt hij.

'Mooi,' antwoordt Joona en hij verlaat het kantoor van zijn chef.

Hij neemt de lift naar de tiende verdieping, loopt snel de gang door en opent de deur van de recherchekamer.

Nathan en Saga hebben met de hulp van een technicus een exacte kaart gemaakt door het sterrenbeeld over het huis in Stigtorp en de gastarbeiderswoningen in de grindgroeve te leggen. In het Lill-Jansbos zat er maar tweehonderd meter tussen de hoofden van de tweelingen, nu is dat acht kilometer, terwijl de afstand van hoofd tot voet ruim vijfentachtig kilometer bedraagt.

'De Tweelingen zijn vier keer zo lang als Manhattan,' constateert Nathan.

Ze hebben de kaart aan de muur gehangen, naast de foto's van de grindafgraving, de beelden van de Bever en van de verschillende plaatsen delict.

Jureks broer Igor wordt gesymboliseerd door Castor, die zijn hand op het hoofd van de kleinere variant van het sterrenbeeld Tweelingen in het Lill-Jansbos legt. Zijn buik bevindt zich op Ekerö en zijn voeten staan in Tumba en Södertälje.

Saga haalt haar jas van de haak aan de muur en trekt haar muts uit de mouw, waar ze hem in had gepropt.

'Print de exacte adressen en coördinaten uit,' zegt Joona.

'We briefen zo snel mogelijk alle teams,' antwoordt Nathan en hij staat op van zijn plaats aan het grote bureau. 'Ik heb minstens drie commandobussen nodig.'

'Wacht even, ik vergat nog te zeggen dat we er alleen voor staan,' zegt Joona.

'Oké,' zegt Saga met een zucht.

'Dus het is voorbij voordat het begonnen is,' zegt Nathan en hij laat zich weer op zijn stoel zakken.

'Niets is voorbij, we gaan door,' zegt Joona. 'Het enige verschil is dat we één plaats tegelijk moeten onderzoeken, in ons eentje.'

'Veertien sterren,' zegt Nathan.

Saga legt haar jas en haar muts op tafel, haalt de lijst uit de printer en geeft die aan Joona.

'Jullie zijn het toch eens met deze gedachtegang... dat Pollux in het sterrenbeeld Tweelingen symbool staat voor Jurek, omdat de hoofdster boven zijn huis staat?'

'En de andere tweeling...'

'Castor,' komt Joona ertussendoor.

'Zijn hoofd valt samen met Igors huis in de grindgroeve,' besluit Saga.

'En het interessante is dat Castors hand in het grote sterrenbeeld boven de graven ligt waar Igor in het echt voor zorgde,' zegt Joona.

'Ja.'

'Daarom denk ik dat er een symbolische logica bestaat, dat de sterren voor Jurek meer zijn dan enkel coördinaten.'

'Mee eens,' zegt Saga.

'En aangezien we snel moeten kiezen, denk ik volgens dezelfde logica dat Jurek de sterren van Castor heeft verlaten toen Igor doodging.'

'Dan houden we acht plaatsen over,' zegt Nathan.

'Kijk nog eens naar Pollux,' zegt Joona. 'Waar zijn Valeria en Pellerina?'

'Ik zou met de handen beginnen,' zegt Saga.

'De ene hand ligt op een gebouw op een industrieterrein in Järfälla, de andere op een zomerhuis even ten zuiden van Bro,' zegt Nathan en hij wijst de plaatsen aan.

'Joona?' vraagt Saga.

'We gaan naar het industrieterrein,' zegt hij. 'Daar geven de broers elkaar een hand, alsof de dode broer de zorg voor de graven overdraagt aan Jurek.'

Saga en Nathan zeggen niets meer, ze verlaten het vertrek op een holletje en trekken al lopend hun jas aan.

*

Saga en Joona zitten samen in één auto en Nathan in een andere. Op de E18 bereiken ze een pieksnelheid van honderdzestig kilometer per uur, maar wanneer ze de Viksjöleden verlaten, wordt dat de helft minder.

Nu volgen ze de instructies van het navigatiesysteem en rijden over de Järfällavägen langs het spoor van de pendeltrein en dan een vervallen industrieterrein op.

Langs de hoge hekken staat onkruid, waar afval in is gewaaid.

Ze komen langs lage gebouwen van metaal en beton, langs parkeervakken met containers, stapels pallets en gestalde caravans.

Bij een bord met AUTOSERVICE minderen ze vaart en slaan ze rechts af.

Langzaam rijden ze langs doodse gebouwen, vrachtauto's, oude sleepwagens en vlaggenmasten met smoezelige bedrijfsvlaggen. Op het lege parkeerterrein voor J.C.'s Autoservice blijven ze staan.

Een reclamebord is omgewaaid.

De drie stappen uit.

Het is erg koud, er is een zware sneeuwstorm op komst vanuit Rusland en het meteorologisch instituut SMHI heeft code oranje uitgegeven.

Ze trekken hun kogelwerende vest aan en controleren vervolgens hun wapen. Nathan haalt een Benelli M4 Super 90 uit zijn kofferbak. Het is een halfautomatisch hagelgeweer dat overal ter wereld door arrestatieteams wordt gebruikt.

Joona pakt de tas met de betonschaar, het breekijzer, het slotpistool en de slijptol.

Saga controleert haar Glock en stopt hem in de holster.

Nathan wikkelt een winddicht jack om het wapen.

Ze gaan op pad.

Het bedrijfspand op Åkervägen 14 is van een exportfirma die geregistreerd staat in Polen, zonder duidelijke eigenaar.

Het gebouw staat precies op de plek waar de ster die de handen van de beide tweelingen verbindt terechtkwam toen ze het sterrenbeeld over de kaart legden.

Er is geen mens te zien op het terrein.

Het asfalt is bobbelig door vorstschade en zware voertuigen.

Achter hoge hekken met drie rijen prikkeldraad erboven ligt het vervallen gebouw. Vlak onder het zinken dak zit aan de lange kant een rij kleine raampjes. Tegen de ene gevel bevindt zich een helling naar een laadplatform voor een grote metalen roldeur, voor het laden en lossen van goederen.

Kraaien krassen bij een afvalcontainer aan de andere kant van de keerzone.

De inrit naar nummer veertien wordt geblokkeerd door een traliehek met een sticker van een beveiligingsbedrijf.

Joona zet zijn stoffen tas neer, pakt de betonschaar en knipt het slot open, dat rinkelend op de grond valt. Hij schopt de delen in de berm, opent het hek en loopt erdoorheen.

Een pendeltrein passeert achter het gebouw en laat de struiken tegen de afrastering heen en weer bewegen.

Aan de muur naast de voordeur hangt een bobbelig metalen reclamebord voor Camelsigaretten. Uit de schroefgaten is roest over het gezicht van een rokende dokter gelopen.

Ze blijven staan om te luisteren, maar horen geen geluiden in het gebouw.

Saga maakt het slot snel open met haar slotpistool.

Nathan haalt het geweer uit het windjack.

Joona legt de stoffen tas met de betonschaar op de grond, trekt zijn pistool, kijkt zijn collega's aan, opent de deur en gaat naar binnen.

Hij kijkt zoekend het krappe halletje rond.

Behalve een lege kapstok en een meterkast met keramische stoppen is er niets.

De hoofdschakelaar staat uit.

Saga en Nathan lopen vlak achter hem aan als hij naar de volgende deur loopt. Hij hoort Nathans ademhaling achter zich.

Joona houdt het pistool op ooghoogte, klaar om de rechterkant van het vertrek te scannen, terwijl Saga de linkerkant voor haar rekening neemt en Nathan het midden.

Voorzichtig brengt Joona de kruk naar beneden, duwt de deur open en wijst met het wapen de grote ruimte in.

Ze tellen de seconden af vanaf drie.

Door de rij kleine ramen tegen het plafond valt licht naar binnen. Een rij lichtgevende vlekken vormt een lint over de lege betonvloer.

Saga loopt achter Joona aan naar binnen en checkt samen met hem of er gevaar in de hoeken dreigt.

Nathan loopt door het midden en laat de loop van zijn geweer heen en weer bewegen.

Het grote vertrek is leeg.

Hun voetstappen weergalmen tussen de kale muren.

Joona draait zich om.

De ene korte kant van het vertrek bestaat bijna in zijn geheel uit een enorme roldeur van metaal.

Er is hier niets, de vloer is schoongeveegd.

Een stukje van een kerstslinger is aan het ventilatierooster blijven hangen en beweegt schokkerig in de luchtstroom.

Zonder een woord te zeggen lopen ze de kamer door en een donkere gang in. Volgens hetzelfde patroon als eerder doorzoeken ze twee lege kamers met een badkamer ernaast.

Te oordelen naar de beschadigingen in de kunststof vloerbedekking hebben er ooit douchecabines boven de afvoerputjes gestaan.

Het laatste vertrek is een lege bergruimte met wat zaagsel op de grond.

Ze keren terug naar de grote kamer. Joona gaat in het midden staan, draait zich om en kijkt naar de kleine raampjes en de lege muren.

'Ik check de achterkant,' zegt Saga en ze loopt weg.

'Heeft deze plek überhaupt iets met Jurek te maken?' vraagt Nathan.

'Ja,' antwoordt Joona zacht.

'Ik bedoel dat het hele idee van het sterrenbeeld misschien niet klopt,' zegt Nathan.

Joona reageert niet, hij loopt naar de roldeur aan de kant van de laadbrug. Er zitten krassen op de vloer en de stalen drempel is bobbelig.

Hij volgt met zijn blik de lijst van zwart rubber en draait zich weer om naar het grote vertrek.

Er zweven stofdeeltjes door de strepen zonlicht.

De vloer is brandschoon, hij is niet alleen geveegd, maar ook pas nog gedweild.

Joona loopt naar het afvoerputje, gaat op zijn knieën zitten en ruikt de geur van chloor.

Hij haalt het rooster los, trekt het waterslot omhoog en ziet dat het is schoongemaakt.

Nathan mompelt dat hij naar buiten gaat.

Joona staat op, kijkt nog eens naar de deur voor de laadbrug en loopt dan langzaam achter Nathan aan.

Bij de open deur naar de hal blijft hij staan. Het is donkerder in dit deel van de ruimte.

Joona kijkt naar de scharnieren en het deurpaneel. Hij sluit de deur en opent hem weer.

Er zit een lange haar aan een van de schroeven die de drempel op zijn plaats houden.

Joona stapt opzij, gaat dicht tegen de muur staan en kijkt naar de rand van de deurpost.

Twee decimeter boven de vloer zijn drie donkere ovalen te zien.

Knoesten in het hout die door de verf heen schijnen, denkt hij eerst, maar de positie van de ovalen is zodanig dat hij zich bukt en ze met flits fotografeert.

De hoek licht op en wordt weer donker.

Buiten klinkt een doordringend geschraap en geknars. Alsof een tractor zijn laadbak over het asfalt sleurt.

Joona vergroot de foto op zijn mobiel en ziet dat de ovalen drie vingerafdrukken in bloed zijn.

Iemand is door de deur naar buiten gesleept en heeft geprobeerd zich vast te houden.

Hij ziet geen bloed in de hal, maar kortgeleden heeft er nog vaste vloerbedekking gelegen. Er zitten nog lijmresten op het beton.

Joona stapt de koude lucht in en ziet een stuk of dertig kraaien bij een wit bedrijfsgebouw verderop. Ze vliegen krijsend om een afvalcontainer heen die met een snerpend geluid op een vrachtauto wordt getakeld.

Saga komt om de hoek van het lege pand. Ze schudt haar hoofd en lijkt te vechten tegen haar tranen.

Een aantal kraaien landt op de plek waar de container daarnet stond en begint op de grond te pikken.

De vrachtauto rijdt door de hekken van het HVAC-bedrijf en draait langzaam de Åkervägen op.

Joona rent erheen, gaat midden op de weg staan en gebaart naar de chauffeur dat hij moet stoppen.

Het zware voertuig mindert snelheid, rolt brommend op Joona af en remt sissend.

De chauffeur draait zijn raampje naar beneden en steekt zijn hoofd naar buiten.

'Tering zeg, wat is het probleem?' roept hij.

'Ik ben commissaris bij de Nationale Operationele Afdeling van de politie en...'

'Heb ik een wet overtreden?'

'Trek de sleutel uit het contact en gooit hem op de grond.'

'Ik betaal je salaris en...'

'Anders moet ik je banden lek schieten,' zegt Joona en hij haalt het pistool uit zijn schouderholster.

De sleutel valt rinkelend op het asfalt.

'Dank je wel,' zegt Joona en hij klimt op de vrachtauto.

Hij tilt de zware metalen grendel van de afvalcontainer op en opent het luik. Er komt een zware stank op hem af.

Onder oude afvoerpijpen, moffen en pakkingen, natte dozen en een gebarsten toiletpot liggen zes zwarte vuilniszakken.

Op de bodem van de container ligt een plas bloed.

Uit een scheur in een van de plastic zakken steekt een naakte arm, bij de elleboog gebroken en donkerbruin van inwendige bloedingen.

De hand is klein, maar het is geen kinderhand.

De zes zwarte vuilniszakken zijn stuk voor stuk zo groot dat er een lichaam in past.

Er zijn zes mensen gedood op de plaats waar de tweelingen elkaar een hand geven.

De zaal is zorgvuldig schoongemaakt en de lichamen zijn in een afvalcontainer gedumpt.

Joona pakt zijn mobiel en belt de Naald. Terwijl de telefoon overgaat, kijkt hij nog eens in de container, naar de gebroken elleboog en de eigenaardige hoek van de onderarm. Hij denkt aan de bloederige afdrukken op de deurpost en kijkt naar de bleke hand die op het zwarte plastic rust en ziet twee vingers langzaam bewegen.

79

Valeria wordt wakker in het donker met barstende hoofdpijn. Ze hebben haar dikke sokken aangedaan en een deken over haar heen gelegd. Toch rilt ze van de kou.

'Pellerina? Heb je het koud?'

Valeria zoekt en vindt haar waterfles, draait de dop eraf en drinkt hem leeg.

'Pellerina?' zegt ze iets harder. 'Ben je daar?'

Als het meisje geen antwoord geeft, glimlacht Valeria zo breed dat haar droge lippen barsten. Ze hebben haar eruit gehaald. Ze begrijpt het. Zo moet het zijn. Aangezien ze zelf een deken heeft gekregen is er een begin van communicatie. Het was een gok om net te doen of ze drugsverslaafd was, het had verkeerd kunnen uitpakken.

Ze weet nog steeds niet wat ze volgens hen gedaan heeft, maar als ze de waarheid had gezegd en alles had ontkend, hadden ze nooit naar haar geluisterd.

Valeria weet niet hoe ze op het idee was gekomen, maar ze had gebruikgemaakt van haar ervaring uit de tijd dat ze verslaafd was om geloofwaardig te klinken.

Ze weet zeker dat ze de lelijke littekens in haar elleboogholte hebben gezien.

Valeria heeft ze nooit weggestopt en ook niet geprobeerd ze chirurgisch te laten verwijderen, aangezien ze vindt dat ze de verachting verdient die ze soms op de gezichten van mensen kan lezen.

Haar eigen schaamte is nog veel groter.

Het gezin had het waarschijnlijk aldoor al moeilijk om Pellerina's betrokkenheid te kunnen geloven. Toen Valeria bekende dat ze allebei werden gestraft voor haar drugsschulden, werd alles begrijpelijker voor hen – en tegelijkertijd in moreel opzicht ingewikkelder.

De vorige keer dat ze het luik in de vloer en de kist hadden geopend, was ze rechtop gaan zitten, ook al schreeuwden ze tegen haar dat ze moest blijven liggen, noemden ze haar heroïnehoer en zeiden ze dat ze haar kop eraf zouden schieten.

'Dat moet je doen,' had ze geantwoord. 'Dan mogen jullie mijn schulden aan Jurek overnemen.'

'Hou toch je bek,' zei de vrouw.

'Het spijt me echt heel erg van alles...'

'Moeten wij je vergeven?' viel de man haar in de rede. 'Meen je dat? Je bent waardeloos, je bent een onmens.'

'Je moet niet meer met haar praten,' fluisterde de vrouw.

'Ik wil geen vreselijke dingen doen,' zei Valeria. 'Toen ik niets meer mocht lenen en ontwenningsverschijnselen kreeg, werd ik wanhopig... Voor aids of een overdosis ben ik niet bang en ook niet voor mishandeling of verkrachting. Maar cold turkey gaan, dat is alsof je in de hel terechtkomt.'

'Ik hoop dat je daar nu bent,' zei de man.

'Het is heel erg koud geworden, ik heb geen gevoel meer in mijn benen... Ik denk niet dat ik de nacht doorkom...'

'Dat is niet ons probleem,' zei de vrouw en ze liet de bijl op haar handpalm rusten.

'Heeft Jurek gezegd dat jullie ons moeten doden?'

'We moeten jullie alleen bewaken,' antwoordde de man.

'We mogen niet met haar praten,' riep het tienermeisje.

'Ik wil Pellerina niet bang maken,' ging Valeria verder. 'Maar ze is klein en ze vriest straks nog dood. Dat snappen jullie toch wel, hè?'

'Ga nu liggen,' zei de man en hij zette een stap in haar richting met het geweer geheven.

Hij was zo dichtbij dat ze de blonde haartjes op zijn armen kon zien.

'Ik bedoel alleen dat jullie ons eruit kunnen laten, ik ben zo zwak dat ik waarschijnlijk niet eens meer kan staan... Bind me maar vast, jullie zijn gewapend.'

Ze gooiden een plastic tas met etensresten in haar kist, deden het deksel erop en trokken de spanbanden weer aan.

Valeria had niet genoeg kracht in haar vingers om de knoop los te maken en moest het plastic kapottrekken met haar tanden.

Ze at wat van de gekookte aardappels en de stukjes worst, ze moest bijna overgeven, maar concentreerde zich erop het eten binnen te houden.

Ze kreeg een warm gevoel in haar buik, haar gedachten zweefden op een eigenaardige manier weg en ze begreep dat het eten vergiftigd was, dat ze haar op dat moment verdoofden of vermoordden.

Een paar seconden droomde ze over een roze kolibrie en een mooi Chinees gordijn dat bewoog in de wind, waarna ze schrok en haar ogen opendeed in het donker.

De randen rond het deksel van de kist begonnen wit en blauw te gloeien. Ze had het idee dat ze losse spanbanden op de droge grond onder het huis hoorde vallen, het gekletter van de ratelspanners.

In haar gedrogeerde toestand begreep ze dat ze Pellerina's kist openmaakten. Ze hoorde haar huilen van moeheid toen ze haar in de hobbykamer tilden.

Valeria weet niet hoelang ze heeft geslapen.

Het lijkt wel een etmaal.

Haar hoofd doet pijn en haar mond is droog.

Ze begrijpt dat ze haar hebben gedrogeerd, omdat ze haar anders geen sokken durfden aan te trekken. Ze moeten haar verhaal over haar eigen heroïnemisbruik en Pellerina's onschuld aan het verbranden van iemands gezicht hebben geloofd.

Pellerina is hier niet meer, misschien hebben ze haar wel vrijgelaten. Nu moet Valeria zichzelf zien te redden, proberen het verhaal tegen Jurek te keren, hun duidelijk maken dat hij misbruik van haar heeft gemaakt.

80

Saga wast haar gezicht boven de wastafel in een van de wc's op de IC-afdeling op de vierde verdieping van het Karolinska-ziekenhuis.

Ze herhaalt in zichzelf dat ze haar hoofd erbij moet houden. Maar de tranen komen terug en ze gaat op het wc-deksel zitten en probeert langzaam adem te halen.

'Ik kan dit,' fluistert ze.

Ze was aan de achterkant van het industriepand geweest, had tegen een berg bevroren herfstbladeren geschopt en was langs de afrastering voor het spoor gelopen toen ze Joona hoorde roepen dat hij lijken had gevonden in een afvalcontainer.

Er raasde een pendeltrein voorbij.

Het was net alsof ze door het ijs van een bevroren meer zakte en in het koude water terechtkwam.

Het onkruid trilde in de wind en stof en afval wervelden omhoog.

Ze zat ingekapseld in angst en een verpletterende vermoeidheid. Reden genoeg om de handdoek in de ring te gooien, op de grond te gaan liggen en de tijd stil te zetten.

Maar ze hield zich vast aan het lage hek langs het talud.

En toen ze Joona hoorde roepen dat een van hen nog in leven was, begon ze te lopen als door mul zand.

Ze merkte niet dat ze haar tas kwijtraakte. Die moest van haar schouder gegleden zijn.

Het enige wat ze dacht, was dat Jurek haar had moeten vermoorden.

Het was allemaal haar schuld.

Er zaten zwarte kraaien op de grond voor het HVAC-bedrijf.

Saga sloeg de hoek om, kwam op de geasfalteerde weg, zag de vrachtwagen met de container op de laadbak en ving een glimp op van de chauffeur achter de voorruit.

Joona riep weer iets en Nathan draaide zich naar haar om. Ze zag haar eigen angst op zijn gezicht. Hij kwam naar haar toe, stak geruststellend zijn handen op en hield haar tegen op de weg, vroeg haar te wachten.

'Mijn zus,' mompelde ze en ze probeerde door te lopen.

'Toe nou, alsjeblieft, je moet...'

'Wie leeft er nog?'

'Ik weet het niet, de ambulance komt er zo aan en...'

'Pellerina,' schreeuwde ze.

Nathan hield haar vast en zei nog eens dat ze moest wachten en even later zat ze een paar honderd meter verderop te kleumen in Joona's auto.

Er kwamen drie politieauto's en zes ambulances.

Het blauwe licht vloog over gevels en hekken, wierp snelle schaduwen over het asfalt en de verwilderde struiken.

Door de voorruit volgde ze het werk van het ambulancepersoneel.

Eerst was de sfeer rond de vrachtauto hectisch, gejaagd.

Maar behalve de naakte vrouw waren ze allemaal dood. Dat maakte Saga op uit de manier waarop ze met de lichamen omgingen.

Ze stonden met zijn drieën in de container, knipten de vuilniszakken open en tilden het ene lichaam na het andere eruit.

Saga wilde zien of een van de doden een kind was, maar ze zat te ver weg, haar zicht werd belemmerd. Een ambulance reed achteruit en geüniformeerde agenten zetten het terrein af.

Ze kon de toegetakelde lijken die uit de container werden gehaald en op een rijtje op de grond werden gelegd maar vaag zien. Ze zag een slank been dat tegen de roestige zijkant van de container botste, een zwarte vuilniszak zat vastgeplakt aan de rug van een forse man.

De eerste ambulance, met de vrouw erin, reed het terrein af. Ze hoorde dat de sirene werd aangezet toen hij op de Järfällavägen kwam.

Saga kon niet vaststellen of Valeria een van de doden was en of Pellerina daar zonder kleren achteraan in de rij lag.

Ze opende het portier en stapte uit. Ze wilde het niet, maar ze moest wel.

De grond bewoog als water onder haar voeten, vloeiend blauw en stromend. Ze wist niet of ze de kracht had om erheen te lopen.

Joona stond naast de reddingswerkers. Hij merkte niet dat ze dichterbij kwam. Ze probeerde iets van zijn gezicht af te lezen.

Hij keek verdrietig, verbeten.

Saga liep naar het afzetlint. Een agent in uniform herkende haar en liet haar erlangs.

Ze hoorde zichzelf 'dank je wel' zeggen, ze liep door en bleef voor de lijken staan, die bebloed en angstaanjagend bleek waren.

Pellerina en Valeria waren er niet bij.

Ze moest het een paar keer controleren.

Het achterste lichaam was een naakte man van in de twintig, met groene ogen en donker haar. Zijn keel was doorgesneden en hij had slagwonden in zijn gezicht en aan de zijkant van zijn hoofd.

Saga wankelde, zocht steun bij het hek en liep toen weg door het onkruid, naar de geasfalteerde weg, en leunde met beide handen op de motorkap van een politieauto.

Ze zag haar gezicht droomachtig weerspiegeld in de witte lak en bedacht dat ze moest teruggaan om te helpen. Toen ze zich omdraaide, zag ze dat het ambulancepersoneel de naakte man op een brancard legde.

Ze zakte op haar hurken, met haar rug tegen het ene voorwiel van de politieauto, ze hield haar hand voor haar gezicht en huilde van opluchting en dankbaarheid omdat geen van de doden Pellerina was.

Joona kwam naast haar op de grond zitten. Hij had een deken meegenomen uit de ambulance en sloeg die om haar heen.

'Ik dacht dat ze een van de doden was,' zei ze en ze veegde met beide handen haar tranen af.

'Je mag je best opgelucht voelen, ook als anderen getroffen zijn.'

'Ik weet het, het is gewoon zo... Het is niets voor me, maar ik kan gewoon niet... Ik kan de gedachte gewoon niet verdragen dat iemand haar kwaad zou doen,' zei ze en ze probeerde de brok in haar keel weg te slikken. 'Pellerina is de beste, verstandigste...'

'We vinden haar wel.'

'Wat is nu het plan?' vroeg Saga en ze probeerde zich te vermannen.

'Als ze het leven van de vrouw kunnen redden, moet ik met haar praten,' zei Joona. 'En daarna ga ik naar het zomerhuis waar Pollux zijn andere hand houdt.'

'Ik ga mee,' zei ze, maar ze bleef zitten toen hij opstond.

'Je weet dat dat niet hoeft,' zei Joona.

'Het moet wél,' antwoordde ze en ze dwong zichzelf overeind te komen.

Saga spoelt haar gezicht nog eens af boven de wastafel, droogt zich af met papieren handdoekjes en verlaat het ziekenhuistoilet. Terwijl ze door de gang loopt, denkt ze aan alle mensen – de ouders, kinderen, echtgenotes, vriendjes, broers en zussen van de doden in de container – die vandaag het vreselijke nieuws zullen krijgen. Ditmaal heeft zij respijt gekregen, ze kan nog op een goede afloop hopen.

*

De bewusteloze vrouw die is geïdentificeerd als Emilia Torn is naar de IC-afdeling van het Karolinska-ziekenhuis gebracht, waar de arts heeft besloten dat ze in slaap moet worden gebracht. Haar beide armen en een been zijn gebroken, ze heeft ernstige slagwonden op haar achterhoofd, is in haar nek gebeten en in haar buik gestoken en heeft veel bloed verloren.

Net als de arts op weg is naar de OK, komt Joona aangerend met beschermende kleren in zijn hand.

'Wacht,' zegt hij. 'Mag ik vragen of het mogelijk is met de patiënte te spreken? Ik ben van de politie en...'

'Dan weet u hoe het werkt,' valt de arts hem in de rede.

'Er staan levens op het spel.'

'Ze is al gesedeerd en moet acuut in slaap worden gebracht om...'

'Ik heb haar gevonden en ik heb maar een paar minuten nodig,' kapt Joona hem af en hij wurmt zich in het beschermende pak.

'Ik kan niet toestaan dat u ons hindert in ons werk,' zegt de arts. 'Maar u kunt een poging doen voordat we intuberen.'

Ze lopen de zaal in, waar geconcentreerd gewerkt wordt aan de voorbereidingen. Een anesthesieverpleegkundige desinfecteert de lies van de vrouw boven het gebroken been en brengt vervolgens een katheter in in de ader.

Het gezicht van de vrouw is gelig en haar blik glanzend van de morfine. Haar rode haar zit met gedroogd bloed aan haar wang geplakt. Op de gebroken armen zitten blauwe plekken van inwendige bloedingen.

'Emilia? Hoor je me?'

'Wat?' reageert ze bijna zonder geluid.

'Was er een kind in die ruimte, een klein meisje?' vraagt hij.

'Nee,' fluistert ze.

'Denk na, een meisje met het syndroom van Down?'

'Ik snap het niet, hij heeft Ralf vermoord... Hij stampte in zijn gezicht, sneed de jongens de keel door, sloeg mijn benen kapot en...'

'Wie? Wie heeft dit gedaan?'

'De producent, hij was helemaal gek, hij...'

'Weet je hoe hij heet?'

'Hart en longen ausculteren,' zegt de arts en hij inspecteert de kooldioxidemeter.

Emilia hoest zacht en er verschijnt donker bloed tussen haar lippen.

'Weet je hoe ik die producent te pakken kan krijgen?'

'Wie ben je eigenlijk?' mompelt ze.

'Ik ben Joona Linna, commissaris bij...'

'Het gaat allemaal om jou,' zegt ze en ze haalt reutelend adem.

'Wat bedoel je?'

'Dat schreeuwde hij de hele tijd, je moet vertrapt worden, je moet...'

Haar lichaam begint te trillen en ze hoest bloed op over haar kin en borstkas. Joona gaat aan de kant om plaats te maken voor het team van artsen en verpleegkundigen. Hij verlaat de zaal, trekt zijn beschermende kleding uit en loopt snel de gang door naar de wachtkamer.

Saga en Nathan zitten naast elkaar op een bank naar hun telefoon te kijken. Saga's gezicht is gespannen en haar ogen zijn bloeddoorlopen.

'Het lijkt er niet op dat Pellerina daar was,' zegt Joona.

Saga knikt in zichzelf gekeerd, stopt haar telefoon weg en kijkt hem aan. Nathan zet de standaard met foldertjes aan de kant en legt de kaart waarop het sterrenbeeld Tweelingen is ingetekend op het tafeltje neer.

'Er zijn nog zeven plaatsen over,' zegt hij. 'We beginnen met de tweede hand, dat is het zomerhuisje.'

'Misschien hebben we verkeerd gedacht,' zegt Joona.

'Wat bedoel je?'

'Ik weet zeker dat we daar iets zullen vinden, maar voor Jurek is dit persoonlijk, hij heeft gezegd dat hij me wil vertrappen.'

'Je denkt aan de voeten,' zegt Nathan en hij en Joona kijken elkaar aan.

Ze buigen zich over de kaart en bestuderen hem grondig. De ster die Pollux' linkervoet vormt bevindt zich midden op een autoweg in Södertälje. Maar de rechtervoet staat pal op een villa ten noorden van Nykvarn.

81

In de tijd dat ze in het ziekenhuis waren, heeft het noodweer heel Stockholm onder enorme hoeveelheden sneeuw bedolven en is de temperatuur nog verder gedaald.

In een dichte sneeuwbui rijdt Joona heel hard over Europaweg 20 in de richting van Nykvarn. Stroken sneeuw lopen tussen de rijbanen en langs de bermen.

Saga controleert het mechanisme van haar pistool en stopt er dan een magazijn in.

Joona wisselt van baan en haalt een vrachtwagen aan de verkeerde kant in.

Een brok vieze sneeuw klapt op de motorkap en tegen de voorruit.

Het huis waar Pollux zijn voet op zet, is volgens het kadaster eigendom van een echtpaar van middelbare leeftijd met twee kinderen.

Tommy en Anna-Lena Nordin runnen gezamenlijk een eigen bedrijf dat zich met werving en selectie voor ondernemingen bezighoudt. Hun dochter Miriam is vijftien en zit op de Tälje-scholengemeenschap, hun zoon Axel is acht en zit op de Björkestaschool in Nykvarn.

Joona gaat nog iets harder rijden en door de hoge snelheid wordt het erg lawaaiig in de auto.

Vlak voor knooppunt Almnäs ziet hij een blauw zwaailicht pulseren in de binnenspiegel. Joona remt af en gaat aan de kant staan.

Nathan kijkt hem glimlachend aan vanaf de achterbank, waar hij met het halfautomatische hagelgeweer op schoot zit.

De politieauto komt achter hen tot stilstand. Even later gaan de voorportieren open en komen er twee geüniformeerde agenten uit. De vrouw komt heupwiegend met uitgezette borst dichterbij en de man maakt de kap van zijn pistoolholster open.

Ze hebben een vieze BMW aangehouden die honderdtachtig kilometer per uur reed. Ze weten al dat de auto op naam staat van iemand die voorwaardelijk is vrijgelaten uit een beveiligde inrichting en straks zullen ze ontdekken dat de drie inzittenden zwaar bewapend zijn.

Gezien hun uitgangspositie was het opmerkelijk hoe snel Ingrid en Jim van de politie van Södertälje hun kijk op de situatie bijstelden.

Ze waren bereid hen te ondersteunen, een aanbod dat Joona eerst niet wilde aannemen, aangezien ze niet wisten hoe gevaarlijk de operatie kon worden.

'Het zijn ervaren politiemensen,' zei Nathan. 'En we hebben de toezegging dat we ondersteuning krijgen zodra we zeker weten waar Jurek is... We hebben ze nodig om te worden binnengelaten.'

Nu zit Saga op de achterbank van de politieauto. Ze neemt de operationele tactiek voor de komende operatie door met de twee agenten.

Ze rijden achter Joona's BMW aan over de Gamla Strängnäsvägen.

Er waait sneeuw op achter de beide auto's.

Ingrid en Jim hebben een thermosfles met koffie en een zak rozijnenbroodjes bij zich.

Ze rijden langs de uitgestrekte golfbaan van Vidbynäs met besneeuwde bunkers en greens, terwijl Saga doorgaat met haar verslag van alternatieve scenario's.

'Het gevaarlijkste scenario is waarschijnlijk dat waarin Jurek en de Bever het huis hebben overgenomen, zich hebben bewapend en op ons bezoek zitten te wachten,' zegt ze.

De politieauto raakt bijna in een slip als ze rechts afslaan bij de Turingekerk en achter de BMW aan over een smalle weg rijden.

'Als die triatlon maar niet hoeft door te gaan,' zegt Jim met een zwaar accent. Het klinkt als een dialect uit Västergötland.

'Die vreselijke triatlon,' antwoordt Ingrid met hetzelfde accent.

Ze verontschuldigen zich en leggen Saga lachend uit dat ze soms spelen dat ze Sten en Sture uit Skaraborg zijn.

'Ze hebben een bloedhekel aan sporten,' zegt Ingrid glimlachend.

'We hebben ze bedacht toen we samen gingen trainen voor de triatlon,' vertelt Jim. 'We zijn nu vier jaar bezig, we stimuleren elkaar...'

'En nu zitten Sture en Sten flink in de piepzak, omdat we ons hebben ingeschreven voor een hele triatlon in de Franse Alpen.'

'Die vreselijke triatlon,' zegt Jim.

'Sorry dat we zo stom doen,' zegt Ingrid lachend.

'We doen toch niet stom?' reageert Jim met het overdreven accent.

Ze moeten om de hele golfbaan heen rijden om bij het huis in Mindal te komen. Na het landhuis zijn er geen bandensporen meer in de sneeuw. Oranje stokken aan de zijkant van de weg geven aan waar de berm begint.

*

Joona zet zijn auto langs de kant van de weg. De sneeuw knerpt als die onder de banden wordt samengeperst vlak voordat de auto tot stilstand komt.

Zodra de politieauto met Saga erin gepasseerd is, stappen Joona en Nathan uit. Ze steken de sloot over en lopen het bos in om ongezien om het huis heen te komen.

Het is bijna twintig graden onder nul; de vorst bijt in hun gezicht en hun ogen tranen.

Tussen de bomen is de sneeuw veel minder diep, hij knispert en is vol met gevallen naalden en sparappels, kleine holtes en uitstekende takken.

Onder het lopen zoekt Joona met zijn blik naar luchtpijpen van graven, aangestampte sneeuw en kale, modderige grond.

Sneeuwvlokken vallen in het bos.

Na een kwartier vangen ze tussen de bomen door een glimp op van de achterkant van het huis. Ze lopen voorzichtig door naar de bosrand en blijven daar staan.

De sneeuw hult het landschap in een verdovende stilte.

Het huis is tamelijk groot en modern, het heeft twee verdiepingen, een zwartmetalen dak en een met grijze planken betimmerde gevel.

Er is niets wat getuigt van dood en geweld.

De sneeuw op het grasveld aan de achterkant is ongerept en welft zich zacht over planten en tuinmeubels.

Joona pakt zijn verrekijker en begint het ene raam na het andere te inspecteren. De gordijnen op de bovenverdieping zijn dicht.

Hij houdt zijn blik op de ramen gericht, maar ziet geen luchtbewegingen of schaduwen.

Alles is stil, maar er is iets wat hem stoort, zonder dat hij zou kunnen zeggen wat.

Hij richt de kijker wat lager en ziet dat er sneeuwwallen tegen de verandadeur op de begane grond zijn gewaaid. Achter het berijpte glas is een woonkamer te zien met een bank, twee fauteuils en een open haard van geslepen beton.

De plaids liggen gevouwen op de armleuning, de glazen tafel is schoon.

Joona laat zijn kijker zakken en kijkt Nathan aan. Zijn gezicht is ernstig en zijn neus is rood van de kou.

'Niets?' vraagt Nathan rillend.

'Nee,' antwoordt Joona en dan realiseert hij zich wat hem stoorde.

Het was niet iets wat hij had gezien, maar iets wat aan het plaatje ontbrak. Bij een doorsnee middenklassengezin met twee kinderen verwacht je op 12 december kerstversiering, maar hier zijn geen adventskaarsen of sterren voor het raam en geen lichtjes of andere decoratie in de tuin.

*

De politieauto is doorgereden naar het huis in Mindal en staat op de besneeuwde oprit.

Saga en de beide collega's zitten naar het huis te kijken.

Het is harder gaan sneeuwen.

Door een raam zien ze een meisje met een koptelefoon op in de keuken zitten, achter haar studieboeken.

De sneeuw op de oprit is ongerept. Er zijn geen auto's gearriveerd of vertrokken sinds het sneeuwdek er ligt.

De ene deur van de dubbele garage staat open. Saga vangt een glimp op van een golfkarretje, door de zon gebleekte kussens van tuinmeubels, een gigantische barbecue, een grasmaaier en een schep met een roestig blad.

Er klinkt gekraak in de mobilofoon en Joona's stem verbreekt de stilte in de auto.

Hij bevindt zich samen met Nathan aan de andere kant van het huis. Ze zien geen mensen en geen bijzonderheden, op het ontbreken van de kerstversiering na. Ze houden zich verscholen in het bos, maar staan klaar om door de achterdeur naar binnen te gaan.

Saga verlaat de auto samen met de twee geüniformeerde collega's. Ingrid begint te hoesten als ze de koude lucht in haar longen krijgt.

'Gaat het?' vraagt Jim gedempt.

Ze knikt en ze lopen gedrieën naar het huis. Door het raam zien ze een man glimmend bestek uit een vaatwasser halen.

Hij draagt een lichtblauw overhemd waarvan hij de mouwen heeft opgestroopt.

Ze blijven voor de voordeur staan, stampen de sneeuw van hun schoenen en bellen aan.

Saga stapt opzij, stopt haar hand in haar jas en pakt het pistool vast.

Hun adem staat dampend rond hun mond.

De kou bijt in hun gezicht.

Er schiet van alles door Saga's hoofd. Misschien bevindt Jurek of de Bever zich in het huis en misschien liggen Pellerina en Valeria in de tuin begraven of in het bos achter het huis.

Het slot klikt en de deur wordt geopend door de man uit de keuken. Hij is gebruind, heeft een blonde snor en vermoeide wallen onder zijn ogen.

Hij staat op sokken op een witte marmeren vloer. Achter hem is een brede trap te zien, die naar boven en naar de kelder leidt.

'Bent u Tommy Nordin?' vraagt Saga.

'Ja,' antwoordt hij en hij kijkt haar vragend aan.

'We hebben een melding binnengekregen over een ruzie.'

'Een ruzie?'

'We willen even binnenkomen om met u en uw vrouw te praten.'

'Maar hier is helemaal geen ruzie geweest,' antwoordt de man langzaam.

'We moeten toch met u praten, aangezien we een melding hebben ontvangen,' zegt Saga.

Het meisje dat aan de keukentafel had gezeten komt de hal in. Haar bewegingen zijn eigenaardig slaperig. Ze heeft haar koptelefoon afgezet. Het steile, blonde haar hangt over haar wangen, ze heeft haar wenkbrauwen ingetekend en de puistjes op haar kin gecamoufleerd. Haar lippen zijn smal en ze draagt een spijkerbroek, witte sokken en een poloshirt van Hollister met een vieze kraag.

'Vraag maar aan Mimmi,' zegt de man en hij knikt naar het meisje. 'Vraag het haar maar... Anna-Lena en ik zijn uit elkaar, ik heb haar al twee maanden niet gezien, ze is met onze zoon naar Solna verhuisd.'

'Zijn jullie alleen met zijn tweeën thuis?'

'Ja,' antwoordt de vader.

'Dan hebt u er niets op tegen dat we binnen een kijkje komen nemen,' zegt Jim.

'Hebt u daar geen bevel van een officier van justitie voor nodig?'

'Nee,' antwoordt Saga kortaf.

'We mogen verhoren afnemen en iemand aanhouden zonder arrestatiebevel,' legt Ingrid uit.

'Dat klinkt als een bedreiging,' zegt de man en hij maakt plaats, zodat ze binnen kunnen komen.

82

In de hal maakt Saga haar jas helemaal open om snel bij haar pistool in de schouderholster te kunnen.

Ze blaast op haar verkleumde vingers en volgt de trap met haar blik.

Zowel op de bovenverdieping als in de kelder is het donker.

Ingrid steunt met één hand tegen de muur als ze haar voeten veegt op de deurmat.

Er klinkt gerammel als Jim tegen een veger stoot die aan de steel van een wit plastic blik hangt.

In de dichte borstel zijn stof en haren te zien.

Ze lopen achter de vader aan door de deur naar een grote open keuken. De eetkamer wordt van de keuken gescheiden door een kamerhoog wit gordijn.

'We hebben een thuisbioscoop die nogal veel lawaai maakt,' zegt de vader en hij gaat met zijn tong langs zijn voortanden.

Het meisje zegt niets, maar loopt langzaam terug naar haar plaats aan het keukeneiland en gaat op de barkruk zitten achter haar studieboeken.

Joona heeft gelijk, denkt Saga. Ook al zijn de ouders uit elkaar, het is raar dat ze de keuken of de eetkamer niet hebben versierd voor de kerst.

Het voelt alsof de tijd hier heeft stilgestaan.

Er staan witte orchideeën voor de ramen.

De besneeuwde golfbaan is tussen de bomen door te zien.

Een deur van ruw glas leidt naar de woonkamer, en een houten deur naar een gang staat half open.

'Willen jullie ook koffie?' vraagt de man.

'Nee, bedankt,' antwoordt Saga.

Het dunne gordijn voor de eetkamer is half doorzichtig en golft kalmpjes bij de minste luchtverplaatsing.

De man begint de vaatwasser uit te ruimen en zet schone glazen op een rijtje op het marmeren aanrecht.

'Doet dat straks maar,' zegt Saga.

Hij draait zich om en kijkt haar met een scherpe rimpel tussen zijn wenkbrauwen aan.

'Hebt u de laatste tijd nog bezoek gehad?' vraagt ze.

'Wat bedoelt u met bezoek?'

'Wat denkt u?'

Hij krabt aan zijn ene bovenarm en gaat dan door met glazen uit de vaatwasser halen.

Saga observeert hem, stapt opzij en ziet dat het zweet op zijn gezicht staat.

'Geen bezoek?'

Ze schuift met haar hand het gordijn opzij en loopt de eetkamer in, ze passeert een grote tafel met een stenen blad en draait zich weer om naar Tommy Nordin.

'Als hier geen familieruzie is geweest, wat was het dan?' vraagt Saga met haar gezicht naar het gordijn.

'We kijken films, dat zei ik toch,' zegt de vader.

Door het gordijn lijkt het of er een dichte mist hangt in de keuken. Saga ziet dat het meisje haar vader een ongelukkige blik toewerpt.

'Elke dag?' vraagt Saga.

'Dat varieert.'

'Welke dagen de afgelopen week?'

Ingrid maakt zich lang en zet haar borst uit en Jim staat met een hand op zijn riem naar de man te kijken.

Saga loopt naar een van de ramen die uitkijken op de met sneeuw bedekte tuin. Er dwarrelen vlokken naar beneden, die opgaan in het wit. De takken van de sparren zijn zwaar. Ze buigt zich naar het glas toe en voelt de kou erdoorheen komen. Een lint van donkere voetsporen leidt vanaf de inrit om de garage heen naar een ingesneeuwd speelhuisje.

Haar hart begint sneller te slaan.

Wat doen ze in het speelhuisje?

De vele voetsporen wijzen erop dat ze daar een paar keer zijn geweest.

Ze keert langs het gordijn terug naar de keuken, loopt om het keukeneiland heen en voelt dat haar hand trilt als ze die op het marmeren blad legt.

Voorzichtig brengt ze haar andere hand onder haar jas en pakt ze het pistool vast.

Vanuit deze positie kan ze zowel vader als dochter in de gaten houden en ze heeft tegelijkertijd zicht op de deuren naar de woonkamer, de gang en de hal.

'Wanneer ben je voor het laatst in het speelhuisje geweest?' vraagt Saga aan het meisje.

'Dat weet ik niet,' antwoordt het meisje zacht en ze blijft naar haar boek staren.

'Heb je er één zomer in gespeeld en daarna niet meer?' vraagt Saga.

'Ja,' zegt het meisje. Ze knikt zonder Saga aan te kijken.

'Waar gebruiken jullie het speelhuisje dan voor?' vraagt Saga aan het meisje.

'Nergens voor,' antwoordt ze zacht.

'Kijk eens naar buiten,' zegt Saga. 'Er staan voetsporen in de sneeuw.'

Het meisje kijkt niet, haar blik blijft op de opengeslagen bladzijden van het boek gevestigd.

'Twee buurmeisjes komen hier soms spelen,' fluistert ze.

'In de winter?' vraagt Saga en ze laat het pistool los.

'Ja,' zegt het meisje en ze knikt weer.

'Jullie mogen wel eens opschieten,' zegt de vader en hij wrijft hard met zijn hand over zijn nek.

'Dat doen we ook,' antwoordt Jim vriendelijk.

'U kunt om te beginnen uw slaapkamer aan mijn collega laten zien,' zegt Saga.

'Nou, dit bevalt me dus helemaal niet... Dit is een belediging, ik heb niets gedaan.'

Het meisje buigt haar hoofd nog iets dieper en houdt haar handen voor haar oren. Als ze dat zelf doorheeft, legt ze haar handen gauw weer op het marmeren blad.

'We nemen een kijkje en daarna laten we u met rust,' zegt Jim.

Saga heeft opeens het idee dat ze bonzen hoort door de muren heen. Ze houdt haar adem in en luistert, maar alles is weer stil. Misschien was er gewoon sneeuw van het dak gevallen.

De vader droogt zijn handen af aan een geruite handdoek, gooit die op het aanrecht en loopt naar de hal.

Zijn donkerblauwe sokken zijn zo versleten dat zijn witte hielen erdoorheen schemeren.

Jim werpt Ingrid een blik toe en loopt dan met de vader mee de keuken uit. De voetstappen van de beide mannen die de trap op lopen zijn in de keuken te horen.

Het meisje heeft niet één keer een bladzijde omgeslagen in haar studieboek. Ze staart nog steeds naar de inleidende bladzijde over de *Stormaktstiden*, de Zweedse Gouden Eeuw.

'Jij heet Miriam,' zegt Saga.

'Ja,' antwoordt ze en ze slikt moeizaam. 'Ze noemen me Mimmi.'

'Zit je op de middelbare school?'

'Ja.'

Ingrid staat bij de ruwe glazen deur naar de woonkamer.

'Welk profiel?' vraagt Saga.

'Cul... Cultuur en maatschappij.'

'Hoorde jij die bonzen?'

Het meisje schudt haar hoofd en Saga ziet dat ze op beide duimen een vieze pleister heeft.

'In welk jaar begint de Stormaktstiden?' vraagt Saga.

'Hè?'

'In welke eeuw?'

'Dat weet ik niet meer,' mompelt het meisje en ze sluit het boek.

'Weet je nog of jullie de afgelopen week bezoek hebben gehad?' vraagt Saga verder.

'Ik geloof het niet,' zegt ze monotoon.

'Mimmi,' zegt Saga en ze zet een stap in haar richting. 'Ik ben commissaris, ik voel dat hier iets is gebeurd.'

Het meisje heeft op haar potlood gebeten, het uiteinde is splinterig en afgekauwd. Ze kijkt nog steeds naar het marmeren blad.

'Wat is hier gebeurd?' vraagt Saga koppig door.

'Niets,' fluistert Mimmi, alsof ze het in zichzelf zegt.

'Waarom hebben jullie geen kerstversiering?' vraagt Ingrid vriendelijk.

'Wat?'

'Waarom hebben jullie geen adventssterren en geen peperkoekjes?'

Het meisje schudt haar hoofd alsof dat een irritante en irrelevante vraag is.

Misschien is dit een heel gewoon gezin, dat nog niet de wereld van Jurek is binnengesleurd, bedenkt Saga. Een gezin dat in zalige onwetendheid verkeert omtrent het feit dat de ster van een van de tweelingen recht boven hun huis ligt.

Maar tegelijkertijd is het duidelijk dat ze iets verbergen. In hun ogen woedt een storm van paniek.

'Kun je mij je kamer laten zien?' vraagt ze.

'Die is daar,' zegt ze met een gebaar naar de deur van de gang.

'Wijs maar aan.'

Het meisje staat op zonder een woord te zeggen.

'Wie golft er hier?' vraagt Ingrid, terwijl ze die kant op lopen.

'Wij allemaal, maar ik geef ook privéles aan kinderen.'

Saga en Ingrid lopen achter het meisje aan door de deur en komen in een vrij lange gang met een badkamer aan het eind. Aan de linkerkant loopt een dun, wit streepje LED-licht langs de hele plint.

Twee deuren geven toegang tot de kamers van de kinderen. Volgens de bordjes is de eerste kamer van Axel en de tweede van Mimmi.

Saga voelt dat de vloer voor de kamer van de jongen ijskoud is. Een blaadje met de tekst VERBODEN TOEGANG is met vergeeld plakband onder het naambordje bevestigd.

Saga gebaart naar Ingrid dat ze op de gang moet wachten, terwijl zij met Mimmi de kamer van het meisje binnengaat.

Ze lopen langs de smalle deur van een inloopkast onder de trap naar boven. Het meisje duwt automatisch de deur dicht als ze erlangs loopt.

Aan de muur boven het onopgemaakte bed hangt een poster van een uitgeteerde David Bowie die een dik boek met een zwarte ster erop omhooghoudt, als een onheilsprofeet.

Op het nachtkastje ligt een strip slaaptabletten.

Aan de rugleuning van een stoel hangt een Halloweenmasker dat een soort zombie voorstelt: een man met een gebroken mond waar een bebloede schedel uit steekt.

'De tijd van de prinsesjes is voorbij,' zegt Saga.

'Ja,' zegt het meisje.

Het klinkt alsof er in de verte iemand op een deur bonst.

'Hoorde je dat?' vraagt Saga en ze kijkt haar aan.

'Nee,' zegt het meisje met slome stem.

Saga richt haar blik op het raam. Grote, dichte vlokken vallen in het licht dat uit de kamer komt.

'Zijn jouw vader en jij hier alleen?'

Het meisje antwoordt niet, ze frunnikt alleen schuchter aan het enge masker.

Op de bovenverdieping kraakt iets en Saga bedenkt dat Jim en de vader weer op weg zijn naar de trap.

'Ga op het bed zitten,' zegt ze.

De spiraal piept als het meisje doet wat ze zegt. Haar witte sokken zijn helemaal vies aan de onderkant.

'Mimmi… Je begrijpt toch dat je me moet vertellen wat er is gebeurd?' zegt Saga ernstig.

'Misschien is het beter als ik doodga,' fluistert het meisje.

83

Ingrid staat op de gang en hoort Saga's rustige stem in de kamer van het meisje. Het gezin lijdt onder de scheiding, het plezier is eruit, bedenkt ze.

Ze kijkt aarzelend naar de deur van Axels kamer, het is haar niet duidelijk of de commissaris wilde dat ze daar naar binnen zou gaan of dat ze gewoon moest wachten.

Er glijdt stof over de vloer van de gang, het licht op in het witte schijnsel van de LED-lampjes.

Ze duwt de kruk naar beneden en gaat de kamer van de jongen binnen.

Het is er donker en koud.

Er klinkt een zacht schrapend en rammelend geluid.

Grote modelvliegtuigen hangen aan nylon koorden aan het plafond. Ze probeert de schakelaar, maar de lamp doet het niet.

Door de muur heen hoort ze Saga Bauer met de dochter praten.

Er hangt een sterke geur van oude bloemen in de lucht.

Ze loopt verder de kamer in. Haar uniform kraakt door de bewegingen van haar lichaam.

Het raam staat open en de ijskoude wind trekt eraan. De haak rammelt in zijn houder en de gordijnen bollen op.

Er zijn blaadjes van het bureau gewaaid.

Er is iets vreselijk mis.

De vliegtuigen schommelen in een nieuwe luchtstroom en de deur naar de gang gaat dicht. Er kraakt iets in de kleerkast.

Ingrid staat even stil bij een poster van superheld Wonder Woman met het schild op haar rug en loopt dan weer door.

Op het bed ligt een jongen, die haar met roodbruine ogen aanstaart.

Hij is bijna helemaal met bloemen bedekt.

Zijn gezicht zit vol zwarte brandplekken en zijn groen gekleurde buik is opgezet door gassen.

Hij is al een week dood, misschien langer.

'Bauer, dit moet je zien,' roept Ingrid hard.

Het gordijn bolt weer naar binnen en zakt zachtjes terug.

Vanuit een ooghoek ziet Ingrid de kastdeur opengaan. Er gaat een rilling over haar rug, ze draait zich om en ziet nog net de strenge trek rond de mond van de vrouw, voordat de bijl haar gezicht raakt. Ingrids achterhoofd klapt tegen de muur met de poster van de superheld. Het grove blad gaat zo diep haar hersenen in dat alles donker wordt en stil. Ze merkt niet eens dat ze door haar benen zakt, dat ze op haar rug belandt met haar nek in een scherpe hoek ten opzichte van de muur, terwijl het bloed over de vloer stroomt.

*

Na haar opmerking dat het misschien beter zou zijn als ze doodging, sluit het meisje zich volledig af. Ze antwoordt niet meer op vragen, blijft zwijgend en met neergeslagen ogen zitten. Wanneer Saga haar collega hoort roepen, zegt ze tegen Mimmi dat ze moet blijven zitten totdat ze terugkomt.

'Beloof dat je hier blijft,' zegt Saga.

Er klinkt een harde bons tegen de muur en het prikbord boven Mimmi's bureau trilt.

Mimmi kijkt Saga met verschrikte ogen aan en slaat beide handen voor haar oren.

Saga loopt de gang in, maar daar is Ingrid niet. Ze kijkt de kant van de keuken op en ontdekt dat de deur van de kamer van de jongen op een kier staat.

'Ingrid,' zegt ze met gedempte stem.

Saga loopt erheen, voelt de koude wind uit de donkere kamer, aarzelt en stapt dan over de drempel. De gordijnen wapperen voor het open raam, er dwarrelt sneeuwt naar binnen en er glijden bloemblaadjes over de vloer.

Achter de zware geur van hyacinten hangt een zweem van dood.

Het is geen bewuste waarneming, maar die maakt haar toch alert.

Er glijdt een bleke weerspiegeling langs de ene muur.

Saga doet een stap naar binnen en ziet op hetzelfde moment de bijl die van opzij op haar af komt zwaaien.

Door alle jaren als bokser is ze in staat de richting van de zwaai goed in te schatten. Ze brengt instinctief haar hoofd omlaag en glijdt schuin naar achteren. Het blad van de bijl passeert haar gezicht, gaat recht de gipswand in en blijft in een balk erachter steken.

Saga struikelt de gang in voordat de vrouw de bijl los kan trekken. Ze hervindt haar evenwicht met één hand tegen de muur, slaat de deur dicht en loopt achteruit weg, terwijl ze de Glock uit de holster haalt.

Ze richt het wapen op de deur, loopt nog iets verder naar achteren en werpt een blik over haar schouder.

Er staat niemand achter haar.

De deur van de badkamer is dicht, maar daarbinnen brandt licht.

'Ingrid?' vraagt ze met luide stem.

Er komt geen antwoord en Saga richt haar blik snel weer op de kamer van de jongen.

De vrouw is geruisloos de gang in gekomen. Ze staat stil naar Saga te kijken met de bijl over haar ene schouder. Haar gezicht is gesloten, verbeten. Verspreid over de bril, hals en armen van de vrouw zitten bloedspetters.

Saga loopt langzaam achteruit, ze heft haar wapen en verplaatst haar vinger van de beugel naar de trekker.

'Politie!' roept ze en ze beweegt de trekker voorbij de eerste weerstand. 'Blijf staan en leg de bijl op de grond!'

In plaats van te doen wat Saga zegt, komt de vrouw recht op haar af. Ze ademt door haar neus en komt met grote stappen dichterbij.

Saga ondersteunt het pistool met haar linkerhand, laat de korrel snel zakken en schiet in het bovenbeen van de vrouw. De kogel gaat dwars door de spier heen en het bloed spat achter haar naar buiten. De vrouw kreunt, maar loopt hinkend door.

Haar broekspijp wordt donker van het bloed.
Saga loopt achteruit tot aan de badkamerdeur.
De lippen van de vrouw worden smaller terwijl ze doorloopt. Ze heft de bijl en raakt per ongeluk de plafondlamp.
Die gaat uit en valt op de grond.
Saga schiet de vrouw twee keer in de borst. Door de terugslag stoot ze met haar rechterschouderblad tegen de deur.
De kruitdampen verspreiden zich.
De vrouw blijft staan, zoekt met één hand steun bij de muur, laat de bijl vallen en komt met een zware bons op de grond te zitten. De bebloede bril valt op haar schoot, haar hoofd klapt naar voren en schudt een paar keer van links naar rechts.

*

Wanneer het eerste schot klinkt, geeft Joona een trap tegen de smalle deur naar de zitkamer. Het slot barst met een knal. De deur vliegt open, de ruiten breken en de glassplinters vliegen over het parket.
Joona rent met getrokken wapen naar binnen. Nathan pakt zijn hagelgeweer en komt achter hem aan.
Joona houdt het pistool op de bank gericht, totdat hij eromheen is en richt het dan op de deur naar de keuken.
Nathan richt zijn wapen naar achteren en zorgt voor rugdekking, terwijl ze zich langs de open haard haasten.
Hun weerspiegelde gestalten glijden over de raampartij aan de kant van het donkere bos.
Voor de deur blijft Joona staan en hij kijkt Nathan aan.
'We gaan samen naar binnen,' zegt hij gedempt. 'Jij neemt de linkerkant, vijfennegentig graden.'
Hij maakt aftelgebaren met zijn vingers en opent vervolgens de deur naar de keuken. Ze rennen naar binnen en scannen systematisch de gevaarlijke hoeken.
De keuken is leeg.
Joona seint naar Nathan dat hij de deur naar de hal in de gaten moet

houden, terwijl hij zelf om een keukeneiland met schoolboeken en een mobiele telefoon heen loopt.

Hij draait het wapen naar de eetkamer achter het gordijn.

De luchtverplaatsingen die ze veroorzaken, laten het grote gordijn golven.

Buiten is het al donker en door het gordijn heen is weinig te zien. Joona kan de tafel, de stoelen en de buffetkast slechts vaag onderscheiden.

In de gang klinken twee pistoolschoten.

'Wat gebeurt er in godsnaam?' fluistert Nathan en hij kijkt om zich heen.

Joona loopt de ruimte achter het gordijn binnen, terwijl hij zijn wapen op de deur naar de gang gericht houdt. Hij ziet dat Nathan zich van de hal heeft afgewend en dat op hetzelfde moment de deur achter zijn rug opengaat.

'Achter je!' roept Joona.

Nathan kan zich maar een kwartslag draaien voordat de vader de keuken binnenkomt en zijn hagelgeweer op hem afvuurt.

De zwerm kogels rukt Nathans hele achterhoofd weg.

Bloed en hersensubstantie spatten over het keukeneiland en tegen het gordijn.

Terwijl Nathan valt, loopt Joona snel die kant op.

Zijn pistool is gericht op de borst van de vader, de vuurlijn door de dunne stof heen is perfect, maar Joona schiet niet.

Nathans dode lichaam komt met een klap op de grond en blijft op zijn zij liggen.

Zonder het geweer los te laten, veegt de vader met zijn ene schouder bloedspetters van zijn mond.

Hij ziet Joona pas als die door het witte gordijn komt.

Voordat de vader het geweer op hem kan richten, duwt Joona met één hand de loop van het geweer omhoog en slaat hem met de kolf van zijn pistool in het gezicht.

Het hagelgeweer gaat af, recht naar het plafond. De knal is oorverdovend en gips en stof komen dwarrelend naar beneden.

De man wankelt even en probeert dan het wapen naar zich toe te trekken.

Joona ramt zijn rechterelleboog in de wang van de man.

De klap komt hard aan.

De man knalt met zijn hoofd tegen de muur en valt op zijn ene knie. Hij merkt niet eens dat Joona het hagelgeweer heeft meegegrist.

Uit beide neusgaten loopt bloed over zijn snor en zijn blik is verward. Hij zet zijn hand tegen de muur en probeert op te staan. Joona doet een stap naar voren en schopt recht tegen zijn borstkas, zodat hij achteruit wordt gegooid en op zijn rug over de vloer glijdt.

'Liggen!' zegt Joona en hij stampt de loop van het geweer kapot.

De man hoest en komt weer op adem, wanneer er zware voetstappen de trap af komen. Joona richt zijn pistool bliksemsnel op de hal. Jim komt eraan. Hij ziet bleek en er loopt bloed over zijn wang.

'Ik ben neergeslagen, verdomme,' mompelt hij. Als hij Nathans lichaam ziet, blijft hij in de deuropening staan.

84

Saga stapt over de dode vrouw heen, wanneer ze hoort dat er in de keuken een hagelgeweer wordt afgevuurd. Ze richt het pistool op de deur en loopt zachtjes door de gang. De korrel trilt een heel klein beetje als het geweer voor de tweede keer klinkt.

Saga wacht een paar seconden, gaat dan naar Axels kamer, ziet het lichaam van de jongen op het bed en constateert dat haar collega dood is. Vervolgens keert ze terug naar Mimmi's kamer.

Daar is het stil.

Het meisje heeft het raam geopend en is naar buiten geklommen. Op sokken. De afdrukken van haar voeten in de sneeuw gaan in een boog om het huis heen.

Saga pakt haar portofoon en roept Joona op in de direct-modus. Als ze hoort dat Nathan dood is, wil ze alleen nog maar op de grond gaan liggen en huilen.

Tegelijkertijd begrijpt ze dat de waanzin van het gezin betekent dat Jurek hier is geweest.

En als Jurek hier is geweest, weten ze misschien iets over Pellerina en Valeria.

Saga vertelt snel aan Joona wat er is gebeurd, dat het zoontje, Ingrid en de moeder dood zijn en dat ze achter de dochter aan wil gaan.

'Doe dat, ga haar maar zoeken,' zegt hij.

Het sneeuwt hard en de voetsporen zullen snel gevuld worden en verdwijnen.

Saga houdt het raam met haar hand opzij en klimt op de vensterbank. Het zwarte metaal kraakt wanneer ze naar voren schuift, zich afzet met haar handen en springt.

Ze landt zacht in de sneeuw en doet een stap naar voren om niet te vallen.

Het meisje heeft een voorsprong van een minuut of vijf, maar de sporen zijn nog zichtbaar.

Saga rent om het huis heen en voelt het vocht van de sneeuw die in haar broekspijpen en schoenen terechtkomt.

Achter de garage zijn hoge bergen sneeuw opgewaaid. Ze ploetert voort met het pistool in haar hand. Het is hier donkerder, alsof het bos een zwart licht verspreidt over het erf.

Het speelhuisje is donkerrood met witte kozijnen en zwart bitumen op het dak en er hangen kanten gordijnen voor de ramen.

De oude, vage voetsporen lopen als een soort beekbedding onder de nieuwe sneeuw, maar de nieuwe zijn duidelijk zichtbaar.

Het is donker in het speelhuisje, maar alle sporen leiden recht naar het deurtje met een ruit van gekleurd glas.

Saga loopt ernaartoe door de sneeuw, kijkt over haar schouder, gaat naast de deur staan en klopt aan.

'Mimmi? Kom eens naar buiten.'

Ze klopt opnieuw aan, wacht een paar seconden en steekt dan haar hand uit om de kruk naar beneden te duwen.

Ze trekt en duwt, maar de deur zit op slot.

'Mimmi, doe je open? Ik wil even met je praten, ik denk dat je mij kunt helpen.'

Saga heeft het idee dat ze iets hoort, een zacht glijden over de vloer, een gewicht dat langzaam wordt verplaatst.

'Ik kom binnen,' zegt ze.

Ze slaat het ruitje in met haar pistool, hoort binnen de scherven rinkelend op de grond vallen en veegt met de loop langs het kozijn om de ergste uitsteeksels weg te halen.

Het is pikdonker in het huisje.

Er komt een muffe lucht naar buiten als ze probeert haar arm naar binnen te steken. Haar jas glijdt een stukje omhoog en dan komt ze niet verder.

De opening is te klein.

Saga trekt haar jas en trui uit en gooit de kledingstukken op de grond.

Ze draagt een wit onderhemd en haar sportbeha is door de dunne katoen heen te zien. Haar slanke armen met scherp afgetekende spieren zitten onder de blauwe plekken en schrammen.

De kou voelt merkwaardig scherp aan op haar naakte huid en elke sneeuwvlok die op haar neerkomt, brandt als de vonk van een sterretje.

Ze probeert iets te zien door het gat in de deur.

Binnen is geen beweging.

Saga houdt haar pistool in haar rechterhand en nadert de opening voorzichtig.

Zodra ze haar arm naar binnen steekt, begint het meisje te schreeuwen, zo hard dat haar stem overslaat. Saga probeert bij het slot te komen, maar dat zit lager.

Het meisje is opeens stil.

Saga leunt tegen de deur, snijdt zich in de oksel, reikt naar de deurkruk aan de binnenkant en vindt de sleutel die in het slot zit.

Met stijve, verkleumde vingers probeert ze hem om te draaien. Ze hoort het slepende geluid over de vloer weer, maar dwingt zichzelf door te gaan.

Ze verliest haar grip, vindt de sleutel met haar vingertoppen en doet een nieuwe poging. Het slot klikt en Saga trekt voorzichtig haar arm weer naar buiten.

Ze duwt de kruk naar beneden, opent de deur en doet een stap opzij.

Alles is stil.

Het is zo donker in het speelhuisje dat ze niets kan onderscheiden.

'Mimmi, ik kom nu naar binnen,' zegt Saga.

Ze duikt in elkaar en moet met haar vrije hand op de vloer steunen om onder de lage deurpost door te komen.

Het ruikt naar viezigheid en vochtige kleren.

In het donker botst Saga tegen een klein meubelstuk, ze gaat op haar hurken zitten en ziet een speelgoedfornuis met sparappels in een pannetje.

'Ik moet met je praten,' zegt ze met gedempte stem.

Er komt beweging in een vormeloze gestalte achterin. Het meisje zit in dekens gewikkeld op de vloer en houdt haar handen voor haar oren.

Als Saga aan het donker gewend is, kan ze het bleke gezicht van het meisje onderscheiden, de onverholen angst in haar ogen en haar samengeperste lippen.

*

Joona sleept de vader naar de eetkamer en maakt hem met handboeien aan een poot van de zware tafel vast. Daarna scheurt hij een stuk van het gordijn af en legt dat over Nathans lichaam heen.

Vanaf het moment dat Joona bij de rijksrecherche kwam, is Nathan zijn vriend en collega geweest. Door de jaren heen heeft hij Nathan ontelbare keren opgezocht gewoon om even rustig te zitten en samen hun gedachten op een rijtje te zetten.

Joona ziet dat er al bloed door de stof over Nathans hoofd is gedrongen. In zijn val heeft de Cubaanse hak een bloederig boogje getekend.

Jim is op een van de hoge stoelen aan de eettafel gaan zitten. Zijn gezicht is bleek en bezweet en hij heeft het uniform aan de hals opengemaakt.

'Er zijn ambulances en collega's onderweg,' zegt Joona tegen Jim. 'Maar je mag Saga wel gaan helpen zoeken naar het meisje. Ze mag niet verdwijnen.'

'Wat?'

'Als je het aankunt.'

'Ik moet alleen... Ik dacht dat ik hoorde wat Bauer zei,' zegt hij. 'Is Ingrid dood? Hebben ze haar vermoord? Is dat waar?'

'Gecondoleerd,' antwoordt Joona. 'Het spijt me heel erg.'

'Nee, maar... We waren gewaarschuwd, je hebt geprobeerd ons tegen te houden,' zegt hij en hij wrijft met zijn hand hard over zijn gezicht. 'Wat is er verdomme mis met deze mensen? We proberen ze alleen te helpen en zij...'

'Ik weet het,' valt Joona hem rustig in de rede.

'Ik snap het gewoon niet,' mompelt Jim en hij kijkt naar Joona alsof hij zich niet kan herinneren wie dat is. 'Ik ga achter het meisje aan,' zegt hij en hij staat wankelend op van zijn stoel.

'Bedenk wel dat ze nog maar een kind is,' zegt Joona.

Jim reageert niet, hij haakt de zaklamp van zijn riem, terwijl hij de hal in loopt. De voordeur gaat open en slaat iets te hard dicht.

Wat er over is van het gordijn waait heen en weer op de luchtbeweging.

Joona weet zeker dat Valeria en Pellerina hier ergens zijn begraven. Er is een hondengeleider onderweg. Als ze nog leven, begint de tijd nu heel erg te dringen. De temperatuur is binnen een etmaal gedaald van nul naar min negentien.

Joona loopt om de tafel heen, kijkt uit over het besneeuwde landschap en wendt zich dan tot de geboeide man. Hij ligt met zijn wang op de grond. De blonde snor is donker van het bloed en zijn ene oog zit dicht.

'Je gaat straks de cel in en dan komt er een bevel tot inverzekeringstelling,' zegt Joona. 'Maar als je me nu helpt, kan dat je situatie misschien iets rooskleuriger maken.'

'Je begrijpt er niets van,' slist de man.

'Ik weet dat Valeria de Castro en Pellerina Bauer hier ergens zijn.'

'Het was zelfverdediging, een kwestie van overleven...'

'Tommy,' zegt Joona en hij gaat op zijn hurken zitten om de man in de ogen te kijken. 'De reden dat ik je niet heb doodgeschoten is dat ik antwoorden nodig heb... Ik weet dat jullie Jurek Walter hebben ontmoet. Je moet vertellen waartoe hij jullie heeft aangezet.'

85

In het krappe, koude speelhuisje heeft Saga zich weer in haar jas gewurmd. Ze heeft Mimmi haar trui aangeboden, maar geen reactie gekregen.

Het is duidelijk dat het meisje zich hier vaak heeft verstopt, ze heeft dekens en een slaapzak, er komt een geur van oude urine uit een emmer in de hoek en de vloer is bezaaid met lege koekjesverpakkingen, frisdrankblikjes en snoeppapiertjes.

'Waarom verstop je je hier?'

'Weet ik niet,' zegt het meisje mat.

'Omdat je er niet tegen kunt wat er in huis is gebeurd?'

Mimmi haalt onmerkbaar haar schouders op.

'We zijn hiernaartoe gekomen omdat we een vrouw en een meisje zoeken, Valeria en Pellerina.'

'O.'

Saga pakt haar mobiel en laat een paar foto's van hen zien. Mimmi kijkt even snel en slaat dan haar ogen neer. In het koude licht van het scherm lijkt haar gezicht uit ijs gebeiteld.

'Herken je ze?' vraagt Saga.

'Nee,' antwoordt het meisje en ze wendt haar gezicht af.

'Kijk nog eens.'

'Dat wil ik niet.'

Het wordt pikdonker in het speelhuisje wanneer Saga het scherm dooft en de telefoon in de binnenzak van haar jas stopt.

'Wat jullie hier hebben gedaan is voorbij, nu begint er een nare periode met politie en sociale instanties, maar hoe het voor jou afloopt, bepaal je zelf door de antwoorden die je hier en nu geeft.'

'O.'

‘Zullen we teruggaan naar het huis?’

‘Dat kan ik niet,’ fluistert ze met trillende stem.

‘Dat begrijp ik, ik heb je broertje gevonden,’ zegt Saga.

Mimmi begint te huilen, net als een springerig schijnsel het duister van het speelhuisje binnenvalt. Saga kruipt naar het raam en hoort het knisperen van spinnenwebben die kapotgetrokken worden als ze het gordijn opendoet.

Het is Jim, die met een zaklamp in zijn hand naar het speelhuisje toe komt.

Het licht vormt een wervelende tunnel die bij elke stap die Jim zet tegen het sneeuwdek duwt.

Hij volgt de voetsporen van Saga en het meisje.

‘Bauer? Ben je daar?’

‘We zitten hierbinnen,’ roept ze terug.

Buiten klinken zware voetstappen, de deur gaat open en Jim kruipt het huisje in. Hij ademt zwaar en legt de zaklamp in het poppenbedje. Het licht dringt tussen de spijlen door en vult de kleine kamer. De inrichting is oud en door vocht aangetast, het roze behang is bobbelig, er hangen spinnenwebben aan de kapotte plafondlamp en er liggen dode vliegen voor de ramen.

‘Ik moest jullie gaan zoeken,’ mompelt hij en als hij op de vloer gaat zitten, stoot hij per ongeluk het fornuisje om.

Het huisje kraakt als hij zich omdraait en naar het meisje toe schuift. Hij ademt trillend en er komt doorzichtig snot uit zijn neus.

‘Jij hebt het gedaan, toch? Jij hebt mijn collega gedood,’ zegt hij met opgewonden stem en opeens duwt hij zijn pistool tegen het hoofd van het meisje.

‘Jim, haal je vinger van de trekker,’ zegt Saga snel.

‘Moest je Ingrid nou doodschieten?’ vraagt hij met tranen in zijn stem.

‘Rustig, Jim,’ zegt Saga beheerst. ‘Haal je vinger van de trekker en leg je wapen neer.’

Het pistool trilt voor het gezicht van het meisje. Het zweet staat op Jims voorhoofd en zijn ogen zijn wijd opengesperd.

'Hoe voelt dit?' vraagt hij opgejaagd en hij geeft haar een por met de loop zodat haar hoofd heen en weer schommelt.

'Doe het alsjeblieft niet,' zegt Saga. 'Ik weet dat je aangeslagen bent, maar zij heeft niets...'

'Hoe voelt dit?' schreeuwt hij.

'Goed,' antwoordt het meisje en ze kijkt hem in de ogen.

Het pistool trilt weer in zijn hand.

'Luister, Jim. Mimmi heeft Ingrid niet gedood,' zegt Saga.

'Maar dat...'

'Dat heeft haar moeder gedaan,' legt Saga uit. 'Zij was daarbinnen, dat wisten we niet, ze had zich verstopt.'

'Haar moeder?'

'Ze had zich in de kamer van haar zoon verstopt.'

'Wat is er verdomme mis met jullie?' zegt hij zwakjes en laat zijn wapen zakken.

Saga pakt het pistool uit zijn hand, verwijdert de patroon uit de kamer en haalt het magazijn eruit.

'Ga nu naar buiten en zorg dat de ambulances de weg kunnen vinden,' zegt ze.

Hij veegt het snot weg met de rug van zijn hand, kruipt weer naar buiten, stoot zijn hoofd tegen de deurpost en doet de deur achter zich dicht.

'Ik vind het heel erg dat hij jou heeft bedreigd, het zal worden gemeld en dan mag hij niet meer bij de politie werken. Maar mensen zijn tot vreselijke dingen in staat wanneer iemand die heel belangrijk voor ze is doodgaat.'

Mimmi knikt zwakjes en kijkt haar aan.

'Ik weet dat jij me kunt helpen,' zegt Saga.

'U snapt het niet, dat kan niet.'

'Kijk nog eens,' zegt Saga en ze laat de foto's van Valeria en Pellerina zien.

'Ik weet wie dat zijn,' snauwt ze en ze slaat de mobiel weg. 'Zij hebben het gedaan, snapt u dat niet, zij hebben hem gebrand en gedood... Moeten zij geen straf krijgen? Dat is niet eerlijk, ze hebben alles kapotgemaakt...'

Saga gaat naast haar op de grond zitten en slaat haar arm om Mimmi's schouders. Met zachte stem vertelt Mimmi over de man van de Russische geheime dienst. Ze weet niet meer hoe hij heet, maar hij was de vrouw en het meisje vanuit Oekraïne via Polen naar hier gevolgd. Ze zijn allebei zwaar gestoord. Ze hebben elkaar in het Serbski-instituut ontmoet, waaruit ze zijn gevlucht. Ze hebben een pact gesloten, ze reizen rond, raken geobsedeerd door een bepaald gezin en doden alle leden, een voor een.

'Ze beginnen altijd met de jongste,' fluistert ze.

'Waar zijn ze nu? Weet je dat?'

Ze haalt trillend adem en legt uit dat de man van de Russische geheime dienst hen het land uit zal brengen, zodat ze in Rusland terecht kunnen staan.

'Ik weet dat dat niet mag, maar in Zweden zouden ze alleen behandeld worden en meteen weer worden vrijgelaten en dan zouden ze hiernaartoe komen om ons te doden... In Rusland komen ze de rest van hun leven in strafkolonie 56 te zitten.'

Saga laat een foto van Jurek in haar telefoon zien.

'Is dit die man?'

Mimmi slaat haar ogen neer en knikt.

'Weet je waar Valeria en Pellerina nu zijn?'

'Nee,' zegt ze zwak.

'Ik moet ze vinden, want ze hebben nog nooit iemand doodgemaakt...'

'Mijn broertje, die hebben ze gedood, ze hebben zijn gezicht verbrand, zijn armen gebroken en...'

Ze begint hard te huilen met haar mond open.

'Maar Mimmi, heb je ze dat zien doen? Met eigen ogen?'

Het meisje blijft huilen.

'Hij heeft alles verteld,' snikt ze. 'Elk detail, hij vond het zo erg dat hij er niet op tijd bij was om Axel te redden.'

'Deze man werkt niet voor de geheime dienst, hij heeft je broertje gedood en Valeria en Pellerina liggen ergens in een graf... Want zo doet hij dat.'

Het meisje komt half overeind en geeft over in de emmer, ze ademt heftig en geeft nog een keer over. Ze ploft neer, leunt tegen de muur en veegt haar mond af met de mouw van de trui.

'Wijs het me maar,' zegt Saga.

*

Joona gaat weer voor het raam van de eetkamer staan en kijkt naar het speelhuisje. Het licht van Jims zaklamp straalt door de open deur en de drie ramen naar buiten en verspreidt zich als een lichtend kruis over de sneeuw.

De voetsporen zijn nu helemaal verdwenen.

Weerspiegeld in het glas ziet hij de grote tafel en de man op de grond. Tommy ligt op zijn zij met zijn handen over zijn hoofd. Joona heeft verteld dat er straks speurhonden komen, maar de man zegt niets, ook al vermoedt Joona dat hij zijn vergissing begint in te zien.

Opeens beweegt het licht in het huisje en Saga kruipt met de zaklamp naar buiten. Ze draait zich om, helpt het meisje naar buiten en ondersteunt haar.

Ze lopen samen door de diepe sneeuw naar het huis.

Ondanks het zwakke licht en de damp van hun adem ziet Joona de verandering op hun ernstige gezichten.

Hij vangt hen op in de hal en loopt met hen mee de trap af naar een hobbyruimte met bruine leren meubels en een biljarttafel.

Het is een lage ruimte, waar een vage kelderlucht hangt.

Het meisje probeert het biljart opzij te duwen. Joona gaat naast haar staan en helpt haar.

De metalen wieltjes onder de poten van de zware tafel trekken diepe sporen in het Perzische tapijt.

Ze zijn allemaal stil.

Langzaam rijdt het zware meubel weg en botst hard tegen de muur. De lijst van een schilderij rammelt en een biljartbal knalt tegen de band.

Joona en Mimmi trekken het grote tapijt de andere kant op.

Een rechthoek van één bij twee meter is slordig uitgezaagd in de plankenvloer. Joona pakt zijn mes, wrikt de ene kant omhoog, krijgt grip met zijn vingers en tilt de plaat op.

Het hele stuk vloer komt met balken en isolatiemateriaal mee omhoog.

Hij pakt het beter vast, schramt zijn onderarm en sleept het stuk vloer weg.

Het meisje heeft zich naast het biljart op de grond laten zakken, met haar handen voor haar oren.

Joona loopt naar de opening en voelt ijskoude lucht naar boven komen.

'Mijn god,' fluistert hij.

'Schiet op, schiet op,' jammert Saga.

Op de grond onder het huis staan twee onbewerkte kisten met spanbanden om het deksel. Er liggen zaagsel en splinters omheen. Alleen het geluid van Saga's snelle ademhaling is te horen.

86

Wachtend op nieuws loopt Joona rusteloos heen en weer door de gang van de afdeling Spoedeisende Hulp van het Karolinska-ziekenhuis in Huddinge.

Hij weet niet hoe vaak hij al langs de twee stoelen met versleten zittingen en de tafel met patiëntenfolders voor de IC-kamer is gelopen.

Zijn haar zit in de war, zijn gezicht is vermoeid en bezorgd, zijn ogen fel zilvergrijs en zijn overhemd en broek zijn gekreukt. Hij heeft het ergste aan bloed en stof van zijn gezicht en zijn handen gewassen.

Ongesorteerde beelden van het tumult in de hobbyruimte komen aldoor op hem af. Plotselinge fragmenten in het bibberende schijnsel van de zaklamp schieten door zijn hoofd.

Het is zo verschrikkelijk.

Nathans gewelddadige dood, de twee kisten onder het huis, de stank van de lichamen, de angst in de ogen van de ambulanceverpleegkundigen en het geschreeuw van het tienermeisje toen ze door een agente werd weggesleept.

Voor misschien wel de veertigste keer blijft Joona staan bij de zwarte deuren met glas erin aan het eind van de ziekenhuisgang, hij ziet de ruggen van de twee geüniformeerde agenten die voor de afdeling op wacht staan, draait zich om en loopt terug.

Het beveiligingsniveau in het ziekenhuis is hoog; de afdeling wordt door zestien agenten bewaakt, maar Joona weet dat het allemaal pas voorbij is als ze Jurek Walter hebben gearresteerd.

De deuren aan het andere uiteinde van de gang gaan automatisch open en een oude vrouw wordt op een brancard naar binnen gereden.

Joona denkt aan Saga's paniek.

Ze hield de zaklamp met beide handen vast, maar kon niet stil blijven staan. De schaduwen trilden en schoten met agressieve schokken langs de wanden omhoog.

Haar angst leek die van een gevangen dier, ze kon er nergens mee naartoe.

Joona loopt verder door de gang. Vier horizontale houten lijsten lopen langs de muren om de stoten van de brancards op te vangen. De armaturen aan het plafond glimmen als nevelige wolken in de grijze kunststof vloer.

Hij moet er steeds aan denken.

De ratels gingen met een knal open, hij rukte aan de spanbanden en haalde zijn rug open aan de uitgezaagde vloer.

Het harde licht van de zaklamp drong door het stof dat zijn schoenen lieten opwaaien van de droge grond.

Hij pakte het deksel van de eerste kist met beide handen vast en smeet het aan de kant.

Daar lag Valeria met een grijze deken over zich heen als een aardbevingsslachtoffer onder een lijkkleed.

Het magere, vieze gezicht was kalm, haar lippen waren gesprongen en haar ogen gesloten.

Ze reageerde pas toen het harde licht recht in haar gezicht scheen en begon met haar ene hand in de lucht te tasten naar het deksel.

'Niet meer,' zei ze huilend en ze probeerde overeind te komen.

'Valeria, ik ben het, Joona,' zei hij. 'We hebben je gevonden, we zijn nu hier.'

Ze trilde over haar hele lichaam, begreep niet dat hij het was, sloeg om zich heen en raakte zijn mond met haar onderarm.

Hij ondersteunde haar en de deken viel van haar af toen ze over de rand van de kist klom. Ze knipperde met haar ogen tegen het licht, verblind en verward, viel bijna en begon toen naar de andere kist te kruipen.

'Pellerina,' jammerde ze, terwijl ze het deksel probeerde open te krijgen.

Ze was zwak en kon niets doen met haar opgezwollen handen; haar nagels waren gebroken en haar vingertoppen bebloed.

'Maak de kist open,' schreeuwde Saga. 'Je moet de kist openmaken.'

Joona blijft staan in de gang en zet beide handen tegen de muur. Twee verzorgsters in lichtblauwe kleren lopen gehaast langs hem heen.

Hij kijkt naar de stukken tape op de vloer die aangeven waar bedden en brancards neergezet moeten worden, maar ziet alleen de donkere hobbykamer: gele jassen met brede reflecterende stroken, natte schoenen, hoe hij Valeria bij de andere kist wegtrok en haar aan de eerste anesthesieverpleegkundige overdroeg die de hobbyruimte binnenkwam.

Een verzorger begon te huilen.

De brancard stootte tegen de muur van de trap en er vielen schilfers verf op de grond.

Saga liet de zaklamp vallen, die kwam op de rand van het uitgezaagde gat terecht, viel op de droge grond naast Valeria's kist en rolde onder het huis.

Joona sneed de riemen om de andere kist door, liet het mes op de grond vallen en gooide het deksel eraf.

Saga schreeuwde zo hard dat haar stem brak, iemand probeerde haar tegen te houden, ze vocht zich vrij, viel op haar knieën bij de rand van het gat en fluisterde de naam van haar zus.

In de kist lag Pellerina in een flodderbroek en een blauw gewatteerd jack. Haar bleke gezicht was helemaal stil en ze reageerde niet op het licht van de lampjes van het ambulancepersoneel.

Haar ronde mondje was ingezakt, haar jukbeenderen spits.

Joona tilde Pellerina voorzichtig uit de kist, hield haar als een slapend kind tegen zijn borstkas, met een hand achter haar nek en haar hoofd tegen zijn wang. Hij hoorde geen hartslag, voelde geen pols.

'Dit wil ik niet,' zei Saga huilend.

Er werd een nieuwe brancard de trap af gedragen, toen Joona een zacht gesis uit Pellerina's mond hoorde.

'Ik geloof dat ze nog leeft... Snel, ze leeft,' riep hij. 'Neem haar van me over, ze is vreselijk onderkoeld.'

Hij stapte over lege plastic flessen en zakken door de kist, wankelde en gaf het meisje aan twee ambulanceverpleegkundigen. Ze legden haar voorzichtig op de brancard. Saga aaide over haar wangen en herhaalde keer op keer dat het nu allemaal goed zou komen.

Joona loopt weer naar het eind van de gang, kijkt naar de twee agenten, keert om en loopt terug naar de deur van de IC-kamer.

Hij haalt zijn hand door zijn haar en gaat op de ene stoel zitten. De rugleuning kraakt als hij ertegen leunt en zijn achterhoofd tegen de muur laat rusten.

Hij is net weer opgestaan als de deur opengaat en een arts in een witte blouse met korte mouwen en een witte broek naar buiten komt.

'Joona Linna?' vraagt ze.

'Is ze wakker?'

'Ik vond dat ze nog even moest wachten met bezoek, maar ze wil u beslist zien.'

'Hoe gaat het met haar?'

'Daar kan ik nog niets over zeggen, ze is heel zwak.'

De arts deelt mee dat ze nog wachten op laboratoriumuitslagen, maar dat Valeria niet meer in levensgevaar verkeert. Ze is binnengekomen met sepsis, acuut vochtgebrek, ondervoeding en vooral onderkoeling. In de ambulance had ze een lichaamstemperatuur van tweeëndertig graden; die is in vijf uur, met behulp van warme lucht en interne opwarming, naar een normaal niveau gebracht. Haar tenen en handen waren bevroren, maar hoeven niet te worden geamputeerd, zoals ze eerst dachten.

Joona bedankt de arts, klopt voorzichtig op de deur en gaat naar binnen.

Valeria ligt in een ziekenhuisbed met omhoog geklapte hekjes aan de zijkanten. Haar gezicht is bleek en vermagerd. Ze ligt aan een saturatiemeter en een ecg-apparaat, haar bloeddruk wordt gemonitord, ze krijgt extra zuurstof door haar neus en heeft in beide elleboogholtes een katheter.

'Valeria,' zegt hij voorzichtig.

Hij loopt naar haar toe en raakt haar hand aan. Ze slaat haar vermoeide ogen op en kijkt hem aan.

'Bedankt dat je me hebt gevonden... smeris,' zegt ze. Ze glimlacht.

'Ze zeggen dat het goed komt met je.'

'Ik voel me nu al goed.'

Ze tuit haar lippen, hij bukt en kust haar. Ze kijken elkaar aan en worden weer ernstig.

'Ze vertellen me niets over Pellerina,' zegt ze zacht.

'Mij ook niet... Ze had geen hartslag toen we haar vonden.'

Valeria's oogleden zijn zwaar en ze sluit ze vermoeid. Haar donkere krullen liggen uitgewaaierd over het kussen en tegen de dunne grenen plaat die door de verchroomde buis aan het hoofdeinde van het bed wordt omvat.

'Wat is er in het huis gebeurd?' vraagt ze en ze doet haar ogen weer open. 'Waarom hebben ze het gedaan... Ons zo behandeld, bedoel ik?'

'Het is te vroeg om te praten. Je hebt rust nodig. Ik blijf hier bij je.'

Valeria bevochtigt haar ontstoken lippen.

'Maar ik moet het weten,' zegt ze. 'Ik begreep dat ze boos op ons waren, ze dachten dat het onze schuld was dat hun zoon was doodgegaan.'

'Het klinkt als iets wat Jurek gezegd kan hebben, maar ik weet het niet. Saga heeft de dochter van het gezin verhoord, dus misschien weet zij het,' zegt Joona en hij trekt een stoel bij haar bed.

Hij heeft net verteld dat Nathan en een collega van de politie van Södertälje zijn omgekomen bij de operatie als Saga de kamer binnenkomt. Het is duidelijk dat ze veel heeft gehuild, haar ogen zijn rood en opgezet.

'Pellerina wordt in slaap gehouden,' vertelt ze met gedempte stem. 'Haar toestand is kritiek, ze hebben haar temperatuur omhoog weten te krijgen, maar ze hebben problemen met het hart, dat slaat veel te snel...'

Saga's stem is schor en ze slikt iets weg.

'Ze hebben een defibrillator gebruikt om het tot rust te brengen... Stel je voor dat ze nooit meer wakker wordt,' fluistert ze even later. 'Dan is de kist het laatste wat ze heeft meegemaakt... Duisternis, eenzaamheid.'

'We hebben de hele tijd met elkaar gepraat,' vertelt Valeria en ze hoest zacht.

‘O ja?’ vraagt Saga en ze kijkt haar met een wanhopige blik aan.

‘Ze was niet bang, echt niet,’ gaat Valeria verder. ‘Ze had het koud, ze had dorst… maar we lagen naast elkaar en ze hoefde mijn naam maar uit te spreken, dan reageerde ik… Ze was ervan overtuigd dat jij haar zou redden en dat heb je ook gedaan.’

‘Ze weet niet dat ik ben gekomen,’ fluistert Saga.

‘Volgens mij weet ze dat wel,’ zegt Valeria.

‘Ik heb het gevoel dat ik nu terug moet gaan,’ zegt Saga zacht en ze snuit haar neus.

‘Natuurlijk,’ zegt Joona.

‘Heb je gehoord dat het parket van Södertorn een bevel tot inverzekeringstelling van de vader heeft gegeven?’ vraagt Saga en ze gooit het zakdoekje in de afvalbak naast de wastafel.

‘Ja,’ zegt Joona.

‘Waarom hebben ze ons eigenlijk zo behandeld?’ vraagt Valeria.

‘Dat kwam door Jurek. Hij heeft dat gezin volledig kapotgemaakt,’ zegt Saga. ‘Ze hadden hem niets gedaan, maar hij had die plek nodig, en hij had hun loyaliteit een paar weken nodig… Dus sloeg hij hun jongste kind dood en gaf Pellerina en jou daar de schuld van, waardoor ze jullie gingen haten.’

‘Wat vreselijk,’ fluistert Valeria en ze hoest weer zacht. ‘Kan iemand hem niet gewoon tegenhouden?’

‘Jawel,’ antwoordt Joona.

‘Jij niet, jij hebt je deel wel gedaan, het is genoeg zo,’ zegt ze snel.

‘Valeria, ik blijf hier totdat je bent opgeknapt,’ zegt Joona. ‘Maar het is niet voorbij. Jurek Walter is nog niet klaar, hij zal weer achter je aan komen… Je hoeft nu niet bang te zijn, we hebben zestien agenten hier in het ziekenhuis en dat zal hem wel afschrikken, maar vroeg of laat gaat het beveiligingsniveau omlaag.’

‘Wat ben je van plan?’ vraagt Saga.

‘Ik ga door met het sterrenbeeld. Het is een gok, maar de ster die het hart vormt, het hart van Pollux, ligt recht boven een eilandje in het Mälaren.’

‘Je begrijpt dat je dit niet alleen kunt doen,’ zegt Saga ernstig. ‘Ik zou graag mee willen, dat weet je, maar ik moet bij Pellerina blijven, ik moet er zijn als ze wakker wordt.'

'Ik red het wel.'

'Luister naar haar,' zegt Valeria verontwaardigd.

'Joona, niet in je eentje,' herhaalt Saga. 'Het is te gevaarlijk, dat weet je, je moet met Carlos praten, godsamme.'

'Dat heeft geen zin.'

'Een hecht team van ME'ers,' smeekt Saga.

'Nee,' zegt Joona.

'En Rinus Advocaat dan, kun je die niet bellen? Die staat binnen een paar uur voor je deur,' zegt Saga.

Joona's gezicht verstrakt en hij legt zijn hand langzaam op de verchroomde rand van het bed.

'Ik wist niet dat je die naam kende,' zegt hij zacht.

'Je had het over hem na Disa's dood,' vertelt Saga. 'Je was zelf bijna dood, maar ik begreep dat je hem vertrouwde. Kun je hem niet om hulp vragen?'

'Nee,' antwoordt Joona en hij kijkt haar aan met ogen die nog nooit zo donker zijn geweest.

'Hou op,' zegt Saga met angst in haar stem. 'Joona? Zeg dat het niet waar is.'

'Hoe erg is het?' vraagt hij hees.

'Toen Jurek Pellerina had ontvoerd, raakte ik in paniek en ik heb geprobeerd jou te pakken te krijgen, ik kon niet anders.'

'Saga,' zegt Joona en hij komt moeizaam overeind.

'Ik was in paniek,' zegt ze bijna onverstaanbaar. 'Jij moest me vertellen waar het stoffelijk overschot van Jureks broer was.'

'Wat heb je gedaan?' vraagt Joona.

Ze wrijft hard over haar ogen om de tranen weg te duwen.

'Het is misschien niets, maar ik bedacht dat iemand die zich schuil wil houden hulp nodig heeft... De Naald doet alles voor je, maar hij heeft niet dat soort hardheid... Daarom dacht ik aan Rinus, ik heb zijn nummer in Amsterdam gebeld en een zekere Patrik gesproken. Hij zei dat Rinus aan het werk was en ik heb mijn nummer achtergelaten. Ik ben niet teruggebeld.'

‘Kan Jurek jouw telefoon te pakken hebben gekregen?’

‘Het spijt me,’ fluistert Saga.

‘Dan zit hij nu achter mijn dochter aan,’ zegt Joona en hij loopt naar de deur.

‘Rennen,’ zegt Valeria.

Joona hoort Saga nog eens ‘het spijt me’ zeggen voordat de deur van de IC-kamer achter hem dichtgaat.

87

Lumi verplaatst de nachtkijker systematisch langs de middenpartij van de eerste zone, houdt even stil bij de struiken en de oude tuinmeubels bij het verlaten woonhuis.

Alles is bovenaards stil vannacht.

Ze kijkt naar de dichtgespijkerde deur en de multiplex platen met vochtplekken voor de ramen.

Om weer overzicht te krijgen laat ze de kijker zakken en kijkt naar buiten. Ze moet voortdurend geconcentreerd blijven.

Het heeft de laatste dagen gevroren en nu is het ongebruikelijk helder en zijn er veel sterren.

Zonder nachtkijker is het oude huis in het donker niet te zien. Af en toe dringt het knipperende licht van de koplampen van vrachtauto's op de snelweg door struiken en takken heen.

Een grauw schijnsel ligt als een glazen stolp over het naburige Maarheeze, en verder weg wordt de straatverlichting van Weert opgevangen door deeltjes in de lucht en zweeft ze als een kleurloos noorderlicht aan de nachtelijke hemel.

Lumi tilt de kijker weer op en begint opnieuw, vlak bij de werkplaats, langs het overwoekerde machineonderdeel dat in de sloot ligt. Het is net een enorme krulspeld, had ze al meteen gedacht.

Het is het maaibord met haspel van een combine.

Langzaam volgt ze met haar blik de hobbelige grindweg vanaf de werkplaats, helemaal om het weiland heen en naar de slagboom waar ze afscheid heeft genomen van haar vader.

Het was vroeg in de ochtend en de mist hing boven de akkers.

Ze was haar zelfverzekerdheid kwijt en begon te huilen.

Terwijl ze de smalle toegang naar de Rijksweg afspeurt, laat ze nog eens de beangstigende gedachte toe dat ze haar vader op pad heeft gestuurd met een opdracht waar hij misschien niet van terugkeert, rechtstreeks naar de persoon voor wie hij zich wilde verstoppen.

De eerste dag dat ze alleen met Rinus in de werkplaats was, verliep gespannen en stil.

Ze voerden hun taken uit en volgden het rooster, maar merkten allebei dat er na het werk en nadat ze hadden gegeten, gedoucht en geslapen, nog veel tijd overbleef.

Ze begonnen elkaar gezelschap te houden, koffie voor elkaar te halen, met elkaar te kletsen en na verloop van tijd begonnen ze echt te praten.

Rinus begreep dat ze verdrietig was na de ruzies met haar vader en vertelde van de keer, jaren geleden, dat hij voor het eerst van Jurek Walter had gehoord.

'Joona belde me via een beveiligde lijn en ik vertelde over deze plek, ik weet dat hij hiernaartoe wilde komen, dat hij zich samen met jullie wilde verschuilen, maar uiteindelijk maakte hij een andere keuze... Je moet een jaar of vier zijn geweest toen je Zweden verliet.'

'Drie,' antwoordde ze.

'Maar je leeft, je hebt een leven.'

Ze knikte in het donker en keek vervolgens door de richtkijker naar de broeikas in de verte.

'Nu heb ik een leven... Ik ben opgegroeid bij mijn moeder in Helsinki. Ik was nogal verlegen,' zei ze. 'Nu woon ik in Parijs en heb ik een heleboel vrienden, het is niet te begrijpen... Ik heb een superknappe vriend, dat had ik nooit verwacht, ik bedoel, ik dacht altijd, je weet wel, wie wil mij nou.'

'In je jeugd verspil je je jeugd,' mompelde Rinus.

'Misschien wel.'

'Weet Joona dat je een vriend hebt?'

'Ik heb het wel gezegd.'

'Mooi,' zei hij en hij knikte.

Lumi denkt terug aan dat eerste gesprek met Rinus, terwijl ze haar stoel en de nachtkijker naar zone drie verplaatst. Zonder stress gaat ze haar waterfles, de deken en ten slotte het scherpschuttersgeweer halen, dat ze voor zich op de grond bij de muur legt.

Ze gaat zitten en kijkt de duisternis in. Het enige wat er door de opening te zien is, is de rode lantaarn van de telecommunicatiemast en het wazige licht van Eindhoven, zo'n twintig kilometer verderop.

Dicht bij het Centraal Station is een studentenhotel, waar Joona een kamer voor haar heeft gehuurd voor als ze hier weg zou moeten vluchten.

Lumi heeft de kijker net weer opgepakt, wanneer Rinus de kamer in komt met twee blikjes Coca-Cola en een zak warme popcorn. Zijn dienst begint nog niet, maar hij duikt altijd ongeveer een uur te vroeg op om met haar te kletsen.

'Heb je nog een oog dicht kunnen doen?'

'Eerst het ene en daarna het andere,' grapt hij en hij geeft een van de blikjes aan haar.

'Dank je wel.'

Ze zet het blikje op de vloer naast het geweer en begint het dichtstbijzijnde deel van de zone af te speuren, het grindveld en het vervallen prikkeldraadhek om het weiland.

Rinus eet popcorn achter de monitor die de binnenkant van de garage laat zien en de naaste omgeving rond de werkplaats.

Ze volgt het ingestudeerde hokjespatroon over het weiland, naar het stukje bos met de verborgen uitgang van de vluchtroute.

'Ik moest denken aan wat je vanmorgen zei, dat je toch met je vader hebt gesproken, dat jullie lange gesprekken hebben gevoerd,' zegt Rinus. 'Dat heb ik met mijn vader nooit gehad. Sjra, heette hij, had ik dat verteld? Die naam komt alleen hier in het zuiden voor. Hij is nooit boven de grote rivieren geweest. We waren streng katholiek en... ik weet het niet, mijn vader bedoelde het goed, maar voor mij was het een gevangenis, de kerk, het vasten.'

'En je moeder?'

'Ze is een paar keer bij Patrik en mij op bezoek geweest in Amsterdam, maar ik denk niet dat het echt tot haar is doorgedrongen dat hij mijn grote liefde is, ook al heb ik verteld dat we gaan trouwen.'

Eigenlijk is de afstand tussen korrel en keep te klein naar haar smaak. Die moet niet zo klein zijn als snelheid belangrijker is dan absolute precisie.

Ze legt het wapen terug, sluit het spiegeldeurtje en kijkt naar haar vermoeide gezicht.

De lamp flikkert.

Er ligt een dun laagje stof op de witte bol. Het licht verspreidt zich in een wazige cirkel over het plafond.

Met haar rechterhand schuift Lumi het witte douchegordijn opzij, ze draait de kraan open en gaat buiten het bereik van de stralen uit de regendouche staan.

Een badkamer inrichten zonder handdouche, daar moet je man voor zijn, bedenkt ze.

De eerste spetters zijn als grijze kringen op de witte polyester stof te zien. Het ruisende geluid vult de badkamer. Ze wacht totdat de warmte van het water dampt en de spiegel beslaat.

88

Lumi stapt onder de douche, trekt het gordijn dicht en rilt over haar hele lichaam als het hete water over haar heen stroomt.

Ze denkt aan als, hoe hij altijd naakt en met een sigaret tussen zijn lippen op haar bed zit te strummen op zijn gitaar.

De stralen kletteren op haar huid, de douchewanden en het gordijn.

Ze begint warm te worden, haar spieren ontspannen zich na uren van statische aanspanning.

Door de muren heen klinkt een schrapend geluid. Lumi trekt het douchegordijn een stukje opzij en kijkt naar het slot van de deur.

Er komt koelere lucht op haar af.

Druppels condens zitten als pareltjes op de wastafel en het toilet.

Na het douchen zal ze spaghetti koken, een potje pesto openen en misschien een half glas wijn nemen voordat ze gaat slapen.

Ze zeept zich in onder haar armen, rond haar borsten en in haar liezen.

Het schuim loopt over haar buik en benen en verdwijnt in het putje.

Het witte douchegordijn wordt een beetje doorzichtig als het nat is.

Het houten meubel onder de wastafel is als een donkere schaduw te zien.

Als een ineengedoken mens.

Lumi kijkt naar de zwarte glinstering onder het rooster en denkt aan haar vader. Ze maakt zich zorgen, omdat hij nog niets van zich heeft laten horen.

Ze legt haar hoofd in haar nek, doet haar ogen dicht en laat het water over haar gezicht en in haar oren stromen.

Door het doffe gerommel heen meent ze stemmen te horen, mannen die schreeuwen van de pijn.

Ze veegt het water uit haar ogen, spuugt en kijkt weer naar het trillende douchegordijn en de schaduw onder de wastafel.

Het is gewoon het kastje.

Ze reikt naar de shampoofles wanneer het licht in de badkamer flikkert.

Het knippert en wordt zwakker, en dan wordt het opeens volslagen donker.

Haar hart begint te bonzen.

Ze draait de kraan dicht, schuift het gordijn opzij en luistert.

Ze hoort alleen de druppels die op de vloer vallen.

Ze droogt zich snel af in het donker, pakt op de tast het pistool uit het kastje, haalt de veiligheidspal over, vindt het draaislot en doet de deur naar de kleedkamer open.

Daar is het al net zo donker.

Ze zoekt haar tas, kleedt zich haastig aan en pakt het pistool weer op.

Op de hele benedenverdieping is het aardedonker.

Ze luistert en heeft het idee dat ze voetstappen hoort op de bovenverdieping.

Ze zet haar ene hand tegen de muur en volgt die tot aan de meterkast, ze opent het metalen deurtje en gaat tastend langs de zekeringen en aardlekschakelaars.

Ze staan allemaal omhoog, zoals het hoort.

Het moet niet mogelijk zijn om de stroom af te snijden, tenzij je een graafmachine pakt en op goed geluk zoekt totdat je de kabel vindt.

Ze draait zich om.

Grijs licht komt schokkerig de gang binnen.

Het komt van boven.

Er klinken voetstappen op de trap.

Een flakkerend licht schijnt naar beneden.

Ze stapt snel opzij, duwt zich tegen de muur en heft het wapen, aangezien ze begrijpt dat ze niet ongezien in de kleedkamer kan komen.

Haar trui is aan de achterkant nat en koud geworden door haar natte haar.

Het is Rinus, die met de zaklamp in zijn ene hand en zijn pistool in de andere naar beneden komt.

'Ik ben hier,' zegt ze in het donker en ze richt de loop van het pistool naar de grond.

'Lumi?'

Zijn stem is waakzaam, maar hij klinkt niet bang.

'Ik heb de meterkast gecontroleerd,' legt ze uit. 'Er zijn geen stoppen doorgeslagen of zo.'

Ze lopen de trap weer op en door het gordijn de controlekamer in. De monitor die gekoppeld is aan de beveiligingscamera's is uitgegaan.

Terwijl Rinus zich van de ene naar de andere zone verplaatst, opent Lumi een houten kist en verwisselt haar pistool voor een G36 Kurz. Het is een goed aanvalsgeweer dat gemakkelijk te hanteren is in krappe ruimtes. Ze duwt er snel een magazijn in en stopt twee extra in de kniezakken van haar broek.

'Oké, er is een totale stroomstoring aan de zuidkant,' zegt Rinus en hij legt de kijker neer. 'Zowel Maarheeze als Weert zit zonder licht.'

'Ik schrok al,' geeft Lumi toe en ze loopt naar hem toe. 'Ik stond onder de douche toen het opeens aardedonker werd.'

'Ik wil toch dat we voorlopig de staat van paraatheid handhaven,' zegt hij.

'Oké,' zegt ze en ze gaat naar zone 5.

Ze richt de kijker op de boerderij met de geparkeerde bus. Er brandt geen licht achter de ramen, alles is donker.

Sneller dan gewoonlijk speurt ze de weilanden, sloten en hekken af, waarna ze een plaats opschuift.

Ze richt de nachtkijker naar beneden en volgt langzaam de grindweg vanaf de werkplaats, om het weiland heen, naar de gesloten slagboom.

Opeens stopt ze, het is bijna instinctief.

Ze zag iets bewegen.

Haar ogen registreerden de beweging en daar reageerde ze al op voordat de visuele indruk het bewustzijn bereikte.

Ze gaat terug over de lege grindweg en begint opnieuw.

Er zit iets in de berm.

Het onkruid beweegt.

Ze haalt diep adem als er een zwarte kat verschijnt en de weg over rent.

'De stroom zal zo wel terugkomen,' zegt Rinus achter haar.

'Laten we het hopen,' antwoordt ze.

Het alarmsysteem is automatisch overgeschakeld op een noodstroomvoorziening door middel van een accu, die het ongeveer achtenveertig uur uithoudt, maar de beveiligingscamera's doen het niet meer en de hydraulische deur werkt niet zonder elektriciteit.

Lumi pakt de kijker weer op en richt hem op het verlaten woonhuis, de struiken en de oude tuinmeubels, de deur en de dichtgespijkerde ramen, de ingezakte dakgoot en de regenton.

Droge bladeren waaien over het erf.

Ze wil net beginnen met het afspeuren van de toegang naar de Rijksweg, wanneer ze ziet dat de slagboom opzij is geduwd.

'Rinus,' zegt ze en de rillingen lopen over haar rug.

Door de nachtkijker ziet ze de auto die met gedoofde lichten nadert.

'Een auto,' gaat ze verder. 'Er is een auto zonder licht door de slagboom gereden.'

Ze kan het gezicht van de bestuurder niet onderscheiden. Rinus is al bij haar en leent de kijker.

'Het is Jurek Walter,' zegt hij kortaf.

'Dat is niet zeker.'

'Lumi, dit is het uur van de waarheid. Zorg dat je vluchtkoffertje klaarstaat,' zegt hij en hij trekt snel zijn kogelwerende vest aan.

89

Allebei horen ze het motorgeluid van de auto die met gedoofde lichten de werkplaats nadert. Op de een of andere manier heeft Jurek Walter hun schuilplaats gevonden en de hele elektriciteitscentrale bij Weert onklaar gemaakt om hun stroomvoorziening af te snijden.

Lumi maakt haar gezicht zwart en veegt haar handen af aan een doekje, ze trekt het winddichte camouflagejack aan en stevige sportschoenen met teflon-coating. Ze houdt de auto in het oog, terwijl ze de schoudersteun van het geweer uitklapt en de nachtkijker op de picatinny rail monteert.

Rinus beweegt zich snel bij de munitiekisten in het gedimde licht van de zaklamp. Er valt een beetje licht over een open doos met 5,56 x 45 mm NAVO-patronen. De spitse koperen punten glimmen zwak.

Ontelbare keren hebben ze de tactiek voor een groot aantal scenario's doorgenomen. Lumi weet dat ze haar rugzak kan pakken en meteen van de vluchtroute gebruik kan maken, maar tegelijkertijd is het duidelijk dat Jurek wil dat ze hem zien aankomen. Het is niet zeker dat hij in de auto zit. Misschien staat hij ergens de omgeving in de gaten te houden met een warmtecamera en wacht hij totdat ze als een konijn uit haar schuilplaats vlucht.

Rinus tilt een plastic bak op met magazijnen met verschillende combinaties van lichtspoor-, antitank- en scherpe munitie en loopt ermee naar een raam.

Deze magazijnen zijn doorzichtig, zodat te zien is welk soort munitie ze bevatten, maar Rinus gebruikt ook nog een eigen markering die je in totale duisternis met je vingertoppen kunt voelen.

De auto komt langzaam dichterbij over het grindveld, in zo'n hoek dat Lumi of Rinus het luik helemaal zou moeten openmaken en met het bovenlichaam naar buiten hangen om er met een wapen op te kunnen richten.

'Met zijn hoevelen zitten ze in de auto?' vraagt Lumi.

'Ik gok op twee,' zegt hij.

'We kunnen er acht aan, dat hebben we gezegd.'

Rinus duwt een stuk plastic opzij en sleept een houten kist de vloer op.

'Het enige waar we weinig tegen kunnen beginnen, is als hij het huis in brand probeert te steken,' zegt hij en hij opent de houten kist. 'Maar volgens je vader is dat niet waarschijnlijk, aangezien Jurek jou levend wil hebben.'

Rinus haalt drie staven kneedbaar explosief materiaal uit de kist, stopt de eerste twee in de groene stoffen tas, haalt zijn mes tevoorschijn, snijdt de laatste doormidden, dwars door het beschermende papier heen, en veegt het lemmet af aan zijn broek.

Uit de verse snee komt een flauwe ammoniakgeur.

Uit een kleinere doos haalt hij vier Russische schokbuizen met krachtige detonators, waarvan hij de verpakking op de grond gooit.

'Ik denk niet dat hij zal proberen de deur beneden te forceren. Zo snel kan hij in Nederland niet aan explosief materiaal of een TLV komen.'

'Denk je dat hij een ladder bij zich heeft?'

'Dat weet ik niet, hij lost het wel op,' zegt Rinus en hij doet de zaklamp weer uit. 'Als ik hier naar binnen zou willen, zou ik de nooduitgang kiezen… en dan zou ik ervan uitgaan dat die bewaakt is en dat er mijnen liggen.'

'Ja.'

Rinus wil daarom geen bom leggen bij de deur, maar een eindje verder de gang in. Hij loopt er snel heen, tast met zijn hand in het donker, vindt het gordijn en houdt het opzij, en loopt snel langs de trap en de krakende deur. Hij knipt zijn zaklamp weer aan, rent naar Lumi's slaapkamer en zet de tas op de grond.

Hij kijkt naar de dichtgemaakte nooduitgang aan het eind van de gang, schat paslengte en bewegingspatroon in.

Vlak achter de deurpost van Lumi's kamer maakt hij op ongeveer een meter boven de vloer een heel blok semtex vast met ducttape.

De lading is vanaf de gang niet te zien en sterk genoeg om de halve bovenverdieping op te blazen.

Hij duwt de detonator in het grijze materiaal, haalt het schilderij met het religieuze motief aan de muur ertegenover van de haak, bindt er een nylon koord aan vast en hangt het schilderij weer op, spant het koord over de gang, schuin omlaag naar de kneedbom, knoopt het koord dan om de pin van de schokbuis, zet die op scherp en loopt dan voorzichtig weg.

Als je stilstaat en je zaklamp in verschillende hoeken houdt, kun je na een tijdje het glimmen van het doorzichtige koord zien.

Anders is het niet te ontdekken.

Je moet heel langzaam lopen, voetje voor voetje.

Als je de lijn strak voelt trekken tegen je lichaam, is het te laat.

Drie centimeter is genoeg om de pin los te trekken en de veer met de slagpin te activeren.

Rinus maakt nog zo'n val achter de deur van Joona's kamer, hij plaatst een kneedbom naast de brandblusser aan de muur, haalt de lijn door een oog in de plint en spant hem dwars over de gang.

Hij loopt achteruit naar de keuken en construeert snel een valse val door een lijn twee decimeter boven de vloer van de gang te spannen en die vast te maken aan een tas met lege flessen vlak achter de deur.

Ook het onschadelijk maken daarvan kost tijd.

Hij loopt door naar achteren, sluit de krakende deur naar de gang, werpt een blik op de trap naar beneden, plakt een half blok explosief materiaal op ooghoogte vast, steekt de detonator erin, spant een lijn van de pin naar de deurkruk en schakelt de veiligheid uit.

Hij knipt de zaklamp uit en keert terug naar de controlekamer. Hij weet dat Jurek extreem ervaren is, maar een hele groep explosievenruimers zou er uren over doen om deze doorgang bomvrij te maken.

'Hij rijdt om de werkplaats heen,' zegt Lumi gedempt en ze hoort losse steentjes tegen de onderkant van de auto spatten.

Ze verplaatst zich zijwaarts om de auto in het oog te kunnen houden. Hij mindert snelheid en blijft voor de garagedeuren staan, nog steeds in zo'n hoek dat ze hem niet vanuit een van de luiken kunnen beschieten.

'De auto staat stil,' zegt ze.

Slechts een klein deel van de achterbumper en de klep van de kofferbak zijn van hun kant af zichtbaar.

'Wat doet hij?'

'Dat kan ik niet zien, de auto staat daar, ik kan niet zien of hij er nog in zit.'

Rinus wisselt naar een magazijn waar hij met rode tape een kruis op heeft gemaakt. Daarvan bevat elke tiende patroon een hoeveelheid fosfor, dat een lichtspoor achterlaat in het duister.

Buiten draait de auto stationair, het lage toerental zorgt voor een zacht gebrom.

De losse garagedeur knarst in de wind.

Lumi speurt de omgeving weer af. Er rolt een lege fles ruitensproeiervloeistof over het erf. De kale takken bij het prikkeldraadhek trillen.

Iemand geeft gas, terwijl de auto in zijn vrij staat.

Een vogel vliegt op en verdwijnt.

De wolk uitlaatgassen groeit en waait met de wind mee naar de weilanden.

De auto rijdt een meter achteruit, stopt en opnieuw wordt er gas gegeven.

Hij wil dat we dit zien, bedenkt ze.

Opeens schakelt hij en geeft zoveel gas dat er steentjes opspatten achter de auto. Er klinkt een knal als hij recht door de garagedeuren heen rijdt, gevolgd door een zware metalen dreun en knarsende geluiden als hij tegen de gepantserde wand tot stilstand komt.

Het motorgeluid verstomt.

Er klinkt gerammel als de deur van de garage loskomt van de scharnier, de grond raakt en omkiept.

Lumi loopt snel door het vertrek en kijkt door een van de schietgaten. Het is donker en stil in de garage. Een geur van metaal en benzine stijgt naar haar op.

'Blijf uit de buurt,' zegt Rinus en hij gaat naar het volgende schietgat.

Geruisloos steekt hij de loop van het aanvalsgeweer naar buiten, richt hem omlaag en wacht een paar seconden voordat hij naar voren leunt en door het nachtvizier kijkt.

De weergave is korrelig en vloeiend.

Als door troebel water ziet hij een auto met een ingedeukte voorkant. Het metaal is gekreukt en de voorruit ingeslagen. Kleine stukjes glas liggen verspreid over de motorkap.

In het donkere interieur kan hij aan de bestuurderskant de ronding van een hoofd onderscheiden.

Hij legt zijn vinger automatisch op de trekker, maar kan niet schieten vanuit deze hoek.

'Wat gebeurt er?' vraagt Lumi naast hem.

'Ik weet het niet.'

Hij verplaatst zich naar het verste schietgat, steekt de loop naar buiten, wacht en kijkt dan in het vizier. Het rechtervoorspatbord is losgeraakt en ligt op de vloer van de garage. De ruitenwisser beweegt slap heen en weer ook al is het glas weg.

Rinus legt zijn vinger weer op de trekker en stoot per ongeluk met de loop tegen de rand van het gat, zodat er een metalen geluid klinkt.

Langzaam richt hij het wapen op de bestuurdersplaats en ziet een hand op het stuur liggen.

Met het vizier volgt hij de rij witte knopen van een bebloed overhemd naar de boord en de gouden ketting in het kuiltje van de hals.

En ziet dan het gezicht.

Het is Patrik.

Hij is gewond, maar hij leeft nog. Er loopt bloed uit zijn neus over zijn mond. Zijn bril is afgevallen en hij knippert langzaam met zijn ogen.

Rinus weet heel zeker dat hij niet tegen Patrik heeft gezegd waar hij naartoe ging. Hij had alleen gezegd dat het om een militaire missie ging en er met geen woord over gerept dat hij samen met Joona en Lumi zou onderduiken.

Maar Patrik weet al jaren van het bestaan van de werkplaats. Als

Jood en homoseksueel kreeg hij de schrik te pakken toen de rechtspopulistische stromingen in het land de wind mee hadden. Toen het heel erg werd, nam Rinus hem mee naar de werkplaats om hem een gevoel van veiligheid te geven, om te laten zien dat er een plan was voor noodgevallen.

90

Rinus' hart bonst van angst en het vizier trilt. De seconden verstrijken. Patrik heeft zijn mond een klein beetje open, zoals altijd wanneer hij slaapt.

Met zijn vinger op de trekker begint Rinus naar Jurek te zoeken, hij zoekt met de nachtkijker in het interieur, op de donkere achterbank en rondom de auto.

De duisternis pulseert onder de auto.

De vloer lijkt nat.

De voorband is modderig, gebogen scherven van de koplampen liggen als schelpen op een strand.

Opeens wordt het beeld verblindend wit en Rinus draait instinctief zijn gezicht weg.

De verblinding blijft even hangen.

Lumi verplaatst zich tussen de zones om de omgeving in de gaten te houden.

Rinus kijkt weer in de garage, naast het vizier, en ziet een springend schijnsel naast de auto.

Het schiet langs de muur, onrustig als een gevangen vogel.

Het lijkt wel of er iets brandt.

Rinus gaat snel naar een ander schietgat en kijkt naar beneden. Er hangt een brandende lap uit de benzinetank van de auto.

'Patrik,' roept hij door het gat. 'Je moet de auto uit!'

Hij rent terug naar het vorige schietgat. In het springende licht ziet hij dat Patrik zijn vermoeide ogen heeft opengedaan.

'Patrik!' schreeuwt hij. 'De auto explodeert zo. Ga de garage uit, je moet de...'

De explosie komt in twee harde schokken. De garage vult zich met vuur. Stukken metaal en glas worden naar het plafond geslingerd en naar buiten, het erf op.

Rinus loopt struikelend achteruit.

De vlammen slaan door alle schietgaten naar binnen.

In de garage valt een regen van onderdelen kletterend op de vloer. Het vuur loeit zwaar en hijgend.

'Zat Patrik nog in de auto?' vraagt Lumi met angstige stem.

Rinus knikt en kijkt haar met eigenaardig levenloze ogen aan, waarna hij de schietgaten een voor een sluit.

Lumi verplaatst zich snel naar de volgende zone en opent het luik. Op twee plaatsen buiten de werkplaats zijn oranje vuren te zien met vette zwarte rookzuilen.

'Hij verbrandt oude banden,' zegt Lumi.

Ze trekt de lichte rugzak om haar schouders en bedenkt dat Jurek hen wil afleiden of eventuele warmtecamera's in de war wil brengen.

Hij gaat straks inbreken, bedenkt ze en ze verplaatst zich naar de volgende zone.

Waar wacht hij op?

In de vlammen van een brandende band ziet ze dat de maaiboom van de grote combine niet meer in de berm ligt. Er loopt een diep spoor door het gele gras en schuin over het grindveld rond het huis.

Er klinken harde bonzen in de gang waar de slaapkamers aan liggen. De resonantie dreunt door de fundering van het huis.

Rinus hangt een aantal handgranaten aan zijn riem.

Ze horen gekraak en dan is het een paar seconden stil, totdat er nieuwe bonzen klinken en het contactalarm van de nooduitgang begint te loeien.

'Hij is binnen, of niet?' vraagt Lumi, ook al weet ze het antwoord al.

De adrenaline giert meteen door haar lijf en haar brein wordt ijzingwekkend helder. Jurek heeft de maaiboom bij wijze van ladder tegen de muur gezet, de deur opengebroken en is naar binnen gegaan.

'Ga met me mee,' zegt ze.

Rinus wendt zich alleen af en schakelt het alarm uit. Het wordt opnieuw angstaanjagend stil en het volgende moment is er gerinkel te horen van de flessen in de keuken. Jurek heeft de eerste twee bommen onklaar gemaakt en is de valse in een paar seconden voorbij.

'Bedankt voor alles,' fluistert ze.

Hij staat met zijn rug naar haar toe en knikt in zichzelf. Dan draait hij zich om en kijkt haar aan, maar glimlachen lukt niet.

Lumi duwt het gordijn opzij, ziet de kneedbom die bij de deur naar de gang is bevestigd en loopt snel de trap af.

Zodra ze weg is, zet Rinus een laatste val bij het gordijn, hij legt de lijn er vlakbij, een meter boven de grond, zet de bom op scherp, stapt naar achteren en neemt zijn positie in.

Er klinkt geschraap en dan gaat de deur naar de gang met een zacht gekraak open.

De explosie blijft uit.

Jurek moet de deur op een heel klein kiertje hebben geopend, een scherp mes in de kier hebben gestoken en de lijn met een haal naar boven hebben doorgesneden.

Rinus begrijpt niet hoe hij de vallen zo snel kan vinden en onschadelijk maken.

Het lijkt wel of hij een tekening heeft en precies weet waar de mijnen liggen en hoe ze zijn geconstrueerd.

In het nachtvizier van het aanvalsgeweer ziet Rinus een lichte golfbeweging over het gordijn en daarna het glimmen van een lemmet. Het glijdt omhoog in de kier tussen stof en muur en snijdt de lijn van zijn laatste explosieve lading door.

Rinus schiet door het gordijn heen schuin naar beneden.

De knallen van het automatische vuur vullen de kamer, de mondingsvlam flikkert en hij voelt de bekende schokken van de terugslag tegen zijn schouder.

De lege hulzen kletteren op de grond.

Rinus telt de patronen, stopt bij de negende, richt op de explosieve massa en lost het tiende schot.

Het brandende chemische mengsel laat een rood spoor achter in het donker.

De kneedbom ontploft meteen.

Hij probeert dekking te zoeken, maar de ontstekingssnelheid is verschrikkelijk hoog.

De drukgolf komt met een schok tegen Rinus' borst en hij knalt met zijn achterhoofd tegen de muur.

De hele muurpartij rond het gordijn wordt weggerukt, vloerplanken worden losgetrokken, brokstukken vliegen door de kamer, het traphekje en de deur naar de gang zijn weg.

Rinus komt op één knie omhoog – terwijl houtsplinters en cement over hem heen regenen – en schiet in drie seconden zijn magazijn leeg.

Hij schiet door de resten van de muur naar de keuken heen.

Snel rolt hij opzij, rukt het magazijn eruit en duwt er een nieuw in, maar het is te laat.

Een slanke man komt langs de muur zijn kant op rennen.

Rinus trekt zijn mes, staat in één beweging door op en steekt in een onverwachte lijn, schuin van onderen.

Maar de man duwt zijn hand weg en ramt een dun steekwapen in zijn zij, vlak onder de spanband van het kogelwerende vest.

Onder de ribben, omhoog naar de lever.

Rinus negeert de pijn, verandert alleen de richting van het mes en mikt op de hals, terwijl Jurek een stap naar achteren doet en de pin eruit trekt.

De detonator explodeert bijna geluidloos in Rinus' lichaam.

Hij zakt door zijn benen en smakt tegen de grond, zijn oogleden trillen terwijl er bloed uit het gaatje in zijn zij stroomt.

Nu pas begrijpt hij wat er is gebeurd.

Het was geen gewoon steekwapen.

Toen Jurek een van de hinderlagen onschadelijk maakte, heeft hij de Russische schokbuis meegenomen en die aan het lemmet van een mes of aan een spijker vastgemaakt.

Rinus doet zijn hoofd een beetje omhoog en ziet dat Jurek voor het raam staat met het nachtvizier van zijn aanvalsgeweer.

De pijn in zijn zij is net een vreselijke kramp.

De vloer is al nat van het bloed.

Hij laat zijn hoofd weer zakken, hijgt van inspanning en haakt een handgranaat van zijn riem om hen allebei op te blazen.

Maar het is al te laat.

Jurek is op weg naar de trap naar beneden. Als hij de vluchtweg kent, zal hij Lumi zien als ze over de akkers rent.

91

Lumi klapt de schoudersteun van het geweer in, sluit de deur van de inloopkast achter zich, stapt over de papieren tassen met schoenen, wringt zich tussen de hangende kleren door en klapt de grendel van de stalen deur om.

Net als ze het halletje in wil gaan, hoort ze het geratel van automatisch geweervuur en daarna een krachtige explosie.

Ze doet de deur voorzichtig achter zich dicht en sluit hem af.

Nog meer automatisch vuur tikt als een stopwatch in de muren en daarna wordt het volkomen stil.

Lumi's handen trillen als ze de zaklamp aanknipt. Ze loopt haastig de smalle betonnen trap af naar een kleiner vertrek met weer een stalen deur.

Om de zware deur open te krijgen moet ze er met haar schouder tegenaan duwen. Met een piepend geluid zwaait hij open en ze schijnt in een nauwe doorgang met aarden wanden. Het dak van planken wordt door stevige stutten gedragen. Stenen en aarde zijn naar beneden gevallen en hebben hoopjes gevormd op de los op de grond liggende planken.

Het licht van de zaklamp schommelt heen en weer als ze de monding van een enorme betonnen buis ontwaart.

Ook al heeft Rinus de vluchtweg beschreven als '*a tubular section*' van tweehonderdvijftien meter, ze had niet begrepen dat de gang letterlijk een buis onder de grond was.

Een onderaardse passage die maar één keer dienst hoeft te doen.

Het is een eenvoudige oplossing.

Waarschijnlijk is alleen de aansluiting tussen het huis en de rioolbuis problematisch.

Die lijkt zo gevaarlijk als een oude mijngang.

Lumi laat de metalen deur dichtvallen en loopt snel over de wiebelende planken, bukt en gaat de buis in.

Ze rent in elkaar gedoken.

Haar rugzak schraapt langs het plafond.

Ze telt haar stappen, terwijl ze zich zo snel mogelijk voortbeweegt.

Het licht van de zaklamp valt op de verbindingen tussen de buisdelen van de lange sectie, die als smalle ringen voor haar oplichten.

De loop van het geweer bonkt met een klinkend geluid tegen de wand.

Ze struikelt over een verbinding, valt voorover, vangt zich op met haar handen en breekt het glas van de zaklamp. Als ze opstaat, voelt ze een felle pijn in haar ene knie en ze loopt hinkend verder.

Het warme bloed stroomt onder haar broek over haar scheenbeen.

De zaklamp doet het nog, maar het licht is gebroken.

Ze denkt aan de explosie en het automatische geweervuur, ze weet dat ze ervan moet uitgaan dat haast geboden is en dwingt zichzelf om weer te gaan rennen.

Jurek zou heel goed dood kunnen zijn.

Rinus is extreem ervaren. Ze heeft hem in een paar seconden wapens in elkaar zien zetten, terwijl hij haar over al Patriks zussen vertelde.

Hij heeft haar geleerd hoe je een onzichtbare pistoolholster maakt van een metalen hangertje, of een geluiddemper van een plastic fles, aluminiumgaas en een pluk staalwol.

Ze heeft erbij gestaan toen hij mestechnieken oefende in het donker en de enorme precisie en snelheid van zijn bewegingen gezien.

Ze heeft niet het idee dat iemand van hem zou kunnen winnen in een man-tegen-mangevecht en toch moet ze van het tegendeel uitgaan en aannemen dat ze wel degelijk rent voor haar leven.

Het licht van de zaklamp huppelt voor haar uit en glinstert in het water dat onder in de buis stroomt.

Opeens meent ze voetstappen achter zich te horen en ze voelt dat haar hart ineenkrimpt van angst. Waarschijnlijk is het haar eigen echo die zich voortplant door de buis. Toch blijft ze staan om de trillende lamp uit te knippen, ze richt haar wapen naar achteren, klapt de schoudersteun uit en kijkt door het nachtvizier.

Er is niets te zien, het is helemaal zwart, aangezien er hier geen omgevingslicht is dat versterkt kan worden.

Ze wacht en probeert het zweet weg te knipperen dat in haar ogen loopt.

Het enige wat ze hoort is haar eigen ademhaling.

Ze klapt de schoudersteun weer in, draait zich om en drukt op de knop van de zaklamp.

Hij klikt, maar het blijft donker.

Ze probeert het nog eens, schudt er voorzichtig aan, maar er gebeurt niets.

Ze staat met wijd open ogen in een totale duisternis.

Behoedzaam haalt ze de resten van het gebroken glas uit de lamp en voelt aan het gloeilampje, duwt het een eindje in en probeert het knopje nog eens.

Het licht komt terug, het schijnt schuin omhoog tegen het lage dak als een wazige ellips.

Gehurkt en voorovergebogen rent ze verder door de buis.

Ze heeft het idee dat er weinig zuurstof in de lucht zit en ze ademt met iets te korte stootjes.

Terwijl ze rent, vermenigvuldigt ze haar paslengte met het aantal passen en als ze tot de conclusie komt dat het nog maar een meter of veertig is, blijft ze staan en schijnt naar voren.

Het licht is wazig, maar toch kan ze zien dat de monding tot het dak gevuld is met aarde. De aansluiting aan deze kant lijkt te zijn ingestort en de buis zit verstopt.

Ze probeert rustig te blijven ademhalen, loopt door, legt de zaklamp en het aanvalsgeweer neer, kruipt tegen de berg aarde op en begint met haar handen te graven. Met een gevoel van stijgende paniek gooit ze de losse aarde naar achteren.

Het zweet staat op haar rug en haar hart hamert tegen haar ribben.

Ze houdt zichzelf voor dat het een goed teken is dat de ingestorte aarde niet hard is samengepakt. Als het een zetting van de hele bovenliggende laag aarde was geweest, zou ze er onmogelijk met haar blote handen in kunnen graven.

Ze kan niet terug en ze kan hier ook niet blijven.

Ze haalt haar vingertoppen open aan een scherpe steen, maar stopt niet met graven.

Hijgend stapt ze naar achteren en schuift aarde en stenen verder de buis in. Daarna graaft ze weer door en is uiteindelijk door de bovenste laag van de bult heen.

Ze pakt haar zaklamp, schijnt in de passage en ziet dat een van de stutten is ingezakt en voor een grote instorting heeft gezorgd.

Het planken dak buigt door, maar weerstaat de druk van boven nog wel.

Lumi maakt de opening iets groter, duwt vervolgens haar wapen en rugzak de passage in en tijgert erachteraan.

Droge aarde valt ritselend over haar nek en rug naar beneden.

Zo voorzichtig mogelijk kruipt ze door de aansluiting een kleine ruimte binnen met muren van beton.

Naar beneden gevallen aarde komt tot halverwege het vertrek.

Ze veegt haar vieze handen af aan haar broek en klimt dan een aan de muur bevestigde ladder op naar een stalen luik in het dak. Met haar gewonde vingers maakt ze de roestige klemmen los, trekt de dikke dwarsbalk weg en duwt met één hand omhoog.

Het luik zit vast.

Ze opent de tailleriem van haar rugzak en slaat die om zichzelf en een van de sporten van de ladder heen, zodat ze beide handen kan gebruiken.

Ze let op dat ze stevig staat, laat de ladder los, zet haar handpalmen tegen het dakluik en gebruikt zowel benen als armen om druk te zetten.

Het kraakt ijzingwekkend.

Ze hijgt, doet nog een poging en zet weer druk. De ophangbeugels van de ladder knerpen en haar spieren trillen. Het luik geeft langzaam mee. Er valt aarde in haar gezicht, en gras en mos worden losgescheurd.

Lumi doet de lamp uit en klimt naar boven, de koude lucht in. Ze doet het luik dicht, veegt er met haar hand gras en bladeren overheen en laat zich achteruit van het heuveltje glijden aan de verste kant van het stukje bos.

Ze richt haar blik op de sterrenhemel en zoekt de Poolster om zich daaraan te oriënteren.

Ineengedoken begint ze over de donkere akker te rennen. Na vijfhonderd meter springt ze in een greppel en kijkt voor het eerst achterom.

De autobanden branden nog steeds op het grindveld, boven de metalen wanden is een heen en weer bewegend licht te zien, maar verder is alles donker en stil. Ze stelt het wapen in op salvo's van drie patronen, speurt de akker en de bosschage af met het nachtvizier en rent weer door.

Een paar vogels stijgen klapwiekend naast haar op, ze laat zich meteen op de grond zakken, verplaatst zich kruipend zijwaarts en rolt in een diepe ploegvore.

Na een paar seconden richt ze het wapen op het huis, kijkt in het vizier en ziet de maaiboom van de combine tegen de muur staan.

De grond schudt in het schijnsel van de brandende banden.

Ze laat het wapen zakken en kijkt over het vizier heen naar het huis. De beide vuren hangen schuin in de wind en als ze zich weer opricht, heeft ze het idee dat ze een slanke gestalte ziet.

Snel heft ze het wapen en kijkt in het vizier, maar nu is alleen het witte vuur en de pulserende gevel van het huis te zien.

Ze kijkt niet meer om en rent over de harde akker langs een sloot, klimt over een prikkeldraadhek waar stroom op staat en steekt een weiland over.

Op een afstand passeert ze de donkere kas waar ze zo vaak vanuit het huis naar heeft gekeken.

Blaadjes duwen tegen het donkere glas.

Naast de deur staat een olievat.

Lumi volgt de grindweg naar de E25 en loopt er vervolgens parallel aan.

Ze houdt het geweer verborgen voor de auto's die passeren.

Het vieze onkruid trilt in de wind en een oud melkpak glijdt een paar decimeter mee.

Al lopend trekt ze een pluk droog gras uit de berm en veegt haar gezicht ermee af. De stekende pijn in haar knie is afgezwakt en vervangen door een zeurderig gevoel.

Haar vader had gelijk.

Jurek Walter heeft hen gevonden.

Ze weet dat het zo is en toch kan haar brein niet goed bevatten dat dit allemaal gebeurt, dat het daadwerkelijk gebeurt.

Het wordt al licht als ze Eindhoven nadert.

Tegen een geluidswal liggen bladeren en afval.

De grond trilt als er een vrachtwagen langsrijdt.

Ze komt hinkend langs een enorme rotonde, loopt door een klein stuk bos en komt in een stadsdeel met oude bebouwing.

Woonhuizen met bruine bakstenen muren en wit houtsnijwerk.

De straten zijn nog leeg, maar de stad wordt wakker.

Een bijna lege bus rijdt weg bij een halte.

Lumi veegt het bloed op haar hand af aan haar broek en begint al lopend haar wapen uit elkaar te halen.

Ze gooit het magazijn in een rioolputje, het sluittoestel in een ander putje, en de rest van het wapen in een container met bouwafval.

Wanneer ze de rondweg rond Eindhoven is gepasseerd, loopt ze een portiek in, wurmt de rugzak van haar rug, kijkt snel in het plastic mapje met haar paspoort, hotelsleutel en contanten, pakt dan het pistool en controleert of het magazijn vol is.

Met het pistool verborgen onder haar jas loopt ze verder.

Een jonge vuilnisman springt van de chauffeursplaats, blijft naast de dreunende auto staan en staart haar aan.

Voordat hij iets kan zeggen, draait ze zich om en rent totdat ze twee straten verder is.

Met grote stappen loopt ze vervolgens langs de rij gesloten winkels, ze steekt een troebel kanaal over, loopt door het centrum van de stad in de richting van het rangeerterrein, langs de fietsenstalling voor het station en naar de ingang van het studentenhotel.

Lumi gaat naar binnen en passeert de kanariegele lobby met roze slingers en lichtblauwe banken.

Ze is vies en bebloed.

Haar haar hangt in pieken, haar mond is stijf gesloten en haar ogen zijn eigenaardig fel in het gezicht met zwarte vegen.

Een paar jongeren die met hartvormige ballonnen in de foyer staan, zwijgen abrupt als ze binnenkomt. Lumi lijkt hen niet eens te zien en loopt dwars door de groep heen naar de liften.

92

Nadat hij het ziekenhuis had verlaten, was Joona meteen naar Antwerpen gevlogen, had een zwarte Mercedes-Benz gehuurd en was in oostelijke richting over de E34 gaan rijden. Het was vroeg in de ochtend en nog helemaal donker. De snelweg was bijna leeg en hij kon zonder probleem honderdtachtig kilometer per uur rijden.

Jurek heeft Saga gebroken om haar ertoe te brengen contact met mij op te nemen, bedenkt Joona terwijl hij rijdt.

Door te beweren dat het lichaam van zijn broer belangrijk voor hem was en dat hij bereid was tot een uitwisseling, liet hij haar geloven dat ze in het voordeel was.

Maar hij was maar op één ding uit, en dat was achter Lumi's schuilplaats komen.

De ochtend is nog ver weg.

Het vlakke landschap is zwart.

Hij nadert een zilver glimmende tankwagen, haalt hem in en ziet hem in de binnenspiegel verdwijnen.

Joona had een grens overschreden toen hij Jureks getraumatiseerde broer doodschoot. Hij kon niet anders, maar zijn ziel was erdoor verduisterd.

Na de gerechtelijke sectie werd het stoffelijk overschot naar de afdeling Chirurgie van het Karolinska-instituut gebracht om voor wetenschappelijk onderzoek te worden gebruikt.

Joona is zich ervan bewust dat het een emotioneel besluit was om het lichaam te ontvreemden en te cremeren en de as uit te strooien op hetzelfde strooiveld waar de as van hun vader ook was verspreid.

Waarschijnlijk is Jurek daar geweest en heeft hij het naambordje van zijn broer naast dat van hun vader gezien en begrepen dat Joona erachter zat.

Jurek wist dat Saga's naspeuringen naar Joona zouden leiden.

Daarom beweerde hij dat hij haar vader zou ruilen tegen de informatie over de plaats waar hij zijn broer kon vinden, denkt Joona op het moment dat hij onder een viaduct door rijdt en de grens met Nederland oversteekt.

Hij passeert een tankstation met een groot parkeerterrein. Tussen de bomen door ziet hij rijen vrachtwagens en caravans.

De weg is recht en de lucht boven het uitgestrekte landschap is donker. Af en toe is er het licht van een dorp, dat straalt als een sieraad van barnsteen.

Sinds hij uit het ziekenhuis is weggerend en naar het vliegveld is gereden, heeft hij geen mogelijkheid gehad om een wapen te kopen. Hij kan alleen maar hopen dat hij er eerder is dan Jurek en dat hij Lumi mee kan nemen naar een collega in Berlijn.

De snelweg wordt omzoomd door hoge vakwerkpalen met kabels op vier niveaus. Af en toe ziet hij boerderijen en industriegebouwen voorbijflitsen tussen de bomen.

Meteen na een groot sportcomplex met rijen voetbalvelden in nachtverlichting houdt hij rechts aan en neemt de afslag naar de E25/A2.

Saga besefte al snel dat ze bij mij moest zijn als ze wilde weten wat er met Igors lichaam was gebeurd, bedenkt Joona.

Maar pas toen haar vader dood was en Jurek haar zus had ontvoerd, stortte ze echt in en probeerde ze mij te pakken te krijgen.

Alle mensen hebben een breekpunt.

Joona's hart gaat zwaarder slaan als hij ziet dat heel Maarheeze in het donker ligt. Er is een grote stroomstoring, die zich tot Weert lijkt uit te strekken.

Waarschijnlijk omvat die Rinus' schuilplaats.

Hij verlaat de snelweg, moet snelheid minderen en volgt de smalle weg die parallel loopt aan de grote.

Huizen en akkers liggen in het donker.

Lang voordat hij bij de eigen weg komt, ziet hij de blauwe zwaailichten over asfalt en langs zwarte boomstammen bewegen.

Een wit politiebusje staat naast de inrit geparkeerd.

De schuine strepen – oranjerood en blauw – op het voorportier en het spatbord schemeren tussen de kale takken van de struiken door.

Joona slaat af en rijdt recht door het afzetlint heen, raast verder over de smalle weg en nadert het woonhuis.

Aan de andere kant van het weiland ziet hij vijf politieauto's, twee ambulances en een brandweerauto voor de werkplaats staan.

Om niet het risico te lopen de uitrit voor de ambulances te blokkeren maakt hij een scherpe draai om het afgesloten huis en komt naast de oude tuinmeubels tot stilstand. Hij verlaat de auto zonder het portier te sluiten en rent het weiland over.

De ene deur van de garage ligt op de grond en resten van een explosie zijn op het grind en in het hoge gras te zien.

Het blauwe licht zwiept langs metalen wanden, voertuigen en geüniformeerde agenten.

Joona begrijpt dat hij te laat komt, dat de strijd voorbij is.

Overal zijn agenten, hij hoort hen praten in hun portofoon en begrijpt dat ze een beeld proberen te krijgen van de omvang, om vervolgens een team van deskundigen samen te stellen. Iemand is bang dat er meer explosief materiaal ter plaatse is en wil op de EOD wachten.

Een herdershond trekt woest aan zijn riem en blaft.

Joona passeert gesmolten resten van autobanden die in brand hebben gestaan en loopt naar een van de geüniformeerde agenten toe, legitimeert zich en zegt dat Interpol is ingeschakeld. Wanneer de agent hem vraagt te wachten doet hij net of hij het niet hoort, tilt het afzetlint op en loopt de garage in.

De gepantserde wanden zijn beroet en er hangt een heftige brandlucht.

Tegen de binnenmuur staan de resten van een uitgebrande auto.

De benzinetank is ontploft en heeft grote delen van de carrosserie meegenomen.

Een verkoold lichaam zit op de bestuurdersplaats, merkwaardig verwrongen.

Joona loopt door de opengezaagde, gepantserde deur.

Hij opent de kast met brandbestrijdingsmiddelen, grist de bijl mee die naast de schuimblusser hangt en loopt snel naar de trap.

Als Jurek hier is, moet hij dood.

De deur van de inloopkast en de vluchtweg zit dicht.

Boven klinken stemmen.

De treden liggen vol met cement en versplinterd hout na een explosie.

Het knarst onder zijn schoenen.

De binnenmuren van de bovenverdieping zijn bijna verdwenen en wat er nog van overeind staat, is doorzeefd met kogels.

Ambulancemedewerkers tillen iemand op een brancard. Zijn ene been hangt slap over de rand en Joona vangt een glimp op van een bebloede broek en een legerlaars.

De bijl bungelt in Joona's hand als hij naar de man op de brancard loopt.

Het licht van een voorhoofdlamp wordt naar beneden gericht en Joona krijgt een slingerende glimp van Rinus' bebloede gezicht te zien.

Joona stapt over een beroete balk, zet de bijl tegen de muur en wankelt even van de plotselinge hoofdpijn.

Er zit een harde piep in zijn oren.

Rinus heeft een zuurstofmasker over zijn neus en mond. Zijn ogen staren naar het plafond. Het lijkt of hij probeert te begrijpen wat er is gebeurd.

'Luitenant,' zegt Joona en hij blijft naast de brancard staan.

Met een zwakke hand trekt Rinus het zuurstofmasker af en bevochtigt zijn mond. Een ambulancebroeder tilt zijn voet op de brancard en maakt de riem over zijn bovenbenen vast.

'Hij zit achter haar aan,' zegt hij bijna onhoorbaar en doet vervolgens zijn ogen dicht.

Joona rent de trap af, de garage door, langs de agenten die de eerste ambulance wenken. De paniek dreunt door zijn hoofd als hij over het glinsterend berijpte weiland naar zijn auto rent.

93

Joona steekt achteruit, trapt op de rem en glijdt door over het grind, schakelt en geeft gas. Er waait een wolk van losgewoeld zand op.

Een politieauto blokkeert de weg.

Joona wijkt uit en rijdt dwars door de rozenstruiken en over de greppel. Er klinkt een knal en het dashboardkastje vliegt open, papieren vallen op de grond en op de passagiersstoel.

Hij slaat het hobbelige weggetje in en vergroot zijn snelheid. Het gele gras zwiept tegen de zijkanten.

Een agent is bezig een nieuw afzetlint over de weg te spannen. Joona rijdt er dwars doorheen.

Hij slaat links af bij het politiebusje, slipt de smalle weg op en omhoog tegen het talud, rijdt een houten waarschuwingsbordje omver en botst met de rechterkant van de auto tegen de vangrail die de smalle weg van de snelweg scheidt.

De aarde spat van de banden, die over de hobbelige grond razen.

Het wordt bijna licht.

Een groep mensen staat bij een bushalte te wachten.

Joona drijft de snelheid op en haalt een tractor in, hij nadert Maarheeze en rijdt een helling af. Hij draait aan het stuur, maakt een scherpe bocht naar rechts en rijdt een nauwe doorgang onder de snelweg in. Zijn snelheid is zo hoog dat de auto zijwaarts naar de tegengestelde rijbaan glijdt en met de zijkant tegen de betonnen muur klapt.

Het raam naast Joona wordt verbrijzeld en kleine stukjes glas wervelen door het interieur.

Hij geeft extra gas en slaat voor de rotonde links af, recht over de inrit van een tankstation.

Een reclamebord valt om.

Jurek is gewend aan opdrachten achter de vijandelijke linie en Lumi zal niet doorhebben dat hij haar volgt, ze zal hem de weg naar het studentenhotel wijzen.

Joona haalt een paardentrailer in op de oprit, draait de snelweg op, haalt een vrachtwagen in en geeft plankgas.

De wind buldert door het verbrijzelde raam.

Hij rijdt door een bosgebied en komt Eindhoven binnen.

De lucht is in het oosten iets lichter geworden en de stad licht op in de laatste duisternis.

Bruine bakstenengevels flitsen voorbij.

Met grote snelheid nadert hij een kruising, het licht staat op rood, een auto is gestopt en van rechts komt een bus.

Joona toetert, haalt de wachtende auto in, rijdt recht de kruising op, geeft een dot gas, schiet voor de naderende bus langs, hoort hem remmen en vlak achter hem langs denderen.

Hij schuift drie banen op en slaat de Vestdijk in, steekt het kanaal over en gaat op de busbaan rijden.

Grote moderne gebouwen zoeven voorbij.

Een koeriersauto en twee personenauto's nemen de beide rijstroken voor hem in beslag.

Ze rijden veel te langzaam.

Joona's oude migraine explodeert achter zijn ene oog. Het is maar een voorschok, maar hij slingert en stuurt bijna de tegengestelde rijbaan op voordat hij de controle herwint.

Hij toetert, maar de auto's kunnen nergens heen.

Joona rijdt het rode fietspad op en haalt hen aan de binnenkant in, hij rijdt een afvalbak van een paal, ziet hem in de binnenspiegel buitelen en een etalageruit in slaan.

De auto slipt de weg weer op, de banden denderen over de stoeprand.

Hij maakt een scherpe bocht naar rechts en rijdt met gierende banden het 18 Septemberplein op.

Misschien is het allemaal al te laat.

Joona rijdt over een zebrapad, remt en draait over de tegengestelde baan linksaf het Stationsplein op.

Duiven fladderen op van de grond.

Het station van Eindhoven is een laag gebouw met een glazen pui, vlak naast het studentenhotel.

Het is nog te vroeg voor de vele ochtendforensen en er is weinig beweging achter de glazen deuren.

Een bedelaar zit op zijn knieën op een stuk karton naast een standaard met gratis kranten.

Joona rijdt om de rij wachtende taxi's heen en stopt.

Er valt glas van zijn kleren wanneer hij de auto verlaat en naar het hotel rent.

Automatisch zoekt hij met zijn blik naar iets waarmee hij kan slaan.

Een agent in uniform staat in de lege zuilengang van het station bij de gele kaartjesautomaten. Hij buigt voorover en eet een broodje uit een zakje.

Joona verandert van richting en loopt naar hem toe. De agent is een man van middelbare leeftijd met blonde bakkebaarden en bijna witte wenkbrauwen.

Hij laat sliertjes sla op de grond vallen.

Joona loopt snel langs twee pilaren en komt achter de agent te staan. Hij steekt zijn hand uit naar de holster van de agent, maakt de gesp los en trekt het pistool uit de holster.

De agent draait zich met volle mond om. Er steekt een zonnebril uit zijn borstzakje.

'Interpol, dit is een noodsituatie,' zegt Joona en hij kijkt naar het hotel.

Hij wil al doorlopen, maar de geüniformeerde agent grijpt hem bij zijn jas. Joona draait zich om en duwt hem naar achteren. De man botst met zijn hoofd tegen de muur en het broodje valt op de grond.

'Luister, er staan levens op het spel,' zegt Joona.

De agent maakt zijn wapenstok los en slaat, Joona houdt de beweging van de arm tegen, maar wordt toch op zijn wang geraakt.

Joona pakt de man bij zijn schouder en werpt hem over zijn heup, zodat hij op zijn rug neerkomt. De agent steunt met één hand op de grond en probeert overeind te komen, wanneer Joona zijn knie kapotstampt.

De agent schreeuwt het uit.

Joona pakt zijn portofoon, rent naar het hotel, gooit de portofoon op het lage dak van een wisselkantoor en loopt door, om een overvolle fietsenstalling heen.

Hij controleert het magazijn terwijl hij naar de ingang van het hotel rent.

Er lijken acht of negen patronen in te zitten.

Joona hoort de agent nog steeds schreeuwen als hij met grote passen het hotel in loopt.

Het is vroeg in de ochtend, maar er bevinden zich al een stuk of twintig jongeren in de foyer en de lounge.

Joona houdt het wapen op de grond gericht.

Twee van de liften zijn defect en de derde staat stil op de achtste verdieping, de verdieping waar Lumi haar kamer heeft.

Joona ziet flitsen voor zijn ogen van de hoofdpijn. Hij opent de deur van het trappenhuis en begint naar boven te rennen.

Zijn voetstappen weergalmen achter hem.

Zijn hartslag bonst in zijn slapen als hij op de achtste verdieping aankomt. Zijn bovenbeenspieren trekken van de inspanning en zijn overhemd plakt op zijn rug van het zweet.

Hij loopt snel de gang door, slaat een hoek om en loopt een standaard met brochures over de activiteiten van het studentenhotel omver.

'Wacht even.'

Een jongeman gaat voor Joona staan, wijst en lijkt te bedoelen dat hij de brochures moet oprapen.

Joona duwt hem opzij en loopt door. Een andere man die in een deuropening staat heeft hen gezien. Hij begint agressief te argumenteren, maar zwijgt als Joona het pistool op zijn gezicht richt.

Er klinkt een 'pling'.

Joona rent de gang door, naar Lumi's kamer.

Het slot is opengebroken en de kamer is leeg.

Het bed is niet beslapen, haar rugzak staat op een stoel.

De prullenbak is omgevallen.

Joona's hart slaat zo hard dat het bonst in zijn keel.

Hij verlaat snel het vertrek, loopt de hoek om en kruist Jureks bleke blik aan het eind van de gang.

Met een touw over zijn schouder trekt hij een groot, in plastic gewikkeld pakket naar de wachtende lift.

De weerschijn van een wandlamp glinstert in de onbeweeglijke hand van de prothese.

Joona brengt het pistool omhoog, maar Jurek is al weg.

Hij zet het op een rennen en hoort een 'pling' als de deuren dichtgaan. Joona drukt op de knop, maar de lift gaat al omhoog.

Helemaal boven blijft hij staan, op de vierentwintigste etage.

Joona rent terug naar het trappenhuis en sprint naar boven.

Hij weet dat Jurek Lumi elk moment de nek kan omdraaien. Maar dat zou niet genoeg zijn voor hem, zo ziet zijn plan er niet uit.

Sinds Joona Jurek vele jaren geleden heeft gearresteerd bestaat er een speciale, duistere band tussen hen.

Jurek heeft een groot deel van zijn leven opgesloten gezeten, geïsoleerd.

Elke dag heeft hij erover nagedacht hoe hij Joona met de grond gelijk zal maken.

Hij zal alle mensen van wie Joona houdt ontvoeren en levend begraven.

Joona zal zijn leven wijden aan het zoeken naar hun graven, maar het uiteindelijk opgeven en zich ophangen in zijn eenzaamheid.

Zo heeft Jurek zich zijn wraak voorgesteld.

Waarschijnlijk was hij van plan geweest Lumi te ontvoeren en haar ergens te begraven. Zijn instinct vertelt hem dat hij dat moet doen, zo ziet zijn idee van ordening eruit.

Maar nu Joona hem heeft ingehaald hier in het hotel, heeft hij zijn plan snel veranderd. Zo is het de vorige keer ook gegaan, toen hij Disa ontvoerde, bedenkt Joona terwijl hij de trap op rent.

94

Joona komt op de bovenste verdieping, maar gaat nog hoger, hij rent de laatste en veel smallere trap naar het dak op. Hij opent de deur, richt beide kanten op met zijn pistool, ziet dat het veilig is en loopt de koude lucht in.

De zon komt op boven het uitgestrekte landschap. De stad strekt zich in alle richtingen uit met glinsterend glas en metaal.

Het grootste deel van het dak is aan het zicht onttrokken door het zwarte gebouw in het midden, waarin het bovenste bordes van het trappenhuis zit en de machinekamer van de liften.

Joona staat met zijn rug tegen de muur, nog steeds buiten adem.

Het dak is bedekt met een laag rondgeslepen stenen, waarover een smal pad van planken is gelegd, als op een zandstrand.

Joona kijkt om zich heen en zet een paar stappen.

Hier is niemand.

Roestige bouten houden een mast overeind met een rode lamp bovenin. Witte vogelpoep is langs de zijkant van een schoorsteenpijp gelopen.

Joona denkt net dat hij erin is gestonken, dat hij weer naar beneden moet gaan, wanneer hij het spoor ziet in het grind verderop naast het pad.

Er is iets zwaars over het dak gesleept.

Joona loopt met getrokken pistool naar de muur van de machinekamer. Hij loopt door over de losse stenen, richt het wapen om de hoek en vangt nog net een glimp op van Jurek, voordat die om de volgende hoek verdwijnt.

Jurek heeft Lumi in landbouwplastic gewikkeld. Joona weet niet of ze kan ademen, of ze nog leeft. Jurek heeft een dik touw om het pakket gewikkeld en een tuig gemaakt, dat hij om zijn ene schouder heeft geslagen om haar mee te kunnen trekken.

Joona rent achter hen aan.

De stenen ratelen tegen elkaar onder zijn voeten.

Hij komt weer op het pad van planken, rent langs de lange kant van de machinekamer en loopt verder, achter een rij grijze schotelantennes langs.

Hij heeft de opgaande zon in zijn rug en ziet zijn langgerekte schaduw op de lichte stenen.

In de verte sleept Jurek Lumi mee naar de rand van het dak tussen de ventilatie-eenheid en een groot zonnepaneel.

Een vieze punt van het plastic is losgeraakt uit het touw en flappert omhoog in de wind.

Joona weet niet of Jurek gewapend is.

Beneden klinken sirenes.

Joona verplaatst zich snel zijwaarts om een vuurlijn te vinden.

Het ochtendlicht raakt het zonnepaneel en wordt verblindend weerkaatst.

Jurek verdwijnt als een schaduw achter de felle weerschijn.

Joona blijft staan, houdt het pistool met beide handen vast en richt langs het paneel op het slanke silhouet.

'Jurek,' roept hij.

De korrel van zijn pistool trilt als hij verder zijwaarts beweegt, voorbij het verblindende licht, en hij schiet zodra hij Jurek ziet.

Hij haalt de trekker drie keer over en raakt Jurek met drie kogels in de rug. De nagalm van de knallen sterft weg boven de stad. Jurek wankelt naar voren, draait zich om en trekt Lumi's pistool.

Joona lost nog drie schoten, recht in zijn borst.

Jurek laat het pistool tussen de kieren van de planken vallen, wendt zich af en sleept Lumi dichter naar de rand.

Hij moet een kogelwerend vest hebben meegenomen uit Rinus' werkplaats.

Joona rent erheen.

Jurek is nu achter de ventilatie-eenheid. Vijf grote ventilatoren staan te draaien achter een hekwerk.

Joona ziet hem weer, richt iets lager en schiet in zijn dijbeen. De kogel gaat dwars door de spier heen. Het bloed spat er aan de voorkant uit, glinsterende druppels in een zonnestraal.

Joona komt met het wapen geheven en zijn vinger aan de trekker dichterbij. Hij vangt af en toe een glimp van Jurek op tussen schoorstenen en ventilatiekokers.

Lumi krijgt veel te weinig lucht, Joona ziet dat ze dreigt te stikken, haar lippen zijn blauw en haar ogen wijd opengesperd.

Zweterig haar wordt onder het plastic in haar gezicht gedrukt.

De migraine knarst achter Joona's ene oog en hij valt bijna.

Jurek heeft Lumi opgetild en begint naar de lage rand van het dak te hinken.

Dit is zijn nieuwe plan.

Joona zal weer te laat komen.

Jurek wil dat hij zal smeken en dreigen en dat hij daarna zijn dochter zal zien vallen.

Joona loopt om de ventilatie-eenheid heen, richt snel en schiet in Jureks andere been. De kogel komt in zijn knieholte en gaat door de knieschijf naar buiten.

Lumi knalt op de ronde stenen van het dak neer. Jurek wankelt zijwaarts, valt op zijn heup, rolt door naar zijn buik en probeert zijn hoofd op te tillen.

Joona rent erheen, terwijl hij Jurek onder schot houdt. Hij trekt Lumi bij hem weg en rukt het plastic van haar gezicht.

Hij hoort haar naar adem happen en hoesten, terwijl hij bij Jurek gaat staan, het pistool tegen zijn achterhoofd zet en de trekker overhaalt.

Het wapen klikt en klikt nog eens.

Joona trekt het magazijn eruit.

Het is leeg.

Er nadert een helikopter en er klinken sirenes.

Beneden op straat zijn mensen voor het hotel samengedromd. Ze staan naar boven te kijken en te filmen met hun telefoon.

Joona gaat terug naar Lumi, maakt snel het touw los en haalt het plastic van haar af.

Ze redt het wel.

Jurek is met zijn rug tegen een schoorsteen gaan zitten. Zijn armprothese is losgeraakt en hangt slap naast zijn heup aan de riemen. Hij breekt een lang, puntig stuk hout van het plankenpad.

Joona's bloed kookt en hij kan niet tegenhouden wat er nu moet gebeuren. Hij sleept het lange touw mee, gaat voor Jurek staan en maakt een strop.

Jurek kijkt hem met zijn lichte ogen aan en laat dan het scherpe houtje los. Op het rimpelige gezicht is geen pijn of woede te zien.

Joona maakt de lus van het touw iets groter en ziet dat Jurek in shock raakt door het bloedverlies.

'Ik ben al dood,' zegt Jurek, maar hij probeert toch de strop met zijn hand weg te duwen.

Joona vangt de hand, draait hem om en breekt de arm bij de elleboog. Jurek kreunt, kijkt hem dan weer aan en bevochtigt zijn mond.

'Als je in een afgrond kijkt, kijkt de afgrond tegelijkertijd in jou,' zegt hij en hij doet een zinloze poging om zijn hoofd van de strop weg te draaien.

Bij de tweede poging slaat Joona het touw om zijn hals, schuift de knoop tot aan de nek en trekt hem aan, zodat Jureks adem begint te piepen.

'Het is genoeg zo, papa, stop,' zegt Lumi achter hem.

Joona gaat achter de zonnepanelen staan en maakt het uiteinde van het touw aan een van de stevige palen vast.

Het ratelen van de helikopter komt dichterbij.

Joona sleept Jurek aan het touw naar de rand van het dak. De prothese glijdt een stukje mee, maar valt er dan af. Jurek spant zijn nek, hoest en probeert lucht binnen te krijgen.

'Papa, wat doe je?' vraagt Lumi met bange stem. 'De politie komt zo. Hij zal de rest van zijn leven in de gevangenis zitten en...'

Joona trekt Jurek overeind. Hij is versuft en kan bijna niet op zijn benen staan. Vanuit de schotwonden stroomt bloed op zijn schoenen.

Het rangeerterrein glinstert als bekrast koperplaat in de diepte.

In het trappenhuis klinken stemmen.

Er gaat een schok door Jureks gebroken arm.

Joona doet een stap naar achteren en kijkt dan in Jureks ogen.

Hij ziet er een eigenaardige uitdrukking in.

Het lijkt wel of Jurek iets zoekt in Joona's blik, of dat hij zich probeert te spiegelen in zijn pupillen.

Lumi heeft zich huilend afgewend.

Jurek wankelt en fluistert iets precies op het moment dat Joona hem met twee handen tegen zijn borst over de rand duwt.

Lumi schreeuwt.

Het touw kronkelt snel over de gladde stenen, het dak af. Met een zingend geluid wordt het touw strakgetrokken. Onder hen gaat een raam aan diggelen, glasscherven dwarrelen neer op de toeschouwers beneden op het trottoir. Het zonnepaneel naast Joona kantelt naar voren en het grote glazen oppervlak kraakt.

Joona rent naar het trappenhuis, duwt de conciërge opzij die hem wil tegenhouden en springt de trappen af naar de twintigste verdieping. Een deur naar een van de suites gaat open en er komt een vrouw naar buiten waggelen in een gebleekte spijkerbroek en een beha.

Joona loopt langs haar heen de kamer in en doet de deur achter zich op slot.

Het raam is ingeslagen en op de grijze vloerbedekking en op het bed liggen allemaal glinsterende splinters.

Jurek schommelt langzaam door het raam naar binnen en daarna weer naar buiten.

Hij is dood, zijn hele halswervelkolom is verscheurd.

Er stroomt bloed uit de diepe groef die de strop heeft gemaakt.

Joona staat tegenover Jurek en kijkt naar het magere, gerimpelde gezicht en de lichte ogen.

Het lichaam zwaait de kamer weer in.

Een paar glasscherven in de bovenkant van het kozijn laten los en vallen rinkelend op de vensterbank.

Joona wordt door een ontzaglijke vermoeidheid overvallen, de duistere naweeën van een vreselijk gevecht.

Jurek Walter is dood.

Hij zal niet terugkeren.

Het lichaam schommelt langzaam heen en weer. Het bloed uit de schotwonden druppelt van zijn voeten en tekent een spoor op de vloerbedekking en de onderkant van het kozijn.

Joona weet niet hoelang hij al naar Jurek staat te staren, wanneer er aan de deur achter zijn rug wordt gerammeld.

Lumi komt de suite in en praat gedempt met hem. Ze zegt dat hij met haar mee moet komen.

Joona kijkt naar Jureks grove hand, de vieze nagels, de onderarm en het bebloede overhemd.

'Het is voorbij, papa,' fluistert Lumi.

'Ja,' antwoordt hij en hij kijkt in Jureks bleke ogen.

Lumi slaat haar arm om zijn middel en neemt hem mee de kamer uit, langs de conciërge met de loper en de agenten die staan te wachten.

95

Valeria ligt te doezelen in het bed op de IC en denkt aan het korte bezoek van Saga net voordat de verpleegkundige haar meer morfine kwam toedienen.

Pellerina's toestand is verergerd, haar hart is weer op hol geslagen en defibrillatie lijkt niet genoeg te zijn.

Saga zag bleek, ze had wallen onder haar ogen en was zo ongerust dat ze haast niet stil kon blijven staan. Ze was bijna manisch, streek keer op keer haren uit haar gezicht en wilde Valeria weer horen vertellen over haar gesprekken met Pellerina.

Valeria beschreef nog eens hoe Pellerina en zij aldoor met elkaar hadden gepraat en ze verzekerde Saga dat het meisje niet bang was geweest in haar kist.

'Het was bijna alsof we elkaars hand konden vasthouden,' had Valeria gezegd om Saga gerust te stellen.

Ze knikte, maar vond het tegelijkertijd moeilijk om te luisteren.

Toen Valeria wakker werd in de kist met een deken over zich heen, en geen reactie kreeg van Pellerina, dacht ze dat het gezin haar had geloofd. Ze had alle schuld op zich genomen en beweerd dat ze alles had gedaan voor meer heroïne. Valeria was ervan overtuigd dat ze Pellerina eruit hadden gehaald, maar in werkelijkheid had ze het bewustzijn verloren; daarom had ze niet meer geantwoord.

Een verpleegkundige met vlechten en een zilveren ringetje in haar wenkbrauw kwam binnen om Valeria meer morfine te geven tegen de pijn in haar handen en voeten.

Saga probeerde te wachten, maar werd vervolgens te gestrest om te blijven en ging snel weer terug naar de operatieafdeling.

Nu vlakt Valeria's pijn af, terwijl de kamer tegelijkertijd donkerder wordt doordat haar pupillen zich vernauwen.

Alles wordt wazig, alsof er donkergrijze sluiers over liggen.

De lampen krijgen stekelige cirkels om zich heen, als grote messing tandwielen.

De verpleegkundige staat naast het bed en controleert haar temperatuur en bloeddruk.

Valeria kan haar gezicht niet meer onderscheiden, het is alleen donker en streperig.

Ze heeft een plezierig, warm gevoel gekregen vanbinnen.

Wanneer de verpleegkundige zich over haar heen buigt en iets uitlegt, ziet ze dat de kunststof knopen aan haar witte blouse een beetje vergeeld zijn. Valeria begrijpt alles wat ze zegt, bedenkt dat ze een vervolgvraag zal stellen, maar vergeet die dan.

Haar oogleden worden zwaar.

De agenten voor haar deur hebben hun gesprek over voetbal eindelijk gestaakt.

Valeria wordt wakker en doet haar ogen open, maar ziet nog steeds bijna niets.

Een nieuwe verpleegkundige controleert het ecg-apparaat en de saturatie. Valeria weet niet hoelang ze heeft gedoezeld.

Ze probeert haar blik scherp te stellen en ziet de infuusregelaar en de glimmende druppels die door de slang naar beneden tikken.

Alles glijdt weer uit elkaar en ze doet haar ogen dicht terwijl de verpleegkundige met haar bezig is. Valeria slaapt bijna als de telefoon gaat.

'Mijn mobiel,' mompelt ze zacht en ze doet haar ogen open.

De verpleegkundige pakt de telefoon van het nachtkastje en geeft die aan haar. Ze kan niet lezen wat er op het scherm staat, maar neemt de oproep toch aan.

'Valeria,' zegt ze met zwakke stem.

'Met mij,' zegt Joona. 'Hoe gaat het met je?'

'Joona?' vraagt ze.

'Hoe gaat het met je?'

'Goed, alleen een beetje gedrogeerd, maar...'

'En Pellerina?'

'Ze is achteruitgegaan... Haar hart slaat onregelmatig en veel te snel... Het is vreselijk,' antwoordt ze.

'Heb je Saga gesproken?'

Valeria voelt zich net een kind wanneer de verpleegkundige naast haar bed staat en rustig en methodisch het injectieventiel met alcohol schoonmaakt.

Joona is ver weg, maar ze voelt dat hij veranderd is, dat er iets met hem is gebeurd.

'Ik durf niet naar jou te vragen,' zegt ze zacht.

'Met Lumi gaat het goed,' zegt Joona.

'Godzijdank.'

'Ja.'

Het wordt stil in de telefoon. De grote afstand ruist droomachtig. De verpleegkundige koppelt een spuit aan het injectieventiel en controleert de katheter.

'Wat is er gebeurd?' vraagt Valeria en ze ziet dat het bloed uit de ader terugschiet in de slang en zich vermengt met de infusievloeistof.

'Jurek is dood.'

'Is Jurek Walter dood?'

'Deze keer echt. Het is voorbij,' zegt Joona.

'Je hebt hem eindelijk weten te stoppen.'

'Ja.'

De verpleegkundige legt iets op het karretje naast het bed en is in drie grote stappen de kamer uit.

'Je bent toch niet gewond?' vraagt Valeria en ze doet haar ogen weer dicht.

'Nee, maar ik blijf hier nog even, ik moet een paar vragen beantwoorden.'

'Kom je weer in de gevangenis terecht?' vraagt ze en ze hoort de deur zachtjes dichtgaan.

'Ik red me wel, ik krijg steun van Interpol en van de Internationale Afdeling van de gemeente Stockholm,' antwoordt hij.

'Je klinkt verdrietig,' zegt Valeria.

'Ik maak me zorgen om jou en Saga en Pellerina... Ze hebben de beveiliging toch niet teruggeschroefd?'

'Het ziet zwart van de agenten in het ziekenhuis, er staan er twee bij mij voor de deur, dag en nacht, het voelt alsof ik weer in de gevangenis zit.'

'Valeria, je hebt beveiliging nodig.'

'Het beste zou zijn als jij thuiskwam.'

'Lumi gaat morgen terug naar Parijs.'

'Dat wil ik ook.'

'Zodra ik hier klaar ben kom ik je halen.'

'Dan moet ik wel wat leukere kleren aantrekken.'

'Ik hou van je,' zegt hij zacht.

'Ik hou altijd al van jou,' antwoordt ze.

Ze beëindigen het gesprek. Valeria glimlacht in zichzelf. Haar ogen branden van vermoeidheid onder haar oogleden. Ze denkt aan Joona's terugkeer en valt met de telefoon in haar hand in slaap.

Wanneer ze weer wakker wordt, is het effect van de morfine afgenomen en voelt ze zich een beetje misselijk.

De agenten voor haar deur hebben het weer over voetbal en voetbaltrainers.

Ze ligt op haar rug en kijkt recht omhoog.

Haar pupillen hebben hun natuurlijke grootte teruggekregen en ze kan weer goed zien.

Ze kijkt naar de vierkante platen van het plafond.

Op een ervan zit een grijze vochtvlek die haar doet denken aan een foto van een maankrater. Ze heeft dorst, ze draait haar hoofd naar het nachtkastje, maar haar blik blijft haken aan de slang die haar linkerarm in gaat.

Een spuit gevuld met een heldere vloeistof is aan de centrale veneuze katheter gekoppeld.

Ze herinnert zich de verpleegkundige die bij haar was toen ze met Joona praatte.

De injectie werd voorbereid, maar is nooit uitgevoerd. De verpleegkundige is zonder een woord te zeggen de kamer uit gegaan.

Op het metalen wagentje naast haar bed staat een leeg glazen flesje. Valeria steekt haar hand uit, pakt het flesje en draait het om tussen haar vingers.

Ketalar 50 mg/ml, leest ze op het etiket.

Het is een injectievloeistof voor verdoving tijdens operaties.

Ze begrijpt niet waarom ze haar weer willen verdoven. Niemand heeft het over een operatie gehad.

Terwijl ze met Joona praatte, had ze met half dichtgeknepen ogen naar de verpleegkundige gekeken, die het ventiel in de slang naar haar arm schoonmaakte.

Het gezicht herinnert ze zich niet, dat was te onduidelijk geweest.

Maar de mooie parel die aan de oorlel boven haar heen en weer schommelde, had haar aandacht getrokken.

Spierwit was die, met een romige glans.

Valeria had zich zo klein gevoeld als een kind toen de verpleegkundige bij haar was.

Maar dat kwam niet doordat zij zo klein was, realiseert ze zich nu, maar doordat de verpleegkundige zo groot was.

Minstens twee meter lang, denkt ze en ze huivert.

96

Saga zit in een familiekamer bij de afdeling hartbewaking te wachten op de nieuwe cardioloog. Haar gezicht is gespannen van ongerustheid en slaaptekort. Een verfrommeld bekertje van ongebleekt karton ligt op de tafel voor haar.

Met een gestrest handgebaar strijkt ze haren van haar wang en leunt opzij om de hele gang te kunnen zien.

'Dit is niks,' fluistert ze in zichzelf.

Ze staart met een lege blik naar het aquarium met kleine scholen neontetra's en denkt aan de keer dat Joona naar het huis van haar vader was gekomen om haar te waarschuwen. Zodra hij had begrepen dat Jurek in leven was, had hij haar opgezocht en haar gesmeekt samen met haar vader en zusje te vluchten.

Ze weet nog dat ze met hem te doen had, dat ze dacht dat hij de grip op de werkelijkheid had verloren en paranoïde was geworden.

Toen Joona begreep dat ze niet van plan was onder te duiken, waarschuwde hij haar voor de ontmoeting met Jurek.

Saga staat op van haar stoel en loopt de gang in.

Ze herinnert zich dat ze, een tikkeltje beledigd door zijn waarschuwingen, had opgemerkt dat zij degene was die bij Jurek was geïnfiltreerd en dat ze langer met hem had gesproken dan Joona.

Ze had over het hoofd gezien dat Joona jaar in jaar uit met Jureks aanwezigheid had geleefd, dat hij zich dagelijks aan hem had gespiegeld om de confrontatie die wachtte te overleven.

Het eerste advies dat Joona haar had gegeven was dat ze Jurek meteen moest doden, zonder rekening te houden met persoonlijke consequenties.

Het tweede advies was dat ze zich ervan bewust moest zijn dat Jurek dacht en handelde als een tweeling. Nu hij een nieuwe handlanger had, kon hij op twee plaatsen tegelijk zijn.

Het laatste advies ging over een hypothetische situatie waarin Jurek een van haar familieleden had ontvoerd.

'Als dat gebeurt,' zei Joona, 'let dan op dat je geen afspraken met hem maakt, want die zullen nooit in jouw voordeel uitpakken... Hij laat niet los en met elke afspraak die je met hem maakt, kom jij dieper in de fuik te zitten.'

Saga gaat weer zitten en denkt aan wat Joona heeft gezegd over Jureks plan, dat hij haar al de mensen wil afnemen van wie ze houdt. Die mensen kunnen hem niets schelen, hij wil haar innerlijke duisternis.

Al had ze maar naar één van die drie adviezen geluisterd, dan had ze haar oude leven nog gehad.

Saga weet dat ze Joona heeft verraden.

Dat was geen opzet, maar toen ze contact opnam met Patrik, had ze Jurek naar Lumi's schuilplaats geleid.

Alsof ze was uitverkoren, als een soort Judas die er moest zijn om de wereld in balans te houden.

Ze wordt in haar gedachten onderbroken wanneer een vrouw van in de vijftig met blond, schouderlang haar en zonder make-up naar haar toe komt en zich voorstelt als Magdalena Herbstman. Zij is de cardioloog die vanochtend de verantwoordelijkheid voor Pellerina heeft.

'Ik begrijp dat je je zorgen maakt over je zus,' zegt ze en ze gaat zitten.

'De vorige arts zei dat haar hart te snel sloeg, omdat ze onderkoeld was geraakt,' zegt Saga en ze klemt haar kaken op elkaar.

Dokter Herbstman knikt en fronst haar voorhoofd.

'Het is een heel verhaal, maar zoals je al zegt heeft de onderkoeling geleid tot een ernstige ritmestoornis in de ene hartkamer. Ventrikeltachycardie, VT, wordt dat genoemd... Het is heel belastend voor je zus als haar hart zo snel slaat. Eerst gingen die ritmestoornissen vanzelf over, dat is vaak het geval, maar vannacht werden ze nog erger en langduriger. We hebben geprobeerd ze op te heffen door middel van defibrillatie en anti-aritmische medicijnen.'

‘Ik dacht dat dat had geholpen,’ zegt Saga en ze begint gestrest met haar ene been te tikken.

‘Dat was eerst ook zo… Maar de stoornis in de kamer is te ernstig en ze is in een toestand terechtgekomen die VT-storm wordt genoemd, herhaalde episodes van een versneld hartritme. We houden haar in slaap en bereiden een ablatie voor.’

‘Een ablatie?’ vraagt Saga en ze strijkt haren uit haar gezicht.

‘Ik ga met een katheter naar het hart, zoek het gebied dat verkeerde impulsen geeft en breng daar een beschadiging aan in het weefsel.’

‘Wat gebeurt er dan?’

‘Ik wil het gedeelte wegbranden dat voor problemen zorgt en als dat lukt, zal het hart weer normaal gaan slaan.’

‘Bedoelt u dat ze er weer bovenop komt?’

‘Ik zal eerlijk zijn… De toestand van je zus is kritiek, maar ik beloof dat ik mijn uiterste best zal doen,’ zegt dokter Herbstman en ze staat op.

‘Ik moet erbij zijn,’ zegt Saga en ze staat zo haastig op dat de stoel tegen de muur slaat. ‘Ik moet zien wat er gebeurt, ik word gek van al het wachten en naar de vissen kijken.’

‘Je mag bij mijn klinisch assistent gaan zitten.’

‘Dank u wel,’ fluistert Saga en ze loopt met de arts mee door de gang.

Saga bedenkt dat ze met de cardioloog in gesprek moet blijven, dat ze haar moet laten inzien dat Pellerina en zij echte mensen zijn, niet zomaar patiënten die passeren, niet slechts een bestanddeel van een gewone werkdag.

Misschien zou ze moeten vertellen dat haar vader ook cardioloog was en in het Karolinska-ziekenhuis in Solna werkte.

Misschien kenden ze elkaar.

Saga wordt naar een deur gebracht van iets wat lijkt op een geavanceerde controlekamer of een opnamestudio met een heleboel beeldschermen en computers.

Uit een luidspreker komen rammelende geluiden en gedempte stemmen.

Het is allemaal net een droom.

Op verschillende monitors zijn ecg-curves te zien. Met regelmatige tussenpozen klinken er piepjes.

De klinisch assistent is een oudere vrouw met een bril die aan een gouden kettinkje over haar borsten hangt. Saga stelt zich aan haar voor, maar verstaat niet hoe ze heet.

Saga loopt langzaam naar de glazen wand.

Minstens vijf personen bevinden zich in de felverlichte katheterisatiekamer. Ze dragen allemaal lichtblauwe kleren en hebben een lichtblauw mondkapje op.

Een klein mensje ligt doodstil op de operatietafel.

Saga kan niet geloven dat het haar zus is.

De oudere vrouw zegt iets en zet een bureaustoel voor Saga neer. De cardioloog is door een deur naar de katheterisatiekamer verdwenen.

Saga blijft voor de glazen wand staan.

Er ligt blauwe stof over Pellerina's heupen; haar bovenlichaam is naakt en een zuurstofmasker bedekt haar gezicht.

Saga staart naar haar wat bolle buik en haar beginnende borsten. Twee defibrillatieplakkers zitten aan weerszijden van het hart in een diagonaal op haar borstkas.

Saga veegt haren uit haar gezicht.

Als Pellerina weer beter wordt, betekent dat dat ze niet te laat is gekomen, dat ze haar zus toch nog heeft weten te redden. En als Pellerina het overleeft, heeft alles toch nog zin gehad, bedenkt ze.

De oudere vrouw staat voor de schermen, tikt iets in op een computer en zegt dan geruststellend dat ze alles in de gaten houdt.

'Je kunt rustig gaan zitten,' zegt ze. 'Want ik beloof je dat ik...'

Ze maakt haar zin niet af, drukt de knop van de microfoon in en zegt tegen het team in de katheterisatiekamer dat er een nieuwe VT-episode nadert.

Saga kijkt naar haar zus, die er volkomen stil bij ligt, maar op de ecg-schermen neemt de snelheid van de hartslag explosief toe.

In de katheterisatiekamer klinkt een hoogfrequente piep als de defibrillator wordt opgeladen. Het team stapt een paar seconden voor de klap achteruit.

Er gaat een hevige schok door Pellerina's lichaam en dan ligt het stil.

Het leek wel alsof iemand haar met een honkbalknuppel op de rug had geslagen.

Het hart begint weer snel te slaan.

Het systeem slaat alarm.

Er klinkt een klap en Pellerina's lichaam stuitert omhoog.

Saga stapt wankelend opzij en tast naar de tafel voor steun.

De defibrillator laadt met een fluitend geluid op.

Weer een klap.

De schouders van haar zus worden omhooggeduwd en haar huid trilt.

De oudere vrouw praat in de microfoon en geeft de verschillende parameters door aan de katheterisatiekamer.

Pellerina's hart slaat nog sneller.

Het team stapt weg van haar zus en weer wordt er geklapt.

Haar lichaam omhooggestoten.

De tranen lopen over Saga's wangen.

Iemand trekt de blauwe stof over Pellerina's heupen recht en stapt een paar seconden voor de volgende klap opzij.

Ze defibrilleren haar zus elf keer om de terugkerende VT-episodes te blokkeren en uiteindelijk komt haar hart tot rust en wordt het sinusritme weer normaal.

'Mijn god,' fluistert Saga en ze ploft neer op de stoel.

Ze veegt de tranen van haar wangen en bedenkt dat alles wat er is gebeurd en wat er op dit moment gebeurt haar schuld is, haar verantwoordelijkheid.

Zij heeft Pellerina's schuilplaats aan Jurek verraden. Ze was verward en verdoofd na de dood van haar vader en wilde haar zus gaan halen en haar ergens schuilhouden.

Saga had al op de bel gedrukt toen ze besefte dat het te gevaarlijk was, maar toen was het te laat, ze had hem de weg al gewezen.

97

Saga is opgestaan en voelt dat haar benen trillen als ze voor de glazen wand staat en de rustige bezigheden van de cardioloog in de lichte katheterisatiekamer volgt.

De cardioloog is met een katheter door Pellerina's rechterlies naar binnen gegaan, door de ader omhoog naar het hart, om het substraat te vinden, de plaats waar de impulsen voor het versnelde hartritme vandaan komen.

Met röntgendoorlichting wordt de precieze plaats van de katheter op een groot scherm zichtbaar gemaakt.

De assistent en de cardioloog lijken het eens te zijn over de plaats van waaruit de verkeerde signalen worden uitgezonden.

Saga begrijpt dat er haast gemaakt moet worden voordat de volgende storm losbarst.

Het team is geconcentreerd en werkt in stilte.

Ze weten allemaal wat ze moeten doen.

De cardioloog bestudeert een driedimensionaal beeld van Pellerina's hart, brengt de katheter langzaam naar de juiste plaats en begint dan met de ablatie.

Een scherpe, rinkelende toon snijdt door de ruimte als de arts weefsel wegbrandt.

De katheter wordt een heel klein eindje opgeschoven.

Saga herhaalt bij zichzelf dat Pellerina niet bang was in het donker in haar kist, omdat Valeria de hele tijd bij haar was.

Toen was ze niet bang en nu is ze ook niet bang.

De oudere vrouw zegt met gestreste stem iets in de microfoon.

Saga kijkt snel naar de ecg-schermen. De pieken volgen elkaar steeds sneller op, als zigzagsteken van een naaimachine.

'Bereid defibrillatie voor,' zegt de assistent op luide toon.

De cardioloog probeert op het laatste moment nog een nieuw gebied te branden, het rinkelende geluid vermengt zich met het piepen van de defibrillator die wordt opgeladen.

De assistent leest de parameters af en geeft ze door in de microfoon.

Het team verspreidt zich en meteen daarna komt de klap.

Pellerina's borst wordt omhooggeduwd, haar hoofd schommelt naar opzij.

Er begint een nieuwe VT-episode.

Saga begrijpt dat Pellerina dit niet lang meer zal volhouden.

Op de schermen is te zien dat haar hart waanzinnig snel slaat, maar op de operatietafel ligt haar zus zo stil alsof er in haar binnenste niets gebeurt.

Er komt weer een klap, en nog een en nog een.

Haar hart gaat tekeer.

De cardioloog zweet, spreekt snel en met gespannen stem, verplaatst de katheter en probeert de tachycardie te ableren.

De handen van de anesthesieassistent trillen als ze de zuurstofsaturatie controleert.

Ze proberen het nog eens met de defibrillator.

Er komt een klap, maar het versnelde ritme blijft. Opeens stopt het hart met slaan en de curves op de ecg-schermen worden vlakker.

Er blijven kleine boogjes over als een zwakke rest van de samentrekking van de boezems en daarna alleen nog rechte lijnen.

Het systeem slaat alarm.

Het team begint met hartmassage. De cardioloog heeft een paar stappen opzij gedaan en haar mondkapje afgezet. Ze kijkt een hele poos met gespannen blik naar de schermen en loopt dan weg.

Saga blijft voor de glazen wand staan kijken naar de man die zijn handen op de borstkas van haar zus heeft gelegd en er in een gelijkmatig tempo op duwt.

De deur gaat open en de cardioloog komt binnen. Ze loopt naar Saga toe, zegt dat ze met haar moet praten en vraagt of ze meeloopt.

Saga antwoordt niet en trekt haar arm terug als de cardioloog haar hand erop legt.

'Ik wilde je persoonlijk zeggen dat we er niet in zijn geslaagd de gebieden te vinden die de ventrikeltachycardie van je zus veroorzaken,' vertelt ze. 'We hebben alles geprobeerd, maar we konden de laatste stoornis niet opheffen.'

'Probeer het nog eens,' zegt Saga.

'Het spijt me, maar daar is het te laat voor. We staken nu alle pogingen tot reanimatie.'

De cardioloog laat haar alleen bij de glazen wand en verlaat het vertrek. De man stopt met de hartmassage.

Saga slaat met beide handen tegen de glazen wand.

Ze halen de plakkers van de defibrillator van Pellerina's lichaam.

Saga wil schreeuwen, maar is stil.

Ze draait zich om en loopt naar de deur, langs de assistent. Die zegt iets. Saga hoort niet wat, maar loopt gewoon door, de katheterisatiekamer in.

De monitors worden uitgeschakeld, het wordt stil en de ablatiedraadjes worden uit de katheter getrokken.

Iemand trekt het lichtblauwe laken over Pellerina's naakte bovenlichaam.

Alles is veel te stil.

De operatielampen gaan uit.

Eerst voelt het alsof het helemaal donker wordt, maar de kamer is nog steeds verlicht.

Het team verspreidt zich als langzame kringen in het water. In het midden ligt Pellerina.

Er klinkt getik in de afkoelende kunststof kappen van de lampen.

Saga loopt in een soort trance naar haar dode zusje toe, ze merkt het niet als ze per ongeluk tegen een stoel aan loopt, die een eindje doorrijdt. Ze mogen niet stoppen, ze mogen het niet opgeven, denkt ze.

Het zuurstofmasker heeft roze sporen achtergelaten op Pellerina's bleke gezicht.

Jullie moeten het nog eens proberen, denkt Saga.

Ze loopt door, ze dreigt door haar benen te zakken.

Het lijkt wel of ze een hele zee over moet voordat ze de slappe hand van haar zus bereikt.

'Hier ben ik,' fluistert ze.

Haar zus ziet er kalm uit, alsof ze heel rustig heeft geslapen, zonder nachtmerries.

Saga hoort dat iemand van het team haar probeert te vertellen dat het hart de laatste tachycardie niet aankon.

De stem van de man sterft weg en hij laat haar alleen met haar zus.

De verzorgsters ruimen op.

Saga is nog nooit van haar leven zo moe geweest. Ze zou naast haar zus willen gaan liggen, maar de operatietafel is te smal.

Op de vloer ziet ze een paar druppels bloed naast een instrumententafel met klemmen, scharen en scalpels.

Reflecties van de glimmende metalen voorwerpen zijn tegen het plafond te zien.

Saga wankelt, kijkt naar de kleine hand van haar zus in de hare en vervolgens naar haar ingevallen mond en roze oogleden.

Ze weet dat het allemaal haar schuld is, ze dacht dat ze de situatie meester was, dat ze Jurek voor de gek kon houden, maar in plaats daarvan heeft ze haar eigen vader doodgeschoten en Pellerina's schuilplaats aan Jurek verraden.

Het is haar schuld dat Pellerina dood is.

Saga leunt over haar zus heen, aait haar over de wang, recht haar rug en wendt zich af.

Ze pakt een scalpel van de instrumententafel en strompelt de kamer uit.

Twee agenten staan nog steeds op wacht bij de deur.

Ze hoort niet wat ze tegen haar zeggen maar loopt gewoon verder, de gang door.

Het licht van de armaturen aan het plafond wordt weerkaatst in de kunststof vloerbekking; het zijn net zoutvlekken.

De automatische deuren aan het eind van de gang gaan open voor een passerende groep verpleegkundigen.

Saga slaat rechts af en loopt het toilet in. Ze doet de deur achter zich op slot en loopt naar de wastafel.

Ze zijn allemaal dood, haar moeder, haar vader en haar zus.

Dat heeft zij alleen op haar geweten, niemand anders.

Ze zet het scherpe lemmet van het scalpel tegen haar linkerpols en maakt een snee. Het lemmet zakt zonder noemenswaarde weerstand door haar huid, gespannen pezen, banden en spierweefsel heen naar het bot.

Wanneer het lemmet door de slagader gaat, spat de eerste straal bloed tegen de spiegel en de tegels.

Ze gooit het scalpel in de afvalbak en probeert haar arm boven de wastafel te houden.

Rode druppeltjes zijn op de klep van de wc en de stortbak gespetterd.

Ze ademt heftig in als een brandende pijn haar bereikt vanaf de snee.

Het bloed wordt in krachtige stoten naar buiten gepompt, het schiet langs de zijkanten van de wastafel voordat het in het zeefje van de afvoer belandt.

Haar hart gaat steeds sneller slaan om de verlaging van de druk te compenseren.

Ze moet met haar andere hand tegen de muur steunen om haar evenwicht te bewaren.

Een sticker van Jong Links is half van de spiegel gekrabd.

Ze kan bijna niet meer op haar benen blijven staan.

Ze gaat op de klep van de wc zitten met haar arm boven de wastafel. Haar vingers zijn ijskoud.

Er ligt een blauwe schoenbeschermer op de grond. Door de kier onder de deur komt daglicht naar binnen.

Ze ademt sneller, leunt met haar hoofd achterover tegen de muur, doet haar ogen dicht en voelt de opluchting.

Hier is ze al zoveel jaar naar op weg.

In de verte klinkt geklop, als uit een andere wereld.

Haar hartslag dreunt in haar oren.

Ze denkt aan een voortrazende trein, het kedengedeng over de voegen, het slingeren als hij een wissel passeert.

Haar arm valt van de wastafel.

Saga opent haar ogen. De witte wanden komen haar vreemd voor.

Ze is vergeten waar ze is. Ze krijgt haar arm niet meer omhoog. Het bloed stroomt over haar hand naar de grond.

Ze hoort dat het kloppen op de deur is overgegaan in bonzen.

Ze voelt het branden en pulseren in de snee.

Ze haalt hijgend adem en sluit opnieuw haar ogen.

Een gigantische engel schrijdt over de vloer van een balzaal. Met volkomen geruisloze stappen komt hij recht op haar af en stoot zachtjes zijn hoofd tegen de grote kroonluchter, zodat die begint te schommelen.

Hij is angstaanjagend en mooi.

Zijn zware vleugels zijn ingeklapt achter zijn rug.

De glazen pegels rinkelen en verstommen.

De engel blijft voor haar staan en kijkt haar bedroefd en uitnodigend aan.

EPILOOG

Het is in het midden van mei en de avond is verrassend zacht. De Bever verlaat het Grand Hôtel en volgt de route langs het Raoul Wallenbergplein. Het water van de baai ligt bijna stil in het wazige licht.

Hij gaat de kleine bar van Riche binnen en wringt zich tussen een groep jongeren door. De muziek staat veel te hard en de gesprekken zijn nu al simpel.

De Bever draagt een gekreukt linnen pak en een roze overhemd, dat uit zijn broek kruipt en zijn onbehaarde buik laat zien.

Zijn blik is kalm, maar zijn pareloorbellen bungelen onrustig heen en weer als hij op een van de hoge barkrukken plaatsneemt.

'Wat een lenteavond,' zegt hij tegen de vrouw die op de kruk naast hem zit.

'Heerlijk,' antwoordt ze beleefd, waarna ze het gesprek met haar vriendin voortzet.

Wanneer de barkeeper naar de Bever toe komt, bestelt hij vijf glazen wodka van het merk Finlandia.

Hij kijkt naar de hand van de vrouw naast de voet van het wijnglas, de verzorgde nagels en de gladde trouwring.

Een schommelende ellips van licht stroomt uit de fles. De barkeeper zet de vijf glaasjes op een rij en vult ze tot de rand.

'Perfect,' zegt de Bever en hij leegt het eerste glas.

Hij kijkt naar het glaasje in zijn hand, rolt het heen en weer tussen zijn vingers en zet het vervolgens weer op de tapkast.

De Bever heeft nu een slot- en sleutelservice in Årsta, hij heeft een bod uitgebracht op een chemische fabriek in Amiens in Noord-Frankrijk en hij is bezig met het opzetten van een transportbedrijf in Göteborg.

Hij voelt de warmte van de drank in zijn maag en denkt terug aan zijn bezoek in het ziekenhuis bij Valeria de Castro afgelopen winter. Hij was van plan geweest haar te verdoven en haar mee te nemen naar een graf op een eiland in het Mälaren. Aangezien ze suf was van de morfine en hem niet herkende, kon hij in alle rust de spuit met het verdovende middel voorbereiden. Ze belde met iemand en klonk alsof ze elk moment in slaap kon vallen.

Hij wilde net beginnen met injecteren toen hij haar hoorde zeggen dat Jurek Walter dood was.

Zoals hij het opvatte, herhaalde ze de informatie die ze net had gekregen van degene met wie ze praatte.

De woorden klonken alsof het een feit was, maar hij weet nog dat hij dacht dat het daarom nog niet waar hoefde te zijn.

'Je hebt hem eindelijk weten te stoppen,' zei ze met haar vermoeide stem.

Vlak na die woorden begon hij het mechanische tikken in zijn hoofd te horen. Een paar seconden maar. Hij zag de grote wijzerplaat voor zich met de Romeinse cijfers in bruin en goud.

Tiktak, tiktak.

De sierlijke wijzer versprong een stukje en wees naar de één, terwijl hij op hetzelfde moment zijn eigen gezicht zag.

Hij had gedacht dat hij zich zou omdraaien naar Valeria in het bed, maar in plaats daarvan bleef hij met zijn blik in de spiegel boven de wastafel hangen.

De klok tikte en de wijzer had zich al naar de twee verplaatst voordat hij haar gezicht zag.

Hij zou eerder doodgaan dan Valeria en hij moest weg.

Hij had zijn signatuur al op de spiegel gezet en liet die staan als een spottende groet die de politie nooit zou begrijpen.

Het is toch maar een spelletje.

Twee baardige mannen komen naast de Bever staan en bestellen exclusief bier van een kleine Zweedse brouwerij. Het is duidelijk dat de iets oudere van de twee de baas van de ander is. Ze staan met hun rug naar de tap te praten over beleggen en proberen meer ervaring en kennis van zaken uit te stralen dan ze feitelijk hebben.

De Bever drinkt het tweede glaasje leeg en wurmt dan zijn voeten uit zijn bruine schoenen, die op de vloer voor de bar blijven staan.

'Je mag je schoenen best aanhouden,' zegt de jongere man.

'Mijn verontschuldigingen,' antwoordt de Bever en hij kijkt hem in de ogen. 'Ik hou vocht vast en mijn voeten zijn opgezet.'

'O, maar dan vinden wij het goed,' zegt de man grijnzend.

De Bever knikt en brengt voorzichtig het derde glaasje naar zijn lippen. Hij slaat de brandende drank in één keer achterover en zet het glaasje neer.

Je kunt de hele puzzel oplossen voor de politie en hun het laatste stukje geven, bedenkt hij. Dat komt op hetzelfde neer als een kever vragen een vierdegraadsvergelijking op te lossen.

'Leuke oorbellen,' zegt de jongere man.

'Dank je,' antwoordt hij. 'Die draag ik als een eerbetoon aan mijn zus.'

'Ik plaag je maar wat.'

'Dat weet ik,' antwoordt de Bever serieus. 'Geen probleem, het is oké.'

De Bever had het ziekenhuis verlaten en het naambordje, de sleutels en de zorgkleding weggegooid toen hij op de Katrinebergsvägen kwam.

Aangezien Jurek Walter zijn leven had gered, accepteerde hij de harde straffen als hij een fout had gemaakt.

Hij trok zelf zijn overhemd uit en gaf hem de riem.

Maar nu hij dood is, heeft de Bever alles verwijderd wat hem met Walter in verband brengt. Hij heeft computers en telefoons verbrand, onderzoeksmateriaal en foto's weggegooid, de wapens schoongemaakt en vernietigd.

Die tijd is bijna voorbij, denkt hij en hij drinkt het laatste glaasje wodka leeg.

'Bijna,' fluistert hij en hij knijpt het glas fijn in zijn hand.

Het enige wat hij heeft bewaard, is een kleine kleurenfoto in zijn portemonnee. De vouw in het midden van de foto ligt als een randje sneeuw recht over Joona Linna's keel.